イギリス・ロマン派と《緑》の詩歌

ゴールドスミスからキーツまで

森松健介著

中央大学出版部

端書き

ロマン派の自然観については、五五年前から、いずれ書きたいと思い続けていた。その夢が叶ったのだから、まず謝辞から書き始めたい。まず、困難な状況を乗り越えて出版を実現してくださった中央大学出版部の小島啓二編集長に心からお礼を申し上げる。また前回の拙著贈呈につき、ご返信を辞退するつもりだったのに、温かい、懇切なお励ましを下さった羽矢謙一、行方昭夫、海老根宏、高橋和久、金子雄司の諸氏を初めとする多くの頑固なる知友・元同僚に深甚の感謝を捧げる。そして大量の書籍を自由に利用させてくださった成蹊大学図書館と、親切この上ない館員の皆様に対しては、お礼の言葉も見つからない。また私事に亘るが、小生の健康に万全の配慮をして、二つの老人病を蟄居させてくれた家族への謝意も記しておきたい。

さて約五五年前から、自然に対する日本人の関心は薄まり、大量消費の全盛時代となった。人間の快適さを優先したこの経済発展は自然破壊に直結すると思ったのが、ロマン派の自然を扱おうと考えた当初の理由であった。だが多くの文献を読み通せなかったり、読んであっても正確な内容を思い出せなかったりで、締切りまでに、不十分なものしか書けなかった。拙速のために、特に我が国で書かれた優れた単著、論文類を活用できなかったことをここにお詫び申し上げる。一時《いっとき》は出版を延期しようかと思った。だが自分に執筆の義務感を植えつけるために、多くの知人に今冬これを贈呈すると約束しておいた。また老いも甚だしいので、延期しても改善は無理と感じ、恥を忍んで入稿した。不完全性についてご叱責を受けて当然であろう。

二〇一一年三月一一日には、大地震のあと、人類史上最悪の原発事故が日本で発生した。原発を嫌悪しながら、人類の未来に発生する核の恐怖に無知だった筆者自身の知的怠慢が責められていると感じた。同時に、これもまたカネと欲望、悪の権力構造が大きくかかわった経済活動（シェリーを初めとするロマン派が《商業＝Commerce》という言葉で糾弾した活動）による人間の愚行であることを痛感した。しかもテレビでの解説者は、メルトダウン必至と考えられる状況でもこれを三ヶ月経つまで認めなかった。使用済み燃料棒の危険についてもテレビは僅かにしか語らず、黒煙を高々と上げた三回目の爆発についても、外国のメディアと違って、その衝撃的な爆発音を消して放映した。そして原発からの漸次撤退を意図した首相を、凶悪な人物のようにメディアが報じる。テレビ放映の九〇%を占める愚劣俗悪な番組とともに、ニュースさえ信頼できなくなった。

このようなわけで筆者は、二〇一一年七月二四日をもってTV受信を止めたが、一年近く経って、老人がTVを見ないのを不自然と感じた息子が、事前の相談なくブルーレイを取り付け、旧型テレビで受信は可能となった。せっかくの親孝行を無下《むげ》に退けられないので、一日に一回ニュースを見、地震・台風時には情報を得る。だが今後、世界的にエネルギーの消費量が増え、使用済み核燃料棒が蓄積されることに深い憂慮を禁じ得ない。ロマン派の、《自然》への畏れと愛について書く第一の理由はここにある。

出版を放棄しなかったもう一つの理由がある。それはどんな程度のものであれ、主として原作の邦文による引用によって、ロマン派の文学とその《自然》の扱いを若い世代の方々に紹介したいという思いが強かったことである。

人間とその環境を理解すること、またその理解の上に立って人間関係を築くこと——これは人間活動の全ての分野における基本的な重要事項だから、経済活動においても重視されて当然である。法律の制定、政策の策定となれば、なおさらこれは重要な力である。また理化学・医学が、人間とその環境理解に無縁であり得ようか？　私たちが文化国家を自称し、より良い倫理が実行される社会を目指すのであれば、人間の良い点、悪い点、陥りがちな人間的傾向への理解はますます必須となる。《自然》との向き合い方について考えを巡らすのも重要なその一環である。

ところで人間理解は、どのような教育によって促進されるのか？　心理学もときにはそれに役立つであろう。法学ならばなおさら（人間理解と我欲の調整によって実定法が作成されるのであるから）当然これに貢献するだろう。歴史学・政治学・哲学・倫理学・音楽・美術……他にも人間理解を促す学問分野が多数存在することには疑いの余地がない。

だが、こうした比較的高度な大学教育に至る前に、忘れてならない分野がある。童話を含めた文学作品・あるいはそれに匹敵する芸術や表現媒体に接することを通じての人間理解、特に他者への思いやりと、善悪美醜の基本的認識を得ることである。樋口一葉の「わかれ道」では妾《めかけ》として生きることを決意した貧しい「お京」と、この女を心の支えにして生きてきた弟分で、一寸法師として他からは蔑まれている矮小な背丈の年若い「吉三」が登場。少年は妾となる女を、いわば姉貴として失う悲しみのあまり、口汚く罵って立ち去ろうとする。作品の最後の九行は——

あれ吉ちゃん夫れはお前勘違ひだ、何も私が此処を離れるとてお前を見捨てる事はしない、私は本当《ほんと》に兄弟とばかり思ふのだもの其様《そん》な愛想づかしは酷《ひど》かろう、と後《うしろ》から羽がひじめに抱きとめて、気の早い子だねとお京の諭《さと》せば、そんならお妾に行くのを廃《や》めにしなさるかと振かへられて、誰れも願ふて行く処では無いけれど、私は何うしても斯うと決心して居るのだから夫れは折角だけれど聞かれないよと言ふに、吉は涕《なみだ》の目に見つめて、お京さん後生だから此《ここ》肩の手を放してお呉んなさい。

——この一見仲違いのように見える終結に何と強い互いの愛情が示されているか、いかに痛いほどにお京が吉を抱きしめていたか、学生も僅かの説明で納得する。弱者による弱者の救済だとか、身体障害者の悲しみだとか、妾を認めていた社会の不平等構造や貧困問題だとか、こうした抽象論抜きに全てが一瞬にして、かつほとんど永遠に心に焼き付けられる。実際に二〇〇四年、〇五年に大学での「文学」の時間に（ほんの一部を端折れば、この作品は僅か三〇分で読める）に用いたところ、二〇歳前後の受講生がほとんど涙を流さんばかりに感動した。ちょうど五千円札が発行されたばかりだったが、小レポートには「これからは五千円札を、敬礼をしてから使います」などと学生たちが書いた。これほど基本的な作品でさえ、文学に接する機会の少なかった現代の若い世代には新鮮で、感動の源なのである。

この二〇年のあいだに、世界全体が等閑視しようと努めてきたのが、こうした心を育てる文学等の有用性である。白人・男性・ヨーロッパのイデオロギーは良くないという本来は革新的だった指摘も、行き過ぎれば過去の文学・芸術の否定に繋がる。過去の文化の様ざまな偏見に満ちているように見えるオペラ・演劇や、単純ではばかばかしく思えるバレエでさえ、九〇分の授業のほんの一部を割いて、用い方を誤らなければ——つまり人間が古今東西、共通して持つ喜怒哀楽、廃れることのない善悪美醜の識別の基本を学生自らが吸収するかたちで動画を用いるならば——若い人の心を育てることができることを主張しておきたい。自然への愛も文学が育てる。なぜなら筆者はこれを実践し、受講生から極めて好意的に受け取られたのだから。

筆者は一九七六年にイギリスで一年を過ごした。妻と、六歳の男の子、生まれて一〇ヶ月の娘をつれていった。息子は当時日本で人気のあった、グレンダイザーと鋼鉄ジーグなど、単純稚拙に悪者を制圧する巨人のおもちゃを持参した。だがお隣の八歳の少年は、書物のほかには《ノアの箱船》という車の付いた玩具しか持っていなかった。毎年、誕生日に新たな動物のつがいが買い与えられてここへ収容される。この車を曳いて遊ぶ以外は、童話を読む。少年にはTVを見せないようにと隣家の奥様に言われて、レンタルでTVを取りつけてしまった我が家では忠実にそれを守った。息子と娘も、プレイ・スクールとブルー・ピーターという子供教育番組しか見なくなり、TVの替わりにレイディ・バードという英語の絵本が娯楽の中心になった。今でも、犬の可愛らしさを描いたレイディ・バード本を、少し英語が判るようになった兄が一歳数ヶ月の妹に日本語に訳し聞かせる写真が我が家に飾られている。その習慣のお蔭で、帰国後この男の子は本格的な文学全集「少年少女世界文学」(小学館版。息子が特に好んだ『クリスマス・キャロル』を初め、『ファウスト』や「イワンの馬鹿」等、一流文学作品ばかり)の全巻を読んだ。だが日本の社会は、逆に文学を軽視し始めた。しかし学生諸君はそうではなかった。

実際、法学部学生の文学や芸術好きには驚かされる。法学概論でその朝学んだこと――「法を学ぶものの基本は人間を理解することだ」――が、文学の授業で人の悲しみ・苦しみの実際を学んで納得された、とか、老人関係の法整備をする際の基本は、今日読んだ『リア王』を含む四つの作品に現れたような、老いの実体、それも老人本人の心の中から見た老いの姿を知って初めて可能だと判ったとか、法学の勉強に役立つ講義として一、二年生向けの「文学」を評価してくれた学生が何と多かったことか！　レポートに優れた文章を書いてくる多くの学生の名前を覚えた。これだけ感性豊かな彼ら彼女らは、しかし法学は不得意かもしれないと思っていた筆者は、あとで毎年驚くことになる。卒業式に行く度に、司法試験合格率六〇パーセント前後の最優秀ロースクールへの合格者が陸続としてその好レポート組の中から出ている。また兼任を務めた東京芸大の元学生に一一年後に出遭ったとき、キーツやエリオットの詩への感激が卒業後も皆の話題になると言ってくれた。英文科の教え子も購読作品への感銘を今なお伝えてくる。これらの学生が身をもって、文学が意味を持つことを実証してくれたように感じられる。自然と人間の共存という、二一世紀以降の全世界の大問題についても、ロマン派の文学は何らかの貴重な示唆を与えてくれるように思えてならない。あえてこの拙ない著を世に出す最大の理由である。

二〇一二年一〇月

森　松　健　介

イギリス・ロマン派と《緑》の詩歌——目　次

凡　例

1　訳注欄を設けず、本文中の丸括弧内に出典を示します。批評家・伝記作者からの引用の場合はその著者名の原語と頁数を（Brooks: 318）のように記し、巻末の参照文献のBrooksの項をご参照いただくことになります。これが（Brooks'71: 318）とある場合には、Brooksの項のうち1971年発行の書をご参照ください。ただし同じ批評家のどの書物かが容易に判断できると思われる場合には、発行年を省略いたしました。

2　索引には端書き、後書きでの人名等は含みません。本文中でも、丸括弧内の出典表示に出た人名は索引に含みません。索引中、詩作品名はその詩人の項のあとに示しましたが、スリム化のため、どの作品であるかが容易に判断できるものについては原題を示しませんでした。

3　詩の訳文には筆者が責任をもつものと考え、優れた先行訳ではなく、拙訳を用いました。また詩の原文を示さないことへのお叱りを覚悟で、紙幅の最大利用を優先しました。

……………………………………………

水芥子を集める老女。19–20頁参照。John Bewick画。Goldsmith'27より拝借。

本論に入る前に

はじめに――①一六～一八世紀のイギリス文学の《自然》
②一九世紀直前の《自然》をめぐる文学状況

はじめに――

①一六～一八世紀のイギリス文学の《自然》

［①は旧拙著の「はじめに」に手を加えたものです］

ロマン派に達するまでのイギリス文学に見られる《自然》の扱いのあらましをここに記しておきます。イギリス文学に興味をお持ちの一般読者の方々や学生さんに、まずここをお読みいただければありがたいと思いつつ書いています。

一八世紀末までの英文学の《自然》はキリスト教と深く関わり、神学、哲学、文明論、道徳説、美学などを皆含む概念でした。人間が眼にする自然界は神から与えられた第二の書（第一は聖書）とされ、この書物をよく《読んで》、その教えに従うべきだとされていました。自然界は、整然とした秩序であり、地球を中心として、月、太陽、五惑星、恒星群がそれぞれ天球層に配置され、その先に神のしろしめす主動天があり、よって天球層は九層となり、これを模範として天使の階級も九階級。人間界もこの秩序を見習って、聖職者、為政グループ、社会階級等にも厳格な貴賤の秩序があって当然とされました。また神に続いて天使、人間、動物、植物、鉱物の順に上下が考えられ、この五存在物のそれぞれの中でも貴賤の秩序が定められました。これら存在物は《存在の鎖》を形づくって秩序正しくその位階を守らねばならないとされ、また人間の内部にも高貴な性質から劣等な性質までが順序正しく存在し、だから大宇宙《マクロコズム》に対して、人間はそれと対称形をなす小宇宙《マイクロコズム》と呼ばれました。国家を初めとする《政治体《ボディ・ポリティック》》もまた《自然》のこの秩序を映すものとされました。

人間はこのように、宇宙の中で、あるべき位置を定められていますから、《人間の自然》という言葉には神の被造物として在らねばならない姿という意味も生まれます。だが同時に《人間の自然》は、人間が実際に在る姿の意味にも使われました。ここに見られるように《自然》という概念には、この《人間の自然》という意味も含まれていました。

《在らねばならない姿》が、なぜ《実際に在る姿》に変貌したのかを説明するのが《人間の堕落》という考え方です。エデンの園でエヴァが禁断の林檎を食べたことによって、《人間の自然》も含めた自然界全体が変化してしまったとされました。完全無欠で一切の変化のない楽園に存在した《自然》を《堕落以前の自然《プリーラプセリアン》》と言い、それ以降の、四季が変化し人間が老いて死ぬる世界を《堕落以後の自然《ポストラプセリアン》》と言いました。このキリスト教的な《堕落以前の自然》は、ギリシャ神話の《黄金時代》としばしば同一視されました。

また《自然》には二面があり、世界を創造し運営する原理ないしは力を《ナツーラ・ナトゥーランス》と呼び、こうして造られた現象界・自然物を《ナツーラ・ナトゥラータ》と呼びました。《自然の女神》は前者の異名であり、花鳥風月・山川草木は後者ということになります。日本語の《自然》はほぼ後者のみを意味します。ここに大きな違いがあります。

またイギリス文学では、《自然》はしばしば《人為》と対にされて文学に現れます。この対語は、今日の環境論に似た文明論の展開にも便利で、シェイクスピアの『お気に召すまま』、『冬の夜ばなし』、『テンペスト』でこれは最大限に用いられます。一方、牧歌的な、のんびりした世界を描くと見せて、自然界の風物の描写や、たわいなく見える農民の会話や、時には狂者・偽装狂者や愚者《フール》の中に（『リア王』）、為政者が容認し得ないような考え方を潜りこませる《牧歌》が発達しました。牧歌という概念にも、日本との大きな相違が存在します。しかし他方では田園の平安そのものを、農民の苦労とは切り離して描こうとする牧歌（アレグザンダー・ポウプなど）も発達し、旧自然観の衰退とともに、次第に牧歌は田園詩へと姿を変え、《自然》が人間を喜ばせてくれる美しさを描き出すことも、文学の使命の一つとなります（ポウプに先立つ一七世紀のミルトンに始まり、一八世紀のトムソン、コリンズ、クーパなど）。当然予想されるとおり、いち早く産業革命を迎えたイギリスでは特に、田園詩は、物質主義を批判する傾向を強めていきます（グレイ、ウォートン兄弟、そしてワーズワスに大きな影響を与えた女流シャーロット・スミスなど）。また一八世紀の終盤には、ブレイクが出て、牧歌の反体制的傾向、田園詩の反物質主義、イギリス叙事詩が一貫して持っていた強い価値観の提示や宇宙の根源への一考察を、一見難しげな幻想詩に採り入れて、脱常套的な自然詩を書きました。

筆者の旧著『近世イギリス文学と《自然》』（中央大学出版部、二〇一〇）はこれらの詩人や、自然科学の発達に、様ざまなかたちで向きあったダン、カウリー、マーヴェル（この点ではミルトン、ポウプ、トムソンも偉大）などを交えて論じています。本書と併せてご覧いただければ幸せです。

②一九世紀直前の《自然》を巡る文学状況

当時の歴史―悪しき状況続出

常識的なことですが、まずイギリスの歴史を一覗きさせていただきます。七年戦争（1756–63）の終結後の「パリ条約」によってカナダ、フロリダを得たイギリスは、アメリカ植民地をいわば完成させ、世界的にも植民地主義を国是とする帝国を建設しました。西インド諸島や北米南部を支配し、そこでできた綿、砂糖、タバコを本国とヨーロッパに《輸入》する一方、砂糖等の生産労働力として黒人奴隷をアフリカから《輸出》し、黒人奴隷を得るために綿製品をアフリカへ《輸出》する《三角貿易》が成り立ち、イギリス諸都市で巨万の富を築く者が続出しました。富を得た者がそれまで貧農の生活を支えてきた共有地など多くの土地を買収（《囲い込み》）し、新たな貴紳階級（地主階級）となりました。王室が支持者を固めるためにこれらの階級の一部に貴族の称号を与えました（一七八〇年代にはこの傾向がさらに強まりました）。これらの動向から、戦争の醜悪、奴隷売買の非人間性、一部階級のみの利得と地位の上昇、貧農の土地離れ、階級間の貴賤感覚の増大、上位階級権力の強化（植民地主義と権力階級の横暴は全ヨーロッパ的現象）など、詩人が猛反発して当然の状況が生まれました。ゴールドスミスが村民の苦況を歌い、ブレイクが長詩『アメリカ』でその独立を喜び、ブレイク（長詩『ヨーロッパ』）と、当初のワーズワス、コウルリッジ（本書第九、一一章参照）がフランス革命を大歓迎したのも当然でした。なおこの時代、王室の下に貴族、准貴族（准男爵と一代限りのナイト、最高位の聖職者）、次に大地主、小地主、大政治家、高位聖職者（ここまでが上位階級）、この下に知的な職に就く中産階級（一般の聖職者・将校、教授、文筆・芸術家、高級官僚）、下位中産階級（農場経営者、大事業者、一般官僚。ここまでが支配階級）、そしてこの下に多数の庶民が、これも序列をなして（序列の最下位には土地を失った貧農、奴隷的に働かされる被雇用者、売春婦、放浪者等）連なっていました。一七九〇年代、庶民は一日一四時間労働、週六日、夜も大半労働、休息もなしという状況で、今日の日本の《派遣切り》、《名ばかり店長》、《下請けのまたまた下請け》等に似ています。上記『アメリカ』でブレイクは「三〇年、微笑みを知らなかった／鎖に繋がれていた魂…」の妻と子たちを「圧制者の鞭のもとから還らしめよ」（6：44–7）と書きました。

非国教徒の知性

主流から外れた人びとの中にも、独自の文化が築かれました。名誉革命のあと、カトリックを除く非国教徒の存在を容認する「寛容法」（The Toleration Act, 1689）ができました。一七世紀初頭以来、「黙示録」に記された《千年王国説》が非国教徒に広く信じられ、キリストの再来が待たれ、一八世紀末にもこの期待が持続しました。それは妄信ではなく、聖書からの直接の霊感を拠り所として、自己の精神の中に現れた神の指示に従って、人知が破壊できぬ悪の根源を転覆しようとしたものです。この志向は、この時代の局所的な問題ではなく、横暴な権力者を批判する、人類史に頻繁に登場する願望でした。非国教徒は堕落した体制内大学ではなく、アカデミィと呼ばれる新しい高等教育機関で学び、多くの先進的知識人を生みだしました（プリーストリはその典型）。そこでは当然、非体制的な、既成観念に囚われない思想が芽生えたのです。ブレイクは権力に反抗するキリスト像を鮮明に心に抱き、初期のワーズワス、コウルリッジも反既成宗教的であり、シェリーは宗教自体に反逆し、バイロンは脱宗教的、キーツは卒宗教的でした。

自然観も既成宗教を卒業

とはいえ、自然観・宇宙観・時間感覚は一気に近代化されたわけではありません。ロマン派時代より約百年前に出たトマス・バーネット（Thomas Burnet, 1635–1715）の『地球についての神聖な理論』（1681–89）やデラム（William Derham, 1657–1735）の『自然神学』（1713）における基本的な考え方（一言でいえば、山と海等に感激して神とその偉大さに想いを馳せずにはいられないというもの）は、一八世紀文人だけではなく、ロマン派第一世代にさえ受け継がれました。アディソン、グレイ、バークを継いで、サンプロン峠越えのワーズワス、シャムニの谷でのコウルリッジなどは全て、壮大な自然美に接して神を思います。だがシェリーはこれを乗り超えて、自然の有する危険を見る新しい反応を記します。氷河の長期にわたる前進を目の当たりにしたこの自然観は、時間感覚の上でも新しいものです。一方ワーズワスは一八一〇年以降、新地質学の影響下に時間感覚を発展させます（Wyatt 参照）。ロマン派各詩人の、巨大化した空間感覚とともに、これは私たちに三千年先、いや三万年先の人類を念頭において環境問題、核の問題を考えるべきことを教えます。シェリーの「宇宙の果てしない巨大さ…その神秘と壮大を正しく感じ取る者」（Matthews: I. 360）は社会の虚偽を見抜くという言葉は今日にも通用します。同様に、アイルランドでもムア（Thomas Moore, 1779–1852）、スコットランドでもバーンズ（Robert Burns, 1759–96）、ホッグ（James Hogg, 1770–1835）、スコット（Walter Scott, 1771–1832）などに、部分的進歩性が感じられます（次に書く拙著で触れたい詩人たちです）。ですがここでは一八世紀の他の傾向を振り返ります。

一八世紀詩の美しさも認めつつ

さて一八世紀詩人たちが《自然》にあい向かったとき、筆者が旧著（『近世イギリス文学と《自然》』第一六章）に書いたように、彼らはまず、個人の特殊状況での体験としてではない自然美を歌うということから始めました（一七世紀のミルトンもおおむねそうでした。旧拙著第六章参照）。歌い手のその時その場の精神状況や物理的境遇という座標は決定せずに、まず一般的な自然美を呈示することから自然詩は始まりました。特定の心的状況や、場所を特定した自然界の姿から歌う風景は、ロマン派が始めた歌い方であり、それでなくては自然詩として劣等であるというのは、ロマン派偏重の偏見です。コリンズの「夕べへの頌歌」を読むなら、この「一般的な人間の一般的な状況」しか設定せずに歌われた夕方の美しさに心打たれます。今日の読者が、特定の自然的風景を前に、特殊な人物または語り手がそれにどう反応を示すかを歌った自然詩により近親感を抱くのは、ここ二〇〇年あまりの自然詩の慣例から考えれば当然ですが、この書物でロマン派を称賛するにあたって、それは一八世紀詩人たちの《自然》の扱いを貶めるものではないことをまず述べておきます。

W・J・ベイトの書

このことを十分に心に留めるためには、六七年前の書物ながらベイト（Walter Jackson Bate）の『古典主義からロマン主義へ』をここに要約しておく必要があります。この書には、何度か別訳も出たようですが、筆者が昔恩恵を蒙った、初めてこの書を訳された青山富士夫氏の訳文を引用させていただきます。一八世紀の主流であった（新）古典主義では、「特殊における一般の、多数における同一の明示」（Bate: 7; 青山: 10）、すなわち特殊な個人の偏った感懐ではなくて普遍的なもの、万人に共通なものの呈示が芸術において最重要とされました。過激な偏向、基準からの逸脱を排除した上品な中庸――これを「端正」（decorum）と呼んで良き趣味（taste）の規範としたのです。したがってジョンソン博士も『ラセラス』において「想像力の危険な流行」を扱い（Bate：76；青山：106）、ジョンソン博士に劣らず、文化上の権力者だったレノルズも、少なくとも当初は「変動的個人的感情よりも……固定的普遍的」なものを重視しました（Bate：81；青山：114）。ロマン主義はこれと正反対の芸術観に立ちます。

庶民を思う心の開眼

他方、庶民の生活ぶりへの眼もまた、一八世紀のあいだに開かれていったことにも注目しておく必要があります。本書本文で扱うブレイク、ワーズワスは一八世紀の最後の年月からこの眼を大きく見開いていましたが、一八世紀の早い年月にも、ジェイムズ・トムソン（1700–48）は『四季』の「秋」（1730）の大嵐をこう描写します――

苦労に満ちた一年の大きな希望、見事に実った宝の山が、
荒々しい大嵐の一瞬に、破滅に出遭う。
どこかの高台に逃れた農夫は
無力にもただ、この惨めな残骸が
流れゆくのを目撃する。　（秋：337–46）

――まるで東日本震災後の津波のあとの状況です。この農夫が、嵐の後の生活や家族を思って暗澹となる様子がこのあとに描かれます。この嵐の挿話の最後（350–9）は、この農民の苦労の上に、支配階級の生活が成りたっていることを指摘します――優雅と安楽、暖炉と酒を与えてくれる「荒くれた労働に明け暮れる手を忘れるなかれ」（秋：351）。

為政者への批判の登場

またこれと同時に、権力者・為政者への批判も、最初はテクストの裏に隠されるかたちで書かれ始めました。トマス・グレイ（1716–71）の「詩歌の進歩」（'The Progress of Poesy', 1751–54）の最後の三行を示します――

Yet shall he mount and keep his distant way
Beyond the limits of a vulgar fate,
Beneath the Good how far—but far above the Great.
だがこれからも、彼は高く昇り、俗悪な運命の境界を
遠く離れて歩み続ける筈だ、《至高善》から如何に下方で
あっても、《偉大》なるものより遙かな高みを。（112–23）

――「彼」、すなわちグレイ自身を含めた近未来のイギリス詩人が、《偉大》なるものとされている権力者の世界を遙かに離れた高邁な心を持ち続けるだろうと歌うのです。この詩人の意志は、グレイが「詩歌の進歩」と姉妹編として読まれることを切望した「詩仙」（'The Bard', 1755–57）でも補強されます。詩人と詩歌を弾圧・刑死させたエドワードI世を残虐な暴君として描き、表面はエドワードI世を退けて王位を得たチューダー王朝を讃える表面テクストを採用しながら、詩が権力を凌駕して高貴であることを歌うわけです（詳しくは森松旧著 380–85 ご参照）。このような権力よりも庶民の心を高く評価する精神は、当然彼の『暮畔の悲歌《エレジー》』にも色濃く反映されています。「社会の不公正を示して高い倫理観のもとに生きようとするグレイ」（片山：138）像がこの詩に読みとれます。

支配階級以外の人びとの《自然》　一八世紀からロマン派への推移を見るとき、しかしこれ以上に重要なのは、「一般的な人間」という概念が大きく変わったことです。一八世紀も終わりに近づくと、クラブ（George Crabbe, 1754–1832）の「村」（*The Village*, 1783）のように、貧農の苦しみを描いて過去の田園詩に挑戦する作品が現れました。

眼に美しい田園の情景のさなかに、その村で苦労する
貧しい村人たちをうち眺めるときには（中略）
詩人でござると誇らかに安っぽい美辞麗句で飾り立てて、
現実の農民の難儀を、私は隠していいものだろうか？
（*The Village*, Bk I. 41–42 ; 47–48）

またグレイが歌った村人たちの墓地の静穏を、シャーロット・スミスは、次のように、完全に打ち破りました。

庶民を襲う死後の悲惨　自ら苦しみに苦しみを重ねた、実質上は庶民でしかない自己の生と死を、村人の生と死に重ねてこの女流は「ソネット四四――サセックス州ミドルトンの教会墓地にて作」（十八世紀末）で、津波のような海の暴威に晒され、墓さえ護られない庶民をこう歌います――

音高き秋分の嵐が自らの力をいま繰り寄せてくる、
このとき海は、満ち干を暗黙に支配する月に強いられ
もはや高まる寄せ波を、岸辺に閉じこめぬよう促され
縮こまった陸地の奥深く、崇高な姿で押し寄せてくる。
《西》の洞から出でた奔放な疾風が巨大な高波を転がし、
持ち上がる海底からそれを陸地に吹き届けてくる。

草むす墓から、この村の死者たちを引き剥がし、
静けさに満ちた墓場の平穏を打ち破りにくる！
見よ、村人の骨は貝殻や海草にもまれ交わるしかない、
骨は海辺に打ち寄せ止まぬ波に漂白されるのみ。（1－10）

これは明らかに、従来の田園詩の一部を形づくっていた墓場の情景に取って代わっています。庶民を主人公にした、死後にさえ彼らを襲う悲惨さを主題にした革新的な詩です。旧拙著と重複する部分を含みますが、ロマン派の《自然》をご理解いただくために、あえて本書にもこの文を容れました。

自然美学の発達

一方、単に「美しい」というだけでは済まされない自然美学が、ロマン派の時代までに大きく発展しました。すでにトマス・ウォートン（Thomas Warton, 1728－90）は「《憂愁》の歓び」（*The Pleasures of Melancholy*, 1745 ; pub. 1747）の中で、語り手が女神に懇願して、優美ではない自然へと私を導けと歌っていました――

おぉ私を導いてくれ、崇高の（sublime）女神よ、私の
気性に合った厳粛な暗がりへと。物寂しい木蔭へと、ま
た
廃墟となった場所へと、薄闇に閉ざされた庵と四阿へと。
そこでは思慮深い《憂愁》が喜んで思いに耽るだろう、
《憂愁》の好む真夜中の風景について。
色鮮やかな《春》の笑顔ばかりの光景は（中略）
もはや私に魅力を与えてはくれない。もはや私は、
テンペの谷よ、香り豊かな君のそよ風を求めない、
緑の渓谷よ、さらば！　綾取りあくどい花の野よ、さら
ば！ （17－27）

ここでは《憂愁》が中心主題ですが、廃墟の持つ厳粛さを通じて、《崇高》という美学概念へと向かう傾向も見えます。

アディソン的崇高概念

この崇高（sublime）という美学用語は、本来はロンギノス（Longinus, 一世紀初頭）の唱えた、修辞上、聴き手に驚きを与えて日常感覚から脱出させる技法を指していましたが、一七世紀フランスのボアロー（1636－1711）がロンギノスを飜訳し、これに註釈を加えたものがイギリスに持ちこまれ、文学表現での《崇高》概念が発達しました。ミルトンの一七世紀から一八世紀初頭にかけては、《自然》をそ

のままに写す信憑性（the probable）と、読者を惹きつける驚異性（the marvelous）のどちらを重視すべきかという詩論が盛んに行われました（W. Jackson : 1–35）。やがてミルトンの『失楽園』における、信憑性を無視した擬人化の手法、たとえば第二巻の《罪》と《死》の擬人化によって、当時《崇高》の一要素と考えられていた《抽象概念の神秘化》が注目を浴びました。アディソンはこれを激賞し、叙事詩にはこれは異例だが「叙事詩でない場合には……非常に完成された表現である」（*Spectator* No. 309 ; Addison. vol. 2, 431）と書き、この驚異性（the marvelous）を《崇高》と同じ意味に用いています。ブレイクは、その長短予言書類の登場《人物》のほぼ全てをこの意味（驚嘆を呼ぶほどに超自然的で、信憑性を意図的に無視するという意味）での《崇高》な人物として描きます。自然的崇高に近似します。

《自然》的《崇高》

一方、自然観照についてもこの言葉が用いられるようになります。静穏で愛らしい自然の情景を《美しい》とし、壮大・野生的な情景（たとえば山岳）を好まなかった一七世紀の一般的な美意識の中に、同じ美意識を共有しながら「《自然》の最も偉大な事物」も快美感を与えるとしたバーネット（前出。Burnet, 1635–1715）は『地球についての神聖な理論』（*Sacred Theory of the Earth,* 1681）において、偉大な事物である地球の様ざまな相を論じ、聖書的・神学的記述に新たな科学の成果を調和折衷させて議論を成りたたせました。アディソンもこれを受け継ぐように「偉大なもの」を美の範疇に加えました（*Spectator* No. 412 ; Addison. vol. X, xxx）。デニス（John Dennis, 1657–1734）も宇宙の美が「法則、秩序、調和」から成るとしてその先に神を見ました。バーク（Edmund Burke, 1729–97）は驚愕こそ《崇高》がもたらす最大の効果であるとして、驚愕を生みだす広大、無限、壮麗、色彩、音響などを列挙しました。大陸でもカント（Immanuel Kant, 1724–1804）が、人間経験が理解を超えた（transcendental）ものとなった場合に《崇高》の感覚が生じるとしました（Ashfield & Bolla : 62–85 ; 131–43 ; Shaw : 27–89 参照）。ただしバークとカントは、自然物そのものよりも観察者の心の動きとして《崇高》を捉えました。

二人の美学論者と神

こうしてロマン派の時代を迎えますが、当初には詩人たち、そして自然論者は、《崇高》感覚を与える自然物の彼方に神を見ていたのがロマン派に先立つ時代の特徴です。このことは旧拙著のあちこちで述べましたが、ここではロマン派に近接した時代の二人の美学論者を見ます。アーティボールド・アリソン（Archibald Alison, 1757–1839）の『趣味の本質と諸原理について』（*Essays on the Nature and Principles of Taste*, 1790）では、バークに似て、《崇高》を感じさせる巨大さ、色彩、形状、音響などを論じますが、これらを《崇高》と感じる想像力の源を「我々人間の本性の造り主（Author）」（Alison : 160）に帰するのです。またトマス・リード（Thomas Reid, 1710–96）は『人間精神の探求』（*An Inquiry into the Human Mind*, 1785）において、ガリレオやニュートンを讃えつつ、最終的には「神の実在」を《自然》の神秘の根源として認めて已みませんでした（Reid : chap. 7）。重要なのは「人間の行う教育は、《自然》が行ってくれる教育に結びつけられるならば、良き市民、巧みな技工、良き育ちの人を作るだろう」と述べてワーズワス的自然観の先取りをしていることです。ただし、ロマン派の《崇高》は、その先に神を想定しない美学を打ち立てたところにその最大の特徴があります。

なおピクチャレスクについては、ワーズワス論で多少触れています。

第一章　ゴールドスミスの『廃村』に見える牧歌の変形

底本は Goldsmith, Oliver (ed. Austin Dobson). *The Poetical Works of Oliver Goldsmith.* Oxford UP, 1927.
Fairer, David & Christine Gerrard (eds.). *Eighteenth Century Poetry : An Annotated Anthology.* Blackwell, 1999.

ゴールドスミスから始める理由

本書本文の冒頭に一八世紀半ばの詩人オリヴァー・ゴールドスミス（Oliver Goldsmith, 1730?–74）を掲げるのは奇異に思われるかもしれない。イギリス・ロマン派は一八世紀の最後の一〇年、ないしは一九世紀への世紀の変わり目から始まっているという文学史的常識ができあがっているからである。しかし本書筆者は（古典的見解だが）、ロマン派の詩歌は、少なくとも当初は、資本主義と植民地主義の拡大に伴う様ざまな社会的矛盾（イギリスは一六九五年から一八一五年までのあいだに六三年を戦争に、五七年を平和に過ごした＝George : 269）に立ち向かう詩人魂によって産みだされたものと感じている。ゴールドスミスが、一八世紀半ばの主流的文化人に取り囲まれていながら、完全には体制内的な歌いぶりに終始せず、貧富の差の拡大、富を持つ者による田園の私有、そのための農民の困苦という社会の矛盾に眼を向け続けたのは、明らかにロマン派詩人の本質の先取りであった。また一七六九年に八巻本となる動物誌・自然誌『地球の歴史・生命に満ちた自然』（没後一七七四年出版）を書き始めるが、なお《自然》の恩恵を神に帰しながらも、蟻の勤勉と子への愛情（Pitman : 77）、狐の母性愛（同 : 113）を初め、ロマン派が尊ぶ自然界への熟知と畏敬を示した知識人だった。

『廃村』は旧秩序肯定の書か？

だがゴールドスミスの『廃村（*The Deserted Village*, 1768/70?）』は、二〇世紀の終わりに至って、この作品が急進的な詩と見なされ得るのは「テクスト終了後の《余生《アフターライフ》》においてである」（Newey : 98）とする、条件付きの称賛しか与えられていない。つまりその急進性は詩そのものに内在するのではなく、後年の批評家が唱えだしたものだ、とするわけである。テクストの内部では「村人の最善の友は、無邪気と健康だった／彼の最善の財産は、富を知らないことだった」（後にも前後の詩句とともにもう一度引用する）の一句を根拠に、従来型の、つまりポウプ以降の一八世紀型のパストラリズムしか語られていないかのように示唆され、これは（農民の旧来の生き方が最善だったとの主張を伴う）「静止状態（stasis）を支持する」（Newey : 101）書だとされる。これを敷衍して考えれば、この詩は保守的に、またノスタルジア的に、旧秩序を擁護するたぐいの、急進性とは無縁の作品だということになってしまう。

革命批判者は反動的？

実際、この詩は当時の文化上の権力者レノルズに献呈されているし、アイルランドから来た《よそ者》だった彼を認めたジョンソン博士や、穏健派バークの文化圏内にいたゴールドスミスが急進的になりきれなかったとする説も一面では正しい。彼は『廃村』に先立つ『旅人』（*The Traveller.* 一七六二年。アルプスの山頂から眺望できるとして、イタリア、フランス、オランダの美点と欠点、スイスの欠点を論じたあと、イギリスの現状を批判）の終盤で「兄弟よ、私とともにあの毒々しい《時間》を呪ってくれ／最初に《野心》が王権に攻撃を加えたあの《時間》を」（393–94）との二行で革命を批判した詩人であるから、過激に左傾化した二〇世紀末の批評風土では、彼は王権支持者に分類され、このような詩人によって書かれた作品が、生ぬるい進歩性しか示していないと見られたのだろう（しかし、「革命」が当初の理想を実現した例は人類史上皆無に近いし、クロムウェルの暴力、特にスコットランドとアイルランド侵攻は呪われて当然である。革命の騒乱の残響が残る外部世界から隔絶された庭園を描いたマーヴェルの「アップルトン屋敷」（*Upon Uppleton House : To My Lord Fairfax.* 七七六行の長詩）の献呈を受けたフェアファックス元将軍［Thomas Fairfax, 1612–70］は清教徒革命軍の指揮を執って王党軍を破った歴史上有名な人物だが、国王の処刑には強く反対し、クロムウェルとは意見が合わなくなり、スコットランド侵略が決まって軍の指揮を要請されたとき、これを拒否して一六五〇年に政界を退き、上記《屋敷》のモデル Nunappleton 邸に隠棲した。彼を「反動的」といえようか？）。また若年のワーズワス兄妹が『旅人』に惹かれて愛読したこと、一七九〇年にワーズワスがフランス、サンプロン峠、イタリアとスイスなどを旅したのは、『旅人』の影響にもよるもであったこと（See Potts : 132）にも注目したい。

植民地政策への非難

今引用した「あの毒々しい《時間》を呪ってくれ／最初に《野心》が王権に攻撃を加えたあの《時間》を」のあと、さらに「狭量な暴君どもから、私はむしろ王の座へと飛翔する」（392）と、再度革命を批判したあと、しかし『旅人』には何が歌われているかを私たちは読みとるべきだ。王権支持派と見せた直後に、イギリス文学上でも極めて早い時期の、植民地拡大政策への非難が歌われているのである。その上、最初の二行は、植民地への言及の裏に、クロムウェルのアイルランド侵略も匂わせている――

私たちは見なかったか、ブリティン人の岸辺の周りで
有能な息子たちを無能な金塊（ore）に取り替えた様を？
その幾多の勝利が、ただ荒廃をこそ促進した様を？
戦勝は蝋燭が燃え尽きる前に揺らぎ輝くのに似ている。
また見なかったか、《富裕》が壮麗を維持せんとして
そのあとに、仮借のない人口減少を引き起こしたのを？
こぢんまりした村々が散在していた野面いっぱいに
《富裕》が無益なる壮観をただ一つ建てて休んだ姿を？
また《快楽》の、王侯じみた大声一つで、長い年月、
人びとが出入りした微笑む村を崩落させたのを？
そして、見なかったか、父を亡くした従順な息子や
貞淑なご婦人、頬を赤らめる乙女子が
陰鬱な一団となって古里を去るように強制され、
西の海原の向こう岸まで渡らされたのを？
（*The Traveller* : 397–410）

――この一節の主題が拡大されたのが『廃村』である。

ゴールドスミスは感傷派？

また一方では、ゴールドスミスのあとに『村（*The Village*, 1783）』を書いたクラブ（George Crabbe, 1754–1832）がゴールドスミスの『廃村』を感傷の産物で真の村の実情を描いていないと批判したことが発端となって、今日でもゴールドスミスを感傷《センシビリティ》派に分類する文学史的通説がまかり通っている（クラブの『村』については拙旧著参照）。筆者はクラブを大いに称賛するけれども、しかしこの通説は大きな間違いである。感傷派の代表的詩人としては当時人気絶大であったプラット（Samuel Jackson Pratt，筆名 Courtney Melmouth）、代表的文人としては《自然》の解釈についても保守的なペイリー（William Paley, 1743–1805）を挙げるべきであろう。プラットは従来型のパストラル手法をほしいままにし、農民には富裕者のような苦労がないことを強調

し、彼らの勤勉な労働を讃えて読者に迎合した。

歓迎します、田舎屋に棲む立派な人よ！　また歓迎です、
活力を与えて労働を元気づける、何杯かのビールよ、
さらに歓迎、あなたの富の全ての、ひそかな原因である
あなたに絶えざる健康をもたらした絶えざる重労働よ。
（*Bread* : Pt 1, p. 12.）

これだけでもゴールドスミスとは雲泥の差の保守性が伺える。またペイリーは、貧しい農民が資産のないことを嘆くのは、貧しさの利点を理解しないからだ、彼らは良き現状を与え賜うた神を敬わない不敬者だと述べ、貧民の、子への遺産は「勤勉と無垢」で十分とした（See Hatch : 53）。これらは当時の読者層、つまり農民の苦労には関心のない富裕な読者には歓迎された――この考え方こそ《現　状《ステイタス・クオウ》》容認であった。『廃村』の傾向がいかにこれらの考えと異なるかを見てみたい。

『廃村』の冒頭

さて『廃村』は重要な詩なのに、邦訳がないように思われる。途中にコメントを差しはさみながら、少し詳しく訳文を掲げる意味はあるだろう。冒頭から読みたい。

麗しいオーバンよ、この平野に二つとない美しい村よ、
健康と豊かな実りが、働く農夫を喜ばせた村、
微笑む春が　いつも真っ先に訪れてきていた村、
過ぎる夏から去りがたげな風情の花が絶えなかった村よ、
無邪気とくつろぎの、懐かしい　愛らしい木蔭よ、
全ての遊びが楽しかった、幼いころの私のねぐらよ、
何度　君の緑地の上を　私は歩いたことか、そこでは
慎ましい幸せが、全ての眺めをいとおしんだものだ。
何度私は足を止めたことか、愛らしい眺め全ての傍で。
木々で隠された田舎家、耕された畑、
さざ波をたててやまぬ小川、せわしげな水車場、
近隣の岡に建つ、慎み深い教会、
さんざしの茂み、その蔭の下の、
語り合う老人と　囁きあう恋人のためのベンチ。
（1–14）

詩は、詩人の経験（あとで詳しく触れる）に裏打ちされた農村の疲弊（イングランドに設定されている――実際にはアイルランドのリッソイ村がモデルだという説が有力だが）を一部虚構化して歌い始められる。アイルランド出身である彼は、イギリスで読者を得るために「英国民としての国民性を意

識して……著作をした」（橋本：250）という戦略の上に成り立った作品ではあるのは確かではあるが。

自己の庶民的経験から歌う

しかしアイルランドで貧困の中に少年時代を過ごし、大陸旅行も当時の貴族的な旅ではなく徒歩旅行で行い、荒廃する村を実際に知っていた彼の経験が活かされた作品であることは無視できない。詩的虚構を用いてはいるが、具体的な一寒村ではなく、当時の一般的な庶民を歌う心に虚偽はない――その上、アイルランドがここに歌われた農村の窮状を倍加した惨状を呈していることを言外に歌っている可能性が強い。次に続く農民の休日の描写は彼の幼時のアイルランドの回想でもある――

その日には、軽くなった労働が遊びに機会を譲るので、
村人たちは全て、仕事から解き放たれ、
枝を張る木の下で遊びを始めたものだ。
その木蔭では数多《あまた》の娯楽が輪を作ったものだ。
年老いた人びとが見守る中で若いものたちが競い合い、
土の上を　たくさんの足が飛び跳ねたものだ。
巧みな技と怪力の芸当が繰り広げられた。
楽しみは全て繰り返して行われ、疲れが見えたときには、
いつも次の競技を、歓喜に満ちた楽隊が鼓舞したものだ、
素朴にも名誉を求めて、互いに相手をくたびれさせようと
持ちこたえ、へこたれず　組んず　ほぐんずする二人、
その場に　ひそかな笑いが　さんざめく時にも、それが
自分の顔の汚れのせいとは　まったく　気付きもせぬ色男、
斜《はす》かいの眼差しをして愛を示す　恥じらう乙女、
その視線をたしなめる年配の婦人の視線。麗しい村よ、
これらが　おまえの魅力だった。そしてこれらの娯楽は
麗しい情景を次々に展開して、労苦にすらも喜びを教えた。
お前の家々の周りに、これらが楽しい感化力を与えていた。
これがお前の魅力だった、だがこの魅力の全てが去った。
（15－34）

ミルトンに始まり、トムソン、ジョウゼフ・ウォートンが受け継いだ自然の中での村人の生活ぶりを描く田園詩の伝統に従いつつ、自己の主張を潜りこませる。過去の詩人

が田園の現在の楽しみを歌ったのに対して、ゴールドスミスは過去を再現し、これが破壊されたのだと歌うわけである。ここに保守性と郷愁だけを読むべきであろうか？

『牧歌《エクロウグズ》』第一歌の書き直し

だが今日私たちは、およそ四五年前に書かれた、一見極めて保守的なゴールドスミスの伝記に、この詩を真に理解する重要な手がかりが書かれていることに一驚する。『廃村』はウェルギリウスの『牧歌《エクロウグズ》』第一歌の書き直しだというのである（Quintana : 132ff.）。これはジョンソン博士の助言に従ったものではある（See Quintana : 132. ただしゴールドスミスが「第一歌」をモデルとしたのがジョンソン博士への盲従ではなかった可能性を著者は指摘している）。だが実質上は、ゴールドスミスが『廃村』において、農民の苦労と醜悪を隠すという点にパストラルの最大の美質を見た一八世紀牧歌を批判的に書き直したのは明らかだ。パストラルの中への反慣習的副次テクストの密かな埋め込みについては、まずヘレン・クーパー（Helen Cooper）の『パストラル――中世からルネサンスへ』が事実に即して明らかにした（Cooper : 13–4 ; 36ff）。早くはセルウィウス（Maurus Servius Honoratus, 四世紀末）が、また中世末期ではペトラルカ（Francesco Petrarch, 1304–74）が、特にウェルギリウス「第一歌」を模範としてパストラルに寓意性と、そこから発する政治批判を付与したさまがそこに述べられている。

「第一歌」と『廃村』の共通点

ゴールドスミスの『廃村』における試みも、この先人たちの寓意の埋め込み努力と酷似していた。具体的には次の二点に要約される――

> 一つには『廃村』が現実の事象、すなわち歴史的事実として確認される出来事を描いている点である。二つめには、これらの出来事が、田園の人びとを、その土地と家庭から追い出した点である。（Quintana : 132）

ウェルギリウスの『牧歌』第一歌は、（戦勝に勲功のあった部下に土地を与える政策を強行した）オクタヴィアーヌスに土地を収奪されて郷里を去る農民メリボエウスと、それを慰めるティーテュルス（農奴の身分を脱して《自由》を得た老人）の対話である。その間に支配者への賛美が仄めかされ、田園の平安も描かれ、ティーテュルスがメリボエウスを晩餐に招待して、土地を収奪された男の悲しみと権力者の横暴への批判は深く埋没される。ゴールドスミスも、パストラルの伝統である農民の平和な暮らしぶりを理想であるとして描く一方で、『廃村』に社会意識を埋め込んでゆく。

エンプソンとパタソン

以下旧著に書いたことの要約を掲げるのを許して戴くなら、エンプソン（Empson, 1906–84）が「パストラル状況の中にさらなる意味合いを盛り込む通常のプロセスは、羊飼いは羊の支配者であるから、彼らを政治家たち、司教たち等と比較せよ、とすることだ」（Empson : 12）と述べたのは、右に述べたこの《埋め込み》を指している。彼は牧歌の変種を論じつつ、プロレタリアとされる「社会の外部」の人間こそが「《彼を裁く立場の社会》を裁く者となることができる」と述べた（Empson : 17）。右記クーパーやエンプソンのこうした考えをさらに徹底的に拡大し、衝撃力を持って示したのがアナベル・パタソン（Annabel Patterson）の大著『パストラルとイデオロギー』である。一九世紀後半以降には、パストラルに政治性を読み込むのはパストラルを穢すという議論が主流となり、右記のような牧歌論は抑圧された（Patterson : 21）。しかし私たちは、中世、ルネサンス（さらにミルトン）を通じて実践されたパストラルの政治性・脱慣習性を『廃村』にも読みとる必要がある。（旧拙著『近世イギリス文学と《自然》』では牧歌《パストラル》の脱慣習性を詳しく取り上げ、『リア王』にさえこの手法を読みとろうとした）。

ペトラルカの書簡

パタソンが引用しているペトラルカの書簡（生前には公表されなかった）からの引用は、旧拙著から、もう一度ここに挙げておく価値がある——

> 《真実》はこれまでつねに嫌悪されてきたが、今日ではそれは極刑に値する大罪となった。人類の罪深さが深まるにつれて、《真実》への嫌悪と、追従・虚偽の王国は勢いを増した。（中略）この考えから私は、しばらく前に《牧人の歌＝*Bucolicum Carmen*》を書こうと思い立った。これは少数者にしか理解されないであろうが、多くの人を喜ばせる、一種の謎めいた詩である。
>
> （Qtd Patterson : 44）

クーパーも、ペトラルカが牧歌を「人間の最も高度な制度、すなわち教会と国家に関する事項を扱う際の武器であると認識した最初の人」（Cooper : 46）として示している。

『廃村』と植民地政策への非難

この新たな牧歌論を念頭において『廃村』に戻れば、ゴールドスミスは、村を追われた農民は遠い植民地へ移住せざるを得なかったと信じていて（これは事実に反するという一八世紀当時からの批判はあるものの、やがてワーズワスの詩にも現れるとおり、現実の一部分を示す信念であった)、微笑んでいた村をお前と呼び——

お前の木に覆われた四阿に、今は《暴君《タイラント》》の手が見える、
お前の緑地全てを、荒廃が悲しませている。
たった一人の主人が村全体をつかみ取り、
お前の微笑む平原の半分しか耕しはしない。
もはやお前の鏡のような小川は昼の空を映しはせず、
菅の繁茂に息も詰まり、草に覆われたまま流れゆく。
(中略)お前の四阿は全て、見る影もない廃墟となり
崩れゆく壁の上まで、長い雑草が這い昇っている。
そして略奪者の手を怖れて震え、手から逃れて
遙か、遙かに遠いところへお前の子たちは去ってゆく。
(37–44; 47–50)

これら離農者の多くが工業都市へ移住したこともまた事実ではあるが、海外へ去った者も多かったと言われる。

大邸宅が田園を簒奪

そして過去は麗しかった——
だが今日では、欲望と富裕とが支配する商工業の象徴である大邸宅がこの田園を乗っ取っている。これも歴史が証するところである。

国土は疲弊し、急ぎ足に募って来る害悪の餌食となる。
富が蓄積されるところで、人々は朽ちてゆく。
王侯や貴族なら　栄えたり、衰えたりも　するだろう、
王の一声が、実際そうして来たとおり、貴族を作り出す。
しかし国の誇りである　見事な農民たちは
ひとたび失われるなら　二度と作り出すことはできない。
(51–6)

後年、保守的な文化人の知遇を得たゴールドスミスだったが、産業の拡大と貧富の差の拡大が、比例関係にあると見てとる詩人の眼を失いはしなかった。その上、王侯や貴族の支配がいかに恣意的であるかもここに仄めかされる。

商工業《トレード》の横暴

注目に値しないノスタルジーとして一蹴されてきた次の部分にも、一九世紀までにまだ三〇年余を残していた彼の時代を考えれば、シェリーがやがて憎悪の対象にした商業《コマース》を先取りした商工業《トレード》の横暴を批判する点で革新的である。

英国《イングランド》の悲しみがまだ始まらない頃、全ての土地が

その主人だった農民を持っていた時代があったものだ。
その農民に　軽い労働が健全な実りを与えてくれたも
のだ、
人生に必要なものだけを与え、それ以上は与えなかった。
彼の最善の友は、無邪気と健康だった。
彼の最善の財産は、富を知らないことだった。
　だが時は変わった。商工業の　冷酷な供回りが
国土を奪い、農夫を土地から立ち退かせている。
かつては　いくつかの村が散在していたところに
今は　無格好で邪魔物然とした　栄華の館が建っている。
全て　欲望は　富裕に結び付き、暗愚が
奢りのつけとして支払うあらゆる苦しみと　結び付く。
昔《潤沢》が　栄えるようにと繰り広げた優しい時間や、
小さな場所しか求めなかったあの静かな願いや、
平和な情景に優美を添え、光景の中に息づき
全ての芝生を輝かせていたあの健康な娯楽は
これら皆、遠くへ旅立ち、より優しい国を捜す。
田園の歓楽と風習は　もはや我が国にはない。（57–74）

　これより六年前の『旅人』でも、イタリアの栄華の去ったのちに国の精神が荒廃した様を描きつつ、「南の疾風よりさらに気紛れな《商業《コマース》》が／他の国の岸辺に帆を翻した」（*The Traveller*, 139–40）として経済活動の飽くなき貪欲さ（ここではアメリカの発見によるヴェネツィア等イタリア貿易港の凋落の元凶）に言い及んでいることが想起される。

荒廃した村の現状

　これに続く、荒廃した村の現状を描き、その元凶を糾弾する詩行には、シェリーが『レイオンとシスナ』で多用する《暴君《タイラント》》の一語が、第三七行に続いて再び現れる（76）。そのあと、印象的に田園の荒廃を彩り、この作品の自然詩としての質を否応なく高める次の描写がある――

今や住人たちの物音は絶えてしまった、
陽気な話し声が疾風の中に震えて聞こえもしない、
忙しげな足音が草むすあぜ道を踏みつけることもない、
生活の、花咲く彩りが全て姿を消したからだ。
例外はあそこに見える未亡人、一人ぽつねんとした姿、
水のほとばしる泉のそばで弱々しげに身を曲げる姿。
彼女は惨めな女性、老いた今、食べてゆくために
水芥子が覆うこの小川からそれを剥ぎ取り、
野いばらから冬の薪を拾い集め、
そして夜は小屋に帰って、朝まで泣いて暮らすのだ。

あの無邪気な人びととの中でただ一人、村に残された人、
哀愁に満ちたこの平原の、悲しい歴史の生き証人。
(125–36)

——この場面は絵画にも描かれた（「凡例の下の余白の絵」）。

野心と無縁な田園牧師

他方、世間的野心のない牧師の描写（報酬は年に僅か四〇ポンド［142］。「田舎牧師の立場を変えたいとも願わず／へつらうことを知らず、権力を求めもしなかった」［144–45］）は、世に埋もれた有徳の人々を讃えるグレイの「田園の教会墓地にて詠める悲歌」を受け継ぐ。

自分の身を起こすより、惨めな人々を奮い起こすのが得意だった（More skilled to raise the wretched than to rise）、
彼の住処は、流浪する人びとによく知られていた、
彼らの放浪を叱りつつ、その苦痛に救いの手を伸べた。
長らくの知り合いとなった物乞いが彼の客人となった。
（中略）傷病兵は、親切にも長居するように勧められ、
彼の暖炉のそばに座って、一夜を語り明かした、
彼が負った戦傷、悲しい戦場での話に涙を流しながら。
(148–51; 155–57)

詩句の底には、多くの乞食を生みだしつつ、戦争によって経済発展する国家への批判が副テクストとして潜んでいる。またこの牧師を描く一節は『旅人』の冒頭近くの「窮乏と苦痛に苛まれた人びとが訪れたあの住処／見知らぬ人にも喜んで椅子が差し出されたかの牧師館」(*The Traveller*, 15–6) を拡大して歌ったもので、両詩はともに体制批判的である（この田舎牧師のモデルが、アイルランドで牧師をしていた、詩人の父であることはよく知られている。See Dobson '27 : 184n）。

人物の精神的崇高

また当時のイギリス文学では美学上の最大の関心事だった《崇高＝sublime》の概念が、巨大な山岳など自然界の驚異に対して用いられていた伝統を変形して、人物の精神的崇高を述べるのに《自然界の壮麗》を用いるのもゴールドスミスの創案である。彼は本章冒頭で触れた『地球の歴史・生命に満ちた自然』の中で、高山は山頂近くになると植物を生育させなくなり、その上部は断崖と岩のみとなって陽を浴び、雲は足下に、雷光は下方から昇るさまを描いている (Lonsdale : 684n. See also Pitman : 122)。この知識を導入して、右記の牧師の気高さを描く——

荘厳な姿を高く掲げる崖にも似て
谷間より隆起し、嵐をもよせつけず
たなびく雲をその胸にまといながらも
永遠の輝きをその頂きに宿す。(189–92, 訳文は橋本：261)

《崇高》の概念はイギリス・ロマン派の主流詩人たちによって、単に恐怖を伴う自然界への美感という一八世紀の原初的意識から大きく枝分かれしてゆくが、ゴールドスミスも自己流の《崇高》を主張したことになる。

ワーズワス「廃屋」の手法

また、いわば廃墟を描きつつ主題に絡む人物を偲ぶ部分には、ワーズワスの「廃屋」や「茨」における手法を思わせるところがある。描かれるのは学校教師で、彼が教えていた学校跡の垣根は毀れ(193)、彼が読み書きさえでき、算術も得意で(と、詩人は十分にコミカルな調子を交える)、論議をしても牧師にも対抗でき、

その間、学のある長い言葉と、雷のような大声が
彼の周りに集まって口を開けた村人を唖然とさせた、
村人は、見つめれば見つめるほど、驚嘆の念を募らせた、
彼の小さな頭が、知っている全てを中に収めているとは。
——しかしこの議論の場はその痕跡も留めていない。
今、そこには、意味もなく針エニシダが花盛り。
(中略) 彼の名声の全ては過去のもの。何度も彼が
名を馳せた、あの茨の近くの、議論の場そのものが
忘れられてしまった。(193 ; 217–19)

酒場の活気も今は記憶の中だけ

そこは村の酒場だった。後にハーディが、田園地方へのニュースの伝わり方が遅いのを小説の中で描いたのを先取りし、世相を論じる村人たちを政治家に譬えて、

そこで村の政治家たちが、深刻な面持ちで語っていた。
口にしている酒類《エイル》より、もっと古い話題が語られていた。(223–24)

だがその情景も、今は想像の中だけに残っているにすぎない、として具体的な描写がこのあとに続く(なおゴールドスミスの別の詩「作者の寝室を描く」では「歩くとじゃりじゃり鳴るsandedされた床」が描かれており、以下の引用に出る「砂」も、

「サンドペーパーで磨いた」の意味ではない)。

《想像力》は愚かにも（fondly）身を低くして跡づける、
お祭り騒ぎだったあの談話室の光彩を。
白漆喰を塗りつめた壁、砂を美しく敷きつめた床、
ドアのかなたでチクタクと鳴るニス塗りの時計、
二重の借金を払うように考案された箱形の家具、
夜はベッド、昼は引き出し付きの箪笥となる借金を。
(225–30)

ここへ《現在》の情景が挟まれて、村の惨状が示されることになる。

村の現状

酒場は姿もおぼろに倒れ伏す。もはや酒場は貧者の心に
一時間の大切ないとまを分かち与えることもできない。
もはや貧農は、日ごとの労苦を楽しく忘れるために
この酒場を訪れることができない。
農夫の語るニュース、床屋が漏らす物語、
樵夫の民謡も、もう今では聞くことができない。(中略)
恥ずかしがるメイドも、半ば強要されるのを喜びつつ、
酒杯に口づけして客たちに回すこともできない。
(239–44 ; 249–50)

ここまで読むと、これは単なる懐古趣味ではないかという例の批判が出てくる。詩を離れて反論しておきたい。そのためにゴールドスミス自身の言葉を用いたい。

『廃村』は感傷の産物か

庶民の苦しみを主題に採り入れるのは、ロマン派詩人たちの一つの大きな傾向だった。この傾向は、一般にロマン派と呼ばれる詩人の登場以降に突然現れたのではなかった。ブレイクやシェリーより遥かに穏和なかたちではあるが、ゴールドスミスは庶民への心配りと権力への抗議を一体として、しかも明瞭に表現している。従来は、ここに描き出された、富裕層に村から追い出される庶民の姿は、多くの批評家によって「疑いもなく誇張されている」(たとえば Sells : 68)とされ、この詩自体も事実に基づかない感傷的なものと見られてきた。これは訂正されなければならない。従来から何度も指摘されてきたことだが、富を得た者によって、「良き眺望を得るために」いくつかの庶民の家が取り壊された事実が雑誌に報じられたことが知られている(最近では Newey : 94 も再説。なお、村から追い出される農民一家の姿を、本書表紙カバーは描く)。

底辺の生活の大変革《レヴォリューション》

さらにゴールドスミス自身の手紙（一七六二年六月一四／一六日付『ロイズ・イヴニング・ポスト』の編集者宛のかたちで『ポスト』に掲載される。手紙は「底辺の生活の大変革《レヴォリューション》」と題され、「大変革《レヴォリューション》」とは、富裕者によって長年住み慣れた土地を追われることを指す）の内容は注目に値する。以下はその手紙の抜粋である。何度も批評書に取り上げられたものとはいえ、邦訳は示されていないと思われるので、評者が引用しない部分も加えてここに訳出する。引用中の「住んでいる人びと」とは、ゴールドスミスが一七六一年の夏を過ごしたイングランドの小村の庶民たちを指す。

……百軒近い家がありました。小村は商業（commerce）の通り道から完全に絶縁されたところに位置し、住んでいる人びとは数世代にわたって、原初的な農業に携わっていました。富裕とは無縁でありながら、苦労知らずでした。ほとんど誰も金銭を儲けたこともなく、しかし困窮して世を去ったものもいませんでした。（中略）金に困った旅人や見知らぬ人も、ここでは気持ちよく迎えられました。

（Friedman 編、『ゴールドスミス全集』、III, 195）

——後のワーズワスの、ウインダミア地方への、鉄道の無定見な導入に反対したときのソネット（'Sonnet on the Projected Kendal and Windermere Railway'）やその時に記した散文（第六章参照）と極めてよく似た、平和に暮らしていた村人たちの描写といえるであろう。

詩の本体と連動する言葉

次いでゴールドスミスはこの共同体での客人として迎えられた幸せを述べ、しかし村人たちが間もなくこの地を追われることを知って嘆き始める。「ロンドンで巨万の富を得た商人」がこの地を買収し、「自分の快楽のために」（同：196）設計をし終えた、つまり自然美を最大限に活かすように醜い庶民の家の撤去を求めたのである。次の言葉は、詩の本体と明らかに連動する——

私は悲しかったのです。我が国の力であり飾りであると考えられるべき人びと、気前も良ければ徳も高い人びとがそのささやかな住居から引き裂かれ、見知らぬ人間のあいだで貧困と苦難とに出遭うために追い立てられるのを目の当たりにしたから。自分の労働の成果を稼ぎ取って喜ぶ替わりに、彼らは今や厳しい主人のもとで雇われ人として苦役に明け暮れることになります。明日は

どうなるかも判らぬ食事のために富を持つ者にへつらい、子供には困窮と奴隷労働を遺産として残すしかなくなったのです。（同）

このあとには、美しい娘さんが、妻を娶る資力のなくなった恋人から引き裂かれ、きれいな庭、耕された畑は荒れるに任されることも述べられている。

さらにこの手紙は、『廃村』の後半部分と対をなす叙述へと続いていく。

経済的拡大への疑問

《七年戦争》は一七五六年に勃発し、六三年に、多くの植民地（カナダ、インド）と物質的富をイギリスにもたらして終結する――この手紙（六二年）はこの戦争の帰趨を見定めての発言であると思われる――

外国との商業活動の増大や外国の領土の拡大について、我が国を祝いたい輩にはそうさせておけばよろしかろう。ですが私としましては、このような富の新たな導入には、極めて僅かな満足しか感じません。外国との商業活動は、ほんの少数者によってしか遂行されませんので、それに比例してほんの少数者に富をもたらすだけです。（中略）こうしてこれは、全ての人びとのあいだに富を分配するのではなく、少数者の手にだけ巨万の富を積み上げるのです。（同：197）

――ここには植民地獲得戦争批判の萌芽さえ読みとれる。一七六四年（戦争終結後）完成の『旅人』では、スイスがこれら戦争に参加した傭兵の供給源だったことを指して「不毛の丘はここに何の産物ももたらさない／鋼を帯びた男、兵士と剣以外には」（169–70）という詩句を挟んでいる。

『廃村』の後半

今しがた引用した「手紙」の続きを読むならば、

世界中のどこへ目を向けても、あまりに精力的に外国相手の《商業》を追い求めた諸政体は、最後には《貴族支配の国》になるのが見えるのです。そして必然的に、このようにして獲得された巨大な富は、全ての人々の自由を呑み尽くしてしまいました。ヴェネツィア、ジェノヴァ、オランダは現在、暴君たちの隠棲所・奴隷たちの牢獄とほとんど変わるところがありません。そこで《偉大なる者たち＝The Great》は、なるほど自由を誇っています。（中略）だが貧者たちは、悲しいかな、この上なく厳格な圧政のもとで呻いているのです。（同）

――これは『ウェイクフィールドの牧師』第一九章に出る描写と同じであるとともに、『廃村』の後半部分に現れ出る。ここからまた『廃村』を読み継ぎたい。『廃村』は抽象論だけではなく、次のような具体的事例を挙げる――

　　　　富と高慢の男は
多数の貧者が提供した一つの空間を我が物とする――
大池を掘るための空間を、また狩猟園を拡大する空間を、
厩を建てる空間を、馬車と供回りのための空間を。
彼のからだを怠惰な絹で包むための衣裳は
近隣の農地から、収穫量の半分を奪ってしまった。
孤立して自分たちだけが狩猟《スポーツ》を楽しむ彼の大邸宅は
その緑の芝生から、怒りに満ちて貧者の小屋を見下ろす。
（『廃村』：275−82）

村人の素朴な遊興《スポーツ》

この、村人とは無関係に「孤立し」た新興上流階級の遊興と好対照をなす村人たちの素朴な遊興《スポーツ》は、この引用以前に描かれていた。先の酒場に見られた情景を

そうだとも、富には侮らせ、高慢には軽蔑させるがよい、
身分の低い者たちの、このような素朴な幸せを！
村の天然から湧き出た美は、《人為《アート》》の虚飾全てよりも
私には大切なものだ、私の心にしっくりと馴染むものだ、
《自然》が力を発揮する、自ずと染み出る遊興こそが。
（251−55）

村人のこうした室内での楽しみ方に対照されるのが裕福な連中の真夜中の馬鹿騒ぎ――これはハーディの『エセルバータの手』（一八七六年）第四章の朝まで続く舞踏会の出典かもしれない。（次の「華麗な行列」は舞踏会に並んだ男女。）

だが長々しい華麗な行列、真夜中の仮面舞踏会、
奔放な富による気紛れの全てを身につけた踊り手、
この最中に、軽薄な男女が欲望の半ばも得られぬうちに、
骨折って得ようとする快楽が、うんざりと苦痛に変わる。
（259−62）

鮮烈な国土の描写

終わりの四分の一近くから始まる国土の描写は鮮烈を極める。これがパストラルの徹底的な改変以外の何であろうか？豪華なドレスの無用性を歌ったあと

最初は《自然》の最も素朴な美しさを身に纏っていた国、
この国が《豪奢》の裏切りに出遭って、このありさまだ。
国が没落の瀬戸際に来て《壮麗》の数々が立ち昇る――
壮麗なる《眺望》が人を撃ち、壮麗なる宮殿が驚かす。
その間に、土地が微笑んでいるのに饑餓に襲われて
悲しむ貧農は、身分のない家族たちを引きつれて歩む。
貧農が、救助の手一つ差し伸べられずに沈み行くとき
国は充ち満ちる――大庭園は花盛り、国土は墓盛り。(The country blooms――a garden and a grave)
(295–302)

貧農はどこへ行けばいいのか――共有地からさえ貧農は閉め出されているも同然、また肌の合わない都会も、貧農の住める場所ではない。ロンドンの喧噪に満ちた、田園詩で常に貶められた堕落ぶりが歌われる(303–25)。

落ちぶれた田園の美女

その中で特に嘆かれるのは都会で身を持ち崩した、かつての田園の美女の境遇である――

あぁ、オーバン村よ、お前の目を向けよ、
貧しく家もなく、寒さに震える女が寝そべる場所に。
彼女はおそらく、村にいたときは大きな幸せを得ていて
無垢な女がもてあそばれた話を涙して聞いた女性だ。
慎ましい容姿は、田舎家になら良き飾りとなるだろうに、
茨の下から覗く桜草のように可愛らしいであろうに。
今は誰からも忘れられ、味方も、貞操も失ってしまい、
彼女を裏切った男のドア口に頭を休めているのだ。
(325–32)

――田園の美女が都会の遊蕩児にもてあそばれ、はては売春によってようやく生きているさまが示唆されている。彼女の苦しみをかつての村人が支えているかといえば、村人たち自身が寒さと餓えに促されて、誇り高い金持ちのドア口で僅かのパンを乞うているかもしれないのだ(337–40)。

海外への移住

村人たちのもう一つの方策は海外への移住だとされる。だが「恐ろしい外《と》つ国の岸辺」(346)では太陽が真上から照りつけ、耐え難い昼の暑さを降りそそぐ(347–48)。蝙蝠《こうもり》、毒草、蠍《さそり》、毒蛇、虎、野蛮人、竜巻などの脅威がそこでは彼らを待ち受けている(350–59)。以下は村を去る日の描写だ――

何という悲哀があの別れの日を陰鬱にしていたことか、

生まれ故郷の散歩道から別れよとの声をかけたあの日を。
あの日異郷を目指す哀れな彼らは全ての愉楽と訣別し、
自宅の四阿から去ろうとせず、最後のひと目を見ようと
懐かしげに長い告別をなして、西の大海原のかなたに
これとよく似た場所をと虚しい願いを抱いていた。
遠い深い海と出合うのをなお怖れて身震いし、
戻ってきて涙し、さらにまた戻ってきて泣いた。
(363–70)

――老いた父はむしろ墓の向こうの世界へ行きたいと言い、父を支えてきた美しい娘は「涙して、さらに美しさを増しつつ」、恋人の腕を放して老父の腕をとった（371–78）。母親たちは何も知らない赤子にキスを浴びせて抱きしめ、その夫は、悲しみの中で男らしく慰めようとした（379–84）。

贅沢品を輸入、村人を輸出

次いでこの詩は、裕福な一握りの者たちが、海外からの贅沢品を輸入して儲けた替わりに（その儲けによって村の土地を買い占め、村人を立ち退かせた替わりに）、いわば見返りにこれらの貧しい村人を輸出することになった成り行きを激しく責める。

おぉ《贅沢》よ！《天》の命によって呪われるべき汝、
汝の見返りに何と悪しきかたちで村人を輸出するのか！
汝の麻薬じみた薬は、狡猾な愉楽を与えつつ、何と
快楽をまき散らして、果ては破壊をもたらすことか！
(385–88)

詩歌に託す思い

だがこれは今始まったばかりで、「私がここに立って思いに耽るあいだにも／田園の美質が土地を離れてゆくのが見える」（397–98）。詩人は船が遠くへ去ってゆくのを目で追っている。そして詩歌という、イギリスが誇るべき「この上なく愛らしい乙女」に呼びかけ、

貴女《あなた》は肉欲的な快楽が侵略して来る国から常に逃げる、
このような恥ずべく頽廃した時代には、貴女は人の心を
捉えたり、誠実な形の名声を得ることはない。(408–10)

と歌い、この妖精・詩歌にイギリスからの別れを告げると見せかけて、しかし外つ国に詩歌が去るとしても

軽んじられている真実を助けよ、説得力ある旋律で、

過ちを犯す人間に《利得》の狂気を拒絶するよう教えよ
(423–24)

と詩歌に思いを託す。最後にジョンソン博士が「《商業》の傲慢な帝国が素早く衰微することも教えよ」以下の四行を追加して、この作品は終わっている。

『廃村』の革新性の証左

この、明らかにパストラル詩から出発して、パストラルを改変した作品が、一八世紀のパストラル概念からいかに遠いものであるかは、ポウプの『牧歌論』と較べてみれば一目瞭然であろう。ポウプが大きな影響を受けたフランスのラパンとフォントネルも、パストラルの権力者批判という用い方には気づいていなかった。だからポウプは「羊飼いの生活には、他のいかなる田園の仕事よりも静穏が付きものであったので、詩人たちは羊飼いを詩に採りいれることを選んだ」(*TE*24 : 22–4行)という信念の基に、その『牧歌論』の中心となる主張において

この種の詩歌の魅力は、羊飼いという仕事の《観念》から発するというよりはむしろ、田園生活の静穏という《観念》から発するのである。それゆえにパストラル作品を楽しいものにするための或る幻影(illusion)を用いなければならない。それは、羊飼いの生活の最良の部分のみを明るみに出し、その悲惨の数々を隠すことにある。
(*TE*27 : 60–5行)

と述べたのであった。これを受けて一七一三年四月六日の『ガーディアン』紙は、

……上手に描かれた真実は間違いなく想像力を喜ばす。だが真実全体を明らかにするのではなく、楽しい思いを運ぶ部分だけを明らかにするのが、ときには便利なこともある。(中略)このようなわけで、《パストラル》を書く際には、その生活の静穏が十全に、簡明に現れるようにし、田園生活のむさ苦しさを隠すことである。生活の素朴さを好きなだけ明らかにし、生活の惨めさを覆い尽くすことである。

と説いた(See Barrel : 1)。『廃村』は明らかにこの主旨に背いているから、その革新性はこれで明らかであろう。

第二章　クラブの描く農民と貧民——『教区の記録簿』と『都邑』
——スティーヴン・ダックも一瞥

クラブを読む理由

この第二章にクラブ（George Crabbe, 1754–1832）を置くについても、説明が必要かもしれない。彼の『村』（*The Village*, 1783）は、いわゆるロマン派の時代に先駆けた作品だからである。しかしこの先、ブレイクとワーズワスの貧しい人びとを主題にした詩群を読むにあたって、リアリズムを自ら唱えて当時の農村や漁村の貧民の実態を、感傷を交えずに描き出したこの詩人を理解しておくことは極めて有益ではないかと思われる。ブレイクとワーズワスの、それぞれに芸術的色彩を施された作品では、彼らが恣意的に貧者を主題にしているかのように感じられる場合があろう。だが当時の徒弟制度によって奴隷と同じように親方に使われた貧者、とりわけ貧しく幼い孤児や捨て子、あるいは貧困から逃れるために徴兵に応じて一家にさらなる悲劇をもたらした貧しい夫たちなどは、決して勝手な想像力が創り出したものではない。旧拙著に扱ったシャーロット・スミスの「森の少年」等と併せて、クラブが描き出した悲運の貧民たちの姿をまず見ておきたいと思う。またこれは、左に改めて述べるように、一八世紀の主流的牧歌を否定して書かれているから、その点で大きくイギリス文学の《自然》の扱いに変革をもたらしたのである。

旧弊な牧歌と訣別

有名な『村』については、旧拙著に少し触れた。クラブはゴールドスミスをさえ旧牧歌調なセンチメンタリズムを用いて『廃村』を書いたとして批判したことで知られるが、自分の『村』では古い牧歌的発想への訣別を宣言した——

村の生活、そして若い貧農と、老いてゆく農民を

> 支配してやまぬ　あらゆる憂いについて、また
> 労働が生み出すものや、労働の時期が過ぎたあと
> 老齢が、その衰弱の時間に最後に見いだすものについて、
> 何が貧者たちの現実の姿を描きあげているかについて、
> ――これらについてこそ歌を歌わねばならない。（I. 1–6）

このように、歌い出しからして過去の田園詩に挑戦する。このあと旧弊なパストラル作家の名を列挙し、黄金時代の導入を虚しいとし、そんな歌い方を引き継いだならば

> 《真実》と《自然》から遠く隔たってしまう筈《はず》だ（中略）、
> そうだった、過去の詩人たちは幸せな農民を題材にした、
> それは詩人が農民の苦しみを全く知らなかったからだ。
> 詩人は貧農の牧笛を誇らしげに歌う、だが今日の貧農は
> 牧笛をあきらめて、鋤の後ろからとぼとぼと歩いてゆく。
> （I. 19; 21–24）

『村』の第二巻の村娘

右は旧拙著にも引用した部分を書き直したものだが、「現実の農民の難儀を、私は隠していいものだろうか？」（I. 48）という修辞疑問や、村の貧者《プア》を収容する建物（救貧院）の惨状の描写（I. 220–40）についても、旧拙著をご覧いただければ幸いである。『村』の第二巻は、第一巻に較べて社会批判の筆鋒は鈍っているのは確かだ。だが小さな農村・漁村では、「口さがない《中傷》がひそかに流布され、緑の野を汚す」（II. 40）とか「《中傷》は夫の悪行をその妻に伝える」（II. 43）とか、農村の生活実態を如実に描き出す。また次のようにわざと従来の牧歌用語（ニンフ、シンシア）を使って、諧謔的に村娘を描く――

> 田園の空気を呼吸するからといっても、村の乙女《ニンフ》たちは
> 月姫《シンシア》ほどの美は有せず、その美ほどにも貞節ではない。
> 乙女《ニンフ》たちは、それぞれ新奇な顔立ちを都会に供給し、
> 田舎男用の娼婦が、貴族の抱擁を受けることになる、
> この貴族から、万一乙女《ニンフ》がまた田舎に舞い戻った場合、
> 貴族の病気が、今度は田舎男を襲うことになる。
> （II. 49–54）

――清純可憐な牧歌的田舎娘の替わりに、性病を蔓延させる村娘が描かれるわけである。

上位階級も下層と同罪

この種の性的混乱は教区の治安判事によって裁かれる

ことになるが、治安判事など大地主である「偉大な人びと（the great）」もまた、実は同罪であることが風刺される。なぜこのような小型の罪を歌に詠うのかという、仮想読者の質問に答えて

それは、大きな権力を持った高慢な輩、偉大な人びとも
悪徳において、いかに最下層と同類であるかを示すため。
彼らの本性はその程度、また彼らの情熱もその程度だが
下層民はあまりに隠し立てが下手、上層はあまりに上手、
だから権力と快楽の人が、自分が裁く奴隷の中に
自分と同じく下劣なる悪漢を見ることになる。
贅沢を極めるお殿様の中に、召使いは見出している、
自分自身の卑しい快楽と、堕落した同じ精神の姿を。
（II. 89–96）

こうしているうちに、上層も下層もしばらく生きただけで「最後には塵の中で平等になるのだ」（II. 100）と歌い、

だからあなた方、運命を嘆いてばかりいる貧しいお方よ、
あなた方が「偉大な」と呼ぶ人びとを羨むのは控え給え。
彼らが所有している幸せのまったただ中で、彼らは
あなた方と同じく、苦悩の犠牲者であることを知り給え。
（II. 101–04）

このあと、慈悲深いラットランド公爵の描写が続いて、最上層の善行を思って貧者よ、休心せよと説く（II. 107–14）。

『教区の記録簿』

さて「村」の実態への描写は、一九世紀のロマン派全盛時代に出た彼の『教区の記録簿』（*The Parish Register*, 1807）に受け継がれている。『村』は「センチメンタルな博愛主義に抗議する」（Hatch : 7）書として評価されているが、『教区の記録簿』の（特にその第一部の）精神もこの評価に値する。いわばこれは『村』の続編である。その「序文」（See Harrison : 89. Dalrymple-Champneys 編の全集第一巻二〇七頁。参考文献表に挙げた二著には収録されていない）では、「『村』に続いて「もう一度村人の様態を描写するよう努力してみたい、パストラルの単純素朴の概念を採り入れず、田舎人の野蛮さという観念にとらわれず、下層農民を、より自然な見方で描きたい」と述べていた。そして詩の中では

詩人の私が見ているこの国の他に、愛の国土はないのか、
自由と安楽の国土は？　労働が疲れをもたらさない国土、

田園の幸せの永久の流れを、
苦労が帳消しにしてしまわない国土は？　高慢な
大邸宅が、恐ろしげに威厳を見せて睨んだり、農民の
賤《しず》が屋の門口から、陽射しを奪ったりしない国土は？
(I. 15–20)

――このように英国農村の現状を最初から批判する。この点ではゴールドスミスに似ているが……。

篤実な農民像、また悪徳と悲惨

だがクラブは一方的に農民の悲惨さだけを描きはせず、篤実な農民像を最初に呈示する。このような農民は、壁紙としても歴代の王や英雄の姿絵を飾り（同：41–2）、一週間に六ペンスを節約して立派な版画入りの聖書を買い求めている（同：81–3）。そして教会での礼拝のあと、「同じ種類の話題どもがいつまでも続く」彼らの楽しい集いも描かれる。しかしやがて「悪徳と悲惨が、そろそろ歌われることを求めてきている」の一行を境に、詩の本題（同情を籠めた貧者の描写ではない）が展開する――悪徳に身を落とした農民の居住区をこう描写する――

この界隈の開けっ放しのドア口全てに、胸の悪くなる
塵の山、暖炉の灰、床から掃き出された汚濁の凄《すご》み、
しかも日ごとにこの入り混じった山が大きくなる、
流し台から汚物が流れ、溝《どぶ》から流出してきたなまゴミ。
そこでは飢えた犬が飢えた子供たちから餌を奪い
豚たち、ひよこたちが食事のことで喧嘩を極め尽くす。
水膨れのできた赤子たちが治療されずに這いつくばい、
全てが欠乏、欠陥、欠損で、惨めさの限りを尽くす。
(I. 190–97)

これらの農民は「たちの悪い一群」と描写される（I. 170）。

知性のない野蛮な農民像

また紙やカーテンで仕切られただけのベッドの一隅に息子や娘が潜りこみ、そのすぐ傍に夫婦が眠るさまも描かれる。「子の耳が、最初に心を汚すものとならないようにしたいものだ」（I. 205–11）と詩人は嘆くが、当然、子は男女の生態をはやばやと知ってしまう。これらの貧者の家では、昼間はベッドの上に衣類が散乱し、糸車もなく、トランプ・カード（賭博と同時に、いかがわしい占いの業務用）のみが目だち、時計もなく、書物もない――あるのはふしだらな民謡の飾り絵だけだ（I. 218 ; 231 ; 234–35）。凶器となるかと思われる棍棒その他も見える（I. 241–42–ff.）。汚ら

しい言葉を吐き付けつつ、情け容赦もなく闘鶏で鳥を苦しめる蛮行もまた描かれる（I. 257–64）。負けた側の野蛮な男（the savage）は

呪いを浴びせる、自分の賭を負けに終らせた臆病な鳥に。
この男のためにこそ血を流し、死んでいっただけなのに。
（I. 265–66）

——すなわち感傷を排除した貧民の赤裸々な描写の連続である。そして第一巻は、このあと小説ふうに、父親に監視されながら水兵に誘惑されて子を産んだ哀れな美女の話に移って、貧困と農村の主題を離れるが、この話はワーズワスの「ルース」とよく似ている。

結婚の記録簿

第二巻は、記録簿の中に現れる様ざまな結婚を歌い継ぐ。まずオヴィデウスが書いた、結婚は急いで行うものではないという格言めいた一節を引いて

貧しいのなら、結婚の延期《ディレイ》は将来の欠乏に備えてくれる、
質素な生活から、その苦労の半分を取り除いてくれる。
（II. 5–6）

——貧困は依然として詩の主題であり、右の二行はそれとなく村の全体的な貧困を示唆している。あばずれと結婚した貧しい男のこの先の苦しみは次のように歌われる。

何と嘆かわしい苦痛、苦悩を新妻は君に与え、
反抗心を持った君を悩みで満たすことであろうか。
なぜなら君は、脅しの言葉で、自由を取り戻そうと
絶え間なく苦闘しても、虚しく終わるに違いない。
だが女は征服のために結婚したのだから、君や君の怒り、
あるいは君の愛情に瞞されはしないはずだ。
彼女の口はうるさく騒ぐだろう——男女を問わず
君のまわりに仲間を集めてきて、疑いを抱く君の心を
かき乱すだろう。妻は君のカネを浪費するだろう……。
（II. 36–44）

つまり、村人の生活実態をあからさまに歌うのがこの作品の目的なのだ。男女を逆にしたケースも歌われる——

手遅れとなる分別

その部分は、「おのおの全ての恋人は、心の中で運命を呪う／あまりに早ばやと幸せにされ、賢明にされるのがあまりに遅

すぎるのだ」（ll. 115–16）で始められ、

妻は優しげな言葉とへりくだった調子で努力してみた、
失った愛の残り火をかき立てようとしたのだ。一方で
暴君となった夫は、顔をしかめて妻より先に立って歩き
なけなしのカネを財布に触り、パブのドアに向かった。
妻は悲しげに従《つ》いてゆき、服従してパブに入り、
最後の一シリングが、汚らしく使われたのを見た。
それから妻の父親の小屋に夫婦は赴き、
愛と安楽に、永遠に別れたのだ！　（ll. 121–28）

若い人よ慎め！

こうして当初はロマンティックに見えた恋が、夫の側の変身ぶりによって悲劇的な様相を帯びる例を列挙し、そのたびに次の一行目をほぼそのまま繰り返して、二行目を変形したリフレイン（引用の終わり二行）にして、その段落を終える——

あぁ！　誘惑から逃げなさい、若い人よ慎め、慎み給え！
私は永遠に説教する——しかし説教の効果は虚しい！
（ll. 129–30）
恋に屈する娘よ、厚かましい男よ！　（ll. 188）
私に永遠に説教させるな、効果は虚しいのに！　（ll. 246）

これらは清らかな《田園詩における恋》のアンティ・テーゼとして意識されている。より幸せな夫婦の存在を描いたあとでも、なお繰り返して性急な結婚を貶める。しかし読者は誰もが認めるように、これは貧困の結果なのだ——

彼らの結婚が性急だった場合、年月が苦労をいや増す、
愛は冷めて行き、二人の歓びは終わりを迎える。
健康なときはやっと食って行き、病んでは救済に頼る。
苦難に悩まされ、子供のことでは悲嘆に暮れ、
小さな口論と、怒りっぽい喧嘩の中に
かつて愛しあったカップルが命の泉を枯らしてしまう。
（ll. 465–70）

こうして貧しい夫婦は晩年と死を迎える。村の貧困を正面から語らないで、側面から田園に歓びがないことを詩の主題に据えるのだ。

死を覚悟しない人びと

第三巻は「埋葬のさまざま」と題され、まず人びとがなかなか死を覚悟しないさまが述べられる——

今はどこに完璧な死への諦めが存在するというのか、
悲しいかな、それは村の緑地《ヴィリッジ・グリーン》においてではない――
しばしば本では読んだのに、滅多に見たことはない、
死の床に横たわって幸せ一杯の貧農の姿を。　（Ⅲ. 23–6）

村の緑地《ヴィリッジ・グリーン》は、田園の安楽の象徴として伝統的に用いられてきた用語である（ブレイクもこれを用いている）。そして彼らの生への執着にもかかわらず、ついに

司祭が呼び入れられる、だが残念！　もう手遅れなのだ、
貧しげな住居の門から、司祭とともに死が入ってくる。
（Ⅲ. 39–40）

コミカルであると同時に、当時の田園地方の、人の臨終の活写ともなっている。

女傑も死の記録簿に

そこからは村の名物だった人士もまた死に遭遇したさまが語られ、たとえばその承諾なしには教区の作業自身が停滞を余儀なくされたという女傑――

怠け者の浮浪者も、彼女の姿が見えるときには震え、
身ごもった乙女たちは、彼女の厳しい咎めを恐れた。
（Ⅲ. 143–44）

――この女傑でさえ死の記録簿に記載される（死に際して彼女は「眼には天国を、そして手には鍵束を握りしめて放さなかった」＝Ⅲ. 184）。ここには同時に、村には浮浪者《ヴェイグラント》（これはたびたびワーズワスの主題に採り入れられる）がいたという真実もそれとなく語られている。また男性の側の貧困ゆえに、身ごもってなお結婚できない村娘の存在（これは一世紀を経ても、たとえばハーディの詩の主題となる）も示されている。またこれより先に、村の密猟者（ワーズワスに見るように、これも貧困が生みだすもの）や密輸入業者のことも話題として出ている（Ⅲ. 93；95）。そして「死神は、乳児の列《トレイン》もまた手に入れた」（Ⅲ. 191）と書いてその数の多さを示唆する。

不在地主への怒り

次には大邸宅を空けたまま、都会に住んでいた貴婦人の死が語られる。次の描写は彼女がまだ生きていた頃にも通用すると思われる――

見棄てられたまま邸宅は立っていた。
這い虫が床を食い荒らし、つづれ織りは壁から逃げ出し、

（中略）蝙蝠がかん高い声で、飛ぶ雌鳥を呼んでいた。
好奇心を持った人々も、もはや空《から》の部屋には来なかった。
地下貯蔵庫が空なのを見て、貧民は怒って顔をそむけ、
いつも錠が下ろしてあるドアを乞食が不機嫌に呪った。
（Ⅲ. 235–40）

この貴婦人の葬儀の空々《そらぞら》しさもまた詩の主題になる――

悲哀が捏造される時、喪の形は何と悪しき姿を見せるか、
そうだ！　悲哀が本物のときは喪の形式は不要なのに。
（Ⅲ. 282–83）

これも上層階級への村人の批判の一環として読んでよかろう。次に美しい自然描写（Ⅲ. 312–19）とともに有徳の貴婦人として述べられるキャサリン・ロイド――生涯を独身で過ごした女――の話（Ⅲ. 312–412）も、読み進むうちに隠された恋人がいて、多くの宝石・装身具の収集が明らかになる。ここにも風刺が見られる。

高貴な一人の下層農民　次には「高貴な下層農民」アイザック・アッシュフォードの死が記録されている。この項は好意を籠めて描かれ、

彼は美徳の味方だった。彼の曇りのない胸を
羨望が傷つけたり嫉妬が苦しめたりしなかった。
（羨望と嫉妬は貧民の破滅のもと！　隣人が得られて
自分が得られない愛顧は、彼らの弱い胸を傷つける）
だが彼は禁欲ふうな虚勢とは、まったく無縁だった、
人間らしくものを感じ、暖かく人を愛した。（Ⅲ. 429–34）

彼は妻を失い子たちが貧乏なのを見たとき、こう言った――
あそこの養老院（救貧院でもあった）を設置している法律は
親切だ、これは否定できない、とはいえ

ならばなぜ貧民の列に加わって、教区が提供するパンを
食べて養われることをこんなに誇り高く拒否するのか？
だがわたしは躊躇する、困っている息子たちのお蔭で
たくさん食べる貧民とともに食にありつくのは嫌だ。
（Ⅲ. 475–78）

《困っている息子たち》が払う救貧税のお蔭を蒙るのを潔しとしなかった。だが日ごとに彼も養老院を視野に入れた（Ⅲ. 488）。だが突如、彼は自分の賤《しず》が屋《や》の門のところで

最期を迎えた（Ⅲ. 490）。この描写を通じて、クラブは当時の教区の状況を、ありのままに呈示しているといえる。また救貧院の状態がどのようであったかは、彼が『村』でその赤裸々な悲惨を描いていた（旧拙著参照）が、制度の悪用者もいたことが、上掲の引用によって示唆されている。日本でも今日、恥の文化が衰退し、生活保護費の詐取さえ報じられている。これに見事に反論できる人物がここに描かれたのだ。そしてさらに村の死者の話が続くが、ここでクラブの次の長編詩『都邑』に目を転じたいと思う。

クラブの『都邑』

本書の趣旨からいえば、都会を扱う作品は場違いのように感じられよう。だが、これまで描かれた《村》、また記録簿の存在する《村》が、イングランド南部の港町で、クラブの故郷に当たるオールドバラ（Aldeburgh, 音楽祭で有名）をモデルにしていたと同じように、クラブの『都邑』（*The Borough*, 1810）もまたこの田園的な港町の都会的部分をモデルとしている。これは七七四二行からなる超大作（各巻は書簡として情景を報告している）で、町の議員たち、司祭、医師、法律家など、社会の上層階級を描写するとともに、第一八書簡以降は町の貧民階級に焦点を当てる。

> 貧民を描く詩人としてのクラブの評判からすれば、この作品の表題は疑いもなく一八一〇年の読者に、この詩は「頽廃した都会」を描くだろうと予想させたに違いない。しかし序文でも詩の中でもクラブは、この作品での意図は政治上の頽廃を風刺することではなく、できるだけ正確にある特定の都会と、その住民たちのあいだに見られる生活の香りを描き出すことだということをはっきりさせている。（Hatch : 57）

——まさにこの記述どおりの作品である（ただしある評者は、クラブが『記録簿』で勤勉な貧者と自堕落な貧者に二分した点でクラブは慣習的な貧民描写しかしていないとする。しかし『村』や『都邑』のリアリズムは脱慣習的である。この評者は、貧民の実態を直視している『都邑』には言及していない）。

非人間的な救貧院の単調さ

実際『都邑』では、貧者の描写にかなりの重点が置かれる。本書では、前に述べたとおり、ブレイクとワーズワスへの橋渡しとして、こうした部分にのみ目を向けることをお許し願いたい。第一八書簡から例を採れば、自然界からまったく隔絶された救貧院（養老院）での生活がいかに単調で、非人間的であるかはこう描かれる——

そのように限られた風景の中で生きるのは無聊《ぶりょう》そのもの
恐ろしい事は起きないが、新たな事も起きないのだもの。
人の歓びとなること、涙すべきこともここを避けている、
日中そのものが、夜と同じ面《つら》して、眠りこけている。
この単調さを打ち破ることが一つ起こるとしても、
貧者が一人、隣村から密輸されて話されるニュース、
あるいは、墓場に埋められた話がまたしても。
嘘偽りか、さもなくば一二ヶ月昔の話で万事休す。

（XVIII. 172－79）

これはコミカルな筆致で語られるが、これに先立って、彼らは人間だから、胸に悲しみを持っている、だがそれを聴いてくれる人がいないことが歌われて（XVIII. 131－39）、

死神の恐ろしい邸宅と同様に、養老院は歓びを許さない、
親族同士が会いに来て歓び交わす姿は見られない。

（XVIII. 139－41）

――入所者の心が無視されるのは今も昔も同じである。

謹厳な教会書記の没落

第一九書簡は謹厳そのものの教会書記が罪を犯す話である。教会書記は、社会階層の分類上は中産（支配）階級の最下層に相当する。だが彼は極めて貧しい（XIX. 190－97）。本来は貧民の列に加えてよいのだ（実際クラブはこの話を「この都邑の貧者」の表題のもとに掲げている）。村の美女が通り過ぎても目をそむけ（XIX. 30－39）、村人たちが何とかこの堅物を籠絡しようと官能的な手管に満ちた女を、牧者の指導を受けるというかたちで差し向けてもまったく動じる気配がない（XIX. 98－111）。だが下層貧民が救貧手当を受けているのに、同じく貧しい自分が恩恵に浴さないのは不合理だと感じるに至る。悪への誘因は、またしても貧困である。

その年は悪い年だった。赤子の命名式は少なかったし、
結婚式も僅かで、当事者たちは極貧の人びとだった。
金銭を得たいという願望が、窮乏への怖れと手を組んで
彼の傷ついた精神に悲しい動揺を引き起こした。
彼の思考、見解、夢想の全ての中に、富が現れ、これが
さもしい欲望《ベイス》を促し、重々しい計画《ベイスレス》を立てさせた。

（XIX. 136－41）

計画の実行とその結果

ある朝の礼拝時、説教の続く中、教会書記は職務上、会衆からの募金を集めて歩き、その一部を滑らせてポケットに落とした。司祭は説教を続ける、
ついに金貨の募金が受け皿の中に置かれた、
震えながら彼はこれを取り、一瞬立ち止まった。
金貨は落ちていった。落ち際に、かちりと鳴った。
（XIX. 200–02）

書記は驚愕したが、会衆は高貴な信仰に夢中で気づかず、そのうちこれが《習い性》となる。一年近く経って、監督官が三つのシリング貨に印をつけ、集まった基金に一つしかそれがないこと、集金役の書記のポケットにあとの二つがあったことから彼は恥辱を甘受し、解雇される。このあと自然の中で、彼がさびしく余生を過ごすさまが描かれる（XIX. 274–78）が、なんとそれはうら悲しい自然描写か！

女神のような恋の女は虚像

第二〇書簡も「この都邑の貧者」の表題のもとに置かれている。主役は今度はエレン・オーフォードという女性。彼女が悲しい話を語る前に、語り手がまずお話ししようとこの書簡は始まる――語り手は女神のような、恋する女や人妻の話を読み、聞きしたが

生活の多くを描くと約束する書物が、いかに僅かしか、
実際には如何様《いかよう》に私たちが生きているかを示さぬとは！
私には思われる、書物の中の女性たちとその恋人は
作家のペンによる作り事にすぎないと。（中略）本当に
作家が探求するなら、実人生は多くの変化を示すだろう、
突然の破滅、そして思いもよらぬ惨めさを！
小説家が物語るより、また詩人が歌うより、ずっと多く
嘆かわしい、いかがわしい、恐ろしいことがあることを！
（XX. 15–18 ; 21–24）

――これはクラブの新たなリアリズム宣言だ。しかもこのあと、当時好まれていたゴシック小説ふうな恐怖の場面と、最後の幸せな幕切れが長々と語られる（XX. 29–119）。これはJ・オースティンのゴシック小説風刺に匹敵する。

往昔の美女の語り

ここから「昔は美女、今は老いて貧しい」（XX. 123–24）エレンが語り始める。父の死、母の再婚、義父の損失と苦悩による暴力、エレンの労働と餓え、母の後悔と死。自分より身

分が上の男に愛を誓われて恋をし、子をなしながら捨てられ、窓からその男と花嫁を見た話。

大地は砂漠となり、まるで海で出遭った大嵐でした。
樹から樹へと恐れて逃げまどう鳥たち同然、
夕陽が沈むのもぼやけて見え、万物が私そっくり。
（XX. 195–97）

《自然》が何の慰めにもならないさまを描いて、あるいはワーズワスを風刺しているのかもしれない。一方彼女は何よりも赤子に対して、自分は申し訳ないことをしたと思う。

罪を犯して、当然、私は忍耐を得ようと努力しました。
でも世間の考えは正しくないと感じたのです、
向こうには昔の彼氏が、尊敬されて幸せに立っている、
一方私は、苦しみつつ、罪深い女として扱われる。
（XX. 200–03）

――いうまでもなく女性差別の問題が提起されている。

救貧院に入ったヒロイン

娘は四歳になったが、この時、容貌は美しいながら精神遅滞の症状を示す。しかし美女だったヒロインは再婚の機会を得、やがて五人の男の子が生まれた。しかし生活は逼迫するばかり。夫の性格が変わって、あの《父なし娘》をいじめる。夫の自死のあと、一家の生きる望みも失われ、教区の貧民収容所に入る――

私の子供たちもまた救貧院に入れてくれました。これは
正しい、法に適ったことでした。ですが打撃を受けた、
知恵遅れの娘と、病気がちな息子は除外されたのです。
（XX. 256–59）

しかもこのあと「三人の息子を、私は墓場に連れて行きました」（同：260）――本書のブレイクの章に詳しく書くように、救貧院における幼児の死亡率は異常に高かったことをこの詩句は表現している。そして別の息子は知的なよい子だったのに、善悪なんて人間の法律が勝手に決めたもので、全ての宗教は牧師たちの商売にすぎない、人間も獣同様、死ねば一巻の終わりという思想に接し、そのあとはヒロインが語ることのできない運命を辿った（同：274–79）。
――実は「虎を飼うように」牢に繋がれ、あげくは絞首刑が執行された。連れて行かれる息子は「私の心から決して

消えない」（同：293）表情を見せて去った――その犯罪が何だったのかは明言されないが（まさか彼の無神論だったとは思えないけれども）、当時の過酷な刑罰への抗議もまたここには埋め込まれている。また知恵遅れの娘は「卑怯者の罪」（同：311．知恵遅れにつけ込んでの性的暴行）の餌食にされた。病弱だった息子とこの娘は、母を残して世を去った。最後にヒロインは立ち直るが、蛇足であろう。また次の第二一書簡は、ヴォルテール流の自由思想を吹き込まれて、キリスト教から離れ、華美な服装をして酒食に浸り、姉の助言にもかかわらずその生活を続けて最後は不幸に陥る男の話である。これも貧しい元教師を扱うとはいえ、本書の主題に係わる部分がないので、省略することにした。

ピーター・グライムズ

第二二書簡の主人公ピーター・グライムズ（ブリテンの同名のオペラの主人公。ブリテンではピーターをむしろ貧困の犠牲者とするなど、原作を大幅に改変）は少年の頃から優しい父に反抗していた。長じてから漁業に携わり、従順な少年を身近に欲しいと思っていたところ、身寄りのない男の子が手に入ることを噂に聞いた――

当時ロンドンにはなお、
救貧院の邪魔者排除《クリーニング》の斡旋屋が存在すると判ったのだ！
彼らは正義や親切の感情には頓着せず、困窮した商人に
教区の庇護の下の少年を、徒弟として売り渡すのだ。
彼らは必要上僅かな斡旋料を取りはするけれども
哀れな孤児たちを働きずくめの奴隷に仕立ててくれる。
（XXII. 59–64）

ブレイクの章にも書くように、貧民税の高騰を招くために教区の邪魔者と見なされた孤児（一説では一つのベッドに六〜八人の子供が寝かされていた＝George：219）を教区から連れ出してくれるから、斡旋屋には教区からも報酬が入る。これは一種の奴隷売買である。そしてクラブ自身も「この奴隷は奉公に出された（the slave was bound）」（同：66）と書いている。これはハッチが指摘しているとおり（Hatch：107）、掛詞であり、「奉公に出された」のほかに「縛られた」、「拘束された」の意味がある。だが一八世紀末には急増した、徒弟に出される子供については、将来の浮浪者や乞食の数を増やさないための「貧民の子を職に就かせる」良策として是認されていた（George：224）。

漁村全体が実態に無関心

村人たちは、ピーターのもとに少年が現れたのを

知ったが、少年の身に虐待のあとが見えても気にしない。食事を与えていることだけで、漁村全体がピーターの少年への扱いを是認している（上記ハッチ、およびニュー［Peter New：199］もそう論じる）。だが実態は

努力しても少年は罰された、食事が与えられなかった。
目覚めれば　虐待を受け、眠りからは早ばやと起こされ、
泣けば殴られ、だが泣かざるを得なかった。
震えが止まらぬ少年は崩れるように座って祈った、
するとまた殴られ、少年は顔をそむけ、あるいは
啜り泣きつつ、哀れな顔を隠した――そのあいだじゅう
この野蛮な親方は、恐ろしげな喜びに浸って笑っていた。
（XXII. 80–6）

そして三年間、少年はこの虐待に耐えていたが、「そのあと少年の苦痛と試練は、もはや去ってしまった」（同：94）。

別の少年を雇う

どのように彼が死んだのかは「ベッドで命がなくなっているのを見つけた」（同：96）というピーターの言い訳以外には、色々噂されただけで原因は追及されず、ピーターはやがて別の少年を「前と同様に易々と」（同：102）雇い入れる。以前と同じように「この犠牲者は奉公に出された（the victim bound）」（同：103）と書くことによって（つまり奴隷的拘束を言外に匂わせて）、クラブは淡々とした社会への非難を表している。この二度目の少年は、漁船のマストから落ちて死んだが、「遊んでいた最中のことで。だって怠け者だったから」（同：108–09）という言い訳がまかり通って、陪審員の評決も彼が恐れた結果とはならなかった（しかしクラブはこの子に殴打のあとらしいものが見えたと書く）。そのあと

物腰が優しく穏やかな男の子がやってきた――
我が町の人妻たちは（自分が貧しかったからか）この子を
一目見て、悲しみながら皆、こう思った。この子は
紳士の子に違いない、誰か罪深く子を産ませた紳士の。
おそらくは誰か貧しい娘さんを騙して、
最初は誘惑してそれから裏切った紳士の。（XXII. 120–25）

あまりに数多く見られた上位階級による貧者の娘への裏切りがここでも非難されている。

救貧院から来た華奢な少年

この噂のとおりなら、貧者の娘が産み落とし

た非嫡出子は、ブレイクの章で詳しく書くとおり、救貧院に入れられたに違いない。テクストの裏には、大きな社会問題が横たわっていたのである。

言われるとおりに彼は働き、ついには彼の華奢な躯は
重荷を担ぐために曲がり、やがて跛行者となった。
こんな弱々しげな躯が、この上なく野蛮な侮辱と
最も邪悪な暴力にかくも長期間耐えたのは不思議だ。
（XXII. 128–31）

――実際には町の人びとが「この優しい奴隷」（同：133）に食べ物を与え、暖をとらせていたのだ。それでもピーターの、結び目のある縄での殴打は続いた。

この徒弟もまた死亡

ある日、荒海の中を漁に出たとき、少年は怖れの余りピーターの膝につかまった。船は浸水し、ピーターは怒った。

それ以上のことは判らない。我々は想像するか、或いはピーターの言い分を聞くしかない――彼の言うには
「俺は青二才めが危険と見たので、港に戻ろうとしたんだ、
そのうち獲った魚が、次には徒弟が、死んじまったのさ」

哀れを感じた町の女たちは大騒ぎをして回り、
涙してこう言った――「溺死させたんじゃな、お前は」
（XXII. 149–54）

裁判が行われ、ピーターはその後、徒弟を採ってはならぬという穏やかな判決が出た。しかし町の子供たちまで、ピーターの姿を見かけると、「あれは悪い人なんだ」といいながら逃げてゆくようになった。

ピーターの最期

ピーターはその後、孤独のうちに毎日を過ごすようになり、やがて幻覚を覚えるようになる――ピーターがいうに

でもそれは夢じゃなかった。違《ちゃ》うで！　眼を凝らしたさ、
波のど真ん中に、幽霊たちが舞い昇ってきたのさ、
死んだお父《とう》が、水の上に突っ立ちやがって
どちらの手にも蒼白い男の子を抱いておったんじゃ。
そこの塩水の上を、恐ろしい姿をして
滑るように動いておったんじゃ。
（XXII. 306–11）

そしてこの幻は、逃げても逃げてもついてきた。また、たびたび現れるようになった。暑い夏の日には

なお幽霊たちは立っていて、無理矢理俺に見させたのさ、
恐ろしい場所をな——言葉ではよういわへんわ——
水面が二つに割れて、そこに俺は金切り声を聞いたんだ、
この世の言葉じゃいわれへん、責め苛まれた罪の声じゃ、
「来る日も来る日も同じだぞ、永久に！」幽霊は言うた、
「毎日、毎日、絶え間のない拷問だぞ！」——
そうじゃ、幽霊たちはこう言うた。　（XXII. 362–68）

そして死に際にもピーターは、「あいつら、また来た」とつぶやいたと語られる。そして、「この都邑の貧者」の表題のもとに並べられた「書簡」はこれで終わっている。

スティーヴン・ダック

このような作品を書き続けたのであるから、貧者を描くリアリズムの先駆者と呼ばれてもおかしくないクラブではあったが、だが「なお彼は村人たちを上からの目で見ている」（Fulford : 123）と批判されることがある。自ら貧者となって労働現場から筆を執らない限り、いかなる詩人もこの批判を免れないであろう。フルフォードがクラブと対照させて論じているスティーヴン・ダック（Stephen Duck, 1705?–1756）をここに登場させて、「上からの目」によるパストラルとの相違を眺めておくのは適切であろう。ダックは最後には支配階級に認められて教区牧師になった人物だが、引用する『脱穀者の労働』（*The Thresher's Labour*, 1730）は、紛れもなく労働現場から生まれた作品である。

塩辛い流れとなって、我らの汗は勢いよく落ちていく、
髪の毛からも落ちる、顔を伝う細流として散っていく。
我らの働きざまには《中休み》なんてありはしない、
音響かせる殻竿を、いつまでも振り下ろすしかない。　（44–7）

この直前にはウェルギリウスからの影響（Fairer & Gerrard : 251n）をにじませ、正しく脚韻を踏む。

牧歌的平穏を否定

これが現実の農事の有りさまであることを印象づけたあと、支配階級が夢想している農村の平穏を否定する。

我ら農民は羊飼いのように、楽しい話を語りょうか？
うなりを立てる殻竿にかき消された話を聞けようか？
だが我らは考える——あぁ！　どんな楽しげな風景を、
暇人の想像が心に描かせることか——楽しませる光景

を。
ここでは我らの眼に、どんな心地よい眺めも見えない、
耳を傾けても、心踊らせる音なんか何一つ聞こえない、
羊飼いは歌のために、節回しを工夫なさってよい、
春がもたらす全ての美しさに霊感を得なさってよい。
だがここではどんな泉も囁かず、仔羊一匹遊ばない、
紅鶸《べにひわ》が囀ることもなければ、陽気な畑も微笑まない。
(52–61)

一八世紀パストラルが常套的に用いた表現全てが、ここではからかいの対象とされている。

《瓶》もビールも役立たず

昼の長い季節が来て、労働が草刈りに転じると、農民はこの変化に歓びを感じて

《朝》が東の窓から覗いたときには、我らはすぐさま
寝床から起き出して眠りを振るい落とす。(中略)
だがこの仕事も正午には別の顔を呈することがある!
(中略) 焼き焦がす太陽が高く昇ったとき
そして同情の日蔭を呉れる優しい小屋が近くにないとき
我らの大鎌は草の中にもつれてしまい
汗の流れが急流となって滴り落ちる。
(99–100; 104; 121–24)

また労働の過酷さのあまり、食事も喉を通らなくなる——

熱気と労働に疲れ果て、大鎌には別れを告げて
蔭深い樹を見出して、腰をおろしてみる、
頭陀袋と《瓶》から新しい力をもらおうと思うのだ、
だが頭陀袋と《瓶》も、試してみても無駄なのだ、
乾ききった喉は、ほとんどパンを通してくれない、
労働にあまりに疲れて、ほんの少ししか食べられぬ、
それに《瓶》も、全員に役だってはくれない、
悲しいかな!《瓶》もビールも小さすぎるからなのだ。
(135–42)

おしゃべり雀とよく似た農民像

干し草作りの時には、草に太陽が照りつけているあいだ、僅かにおしゃべりの時間が持てるのだが、皆が勝手に喋るので、「山彦さえほとんどその話を繰り返せない」(182) などのおかしみも取り混ぜて描写するが、

やがて（これまで気づかなかったのだが）かき曇る空が
黒雲で満ちあふれ、にわか雨が近いことを知らせる。
喋っていた一団は着るものさえとりあえずにいるうち
激越なる豪雨が落ちてきてしまう、
賑やかなおしゃべりは直ちに終了、
雨宿りに、生け垣へと一人残らず駆けつける。
（185–90）

そしてこの様子は雀の群れが嵐にあったときそっくりとして風刺される（191–98）。

シジフォスの神話の導入

小麦の収穫を農場主《マスター》に命じられて、美しい小麦の実りを無惨にも刈り倒すさまが、軍隊が美しい村々を破壊する姿に譬えられたあと、刈り手の後ろから落ち穂拾いの女性が続くさまが描かれる――「時には身をかがめるが、時にはおしゃべりに興じる」（244）。収穫が終わると、喜んだ農場主がふんだんにビールをふるまってくれるので、

我らはもう農作業はないと思い、過去を忘れてしまう。
だが次の朝は、すぐにこのだまくらかしを明らかにする、
朝から、同じ仕事を繰り返すことになるからだ。（中略）
　このように、《一年》の経巡るコースが先へ進む中で
我らの労働からのどんな休息も見つからないのだ。
（273–75 ; 278–79）

最後にはシジフォスの神話が引き合いに出され、登っても登ってもまた初めから登り直さねばならない苦労が語られる。だが王室にまで愛されて庶民的ではなくなっていったダックのその後を予言するように、この神話による結末は農民自身による農作業の歌というこの作品の性格には不似合いでもあり、この詩そのものも、後半は局外者による農民へのからかいのほうが目だつものに終わっている。

第三章　女流詩人たちの活躍——シャーロット・スミス再読
——バーボールドも一瞥しつつ

底本は（ed. Stuart Curran）*The Poems of Charlotte Smith.* Oxford UP, 1993.
Wu, Duncan (ed.). *Romantic Women Poets : An Anthology.* Blackwell, 1997.

シャーロット、再び

ロマン派の時代が近づくにつれて、女性詩人の活躍が目だってくる。これは自然詩の領域についてもいえることである。本章ではそのうち僅か三人の詩人を一瞥《いちべつ》するにすぎない。またこの章の表題に「再読」の文字があるのは、シャーロット・スミス（Charlotte Smith, 1749–1806）の自然詩について、その多くを旧拙著で一章を設けて述べたからである（そちらを覗いていただければどんなにありがたいことか!）。だがこの女性詩人には、なお注目すべき自然詩が極めて多い。ここに扱うのはその『エレージー的ソネット集』第一巻からのほんの一部である。彼女の詩をまた論じなくては気が済まないという動機から書くのだが、この章にあらかじめ充てた時間・紙幅が限られてて、これはまったく網羅的ではない。旧拙著では『ビーチィ岬』（*Beachy Head*, 1807 ＝没後出版）をかなり詳しく取り上げ、作品の実質は「自然の風景、農民・貧民描写、博物学、考古学、植物学、化石・地質学など、田園と自然科学に触れる部分から成り立っている」と書いた。本書でもこの作品の重要性を指摘したいが紙幅がない。「遙か昔の地殻変動から現在までの時間軸を手に入れ」（阿見：245）たこの詩でのスミスの想像力を自ら味わっていただくことをお勧めし、改めてこの詩には触れないことにする。

語り手は《憂愁の子》

さて『エレージー的ソネット集』の初版・再版は一七八四年だが、二〇編を新たに加えて、第三版（1786）が出版され、さらに彼女の小説中の詩などを加えた第五版（1789）も出た（第五版の予約購読者の中にはワーズワスもいた＝Fry : 21）。その後この詩集は計九版を重ね、仏訳、伊訳もなされた。

以前に書いたことを本書のみの読者のために多少書き加えて再掲するなら、彼女のソネットは実生活で経験された「様々な苦難が、綿密な自然観察を彩るもの」(Wu : 67) とされている。この《苦難》とは、三歳での実母の死、結婚後次男の誕生の当日または翌日に起こった一歳の長男の、たぶんジフテリアによる死、その産後の抑鬱状態、次男の長患いと一〇歳での死、浪費癖のあった夫(彼女が一五歳の時父の薦めによって結婚した夫。彼女も多少惹かれていたようだが、後年彼女は「合法的娼婦として売られた花嫁」だったとある手紙に書いた＝See Fletcher : 25) の借財不返済による投獄、彼女自身の獄中生活の経験、夫釈放後のフランスへの一家逃亡と窮乏生活、一二人(上記二人は夭折し実質一〇人)に及んだ子らの、貧困の中での養育(この詩集初版出版後の一七八六年に一六歳の四男の死、九三年に三男の戦傷、九五年に二〇歳の、最愛の次女オーガスタの死も経験)、遺産相続の不調(Fry : 21)、夫との離別(一七八七年)、その後にも続いた元夫の横暴等を指すが、作品中ではこれらは慎みをもって隠され、具体的に語られることはない。さらに上記の苦難に、「出版界における女性差別」、女性差別をコード化した法、「遺産を管理する受託者に代表される抑圧的なイギリスの法制度」(新見 : 259 : 276) 等、社会制度上の苦悩をさらに加えるべきである。こうした苦難から書き起こされた彼女の憂愁はキーツのそれに似るが、歴史的にこれは一七世紀から流れ着いた詩の主題でもある。ミルトンの「沈思の人」が広く世に知られるようになり、これを受け継いでグレイが自らを《憂愁の子》と呼んで以降、詩文の情感を高める要素としての《憂愁》は重んじられた。沈思、独居、自然美への愛は《憂愁》と深く連想された (Reed : 19–20)。スミスはグレイ以上に常時、語り手を《憂愁の子》として登場させることによって自然美を描き出した。

スミスのソネット二一

さて彼女にはゲーテの『若きヴェルテルの悩み』(彼女の『ソネット集』初版の一〇年前［一七七四］に出た) に触発されたソネットが五編ある。影響源を常に明言して書くのは、シャーロットの実直さの表れであるが、ゲーテと対照してみて気づいたのは、これらが、音楽で他の作曲家の作品を源にした変奏曲がそうである以上に、源を遙かに離れた彼女独自の変奏だということである。五作中、少なくとも最初の三編は自然詩としてここに扱う価値がある。第一作「ソネット二一」は人の心という暴君(語り手の、愛情に満ちた心が苦しみの原因) に去れと命じ、

愚かな《希望》と麗しの《幻想》の宿る處に去るがよい、
あぁなぜ《愛》が《絶望》と同居する必要があろうか！
なのにあの異常者《メイニアク》のように、私がここに踏み迷い（中略）
なぜ、茨の棘だけしかない處で花を捜し求めるのだろうか？
(3–5 ; 7)

「あの異常者」はゲーテのヴェルテルを示唆する（ヴェルテルは、友人と婚約しやがて結婚したロッテへの恋の悩みの末に自殺）。ヴェルテルは冬の野に花を捜す――そしてスミスの語り手も、「去れ」と命じた自分の心を追放することができず、美しい花を求め続けて、実際には深い地の割れ目が見えてきているのに、それに向かって足どりを速める。《愛》は必ずしも《恋》と同義ではなく（一二人の子をなしながら夫からは精神的愛は得られなかった）、前述の、次男の出産直後の長男の死去に伴う母の愛も示しているだろう（幼児死亡率の高かった当時、彼女ほど子の死去を嘆き続ける母親は珍しかった。Fletcher : 34–5 参照）。こうした経験から詩を作りながら、個人的素材を特定して語らない詩法は、おそらくワーズワスの「ティンタン僧院」などに影響を及ぼしたであろう（ワーズワスは一四歳の頃から彼女のソネット集を絶賛し、一七九一年の渡仏にあたっては、彼女を訪ねて行き、在仏の英詩人ヘレン・マライア・ウィリアムズ等への紹介状をもらった。Fletcher : 157 ; Pinion : 12 参照）。

ソネット二二　　ヴェルテルの第二変奏は「孤独に」と題されるソネット二二。

おぉ《孤独》よ！　人里離れた谷にお前は見事住み成す、
その谷に、悲しみと涙を隠すため、私は赴くのだ、
そしてお前の谺《こだま》たちに、愁いに満ちた身の上を話す、
憐れみを垂れる《友情》は、思うにたぶん欺くのだ。
お前の野生の森、踏まれたことのない木間《このま》の空地こそ
憂愁の音以外には、絶えて物音のしないところ、
お前の木蔭で息絶える、その音《ね》も低い風たちこそ
希望のない愛を嘆いてくれる《憐憫》の優しい心。
(1–8)

樹木に囲まれた谷、そこに開けている木間《このま》の空地、優しく愁いを帯びて息絶える風の音など、自然描写によって人の心を表そうとする。キーツの先取りでもある。

ソネット二三　　第三変奏は「北極星に」と題されるソネット二三。ゲーテではほんの言及されるだけの北極星が、ここでは主役である。

涙にじむ目を、お前の輝く光線に向けている私。
　美しい、大好きな星よ！　幸せだった日々の私、
そして若い希望、信義なき希望を見た星よ——また昇れ、
　そして私の情熱に幸せな光線を投げかけておくれ！
今は夜ごとに、森の中、岩場の多い急坂の中に唸る嵐、
　物侘びしい嵐の中を放浪し続けるこの私、
この私もお前の光が、風に追い立てられて足早に流れる
　雲のあいだに、突如として現れるのに誠《まこと》、見惚れる。
或いは《冬》の大嵐が唸る荒れ狂う海の上の
　荒涼・黒々として濁った水の中に、なお私は
お前の震える影像が、泡立つ波の上の
　幽かな光として煌めくのを喜ぶのだ、この私は！
するとと私の魂の上に、瞬時、理性の光線が飛んでゆく、
　そして褪せてゆく——私を絶望に残し、消えてゆく。

ここでは、三、四行目の'arise'と'shed'を三行目先頭の'Saw'の目的補語として理解することも可能である。だが筆者はこれらを命令形と解した。また最後の'die'の主語は「理性の光線」だから、この詩を、北極星を見るたびに、瞬時ながら理性が蘇るという、北極星への賛歌と解した。

ソネット三〇

またアルン川という名も知られぬ川を、薄倖の詩人・劇作家オトウェイ（Thomas Otway, 1652–85）や彼女の恩人ヘイリー（William Hayley, 1745–1820. ブレイクや画家ロムニーとの繋がりもある）との連想のために讃えたソネット二六と同じ題名（「アルン川に寄せて」、旧拙著参照）のソネット三〇は、ロマン派の時代に《商業《コマース》》と同様に詩人が蔑んで用いた《商売《トレード》》という言葉を、イギリスの川の王者テムズについて用い、鄙びたアルン川こそ詩の中に歌われるに相応しいとする。

驕れるテムズが商売《トレード》と多忙な売買の拠点であらばあれ！
　アルン川よ！　君にはもっと違った讃辞が相応しい、
君は恋する者の心に、死者を思う心に愛される川であれ、
　そして君は詩を歌う群れに常に神聖にして愛《いと》おしい。
岩棚の上をクレマチスがマントのように覆う堤、
　この堤をこそ望みのないロマンチックな恋が憧れる。
うなだれた姿、そげ落ちた頬の《悲しみ》、
　彼は柳に縁取られた君の岸辺を選んで足繁く訪れる。
（1–8）

次の行では、遙か昔に、貧困のうちに死去したオトウェイを悲しみ偲ぶのである——ここには金儲けに明け暮れる人間社会への批判と、恋することや死者を思う悲しみがそのような経済活動に優って人間的だとするロマン派的な主張が息づく。川にまつわる詩はロマン派の一つの特徴を成すに至るけれども、語り手の実生活と結びついた主観性が入りこまない点で、この作品は初々しい美を感じさせる。

ソネット三二　彼女にとってこの川は、詩想の源泉だったらしい。ソネット三二は「憂愁に寄せて（'To melancholy'）」と題されてはいるが、副題には「一七八五年、アルン川の堤で書く」とある。憂愁のお蔭で《私》は、貧困と夭折の詩人オトウェイ（当時詩劇上演で有名）の霊に出遭うことができる——

末も末の晩秋が、夕方のベールをうち広げるとき、
　灰色の霧が立ちのぼり、川面がおぼろな姿となり、
　疾風が、葉が半ば落ちた森をとおり、
空ろな溜息を吐く。この溜息を愛す、それを聞くとき。
なぜなら、青ざめた淡い霊が、そんな時間にこそ
　詩人たるものの目には前を飛びすぎるように映じる、
　ふしぎな音、哀調を帯びた調べが聞こえると感じる、
夜を彷徨う者の歌、悲哀を嘆く調べを聞くときにこそ。
この、彼の故郷の川辺には、このような夕べにこそ、
　《悲哀》の友オトウェイに私は出会えると信じる。
（1–10）

《憂愁》には霊を見せてくれる力があり、この力が、沈思して幻影を見る精神を慰めてくれるというのである。自己と精神を共有する者が僅少な世界での、同質の精神に出遭う願望と、その幻影の中での成就を歌うのだ。ミルトン以来の《憂愁》を尊ぶ伝統は、ここにも生きている。

ソネット三三　「アルン川の水の精《ナーイアス》に寄せて」と題されるソネット三三は、再び《商売《トレード》》に明け暮れる大河に優るこの田園の川の、精神面から見た優位を描く——

流れ行け、田園の川アルンよ！　流れをくねらせて
　森林と荒野を行け。それから海原の洞窟を求めよ、
珊瑚でできた洞窟の岩場の中、海の妖精に迎えさせよ、
　妖精は海の多彩な誉れを語るだろう、誇り踊らせて！
君の浅い水嵩の中では、交易が僅かなことは事実だ、
　あくせく働く《商売《トレード》》が荷を満載して船を通すのは。

だが君の岸辺に、月桂樹が茂っているのは真実だ、
　君の由緒ある川辺の草地に、文学が棲んでいるのは。
（1–8）

——オトウェイに加えて、コリンズ、ヘイリー、それにジョン・サージャントなどの詩人が、この川辺で詩想を得たとして連想されたのである。大海や、輸送船などを象徴とした物量的・物質的な豪華さに対抗する、文学と精神の富を称揚する作品である。

アルン川を去るに当たって

ソネット四五は「サセックスの一地方を去るに際して」と題され、その二、三行目はワーズワスの「ティンタン僧院」の、若やいだ《自然》への喜悦の先取りを成している。彼女は（ロンドン生まれだが）ターナー家という、サセックス州にもビグノア・パークという荘園を有する裕福な紳士階級一家の生まれであり、サセックスを去ることには格別の思いがあった。この作品ではアルン川は、女性的なアルーナとされている——

さよなら、アルーナよ！——君の彩り豊かな岸辺で
　私の幼時の誓いは《自然》の神殿に捧げられた、
深い思いもない悦び、幼い希望が胸に抱かれた、
だがその後、君の人気《ひとけ》なき流れは、その芦辺で
　あまりに繁く私が嘆くのを聞いた！　今は詮無く
君の孤立した美しさ全てを、溜息とともに諦める——
　君の岩々、君が流れる森に身を休めることはなく
君の傍の荒野で月光の中を彷徨《さまよ》い、空気が潜《ひそ》める
　霊を見つめることもなく。
（1–9）

幼時の誓いを《自然》の神殿に捧げた詩人から、ロマン派のカノンとされる詩人たちが影響を受けなかったはずはないと思われる。また幼時における、《自然》への何の屈託もない接し方が大人の世界で変化するというテーマが、ロマン派詩人のあちこちに再現されることになる。

ソネット三二

順序が逆になるが、ソネット三二は、一見したところ農夫の牧歌的幸福を歌う慣習的な詩歌のように聞こえる。しかしのちのワーズワスやコウルリッジの、《自然》への自分の洞察力の衰退を歌う詩と比較した場合、この作品の最後の二行は、類似した状況を歌いながら、洞察力の問題ではなく、生活者としての貧困と不幸（夫の借財によって、夫や子供たちとともに獄中で七ヶ月過ごした［一七七三年］。さらにこの間に一〇人目の子

を胎内に宿した。ご存知のとおり、債務者の牢獄には家族も同伴できた）から、詩の冒頭に歌われる花々、山毛欅《ぶな》の若葉、野生のタイムが表す春という「《自然》の巡りくる季節も、何の治癒力ももたらさない」（Fletcher : 64）――このような貧者の感覚を歌っている点で注目に値する。

あぁ農夫は幸せ――彼からは、悲しい思いが、
陽気な季節の歓びを奪うことがあろうか！（中略）
あぁ！　もはや私が美しいと思うことのできない景色が
魅惑してくれたあの懐かしの日々を、何が取り返してくれようか！　（7–8 ; 13–4）

――慣習的パストラルでは、生活苦を知らない支配階級の歌い手が、対極にある牧人と農夫を羨む。しかしこの作品では、農夫以上に生活苦を知る詩人が、健康な姿で耕作に励む農夫を羨む。牧歌の脱構築である。

表題のないソネット三六は、最初の六行で自然描写を示しつつ、この描写を、自己の詩人、また一女性としての経歴の記述に転じる。だがこれは比喩ともなり、事実《自然》との接触こそが自己の生育の中心だったという文字どおりの意味にもなるという、詩としての深みを見せる。しかも後半は、後年の貧困、夫の投獄や性格上の欠点、子の養育の困難、奮闘的な、生活のための執筆、子らとの死別や、子らの「合法的な異国への拉致」（従軍）など、具体的には隠されている様ざまな苦況による死への願いが、誇張なく伝わってくる。

《自然》を友としながら
ただ一人彷徨う人が、道中、気がくじけそうになって
しばらくの間、蒸し暑い時間の休憩を取るとしたら、
彼の行路が、茨と荒れ野を通って横たわって
だが野生の薔薇、忍冬《すいかずら》の群れ咲く花を摘むとしたら、
どこか陽を遮る樹の下で華やかな花輪を編むとする、
それなら悲しい気持を旅人はしばらく忘れるのだ。
美しい詩歌よ、それそっくりに私は君の花を収集する、
こうして友情と詩神とで私の行路を麗しくしたのだ。
だが今は、人生の不幸な日々がさらに暗くのたうち、
これから募る新たな悪の雲とともに暗くのしかかる。
病み衰える《想像《ファンシィ》》は自己のペンをなげうち
疲れた《希望》は墓の上に寄りかかる。
《希望》は私の願いを、あの静寂の岸辺に向かわせる、
《心配》の蒼い霊が追いかけてこない彼方を願わせる。

——《自然》を歌っても癒されない人生を嘆くのである。

ソネット三九

「夜に寄せて」の題名をもつソネット三九は、しかし、暗い自然界を歌って秀逸である。

私は君を愛する、陰気な、地味な衣服を纏う《夜》よ！
　細りながらもなお漂う幽かな月が
雲のベールに包まれ、不確かな光しか放たない暗い夜よ、
　静まらない海の波の上に漂うおぼろな月が。
深い憂鬱の中に沈み、弱められてしまった心、
　こんな心は耳のない冷たい自然界に嘆きを独白する、
　そして徒労であろうと、胸一杯の悲しみを告白する、
むっつりした波に、目も持たない風に吐露する徒心《あだごころ》。
（1－8）

夜の《自然》は何の反応も示してはくれないけれども、夜の「静かな暗黒の中では／疲れ果てた心も静まる」（11－2）からだと述べて、地上で無視された嘆きは《天》に届くかもしれないと歌い継いでいる。

ソネット五九

ソネット五三の「蛍」は、子供が初めて見た蛍に感激してそれを捉え、しっとり濡れた花と柔らかい草の葉に包んで眠りにつき、翌朝、蛍が「塵同然に光を失っている」のを発見する。この描写の最後に、一行だけ、人生の悦びが儚いことをつけ加える——「このとおりに、世界の輝く悦びは、冷たい抜け殻の、嫌悪すべきものに変わるのだ」。こうした詩法、すなわちまるで教訓を垂れるように最後に抽象的な統括が示される詩法は、場合によってはマンネリズムに陥る。しかし同じ技法を用いていても、前半の自然描写が非常に優れている場合には、後半の抽象論も説得力を発揮する。ソネット五九「驚くべき雷と嵐、地上近くではさまざまな方向に嵐が募っているのに、だが月は完全に澄みきっていた一七九一年九月に書かれた詩」という長い題名の作品（第六版に初出）がその例である。

何という畏怖すべき光景が夕べの空に群れなすことか！
　低い地平線は、死衣に似た霧のような雲を凝集し、
　そして何と突然に恐るべき雷が轟いて雷光が結集し、
砦を深く築き上げた多くの雲から落下することか！——
　この間ずっと、静まりかえった紺碧の中、高くひらめく
《夜》の支配者《月》が、誇り高い静かな天幕から
地上の影の、獰猛で声高なあらそいの全てから

超然として下方の暗闇の上を滑るように煌《きら》めく。
——同じように、穢れのない威厳をもって意気高く
より優れた価値を知っている精神は、嘲笑うのだ、
穏やかに、崇高に、しっかりと気高く
《争い》を世に産む空しい苦労を鼻であしらうのだ。
(1–10)

この作品は、スミスの詩には珍しくオプティミスティックで、最後の二行では、運命の衝撃にも穏やかな心を失わない超然とした存在は、苦難に満ちた地上の騒ぎを笑って見下すだけだ、と結んでいる。

ここで目をバーボールドに転じることを許していただく。

バーボールドの自然詩

アンナ・レティシア・バーボールド（Anna Laetitia Barbauld, 1743–1825）は、当時の知性を代表していた非国教徒の一人だったジョン・エイキン博士（Dr John Aikin）の娘である。この父は非国教徒のための高等教育機関の教授（非国教徒は大学教授になれなかった）だったが、その後継者としてやってき（て、父の同僚ともなっ）た教授で、非国教徒の中でも特に知的なジョーゼフ・プリーストリ（Joseph Priestley, 1733–1804. キリスト教の神秘的部分を全て否定。新しい人道主義者。森松訳：'75 第一〇章参照）から、彼女は大きな影響を受けた。彼女は生涯、この非国教徒的な革新性を失わなかった。自然詩の分野でも彼女は活躍している。『一七九二年詩集』に発表された中篇詩「春の到来の遅れについて、一七七一年」（'On the Backwardness of the Spring 1771'）では、トムソンに負けない描写力を見せる——

虚しいのです、陽気なお日様が行路を改めても、
巡る十二宮の春の宮《きゅう》へと昇って日中を暖めても。
永く陣形を整えていた雲が太陽の力を弱めるから、
あぐらをかく霧が、金色《こんじき》の陽光を閉じこめるから。
虚しいのです、《春の女神》が新たな年を宣言しても、
花が咲かないからです、のんびりりと女神が歩いても、
薔薇でできた花輪が、女神の髪飾りにはなりません、
女神の後ろから、羽根ある歌い手たちは囀りません。
(1–8)

「永く陣形を整えていた雲（long embattled clouds）」は、先に

挙げたスミスの「砦を深く築き上げた雲（a deep-embattled cloud）」と似ており、当時の慣習的な表現の応用とも考えられる。しかし両者とも、それぞれのコンテキストにおいて、新鮮な形容となっていることに注目したい。

一面の白雪の野

次に見る、詩を締めくくる雪の野の描写を含む後半の詩行は、二行連句とするのを止めて、隔行で押韻し、本格的な春の到来を待つ心を表そうとしている。

雲たちの背後の雲たちが長い列なして眉をひそめます。
重く積もった雪が、生い出《いで》てくる緑を押し戻すのです。
（And heavy snows oppress the springing green）
まばゆい荒野が、眼を疲れさせ、痛めます。
一面に白一色の雪景色は、想像力を突き戻すのです。
（And fancy droops beneath th'unvaried scene）

寛大なる自然よ、この凍てついた帯を緩めて下さい、
開いた空から、暖かい日の光が戯れますように。
溶ける雪を、楽しげな衝動に沿って流れさせて下さい、
そして五月の胸の上で、和らぎ溶け去りますように。
（21–8）

これを美しい自然描写と感じるかどうかは、読み手によって異なるだろうが、原詩の韻律には、女性独特の優しげな響きがある（原文を全て掲げる余裕がないのは残念だが）。

「春へのオード」

これと同じように春を待つ心を歌った「春へのオード（'Ode to Spring'）」では、「貴女の足どりを、こちらへ向けて」など、やや常套的な表現が最初の五連に多いが、詩の後半は本格的な自然詩らしさを見せている。（春に捧げる歌であるから、もちろん「貴女」とは春である。）

貴女が有する多量の恵み——まだ赤子の蕾の上に
甘さを落としてくれるあの優しい春雨、
まだ乳白色の麦の穂の緑の茎を
膨らませてくれる静かな露を解き放って！

そしてやがて花咲く行李柳《こりやなぎ》の若い細枝を育てて！
そしてあの風を呼び出して！　囁く枝を通り抜け
暖かく、心地よい吐息で
咲き始める花々に声かけるあの風を。

私にも座らせて！　白い花をつけ始める山査子《さんざし》の下に。

貴女が広げる彩りが、谷に忍び寄るのに気づかせて！
　そして忍耐強い目で
　貴女が開く美しい綾布《あやぬの》を眺めさせて！　(21–32)

右記の「行李柳」は「花水木《はなみずき》」かもしれない。いずれもイギリスの原産ではないので、訳出に困ったが、春に細く若枝を突き上げるのは花水木よりも行李柳だと考えた。しかし「花咲く」のが目だつのは花水木のほうだから、右記は誤訳である可能性がある。

自然詩にエロスが

これに続く二連にはエロスの要素が感じられる。自然詩にエロスの要素が入るのは、おそらくロビンソンやシェリーの先取りであろう――太陽が、初《うぶ》な男のように清冽な光を投げて、おずおずと、伝統的に女性とされる大地に近づく。

おぉ妖精《春》よ、近づけ！　まだ穏やかな日輪が
恥ずかしげに顔を出し、ひんやりと湿った空気を通り、
　まだ若い、初《うぶ》な男のような光線を投げかけ
　　慎み深い接吻をしながら、大地の美しい
胸に求愛している。だがその間、透けて見える雲たちの
親切で絶え間なく拡げられるベールが流れて
　貴女（＝春）のしとやかな花々を
　日輪の激しくなる火炎から保護している。　(33–40)

この二連のイメジャリは、この時期の自然詩において卓越したものといえよう。彼女の弟で父と同名のジョン・エイキン（John Aikin, 1747–1822）は医師でもあり、彼女と共作もした詩人でもあったが、早くから自然を観察して詩に反映することの重要性を認識して、こう書いていた――

単純な考えをいわば絵解きしたり強化したりするのが比較の言語（比喩的表現）の役目であるから、それは読者が共感する状況に基づいていなければならない。でなければ、その言語はほとんど効果を挙げられないであろう。
(Aikin : 28)

――これを実践しているのが上の比喩だといえよう。

象徴詩風な味

また最後の三連には象徴詩ふうな味わいがある。

貴女の君臨は美しいが短いのだ。赤々としたシリウスが

やがて貴女の頭髪を焦がし、草刈りの大鎌が
　貴女の緑を、そして貴女の可愛い花を、全て、
　情け容赦もなく、刈り取ってしまうだろう。
故に不承不承、私は貴女にさよならを告げることになる、
不承不承です、だって《秋》が膝を拡げて見せる収穫も
　《夏》が誇るこの上なく紅い果実も
　まったく貴女を償ってはくれないから。
麗しい《春》よ！　貴女の素朴な約束のほうが、
《夏》や《秋》の最大の富より嬉しいから。心を貫いて
　悦びの一つ一つ、また新たに生まれる希望が
　これ以上望めない影響力で息づいているから。
（41–52）

日中には見えないシリウス（本来は赤い星ではない。真夏の昼のこの星を、慣習に従って赤いと表現）が天を支配する酷暑の頃よりも、慎み深い春の情景が好もしいと歌って、過度の情熱や過激な思考よりも、穏やかで初々しいもの全てを讃えるという象徴性をこの作品は確かに感じさせる。

代表作『一八一一年』

彼女の代表作『一八一一年』（1812）は、それまでに二〇年に及んだイギリスの対仏・対ナポレオン戦争を徹底して弾劾する長詩である。しかし左に見るとおり、その冒頭では、これは《自然》のあるべき姿を強く意識した作品でもある。

遠方からなおも声高に、雷鳴のように響く死のドラム、
苛立つ諸国に、戦禍の嵐を吹きつけようと今も企む。
仮借《かしゃく》のないこの怒声に、ブリテンはなお耳を傾けている、
希望と恐怖を織り交ぜて、獰猛な戦闘に入れ上げている。
（1–4）

――一見したところでは《自然》とは無関係に見える。だが戦争が自然界を破壊するという考え方は、一九世紀初頭には人びとの心に深く染みこんでいた。この点でブレイクやスミスの影響も小さくなかった。エラズマス・ダーウィン（Erasmus Darwin, 1731–1802）も『《自然》の殿堂（*The Temple of Nature*, 1802）』の中でこう歌っている――

あの《悪魔》戦争がその旗を高々と掲げるとき（中略）
《死神》は巨大な鎌を大上段に振り上げて揮う、

すると《憐憫》は身震いして血染めの田畑から去る。
(Canto Ⅳ. 11 ; 15–6)

自然界の形象を多用

実際、間もなく『一八一一年』は、自然の恩恵が浪費されるイメジを多用して歌い継がれる。

《自然》は命ある者の歓び、その恩沢を注いで優しい、
だが半狂乱の人間が戦闘に明け暮れて、善意は虚しい。
無益にもオレンジの花々は、そよ風に香りを与え、
甲斐なく丘はオリーブの衣を纏い、谷は麦を湛《たた》え（中略）
行進する軍隊の足踏みが、田畑に乗り入れる、
現今は鎌ではなく剣が、収穫物を穫り入れる。
僅かな落ち穂を《兵士》がかすめ取るのは自明、
すれば無力な貧農は、退いて死ぬのが宿命。
どんな法律も貧農の小屋を護らぬ、国家公認の暴行から。
戦争の最小の恐怖とて、血みどろになった畑なのだから。
(11–4 ; 17–22)

引用六行目は、ウェルギリウス『エクログズ』第一巻五〇八行の、ねじ曲がった鎌と硬い剣を示して、戦乱による田畑の荒廃を描く詩句のエコーである。軍勢は実り始めた田畑を、容赦なく踏みつけて行き、そこが戦場となれば、農地は血だらけとなる。農業の荒廃と軍による食料の強奪で、ヨーロッパは飢饉に陥った（Wu : 10n）。そしてこの詩では、《自然》だけではなく、ゴールドスミス、クラブやワーズワスが多用する《貧農》が語られることに注目したい。やがてハーディも「貧しい農民の告白」（詩番号：25）で、貧農にとっては戦争の帰趨より、自分の畑を護ることを優先してナポレオン軍を混乱に追い込んだことを歌う。

大地を知るのは死を知ること

彼女がこの詩を書いた一八一一年一二月までには、ワルヘレン島で四万のイギリス兵士の大半が戦病死した（ハーディの『覇王たち』第二部四幕八場参照）のを初め、ヨーロッパの大地は戦死者で溢れた。娘は恋人を失う。また、本来は地理的知識は悦びの源であるのに、戦時には大地への興味は陰惨なものに変わる。

結婚の申込みというオマージュを奪われて美女が嘆く、
この薔薇は、生娘のまま、いばらの上で褪せてゆく。
しばしば、どこか名も知れぬ小川、野暮ったい地名が、
これらが血塗られた行為によって、突如有名になる。

幾たびも日々の新聞の上で、柔らかな首が曲げられ、
夫、兄弟、友人の運命を知ろうとする。
また広げられた地図の上で、心配げな目が捜し求める、
国境には点を打ち、海岸には鉛筆の印をつけて、
彼女の幸せを打ち砕いた地点がどこかと尋ね求める、
その地点を探し当てて、その地名を激しく憎む。
(29–38)

首相も知らず、アウステルリッツ

ハーディの『覇王たち』では、イギリスの同盟国軍が大敗したことを聞いた首相ピットが真っ青になり、「ここには手近にヨーロッパ大陸の地図はあるかね?」と尋ね、地図がもたらされると、「アウステルリッツってどこだ?」とのぞき込み、

——だがその場所がどこだろうと、何の役に立つ?
どんな死体が埋葬地の緯度経度を知ろうと勇み立つ?
また、墓場の環境に好奇心を抱いて騒ぎ立つ?……
(第一部第六幕六場)

と嘆く。実際、これより前にイギリスの同盟国オーストリア軍が壊滅的敗北を喫した「ウルム市」にしろ、先に書いた「ワルヘレン島」にしろ、またアウステルリッツの戦いで氷の上に砲弾を撃ち込まれて同盟国兵士が多数溺死した「サッチェン湖」にしろ、当時のイギリスではまったく知られていない地名だったに違いない。トラファルガルやワーテルローですら知られていなかったであろう。小さな村や野、そこを流れる川などの名前についてはいうまでもない。バーボールドの上掲の詩句は主としてヨーロッパの戦場について書かれていたが、そのあとでは、イギリスが戦況を座視しつつ、インフレと破産、失業者の増大、生産量の低下(Wu: 8)を自国にも招いているのをおそらくは次の詩句で非難していると思われる——「ブリテンよ知れ/共に罪を犯したお前も悲哀を共にすべきことを」(45–6)。

未来のロンドンの情景

この言葉を最初の警鐘として、詩は次第にイギリスとロンドンの没落の予言へと傾いてゆく。国際都市ロンドンの偉大な姿を描いたのち、突然、未来形を用いてこの大都会の没落を歌う——

街を放浪する未来の人びとは沈思し、想いに捕らわれ、
素晴らしい広場、静まりかえった、人の踏まない街路、

《時》に破壊され、崩れかかった装飾の塔などを眼にし、
毀れた階段を足どりも危うく登り詰めて、
頂上からあたりの広々とした地平に視線を伸ばし、
散り散りになった小村の傍にロンドンの境界を辿り、
美しいテムズが、もはや艦船に埋もれることなく
葦と菅の生い茂る中をのんびり流れるのを見るだろう。
(169–76)

筆者は先日、P・B・シェリーと「オジマンディアス」の競作をした（一八一八年）ホレス・スミス（Horace Smith. 1779–1849）という詩人が、前半で砂漠に脚だけを残す古代エジプトの王を描いたあと、未来の狩人が荒れ野となったロンドンの遺跡を見る作品を書いたことを知った（原田博：口頭発表）。これと同じ発想がすでに一八一一年に書かれていたわけである。

イギリスの没落の予言

また本来は文化にも恵まれている愛すべき祖国では、
もともとの姿なら
《老いたる父親》テムズが詩人のテーマとなり（中略）
トムソンの鏡《グラス》の中に、純真な若者が
《自然》のより美しい顔を見分ける術を学び知るだろう。
(93; 97–8)

と思われるのに、文化の担い手である《精霊＝spirit=215; genius=241》が、この国をやがて見棄てて他国へ去るというのである（右の引用の《トムソンのグラス》は、《クロード・グラス》、すなわち当時画一的な風景美を映し出すのに用いられた鏡の捩りで、ジェームズ・トムソンのほうの鏡、つまり彼の『四季』には本物の自然美が満ちているとして歌われている）。

《精霊》は今やこの恵まれていた岸辺（国）を見棄てる、
そして気紛れにも、これまで愛した国を嫌悪する。
帝国は倒れて灰燼に帰し、次には学と芸術が衰退し、
荒れ果てた国土は、疲弊して、専制者に支配される。
《自然》さえ変化する。《精霊》の養育と笑顔なしには
オフルは金をもたらさず、ナイルは潤沢を産みはしない。
(241–46)

今日の眼で見れば、「ナイル」への言及など、イギリス帝国の存在が自明のこととされているのが気になるだろう。だが、文化の《精》を欠く「計算高い利益のための戦争」（J.

Wordsworth, 'Introduction' to Barbauld）と関連した帝国を、実質上否定している言葉としてこれは読むべきだ（なお「オフル」は、ソロモン王に金をもたらしたという産出地）。こうしてバーボールドは、みずからは反戦論者として非難されつつ、長年続く対フランス戦争を、《自然》のイメジも用いつつ非難したのである。

メアリ・ロビンソン

自然描写を用いたロマン派世代の女性詩人をもう一人簡単に記す。メアリ・ロビンソン（Mary Robinson, 1758–1800）は負債者牢獄に収容された夫とともに獄中で過ごし、出所後女優として大成功を収め、当時一七歳だった皇太子に見初められ、二万ポンドの報酬を受ける約束（夫は女衒役。報酬の支払いはほぼ不履行）で情婦となり、他の幾多の情事を経て、詩人としても名声を確立。ソネット連作『サッポーとパオーン』（*Sappho and Phaon*, 1796）の序詩では、「情熱が心を引き裂き、望みのない恋が心を食い荒らすとき／理想郷の木蔭《ばうあ》に女性を案内して、挫ける寸前の魂に／天国を一目見させるのが、清き詩歌よ、お前の手腕」と女の恋と詩歌の「木蔭」を結びつけ、第三歌は「逸楽の四阿《ばうあ》」だ。

大胆な性描写

その中の自然描写は、大胆に女性の「谷間、縺れあう枝蔭、赤らむ小花」などを、美しい緑葉の中に隠している——

向こうの谷間に目を転じよう。縺れあった枝の蔭は
真昼の光の、燃えさかる松明《たいまつ》を寄せつけない。
はしゃぐ子鹿と、翳ある愛の妖精がそこへ招く。
逸楽の部屋は、緑葉に続く空地へと開かれ、
そこでは優しい横笛にあやされ、菫の葉の上に置かれ、
見る者の目は、魔力で誘う美に恍惚となるのだ、
それは、銀色の衣裳のひと揃い全てを用いた
夜の支配者・月よりも、さらに優しい美しさ！
鳥たちが幸せを吹きつけ、軽やかな風が大地に
ヒヤシンスの極上の香りから盗んだ吐息でキスをする。
その間、澄みきった泉の水がまわりに煌めき、
漏れ出た細流が、競合する小花に赤らむように命じる。
この流れで妖精は、傷ついた胸を水浴で治癒させ、
暴君として荒れた恋の激情は、栄光ある墓場を見出す。

自然描写が女陰と交合を示唆——林間の空地、溢れ出る泉、漏れ出る細流……。恋する男女が、泉の水で快癒するのも当然であろう。最終行は願望を成就して恋の激情が鎮まるという意味にほかならない。

第四章　ブレイクの『無垢の歌』

第四、五章の引用原典― W. H. Stevenson (ed). *The Poems of Blake*. Longman, 1971.（ただし次の特例あり）本章と次章注に用いるEはErdman編『ブレイク全詩・全散文』を、KはKeynes編『ブレイク全著作』を指す。また*J*は*Jerusalem*を、*M*は*Milton*を指す。

抒情詩群にも見られる革新性

筆者は二〇一〇年に刊行した共著と単著の中で、ブレイクがいかに社会意識の強い詩人であったかを示したつもりである。『ミルトン』(*Milton*, 1804) において彼は詩人ミルトンの旧約預言者的な詩人、すなわち権力の残忍さに立ち向かって危険な言説を敢えて唱える詩人の務めを受け継いだ（森松：'10A）。これをいわば《序曲》とした本編『エルサレム（ジェルーサレム）』(*Jerusalem*, 1804–20) では、世界の無機的理解を象徴していた女性ヴェイラが、想像力による他者への理解を象徴していたエルサレムと融合するという結末によって、アルビオン（イギリス）が本来の姿となって蘇生する過程を描いた（森松：'10B）。シェイクスピアの『リア王』やミルトンの叙事詩に顕著に見られた悪への弾劾と正義の追求という、詩人・文人の責務と彼らが考えていた反常識的な革新性を、ブレイクはイギリス・ロマン派詩人の中でも特に誠実に受け継いだ。だが彼の特質は全作品を単なる社会悪弾劾の書とはしなかったことである。少なくとも『無垢の歌』(*Songs of Innocence*, 1789) は、建設的見地から、現実に生じる可能性のある人間界の理想の姿を描いている（『ミルトン』や『エルサレム』の結末についてもこのことが言える）。

実現可能な理想社会の歌

今、「現実に生じる可能性のある」という言葉を使った。これは筆者の、偏った主観的な意見かと怖れていたが、執筆中に次のような見解に接し、意を強くした――

これら無垢の歌は、現状を超える可能性への意欲が、他者を搾取し疎外する社会によって脅かされるかもしれないとしても、なお実現可能だという意識――ユートピア的な夢想としてではなく、そのような社会への革新的な挑戦として、その社会の中に形成され創造されることもまたあり得るという意識を強力に肯定してもいるのである。（Glen '83 : 111）

実際、ブレイクの断片的小説『月の中の島』（*An Island in the Moon*, 1784）では、支配階級の社交的な集まりの中で何の反響も呼ばない歌として挿入されていた幾つもの愛他的詩編が、コンテキストを変え、一部は改変されて『無垢の歌』に再登場する。『無垢の歌』の他の詩編と協働して、これらは現実の社会にもあり得る姿として読者に訴えかけ、実現可能な理想の中から、革新性をみごとに息づかせている（いうまでもないことだが、この現実の中の愛他精神を称揚するブレイクは、自己満足的な慈善制度の限界と裏面性を熟知もしていた。これはすでに『月の中の島』で揶揄されただけではなく、『経験の歌』でさらに痛烈に批判される）。

「古代吟唱詩人の声」

『無垢の歌』で最初に取り上げられるべき作品は「古代吟唱詩人の声」（'The Voice of the Ancient Bard'）であろう。のちにこの作品は『経験の歌』全詩の末尾に移され、『無垢と経験の歌』の総括をしていると理解されている。だが当初は『無垢の歌』の末尾を飾ってその総括をしていた詩である。明らかにこれは『無垢の歌』の「序の歌」（図版四、'Introduction'）に見る《私》、すなわち『無垢の歌』中の詩編作者と連動している。すなわち「序の歌」で詩人に向かって呼びかけた幼い世代を意識しつつ、今度は逆に詩人のほうから若い世代に向けて呼びかける。新たな真理（の朝）と、これまで多くの人びとが囚われてきた暗愚の迷路（の夜）との対照を見よと歌うのである。この詩は明らかに、今一つの作品「小学生」（'The Schoolboy'）が、少年少女への望ましい状況として示した「全ての樹に鳥が歌い（中略）雲雀が僕とともに歌い」、蕾が切り取られず、花々が吹き飛ばされない自然的世界を歌っている（See Erdman '77 : 129）。「古代吟唱詩人の声」の全編に拙訳をつけてみる――

悦びの若い方がた、こちらに来たまえ、
そして明けゆくあけぼのを見たまえ、
疑いも、《理性》の暗雲も、逃げ去ってしまった、
暗い口論と、技の巧みな愚弄も立ち去ってしまった。
《暗愚》は果てしなくうち続く迷路、
縺れあう根どもがその路を惑わす根城、

何と多数が、この縺れに足をとられたことか、
死者の骸骨の上で、何と夜じゅう躓《つまず》いたことか。
何も判らずにいて、なお気を回してばかりいることか、
導かれるべき身なのに、他を導こうと願っていることか。

図版では「序の歌」の若い笛吹きと違って、白い顎髭が目だつ年取った詩人（ancient はこの意味でもある。旧約の預言者、キリスト、ミルトンの三者がこの老人の中に集結か?）が、ハープをかき鳴らしながら歌っている。聞いているのは主に若い女性たちで、幼児は少ない。『無垢の歌』を歌い継ぐうちに、これらは成人に読まれるべき歌であるとブレイクは考えて、当初はこの詩を『無垢の歌』の末尾に据えたのであろう。だが『無垢と経験の歌』全体の統括に相応しいとのちにブレイクが考えたのであろう（**挿絵1**参照）。

『無垢』の統括としてのこの歌

しかしなお『無垢の歌』の末尾の歌としても、この詩は読まれるべき内実に満ちている。迷妄は去り、《悦び》の生が可能であるという建設的見地が、この詩の中心主題だからである。ブレイクがこの詩の中に、いかに多くのミルトンの用語を導入し、いわばパリンプセスト的にミルトンのイメジの再利用をしたかについては、グレクナーが詳細に論じている（Greckner : 108–14）。しかしパリンプセスト全てについていえることだが、ブレイクはミルトンの単なる再話をしているのではない。ミルトンのキリスト教は、ブレイクによってさらにいっそう急進的に発展させられ、過去の慣習的理念（それらは既成宗教の、「他を導こうと」自惚れている人びとの考えを含む）が否定され、人間的な《悦び》を享受すべき今後の若い世代に語りかけている。そしてその《悦び》の具体例が、この詩に先立つ二二編の『無垢の歌』で示されたのであった。しかもその《悦び》の描写は、《悦び》に対立する国の現状、とりわけ貧民とその子供たちの生の実体への、極めて現実的な認識の上に打ち立てられている。

挿絵1　（「古代吟唱詩人の声」）

当時の貧困の例

ここでマーシャルが示す、当時の労働階級の貧困の例を挙げておきたい。フレデリック・イーデン卿が『貧民の状況』(1797)で示しているある一家では、四人の子供を抱えながら、夫は一週間に七シリング三ペンス、妻は一シリング二ペンスを稼ぐ(一年を五〇週とすれば、この家族の年収は約二一ポンドである=本書著者)。この僅かな収入の中から

> 家賃に年二ポンド七シリング払い、靴、衣服、日用品の補充に四ポンド六シリングをしぼり出し、病、出産、埋葬の予備費一ポンドを貯蓄しなければならなかった。……何度も何度もイーデン卿は……所得と出費のギャップを目にする。これは慢性的な借金と希望の喪失という重荷となるか、さもなくばこのギャップを埋めるために教区の救済金に頼らねばならないかを意味した。
> (Marshall '73: 80–1)

だとすれば当然、教区に大きな財政負担がかかる。貧民が侮蔑の対象となったのには、こうした経済的観点もあったわけである。農村部、特に産業都市から遠く離れた田舎では「田園の貧しい人びとの、半ば極貧民化《ポーパー》」(同:81)が生じたとされるが、ロンドンの状況はどうだったか。

子供の存在は災厄

一八世紀は確かにロンドンの世紀であった。ロンドンは栄えた。しかしそこにはまた、想像を絶する貧困が地獄絵を展開していた(メアリ・ウルストンクラフトは『人間《メン》の権利の擁護』[1790]の有名な部分で、ロンドンには「何と多くの悲惨な生活が、弊害の多い街区に潜んでいることか」(Wollstonecraft: 57; Wu: 143)と述べた)。食うや食わずの生活から借金をし、それを返済できない場合には投獄された(債務者の逃亡を防ぐためだった=See Marshall '68: 222)。投獄の場合にも、逃亡の場合にも、貧者の場合の多数において、妻子は置き去りにされた。また地方から出てきて男性の欲望の犠牲になった娘、低賃金に喘ぐ独身女、職業的娼婦——彼女らにとっても子供は災厄を意味した。

自分以外の口に食べさせる収入を得られる女は僅かだった。教区に救いを求めても対応は冷酷だった。教区民生委員たちは、多くの場合、彼女たちを救済するよりも涙金《なみだきん》を与えてその教区から出て行くようにさせる誘惑に陥った。その結果、多くの女たちはやむなく新生児たちを捨てる行為に追い込まれた。ひそかに街路や小道

　に子らを置き去りにし、疑いもなく民生委員か優しい心根の通行人かが子らを憐れんでくれると思ったのだ。
（Marshall '68 : 270）

――これは主として一八世紀中葉を描いた書物からのものであるが、同書は世紀後半の叙述にも満ちているからここに引用した。なお教区民生委員は無給。任期は一年。救貧税の悪用も問題視され、このため出産の時に救貧院を使った女は、すぐに教区から追い出された（Marshall '68 : 226–7）。

救貧税の高騰

著者マーシャル女史は別著で、イギリス全土平均の救貧税（Poor Rate）は、一七七六年の総額一五〇〇ポンドから、一八〇四年には四五〇〇ポンドに迫ったとしており（Marshall '73 : 230）、しかも地域的な偏差があるために、教区によっては重い救貧税負担を逃れるために、必死で貧民を追い出そうとしたことが容易に推察される。また別の著者は一七七〇年代から一八二〇年代にかけての救貧税負担は一四倍になったとしており（S. Williams : 165）、前記マーシャルも一七七六年から一八一八年までに負担率が五倍になったことを図示している（Marshall '73 : 230）。また教区民生委員は、私生児を養育するとして引き取るのだが、その際には親に対して高額の金銭が要求される。幼児は死ぬことが多いから、金銭的には教区の負担は知れている。養育を手伝ったナースは、わざと幼児の死を招いたという伝聞も存在した。五〇〇の私生児とその保証金を受け取り、一人だけしか育たなかった話もある（George : 217）。私たちはブレイクの詩、特に『無垢と経験の歌』を読むときにこの状況を忘れてはならないだろう。コウルリッジやワーズワスの詩にも、捨て子や経済的な支えを失った子らの姿がたびたび登場する。例を挙げれば、コウルリッジの「養母の話（“The Foster-mother's Tale”）」、ワーズワスの「廃屋（“The Ruined Cottage”）」「茨（“The Thorn”）」「彼女の両眼は惑乱して（“Her Eyes Are Wild”）」「放浪の女（“The Female Vagrant”）」など多数にのぼる。

抒情詩の中にも瀕死の英国《アルビオン》の姿

ブレイクは貧者の施設に日用小物を納品していた商家の子弟であり、今日のリージェント・ストリートに近い街に住んだが、貧しい階級の日常を常に目の当たりにしていた。改革的パンフレット作者パトリック・コフーン（Patrick Colquhoun, 1745–1820）が一七九七年に述べたところによると、当時のワーキング・プアは土曜日に労働用の用具を質入れして日曜の晴れ着を請け出し、月曜にはまた晴れ着を質入れして用具を請け出していたという（See Tomkins : 169）。今日の日本で言う生活保護世帯（Paupers）の数は極めて多く、『無垢の歌』に歌われる理想的な幸せの瞬間はまれにしかロンドンには見られなかった。八〇年代の終わりから暗さを増したイギリス社会の中で書かれた『経験の歌』（『無垢の歌』との合本の出版＝一七九四）こそが現実の描写であった。これはまさしく、瀕死のアルビオンの姿である。そして『無垢の歌』に現れる良きイギリスの姿は、『エルサレム』の最終場面で、エルサレムが帰還してアルビオンが覚醒したときに夢想される状態なのである。

多数の貧民の存在

一八世紀末の文章を少し覗けば、当時の下層階級がどん底の生活を強いられていたことが直ちに判る。西インド諸島で現地民を「獣同然に扱いつつ」奴隷としていたイギリス人が、それを正当化する根拠として、自国での貧民だって同じ生活をしているではないかと述べたという（Dyer : 3）。これを伝えたこの文書の著者ダイヤーは

国々の繁栄は貧困階級に依存している。彼らは鉱山から鉱石を掘り出し、石切場から石材を切り出す。彼らは私たちの家を建て、船を建造し、私たちに代わって戦争に出る。（中略）富裕階級はほとんど何もしない。するのはただ命令を発し、署名をするだけ。（中略）我が国の政府にとっても貧者は国の支えだ。（中略）だが返礼として彼らは何を得ているだろうか？　彼らは政府によって圧迫され、侮辱されているだけだ。（Dyer : 4–5）

——はからずもこの著者ダイヤーは、職を持っている人びと（the labouring poor）さえ貧困に苦しんでいることを述べている。またダイヤーは借金による投獄を非難し（Dyer : 63）死刑反対論を唱える（Dyer : 77）。そして多くの犯罪は、また英国においては死刑を被る犯罪の多くは、法律類の過激（excess）と欠陥から生じていて、私人の犯罪は公的不正義より流出する（Dyer : 46）とも述べている。

追い出される極貧民

実際にはこのほかに極貧民が極めて多数存在した。ワークハウスは、もとは貧民に仕事を提供する施設だったが、間もなく救貧院と化した。その管理運営はそれぞれの教区に委されていたので、教区それぞれによって極貧民の扱いには差があり、おおむね冷酷であった。社会史家によればより一般的にいうならば、この慈善制度は、教区の民生

委員たちや治安判事たちに、貧民を《厄介者》と考えさせる性格を有していた。彼ら彼女らのためには最小限の教区貧民税しか投入すべきではないとされたのである。（中略）そこでウェストミンスター教区およびロンドン郊外の教区の治安判事たちは、教区民生委員たちに促されて、国の他の部分でもそうしていたとおり、望ましくない極貧民を絶え間なく教区外へと移送するゲームに熱中するようになった。

（Rudé '71 : 139）

先の引用でも見たとおり、自己の教区へ流入した極貧民を、元の教区へと立ち退かせたのである。離婚された妻、父親のいない母親とその子たちが、その最大の犠牲者となった（同）。また食料品の価格高騰にもかかわらず、一七七〇年代に定められた給付金額は三〇年経っても同額のままだった（同）。

自然界に帰ってのみ人は平等

三〇年あとの貧者の状況をシャーロット・スミス（その自然観の詳細は森松：'10B参照）一七九七年出版の詩集の「死去した物乞い《ベッガー》」と、ロバート・サウジーの「極貧《ポーパー》の人の葬儀」（同じ九七年出版の『詩集』所収）で読みとっておきたい――

埋葬地では平等主義者《死》が平和へと戻してくれる、
生きていたときには休む場所もなかった哀れな人を。
（中略）大地の冷たい胸で、偉ぶった輩と同等の扱いで
蔑ろにされていた「人の権利」を回復してくれる。

（Smith : 15–6 ; 19–20）

これと同様に、一八世紀末には社会の不平等に目を向けていたサウジーも、自然に還った人間の平等を歌う。

静かな墓地には穢い《欠乏》や黒い蠍《さそり》の《心労》――
こんな心を打ち枯らす悪鬼は決して入りこまないから！
（中略）気の毒に見棄てられた人よ、平和に眠れ、君の
宿る場のない躯を冬の厳しい嵐はもう傷つけはしない。

（Southey : 9–10 ; 24–5）

《自然》と《死》の与える平等を唯一の恵みと感じたスミスの感性を、後期には桂冠詩人となり、完全な体制支持者になったサウジーも、この時点では共有している。しかしこれは、死以外には極貧民を救う道はないという言外の意味が重く、暗くのしかかる考え方である。

革新性ある教育の一時的存在

ブレイクに戻れば、彼はロンドンにおける貧民の窮状を熟知し、一方で比較的人間愛に満ちたウィンブルドンの乳幼児を養育する施設も目にしていた。慈善家であったハンウェイ(Jonas Hanway, 1712–86)は、教区の「全ての子供が死んだ」との報告を受けることが多かった(Gardner '98 : 45)。そこで旧ロンドン内の全ての教区が、《乳幼児貧者＝**infant poor**》の記録を残すことを義務づける法律を通過させ(1767)、教区の子供全てを、二歳以下はロンドンから五マイル以上、六歳以下はロンドンから三マイル以上離れたところで乳母が育てるように義務づける法律を作った。これは「子供を生かす法」と呼ばれたという(同：46)。ブレイクは健脚で、自分の教区の子らが育てられるウィンブルドンの高地へ足を運んだ。そこでは当時としては破格な、子供へのケアが行われているのを目にしたわけである(同：46–9)。ブレイクの図版を見るとき、特に『無垢の歌』の場合、そこに描かれる大人の女性は、ナースと呼ばれる保護者として見てよいと思われる。また一七八二年にはブレイクの住居に近いキング・ストリートに慈善学校が創設された。ここへ同年一一月にウィンブルドンの施設から児童が移されて、読み書きだけではなく算術も教える教養主義の教育が始まった(ブレイクの父は、この学校への納入品の代価をこの年に得ている)。この種の教育は、施設の子供に労働だけを押しつけて、施設のコストの軽減を図り、また貧民階級のくせに、数学も理解する才能を持った児童が、階級の壁を破っていわば下克上的に成長するのを事前に防ごうとする当時の慈善学校教育方針に刃向かう革新性を持っていた。しかし九〇年になるとこの学校の方針もこの革新性を放棄し、児童を四六時中働かせる方向に転じた。『無垢の歌』と『経験の歌』にこれらの背景を読み込む論調(Gardner '86 : 3–78)には説得力があり、筆者はこれに影響を受けている。

森林地での幼児教育

ブレイクはウィンブルドン・コモンから二、三キロしか離れていないところに住んでいたキャサリンと交際し、結婚した(1782)。当時の恋人たちは森林地をよく散歩した(《一緒に歩く》と言う言葉が親しい交際を意味した)。『無垢の歌』のタイトル・ページ(第三図版)での、華麗な実が生る木蔭(この木と枝が不吉だとする見解＝Leader : 65には筆者は全的に反対する)での、ナースによる幼児への読書指導の素材(七一頁**挿絵2**参照)は、この森林地コモンではないかという説が有力である。というのは、極貧階級(Paupers)の幼児教育とこのコモンは強く連想されているからである（Gardner '86 : 15）。先のハンウェイが耳にした子供の窮状を具体的に述べると、一七六三～五年の記録では、極貧階級の満一歳以下の子供は、二年間の間に、一〇〇人中九三名が死亡したという（同：6）。また一七三九年に特許状が発せられ、四一年に開設された孤児院（Founding Hospital）では、四一年から五六年までに、受け容れた一三八四人のうち七二四人が死亡し、その後悪化した（Marshall : 273）。くじ引きで決められた入所条件が、富国強兵の観点から全員入所制度に変わった一七五六年以降の記録では、四年足らずのうちに、一四九三四人の乳児のうち一〇三八九人が死亡した（Marshall : 274）。またその晩年、捨て子の救済に全力を尽くした右記ハンウェイは、救貧院が受け容れた一歳未満の乳児一〇〇人中、三年以上生き延びたのは七名だったとした（See Marshall : 227）。だがウィンブルドンでは違った——

挿絵２（『無垢の歌』のタイトル・ページ（図版三））

> ウィンブルドンで養育するために乳幼児をそこへ送り届けた政策は劇的な効果を上げた。『一七八三年の教区貧民に関する年次報告書』によると、セント・ジェームズ救貧院で母に育てられた五〇人の乳幼児のうち、二四人が年が明けないうちに死亡したが、同じ年に、ウィンブルドンのナース（保育士）たちはこの救貧院から送られてきた七七人の乳幼児を「多大な技と注意力」で育てたので、死亡者は二人だけであった、ということだ。
> （Gardner '86 : 7）

ここでは乳幼児を母親から引き離して育てることの是非は問われていない。私たちは、母親との別居を問題視する余裕さえないほどに、救貧院での生活、まして捨て子の生活は困窮を極めたことを理解する必要がある。

子弟への教育を切望する貧者

同じ頃に出た上掲ダイヤーの文書では、田園地帯では慈善学校さえなく、貧民が無知の状態に置かれていたことが語られている（Dyer：47–8）。そこでは、病弱な妻と九人の子供を抱え、道路工事による僅かの収入でパンと塩入りの水だけで生活していた正直な男が、「ネッドには少し教育を受けさせてやりたい。そうすればネッドが（すぐ下の妹の）ベットを、ベットがスーザンを……教えるだろう」と決心し、自分のパンを減らして学費を捻出し、長男を女教師学校《デイム・スクール》に通わせた例が示されている（Dyer：48）。先にも述べたが、これとは対照的なかたちで、ブレイクには身近なウィンブルドン・コモンで、一時期、貧しい人びとの子弟への公教育を実践した例があった（Gardner '86：8ff.；30ff.）。このことは彼に、教育に関して望ましいこの状態を《無垢》の一環として表現させたと考えておかしくない。上記の引用は乳幼児の生存率に力点を置いて書かれているが、ブレイクの図版では教育の有り様《よう》と、教育が行われる自然環境の健全性が強調されていると感じられる。絵に描かれた五、六歳の男の子と女の子は保母に全幅の信頼を寄せると見える姿勢で、熱心に本に見入っている。

草地と谷間の悦びである弱者

先に筆者は「子供は災厄を意味した」と書いた。この状況に正面から挑むのが「仔羊」（図版八、'The Lamb'）である。詩の前半では小川と草地で生を営む仔羊の毛の柔らかさと美しさ、「谷間たち全てを悦ばせる」声が描かれ、こんな君たちを創ったのは誰か、と語り手が問う。仔羊は当初から人の子と同一視されていると感じられるが、第二連では（図版が示すとおり。七二頁**挿絵3**参照）語り手が幼児であることが明示され、仔羊と子供の同一視は強化される――

ぼくは子供、君は仔羊、
ぼくたちは創り主の名前で呼ばれるのだよ。（17–8）

――創り主を加えて三者について同一視がなされる。神に創られた仔羊、仔羊と呼ばれるキリストが尊いのと同様

挿絵3（「仔羊」図版八）

に、同じ弱者である幼児もまた尊い。

貧富の差を越えた若い読者に

これを念頭において図版二（七三頁**挿絵4参照**）を見、それに対応する「序の歌」（図版四、'Introduction'）を読むならば、そこに登場して《笛吹き》（もちろん詩人を指す）に歌を所望する子供は、貧富の差を越えて詩文を欲する少年少女、若々しい読者たちの象徴となる――

「笛吹きさんよ、腰をおろして　書きなさい、
だれもが読める　書物のなかに　歌いなさい」
そして子供は私から、見えないところに飛び去った、
中の空ろな葦の葉を、だから私は折り取った。
この　野の葦を田園の、もの書くペンに作り替え、
澄んで流れる清水《せいすい》を　もの書く色に染めて変え、
そして私は書いたのだ、幸せ満ちる種々《くさぐさ》を、
どんな子供も聞いたなら、喜ぶはずの歌草を。（13–20）

挿絵４（図版二）

田園のペンで富者の好みに対立する

ここで重要なのは、この詩集に歌われる詩群は誰にも理解可能であることのほかに、用いられる筆が「田園のペン」（a rural pen）であることだ。用いられるインクが野の清水であることにも注目すべきであろう。これはよくいわれるような《パストラルの伝統の利用》というよりも、富者の好む書き方はしない、権力の中枢から離れた詩人として書くという決意表明であろう――これは一方的な、筆者の偏った意見に聞こえるかもしれない。しかし筆者は前期のブレイクと後期預言書類とのあいだに連続性を認めずにはいられない――『ミルトン』と『エルサレム』におけるブレイクの精神は、前期抒情詩にも息づいていることを以下に証したいと思うのである（筆者がすでにこの後期二作品について長い論考を書いたことは、前に述べた。See 森松：10 A & B）。ブレイクの場合、《自然》への愛着は常にイギリス人全体の幸せと連想される。

女性エルサレム――他者や貧者への思いやりの象徴であるとともに、美しい《自然》の象徴でもあるエルサレムを失ったとき、アルビオン（英国）の身体から月や星が逃げ去り、山河からも隔てられて「このアルビオン、この大西洋の高い断崖は、不毛の地と化した」（*J. E.* Pl. 30 [K. Pl. 34] : 16）のだった（これを日本の現状にあてはめてみるべきだ）。

ロンドンの花たちの集合

ブレイクは一方では、全ての赤子が人生が喜びであることを自明のこととして生まれてくることを歌う――母の膝と自然界の美しい花の中に抱かれて当然なのである。図版二五の赤子の絵がそれを物語っている（「乳児の悦び」'Infant Joy'。自然の形象は特に美しく描かれる。そして赤子の表情からは'I happy am'の無垢の調べが聞こえる。七四頁**挿絵5**参照）。この絵から私たちはまず、母の膝と祝福に訪れた天使を包む花の美しさを感じとるべきだ。だがこの子が捨て子である可能性を私たちは否定できない。描かれた女性は保育士（これも極貧女性がありつくことのできた職）かもしれない。当時は慈善事業として《捨て子養育院＝Foundling Hospital》の存在した時代であった（Rudé '140 ; Gardner '86 : 46 ; 53）。この詩の最後では

　あなたは嬉しそうに見えますよ（Thou dost smile）、
　わたしはそれを見て歌いますよ（I sing the while）、
　素敵な喜びがあなたに授けられるようにと。

《わたし》には母、保育士、詩人いずれもが重なって表現されている。何も知らずに生まれてきた無垢の存在は、何と、笑みのような表情を見せるではないか（強調用法の'dost'には明らかに驚きの響きがある）！　その間だけでも（'the while'）わたしは祝福の歌を歌いたい。やがて《経験》の段階に移行して、赤子の笑顔が消滅する悲しみが伏流として聞こえる。アイザック・ワッツ（賛美歌作者。Isaac Watts, 1674–1748）が赤子について歌った「あなたの食べ物、着る

挿絵5　（「乳児の悦び」図版二五）

ものも／お家もあなたの住む場所も、みな親たち（friends）が与えます」（See Esterhammer [Frye]：191）という状況の正反対をブレイクは意識していたのである。

「聖木曜日」　一方、「聖木曜日」（'Holy Thursday'）を読むなら、この日に何千人もの子供が、《慈善学校》、すなわち極貧民の子や捨て子の施設からセント・ポール聖堂に来て歌う（この行事が始まったのは一七八二年）――

おぉ何と多数に見えることか、このロンドンの花たち！
幾つもの組となり彼らは坐る、誰もが独自の輝きを放ち、
群れなす者たちがざわめく、だが子羊の群れたち、
何千もの幼い男の子、女の子が無垢な手を挙げる品形《しなかたち》。
（5–8）

『無垢の歌』の「聖木曜日」は、第二一図版の下方で女の子たちが自由に手を振り、おしゃべりしながらセント・ポールに向かうさまを肯定的に描き（挿絵6参照）、『月の中の島』にこの詩が挿入されたときと異なって、悪しき慈善学校を連想させる灰色の服は赤に改められている（二行目。See Gardner：34–8）。ブレイクは、『無垢の歌』ではこの慈善を善きものとして認めている。この詩を誤った教育の描写とするのは謬見だろう。しかし次章で見るとおり『経験の歌』の「聖木曜日」は、この情景を疑問視し、《慈善》行為自体が貧困の存在を指し示していると歌う。

最終行の《警告》　しかし『無垢の歌』の「聖木曜日」でさえ、最終行は唐突にも誰かに対する警告で終わっている。

だから慈愛を大切に。天使をドアから追い出さぬよう。
（Then cherish pity ; lest you drive an angel from your door.）

挿絵6　（『無垢の歌』の「聖木曜日」図版二一）

救貧院のすぐ近くに住み、幼児貧民への時代の慣行を熟知

していたブレイクは、先に筆者も引用したような、「極貧民を絶え間なく教区外へと移送するゲーム」には敏感に反応した。唐突に聞こえる《天使》は、《子供》を指している可能性が最も高い（詩であるから、《天使》が慈愛の精神を持った者や、《天使》そのものを指している多義性は認めてよいけれども）。「慈善学校生徒の行列に自己満足しつつ、他方で行列をなす他の子たちが《よそ者》と定義され、文字どおりドアから追い出されている事実を容認している社会への、憤りに満ちた警告」（Glen '83 : 123）としてこの最終行を読むべきである。より最近の批評家も、「勤勉な貧者が慈善と憐憫の対象であると感じられる限り……社会構造そのものは問題化されず仕舞いに終わる」と語る（著者名失念 : 80）。

自然界と人間界との一体性

さて私たちはかつての有力な批評には囚われずにブレイクの『無垢の歌』が決して単純なパストラルではないことを認識しながらも、なおブレイクにおける「自然界と人間界との一体性」（Bloom '61 : 3）を読みとって当然であろう。彼の場合、《自然》は他者として存在しはせず、人間との関連においてのみ捉えられる。「笑いの歌」（'Laughing Song'）で笑うのは、《緑の森》、《靨《えくぼ》のできる小川》、《大気》、《緑の丘》、《緑の草地》、《バッタ》の順で歌われる。

しかしこのあと、何の断絶もなしにメアリとスーザン、それにエミリが笑い、また何の断絶もなしに《絵に描いたような鳥》が笑い、続いて野の食卓に、サクランボと木の実類がうち拡げられる。最終行では彼女たちがこれらの自然物とともに《笑いの歌》を歌えと書かれる。自然物と人間のあいだに隔絶感がない。また「揺りかごの歌」（'A Cradle Song'）はワッツ（前出。Watts）の「揺りかごの聖歌」（'Cradle Hymn'）との類似が指摘されるが（Stevenson : 56n）、ワッツにはブレイクの「心地よい流れ（'streams'）を、夢に眺めよ／幸せで静かな月の光（'moony beams'）によって」に相当する語句の片鱗もない。ブレイクのほうは自然界から人の幸が生じると歌うのだ。

鳥と羊、日没と夜露との協働

これは「保育士の歌」（'Nurse's Song'）ではさらに鮮明となる（この詩も『月の中の島』で母に習った歌として歌われた）。この《保育士》とは、一七八二年の法令によって「貧者の賢明な保護者」（Gardner '86 : 44）として宗教者以外の人びとが各教区に任命されたのに併せて仕事に就いた女性である。この歌の図版二四では、女性保育士は「もうお日様が沈みかけていますよ／夜露が降りはじめていますよ」と子らの遊びを止めさせようとしているにもかかわ

らず、落ち着いて木蔭で書を読む（左下）。日没と夜露以外には、子らを拘束するものはない。そして保育士自身が

緑地の上に子らの声が聞こえているあいだは、
丘の上に子らの笑いが聞こえているあいだは、
わたしの心は胸のなかに落ち着いている、
ほかの全てが静まりかえっている。　（1–4）

と感じているのだ。そして子らが、なお鳥が飛び、山腹には羊がまだいることを指し示すと、彼女は、日中の明かりがすっかり消え去るまで子らの遊びを認める。子らは喜んで笑い、子らの叫びと笑い声を「丘の全てが谺《こだま》した」（16）。自然界と子ら、そして保育士は見事に協調している（**挿絵7**参照）。ここで筆者は、この図版の保育士に心労や疎外を見る説（Leader : 104 ; 106）に同意しない。

「谺する緑地」　『無垢の歌』の第七歌「谺する緑地」（'The Echoing Green'）では、場面は再び共有緑地である（よく知られているように、ロンドンにはグリーンの地名がよく見られる。素材はここでもウィンブルドン・コモンかもしれない）。ここでは幼年と老年が緑地の平安と調和した協調を見せている。対応する図版六には、老人、多数の幼児、女性三人（母親たちと詩には書かれているが、疲れた幼子たちが複数、同じ女性にもたれかかっている姿は、子らの共通の保護者、保母＝保育士たちをも感じさせる）をすっぽり包むように大枝を伸ばす大木が木蔭を提供している（次頁**挿絵8**）。詩の後半を刻んだ図版七では、ブレイクにあっては常に自然からの恩恵を象徴する稔った葡萄がいくつも蔓から垂れ、その一つを男の子が年長の女の子に渡している。収穫された葡萄は、別の少年の手にも、また幼児の手にも見える。図版七・下方中央の帽子をかぶった大人（これを図版六の老人と同一視する説＝Erdman '74 : 48 もあるが、むしろその奥の若い男に似ている）とそれに付き添う若い女性は、乳児から一〇歳前後の少年少女に至る様ざまな子たち

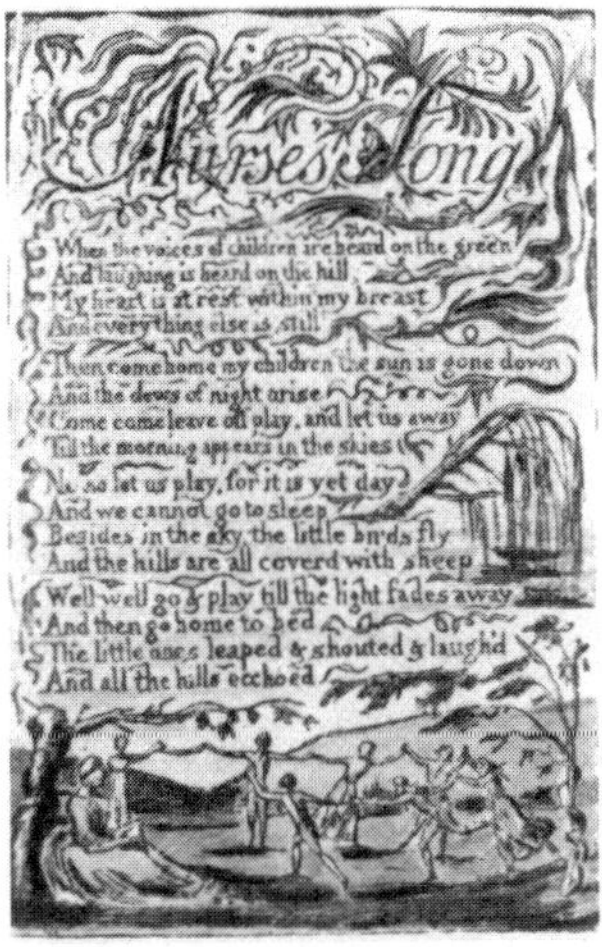

挿絵7　（『無垢の歌』の「保育士の歌」図版二四）

に、優しげな指示を与えている。二人は、共有緑地を訪れたブレイクとキャサリンではないかと感じさせる（これには異論もあろう。ただしガードナーは、男がブレイクである可能性を力説している＝Gardner '86 : 46–7. またこの図版はブレイクのウィンブルドンでの経験を描いたという説も説得力を持つ＝Gardner '98 : 105）。また葡萄を受け取る女の子が「経験」への途上にあるとか、そこに思春期が描かれているとか指摘する必要はないと思われる。これは少年少女の無垢の姿と見るべきだろう（**挿絵8**、**9**参照）。

鳥の声、鐘、子らの声と谺の合奏

図版七（**挿絵9**）においても、様ざまな年齢の人間が、葡萄蔓にすっぽり覆われるように描かれている。歌は、最後には日が暮れて、子供たちの遊びが終わり、静寂が訪れることを歌う。谺はそれまで子らの声を鳴りとよもしていたのである。これが感じられるのは、歌い始めに、鳥の声と人の鳴らす鐘の音が、遊びに興ずる子らの声に混ざり合い、これらが、木立の多い緑地によって谺し返されるさまが示されているからである――

空飛ぶ雲雀と　歌鳥ツグミ、
藪から生まれた　小鳥の恵み、
緑地に次第に大きく響き、
鐘の音と溶けあって、辺りに靡《なび》き、
わたしたちの遊びが、やがて見られるでしょう、

挿絵8　（『無垢の歌』「谺する緑地」図版六）

挿絵9　（『無垢の歌』「谺する緑地」図版七）

そして緑地は谺を返してくれるでしょう。（5–10）

――《自然》の声、《人為》の音、子らの歓声、《自然》の谺、これらの協働がみごとに感じられる。これがエルサレムが追放されない状態でのイギリスのあるべき姿である。

樹木いっぱいに咲く花

「花」（'The Blossom'）の図版と詩句ではともに、伝統的な童謡での喜びの象徴《雀》と、悲しみの象徴《駒鳥》が、ともに花が群れる鮮やかな緑の枝下にかくまわれている。この詩の語り手は三人称で示される「幸せな花」（A happy Blossom）であり、各連の最初二行は、鳥への呼びかけである。矢のように飛んで群れなす花の近くに《憩い》（＝揺りかご）を求める《雀》も、花の近くですすり泣く《駒鳥》も、ともに人間を象徴していると感じられる。そもそも喜びと悲しみは人間的なのである。群れなす花が象徴する《自然》の愉楽力と治癒力は、人間が喜びから悲しみにまで至る様ざまな状況の中で、身を寄せるにふさわしい存在なのだ。ブレイクにあっては、《自然》は人間と常に密着している。人間が《自然》を他者として《観照》し、《自然》とは独立した想念を抱くというかたちは描かれない。人が自分の感情を報告するために舞い戻る慈愛深き母、共感してくれる母――ブレイクの《自然》は、この詩の《雀》と《駒鳥》に我が身を寄せる花のような存在である（この詩を性交とその事後を描くとする説、またその賛同者の緒説も筆者は熟知しているつもりだが、筆者にはこれは最も基本的な自然詩に聞こえる）。

人と自然界の一体性

「春」（'Spring'）の中でも自然界と人間の、この種の一体感が表現されている。《春》を迎え入れるのに、人は横笛を吹く。だが人の笛が鳴りやんでも続くのが自然界の鳥たちの声である――鳥たちは人の音楽を受け継ぐのである（挿絵10参照）。

挿絵10　（「春」図版二二）

吹き鳴らせよ、君の横笛！
もう鳴りやんだのか、人の牧笛《まきぶえ》。
だが鳥たちが喜びで満たす、
鳥たちが昼に夜を継ぎ足す、
夜啼きうぐいす、
あの谷間を愛す、
空には　ひばり、やがて舞い立ち、
愉しげに　ひばり飛び立ち、
愉しげに、愉しげに春を迎え入れるこれら鳥たち。（1–9）

——人の音楽は真昼、だが夜にはナイティンゲールが、早朝には揚げ雲雀がこれを受け継ぐ。この一体感は、第二連の幼い男と女の乳児の、言葉にならない喜悦の声と雄鶏の時を告げる声の同一視と、第三連での、幼児が子羊に首筋を舐めさせ、子羊の毛を引っ張って子羊にキスをする情景へとみごとに連動している。二つの図版（22, 23）も、大木、羊たちと幼児との共存により、この一体感を補完する。

「夜」の宗教性

ここでブレイクの宗教観に触れつつ、ここでもまた自然の形象が活かされていることを指摘したい。「夜」（'Night'）では日没と宵の明星、ねぐらについて口をつぐんだ鳥たちが描かれたあと、

天には花のような月　(The moon like a flower
高き四阿《あずまや》に行き着き、　In heaven's high bower,
物言わぬ喜びのさま、　With silent delight,
夜《よ》に微笑んで坐したまま。　Sits and smiles on the night)
(5–8)

——原詩の美しさに比べて、拙訳は何ととぼけて響くことか！　原文は、図版（20, 21）の樹木、樹木のあいだから輝く星たち、五人の美女を輝かせる月影、その足許を月の光に輝いて流れる小川などの清冽とあいまって、超弩級の美しさをもった自然詩だと感じられる（八一頁**挿絵11**参照）。詩の後半は、天使による夜の平安の維持が歌われるが、《平安》の中身はこの自然美が象徴している。そしてこの天使を遣わしたキリストの第一の属性が《優しさ＝meekness》だとされる（第三七行）。この《優しさ》は、すでに上記引用の月が表していた性質でもある。

人間界にも見える神の姿

ブレイクの語る神的性質は、常にこの《優しさ》の周辺に集中する。自然の形象から離れた作品に言及する

ことになるが、「神の姿」（'The Divine Image'）という絶唱のなかで繰り返される「慈愛、憐憫、平和と愛」（mercy, pity, peace and love）こそは、人間界に垣間見られる《神の姿》なのである（原文のリズムに魅せられない読者がいようか！）。

慈愛、憐憫、平和と愛に
苦しむ全ては祈りを捧ぐ。
喜びを生むこれらの徳に
やがて彼らは感謝を返す。

慈愛、憐憫、平和と愛は
我らに親しき神なのだから。

挿絵 11　（「夜」図版二一）

慈愛、憐憫、平和と愛は
神の子、愛子《まなご》の、人なのだから。　（1–8）

——《慈愛、憐憫、平和と愛》こそが愛される神の子としての人間なのだというのである。作品の最終連では、異教徒であろうと、トルコ人（当時のオペラやバイロンの作品の中で嫌悪の対象とされていた）やユダヤ人であろうと、これら一般に嫌悪される人びとの中に宿る人の姿をした神（the human form, 17）を愛さねばならない、なぜなら

慈愛と愛と憐憫が　宿るところに神様も
一緒に宿っているのだから。　（19–20）

ブレイクと神　こうしたブレイクの《神》は遠方の存在ではなく、慈愛と憐憫の宿るところにしろしめす。旧来の神概念とは根本的に異なる（Glen '83 : 151–2）——

なぜなら慈愛は人の心を持っている、
憐憫は人の顔を持っている、
そして愛は、神々しい人の姿を持っている、

そして平和は、人の衣裳を身につけている。　(9–12)

ブレイクの歌う《平和》は、決して現状維持の意味ではない。それは《慰安》と訳されてもよい、人の悲哀を慰める積極的な働き掛けを意味する。ブレイクが、既成階級の現状維持・既得権擁護の意味での peace に嫌悪を抱いていたことはよく知られており、上記引用の著者グレンはこの単語の持つ、この、もう一つの意味について、具体的な引用を示しつつ詳説している（Glen '83 : 156–8）。《平和》は時として欺瞞の衣裳を身につけていることもあるが、ブレイクの《平和》は神の愛子《まなご》としての人の姿である。

既成宗教を離れて

既成宗教から遠く離れたブレイクの宗教観は、後年の預言書の中でより明確に現れる。この宗教観は上に見たとおり、また既発表の拙論で『ミルトン』と『エルサレム』に関して示唆したとおり（森松：'10A & B）、美しい自然の形象をそのイメジとして持つ。そしてまた、底辺の人びととの支えとしての意味を、この宗教は有している。『無垢の歌』中の「煙突掃除の子」（'The Chimney Sweeper'）がその好例である。この子が生まれてまもなく母は死に、父はこの子を幼児労働者として売り飛ばした。Sweep（掃除する）をやっと 'weep'（泣く）としか発音できない頃から、街路で自分の労働力を売るために “'weep, 'weep” と大声を張り上げた（だがこれは季節労働であるため、夏場には彼らは乞食あるいは犯罪予備軍としてみられた＝See Glen '78 : 41–2）。細い煙突に潜れる小さな躯が、煙突掃除の労働力となるのであった——「だから煙突を掃除しながら僕はけぶる、すすをかぶって僕は眠る」——今度は Sweep と Sleep を行中韻としてブレイクは用いる。この子が夢で天使に会い、仲間と一緒に暗い棺桶（もちろん真っ暗な煙突の内部を示唆）から解放されて《自然》の中へと走り出す——

緑の平野の向こうへ跳ね飛んで　子たちは走った、
川でからだを洗い清め、太陽を浴びて光った。　(15–6)

このあとこの子は夢を支えとして生きるのである。すなわちブレイクは、この夢の実現可能性を訴えているのだ。

幼児虐待の実態

しかし「煙突掃除の子」の背景となる当時の幼児虐待は、この詩では何ら誇張されていない。四歳から六、七歳までの子（少女を含む）を《煙突掃除の元締め》が、その子の所有者（親を含む）に、二〇シリングから五ギニの安値を払って買い取った（Nurmi : 16. この短い論文は必読）。煙突掃除の子は、剥ぎ取ってきた煤の袋を布団代わりに眠り、真っ黒に汚れたまま、六ヶ月間からだを洗えなかったし、煙突に登らせるためにあらゆる暴行が加えられた。煙突の中での窒息死の可能性もあった――「黒い棺桶に閉じこめられる夢は、象徴的というよりは現実的」だった（同 : 17）。《元締め》の許での徒弟期間が終わる頃には、直径が一六～二〇センチほどの煙突では仕事ができない身体になった上に、呼吸器疾患、眼疾、陰嚢癌などの《職業病》に冒されて、ただでさえ就職難の当時、働くこともできなかった（同 : 16）。この状況を改善するための法案は一七八八年に議会を通ったが、週に一回の体の洗浄、注文取りに街路で《呼ばわる》時間の短縮、暖炉の火が燃やされる可能性のあるときの煙突掃除の禁止、異様な風体でない場合に限っての教会への入場許可などを定めたものにすぎなかった（これさえ実効はなかった。髪を剃り落とされ、真っ黒な彼らは異形ゆえ、教会も入場を拒否した。煙突掃除中の火の使用も現実に生じた。最初は皮の衣服で熱を避けさせたが、皮が傷むのがもったいないという理由で、のちには裸で作業をさせた。ブレイクはこの現実的状況の中でこの作品を書いた）。子供を煙突掃除に使用してはならないという法律は一〇〇年後の一八七五年にようやく実現した（同 : 22）。「《自然》の中へと走り出す」夢とは正反対の現実であった。

国内での一種の奴隷制

煙突掃除だけではなく当時の貧民の子たちは、煙突掃除の元締めだけではなく、様ざまな職業の親方が徒弟として引き取るかたちで教区から追い出される羽目に陥った。一六九一年の法律改悪によって、四〇日以上にわたって徒弟奉公をした人は、その親方の住む教区に居住権を移すことになった。各教区は貧者の面倒を見る義務を負っていた。それぞれの教区が、貧民税（'the poor rate'）を定めたが、対仏戦争や農業不作で経済が停滞した一七九〇年代には、困窮者の数が増えたため、特に税の高騰が目だった。そのため、金もかかり厄介でもある子供たち、浮浪者、極貧民など、教区が最低限の世話をせねばならない人びとを減らすことが教区の運営上、最大の関心事となった（次章も参照）。だから徒弟として彼らを引き抜いてくれる人物には、喜んで金を払ったのである（See Hatch : 193 ; George : 215–35. またクラブ［第二章］のピーター・グライムズの項参照）。金を払っても追い出すことが望まれた子供であるから、徒弟への親方の扱いは非人道的になる場合が多かった（良心的な親方もいたけれども）。イギリスは、アフリカからの奴隷売買だけではなく、国内に、目だたないかたちで貧民（特にその子たち）を奴隷として売買し（一般の奴隷売買とは逆に、金銭が奴隷［厄介者扱いにされた子供］を手にする側に払われるのが、特にその子の人格を否定しているといえる。「子供を手にする側」は、この支払金目当てに職業化した。この業者は子供奴隷を必要とするピーター・グライムズのような人物に子供を転売した）、奴隷と同じように虐待を奨励する結果となる法律を持っていたことになる。まして、上記の子の引き取りの際の報酬とは逆に、金を払って労働力として連れてきた黒人（国内にもいたことはホーガスの絵などを見れば明白である）やその子供に対しての扱いは恐るべきものであった。

花と木々、そして坊や　「肌の黒い幼い少年」（'The Little Black Boy'）では、美しい自然の形象を通じて母が子に宗教的希望を持たせる。図版九には、詩句にあるとおり大きな樹木、昇ってくる朝日の中に母の膝に抱かれる子が描かれ、母が諭す（**挿絵12**参照）——

「ご覧なさい、昇るお日様。あそこに神様がおられるの、
光をくださるでしょう？　暖かさも投げてくださるの、
花々、木々、動物たちもまた人も、この朝の喜びのなか、
慰めを受け取っているのです、昼のこの明りのさなか」
（9–12）

死後に平等が実現したとき、白人の子が「その時には僕を愛してくれるだろう」（28）と締めくくって、この作品は、当時の現実のイギリスでは差別が横行していることを示唆する。だが《神》への言及は、死後ではなく未来にこの差別撤廃が実現することをブレイクは信じていると感じさせる。なぜならブレイクの《神》は、人の心に宿る《神的資質》にほかならないからである。

《神的資質》の地上での実現可能性　このことを「他者の悲しみを

挿絵12（「肌の黒い幼い少年」図版九）

見て」('On Another's Sorrow') の中で確かめたい。その感動的な書き始め――

　私は他人の悲しみを見ていらりょうか?
　自分も悲しまずにいらりょうか?　(1–2)

のあと、《彼》、すなわち神も弱者に同情することをブレイクは歌い、まずその慈愛がミソサザイ、小鳥の悲哀に及ぶことから歌い始める。この詩の図版(27)は、勢いよく飛び立つ鳥と上空を目指す小鳥を、たわわに実った葡萄の樹とともに描く。ブレイクの自然観は神的慈愛と連動する――「慈愛と愛と憐憫が　宿るところに神様も/一緒に宿っているのだから」と上の引用に歌われたとおりである。またこの図版の上空を目指す小鳥や稔った葡萄が示すとおり、ブレイク式の《神的資質》はこの世、この自然界に存在して当然なものとされるのである。

監視と慈愛の距離

『無垢の歌』はアイザック・ワッツ(前出)の『子供のための宗教的・道徳的詩歌集』(*Divine and Moral Songs for the Use of Children*, 1715)への反論だと評されることがある。なぜなら、ピューリタン的中流階級の子弟のために編まれたこのワッツ詩歌集では、たとえば

　ほかの子と同じくらいしか貰えなくて当然なのに、
　なのに《神様》は私に多くのものを下さった。
　だってほかの子にはないのに、私には食べ物を下さった、
　　ほかの子はドアからドアへ物乞いにまわるのに。

という具合に、他者への《愛と憐憫》より自己満足が目だつからだという(Crehan : 92)。しかもワッツは《神様》があらゆる場所におられて、目には見えないけれども子供を監視し、その行いを巨大な帳簿に記載し続けることを、何よりも先ず子供の心に刻み込もうとした(同 : 91)。この監視者の目の光る自然界と、ブレイクの《神的慈愛と連動する自然界》は鋭く対立する。ワッツのものだけではなく、キリスト教道徳を説く多くの幼児用賛美歌集が出版された一八世紀を脱する歌をブレイクは歌ったといえよう。

「無垢の兆《きざし》たち」

『ピカリング稿本』と呼ばれる二二頁の詩集は、一〇編の作品から成り立っている。この中でブレイクの自然観と関連して、最も注目すべき作品は第八編「無垢の兆《きざし》たち」('Auguries of Innocence')である。制作年代は『無垢の歌』出版より

一五年近くあとの一八〇三年頃とされるが、表題に《無垢》を含むこの詩を、本章末尾に論じたい。これは今日のエコ・クリティシズムが取り上げるべき詩である。冒頭では、自然物の僅かな断片であっても、そこに世界全体と《無限》や《永遠》が示されていることが歌われる——

一粒の砂の中に《世界》を見てとり、
一本の野花の中に《天国》を受けとり、
あなたの手のひらに《無限》を支えとること、
そして一時間の中に《永遠》を感じとること。

自然界の万物がより大きな全体と呼応し、人間の一挙一動が《絶対》的なものと連動することを歌うのである。

先ず文字どおりの意味を！　この詩の各行は、文字どおりの意味と象徴的な意味との重なり合いから成り立っているが、まず文字どおりの意味を深く味わうことが求められる。砂粒には川の奔流、元となった岩石、岩石が据えられていた山、それを揺り動かした豪雨烈風などの歴史が刻まれている。天地の創造以来の出来事がそこに見える。野の花を愛でるときには、天国的な美をそこに見、感じとり、万感胸に迫る思いがして当然である（実際、このように美しいものがこの世に存在すること、あるいは私たちがこうした花にこれほどの歓びを感じ得ること、そのどちらであるにせよ、これは奇蹟に近い）。また私たちの手のひらや口元に触れる世界が、宇宙の果てまで無限に続いていることを常時感じとることが、真に生きている証であろう。そして生の一時間から《永遠》を感じとることが、《存在》の真の意味であろう。筆者は教師としての在任中には、ブレイクに関して不勉強で、ほとんどこの大詩人を教えることはなかったが、この詩の有名な冒頭四行だけは、大昔に教室で紹介し、この第八編全体について自分の読後感を感激混じりに語ったような、かすかな記憶がある。

第五章　ブレイクの『経験の歌』――《人間の自然》の劣悪化

難解さを怖れず、所見を述べる

『経験の歌』（*Songs of Experience*）は、その後のブレイクの作品全てがそうであるように、読みとりの難しい作品である。ブレイク自身に言わせれば「《壮大な物》は必然的に《弱い》人間たちには判りにくい（obscure）ものだと知るべきです。《愚者》に対して《判り易く》されたものには私は関心がありません。《古代の人びと》の中の最も賢明な人びとは、あまりに《判り易く》はないものを教育上最適と考えました。なぜなら、このようなものこそ人間の諸機能を目覚ませるからです」（一七九九年八月二三日、トラスター博士への手紙。Keynes '68 : 29）ということになろうから、難解さを怖れず、心に響いたことを筆者は記してゆきたい――まず図版である。『経験の歌』の「扉絵」（'Frontispiece'）は、一見『無垢の歌』のそれに似ていながら、様ざまの点で相違を示している（**挿絵13**参照）。詩人を意味するらしい男性は笛を失っている（See Leader : 131）。これは私見では、『無垢』を歌うことを止める意味かと思われる。彼は黄金の空、青い山、緑の丘、樹木、羊たちを後にして、右足を踏み出し、最低部に境界

挿絵 13　（『経験の歌』の「扉絵」図版二八）

線のように濃い青で塗られた一線を踏み越えようとしている（『エルサレム』の「扉絵」の詩人が暗いドア口に入ろうとしているのと意図的に類似）。また『無垢』では人の子として翼もなく空を飛んでいた幼児には翼が生え、これから二人が入る人間界とは別の世界の住人に見える（確かに聖クリストフォロスの画像に酷似＝See Leader : 132。だがこの翼ある子を直ちにキリストと断定するよりは、『無垢の歌』で歌われた幼児たちの無垢を神格化したものと見たい。この無垢なるものを無事に経験界に連れ込むため、荒波の川を渡るクリストフォロス的な詩人像がここに示されていると筆者は感じる）。

自然界との断絶

タイトル・ページの図版となると、私たちはこの別世界（経験界）に入ったと思わざるを得ない。詩集の表題文字周辺に僅かに描かれる《自然》的形象（額縁の頂点の、遠さを強調された小山、植物の葉状帯、葡萄蔓の断片、バレエでの合体直前のように葡萄蔓を挟んで踊る二人の少年少女等）は、今や外部に置き去られた世界のように見える――なぜなら図版下部に大きく描かれる、壁に仕切られた室内では、死者と思われる成年男女の床の両端で大人になりかけた少年と少女が身を曲げ、片目を覆って泣いているからだ。部屋は壁に仕切られているだけではない。EXPERIENCEという、画面上部と下部を明らかに隔てる左右いっぱいに書かれた硬い文字群によっても仕切られ、部屋の扉は閉ざされている（**挿絵14**参照）。『経験の歌』においても、自然界との断絶が、人間の不幸と連想されている。

『経験の歌』の端緒

この第二（合本の二九）図版に続く「序詩」（'Introduction'）と、その中の呼びかけに応じる第四図版「《大地》の返答」（'Earth's Answer'）――この二編には、脱慣習・反世俗の意識が強く働いている。両詩では、人間の本性を縛る因習を夜と夜露で表し、夜から立ち上がるように呼びかけられた《大地》が、その《返答》で、束縛されていた《愛》を解放したい意志を、自己懐疑と逡巡を示しつつ匂わせる。《大地》の

挿絵14（『経験の歌』のタイトル・ページ。図版二九）

置かれた所が経験界だ。ここでは先ず「序詩」の冒頭部から読みたい。

吟唱詩人の声を聞け！
彼は《現在》、《過去》そして《未来》を見るのだ、
《聖なる言葉》の――神さびた樹々の中を歩み抜け、
語りかけた《聖なる言葉》の――あとをつけ、
それを詩人の耳が聞きとったのだ。　(1–5)

《吟唱詩人》が《聖なる言葉》の伝達者として登場していることには誰しも異論を抱かないであろう。

《聖なる言葉》とは何か？

しかしこの五行については様ざまな解釈が試みられた。特に《聖なる言葉》が何を指すかに議論が集中した。F・R・リーヴィスは「諸連想の、強い非キリスト教的コンテキスト」を示唆しつつ「宗教的畏敬の念」を醸す詩行としてこれを読んだ (Leavis '63 : 142)。フライはブレイクの神は常に救済の神、すなわちキリストであるとして、《聖なる言葉》の背後にキリストを見た (Frye '66 : 24–5)。これを反駁してリーダーはこの神を旧約のエホバ（厳格な禁止を命じ、それに反した人間を罰する神）を見た (Leader : 134–6)。これらの論議の際に引用されるのが「創世記」三章八節の「主なる神が園の中を歩く音が聞こえてきた」――すなわちアダムとエバが林檎を食べた直後の描写である。しかし、この「創世記」引用の直前の文章は、日本の『新共同訳』(1999) では「その日、風の吹くころ」であるが、欽定英訳聖書では 'in the coole of the day' であり、もしブレイクが「創世記」三章八節を読者に想起させるように用いたのならば、《日中》の連想のある原語をわざわざ《夕方の露の中で＝次々引用参照》に変えはしなかっただろうし（ブレイクには《闇》の示す象徴性が重要なのだ）、まして「創世記」三章八〜一九節の厳罰を科する神を《嘆き悲しんでいる》(weeping＝次節引用参照) 神に変えなかっただろう。リーダーはのちに、《吟唱詩人》が「自己の時代の、悲劇的にも誤った、獣的な人間性の抑圧、人間の神的可能性の抑圧」(Leader : 140) を批判するものだとしている。これには賛同するが、この役割を帯びた《吟唱詩人》が、エホバ的な厳格を《大地》に伝達するのはおかしい。これはブレイクの詩行を、あまりにも「創世記」三章八節と同一視しすぎた議論である。

筆者なりの読解

一方これをイエスだとする説には、ブレイクの解釈によるイエスであ

るという条件を付するべきであろう。ブレイクのイエスは、他者・弱者への心からの理解と権力への抗議の神であり、また同時に《想像力》(芸術への理解を含む)の神なのである。『ミルトン』と『エルサレム』の読者ならこれを納得するであろう(ブレイクの『エルサレム』におけるキリスト教観については間もなく六節先で詳しく見る)。それに、リーヴィス説のように、この部分をキリスト教から分離させて読むことも十分に可能である。ブレイクはかならずしもキリスト者ではない万人の解釈をも許容するように、キリスト教的コンテキストを自分流に書き換え、一党一派に偏らない詩として示している。筆者としてはこの立場からこれを読みたい。たとえば「神さびた樹々」の原文は'the ancient trees'であるが、これは古代エデン園に生えていた樹々である以上に、今なお生育する年功を積んだ古木たちである。すなわちこの「吟唱詩人」は、現在の詩人、ブレイクの分身と読むほうがよい。また見方を変えれば、ブレイクにとっては《現在》、《過去》、《未来》は一体となって今この場に在るのだから、現在の詩人が過去の声を樹々の中に聞きつけても何らの矛盾も生じない。

『エルサレム』の先取り

さてこの《言葉》が語りかけた相手は「堕落した魂」(the lapsèd soul)であった。これが人類全体、少なくともイギリス人全体を表していることは明らかだろう――

聞きとったのだ、《言葉》が堕落した魂を呼び起こすのを、
夕方の露の中で、嘆き悲しんでいるのを。
この魂は本来なら、星々の極点までを管轄するため、
また、墜ちに墜ちた光を復活するため、
目覚めてもおかしくない魂なのだ。　(6–10)

墜ちてしまった魂に覚醒を呼びかける言葉を引き継いで歌う吟唱詩人は、この《魂》の復活の可能性('might' で表現されている)を信ずるがゆえに、今度は大地に呼びかけるのである(原文八行目の'That'の先行詞が'soul'だというフライの見解＝Frye '66：25＝は正しい。先行詞を'The Holy Word'としては意味をなさなくなる)。『エルサレム』の主題と何とよく似ていることか。『エルサレム』ではアルビオン(イギリスまたは世界全体)が仮死状態に陥り、その覚醒を実現するために《自然》の情愛ある面を象《かたど》っている女性エルサレムの助力を得ようとして、(ブレイクの分身ともいえる)ロスが努力する。ここでも《堕落した魂》の覚醒のために、助力を求めて、女性を象《かたど》る大地の援助を仰ぐのである。

《大地》を励ます吟唱詩人

だがエルサレムの所在さえ掴めないロスの困惑と同じく、吟唱詩人もまた《大地》が顔をそむける姿に直面する——この《大地》への呼びかけにミルトンからの影響、「イザヤ書」二一章一一—一二節の反響があるというフライの説（Frye '66 : 27）は参考になる。

おぉ、《大地》よ、《大地》よ、帰ってきてくれ！
露深い草地の中から、身を起こしてくれ！
夜は力尽きてきているではないか、
そして朝が、起きあがろうとしているではないか、
眠りこける万物の間から朝が立ち上がるのを見てくれ！

もうこれ以上、顔をそむけないでくれ、
どうして君は、そのように顔をそむけるのか？
あの星いっぱいの床を見てくれ、
あの水いっぱいの岸を見てくれ、
夜明けまでこの二つが君に与えられているではないか？
(11–20)

《大地》は地面だけではなく、世界全体を指している。厳しい夜と言えども君の立脚点（「混沌への防御」= Frye '66 : 28）として星空、また水の溢れる海があるではないか。いずれ夜が明ける。それまでこの二つに慰めを得て、吟唱詩人の声を聞け！（図版には多数の星。《大地》は臥所に孤立）。

「《大地》の返答」

だが《大地》も《魂》に劣らず疲弊している。次の歌「《大地》の返答」で、頭をもたげた彼女（大地）は

水いっぱいの岸辺にわたしは幽閉されています、
星いっぱいを支配する《厳戒》に住処を監視されてます、
わたしには聞こえる、古代の人びとの《父》の声、
冷酷で白髪なのです、
わたしの上で咽《むせ》ぶ、《父》の嘆き声。

自己中心的な、人びとの亡父！
残酷に厳戒する自己中の恐怖！
夜なかに　悦びを鎖で縛られ、
他方で若さと朝とに満たされ、
男を知らない生娘が耐えられますか、この驚怖？

春が悦びを隠していられますか、

蕾と花々が育ってきていて？
わざわざ夜を選びますか、
種蒔く人が種蒔きに来て？
鋤鍬使う農夫が、暗闇で耕しますか？

（6－20）

――と答える。図版では、葡萄が稔っているのに地には蛇が這っているさまが示されている（**挿絵15**参照）。本来の《人間の自然》に合致した生き方を許さない、古代から改善の痕跡さえない禁令づくめの世の現状を、大地は詩人に訴えるのである。後期預言書での、ユリゼンやその一味の法令主義、すなわち不正義を正義として人びとに遵守させる現状を訴えるのだ。

挿絵 15　（「《大地》の返答」図版三一）

解放を希求する人間界

だが最後には《大地》が解放を希求する――

この重い鎖を断ち切ってください、
わたしの骨を躯《からだ》じゅう凍らせる鎖を除いてください。
自己中そのもの、愚かしさの大本《おおもと》、
果てしない破滅の火の元――
自由であるべき愛を縛りつける拘束を解いてください。

（21－25）

《大地》が発するこの要請に基づいてこれから吟唱詩人が歌うことになる。これは、『無垢の歌』の「序の歌」で《笛吹き》に歌を所望した子供の希求に基づいてそのあとの諸作品が書かれているのとパラレルである。このあとに続く『経験の歌』の作品群を見れば、「大地の返答」の最終行に出る《愛》は、自由恋愛だけを指すのではないと感じられる。《愛》の解放はより広範な意味を帯びている。『経験の歌』の《愛》は、慣習的《愛》ではない。やがて石ころ（「土くれと石ころ」）が主張する他者への配慮を欠いた自己愛、人間の悦びを茨で縛る宗教が説く《愛》（「愛の楽園」）などと正反対の意味での《愛》全般を指すのだ。前節以降の引用で、蕾と花を隠さない春に倣って鎖を断ち切りたいというイメジから、従来表現されなかった美、人生の蕾と花を歌いたいという希求とさえ読めるのである。

《古代吟唱詩人》との呼応

この冒頭二歌は本書の前章で読んだ「古代吟唱詩人の声」が、「古代吟唱詩人の声」と明らかに呼応する。「古代吟唱詩人の声」が、いっときは『無垢の歌』の末尾を飾っていたからには、なおのこと直後のこの二歌に呼応する。これが『経験の歌』の末尾で『無垢と経験の歌』を締めくくっているなら、巻頭詩（「序詩」）と巻末詩が一種の額縁を作って、濃密な呼応をこれは提示する。この歌の一部を再録するなら

《暗愚》は果てしなくうち続く迷路、
縺れあう根どもがその路を惑わす根城、
何と多数が、この縺れに足をとられたことか、
死者の骸骨の上で、何と夜じゅう躓いたことか。　(6–9)

《暗愚》はここでは folly であり、「大地の返答」の訳語として使った《愚かしさ》の原語は vain（古用法では「愚かな」の意）だけれども、両者は明らかに連携している。

そしてこの両歌は、先にもその一端を見たように、これまでキリスト教的解釈で満たされてきた。筆者はこれを全面的に否定するものではない。しかし同時に、前章に示し、先ほども触れたとおり、ブレイクのキリスト教解釈は極めてユニークなものであることも、改めて述べておきたい。その例としてここでは『エルサレム』の第七七図版の散文「キリスト教徒へ」を見ておく。これは、ブレイクの芸術観と見事に連動した文章である。冒頭では通常のキリスト教解釈が述べられるように見えるし、それは正面からは否定されない。だがそれに続いて

ブレイクのキリスト教再説

私は、想像力という《神的技芸》を行使するための肉体および精神の自由以外の、どのような他のキリスト教も、どのような他の福音も知らない。

ここに言う想像力とは、この植物的に生育・枯死する宇宙がその幽かな影に過ぎない真の、かつ永遠の《世界》のことであり、これら生育・枯死する肉体たちがもはや存在しなくなるときにも私たちが《永遠かつ想像的な肉体》の中に生きる、真の、永遠の《世界》のことだ。（中略）《聖霊》は、知性の泉以外の何ものだろうか？　天界の

宝とは……（中略）《精神による探究》と《精神による実行》以外の何ものだろうか？　（J. Pl. 77. E. 231 ; K. 716–7）

と語られるのである。

福音書が芸術の源

しかもこのあと、福音書の反俗精神、福音書の、権力の暴虐との対抗精神こそが芸術家の使命だとする言葉が続いているのだ――

福音書が与えてくれる贈り物は、全て精神上の贈り物でなくて何であろうか？（中略）おぉ、宗教を信じるものたちよ、君たちのあいだで、芸術と学問を軽蔑しそうになる輩を承認するなかれ！　（J. Pl. 77. E. 231–2 ; K. 717）

と、あくまで自己のキリスト教解釈を譲らない。また

人間の生は、芸術と学問以外の何であろうか？　……（中略）芸術と学問への労働、これだけが福音の労働である……（中略）知識について労働することはエルサレムを建設することだ。知識を軽蔑することはエルサレムを軽蔑することだ。　（J. Pl. 77. E. 232 ; K. 717）

とも語られるのである。『経験の歌』の作品群は、明らかにこの精神で歌われている。

「土くれと石ころ」

さて《大地》の返答に自己懐疑と逡巡が見られたように、『経験の歌』の第三（または第四）歌「土くれと石ころ」（'The Clod and the Pebble'）では、明らかに《愛》について、両者がまったく正反対の理解を示す。見解の対立は、ブレイク後期の《預言書》ばりである――

《愛》は自分を喜ばそうと求めはしない、
自分に対して何の気配りもしようとしない、
他のものに対して、安楽を与えようとするだけ、
地獄の絶望の中に天国を築こうとするだけ。　（1–4）

この《土くれ》の見解に対して、《石ころ》は答える――

《愛》は自分を喜ばそうと求めるだけさ、
他のものを自分の喜びに縛りつけるだけさ、
他のものが安楽を失うのを喜ぶものなのさ、

天国をものともせずに地獄を築くものなのさ。　(9–12)

筆者は《土くれ》の見解を偽善が叫ぶ似而非《えせ》道徳と読むのは第二義的であって、この見解こそが「序詩」が呼びかけた、吟唱詩人の示す第一義的理想であると解したい。

アルビオンの二つの姿

ここにはもうすでに、ブレイクの後期預言書での二つの考え方の対立が見られる。『エルサレム』において、ロスが回復させようとするアルビオンの姿が《土くれ》の見解にその片鱗を見せ、アルビオンが陥った瀕死の精神状態が《石ころ》の答に現れているといえよう。「愛の楽園」（'The Garden of Love'）は、この表題が本来表現しているはずの楽園的状況と、実際の《園》の現状の落差を対比する。語り手が《愛の楽園》へ行ってみると、見慣れない礼拝堂が建っている——

そしてこの礼拝堂の門は全て　閉ざされていた、
ドアの上には「汝、為すなかれ」と書かれていた。
そこで僕は目を向けてみた、愛の楽園のほうに、
かつて甘美な花が群れ咲いていた花園のほうに。
園が墓たちに満たされているのが　見えてきた、
花々があるべきところに墓石どもが構えていた、
黒い法衣を着込んだ聖職者たちが巡回し続けていた、
そして茨の枝で　私の悦び・欲望を縛りつけてきた。
(5–12)

自然的な花に象徴される人間の自然的な悦びと欲望に、既成宗教が抑圧を強いているのが現状として表現される。そしてアルビオン（すなわちイギリスとロンドン）の現状がこの先、具体的に、次々に歌われることになる。クラブの『都邑』でも触れたとおり、国の体制の一環を担っている救貧院の理事たちが、少年が奴隷同然に使われると判っていながら、彼を引き取ってくれるピーター・グライムズに金を払っている（*The Borough*, XXII. 66）。

煙突掃除

一八世紀にはロンドンは石炭を燃やして暖を取る、世界でも先進的な都会となった。煙突は細く、入れ曲がり、五、六、七歳児（当時のこの年齢層の、特に貧しい階層の子供は小柄だった）でなければ、煤を落とすことができなかった。それは息の詰まる、真っ黒になる仕事で、多くの病気を誘発した。だが、前章にも述べたような、極度の貧困状態が存在したロンドンでは

絶望的な貧困のゆえに、場合によっては新生児を虐殺したり、遺棄して寒気に晒し、死なせたりしかねない親たちは、彼らの生活の厳しさを生き延びて五、六、七歳の年齢に達した子供たちを、一、二ポンドの代金を得て煙突掃除業者に売り渡すことに、何の良心の呵責も感じなかった。

(Marshall : 276)

よく知られているように、「煙突掃除の子」('The Chimney-Sweeper') という詩は『無垢の歌』にも見え、その冒頭――

ぼくの母さんが死んだとき、ぼくはとても小さかった、
まだ片言しか喋れないうちに、父さんはぼくを売った。

――ここには上記の引用の状況そのものが現れている。この子の同僚トムはある夜の夢で、閉じこめられていた棺桶から天使によって解放され、自然界の川の清水で黒ずんだ体を洗い、風のなかを走る。この《天使》とは何か?

キリスト教的ラディカリズム

前章でも少し触れたように、ブレイクの宗教観は既成宗教とは大きく異なるものである。彼の『ミルトン』をよく読めば判るとおり (See 森松 '10A)、それは旧約の預言者の持っていた反権力的ラディカリズムそのものであり、彼の語るキリストもまた、弱者を愛する反権力的な、旧約的な預言者像である (この点でブレイクはミルトンを受け継いだのだ)。天使に解放される煙突掃除が夢に見たその天使も、弱者の味方、権力者への反抗者である。この作品の最後の一行に見える「義務」を、慣習的道徳による義務の意味ではなく、世の現状とは無縁な絶対的基準による《義務》としてこの行を示す次の引用に筆者は全面的に同意する――

「みんなが義務を果たすなら、災いを恐れる必要はない」と主張する際に、ブレイクの煙突掃除の子はキリスト教の本質的ラディカリズムを露わにしている。そのキリスト教は、変えることのできない《現状》を忠実に護る宗教ではなく愛の宗教であり、実定法に与《くみ》する宗教ではなく《平等》の宗教であり、従属の宗教ではない。

(Glen '78 : 44)

――これだけではこの最終行の意味の解説には見えないかもしれない。この評者はさらに次のようにつけ加える――

ブレイクの描く夢は漠然とした、焦点の定まらない私的な熱望ではない。それは、《(世俗的) 審理》とは無縁な愛によって活性化された、鮮明な可能性の表明である。《可能性の表明》は当然の成り行きとして、《万事》はこうあるかもしれないのにという感覚に繋がる。

(Glen '78 : 46)

《現状》擁護の道徳律ではなく、世俗を離れた絶対的基準による《義務》を果たすなら、災いを恐れる必要はないと幼い煙突掃除夫は感じているという意味である。

ウルストンクラフトと人間の権利

実際メアリ・ウルストンクラフトは『人間の権利の擁護』(1790) の中で、ブレイクのこれらの歌と同じ頃に、愛による貧民の幸せの実現可能性を、具体例を挙げて表明している。

なぜ広大な地所が小型の諸農場に分割されることができないのか? 実際これら小型の住居は、我が国土の景観を優美にするだろうに。なぜ巨大な森林が無意味な壮麗さを示しつつ、なお広がるに任せられているのか?……なぜ茶色な荒れ地が旅人の目に触れるのか、人びとには仕事がないというのに?

(Wollstonecraft : 57)

世俗的ではない《義務》の感覚がここから伝わってくる。またウルストンクラフトは教区の些細な施しではなく、世俗的ではない《義務》、すなわち親切と愛のみが、根底から貧者の生活感覚を変えて幸せに導くと説く――

貧しい人びとが救われ、改善されるのは、施しのばらまきによってではない。人びとの生活状態を改善するのは、親切という育ての親の太陽である――人びとに美徳の習慣を涵養するように図られた就職先を見出す叡智である。愛は、愛が生みだす果実なのだ。

(Wollstonecraft : 56)

これ見よがしな一時的な親切ぶり (condescension)、権威者ぶった施しの行使はこうして否定される (同)。ブレイクの「みんなが義務を」の一句の主張とこれはよく似ている。

居住権のない子供たち

だが一八世紀末の社会の実情は、この考え方に遠く及ばないものであった。人びとは万一悲運に襲われた場合に教区からの救済の対象となる《居住権＝a settlement》を獲得していなければならなかった。しかしこの救済の対象からはずれそうになる人びと、特に捨て子が多かった。街路に文字どおり捨てられた子もいれば、教区が養育の義務を負った私生児もいた。これらの子たちへの当時の扱いはメアリ・ドロシー・ジョージ女史の書物に詳しく述べられているが、その一端を引用すれば

　人びとの末端には、その居住権のありかが不明である多数の捨て子と放浪者（vagrants）がいた。彼らは実質上不法者（outlaws）であり、教区を単位とする社会の組織の圏外に分類される存在だった。これらの人びとへの責任は、法的には、放浪しているのが見つかった教区が負うことになっていた。（George : 223）

幸い捨て子の場合はこの法的義務は遂行されたが、しかし少しでもこの義務を軽減するのが教区の方針となった。「貧しい子供たちをどこか他の教区で徒弟として働かすことによって、自己の教区から重荷を取り除くことが、教区の管理者たちの目標となった」（同）。

新生児の浴びる呪い

《煙突掃除の子》は別の作品「ロンドン」（‘London’）にも登場する。この作品の反戦思想も注目に値する。だが特にここでは、生まれたばかりの乳児にすでに《呪い》が浴びせられていることが強調されている。第一スタンザでは、ロンドンの全ての街路とテムズ河が（『手帳からの詩』＝Stevenson : 154＝では単に ‘dirty’ であったのを ‘chartered’ と書き直して）特許状によって一部の者に専有されていることが歌われている。特許状は《権利を与える》とされるが、実際には他者から《権利を奪う》実態をペイン（Thomas Paine, 1737–1809）の『人間の権利』（1791）が指摘していた（Glen ’83 : 210）。実際「ギルドや会社、自治体、いや国家であっても、それらに与えられた自由権（あるいは特権）は、これらの権利の享受から他者たちを排除するのである」（Thompson : 8）。

全ての人の全ての叫びの中に、
全ての乳児の恐怖の叫びの中に、
全ての声、全ての禁止令の中に
私は耳を澄まして聞きとる、人の心が作った鎖の音を——

煙突掃除の子の叫びが　いかに全ての教会を

唖然とさせる棺の衣で黒ずませてゆくかを。　(5–10)

《禁止令》(ban) が結婚予告 (banns) や《不法な恋の禁止》の意味も響かせることも指摘されている (Thompson : 15)。

自然的安楽の対立物ロンドン　これは、当時急速に拡大していたロンドン（田園の対照物として支配階級には称賛されていたロンドン）を、自然的安楽や、人間の自然的な願望の対立物として否定的に捉える典型的な作品だ。乳児を育てることもできない貧民の叫び、虐待されて死に瀕するか、もしくは幼い労働力として売り飛ばされる乳幼児の叫び、愛や分別とは無縁の動機から禁じられる恋、援助態勢もなく禁令のみ多発される政情等が描かれる。最終連の娼婦の呪いはこの叫びの総括だ――

だが何よりも真夜中の街路に私は聞きとってしまう、
どのように　うら若い娼婦が呪うかを知ってしまう、
その声は新生児の涙を呪い飛ばしてしまう、
そして結婚の霊柩車を疫病で荒廃させてしまう。　(13–6)

貧困をかろうじて逃れるために、男は犯罪者になることを避けて、ワーズワスにも描かれるとおり、僅かの金銭を得て兵士となり（その戦死が一二行目に示唆される）、うら若い女も、同じ考えから娼婦となる (See Marshall : 278)。子供を養う余裕のない娼婦は妊娠を何よりも怖れ、できてしまった子を呪った。捨て子の多発の一因である。また結婚できない貧しい男がうらぶれた娼婦を買い、のちに結婚できたとしても性病によって家庭を霊柩車と化した。この悪の連鎖の根源をこの作品は指し示している（また第一連の動詞 mark とその同族目的語として二度繰り返される marks は、近づく《千年王国》の予兆としての頽廃を示唆する。『黙示録』的な予兆なのだ = See Glen '83 : 211）。

乳児は悲しむ　そして「ロンドン」は、『経験の歌』の手書き原稿の配列に従えば (=See Stevenson : 213–4)、「乳児の悲しみ」(‘Infant Sorrow’) と「百合の花」(‘The Lily’) に囲まれている。「乳児の悲しみ」では、極度の貧困が理由となって、この子の出生を喜べず、母親は呻き、父親は泣く。

この危険な世界にわたしは飛び出してきたの、
頼るものもなく、裸で、大泣きして出てきたの。　(2–3)

そして後続の「百合の花」は、多様な意味の中で、明らかにこの乳児の無防備も歌っている——

慎ましい薔薇が、棘をほころばす、
謙虚な羊が　威嚇のための角を伸ばす。
だが白い百合の花は、愛されて悦ぶことしかしない、
棘も角も、白百合の輝く美を汚しはしない。　（全編）

——これは当然、『無垢の歌』の「乳児の悦び」と共通した味わいを持つ作品である。自然物の中の最も無防備なものへの共感が、この作品と「乳児の悦び」に横溢している。上の「慎ましい」（初稿では 'lustful' や 'envious'）と「謙虚な」（初稿は 'coward'）を最終的に選んだブレイクには、薔薇と羊を好もしいものの代表として選び、それらをさらに上回って共感すべきものとして白百合を選んだに違いない。

蠅と人間との一体感

「蠅」にもこれと共通した感情がある。自然物と人間との同一視は、ブレイクの自然観の特徴の一つだが、この作品にはこの特徴が如実に表れている。

ちいさな蠅よ、
君の夏の遊びのさまを
心ないぼくの手が
払い落としてしまった。

ぼくだって、蠅よ、
君とおんなじではないのか？
また君だってぼくとおんなじ
人間ではないのか？

だってぼくも踊るのだから、
ぼくも飲んで歌うのだから、
やがて誰か見る力も持たない者が
ぼくのつばさを払い落としてしまうまでは。　（1－12）

語り手の《ぼく》を、他の詩篇で詠われた弱者として読めばなおのこと、この詩の意図するところが響いてこよう。そして先の「ロンドン」の図版を見れば（一〇一頁挿絵16参照）、松葉杖にすがる白髪の老人に対して門が閉ざされ、独り幼い男の子が同情の手を差し伸べている。また同じ年頃の男の子（二人ともストリート・チルドレンらしい）がたき火で暖を得ているが、たき火の煙が、「百合の花」の図版のうな

だれた花とよく似たかたちをしている。そしてこの「蠅」の図版でも、母または保母の愛を受ける男の子と無邪気に追い羽根をつく女の子が樹木と葡萄蔓の額に囲まれている（下段の**挿絵17**参照）。《蠅》はこの無垢な弱者――男の子と女の子を象徴しているのだ。『経験の歌』においてさえ、図版では無垢な弱者が描かれ続けている。

動物、植物、人間の同一視

自然界に生きる弱き者としての小動物、植物、人間の同一視はブレイク特有の感性である。すでに別の拙著に述べたことの再録だが、彼もワーズワス（'murder to dissect'）同様に、分析による自然物の無意味化（'murder by analysing'）を排斥している（*Jerusalem* Pl. 91 : 26）。自然物がブレイクから見れば人間と変わりなく感じられる様子は、彼の手紙の中に記されている――「私の行く手では／苦しげなアザミが立ち止まってくれと懇願している／他の人びとには些細なことに見えることが／私の心を微笑や涙で満たすのだ／なぜなら私の《二つの眼》は二重の映像を見てしまうからだ／私には二重の映像がいつも訪れる／内側の眼で見ればそれは白髪交じりの老いた男性／外側の眼で見れば、それは行く手にあるアザミの花」。ブレイクは極度に悦びに満ちたときには事物は四重に見えると言い、「神よ、単一のヴィジョンとニュートンの眠りから私を護りたまえ！」とも歌っている（Letter to Thomas Butts, 22 Nov. 1802. Keynes '68 : 61, K 817, E 721）。先の白百合が無防備な娘

挿絵 16　（「ロンドン」図版四六）

挿絵 17　（「蠅」図版四〇）

を表したのと同様、「あぁ、向日葵《ひまわり》よ！」（'Ah! Sun-flower'）でのヴィジョンは、この花を人間一般として描き出す。

「あぁ、向日葵よ！」

この作品を筆者なりに訳出してみる——

あぁ、向日葵よ、《時》に倦みはて
太陽の足どりを数えて已まぬお前、
この旅人の旅程がついに暮れはて
旅程の末にある甘き黄金の国を恋い求めるお前。

そこでは、かの若者が欲望に駆られ、窶《やつ》れ衰えている、
そして雪の死衣裳に身を包んだ　青ざめた生娘ともども
そぞれの墓から立ちのぼり、高所を目差している、
私の向日葵が焦がれる国を目差している、けれども。

（第二連の原文　Where the youth pined away with desire
And the pale virgin shrouded in snow
Arise from their graves and aspire
Where my sunflower wishes to go.）

この詩での最大の問題は第二連冒頭の 'Where' を、「黄金の国」を修飾する形容詞節を導く関係副詞と見るのか、連続用法の関係副詞として 'But in the place where' の意味に解するのかという点である。一般にはこれを形容詞節と見、第二連は「黄金の国」の状況を描くと見る解釈が行き渡っている。この場合には、「黄金の国」などという理想郷は存在せず、そこでもやはり、向日葵と同然に、失意の男女が非現実を夢想しあこがれ、実際には願望は成就せずに墓に入ると解することになる。筆者の解釈は一見これとは大差ないのだが、'Where' を 'But in the place where' の意味に解したいのである。

太陽神を恋う花

日本語の向日葵と異なって、英語の 'sunflower' は、語源的に《太陽のほうを向く花》ではなく、その姿が太陽を思わせる花一般を指すという説がある（See Keith : 57）。また太陽のほうを向いてやまない花としてはヘリオトロープ（ヘリオス＝太陽神ソルを恋する花の意味）のほうが西洋の伝統・伝説に根ざしている。しかしこれが向日葵かヘリオトロープかということよりも、この詩の解釈として問題になるのは、太陽神ソルを恋する花という神話上の意味にブレイクがどのような象徴性を与えたかということである。オウィディウス（Ovidius, 43B. C.–17A. D.）の『変身物語』（*Metamorphoses*. ブレイクが熟知）によれば、ヒュアキントス（*Metamorphoses* 13

：396）やナルキッソス（同：3：510）は、その血や骸から美しい花となって立ちのぼり（aspire）、女性としてはヘリオトロープとなって立ちのぼったクリュティエ（Clytie）は、愛して已まぬ太陽神ヘリオスのほうを向き続けたという。

抒事詩に見る実現可能な理想

先に『経験の歌』の中の「煙突掃除の子」について、これが単なる嘆きの歌ではなく、改善可能な状況を示しているという意味で「こうあるかもしれないのに」という言葉を筆者は用いた。この感覚は、抒事詩人としてのブレイクの発想源である。彼の抒事詩の完結編『エルサレム』の結末は、上記のような《愛の宗教》がアルビオン（イギリス）を蘇生させた場合の佳き日を想定した状況を示している。

> ベイコン、ニュートン、ロックが、そしてミルトン、シェ
> イクスピア、チョーサーが
> 血のように赤い厳しさをもった一つの太陽となって、
> 荘厳なかたちで、天を全ての側面から取り囲んだ。
> （*J*. Pl. 98：9–11）

例外なくブレイクに貶められていたベイコン、ニュートン、ロックが、ブレイクの尊敬を集めるミルトン、シェイクスピア、チョーサーと一体となるイギリスの状況をこれは示している。そして詩を載せた最後の図版（第九九図版）では、「樹木、金属、土そして石ころをさえ含めて、全ての人間的なものがその個としての姿を認められた（All human forms identified）」（*J*. Pl. 99：1）と歌われる。また絵画のみが表された最終一〇〇図版では、向かって左の《ロスの幽鬼》が、太陽を巡行させようと太陽を抱いて飛び立つ。図版にはこの太陽だけではなく、三日月の清新な姿、輝きを増した星々の映像も印象的に描かれている。自然科学が人類や想像力に敵対するのではなく、芸術が愛慕する星辰の美しさを包括する状況も《ありうる》こととして示される。本章冒頭に述べたとおり、『経験の歌』の「序詩」では、凋落した魂（『経験』が示す様ざまな嘆かわしい現状）も、'might' という、条件が整えば可能となることを表す言葉で、「星々の極点までを管轄するため、また、墜ちに墜ちた光を復活するため、目覚めてもおかしくない魂」とされていた。『経験の歌』は現状の醜悪の暴露だけではなく、その改善を希求している。ブレイクが、詩人の使命をこうした「改善」に見ていることは『エルサレム』が証している。「向日葵」の若者も生娘も、愛ある国では蘇生するのだ、けれども。

ロンドンの花たちの貧窮

『経験の歌』の「聖木曜日」は、子らの貧しさを改めて問題視する――この日に集まった貧しい子たちは約五千人（あるいは一万人。See Glen '83 : 122）。詩は「怒りの疑問文」（Glen '83 : 171）で始まり、その怒りが第二連にも引き継がれる。

あの震える歌声は　歌と言えるのだろうか？
これが喜びの歌であり得ようか？――
それに、かくも多くの子たちが貧しさの中にあるとは、
そんな状況が、貧困の国を指し示しているとは！（5–8）

――慈善行為も、もとを質せば貧困という社会悪から生じる徳行であるにすぎない。この二つめの「聖木曜日」の終わりには、太陽と雨がないことが嘆かれる。

この子たちには太陽はけっして照ることはない（中略）
この子たちには永遠の冬しかない！

だって太陽が輝くところならどこでも
雨が降りそそぐところならどこでも
赤子はけっして餓えることはないからだ、
貧しさが心をおびやかすことはないからだ。（9–10 ; 13–6）

子らは「ロンドンの花たち」だから、陽光と慈雨に恵まれて当然なのだ。人間を自然界に生きる者として、花にたとえて歌うのである。最初に（9–10）変わることのない現実の認識があり、後半で本来あるべき世の姿が描かれる。

図版の描く貧困

この詩の図版では、樹木一本ない岩山と冬の湖を背景に、葉の散り果てた枯れ枝の下、二、三歳の幼児がおそらくは死んで横たわっている（挿絵18参照）。通りすがりの女性（いやおそらくは幼児の母親）が驚愕して、しかし無力に足を止めている（筆

挿絵18　（『経験の歌』の「聖木曜日」図版三三）

者はこう見るが、女は死体を放置して歩み去るのだという見方もある＝Lincoln：177。この場合には、女を富裕層の傍観者として、貧富の差の描出となるが、悲しみに満ちた女の姿からはそうは感じられない）。図版右中央には力を失って、為すすべ無く坐り込む女性、抱かれることなくこの女性にしがみつく裸の二歳児、その左で立ったまま絶望的に泣いている三、四歳児がいる。右下には仰向けに倒れたまま身動きもしない乳児（瀕死の状態か?）。この乳児は画家ホーガース（William Hogarth, 1697–1764）が孤児院の基金集めに用いた図を想起させるという（Gardner '86：121–3；Lincoln：177）。図版が貧困を描いていることは一目瞭然である。前章で詳しく見たイギリスの貧者の生活、特にその階層の幼子たちの状況が、『経験の歌』ではさらに絶望的に示される。

人の姿をした抽象観念

そして前章でもちらと触れたとおり、《慈善》という概念自体が、「貧困の国を指し示す状況」が存在して初めて生じる概念なのだ――別の作品「人間の姿をした抽象観念」（'The Human Abstract'）はこのことを明言する――

《憐憫》なんてこの世に存在しなくなるだろう、
誰かを《貧乏》なままに　しておかないなら。
《慈善》ももはや世にあり得ないだろう、
全てが私たちと同じように幸せであるのなら。　(1–4)

これら《憐憫》や《慈善》という概念自体に潜む偽善性が浮き彫りにされるわけである。次に現れる《平和》とともに、美しげな名称が次第に、人間の姿をした、内実は恐ろしい抽象観念でしかないことが明らかにされる。《人間の自然》の嫌悪すべき一面が露わにされる。『無垢の歌』の「神の姿」に見られた、人の悲哀を慰める積極的な働き掛けを意味するpeace、すなわち《平和＝慰安》とは正反対に、二〇世紀世界で顕在化した《（核兵器などの恐怖の兵器保有による）抑止力》概念と同じ《平和》が歌われるに至る――「そして相互の恐怖が《平和》をもたらす」(5)。すると、他者への愛に替わって自己愛・自己保身が増殖し、

その結果、《残忍》が罠を編み上げてしまう、
そして手間かけて　餌をふりかけてしまう。
《残忍》は信心深げな恐怖面《づら》で鎮座おおせる、
そして大地を、涙の粒で潤してみせる。　(7–10)

――先の《憐憫》、《慈善》、《平和》は人の姿にはなりきっていなかった。だが《残忍》という、歴然と人の姿をした抽象観念が、その偽善的な姿で鎮座して、人の姿をした《神》の代わりに世を支配するさまが描かれる。ここへ来て、描出法は後期預言書のそれとなる。

瞞着の実の成る《神秘の木》　人類全体がこの偽善の振りまいた涙粒に騙されて大地に根付き(11–2)、そこから人類の頭上に陰惨な《神秘の木》が生える（13–4）。木には《瞞着の実》が、赤々と甘美なかたちに稔る（17）。木は《人間の自然》に生える――

大地と海の神々は、自然界をくまなく透かした、
この木を見つけようと、漏れなく捜した。
だが神々の探索は、全て虚しく終わったのだ、
人間の脳にこそ、その木は生えていたのだ。（21–4）

――この叙述は、一七九三年の『手帳からの詩編』に現れた「古い諺」（'An ancient Proverb'）の内容と呼応する――

あの黒ずんでゆく教会を取り除け、
あの結婚の霊柩車を取り除け、
あの血みどろの男性を救いだそう、
すれば古くからの呪いが取り除かれよう。（全編）

――人間の脳みそが生やす木は、たとえばこの短詩に現れる三者の示す《偽りの宗教》、《愛無き結婚》、《血みどろの戦争》など、人間界に具体化される抽象観念にほかならない（この想念はもちろん、上記の佳編「ロンドン」でさらに鮮明化された）。

「夕べの星に」　これら抽象観念の表す人間界の恐るべき姿は、一七八三年の『詩的スケッチ』（Glen '78 : 44）の中の「夕べの星に」では《狼》と《ライオン》で示されている。そしてこれらから、無力で穢れのない《羊》を護るものとして、自然界では「天の御使い」に見える宵の明星が配置される。ブレイクの《自然》観をよく示しているから、この章の締めくくりに、この作品を挙げておきたい。

汝、髪の麗しい 夕べの天の御使いよ、
太陽がまだ山の端に休むうちに、汝の
輝く愛の松明《たいまつ》を灯したまえ！　燦然たる汝の冠を

頭にいただき、我々の夕べのふしどに微笑みたまえ！
我々の愛の上に微笑みたまえ！　そして汝が青い空の
とばりを引く時　良きときに眠るべくその可憐な眼を
閉じてゆく全ての花の上に、汝の銀色の露を
振り撒きたまえ。汝の西風をみずうみの上に
眠らせよ。汝のまたたく眼で沈黙を語れ、そして
銀の光で薄暮を洗いたまえ。まもなく、実にまもなく
汝は身を隠す。すると狼が遠吠えをする。
ライオンが薄暗い森の中から眼を光らせる。
我々の羊の毛並み一面、汝の聖なる露で
覆われる。汝の力で羊を守りたまえ。

——最も判りやすいかたちで、ブレイクの象徴主義がここには現れている。《自然》の形象の美しさは、星が振りまく「銀色の露」、「西風をみずうみの上に眠らせる」星の力、「薄暮を洗う」星の光などで描写されるが、それが同時に地上の汚濁に対抗する力の象徴となる。そしてこの星は「実にまもなく」沈むのであって、現実認識があとを追う。『無垢』と『経験』の両世界をこの詩は併せ持っている。

第六章 「自然詩人」を目指すワーズワスの苦闘
——主として『抒情民謡集』に見る新たな詩人への試み

ワーズワスに関する諸章の底本は
(Ed. E. de Selincourt and Helen Darbishire). *Poetical Works*. 5vols. Oxford, 1940–9.

「自然詩人」ワーズワス像の尊重

ワーズワスにいくつかの章を割り振るにあたって、まず、《自然詩人》ワーズワスを尊びたい筆者の主観的な考えを述べておくのが責任のある書き方であるように思われる。筆者は、ジョナサン・ベイトが『ロマン派のエコロジー：ワーズワスと環境保護の伝統』の「日本語版序」の中で語った「環境破壊はまさに我々に襲いかかりつつある」（日本語版：5）とか「人間は農作物ばかりではなく、路傍の野生の花とも触れあって初めて完全な存在となり得る」（同：5）とか、地球上の自然界の「人間以外の存在を（中略）貪欲さではなく驚異と敬意をもって、ロマン主義のような見地で考察すべきである」（同：6、訳文は三箇所とも小田＋石幡）とか、現在の地球にとって重要だと思わずにはいられない発言に大きく心を動かされる人間である。原発への依存と、その使用済み燃料棒（大量に増え続ける上に、その処理方法も埋蔵の場所も未決。使用済みでありながら人を一〇分で死に至らしめるシーベルト値を有し、危険ではなくなるのは、取り出したあと一〇万年後）の危険が、人類の未来に大きな不幸をもたらすことは確実だと憂える人間でもある。ぜひともワーズワスの《自然》への向かい合いの内部に入りこんで大きく扱いたいと思うのは（これは本書に扱う他の詩人群についても当てはまるのだが）、この気持からである。学会発表における最近の文学の論じ方を聴いていると、これとは正反対のアカデミズム、すなわち作品周辺に見られる歴史的事象や、当時の、文学外の事項などのみが取り上げられ、作品内を論じる場合でも《主題》は何なのか、何をどんな人間的立場から書こうとしたのかは不明なまま、そこに現れる細分化された事項について極めて精緻・詳細な事実が解明される場合が多い。筆者はこれをわざわざ聴きに行き、感心して拍手を惜しまない老人であることも事実だが、旧世代としては、文学作品には《主題》があるという立場、しかもその《主題》は、人間の心、人間の在りよう、人間の未来などを語るものだという立場を放棄できない。人間と《自然》との関連は、その中でも、二一世紀以降の最重要問題である。

安定した詩作基盤の消失？

二〇世紀の後半には、一八世紀中葉以降における新たな自然詩の出現を、安定した《存在の鎖》や神与の宇宙秩序という詩作の基盤を失った時代の産物として理解するのが常識化した。たとえばワーズワスが、多数の船の中から一船舶だけを価値あるものと特定していたのに、その船が去り、あとに呆然として立つ語り手を歌ったソネット（'With Ships the sea'）を「旧来の世界像の消失と《連想》（連想心理学による、《自然観照》による神の意図の理解）の過去化によって作り出された人間状況」（Wasserman '95 : 185–86）の象徴として図示した。したがってこの船のように、詩人とは無縁に外界に存在するだけの自然物に対しては、人間の側が参画して意味づけを行わねばならなくなる——つまり主観的な想像力だけが自然詩を生みだすことができる、と考えられた。この評者ワッサマンが、結論的に「彼（ワーズワス）が住んでいる世界は、精神の有する創造的な行為がなければ、原子が支配し秩序が欠落したもの、彼の単なる知覚能力では統一することのできない雑多な事物の集まりで、この世界の中ではただ一個の事物も特別の価値を持たなくなる」（Wasserman : 186）としたのは、それ自体としては、二〇世紀人としての正しい認識である。また「このワーズワスが直面した窮境は我われのものでもある」（同）とした見解も客観的にみて妥当である。ワッサマンは、この《自然》の状況を嫌というほど痛感したイェイツ（W. B. Yeats, 1865–1939）が、ケルト系神話を復活させて無意味化された世界像を統一体に造り直そうとした点を強調するのだが、イェイツのこの努力を高く評価すると見えながら、同時に彼は「これはイェイツの私的幻想」（Wasserman : 188）にすぎないと結論せざるを得なかった。《自然》がそれ自体では意味を持たず、我々の前に他者として存在する——これは厳然たる事実である。

西欧は神的宇宙像に執着

しかし同時に、ワッサマンを読むと、今日では《自然》によって立つ根拠を失った一八世紀前半までの、ポウプやデナムの《自然》の扱いのほうをロマン派のそれより評価している印象を免れない。あれほど自然美を描いたトムソンについてさえ彼はこう述べる――

> 単なる言語以外には何の統一原理《シンタクス》を有しないこうした詩人たちは、宇宙の多様な要素を呆れるほど数多く列挙することによって一つの宇宙像を得ようとあがくことしかできなかった。
>
> (Wasserman : 180)

このような考えは第一次大戦後、一九一九年以降の、バビット(Irving Babbitt)などによる徹底したロマン派攻撃の影響を受けた、二〇世紀中葉独特の見解であるように筆者には思われる。なるほどこの見解は、大戦を経た世代の、人間精神への幻滅、《自然》の独立性への認識などの点でその時代としては当然の論評であっただろう。しかし同時にこれは、自然界への敬意も愛着も、単なる主観の産物として葬り去る危険もはらんでいる(バビットと同じ時期のオールダス・ハクスリーの初期小説群は、このようなかたちでの精神の崩壊をよく描いている。森松:'87参照)。確かにロマン派の自然詩は、自家製の宇宙の《統一原理》はあるにしても、自然の諸要素を次々に描出して積み上げ、こうした操作を経た詩人の主観による自然美の描出であり、主観による自然への愛着の表明だから、右記の考え方はロマン派自然詩全体を否定的に捉えることになりかねない。人間に対する配慮を有する何らかの体系的宇宙像(統一原理による自然観)なしには、自然詩は書けないと考え、それを乗り越えるための私的な体系的宇宙像を掲げる場合にのみそれを優れた文学として認めるというのは、一種西欧的な固定観念にすぎない。「ワーズワスが直面した窮境は我われのもの」なのは事実だ。しかし日本の文学を考えてみれば、そこには最初から《存在の鎖》も《神与の宇宙秩序》もなかった。だが『万葉集』以降《自然》は日本の詩歌の中で大きな役割を演じてきた。なぜなら、《自然》の姿は常に人の眼前にあり、人は必然的にそれに反応する。それにどう感応し、どんな美や感情を描いたかが、日本の自然詩文の価値を定めて来た。イギリス・ロマン派の作品を読むにあたっても、詩人がどのように《自然》とあい向かったかを、筆者は述べてゆく。

《自然》への反応の優劣

詩人を離れて人間社会一般を眺めた場合、人は《自然》に対して何を感じるかを考えてみる。花鳥や山、星辰や月、河川や海を見て美しいと思うのはほぼ万人共通の想いであろう。だが海を見て、ここなら原発の立地として適当だと考えたり、深山の風景を前に、ここは放射性廃棄物の貯蔵地候補だとか、盗品を埋めておいくのに適当だと感じたりする場合も存在する。このほかに、この海での魚の養殖を考える実務家の精神も存在すれば、自然の際だった美しさや畏怖すべき崇高感を描き出す芸術家の精神も存在する。しかし実務家の考えは当然許容できるけれども、放射性廃棄物が今後何世紀にも亘って「生産」されると判りながら、しかも二〇〇〇年に日本政府がその処理方法を考えあぐねて専門家会議に知恵を借りようとして一二年が経ち、専門家がどれだけあたまをひねっても、会議は懐疑に陥るばかりという事実を考えるとき、《自然》への反応の仕方にも、優劣がつくとして当然であろう。本書はロマン派詩人の《自然》への反応は、優劣の序列の中の上位に位置することを示すための試みである。《自然》の根源に思いを馳せ、《自然》からの恩恵を感じとり、その美しさを表現し、その保全を願う文学こそが二一世紀に求められている。かつてキリスト教的に意味を成した自然詩を、一時的不信の棚上げによって味わうのは結構だ（その当時の自然への理解の程度を意識しつつ味わえば、古い自然詩にも人間にとって大きな意味を成す部分は多々ある。旧拙著はそのことを書いた）。だが自然を科学的に理解している私たちが、まるで過去の自然詩や、その《統一原理》であった《存在の鎖》、鎖に連綿と連なる存在物の《充　満《プレニチュード》》、大世界《マクロコズム》（宇宙）・小世界《マイクロコズム》（人間）・政　治　体《ボディ・ポリティック》（国家）の呼応、非調和に見えながらの自然界の調和（*concordia discors*）のほうにロマン派の自然観より優れた面があるかのように見るのは二一世紀的ではない。

自然的事物の生命

ワーズワスが政治的関心を含む世俗の世界全てに背を向けて、未完に終わった『隠者』（*The Recluse*. 第二部『逍遥編』［*The Excursion*］のみ完成＝1814）の世界に向かったことに関して、かつてペイター（Walter Pater）はこう書いた——

> このようにして自然的事物の生命に関するこの感覚が生まれてきた。これは大部分の詩歌においては修辞上の技巧にすぎないのだが、ワーズワスにあっては、ほとんど文字通りの事実の主張であった。彼にとっては全ての自然物が、多少なりと心情《モラル》的ないしは精神的な生命を有していて、表情豊かに、説明しがたい親和性や交誼のデリカシーをもって人間の輩《ともがら》になることができるように思われたのである。自然物からの《流出》、自然物の精神は、揺らぐ木の葉や流れる水だけではなく、視点が少

し変化しただけで近くの地平線上に突如現れ出る遠方の丘の頂や、平原を横切って過ぎ去る光の帯、さらには地衣の生えたドルイド石からも発せられるとされた。

(Pater: 46–7)

——ここにはおそらくは今後も揺るぎなく受け容れられる可能性のある「自然詩人」ワーズワス像が描かれている。

「《自然》の崇拝者」の否定論

しかしこれに反論するように、一八〇二年春ないしは四年あたりを境に、ワーズワスの《自然》への崇拝が次第に人格神崇拝、国教会回帰へと移行する長い過程は、まず海外で詳細に例証された。これらの論評を多数引用しつつ、説得力豊かにこの過程を紹介した論考(原: 33–100)や、彼の心の支えが「《自然》→蛭取り老人→《義務》→人間の心」というふうに変貌を遂げたことを指摘し(大友: 105)、この詩人を単に「《自然》の崇拝者」と呼ぶことを戒めた議論(大友: 106; 111)もあり、この詩人の移り変わる物の見方を味わい深く概観させてくれる。とりわけ「義務に捧げるオード」('Ode to Duty', 1804)に歌われる《義務》の不変性——

……状況の幾多の嵐によっても小揺るぎもせず、
光を減ずることも、力を弱めることもなく
《義務》は存在する——それは私たちの支えとして、
尺度そして原型として、常に不変に生き延びる。

(IV. 61–4)

——この不変性が、四時変化してやまない《自然》の外貌とは相容れないことは確かであるし、どのように広義なものを指しているにせよ《義務》は《人為》(《自然》の相反物)が作りだした規則と秩序という徳性を指すことは間違いない。確乎とした価値体系を尊ぼうとした詩であることは確かだ。しかし次章に書くように、ワーズワスはあれだけ多くの貧者をテーマにした詩を連作したのに、同じ時期の「ティンタン僧院」では貧者を語っていない。短詩では常にテーマは絞られるのであるから、「義務に捧げるオード」が自然的生活を退けているとはかならずしもいえない。

自然界の当初からの観察者

また詩人としての出発点においてさえ(つまり、一七九八とされる場合もある政治から《自然》への転換点とされる年月以前に)、ワーズワスが忠実な自然界の観察者であったことは否定しようもない。たとえば一七八七年から

八九年にかけて書かれ、九三年に世に出た『夕べの散歩』（*An Evening Walk*）の終結部を見れば、

だが今や澄みきって輝く月は　天頂に達した。
染み一つない純白の霜を　月は平野一面に発した。
不可能なのだ、山の前面の　最も深い切れ込みにさえ、
隈なく探す月光から、蔭を隠しおおすことさえ。
か細く銀色に輝く糸が、青黒い一色から浮き出させて、
丘と丘をくっきり隔て、下には紺碧の湖をほの光らせて。
（355–60. 下二行 = From the dark-blue faint silvery threads divide
The hills, while gleams below the azure tide.）

——単なる霜なら、白さの隣に僅かながら影ができる。だが月光があたりを覆う白霜には一点の翳りもない。連なる丘たちは青黒い一色で、夜には個別には見えないはずなのに、月光の銀の糸束が、丘と丘に鮮明な区切りの線を刻み込む。こうして田園の夜景の美しさを視覚的に描写する力量は、一〇年後のやや観念的な自然描写より、さらに味わい深いとさえいえる。

聴覚による描写

この月光を浴びつつ散歩する語り手の聴覚も動員される。

昼間には聞こえなかった山の小川のせせらぎ、
いまは家路を辿る私に、途切れがちながらゆらぎ、
空気も、眠っている湖水さながらに、静まるさなか
丘からの、霊的な音楽を、捉えて聞かせる小夜中《さよなか》。
静寂を破るのは深い音でゆっくりと鳴る時計のみ。
（365–69）

——そして静寂を破る物音がつけ加えられるが、それは村の時計が時を打つ音のほかに、麦畑を走る野兎の音、嘲るような梟の鳴き声（オリジナル版。傍点筆者）などであり、これら自体が、一八世紀に発達した、静寂を破る小さな物音（たとえば甲虫や羊の鈴の音）による静寂の強調という技法を、新しい物音によって刷新している（ただし一七九三年版では「不平をかこつ梟の震えるような啜り泣き」という、慣習的な表現となっている）。

「早春に記した詩行」

これらのことを考慮に入れた上でこの拙著は、当初は紛れもない「自然詩人」だったワーズワス、一八〇二年以降にも《自然》尊重の念を、刷新しつつ表現したワーズワスを、あえて主張することになる。第一に、蛭取り老人や義務の

詩は、《自然》を歌うこととは別途の主題に搾った作品だということに改めて注目したい。また、次に引用する、最も素朴に見える「早春に記した詩行」（'Lines written in early spring', 1798.『抒情民謡集』所収）でさえも、見かけ以上に複雑な思考を展開する――

森の中の　木にもたれて坐りつつ
楽しい思いが　悲しい思いを心にもたらす
あの甘美な気分に浸っていると
百千の歌声が溶け合って響くのが聞こえた。

《自然》は自分の手で創造した万象に
私の中にも流れる人の魂を繋いでくれた。
すると　人がどんな代物に人を仕立ててしまったか
と考えてみて　私の胸は痛んだ。

《人為》を貶める側に立つ

イギリスではルネサンスの初期から、《人為＝Art》は《自然》の対立物だった（ただし、慣習的パストラルでは《人為》は貶められるが、その変形ではそうなるとは限らない。旧拙著『冬の夜ばなし』、『テンペスト』の諸章で《人為》の長所も示されている点を参照）。ワーズワスもおそらくは無意識ながらこの伝統を受け容れるが、彼らしく《人為》を貶める側に立ち、詩の後半では人間以外の生物界の姿に見惚れ

あの緑樹のあずまやの中の桜草の茂みに
日々草はその花輪の身を寄せている。
全ての花はその呼吸する空気を
喜び味わっていると私は信じる。

私のまわりで鳥たちは跳び跳ね遊んだ、
鳥たちの思いを私は知らない、
だが彼等の示すどんな小さな動きも
喜びの戦慄だと私には思われた。

そよ風の息吹を捉えようと
芽吹く小枝がその扇を開いた。
その様子には　どう考えてみても
喜びが満ちているとしか思えなかった。

――こう歌って、花、鳥、枝の歓びの思いを呈示する。

最終連での《人為》への慨嘆

そして最終連でワーズワスは、人間界がこの自然物の在りようから隔たってしまったことを嘆く。

もしこの思いが　天から送られた思いならば
もしこれが〈自然〉の神聖な設計ならば
人が人をどんな物に仕立ててしまったかを
私が嘆いても当然ではないだろうか?

シェイクスピアは別にして（旧拙著の第三章『冬の夜ばなし』論、第四章『テンペスト』論では《自然》と《人為》の協働を明らかにしている）、伝統的には《自然》を《人為》より優位に置くのが牧歌の伝統である。だから一見したところでは、ワーズワスは慣習的であるようにさえ見える。ところが第一連にまで戻ってみると、この詩ではすでに、《自然》の中には「人の魂」を、自ら「創造した万象」に繋ぐ働きがあるとされていることに気づく。《自然》を歌いつつ人間の心も《自然》に繋っていることを示し、かつ、すでに五年も続く対仏戦を最後の二行で暗に非難しているこの詩の倫理性は《義務》に矛盾しないと感じられる。このように、一七九八年のワーズワスにも、人間の精神の教化という主題が見られるのと同様に、単純には「自然詩人」とは言えなくなったそれ以降のワーズワスにも、自然尊重のテーマが現れ続けること、また自然の多面性も示す包括的な視点も導入する詩人となってゆくことを（本章だけではなく以下の諸章でも）辿ってみたい。そしてそれが今日の私たちに意義深いテクストを与えてくれていることを指摘したい。

人間の精神と《自然》の交流

横川雄二は、ワーズワス当時の《クロード・グラス》に言及し、自然の風景に文字どおり背を向け、この一種の鏡に、推奨された地点に立って、自分の背後に展開している（これも推奨された）理想風景を映し出して悦に入っていた当時の観光風潮を批判し、これは「ちょうど現代の我々が、ガイドの案内のままにお目当ての風景をカメラに収めて満足し」ているのに似ていると指摘する（横川：19）。言うまでもなく《クロード・グラス》は、ギルピンを中心に発達した《ピクチャレスク》という、一種のお仕着せを用意する画一的美意識を万人に植えつける装置を指す（ただしこの画一性を責めるあまり、理想的風景に主として神話的人物を配して、一七世紀に新しい自然美を呈示した画家クロード・ローランやプサーンなどを貶める人があるとすれば、それは大きな誤りである）。横川が指摘するとおり（横川：29）、ワーズワスの自然美学はこの《クロード・グラス》風潮の正反対、すなわち『抒情民謡集』第二版（一八〇〇年）「序文」にあるとおり、人間と自然が背を向けずに対面して交流し、「人間の精神が自然の最も美しく最も興味深い諸性質の鏡として」作用し合う美学だったのだ。しかもその一四年後に『逍遙』（*The Excursion*, 1814）の「序文」の最後に付けた一〇七行の詩（当初は *The Recluse* の"Prospectus"として書かれた七七行の改訂版）の中でも、《自然》と人の心の関係は次のように述べられている。

『逍遙』の「序詩」　まず《自然》の果ての果てまでは見通せない人間の限界を歌い、自然美を極限まで見据える願いを示す。

ウーラニアー（天文を司るムーサ）よ、私は貴女の案内を必要とするだろう。またはより偉大なムーサの――もし女神たちが地上に降り、或いは天上に鎮座するのなら！
なぜなら私は暗い地上を歩み、深く沈み込む定めの身、
――そして高くに登ろうとしても、天空のまた上空が
薄衣《ベール》でしかない諸世界に呼吸しなければならない身。
（丸括弧内は森松。25–30）

このあと、人格神のかたちで描かれる恐怖や《混沌》、冥界に通じる暗黒界《エレボス》、虚空などの威嚇なんかは

私たちが自己それぞれの精神を、人間の《精神》を
覗いたときにしばしば襲ってくる怖れと畏敬のようには
私を怯えさせない――そしてこの人間の《精神》こそが
私が訪れて已まぬ、この詩の主だった領域なのだ。
（38–41）

しかもこのあとにまた「大地の生きた《存在》という美、／最上に美しい理想の《形態》を上回る地上の美」が、この詩を歌うにあたって私を待っていると歌い継ぐ（41–45）。すなわち《人間の精神》の前後を自然美が取り囲んでいる。そして「私は次のことを声を大にして歌う」（62）として

個々の人間の精神が、いかに精妙に
（中略）外部の世界に適合しているかを、また（中略）
外部世界がいかに人間の精神に適合しているかを。
（63 ; 65 ; 67）

――これも人の心と《自然》との強固な繋がりを歌う。だ

がこの繋がりの中にあっても、人間世界は矛盾に満ちているから「多くの野、多くの森の中で／孤独な苦悩を笛吹く」(76–7) 人にも眼を向け、都会に幽閉されている民の悲しみもまた主題としなければばならないという (77–80)。一八一四年においてすらこのとおりであるのだから、

この交流を描く短詩類

この考え方は『逍遙』に先立つ多くの詩に見られる。ワーズワスの政治的関心の喪失の原点としてよく問題視される一七九八年という時期の二作品、「諭しと返答」('Expostulation and Reply', 一七九八年五月。『抒情民謡集』一七九八版にすでに所収）と「逆転しての反論」('The Tables Turned', 同）はその典型だが、前者では、自然界には「ひとりでに私たちの心に／印象を与える力（powers）が存在するのだ」と人間と《自然》の交流を歌い、後者ではよりはっきりと、「《自然》は、私たちの精神と心を祝福するための／世界一杯の富をさあどうぞとばかりに差し出している」(17–8) と書き、続けて、《自然》こそが人の心の教師であるとして歌う——

春の森から受ける一つの感動は
全ての哲人にできる以上に
人について、また倫理上の悪と善について
多くを教える場合があり得る。
自然が持ってくる知恵は甘く心地よい、
私たちのお節介な知性とやらは
物たちの麗しい姿かたちをねじ曲げてしまう、
——私たちは解剖して殺してしまうのだ。 (21–8)

そして最後に、オールダス・ハクスリーが揶揄して小説（一九二五年）の題名に用いた「これら反古となった書籍類」(these barren leaves, 29) を閉じて、自然に見惚れ、自然から受け取る心を持って森へ来るようにと誘う。ハクスリーの小説では、ワーズワスの自然詩そのものが新たな「反古となった書籍類」とされたように描かれる（特に第二部第四章は、主人物の一人がいかにワーズワスの影響から脱したかを描く）。同時代のバビット (Irving Babbitt, 1865–1933) T・E・ヒューム (T. E. Hulme, 1883–1917) が、それぞれ一九一九年、一九二四年に唱えたロマン主義批判という時代思潮の中で、ハクスリーが一八、一九世紀の《進歩》を信じる楽観主義を批判したのは第一次大戦を経験した時代認識としては正しかった（森松：'87参照）が、それとごっちゃにされて自然への愛も否定されたのは残念である。しかし二一

世紀の初頭にはワーズワス的ロマン主義を復活すべきである。《自然》と人間の交流は続くべきだと、今も彼の詩集は叫んでいる。

貧民と風景への愛は虚偽か？

また「ティンタン僧院」の章で述べるように、ワーズワスが貧者への関心を失ったとして非難されることがある。問題となる時期より半世紀後のワーズワスの葬儀にはただ一人の貧農も参列しなかったといわれ、「昔々大昔、一七九〇年代にはワーズワスは貧者の味方であったが、最後の五〇年間には……」(Bateson : 174)。その上最後の四〇年間には、彼はおしゃべりになり、そのあと寡黙になったが良い詩は一編も書かなかった、『逍遙』(一八一四年)も愚作だと同じ評者は述べている(Bateson : 169ff.)。しかし晩年の実生活においても彼は自然を保存するために樹木の伐採を拒む質素な自作農を愛しているし(Prose II [Grosart] : 323)、一八四四年に、鉄道そのものへの反対ではなく、意味のない観光(要するに一部の人びとの金儲け)のために、美しい山河を台無しにすることに反対して「鉄道導入計画についてのソネット」(前出。'Sonnet on … Kendal and Windermere Railway')を書いた。また最近の日本英文学会シンポジアム(吉川：口頭発表)でも彼の晩年の幾多の作品が見直され、『ヤロー川再訪』(一八三四年)における風景と物語の結びつき、「エアリー滝の谷間」('Airey-Force Valley', 一八三五年。原一郎 [303–04] も褒めた)に見られる、枝そよぐトネリコの視覚的音楽など、依然として自然の美を呈示するワーズワスが再評価されている。それならばなおさら、初期から『逍遙』に至る貧困や、それに絡めた風景を描いた彼の作品を、一過性の若書きではない価値あるものとしてここに述べて当然だと思われる。

「廃屋」の老人

ワーズワスの初期作品「廃屋」(オリジナルは一七九七年。以下の引用は一七九九年のMS Dより)の語り手は、嵐の夜の放浪者《ジプシー》さえ野で寝ることを選んで通り過ぎる廃屋(33–5)のそばに、老人を見いだす。その自然のままの姿、底辺の生活、古びて尊い隠棲所(venerable Armytage, すなわち廃屋)を見て、語り手は「夕陽と同じほど大切な／友」(39–40)を彼の中に見てとる(二日前に二人は出遭っていた)。「廃屋」が『行商人』(*The Pedlar.* 一七九八年)と名を変えた、この老人のことだけを歌う版では、この老人の子供の頃からの《自然》との親しみあいが、このあとに詳しく歌われる。

彼は見逃し、聞き損ねはしなかった、

まだ子供だったときに、子供独特の熱心さで
自分の興味を満足させるために、巡ってくる四季が
もたらす全ての光景に、絶え間なく自分の目と耳を
向け続けたからだ。これだけで満足しなかったのだ、
自分のあこがれを満たすために――少年期も終わりに
さしかかる頃には、人影絶えた洞窟の中や
むき出しの断崖のくぼんだ奥の中に
彼は座りこんで

(*The Pedlar*: 43–51)

老人は《自然》との交わりを楽しんだのである。彼はワーズワス自身の、理想化された姿として理解することもできよう。そして《自然》を、この世で最大に価値あるものとする彼の生き方は、物質的豊かさに恵まれた現世代には絵空事のように思われるだろう。

筆者の経験の混入を許せ

だが筆者のように感じやすい時期を大戦や戦後の物資不足の中で過ごした一〇歳児、とりわけ父親が戦争反対者として刑に服した、当時の常識では蔑視されて当然の超貧困家庭の少年にとっては、《自然》は疑いもなく慰めの源泉であった――この個人的経験の混入をお許し頂きたい。敗戦直前の一九四五年には、塩分さえ市場に出回らなくなった。小学生もこれを補うために動員された。『勧進帳』で有名な、小松市安宅の浜まで四キロの道を隊伍を組んで歩き、海水を砂の塩田に撒き、その砂を煮立て、水分を蒸発させて塩を作る《塩田作業》のとき、筆者とその相棒のカレキ君(痩せているのでそう渾名《あだな》された)は、樽一杯の海水を棒にぶら下げて持ち歩くことができず、途中でどちらかが膝をついて海水を流してしまうことが多かった。二人とも《欠食児童》だったからである。教師からも同級生からも叱咤され笑いものにされ、それでも小さな拳ほどの黒い岩塩にありついて、帰りがけに砂丘の上から振り返ってみた日本海は、何と神秘に満ちていたことか。砂丘が尽きたところから広がる松の防風林をわたる風が何と厳かに聞こえたことか。初夏というのに姿を見せていた蜻蛉たちが何と透き通るように蒼かったことか。カレキ君が帰途手折ってくれたスカンボの茎は何と味わい深い酸味をもっていたことか。

「行商人」の詩句は絵空事?

今でも睡眠中に、砂丘に立つ夢を見る。この果てに広がる海は異世界であり、深遠な空漠の中に引き込まれる感覚は、目覚めたあとの二一世紀世界では経験し難い。だから筆者には、「行商人」の次のような詩句は絵空

事には思えない。

彼は《自然》の声を深く感じとる耳を、いまなお
保持していたのだ、聞き取れないほどの風、
音たてる山、走り去る流れの中から
聞こえてくる《自然》の声を。（中略）
全て自然に在って姿なすもの、岩、果実と花、
大通りを覆うように鏤《ちりば》められた石ころにさえ、彼は
精神的な生命を付与し、彼らが感情を有すると見、
あるいは彼らを何かの感情に結びつけた。

（*The Pedlar* : 327–35）

ワーズワスが、当時勃興してきた物欲と利得の世界、戦争と殺人の世界に背を向けて孤立し、その対蹠物《たいせき》としての《自然》を描いたのは、納得のゆくことである。さらには当初ワーズワスが理想とした、フランス革命賛美を中心とするこの政治思想が、その実現に当たってもろくも崩壊したのを知って自己の社会的理想主義の欠陥に気づき、新たな心の支えを求め始めたのも我われには理解できよう。

「アップルトン屋敷」との類似

一八—一九世紀への変わり目に、ワーズワスがこのように政治性を失って、自然詩人として変身したという文学史上の常識的見解を筆者は決して否定しはしない。まして彼を非難しはしない。むしろフランス革命の変質を知り《革命》の不毛性を知って自己変革をしなかったとしたら、それこそ詩人として不誠実であろう。

ここでその類似が思い出されるのは、イギリス革命（清教徒革命）とその後を歌ったマーヴェルの「アップルトン屋敷」（*Upon Uppleton House : To My Lord Fairfax*）である。旧拙著に書いたことを書き換えながら、革命の否定としてのこの詩と、マーヴェルにも見られた革命後の《自然》の意味を辿っておきたい。チャールズ・ラムは、ロマン派の時代にはほとんど忘れられていたこの詩の第七七連全体（「お前たち庭のスイカズラよ、私を縛りつけておいてくれ……」）を引用して（Lamb : 155）、革命の騒乱がなお残響を残していた外界から、アップルトン屋敷の住人たちを隔絶する庭園を描いた詩行の中に、《自然》が果たすことのできる役割を感じとった。マーヴェルはクロムウェルを一旦は認めたのに、革命の現実に幻滅し、庭園の中に新生を求めたのである。このマーヴェルの作品は、令嬢の家庭教師として彼が仕えた（一六五〇年代初頭、Wilcher '86 : 245 では 1651–3 とされる）フェアファックス元将軍に捧げられたかたちをとる長詩（七七六

行）であり、このときの将軍の心情と相通じている。

この将軍は革命軍の指揮を執って王党軍を

庭師が兵士にとって替わる

破った歴史上有名な人物で、王の処刑には強く反対した。新政権に就いたクロムウェルとは意見が合わなかった。新政権によるスコットランド侵略が決まって、彼に軍の指揮要請がきたとき、これを拒否して一六五〇年に政界を退き、詩に歌われるアップルトン屋敷のモデル、ナンナップルトン邸に隠棲したのである。家庭教師マーヴェルも、屋敷の庭園を巡って、血なまぐさい革命や戦乱と庭の対照に心を打たれたらしい。「《内戦》によって荒廃した地上楽園」(Summers '77 : 189) への呼びかけとして、作品は次のように歌う——

> あぁお前、幸せに満ちていた大切なこの島嶼《とうしょ》は、
> 《世界》の《楽園》だったのに、お前、当初は。（中略）
> お前は何という悲運の林檎を味わったか、我らの今後を
> 死に際に追いつめ、お前を荒れ地と化した林檎を？
> (321－22 ; 327－28)

——この状況を救うべく「庭師が兵士にとって替わった」(337) とされる。全ての緑のものたちの養育所（nursery＝苗床）が唯一の武器・弾薬庫となった（すなわち庭が武器庫に取って代わった。339－40)。「だが戦争は、この全てを覆す／我らは大砲を植え、火薬を蒔く」(344) ——現在形による戦争一般の定義である。庭師となった屋敷の主人は野心という雑草を抜き、良心を耕す (354)。「《良心》、これは天上界で育てられた草木、／地上の庭園に、今、何よりも欠けているもの」(355－6)。庭園の周辺には草地が拡がり、そこでは戦争という愚を犯した人間は、地を這うバッタにさえ見下されれる (371－6) ——詩は戦争への悔いと、その惨禍に対置されるものとして田園を位置づける。

『序曲』もこれに似る

ワーズワスでも似通った心の変化が記されている。よく引用される『序曲』第一〇巻二三〇行以下の、自国の対フランス戦役への参加（一七九二年）が若いイギリス人の考え方を変えたという部分は、なお語り手が、自由の国としての革命後のフランスへの信頼を保ちながら語られていたから、右のマーヴェル詩の趣旨と質的に異なってはいる。しかし『序曲』第一〇巻は次第に革命への、語り手の考え方自体の変化を歌うようになる。《時》が全てを良い方向に向かわせるだろうという信念が崩壊したとき（X, 776－77)、

そして、

いまや、逆に今度は自ら抑圧者に変身して
フランス人が自国防衛の戦争を、他国制圧のための
戦争へと変えてしまい、彼らが獲得しようと奮闘した
全ての良きものを見失ってしまった［とき］（X. 791–94）

――すなわち、革命の理念さえ見失ってしまったとき、この引用の前に戻った箇所では

（語り手は）より安全な証拠、
普遍的に適用できる証拠、疑いを
差し挟ませることのない証拠を、別の處に求めた。
（丸括弧内は森松。X. 788–90）

――この「別の處」が自然界を指すことになるのは、その後の作品の展開からして明らかであろう。

『民謡集』――新たな自然詩人の序奏

だが単純に一八世紀型の自然愛好に逆戻りするのではなかった。ここからは『序曲』にいわば近接しながら少し前を走った『抒情民謡集』を、ワーズワスの新しい自然詩人への出発を準備する苦闘の書として見てゆきたい。同書第二版への「序文」はたびたび引用されてきたが、ここでは同じことをするのを避けて、筆者独自の見方を展開してみたい。さてその『民謡集』所収の「彼女の両眼は惑乱して」（'Her Eyes Are Wild,' Composed 1798 — Published 1798）は、夫に逃げられ、捜して見いだせず、海を越えて異国に来た女を登場させる。第二連以下は女の独白で、今は「狂っている」（11）と世間から呼ばれ、男の赤ん坊をただ一つの慰めとしている彼女の境遇が述べられる。赤子への愛情は、引用から読みとれるとおり、全て彼女の自然との係わりから生まれる。

坊やにインディアンのお家を作るの、わたし知っている、
この上もなく柔らかなベッドになる木の葉を。（中略）
わたしは坊やに一番美しいものを教えよう、
梟がどのように啼くかを教えよう、（中略）
わたし知っている、食べ物になる地の底の豆を、だから
可愛い坊や、怖がらなくてもいいよ。（55–6; 81–2; 96–7）

――このあと母子は森へゆく。そこで永久に暮らすという。右に見た詩句にもかかわらず、読者はそこに危険を見ずに

はいられない。すでに《坊や》はそれを予知するかのように、第九連では狂おしい目つきを見せているのだ。自然美だけでは生きられない人の現実もここににじみ出ている。これはワーズワスの自然賛美とは、一見矛盾する。だが、時として自然の危険性を示唆する点は、新しかったといえる。

当時のイギリスの状況を象徴

「見棄てられたインディアン女の嘆き」（'The Complaint of a Forsaken Indian Woman,' 1798）は、当時のイギリスの状況の象徴だ。インディアンは、群れについて行けなくなると、群れの行き先を告げられ、水、食料、燃料を与えられて置き去りにされる。この詩の語り手は、群れと別れるとき、赤子を手放して母ではない他の女に委ねなければならなかった。赤子はそのとき、両手を伸ばし、からだじゅうに何かが走ったような様子を見せた。その様子は、まるで、

母のために力一杯頑張って大人になろうとする様子、
橇を曳くことができる男になろうとするような様子。
（中略）わたしの可哀想な、母に見棄てられたわが子よ、
幸せな心持ちでわたしは死んでゆけるでしょうに、
もしわたしが一度お前を抱くことができれば、まな子よ、
わたしの最後の想いは幸せなものとなるでしょうに。
（37–8 ; 65–8）

単純に見える詩句が、大きな象徴性を帯びている。もちろん、男女を逆にして、フランスに置き去りにした我が子とその母アンネットを語ってもいる。だが子を世間の荒波に残して死んでゆく当時の親の代弁もしている——これは第四章で見たブレイクの、捨て子を歌った詩のワーズワス版である。

淘汰される農村の弱者

「滝と野薔薇」（'The Waterfall and the Eglantine,' composed 1800 — Published 1800.『抒情民謡集』第二版所収）では、雪解けで勢いを増した《滝》が、流路の邪魔だと《野薔薇》にどけという。《野薔薇》は、かつてはいかに美しく二人が共存していたかを自然美を交えて語る——

僕たちはこの人里離れた場所で
昔は幸せに暮らしていたではありませんか！（中略）
夏のあいだじゅう、来る日も来る日も
君は私の葉を鮮やかに水で元気づけてくれた。

（23−4；27−8）

これはもちろん、貧富の差の少なかった相互扶助の世界を象徴する。第四連は花の側の滝への奉仕を歌う。

蕾と釣り鐘花を連れて春がやってくるときには
これらの岩のあいだから、あなたの目の前に
僕の花の輪を吊り下げて、穏やかな日和が
近づいていることを知らせたのです！
蒸し暑い夏の時間には、僕はあなたに
葉っぱと花とで蔭を作ってあげた。
すると紅鶸《べにひわ》が僕の葉の茂みのなかに巣を作り
―いまこそ葉は散り果てたけれど―僕ら二人のために
可愛い歌を歌ってくれた、そのころはあなたは
ほとんど声もたてず、音もたてられなかったのに。

――だが《滝》はそれに構わず押し寄せる。最後の二行は

《野薔薇》は震えた――大いに心配なことに、私は
これがこの花の最後の言葉だと思う。

農村の弱者が淘汰されることを語り手が示唆する。これとは対照的なのが「樫《オーク》の木とエニシダ」（'The Oak and the Broom,' composed 1800 — Published 1800.『抒情民謡集』第二版所収）である。樫は強者としてエニシダをいかに護ってやったかを語る。だが嵐にあって樫は吹き飛ばされる。エニシダは生き残る。これを自然からの学びとして羊飼いが語る。

新たな自然観を目指す

このように、フランス革命への賛美から目を転じて、《自然》を新たな自己の師表としようと目指しながらも、ワーズワスの自然観には、かつてなかった新しい要素が次々につけ加えられる。「鹿が飛び降りた泉」（'Hart-Leap Well,' composed 1800 — Published 1800.『抒情民謡集』第二版所収）もこのことをよく例証してくれる。作品の第一部では、騎士ウォールターが鹿狩りに挑み、長駆して鹿を追いつめ、鹿は高い崖から泉のほとりに、飛び降りて死ぬ。騎士（上流階級と戦争屋を象徴）はこの鹿の三段跳びを歓び、この泉を記念するために、

わしは泉のほとりに快楽の館を建てよう、
田園の喜悦（rural joy）のための小型の四阿《あずまや》も建てよう、

四阿は旅人の眼には宿、巡礼者の眼には休憩所と映ろう、
恥ずかしがる乙女たちの恋の隠れ家ともなろう。
（57–60）

一見、田園の楽しみを歌ったかのように見える。だが第二部では、この種の《田園の喜悦》が厳しい批判に晒される。《田園》といえば美的であるという当時の慣習的パストラル愛好の考え方に真っ向から対立するのである。語り手がこの泉を訪れると、そこは陰鬱に閉ざされた風景――

私は遠近《おちこち》の丘を眺めやった、
これ以上に悲しげな場所は眼に触れたことがなかろう、
まるで春の季節がここを訪れることがなかったかのよう
ここでは《自然》が喜んで朽ちてゆくかのよう。（113–6）

折も折、羊飼いらしい人がやって来て、「この場所は呪われている」という。四阿の残骸、快楽の館の消失した跡を指し示しつつ、廃墟の石、泉、小川は見えるが、

しかしあの巨大な（great）な建物は！　半日捜してみても
忘れられた夢を捜すほうがまだましです。
あの石が湛えている水なんか、犬も雌牛も、馬も羊も
ひとくち啜ってみようとさえいたしません。
そしてしょっちゅう、全てが眠りに包まれているときに
この泉は本当に、悲しみの呻き声をあげているのです。
（131–6）

ここでは殺人がなされたという噂まであり、それもあの可哀想な子鹿のせいで、血が血を呼ぶのだという。美しいとされるはずの風景が、愛のない人間の行為によって「《自然》が朽ちてゆく」光景に変えられるのである。

老乞食の社会的有用性

ワーズワスの自然観の新しさ、そしてその矛盾といえば「カンバーランドの老乞食」（'The Old Cumberland Beggar',『抒情民謡集』第二版〔1800〕）がすぐに頭に浮かぶ。ワーズワスは「この老乞食の有用性」（Brooks '71 : 318）を描いている。彼は手が震えるためにパン屑が地面に落ち、我知らず鳥たちに餌をふるまうという「有用性」を発揮しているし、最下層の人びとにも《慈善》を施す機会を与え、貧しい自分たちさえ《彼》よりはましという安堵感を与える「有用性」も有するとして彼は描かれる。ブルクスを引用すれば、

乞食は役に立っている。だがその間、彼は苦しんでいる。たとえば老人に、どんな天候の中でも道路を歩かせるのがいかにして正当化できようか？　この場面でワーズワスはショッキングなほど率直であり続けた。この乞食の頭上に祝福を吹きつけるまさに最中《さなか》に、詩人はわざわざ一つの願望を表現する――この乞食の血液が「極寒の空気と冬の雪と闘うように」と願い、さらに

> 荒蕪地を吹き抜ける、天下御免の風に、老人の白髪を
> 彼の窶れ果てた顔に打ちつけ続けさせよ。
> （Brooks '71 : 318）

と追い打ちをかける。

このブルクスの非難には今日の私たちも同意するだろう。同時に、とんでもない「新しさ」もそこに見るだろう。

ワーズワスの試行錯誤

だがブルクスは一転して（他の作品についてワーズワスの巧みを語ったリーヴィスなどを引用して）ワーズワスは意識的に「ありとあらゆる巧みな言語操作」（同 : 321）をしているとして彼に賛辞を送る。《自然》の中で生きるこの老人の幸せを、彼が収容されかねない救貧院の冷酷と対比していると考えることもできる、というのがブルクスの主張らしい（実際に詩の終わりに近い一七二―三行目に「あのハウス［救貧院］が彼を囚人にしませんように」という言葉がある）。ワーズワスには晩年（一八四六年）、救貧院に住まざるを得なくなった老人が、かつての唯一の慰めだった駒鳥との《交遊》を懐かしむ詩（'I know an aged man constrained to dwell'）を書いた。これと対比すれば救貧院への収容という《慈悲《チャリティ》》よりも、野生の動物が得ている《自由》のほうが人間にとっても価値ありという主張がここに見えてくるかもしれないというわけである（See Brooks '71 : 321）。当時の政策による貧民対策への抗議の側面もあることは、一八四三年になってワーズワス自身がイザベラ・フェンウィックに書き取らせた註釈から読みとれる（See Brett & Jones : 300）けれども、

> 老年の自然的静寂が彼のものでありますように。（中略）
> 聞こえようと聞こえまいと、彼の周りには、森林地の
> 鳥たちの心地よいメロディがありますように。（中略）
> 《自然》の眼に見まもられて彼が生きてきたように
> 《自然》の眼に見まもられて彼が死ねますように。
> （175 ; 177 – 78 ; 188 – 89）

意図は判らなくはないが、ここには極めて主観的な《自由》の観念と《自然》との接触への過度な尊重の念がある。これは新たな詩人となろうとするあまりの、ワーズワスの試行錯誤が見える作品である。しかし方向転換しようとして、彼が悪戦苦闘しているさまも、ここからは見えてくる。

《一人の少年》の死

『抒情民謡集』第二版には、先に見た「鹿が飛び降りた泉」のような成功例が見られる反面、「新しさ」と同時に不可解さが拭いきれない自然詩がいくつかある。しかし「一人の少年がいた」で始まる詩は、よく論じられるほどには不可解ではない。湖そのものも記憶しているであろう梟の鳴き声そっくりの音を発していた少年、それに応えるように夕闇の中から声を響かせる梟、その声を待つあいだに少年の心に染みいる湖の周りの風景——これらは美しい自然描写である。問題視されるのは最後の七行で、しかも明確には最後の一行で、一〇歳でのこの少年の死が歌われることである。今日、一〇歳で亡くなる少年のパーセンテージは低いから、この結末が読者に唐突感を与えるのは否めない。だが子供の死亡率が高かった当時には、美しいものの突然の消失、しかも自然美と合体していた優れた少年の死というこの詩の主題は、むしろ新しく、かつ理解可能な発想であったに違いない。ワーズワスは自然風景を描く「二つの四月の朝」（'The Two April Mornings'）でも九歳で世を去った娘を悼む父親を描き、「子のなくなった父親」（'The Childless Father'）でも同じく娘の死のあと、自然の美しい日の村の行事に涙を流して出かける父を描いている。幼い子供に先立たれた親、弟妹を失った兄・姉がこの詩を読む場合、あるいは有名な、「苔むす石の陰に隠れて／目に触れることもなかった菫花」であった村娘を歌うルーシー詩編の一つを読む場合には、ここから深い思いを与えられることは疑いない。だが、これらはいずれも、自然詩として型破りであることは、誰もが認めるであろう（言うまでもなく、ルーシー詩編群も『抒情民謡集』第二版所収）。

太陽と驟雨の中で育った少女

これと非常によく似ているが、自然の無慈悲さを主題にしたのか、人の一生を寓意的に表現したのか、受け取りようをとまどわせるのが「三年のあいだ彼女は太陽と驟雨の中で育った」で始まる、形式上は自然詩と呼ばざるを得ない四二行のルーシー詩である。《自然》は、あまりの美しさのゆえにこの少女（This child）を自分の《愛し子》（A Lady）にする。《自然》の恵みはふんだんに彼女に与えられる。嵐の中にさえ彼女は美を見いだすことがで

きるように《自然》は配慮して上のように語り（21−4）、

真夜中の星々も、この子には
親しい物にしてあげよう。また小さな川が
気ままに踊っているたくさんの秘めやかな場所で
この子には、耳を傾けさせてあげよう。（中略）
そして命の力に満ちた悦びの感情が
この子の姿を堂々とした背丈にするように、
また、処女らしい胸が膨らむように配慮しよう。
この子と私が、この幸せな谷間で
ともに暮らすあいだは、
そのような想いをこの子ルーシーには与えよう。
（25−8；31−6）

《自然》にこれほど愛されながら、最終連では、彼女の生涯はあっという間に終わった、と歌われ、語り手は

この荒野、この静けさ、この静まりかえった景色を
また、これまであったことの記憶と
もはや決してありえないことの記憶を
彼女は死んで私に残した。
（39−42）

と述懐する。フェンウィックに書き取らせた註釈は、詩が書かれた森の名を示すだけで何の役にもたたない。またルーシーといえばワーズワスの実妹ドロシーだという通説も、小柄だったドロシーにはこの詩の描写は当てはまらないとして退けられる（Brett & Jones : 299）。この作品も、《自然》を愛する人であろうと、短命を免れないことがあるという人生の真実を歌っているとしか思えない。これも自然詩としては破格なのである。《自然》への崇拝一辺倒の詩人からの離脱をワーズワスは図っていたのだろうか。

自然の恐ろしさ

「兄弟」（'The Brothers'）は自然詩とはいえない。二〇年を船員として暮らした兄が帰省して、愛する弟の安否を牧師に尋ねる（牧師はこれが兄だとは気づいていない）うちに、弟が一二年前に崖から落ちて死んだことが判る対話的物語詩である。だが詩の中では、自然の恐ろしさを牧師が語る（兄には、郷里の風景が昔と少し違うと感じられるのに答えるのだ）。

今から二〇年前に
二つ並んでいた泉のほんの近くで、巨大な岩が
雷でまっ二《ぷた》つになった——一つは潰れてなくなった、
も一つの泉はあとに残されて、今でも流れておるがの。

こういう異変だの変化だの、そうだろう、
いやというほど起こるもんじゃ。　(143–48)

——兄弟のうち「も一人が、あとに残されて、今でも生きておるがの」ということをアイロニカルに予示する技法は優れている。しかしこれは、自然賛美には背馳する。ルーシー詩編のもう一つの中の「地球の日々の回転に合わせて／彼女は岩々、石くれ、木々とともに回っている！」という自然科学的な死者への哀悼と同じく、右記の対話詩は、自然の恐ろしさを示す、これも「新しい」自然描写である。「ルーシー・グレイ」(‘Lucy Gray’) は自然詩そのものではないが、雪の野を駆けていった彼女、雪の中で足跡が途絶えた彼女に関しても、自然の恐ろしさが感じられる。だが「竜巻」(‘A whirl-blast from...’) は、それとともに降る雹《ひょう》を軽妙に描いた上、「このような自然現象の現れにも／私の心を養い感動させるものを十分に／見いだせますように」という終結部を有する。自然の恐ろしさを認識するとともに、そこに崇高美を見たいという、矛盾した双方向が表現されている。これも新たな自然詩人の試走《トライアル・ラン》であろう。

《無秩序的自然》は認めない

他方またワーズワスは《自然》の概念が内に持つ今一つの危険も熟知していたようである。シェイクスピアは『テンペスト』で、この種の、人間内部に制御されずに在る《自然》の概念をたくみに表現した（旧拙著第四章参照）。キャリバンは、人間一般が時として有するこの類の《自然》的性質の象徴として登場している。それらの性質は、発展完了国の人間の中にも宿っている。この寓意《アレゴリー》は、たとえば原発再稼働にまつわる、教導不能な各種の欲望にも当てはまる。世界になお大きく残存する人権無視、戦争肯定論などをも象徴する。『テンペスト』で披瀝される《人為》的な悪は、人間の《自然状態》でもある。《混沌》にすぎない《無秩序的自然》に秩序を与え、正義を実現するのがプロスペロウのアートであり、ホッブズ流にいえば、他者と共通の約束事《コヴェナント》を実現する《人為》である。こうした秩序観を失って文明社会に帰ってきた若者が無垢な娘を騙す。これが「ルース」(‘Ruth’) の主題である（男女は逆だが、オペラの『カルメン』、『カヴァレルア・ルスティカーナ』、『アレコ』なども、《自然状態》の中に入った文明人の悲惨を描いている）。「再び夫は、以前のとおり／無法に (lawless) 生きたいと願った」(161–62) という箇所までは、ワーズワスもこの《無秩序的自然》の考え（シェイクスピア、ホッブズを通じて西欧にはこの認識が連綿として続いていた。二〇世紀ではフロイトの文明論がこれである。これはモンテーニュの「食人種について」やルソーが理想とした《自然》とは対立する）に従って書いている。だが精神に異常を来したルースが、病院を抜け出したあと、ワーズワスが主として賛同するタイプの自然的生活、すなわち山野を放浪して緑の樹下で眠る生活をしたことをワーズワスは讃える。人間内部の《無秩序的自然》や、当初夫がその魅力を語り、彼女が一旦は住みついた文明から隔絶された森の《自然的生活》を認めはしない一方、彼女が彷徨ったイギリスの《自然》には人を癒す力を認める。「ルース」は見かけ以上に怪奇である。

脱パストラルの諸例

また『抒情民謡集』第二版には、「パストラル」という副題の付いた詩がある。その一つ「樒の木とエニシダ」（先にも言及した詩）は、堅牢な樒の木が、低木エニシダを岩の落下から護ってやったと威張っていたのに竜巻のような嵐に吹き飛ばされてしまい、地を這うようなエニシダは生き残った話である。確かにパストラル詩は寓意性に満ちたものとして一八世紀には理解されてきたから、世にのさばる人への風当たりは強く、平凡に生きる人にこそ強みがあるという意味には解せよう。しかし牧人がまったく登場せず、二種類の木の会話を本体とするこの作品は、脱パストラルであることは確かである。また「怠け者の若い羊飼い」（'The Idle Shepherd-Boys'）は、川に落ちた仔羊を、羊飼いではなく詩人が助けて親羊の許に返す話で、羊飼いこそ登場するものの、これも従来のパストラルにはまったく例のない日常的な話である。「大切な仔羊」（'The Pet-Lamb'）は、これらより遙かに感動を呼ぶ詩編で、「稀に見る美しい少女リュースウェイト」が、母羊を失って孤独な仔羊に、星の輝く下で食事（乳らしい）を与えている姿を描写する（1–12）。そのあと、もし彼女が詩人なら、仔羊の心の中を思いやってこう歌っただろうという詩句が続く。この少女リュースウェイトの心の優しさが詩句に刻まれてゆく。そして結末では、これは《私＝詩人》の作ではなくて、半分は彼女が作った詩だと《私》は気づく（66–8）。秀作（ただし酷評もある＝Oerlemans : 88）である上に、従来のパストラルのどこにも見いだせない歌である。ここにも「新しい」詩人を志す意図が十分に読みとれる。他者の心の中を詩人が呈示するという点でもロマン派的である。

想像による他人の心

「気の毒なスーザン」（'Poor Susan'）は、この娘の都会への嫌悪、古里の《自然》への愛着を歌う。

ロンドン・チープサイドの低地に緑の牧場を見る娘、
そこを下って娘は桶を持って、元気に歩いたものだ。
一軒だけ建っている田舎小屋、鳩の巣のような住処、
娘が愛する、この世でただ一つの小さな家だ。　(9–12)

――この場合にも娘の心は想像によって語られている。詩の結末には、この田園を懐かしむとされる娘に、古里へ帰れ、それが幸せだという主観的な自然愛好精神が見える。

帰れば君はもう一度、質素な朽ち葉色の服を身につけ
大鶫《つぐみ》が独占する木からこの鳥の歌を聴けるだろうから。
(19–20)

ダーウェント湖中の小島にあった隠者の庵への「銘刻」('Inscription')でも、隠者が祈るあいだ「ロドアの滝が湖の上に轟いた」のは詩人の想像によって書かれている。このような主観的な《自然》礼賛の一方、同じように湖中の小島の建造物を描いた、「グラスミア湖中の小島の小屋に記す」の副題のある「銘刻」('Inscription')では、吹雪を避けてここに身を寄せる雌牛など、具体描写に満ちていて、自然詩人としての今一つの詩法を試みている。「二人の盗賊」('The Two Thieves')のリアリズムもこの試みの一例である。

人と自然の密接な繋がり

「世紀の中でも最も寒かった日にドイツで書かれた詩」('Written in Germany, on one of the coldest days of the Century')と「榛の実採り」('Nutting')は、子供が仔羊を想う前記の「大切な仔羊」とともに、人間と人間以外の生物との係わりを歌う詩である。「最も寒かった日」では一匹の羽虫がストーヴのそばに来たのを憐れむ。これはやや散文的ではあるが、ブレイクの同じ主題の詩と同様、人間と自然界の密接な繋がりを歌う点で注目すべきである。「榛の実採り」では生き物は樹木だが、これには詳しい自然描写が含まれる――

ひょっとしたらこの木蔭では、木の葉の下で
五年間の菫の花が、その都度現れて咲き、
どんな人間の眼にも見られることなく褪せて行き
水の精の声のような早瀬のさざめきが、絶え間なく
続いていたかもしれない。僕は泡立つ光を見た。(29–33)

この美しさにもかかわらず、少年だった《僕》は、榛の枝を引きずり落とし、情け容赦なく扱う。だが汚された木蔭

は「忍耐強く」その存在を投げ出す（46–7）。意気揚々と引き揚げながら振り返ってみた《僕》は、

苦痛の感じを覚えたのだ、静かな木々と
その中に割り込んでいた空を見たときには。（51–2）

詩の最後では、最愛の《乙女》（妹であろう）に呼びかけて、優しい心で森を歩け、森には《精霊》が棲むのだからと歌う。ここには人間と《自然》との一体感を感じるに至った後年の詩人の、円熟した感覚が示されており、これが次章以下に扱う彼の自然詩の基調となると思われる。

老人が悟った《人間と自然》

「泉」（'The Fountain'）は七二歳の老人が若い相棒に語る自然と人間の触れあいの歌である。彼には、老年に至って初めて人間の心に宿る、長いスパンを持った時間感覚がある。また自然の生き物から生き方を学ぶ姿勢がある――

「谷間に向かってこの流れは進路をとっている
何と気持ちよさそうに流れることとか！
千年もさんざめき続けるだろうね、
今流れているとおりに流れながら。//（中略）
あの夏の木々に宿る黒鳥は、
丘の上のあの雲雀は、
歌いたいときには囀りつづけ
黙りたいときには囀りを止める。//
《自然》を相手に鳥たちは決して
愚かな争いは挑まない。鳥たちは
幸せな若さを楽しみ、その老年は
美しい、そしてまた自由そのもの」（21–4; 37–44）

こう語りながらこの老人は大切な家族を次々に失ってきたことが示唆され（直前の「二つの四月の朝」に現れる老人と同じ名の老人である）、若い相棒が、亡くされたあなたの子たちに替わって「僕があなたの子になりましょう」と言っても、「残念ながら！　それはできないことだ」（61–2; 64）と答える。亡き子への思いは、先の悟りの言葉にもかかわらず、他の代替物をあり得ないものと感じさせるほどに深いのだ。《自然》に囲まれながら、人間の生涯がどうであるかを深く考えさせる作品となっている。

土地に名を付ける

「場所に名を付けることについての詩編」（'Poems on the Naming

of Places'）はいずれも、美しい自然の風景の、それぞれの特質と連想される名を場所に与えようとする詩で、これも自然詩としては極めて非慣習的な作風である。第一歌は「エマ（ドロシーとするのが通説）の谷」となる。

　　曲がり角では、岩の下に向けて
これまで無我夢中でただ流れてきていた小川が
たいへん嬉しげな声をほとばしらせていたので
それまで聞いたことのある音の全てが、平凡な
声であったような気がした。獣と鳥、仔羊や
羊飼いの犬、鶸と大鶫などの声が
この滝の音とあい競い、一つの歌となった。この歌は、
聴いているうちに、野生が生みだしたもの、或いは
存在を止めることのできない、自然に空気から
生みだされる何かのように感じられてきた。　（21－30）

――この、滝と自然の生き物の合唱のゆえに、ここに愛する女性の名をつけることにする。また第二歌でも美しい岩のゆえにジョアンナの名を付け、第三歌は流星が好む寂しい峰のゆえに別の女性の名をつけ、第四歌は自然の風景に見とれたあとで病に冒された男を見たので、「性急な判断の地」とこれを名づける。第五歌は「《自然》が自分のためにこそ作った」（15）人気《ひとけ》のない、自然美に満ちた場所なので、これをメアリ（のちの妻）と名づける。同様に、息子とともに働く場を作ろうと、旅立つ息子に小屋の基礎となる石材を置かせたまま、息子に裏切られ、そのいくつかの石積みだけが残っている「マイクル」（'Michael'）の冒頭と最後を彩る風景にも、その自然物を背景にした風景と人との連想をにじませている。この詩も「パストラル」という副題を持つが、甥の保証人になったばかりに土地を失うか、息子に稼がせるかの岐路に立たされる老牧夫の話であるから、これはウェルギリウス直系の、経済と土地の喪失が組み合わされたパストラルであるといえよう。

旧来の美意識への反応

さてこれだけ《自然》を主題の周辺に組み込みながら、『抒情民謡集』には理想的な風景美の呈示がない。これもまたワーズワスが、新たな《自然》との交流を描く詩人を目指した証左であろう。この時期に書き始められた『序曲』は第九章のテーマだが、ここで旧来の自然に関する美意識に彼がどう反応したかを『序曲』に一目見て、次章への橋渡しとしたい。第一一巻では、まず人生当初の、邪念に煩わされなかった頃を顧みて、

おぉ《自然》の魂よ、優れもの、美なるものよ、
私とともに喜んでくれたあなた、あなたとともに私も
うら若い時期を通じて喜んだものだ、風たちと向き合い、
力強い流れに向き合い、栄光に満ちた幻影となって
丘たちの周りを行進し、また逆方向から行進してくる
光と蔭の中で、今は全身眼になったかのように、また
今は全身耳になったかのように、だが常に心を用い、
壮大な知力を用いて、あなたとともに喜んだものだ！
（1805版、XI. 137–45）

時代の風潮と無関係な《自然》と《私》の交信である。だが次には、《私》の人間的な弱さを告白する。

「全ての人為を（実際には）超越している《ピクチャレスク》への反撥

事物（自然の事物と姿）に対して／転写された模倣芸術の法則（美術、特に絵画の規範を指す。絵画は《人為《アート》》の代表格）を当てはめることによって」（同：154–55. 丸括弧内森松）風景のえり好みをするという悪習に冒されたことを嘆いたあと、

だがこれだけではなかった——これがためには、
時代の強烈な感染力は、一度たりとも
あまり私の習慣を冒さなかったけれども——
景色と景色とを見比べ、表面的なことどもに
あまりにも心奪われ、色彩や景色の構成比率などの
つまらない新奇な考え方を自分に採り入れ、
《自然》の雰囲気や、場所が持つ精神に対して
以前ほど反応を示さないという
悪弊の虜となった。
（1805版、XI. 155–63）

《ピクチャレスク》や《クロード・グラス》という風潮からは超然としているつもりでありながら、「色彩や景色の構成比率など、つまらない新奇な考え方」に捕らわれ、最も大切な「《自然》の雰囲気や、場所が持つ精神」には鈍感になった自己を反省し、《ピクチャレスク》に反撥する（一八五〇年版では最終行に、《私》が反応しなくなったものとして、場所の有する道徳的精神と諸感情が加わる）。「自然詩人」として次の第七、八章に見るような努力も重ねて、徐々に自己変革を志しながら、ワーズワスは『序曲』一八〇五年版に向かっていったのであった。

第七章　ワーズワスの「ティンタン僧院」など

「ティンタン僧院」批評の一瞥

俗称「ティンタン僧院」（"Tintern Abbey"）を読むにあたっては、ワーズワスの自然観を如実に表す作品としてのこの詩への人間性重視派の絶賛と、一九八〇年代に現れたマガンやレヴィンソン等によるこの詩の歴史的背景の無視・困窮者に対する関心の欠如という批判（McGann : 86–8 ; Levinson : 14–57）を無視できない。だがこの批評史は我が国でも簡潔・適切に紹介されてきた（上島、1991 : 158–60）し、より詳しくは簡単に英文で読める（Campbell, 1991 : 76–83）上に、マガン等の批評を徹底して批判したジョナサン・ベイト（Jonathan Bate）の『ロマン派のエコロジー』には、小田友弥・石幡直樹による優れた邦訳があるから、あまり深入りするのは避けて、これらの批評の一部にごく簡潔に触れつつ、私見としてのこの詩作品の重要性、特に《自然》への詩人の接し方の一典型としてのこの詩の意義を述べることにしたい（ワーズワスにしては自然描写の比喩性に乏しい作品であることには、筆者も不満を感じてはいるけれども）。批評史上、私見は保守派に属するが、本書の「緑の詩歌」という観点からは、私たちの未来に向けてこれは脱保守であると確信する。ワーズワスの《自然》へのこだわりは私たちが失いかけている心情である。原発事故を起こした私たちはこの心をこの詩から読みとるべきだ。

詩の副題に絡む疑問点

レヴィンソンの問題提起自体は、決して貶められるべきものではない。なぜなら彼女は、この詩の副題的部分に絡む、誰もが不思議に思う具体的事項を次のように呈示するからである（この詩の副題とは「一七九八年七月一三日、旅の途中でワイ川の堤を再訪して」である)。

詩人はこの日付の個人的重要性を強調しているが（日付は、《自然》の極めて大切な影響力に対する語り手の感応力が衰えたように感じられる五年間という空白を示している)、その一方、同時代の読者ならこの日付の中に、それより遙かにドラマチックな意味合いをいくつか読みとることができたはずである。一七九八年七月一三日はほとんど一日もたがわず、起源としてのバスティーユ牢獄破壊の日（一七八九年七月一四日、今日では「フランス革命記念日」）から数えて九年目の記念日（ワーズワスのフランス渡航以降八年目の記念日」）であり、マラー殺害から数えて五年目の記念日であり、同時にワーズワスの最初のティンタン僧院訪問の記念日（最初の訪問は一七九三年八月か＝See Pinion : 16［以上丸括弧内森松］）でもある。（Levinson : 16）

だが作品はこれらにまったく触れていないというのが彼女の指摘である。

記述の欠如による批判の是非

——この不可解さに加えるならば、フランス革命だけではなく、ティンタン僧院自体（ギルピンの記述では、当時僧院は廃墟となっていて、乞食や極貧の人びとの宿泊所だったという＝Moorman : 402–3 ; 上島 '91 : 158）さえ、詩の本文にはまったく言及されていないのも事実である。また詩からは想像もつかない当時の近代産業の地としてのティンタン周辺の紹介は興味深い（Levinson : 24–32）。しかし作品が主題を絞り込んで、余計なことを切り落とすのは常識的に頷ける。書かれていないことを根拠に、その作品を全面的に否定するのは、最近の批評界における一つの誤謬である。シェイクスピアの『テンペスト』が植民地問題に触れていないとして貶めるのは、その典型的な例である（森松 10B 第四章参照）。また『マクベス』はヴェルデイがオペラ化した同名の作品のようには民衆の苦しみを描いていない。ジェーン・オースティンの小説世界には、庶民生活はほんの一端が顔を出すにすぎない（二〇世紀のオースティンと言われるバーバラ・ピムの小説では、知的エリート以外の登場人物はせいぜいで小さな脇役だが、人間一般に通じる心理はみごとに描出される）。ギャスケルの『妻たち、娘たち』は貧民をまったく描かずに、それを描いた樋口一葉の諸短編と同じ高度なレヴェルで、女性精神の高貴さを伝えてくる。『源氏物語』、『枕草子』、『古今集』、『新古今集』は貧民の非登場、政治批判の空虚さによって価値を否定されてよいのか？　その上何よりも、本書の他の部分に見えるとおり、ワーズワスは同じ『抒情民謡集』その他に、数多くの貧者の境遇とその苦しみを描いているではないか！

作品の曖昧性は否定しない

だが筆者もこの作品の言語の曖昧性を否定するものではない。全一六〇行の詩の中で九回用いられる単語「思考」(thought[s]) の具体的内容ははっきりしない。特に、のちに拙訳を示す最重要部の「高められた思考」(elevated thoughts) とはどんな思考か？ (See Barrel : 142–3)。またこの《思考》でもって語り手を揺るがす《一つの存在》とは何か？　それと同様に、高い岩や崖が、なぜ高貴な考えを産むのかも、初めから詩人のいうとおりなのだと信じてかかるしかない。作者の言葉を全面的に信じて、なるほどと相槌を打つしか読みようのない作品であることは事実だ。「この詩の読者は読み進むあいだじゅう、信認すべきシンボル類を詩人の言葉どおりに信認するようにと説得される」(同 : 146) べき雰囲気がこの詩にはある。だがワーズワスは、読者の側にそれらの言葉を理解するに必要な自然への敬慕が、もともと存在するか、少なくとも作品を読むうちに醸成されるという前提でこの詩を歌っているという雰囲気もまた伝わってくる。深い感慨をもって眺められた風景、自己の五年間の苦闘に慰めの意味づけをしてくれる自然の姿が語り手の精神を高め、自然の奥に確かに畏敬に値する《一つの力》が存在するという方向へと読者を説得する自然観がここには確かにある。今日、このような読みを、多くの読者に不可能にしている現実こそが問題なのだ。本来は自然の風景は人間の癒しの基であり、美しいものであるはずの自然界をずたずたに切りさいなむ文明に反抗する精神がこの作品にはあると感じとること、いわば詩の曖昧を受容し、読み手が曖昧を具体化し、詩人の主張を受け容れることこそ重要であると感じるのは筆者の主観にすぎないだろうか？

ロマン派への政治の読み込み

一方ロマン派の作品に接するにあたって、歴史と政治をそこに見る読み方は、これも私見では当然なされるべきことだと思われるし、本書自体がその傾向を濃厚に持っている。とりわけ、とかくマガン (Jerome J. McGann) 等の主張とあい並ぶとして非難されがちなアナベル・パタソン (Patterson＝前出。そして彼女に先立つヘレン・クーパー [Cooper＝前出]) が唱えた、パストラルの中に隠蔽された政治批判という文学上の戦略は、近年の文学批評上の重要な指摘であると感じられる (一七八〇年以降のロマン派牧歌論の中での「パストラル様式は多くの経済的罪悪を覆い隠している」［Sales : 77］という自然詩批判は、英国一八世紀初頭型の牧歌にしか当てはまらない）。さらにブレイクが示した政治性は、美意識と深く結合されているし、シェリーとバイロンの既成宗教批判と政治体制批判や、コウルリッジとシェリーの宇宙の根源についての脱既成宗教的探求、キーツとハントの言論の自由の主張とミルトンへの傾倒などは全て、ロマン派的な体制批判を含んでいる。だがこの政治性を読むにあたって、旧式な共産主義的立場から、政治批判の展開のみを良き詩歌の試金石だとして、人間精神の発現としての詩歌の本質を無視するのは有害である。政治に触れていない作品の自律性も認めるべきだ。ジョナサン・ベイトが指摘した「経済発展と物の生産を人間社会の究極目標とする考えは正統なのかという疑問」（Jonathan Bate : 9. 邦訳 : 26）、そして今は古典的な政治左翼と右翼の対立を脱した「赤から緑へ」（同 : 8–9. 邦訳 : 26）の考え方こそ、ロマン派の《自然》にかかわる作品の読解にとって最重要だと思われる。原発依存の是非を巡って、岐路にも立ち、縦横に走る地震帯の十字路にも立つ日本民族にとっては、なおさら「緑へ」は重要な概念であり、自然とその美しさを主題とする作品へは、この観点から尊重の念が肝要だ。

生じた出来事の後の自然美

さて「ティンタン僧院」は、過去に大きな悦びを与えた自然の美しさが、幾多の苦々しい経験をへたあとでもなお、生々しく想起されることによって新たな生命力を語り手に与えることにのみ、主題を絞り込んで歌われた詩である。しかし私たちは上に挙げた副題からも、また一七九三年から九八年のあいだにワーズワスに生じたとして伝えられる伝記上の出来事からも「苦々しい経験」の質を想像してもよい。出来事はレヴィンソンが第一章第二節（Levinson : 18ff.）で列挙・詳説するとおりである。レヴィンソンの言葉を変化させて述べるなら、都会生活の空虚さや金回りの悪さ、家族関係の悪化などはともかく、特に当初信じていた政治的信条の（フランス革命の変質による）変化、それに何よりも対仏戦争の勃発とそれによるアンネットおよび愛娘とのやむなき接触の断絶という、自己の存在の根底を揺るがす二つの重大事項がここに生じている。副題がそれとなく示唆するのは、この大きな苦悩である。注目すべきことに、以前一七九三年にここを訪れたときに、すでにワーズワスはワイト島で、ポーツマスを軍港とする対仏戦争用の軍艦を見、砲声を聞き（*The Prelude* X. 291–307）、アンネットと愛娘に会えないまま（「乙女は愛する男の胸から引き剥がされ」＝同：X. 332–33）ソールズベリ高原を徒歩で彷徨い、そのあとでここを訪ねたのだ（Pinion : 15–6 ; J. Wordsworth '85 : 36n）。この時には事態のさらなる悪化はかならずしも予想されず、自然の景物は彼を慰めただろう。個人的素材を明らかにしないこの作品の特徴は、詩人としての出発点で彼が称賛したシャーロット・スミスの詩法から影響を受けたのかもしれない（本書第三章参照）。

「時の諸点」

しかしそれ以降の苦悩からこそ、「時の点（spots of time）」と呼ばれてよい「榛の実採り」や、『序曲』の中で印象的な盗んだボートの話、湖上のスケート詩行が書かれた（J. Wordsworth '82 : 48 ; Pinion : 34）。この言葉が現れた『序曲』を見れば、（ピクチャレスク探索等の）惰性を振るい落として《私》は再び

《自然》の存在の前に立った――今立っているように、
感性を研ぎ澄ました創造的な一個の魂として。
　私たちの生涯には、際だって目だつ時の諸点が――
打ちひしがれたときにも（中略）私たちの精神を養い、
眼に見えぬかたちで癒してくれる回復の効能を持った
時の諸点が――存在する。　（*The Prelude* XII. 255–59 ; 265）

「時の諸点」はそのあと、記憶されて後年「回復の効能」を発揮するワーズワスの様ざまな経験を指す言葉として理解された（Bishop : 134 はこれらを列挙）。とりわけ右記の、ドイツのゴスラーで、兄妹二人だけで孤立していた時期（一七九八年一〇月―翌二月）の詩こそ、『抒情民謡集』第二版序文にある「静寂の中で思い出される感情」を表しており（Bateson : 150）、またこれらは明らかに《自然》と関連し、その記憶の重要性を歌う詩行である。「ティンタン僧院」とほぼ同じ時期に、記憶による《自然》の影響力が主題となっていたわけである。さらに募ってきた苦悩の大きさにもかかわらず、《自然》の形象の慰めが、以前とは性質を変えてもなお眼前にあるという感激と、妹と読者へのその伝達がこの詩の主題なのだ。この五年の具体的な姿をワーズワスは意図的に隠している。読者が自己の経験に照らして、いうなれば状況を一般化して、この作品を読んでこそ、主題の意味合いが伝わると彼は考えたのだろう。

質の高まった自然の恩恵

ワーズワス自身の想像力の衰えによる自然美の変質をここに読みとる必要はまったくない。少年時代に、そして前回ここを訪れたときに感じた「今よりも粗大な喜悦」（coarser pleasures, 73）や「喜び勇んだ動物的な躍動（glad animal movements, 74)」は確かに「過去のものとなった」(83)。だがその消失を語り手は嘆きもせず、口にするつもりもない(86)。消失を償って余りある贈り物が自然界の風景から、新たなかたちで与えられているからである（87ff.）。それは以前より遙かに質の高い《自然からの恩恵》である――よく知られている箇所だが

なぜなら私は、《自然》への見方を
この間に学び取ったからだ。物を考えない若い時期の
あの時のようにではなく、《自然》の中に、繰り返して、
そこに静まった悲しい人間の音楽を聞きとるからだ、
耳障りでもなく不快でもない音楽、だが私を神妙にさせ
鎮めてくれる大きな力をもった音楽だ。その上私は得た、
一つの感覚を、高められた思考の悦びで私を揺り動かす
《一つの存在》への感覚を。これは遙かに深く、万物に
浸透する何ものかに対する一つの崇高な感覚なのだ。
この《存在》の住処は、没してゆく毎夕毎夕の陽の光、
円い大海原、そして生気に満ちた空気の中、
青い空、そして人間の精神の中なのだ。　(88–99)

（最後の七行の原文＝And I Have Felt / A presence that disturbs me with the joy / Of elevated thoughts ; a sense sublime / Of something far more deeply interfused, / Whose dwelling is the light of setting suns, / And the round ocean, and the living air, / And the blue sky, and in the mind of man)

これに続く、この詩の中でも特に抽象的な三行で、この《存在》は「一つの作動力（motion）、一つの精神、／思考する全てを促し、全ての思考の対象全てを促し／全ての事物を貫いて回転して流れるもの」(100–02) と言い換えられている。これは、ここに至るまでの詩の流れから、思考の主体である人間に存在する苦や悲しみと合流する《自然》の治癒力を歌っていると解釈されて当然であろう。

悲しい人間性の音楽

右の拙訳の中で重要なのは（原文にないのに森松が補ったのだが）三行目の「《自然》の中に」である。この中に「そこに静まった悲しい人間の音楽を聞きとる」という箇所には、論理上一見大きな飛躍があり、極めて難解である（また「悲しい人間の音楽」については『序曲』第四部への本書叙述参照）。だが私たちはこれを我が物とするために、人間一般の経験を生かさねばならない。自分が経てきた苦悩や悲しみのあとに――親しかった人の死後、親や子との別離のあと、その他数々の苦しみの状況の中で私たちは《自然》の形象に

見入る。生者必滅のゆえに、人にも、変化する樹木や花にも哀惜の念が増す。逆にまた天空や山の大きさや季節の巡りの不変性が持つ、雑念とは無縁の純粋性に心打たれる。不義の子として両親に捨てられた経歴を持つ室生犀星が「いまははや／しんにさびしいぞ」で終わる詩「寂しき春」の中で、雪解けに屋根から落ちる雫の景色を「したたり止まぬ日のひかり／うつうつ回る水ぐるま／あをぞらに／越後の山も見ゆるぞ」と歌った心境をここで思い出せばよい。犀星はまた「うつくしき川は流れたり」で始まる「犀川」の中に、その「花つける堤」で「本のなさけと愛」を知った若い頃の経験を語り、最後に「いまもその川ながれ／美しき微風ととも／蒼き波たたへたり」と結ぶ。ワーズワスのワイ川と金澤の犀川《サイ》は、音の上だけではなく、詩人に及ぼす機能において酷似する。従前の自分の経験との連想を深く有する《自然》の形象を見れば、なおさらそこに自分が経験したことの意味の深まりを感じることになる。ワーズワスがこの作品で特に力を籠めて歌おうとしていることは、実はこの連想を基に作用する《自然》の癒しの力なのである。

漠然たる擬似自然宗教

同時に右記のワーズワスの感覚は、自然宗教的である。当時、既成キリスト教からは極端に敵視されていた汎神論（今日でもごく一部だが寛容の心がないキリスト者には嫌悪される）にこれは近づいている。また次章で扱う「永生のオード」に見られる一種プラトン的な（あるいは、キリスト教内部で言えばヘンリ・ヴォーンの「遠ざかり」的な）、人間個人の誕生前に経験したより良い（いわばイデア的な）《神的世界》の現世への投影がすでにここに仄めかされていると見ることもできよう。ただ重要なのは、これが既成キリスト教から派生した汎神論そのものでもなければ、理神論でもなく、さらには純然たるプラトン主義でも新プラトン主義でもない点である。これは『序曲』第二巻四二九行以下の次の叙述にも当てはまる――

全ての事物の中に、私は
一つの生命を見、またそれが歓びであると感じていた。
万物は一つの歌を歌っていた、そして歌は聞こえていた。
肉体としての耳が、その歌の粗野な前置きに圧倒されて
聴く機能を忘れ（物理的な音に）乱されずに眠ったとき、
そのときにこそ常にも増してよく聞こえたのだ。//
仮にこれが間違いで、敬虔な心の持ち主たちには
他の信仰のほうが近づきやすいと感じられるとしても。

（括弧内は森松。*The Prelude* : II. 429–36）

次には、この、漠然たる擬似自然宗教が間違いだというのなら、山、湖、滝、霧、風など生地の丘に棲む自然物への感謝の声を奪われる私は、大地を尊ぶ私の歓びと人間的感情全てを失うことになると歌い継がれている。

削除された踏み込んだ表現

世俗的・物理的な音を遠ざけて、自然物の歌を聞きとる《私》の傾向については、さらに別の一節（ここではその一部だけを訳出する）が書き加えられたかもしれないとドゥ・セリンコート版『序曲』（ダービシャーによる一九五九年改訂版：525）は示唆している――このような自然物との交流（communion）によって、幼児期から教えられたこととして、耳目に達する印象自体はそれほど尊重さるべきものではなく、これは

全ての事物に宿るあの一つの内在する生命から
湧き出《い》でた偶発事項、衰えた姿たち（Relapses）でしかなく、
その中で万物が《神》とともに生きている
あの統一体からの流出なのだ。

そしてこのあとの不完全稿を書き直したと思われる一節が『ピーター・ベル』の草稿：２にあって、そこでは

万物が《神》とともに生きていて、それら万物自体が
神であり、一つの力強い全体の中に生きているのだ。

これらは、先に述べた汎神論への世の嫌悪を考慮して省かれたと思われる。だが、この『序曲』におけると同様に、「ティンタン僧院」でも、成熟した人間としての語り手が自然の形象を強く心に留め、これを入り口として、ここでいう《神》、先の引用にいう《一つの作動力》の認識に至りたいと語っていると思われる。しかもこの《作動力》は、決して既成宗教の《神》ではない。

経験した風景が《現在》を癒す力

サルヴェセンは『記憶の風景』の中で、ワーズワスが一四歳の頃から風景美を心に留め、後日苦しみに出遭ったときに備えたさまを力説している。「ワーズワスの詩的霊感の基本的な源泉の一つ――それは記憶の中に知覚され固定された風景、過ぎ去る《時》の中で、彼および彼の場所に対して、この風景が持つ関係の意識」であり、またこれは「ある特定の記憶を固定し、

また呼び覚ます風景の力、記憶された過去の事象と現在の感情を融合する風景の力」(Salvesen : 50) であるという。「時の点」と言われる諸経験もこの力の源である。これを平易に確認するためには、『序曲』における実父の埋葬のあと、嵐と霙《みぞれ》、森と川の暗い情景が後年の「私の精神の働き」を促したという箇所（*The Prelude* 1805 : XI. 376ff.）を初めとする過去の自然の姿、「永生のオード」での、過去への思いが産む祝福（134–5）、そしてあまりにもよく知られた「ラッパ水仙の歌」の末尾を思い出せばよい——

> 水仙を見つめ、また見つめた——だが思いもしなかった、
> この眺めがどれほどの富を私にもたらしていたかを。//
> というのは虚ろな心で、あるいは物思いに沈んで
> ベッドに横たわっているとき、幾たびも幾たびも
> 水仙たちは、私の内側の眼に輝くからだ、
> そしてこれは独り居の幸せとなるからだ。
> このとき心は悦びで充ち満ちてくる、
> 心は水仙たちとともにダンスを踊るからだ。　(17–24)

「虚ろな心」となる原因や「物思いに沈」む理由は示されていない——だからなお、これは万人の経験に重なってくる。詩の読者にはこの風景の力は実感されるはずだ。また「蝶に」でも、妹と追った蝶を幼時の記念物として扱い、「蝶よ、君の中に死せる時間が蘇る」(6) と歌った。

美しい風景を記憶する努力

だが風景の一時的な力にだけ頼っていたのではなく、ワーズワスは風景の美しさを記憶に留める努力を怠らなかった。妹ドロシーに宛てたよく知られている手紙（一七九〇年九月二八日＝消印）をここで引用すべきだろう。スイスとアルプスの美に打たれた兄ワーズワスは、それがイギリスで眼にしたことのないものであるから、なおさら君（妹）がここに来てこの悦びをともにして欲しいと願ったと述べ、

> 僕が眼にした風景と別れることを考えると、親友と別れるときにいつも感じてきたのに似た悲しみで心が重くなる。スイス人のこの風景への愛着は（中略）僕にこれほどの感激を与えたこれらの魅力によるものだろう。なぜならどんなに粗野な心でもたぶんこの美しさには無関心でいられないからだ。この旅のあいだに一万回も僕は、眼前の美しい景色をもっと強く心に印象づけられない自分の記憶力を残念に思った。（中略）

何度も僕はその景色のところに戻って、より活き活きとした情景を記憶として抱き去ろうとした。（中略）ひょっとしたら、この映像の記憶から何かの幸せを引き出せないような日は、生涯に一日もないだろうと思うと、僕は大変に嬉しいのだ。

(*LW & D, 1787–1805* : 35–6)

このような幸せの基となる自然の映像を心に貯蔵している読者が多いことを、詩人とともに筆者も疑わない。

ボウルズのソネット

この観点から「ティンタン僧院」を読むにあたっては、ワーズワスが恩恵を蒙ったボウルズ（William Lisle Bowles）の「ソネット八・イッチン川に」（'To the River Itchin, near Winton'）との類似を見、また比較しておく必要もあると思われる。川への再訪に際して、記憶の重要性に依拠して詩行を書き、過去の自分が変貌したことが両方の詩の主題だからである。ボウルズの詩の全訳を掲げる——

イッチン川よ、今ふたたびあなたの堤、崩れそうな岸辺、
　銀色の川面を眺めるとき——あなたの川面には
全く変わりない色合いが今も安らいでいるようだが、
なぜ私の心は身震いするような苦痛を感じるのだろう、
　それは人生の朝ぼらけにこの岸で喜びを歌ってから
幾とせもの夏が過ぎ去ったからだろうか？
それはあのとき以来、《青春》と《希望》の偽りの光が
　飛び去るごとに私の心が幾度も溜息をついたからか？
それはあの友たち、あなたの岸で輪になって遊んだ
若かった私の仲間たちが、もう集まってこないからか？
　その由《よし》が何であれ、あなたの堤に私は身を曲げて
今は悲しむ。だが心の奥では、昔幸せだったときに
　泣いて別れた友、そして永らく失われていた親友に、
　また会えたときのような慰めを感じずにはいられぬ。

コウルリッジの章にも触れる（彼の詩とボウルズの 'To the River Wenbeck' と比較する）ように、ロマン派の川の歌（特に「ティンタン僧院」）では、二つの時点における自己と自然美の関係を歌うテーマは、明らかにボウルズの詩の発展である。この種子からどんな発展、どんな葉と花が育ったかを探れば、ワーズワスの自然美学が見えてこよう。

新たな発展のある作品

ボウルズの詩では「川面には／全く変わりない色合いが今も安らいでいる」という自然物の不変性がまず歌われ、

これと対照されるかたちで「《青春》と《希望》の偽りの光」が失われてしまった現在の語り手が示される。過去にこそ栄光が存在し、今はその栄光が偽りでしかなかったことが判明したわけである。一方、ワーズワスの川への再訪の詩には、新たな発展がある。先の引用（89–100）に見たとおり、語り手は新たに「《一つの存在》への感覚を」得たとされている。だから自然への信奉者であり続けるのは、まったく当然のことなのだ――

　　　　　　　　それだから私は今なお、
草地と森林地、そして山々を愛する者であり続ける、
この緑なす大地の中から、私たちが見ることのできる
全てのものを愛し続ける。目と耳に係わる全ての
この力強い世界を愛する、目と耳が半ば自ら創造し、
目と耳が知覚する全ての世界を。自然の中、そして
感覚の言語の中に、支えが存在するのを喜んで認めたい、
その中に私の最も純粋な思考の揺るがぬ支え、私の心の
育ての母、導き手、そして守護者が存在するのを、
私の精神的《モラル》存在の魂が存在するのを。　（102–11）

引用中の「感覚の言語（the language of the sense）」は、大いに批評家を悩ませてきた。最近では「思考の揺るぎなき支え……育ての母、導き手、そして守護者……私の精神的存在の魂」などの機能は「自然描写の言語によって遂行されるにしては全くあまりにも壮大、あまりにも畏怖すべき機能だ」（Barrel : 149）とするのが典型的な批評である。

《自然》の尊重―信仰に酷似

だが自然界とその美しい情景を捉える人間の感覚、またそれを表現する人間の言語に、このような大きな意味を見いだすのがこの詩のもう一つの大きな主張である。「その上私は得た――一つの感覚を、高められた思考の悦びで私を揺り動かす《一つの存在》への感覚を」の箇所を驚喜して読んだ過去の世代の感覚が今はほとんど失せたことは事実である。だが、《自然》とあい向かって、その真髄を《一つの存在》という、擬似宗教的な言葉で表すほどに《自然》を尊重した過去の文化は、今こそ蘇らせなければならない。私たち日本人は、原発の立地である様ざまな日本国の場所が、美しい緑の森と蒼い海岸であることに、現時点になってようやく気づいた。原発の設置にあたっては、《自然》を尊重する文化の廃棄が前提であったことを遅きに失して気づいた。他の方法で田園地帯の貧窮を救う努力を僅かにさえしなかった。「ティンタン僧院」

で妹に語る最終四九行は、このことを心に留めよというワーズワスの、読者に向かっての遺言である。これが女性（妹）の知力の劣等性を示す言説であるとする（Barrel : 141; 160ff.）のはまったくの的はずれである。

読者への語りかけ

妹ドロシーを、語り手以外の全ての人の象徴として使って、ワーズワスは私たち一人一人に語りかけている（説教臭いとして日本では嫌われる詩の書き方であるが、スペンサー以来、そして特にミルトン以来、詩人は世論の形成者であるべきだというのが、尊敬されるべきイギリス文学の伝統である。拙著小冊子『抹香臭いか、英国詩』（森松：'07）にこれは詳しい。やがてシェリーがより明確にこのことを『詩の擁護』で主張する。ワーズワスがここで行っているとおり、直接読者への教訓にはならないように［妹を使って］表現するのもまたその伝統ではあるが）。

大切な上にも大切な妹よ！　だからこの祈りを捧げる、
《自然》は、自分を愛してくれた人の心を
裏切った例しがないことを知っているからだ。人生の
全ての年月を通じて悦びから悦びへと私たちを導くこと
これが《自然》の特権だから。なぜなら《自然》は
私たちの内なる心に生気を与え、静けさと美を刻印し、
高貴な思考で心を養ってくれるので、悪意ある罵言も
思慮のない審判も、利己的な人びとの冷たい嘲り、
心の伴わぬうわべの言葉、また日常生活の中の
憂鬱な人との交じりあい全ても
私たちを打ち負かすことはなくなるのだ。　(121 − 132)

人間社会の不正義の示唆

ニコラス・ロウは、この引用部分の中に（当然ながら）人間社会の不正義が示唆されていると読みとり、（シェイクスピアの）リア王自身が認める為政者の非人間性（フランス革命の暴虐な変質・愛人と愛嬢との別離を余儀なくさせたイギリスの対仏参戦を、ロウは意識して書いていると思われる。仏革命の変質については『序曲』第一〇巻七九二行以下などに詳しい）もここに埋め込まれているとして

この現実から顔をそむけたり――向き合うことを避けたり――するどころか、「ティンタン僧院」が目指す理想的な慰めは、この情け容赦ない世界を認識することによってこそ勝ちとられるのである。　(Roe : 127)

と述べて上掲の「悪意ある言葉も」以下の部分を引用する。

つまり貧者や浮浪者から目をそむける詩という解釈を否定する。そして言葉を継いで人間性の中の最悪部分を認識してこそ引用中の信念は得られるものであり「この最悪部分はティンタンの貧者の悲惨な生活であろうと、《恐怖政治》中のパリから、あるいは『リア王』からあろうと」明らかに読みとられていると語る。ワーズワスが五年間に経験した世界の不条理はこの詩に表現されているのだ。

妹、そして読者への祈り

先の訳文中の「この祈り」とは、主として次のように、まだ素朴な精神状況にある妹が（言外の意味としては読者が）、今のうちに《自然》の美しさを十分に心に留めて、幸せに生涯を送れという祈りである。

だから君が独りで歩むときには
月が君の上に照り輝くようにさせよ。
霧を含んだ山風が、遮られることなく君に
吹きつけるようにさせよ。そして君の後年に、
自然美への今の荒々しい恍惚が、落ち着いた喜びへと
熟したとき、そして君の精神が
全ての愛らしい形象の宿る場となったときに
君の記憶が、あらゆる甘美な音と和声との
住処となっていますように。おぉ、そうあるならば
もし後年、孤独、恐怖、苦痛、悲しみなどが
君にも訪れた場合には、どんなに心を癒す思考と
優しい喜びでもって君は僕を思い出すことか、
僕のこのさとしの言葉を思い出すことか！　（134–46）

ドロシーへの祈りは、最近の批評で一時英文学者の目を惹いた《詩の中からの自己抹消》という（狡猾な）策略であるどころか、妹への純情な愛（山田：2008：全編参照）を考えれば、いかに衷心からのものであるかが判る。心が籠められているからこそ、後世の読者への伝言ともなる。

遺言の語調

最後にはこの詩は遺言の調子を帯びる。《僕》の死後にも《君》ないしは読者が、かつてこの喜び溢れる川縁に立ったときの情景を思い出してくれるだろう。そしてまた

そのときにはまた君は忘れはすまい、さまざまな彷徨を
経たあと、長い年月訪れなかったあと、この嶮しい山の
木々と丈高い断崖、緑の牧歌的な風景――これらが
この兄にとっては、いいか妹、風景自体としても、また
君と一緒だったことからも、より美しく思えたことを。

（156－60）

文学テクスト内部に、ちょうど外部に置かれる「序文」や「あとがき」に相当する機能が存在することを指摘したシスキン（Siskin : 109）もまた、この作品の終わり方について次のように述べている――ワーズワスは

詩の課題をドロシーに移譲し、そうすることによって私的なものを公的なものにする。だがそうするためには、ワーズワスが詩の中から消える必要がある。このため彼は自己の死を想像して歌っている。（Siskin : 110）

この意味でなら筆者も作品からの《自己抹消》を認める。ドロシーは、この詩を読んだ私たち自体であり、ワーズワスは確かに消え去ったが、今も作品の中から語りかけている。

第八章　ワーズワスの「永生の啓示オード」
――「リルストンの白牝鹿」と併せ読む

《永生の啓示》の意味は？

普通は「霊魂不滅を識るオード」と呼ばれている作品（"Ode : Intimation of Immortality from Recollection of Early Childhood", 1802–04）を読むにあたって、筆者はまず二つの告白をしなければならない。筆者は、死者への敬虔な思慕、死を歌った（たとえばハーディの）詩に対する尋常普通ではない傾倒（森松：2003 ; 2006; 2012 参照）を有している。だが筆者は《霊魂不滅》をまったく信じていない人間だということ（かつて「臨死体験なんて幻想にすぎませんよ」と口走って、ロマン派学会の重鎮川口紘明に「森松さ～ん！」と優しい声ながら激しく睨まれた。この意味では筆者はロマン派的な人間ではない）。もう一つは、この「オード」の中に《霊魂不滅》を唱える主題を見いだせないことである。それでいながらこの作品をここに取り上げるのは、《自然》と人間との交感を歌った詩として、これは重要作品だと感じるからにほかならない。しかし二〇〇八年に出た『ロマン派の詩歌――註釈付き詞華集』（eds. O'Neill & Mahoney）の註釈冒頭を見ても、また筆者の尊敬する澤村寅二郎の註釈・山内久明の訳を見ても、他の論評を読んでも、《霊魂不滅》を当然読み込むべき作品としてこれは扱われている。実際にはこの《永生》ないしは《霊魂不滅》は何を指すのか？　筆者なりの理解は一五五頁以降の記述と一五七頁の末尾に記す。

ワーズワスが拘《こだわ》った《霊魂不滅》

とはいえ筆者は、ワーズワスが《霊魂不滅》の問題に終生に亘って捕らわれていたことを否定するわけではない。彼自身がこの作品について語り、フェンウィック（フェニック？）が書きとったとされる晩年の（一八四三年の）談話の中で、彼はこう述べている――

> 子供の頃の私にとって、死という考えが私自身の存在についても当てはまることを認めることほど、難しい問題はなかった。（中略）他の人たちがどうなるにせよ、私は天界へと移送（昇天）させられるのだと、ほとんど自分を説得しそうになったものだ。
>
> （Wordsworth [eds. Selincourt & Darbishire] 4 : 463–64）

シェリーを扱う本書の諸章にあちこち触れるとおり、彼もまたこの問題を深刻に考えていた。この時代の人びとには当然の問題だった。今日でさえ、（筆者のようなマテリアリストを除けば）多くの人びとが《霊魂不滅》を信じようとするのが人情というものであろう。だが筆者がいいたいのは、この作品は来世にまで行き着く自己の《霊魂不滅》を、幼年時代を想起することによって告知されたという内容の詩ではないのではないかということである。

ヴィジョンの喪失の原因は？

またこの詩の主題の片割れである「ヴィジョンの喪失」の原因を、ワーズワスの実生活から説き起こそうとする試みが先人たちによって数多くなされている（その上、すでに日本でも多くの海外での論評をみごとにまとめ、ドロシー、アネット、メアリの三女性とともに折り合ってゆこうとした詩人の苦闘を、喪失の一つの原因とした論文がある＝原田俊孝：99–104参照）。この、ワーズワスの個人史からの問題の探求については、私たちはこれらの論考を読むことで満足すべきであろう（また原田俊孝は上記以外にも思想的変転を喪失の別の原因としている＝同：104–09）。これと同時に、詩文はもしそれが読者の体験に一致するなら、素材としての個人史から離れてその一般性から読み味わうこともできる立場も採ってみたい。イーグルトンの「《詩》とは虚構を用いた、言語の巧みを凝らした道徳的（人間性に密着した＝森松）叙述だ」（Eagleton : 109 ＝傍点森松）という詩の定義はこの作品にも適用できる。これに併せてイーグルトンの「《虚構化する》ということは、書き物をその直接的実経験のコンテキストから切り離し、それをより広範な用途へと提供すること」（Eagleton : 32）という言葉も重要である。

《白牝鹿》が奏で出す読者の共感

こう述べるからには、当然筆者は、「永生のオード」が一般性を有し、ワーズワスの「直接的実経験」への理解がなくても読むに値する作品、読者の側がそこから実生活へのより深い理解を得ることのできる作品だと感じているわけである。身辺の状況の深刻化によって、幼年時代の草木、山林、河川や海、雲や星への関心が希薄化するのは一般の成人が常に感じていることである。またそれでいながら、この詩が主張する、成人がなお求めるべき《自然》への愛着の重要性は、この作品が与えてくれる精神の糧となる。ワーズワスの場合、素材を隠蔽しつつ発展させ、同時に詩として印象づけたい事項はそれとは別個に効果的に織り込んでゆく傾向が顕著である。たとえばルーシー詩編群はどんな女性のことを描いたのか、これは確定できない。しかし詩としての完結性は示すのだ。その意味でここで取り上げ、「永生のオード」と併置してこのオードが力点を置く主題を探るのに援用したいのは、長詩「リルストンの白牝鹿」（*The White Doe of Rylstone*, 1807–08, 出版 1815。これ自体が自然詩としての意味も持っている）である。後者では、一五七〇年頃、弾圧されたカトリックの再興に与しはしないながら、父の願望（敵軍からのカトリックの旗の奪回）を実現しようとしたフランシスが敵に殺される物語の展開（ワーズワスによる伝説という素材［'a Tradition'］の変奏）が一方にある。読者に大きな苦痛を与えるこの物語は、確かに実弟ジョンの難破船での人命救助とその結果としての溺死（一八〇五年二月）という大きな懊悩をもたらした事件を考慮に入れれば、作品執筆動機への一つの理解が得られ、これは貴重である。だが、カトリックを支持するノートン一家に読者の共感を集めながら、実際には《敵》である国教会を（ヒロイン・エミリをカトリック賛同者とはせず、国教会儀式をわざわざ描写して）暗に作者が支持するという大きな矛盾でさえ、最後までエミリに黙って寄り添う白牝鹿の強力な象徴性によってかき消されてしまう。白牝鹿が初めて第一編に現れるときの美しさは圧倒的で、これが最終編まで読者の共感を維持するからである。

「永生オード」と「白牝鹿」の類似

白牝鹿を主体とする限り、この物語詩は「永生の啓示オード」によく似ている。ここにその構造上の類似点を指摘してゆきたい。「永生のオード」では、第一連の前半と第二連の終わり近くまで、自然界の美が連続的に呈示される。「白牝鹿」の冒頭近くでは優美な比喩を多用し牝鹿を登場させて、自然美が示される。また「オード」の自然美の隙間には、悲しみに満ちた語り手の精神の退化が語られ、白牝鹿の登場の前後には死者たちへの哀悼と墓場の情景が配置される。牝鹿が現れる直前には、教会が静まり、祈祷の囁きがその静けさを増し、それ以外に聞こえるのはただ川の波音《せせらぎ》——

その時、聞け！——生き物の姿が見えないところから、

一つの者が木間《このま》の緑地を縫う小道をたどりながら、（中略）
暮れなずむ樹と樹のあいだを綾取りながら、
愛らしい仄かな光を放ちつつ、滑り込んでくる、
音もなく滑り込むのだ、ゆっくりと見えてくるのだ、
夢さながらに物静かに、くぐり込んでくる、
それはただ一頭の牝鹿なのだ！
牝鹿の白さは、六月に咲きいでた白百合さながら、
雲の全てが追い払われて、大空に夜もすがら
ただ一つ残されている月姫の真白さ、
月輪《げつりん》の、銀色に輝く美しさ。
（I. 49–51 ; 55–62）

この描写のあとに「あなた方、死者たちよ、墓の中で静かに眠り給え！／教会墓地の寝所で休み給え」（同：67–8）という、いわば短調の詩句が続く。美と悲しみが対になっているのが「永生のオード」とよく似ている。

悲しみと美との綾織り

「永生のオード」第三、四連では「私にだけは悲しみの思いがやってきた」（22）、「あの幻の輝きは、どこに飛び去ったのか／あの栄光と夢は、今はいずこに？」（56–7）などの悲しみの綾糸が自然美の描写の連続を縫い込んでゆく。「白牝鹿」が本格的な悲劇の物語に入るには長い時間が掛かるが（そのためになおのこと白牝鹿は印象的となるのだが）、墓場の、特に陰鬱な一隅の描写をかい潜って、牝鹿の描写が入りこむ――

牝鹿の存在、このそぞろに歩く牝鹿の姿、
この姿は、人目につかないじめじめした墓場に
聖女が現れたような光彩を添える優姿《やさすがた》、
再び現れて、周りに芽吹く花と若葉に
日の光を凌ぐ輝きを与える立ち姿、
墓へと同じほどに、墓の草葉に。
（I. 100–04）

『序曲』などの無韻詩を読み慣れた私たちには、ワーズワスの長大な詩編の中で珍しく感じられる厳格な押韻が、墓場の厳粛さをいや増す端麗な詩行である。

一方「永生のオード」の第五連は、この厳粛さを凌ぐほどの荘重さをもって語られている。

「永生」の第五連

我々の誕生は眠りにすぎない、忘却にすぎない、
我々とともに昇ってくる魂という天体、我々の生命の星、
これはどこか他所《よそ》で日没を迎えた太陽にすぎない、

それは遠方からやって来る命星《いのちぼし》。
だが、全てを忘れてやって来るのではなく、
またすっかり丸裸になって来るのではなく、
我々は栄光の雲を棚引かせつつこの世に生まれ来る、
《神》が我らが故郷、《神》から我らは生まれ来る。
（58－65）

だから我々の幼時には、《天国》が近くにあるが、大人になるにつれてありきたりな日々の光の中に入るという。もちろんプラトンのイデア論、またキリスト教的なヘンリ・ヴォーンの「遠ざかり（'The Retreat'）」からの影響は否めない。だがプラトンのイデア論をすっかり取り込んでいないのは《神》の一語からも明らかであり、また完全にキリスト教的でないのは、この引用のあとに出る若年期の人間を「《自然》の司祭（Nature's Priest）」（73）と定義づけていることから明らかである。これはワーズワス独特の、プラトン＋キリスト教＋反キリスト教的な自然宗教が一体となった考え方といえよう。そしてここにも、人の栄光を歌う長調と、その退嬰を嘆く短調が組み合わされている。この度重なる移調という手法の中に、「白牝鹿」の長大な序歌というべき第一編の、鹿とその周辺に描かれる自然の美と、死の連想（墓場だけではなく、死者を弔う宗教儀式）に満ちた描写の交替との類似性を認めることができよう。そして「白牝鹿」の第一編および

人間的苦痛の克服可能性の予示

第二編の冒頭は、やがて第二編以下で展開される物語の本体――悲劇性に満ちた一家壊滅――が、その痛ましさにもかかわらず、なお乗り越えることのできる苦痛であることをあらかじめ示しておく役割を長々と演じる。序歌のあいだ、ストーリーの展開はなきに等しく、作品は物語詩ではなく抒情詩であるかのような様相を帯びる。これは次の項に述べる「永生のオード」第六連に似て、俗世界の不完全性を補う理想世界の存在を、前もって読者に認識させるのである。あの牝鹿は、墓場の他の情景には目もくれず

――牝鹿の目は静かに輝いている、
牝鹿は歩む――足どりは何と軽やかなことか！
首をかがめはしない、花々がちりばめられた
露に濡れた草ぐさを味わおうとはしない。
このように歩み進んで、ついにやって来たのは
草むす一つの墓の盛り上がったところ、
そこに物音も立てずに牝鹿は座りこむ、

それは夏の風が吹き止んだときに
荒れるのを止めた波が鎮まるに似た、優しげな座り方。

(I. 136–44)

牝鹿はこうして安息日ごとに、人びとの宗教儀式に合わせてリルストンから丘をいくつも越えてやってきて、この「草むす一つの墓」の前に座りこみ、人びとが教会から解散するとともに、自らも帰って行く。そして第二編の冒頭では、この墓が詩に歌われる乙女の墓であり、この牝鹿こそが

森の友人、乙女の目の前に立っていたことのある味方、
乙女の、今は唯一の、まだ消されることのない光、
希望のないこの地上での、愛の欠乏の中での
乙女の最後の慰めとなった友。

(II. 342–45)

「消されることのない光」として、牝鹿は乙女の化身のように感じられる。この姿の中に乙女は生き残っている。

悲哀と歓びとの折衷

「永生のオード」第六連も、現実界になお存在する理想界の化身の存在を歌う。ここは、この詩の大きな転換点である。冒頭の「大地」(Earth) は「我らが故郷」とされた世界と対立する私たちの俗世界である。山内久明は ‘Earth’ への施注として「この詩のなかでは Nature とほぼ同義」(113) としており、これはワーズワスの、この作品中の自然観を考えるにあたって大きな示唆を与える。なぜならこの詩では《大地》ないしは《自然》にとって人間は里子 (Foster child, 83) であり、当時の孤児院・救貧院・養老院を連想させる「被収容者」(Inmate Man, 83) である。すると《大地》を表す前行の ‘Nurse’ は里親 (育ての親＝山内訳) ということになる。実の子ではない《人間》に、この里親は最善を尽くして育ててくれる。これは乳幼児を死なせてばかりいた当時の孤児院への当てこすりであるとともに、人間は《自然》に愛されて当然の存在ではないことを意味する。また今日でも里親の全てがそうであるように、生家のこと (ここでは生前の栄光ある世界) を忘れさせる (83–5)。ここには輝かしい生前の状況からの《遠ざかり》という悲哀と、現実に人間が直面する自然界からの恩恵との良き折衷がある。劣っていて当然の里親の世界にも歓びがあるという方向へ、詩の主張は急転回する。

聖別された乙女と牝鹿

「白牝鹿」の側でも、物語とは独立した主題の急転回が見られる――ノートン家から見て戦況が悪化した第四編

の半ばで、このキリスト教内部での宗教戦争に終始加わることなく、中立を貫いている「乙女」、すなわちノートン家の令嬢エミリが、「聖別された乙女（the consecrated Maid）」（999）と呼ばれるに至る。そしてその傍には、物語が一六世紀中葉を少し過ぎた頃のカトリック弾圧の時代設定なのに、第一編で登場した白牝鹿と同一の鹿が「四月にもなお残る雪の塊のように――／百草《ももくさ》の緑の臥所の上に／森の中の空き地に／あるいは岩がそそり立つ蔭の中に」（1003–06）姿を見せている。鹿は、もはや静まりかえったノートン大邸宅周辺にただ一個残された存在――「孤独なる遺跡かな！」（1007）と呼ばれているが、これは同時に令嬢エミリを指すようにも感じられる。筆者が若い頃に読んだワーズワス入門書の言葉を借りれば（この言葉はこの作品の終末部にさらに相応しいのだが）、「実際には超自然を何ら持ちこむことなく、白牝鹿はエミリとあまりに緊密に連想されているので、ワーズワスはオウィディウス（『変身物語』＝森松）のやり方で、この令嬢エミリを牝鹿に変身させようとしている。あるいは少なくともこの二者を、近似した同一者としようとしている」（Durrant : 14）と言える。するとこの両者は、現実世界の混乱に巻き込まれない精神の象徴に見えてくる。この両者には、永遠性の一端が見えるということができよう。

子供の魂を絶賛

「永生のオード」第七連では、子供の無邪気な生活ぶり、大人の世界のままごと的な模倣を描く。そして次の連では子供の魂を絶賛する。子供は「最善の哲学者」（111）であり「強力な預言者」（115）であるとされる。

君の上にこそ真理が宿る、
私たちが、踏み迷う暗闇の中、墓の暗闇の中で
生涯をかけて追い求めようとする真理が。
幼子よ、君の上を、君のものである《永生》が
奴隷を支配する主人のように覆っている、
それは取り除くことのできない《実存在》。
（116–21）

《永生》（Immortality）という名詞が用いられるのは、この作品中、ここ一回だけである。上の引用での「奴隷」とは（今日、比喩としては適切ではないが）、幼子が今なお所有する《永生》に対立する俗世間・大人の世界のことであり、俗世間の墓のような暗闇の中にも、その穢れを癒し、理想に近づけてくれる幼子の存在があると歌うのである。

幼子には理想世界の残影がなお濃厚に残っている——それは‘Immortality’の残影にほかならない。だから筆者には、‘Immortality’が霊魂不滅の意味だとは思われない。

ここにも理想世界の残影？

一方「白牝鹿」の第六編に飛ぶなら、亡き父の願いを叶えようと敵軍から奪ってきたカトリックの旗を、再び敵の手に持ち去られた兄フランシスは、斃《たお》れたまま二日を野辺で過ごした。三日目にようやくノートン家の小作人がこれを見て、小修道院の墓地に埋葬許可を得る。埋葬に際して賛美歌が歌われ、丘も谷もこれを聴く。リルストン邸宅にいるエミリには、これが聞こえない。

だがエミリはこうべを上げた、
ふたたび心配が持ち上がったからだ。わたしは是非、
目にしなくては！——あんなに多くが死んだからには、
あの孤立した《ひと》はどこにいるのかしら？
(VI. 1935–38)

《ひと》の原語は‘One’であり、ここでは当然、兄の消息を心配するエミリが描かれている。しかし引用の最後の一行は、のちに、一頭だけが別行動する白牝鹿をも指していたように感じられてくる。するとここでもまた鹿と兄との合体、オウィディウス的変身が表現されているように感じられてくる——いずれにせよ、この兄と妹、それに白牝鹿は、戦乱と血の世界を超越する理想世界の残影のように感じられる。ワーズワスの関心は、史実に沿って一五七〇年のカトリック弾圧を描くことではなく、その戦乱を超越した高貴な精神を描くことなのである。「永生のオード」の通俗世界への嘆きと「白牝鹿」の内戦の物語が対応し、子供による《永生》の暗示と、白牝鹿等の三者が対応する。

オードの主題

「永生のオード」第九連では、この詩の主題そのものと思われる詩句が冒頭から出てくる——

おぉ何という歓びか！　私たちという燃え残りの中に
なお確かに生きているあるものが存在しているとは、
あれほど捉えておきにくかったものを、私たちの本性が
いまなお忘れずに保っているということは！　(130–33)

すなわち、理想世界の残影が幼子のみならず、大人になった人間にも存在していることを喜ぶ詩行である。「栄光の雲を棚引かせつつ」この世に生まれてきて、理想世界その

ものを体験できなくなったとしても、その世界の残滓を身のうちに持てばこそ、《自然》の美しさを感受できることへの、これは感激である。この意味でこそ‘Immortality’の啓示が、幼子を通じて与えられたとワーズワスは歌っている。そしてさらに、感謝と称賛を

　あの幼時の、最初の愛に満ちた世界への感情と、
　あの幼時の、残影のような記憶とに捧げたい。
　この記憶と感情が何であるにもせよ、
これらは今なお、私たちの全ての日々の光の源、
これらは今なお、私たちのものを見る力の主たる光。
(149–53)

——幼時から受け継いだ「ものを見る力」、特に《自然》の美しさに感激する能力の残存をこのように感謝する。

現世的と永生的

　この引用の直前には幼児が持つ「高貴な本能」の前で「私たちの現世的《自然》が／罪あるもののように打ち震えた」の二行がある(147–48)。「現世的《自然》」の原語は‘mortal Nature’であり、これはワーズワスが始原の理想世界を‘immortal’な世界として考えていることを示す。そして現実世界の《自然》は、それと対置される汚濁にまみれたもの——人間の本性を含む《堕落以降の自然》を示唆する。つまりここには長期にわたってキリスト教世界に受け継がれてきた《自然》の二分法——アダムとエヴァによる《人間の堕落》の前とあとに置かれる穢れのない自然《プリーラプセリアン》とそれ以降の醜い自然《ポストラプセリアン》という観念が援用される(ただしワーズワスは、イデアの世界についてと同様、全面的にこの二分法で全編を表現してはしないが)。そして幼時から受け継いだ、理想世界の記憶の残影が、現世にあってもなお始原の美を垣間見ることのできる幸せをこう描く——ここでは海が始原世界、内陸が現世の象徴として使われている。

　私たちがはるか内陸にいるとはいえ、
私たちの魂はあの永生的な(immortal)海、私たちを
　現世に連れてきた、始原の海を見ることができ、
一瞬のうちにこの海に旅することができるのだ。
(163–66)

形容詞としての‘immortal’およびその関連語‘mortal’はこのように用いられ、表題にある‘immortality’が、私たちの誕生以前の理想世界からの継続性を指すことを示唆する。

「白牝鹿」の展開再読

だがより重要なのは、「白牝鹿」の後半と「永生のオード」の内面的類縁性である。すでに示した、「白牝鹿」第四編の「聖別された乙女」の引用のあと、慰めようとする牝鹿の努力をエミリはいったん撥ねつけるけれども

　だがエミリは慰められた——そよ風が
優しい同情を載せてやってきた。
向こうの田園的な小屋、壁沿いに、また屋根の上に
季節遅れに咲いている忍冬《すいかずら》を広げている小屋へ
エミリが近づいてゆくと、
呼吸する花々の心地よい香りが
過去の時間の記憶を蘇らせた。
あの時のこと——この人里離れた四阿《あずまや》の中で
（あの時も垂れ下がっていた忍冬から、まるで今と
全く同じであるかのようによく似た甘い香りがした）
親ばかのように熱心な《母》が、全力を尽くして
幼いエミリに、まだその歳では判らない、だが有益な
恐ろしい事柄、神秘に満ちた事柄を教えてくれたのだ。
（IV. 1020–32）

宗教だけが人生の規範であった一六世紀半ばの描写だから、エミリはここで信仰心を植えつけられたと語られる。しかしここでも《自然》の化身である白牝鹿の努力で蘇った幼児の体験がエミリを絶望から救う。「永生のオード」におけると同じように、キリスト教と自然宗教の混淆がここにも見られる上に、《自然》は重要な救いの源である。

終結部の幸福感

　それに加えて、この二つの詩は、終結部においてそれぞれに《自然》が触媒となって生じる語り手やヒロインの幸福感を長々と歌うという類似性を見せている。「永生のオード」の第一〇連、一一連は、短調の嘆きを完全に脱したかのように現世における《自然》への新たな接し方を述べる——

かつてはあれほど輝いていた光輝が、今、私の視野から
永遠に取り去られたからといって、それが何であろうか、
　草の中に壮麗が、花の中に光輝が見えた
あの時間を、もはや何者も取り戻すことはできないが、
　私たちは悲しまない、むしろ力を見出すのだ、
あとに残っているものの中に、力を、
かつて存在したからには今もあるに違いない
《自然》との原初の共感の中に、

人間の苦しみから湧き出てくる
慰めとなる思考の中に、
死の奥の奥まで見透す信念の中に、
哲学的な精神をもたらしてくれる年月の中に。（178–87）

下から五行目の「《自然》との」は筆者の恣意的な補充であるが、これは《自然》との交流のみを描く最終第一一連との繋がりの上で許されるであろう（なお「死の奥の奥まで見透す信念」を「死のかなたまで見透す信仰」と読んで、《霊魂不滅》はこの詩に登場しているという、この拙論への反駁もあり得ると思うが、しかし第一一連では、「人の死すべき運命＝'man's mortality'」(199) を見つめ続けることが新たな幸せの基として歌われており、この意味での'mortality'、すなわち《霊魂不滅》の対蹠点にある想念を積極的に登場させている点に注目したい）。

「白牝鹿」の第七編

他方、「白牝鹿」の最終第七編は、長調に移調してはいない。あくまで短調によって、一つの幸福感を奏でる。しかし、「永生のオード」二〇四行のうち、終わりの七五行が幸福感の叙述に宛てられるのに似て、この第七編は、全体が内戦を主題とする物語詩であるにもかかわらず、その三六〇行全てを牝鹿とエミリとの交感を通じて得られる幸福の描写に宛てている。また史実的には眷属全滅ではなかったノートン家の運命を、歴史を改変するかたちでより大きな悲劇とし、悲劇を乗り越えるエミリとそれを助ける牝鹿を大写しにしている点からも、「永生のオード」と同種の、人の悲劇的運命を知ってこそ深まる幸福感を描くというワーズワスの意図が見えてくる。また次の一節は今引用した「永生のオード」と似ている――エミリは悲劇の館を去って、陰鬱な場にいるだろうとされるが

彼女の平静の玉座というべき
桜草の堤に、彼女は一人座している。
また森が廃墟と化したところに座りこむ。
以前にはこの森は、輝きと緑の隠れ場だった、
みごとな木々が立ち並んでいたところだった。（中略）
彼女を見よ、まるで処女女王のように
これら外部の悪運の諸映像を
王者らしく無視した姿で
内部には、穏やかな、完全な自己支配力を
保っている姿で、偶然と変化の
多くの思いを潜り抜ける。この思いは、ついには
厳しく、また過酷ではあるが、清らかな

憂愁の情を意のままに操ってきたのだ！

（Ⅶ. 1583−87 ; 1590−97）

このあとエミリは再び亡父の館に赴く（1619）。

彼女の魂は、それ自体でしっかりと立ち、
過去の記憶と、《理性》の力に
支えられている。弱い人間の愛（mortal love）の
諸々の弱さを超越した姿で。

（Ⅶ. 1623−26）

彼女はこの意味での immortality を身につけたのだ。彼女は「堂々とした花に何よりよく似ている」（1634）とされる。

白牝鹿の再来

この時、一群れの鹿が雷鳴に似た轟きを挙げつつ彼女のそばを通りかかる。引用の中の「一頭」は大文字の ‘One’ で示される。

すると突然、驚くべきことを見よ！
なぜなら、疾走する鹿たちの中の《一頭》が、
ただ独りこの《一頭》が、走りの途中で足を止め
大きなつぶらな瞳を向けたのは
エミリ令嬢だった。
この上なく美しい、澄みきって白い雌の鹿、
光り輝く生き物、銀色に光る雌の鹿！

（Ⅶ. 1641−47）

‘One’ はワーズワスの詩作上の相棒、コウルリッジを初め、ロマン派詩人が好んで使った《一者》――神でもなくロゴスでもイデアの主でもない、宇宙と《自然》の根源を示唆する言葉である。ワーズワスもこの鹿に、そのような連想を与えたのではないかと思われる。

再び谷間の賤が屋に

一旦は父の館に落着いたエミリは、しかし悲劇の館に長く住み続けることができず、再び谷間の賤が屋に身を置く。すると雌鹿も彼女のあとを追う。彼女を慰め元気づけた苔むす岩や樹木を語る必要はない、と語り手は言う（そう言って実は語っているのだが）、

なぜならエミリは、今は勇気をもって読みとったからだ、
時間、場所、思考、行為などについて――
黙って自分のあとをつけてきてくれる従者の目の中に
横たわっている永久に続く歴史を読みとったのだ。

（Ⅶ. 1714−17）

「永生のオード」の幼児と《自然》の、双方を象った雌鹿の眼差しを見て、高貴な想いを促されたわけである。

館に戻ったエミリの大往生

諦観を得た彼女はまた
館に戻る——

> 今は身の傍に《白雌鹿》がいるのだから
> ノートンの塔に登ることにしたのだ、
> そしてそこから遠く広くあたりを見廻した、こうして
> 自分の運命を推し量った——全ては静寂だった、
> 弱々しいあの《一頭》が、彼女の心を和らげていた。
> （中略）優しい足どりの雌鹿に付き添われているので
> 静まりかえる月光の中でも恐れることなく（中略）
> 兄フランシスが最後の住処に休むところを
> 指し示している寂しい芝生を眺めやることもできた。
> （Ⅶ. 1777–82; 1814–15; 1817–18）

こうして世俗を避け、しかし貧しい農民とともに祈り、彼女は生涯を終える。雌鹿は彼女が最も愛した場所、すなわち教会墓地を訪れ続け、安息日には彼女の墓に詣でる。古びた教会はそれを見下ろしつつ、こう言うように思われる、

> 「汝よ、汝は《時間の子》ではないぞ、
> 永遠の《春》の娘にほかならないぞ！」
> （Ⅶ. 1909–10）

《汝》はエミリでもあり、雌鹿でもある。こうして悲劇を乗り越えた一女性の、一つの幸福を描いたわけである。

新たな《自然》との交わり

「永生のオード」も、その最終第一一連では、これに似た諦観を持つに至った語り手が、新たな《自然》との交わりを強調する——

> そして君たち、泉、牧場、丘、そして森よ、君たちと
> 私が、愛の断絶を迎えるなどとは予言しないでくれ！
> 私は心の奥底の心の中で、君たちの力を感じるのだから。
> 私は一つの歓びを失ったに過ぎない、そして結果として
> 君たちのより継続的な支配のもとで生きるのだ。（中略）
> 沈み行く太陽の周りに集まる《雲たち》は人間の
> 死すべき宿命（mortality）を観察し続けた眼で見れば
> 以前より落ち着いた色合いに見えるのは確かだ。（中略）
> 今の私には全く名も知れずに咲く一本の花さえも
> 涙するには深すぎる思いの数々を与えてくれるのだ。
> （188–92; 196–99; 203–04）

最後はこのように、新たな《自然》賛美に終わるのである。そしてここにおいて、《霊魂不滅》の反対概念である死すべき人間の宿命（mortality）の存在を、確かにワーズワスは認めている。

「白雌鹿」のエピグラフ

思うに、一八三五年版までにはなかった自作のエピグラフを「白雌鹿」の冒頭に付したワーズワスは、「永生のオード」にも付してよかったのではないか。それは次の詩行である。

行動は束の間のもの――一《ひと》歩き、一殴り、
筋肉の動きに過ぎぬ――こちらへ動くかあちらへか――
これが終われば、その行動後の空虚の中で
私たちは裏切られた者のように自己に疑問を持つ。
だが苦悩は永遠である、姿も曖昧、色も暗い、
そして無限という本性を持っている。
だがその暗闇の中に（暗闇は無限で
動かし難く思われるが）、慈悲に満ちた出口があるのだ、
この出口から魂は――時には思考の忍耐強い足どりで
苦しみつつ、また時には祈りの翼に乗せてもらって――
希望を持って脱出する、そして、人間《モータル》の束縛からこそ
依然逃れられないとは言え、確かな登攀力で
神的な平安の泉の源までも、登りつめることができる。

これは『辺境の人びと』（*The Borderers*）からの一節ではある。だが「ティンタン僧院」にさえ当てはまる内容を備えている。苦難の連続に襲われたワーズワスが、その個人的経験という素材を乗り越え、《自然》という「出口」を明示して、これら三つの重要な自然詩を私たちに残してくれたことを筆者は感謝したい。なぜなら、これは人間全てが経験する苦難に対応しつつ、《自然》の慰めの力を主題としているからである。

第九章　ワーズワスの『序曲』

新しい詩人の出発点

『序曲』（*The Prelude*, 1805版）第一巻は、都会を脱して自由に自己の住処を田園に定める自由への賛歌で始まる。静かな環境で何を歌うか、と考えると、心には誇らしい小さな詩想の泉が湧き出て、「ミルトンが歌い残したある英国のテーマ、古いロマンチックな物語」(180) を初め、牧歌、英雄伝など様ざまな詩のかたちが思い浮かぶ（～234）。だが自己の無力を痛感した詩人はある川の瀬音に霊感を得る――

　　　　このためだったのか、
おぉダーヴェント川よ、私の「素敵な生家」の近くの
緑の原を君が流れていてくれたのは？　美しい小川よ、
夜も昼もあの音楽――我ら人間の頑迷を和らげてくれる
間断のない旋律で、私の考えを乳児にも優る柔らかさに
仕立て上げてくれた、小止みなきあの音楽――
人類の苛立つ住処の中に私があるときにも、
丘や森たちの中で《自然》が息づくあの
一つの《知識》、幽かな予兆、そして静寂を
私に与えてくれたあの瀬音を囁き続けてくれたのは？
（I. 276–85）

ここには、すでにイギリス詩の伝統となっていた「古いロマンチックな物語」や牧歌、英雄伝に優るものとして《自然》と人間の関係を歌おうとする新しい詩人の出発点が示されている。

ワーズワスの精神的変転

しかしこの「新しい詩人」像は、過去のイギリス詩の伝統から抜け出す新しさだけではなく、詩人として出発

したワーズワス自身の《過去》からも抜け出すことを意味していた。『序曲』の原型というべき『二部・序曲』(*The Two-Part Prelude*, 1798–99)を書き終える頃までに、ワーズワスは大きな精神的変転を遂げていた。そのあととなればなおさらである。この変転の具体的な姿、またこの変転を促した様ざまな要因については多くの先達が優れた解説をなし終えており、以下に簡単な要約は書くけれども、ここに筆者が新たに発掘した事項はもちろん、新たな眼で分析して示すべき事項の持ち合わせはまったくない(この時期のワーズワス身辺の事項についてより詳しい経緯を知りたい読者のためには、ジュリエット・バーカー[Barker]の比較的新しい大部の伝記を挙げたい。また邦訳のあるウイリー[Basil Willey]の『十八世紀の自然思想』第一二章も役立つと思う)。さてその要約だが(よく知られていることだが)、ワーズワスもフランス革命の当初は熱狂してこれを支持した。フランスの共和主義的軍人ミシェル・ボーピュイ(Michel-Armand Bacharetie Beaupuy, 1755–?)から大きな思想的影響を受け、二度目のフランス滞在を終えて帰国し(一七九二年一二月)、しかし結婚するつもりだったフランス人の恋人アンネットだけではなく、彼の帰国直後の一二月一五日に生まれた娘とは、九三年二月の英仏戦争の勃発によって会うこともできなくなった。だが仏革命支持の考えは強く持ち続け、九三年一月二一日のルイ一六世処刑後も、これを非難したランダフの司教ワトソン(Richard Watson, 1737–1816)を反駁する書簡体の文章を書き綴り(*Letter to the Bishop of Llandaff.* 書き終えも公表もされなかった＝See Pinion : 15)、王の処刑を擁護した。同年二月にゴドウィンの『政治的正義』が発刊され、ワーズワスは当初全面的にその内容に賛同した(ゴドウィンとは九五年までに親しくなり、訪問してときどき食事を共にした)。だが『政治的正義』第二版が送られてきたとき(九六年二月)、ワーズワスはゴドウィンの序文の文章に失望している。

独自の詩的姿勢へ

この間にワーズワスは、有産者と貧民の大きな格差、戦争による被害の拡大によってさすらい人となった一女性を主題とした長詩『ソールズベリ平原』(*Salisbury Plain*, 1793–94)を書いた。しかし『二部・序曲』とほぼ同時期に、この初稿の「物語の前後にあっ……た政治的所感が完全に削除」(栗山 : 47)されたかたちに書き直し、殺人を犯した流浪の旅人がこの女性の運命を語る話に仕上げた。この旅人も船上生活を終えて帰国後、再び強制的に軍隊へと拉致され、二度目の帰国後、貧困のあまりに罪を犯した戦争の犠牲者であり、書き直された作品は決して社会弾劾の姿勢を失ったとはいえない。だがジュリエット・バーカーの指摘のとおり、詩の結末があまりにもこの罪人の運命に無関心な人びとの様子を描いている（Barker : 166）。人間の理性的慈愛を信じるゴドウィンの直接的な影響から次第に脱して、ワーズワス独自の詩的姿勢を打ち出そうとしている改訂である。バジル・ウィリーが繰り返して述べている「ゴドウィニズムからのワーズワスの回復」（Willey : 257–70）を私たちは想起させられる。

革命への熱狂から《自然》へ

ウィリーはワーズワスが『ソールズベリ平原』から抜き出して『抒情民謡集』に「放浪の女性」（'Female Vagrant'）として掲載したテクストと較べて、最終的に一八四二年に『罪と悲しみ』（*Guilt and Sorrow*）という名に改められて公刊された作品では（としながら、わざわざ一八〇〇年を言及して）

> ［改訂を経て］ワーズワスが和らげたのは、まさしくもっとも「ゴッドウィン的な」くだりであったことが明らかとなる。（中略）軍人生活の描写は、一八〇〇年以降は全ての版から削除されたのである。
>
> （Willey : 264. 訳文松本啓。See 森松 '75 : 299）

そしてこのあと「放浪の女性」の悲しみの源が人びとを迫害する地主であったのに対して、『罪と悲しみ』では、これが「はなはだしい災難と残酷な不正」と抽象化されていることが指摘される。一七九八―一八〇〇年という、『序曲』が次第にできあがる年月に、ワーズワスは革命への熱狂を書く詩人から、《自然》を描く別個の詩人へと自己を変革していったことは確かであろう。

試行錯誤から自然と人間の混淆へ

これは「廃屋」（一七九七年）における行商人の、まるでワーズワス本人の経験を語るような《自然》との密着性を見れば明らかである。「廃屋」の語り手は「夕陽と同じほど大切な／友」（39–40）を彼の中に見てとる。夕陽は自然現象全体を表し、友は自然を愛する人の代表である。同時に貧民に対する同情一辺倒という政治性からも彼は変化を遂げる。その極端な悪例は第六章で見た「カンバーランドの老乞食」である――風雨に曝されようとも、自然界にあるほうがこの老人にとって幸せだというかたちで《自然》を讃えたのである。しかしこの一方的な《自然》賛美は、新たな方向に向かおうとするワーズワスの試行錯誤の一端であったと見るべきであろう。やがて彼は、客体としての《自然》と主体としての自我との混淆という境地を（本来はコウルリッジからヒントを得たのだろうが）自分のものにする。この姿は今日では、エイブラムズのロマン派自然詩の構造分析（Abrams : 527–60）によって、ワーズワスが苦悩や懐疑を経て出発点としての詩の冒頭、すなわち最初に描いた自然の姿にもどるという循環形式として理解されている（石幡 : 296 ; 小田 : 326）。この中間過程で《自然》と人間精神の混じり合いが行われるという意味合いに筆者は理解する。

パウエルの早い時期の指摘

右の構造分析は今から八六年前にすでに指摘されていた次の考え（Powell : 125）を精緻化したものである（ワーズワスからの引用もパウエル）——

> ワーズワスはこう信じている——ヴィジョンの理想が完成されるのは《自然》においてでもなく、心の内部に起源をもつ人間の経験においてでもなく、この両者の「混淆した力」においてのみであり、これが具体的な芸術上の創造であると。

ヴィジョンの力は
言葉の神秘に具体化されて、
眼には見えない風の動きにも随伴する。
そしてその中では
暗黒が住居を築き、薄暗い事物の
大群全てが、際限なく変化を見せる。
（『序曲』一八五〇版、595ff.［一八〇五年版では 619–23］）

——すなわち意味を持たない混沌と暗黒の状態から自然物を抽出し、それに人の言葉で意味づけをするのである。

『序曲』に見られる象徴性

さて『序曲』第一、二巻の、子供時代を扱った部分では、この《中間過程》で思弁的な内部体験が為されるのではなく、子供らしい本能的な怖れや驚愕が、《自然》と協働する。コウルリッジについて語られた「眼前の風景によって巻き起こされた感慨を描くことと、その風景そのものを描くこととがぴったりと重なり合っている」（石幡 : 308）という指摘は、この部分のワーズワスにも適切にあてはまる。「ティンタン僧院」におけるような中間過程を解き明かす抽象的な思弁は用いられない。かつてウィムザットは、ロマン派の詩一般について

明白な叙述よりも暗に示す詩法を良しとする構造とし
て、ロマン派の詩は形而上詩よりも、今日流行している
象徴主義の詩歌、象徴派以降の詩歌にずっと近い。
(Wimsatt : 116)

と述べた。『序曲』の引用を具体的に示すのが遅れたが、この観点から第一、二巻を読んでみたい（ただし『序曲』では象徴的場面のあとに、思索を示す語り手がしばしば入ってくる。だがこの思索は象徴した事項と無関係なことが多い）。

《自然》の美と恐怖

幼時の回想のほとんど冒頭に「美と同様、恐怖によっても私は育てられた」（I. 306、以下特記なき場合一八〇五年版）という一行がある。前後の描写から、これは《自然》の美と恐ろしさを語ったものと読めよう。鳥を捕る罠を担いで夜の崖を歩く幼い自分を「獰猛な破壊者」（同：317）と呼び、頭上に静かに輝く月と星々の下では、

私は、天体たちのあいだにある平安を乱す者のように
思われた。こうした夜の徘徊の最中には
こんなことが起こった――強烈な欲望が萌して
私のより良い理性を圧倒してしまい、よその子が
《苦労して仕掛けた罠＝toil》にかかった鳥を
我が物にするということがあった。この行為をしたあと
私は人気《ひとけ》なく連なる丘のあいだから
私を追って聞こえる低い息づかいを耳にした。
(I. 323–30)

もちろんこれは、盗みを通じての、子供の胸に生じた良心の目覚めを歌っている。しかし同時に、《自然》の「平安を乱す者」、罪のない鳥を罠にかける「獰猛な破壊者」としての《私》をも語っている。ここに《自然》に対する人間の在るべき姿についての象徴性が仄めかされる。またこの直後、大鴉の母鳥が作った巣を狙って、岩から落ちそうになったときに、風の肩にその岩が持ち上げられるようにして落下しなかった描写にも、《自然》の力とその危険性の双方が象徴的に示唆されている（ここで用いられている 'Shouldering the naked crag' についての次の解説はみごとである――自分を「吹き飛ばすかと思われる強風が……彼を支えているように感じられ」（栗山：102）た効果を、この《風の肩担ぎ》は生じさせたというのである）。そしてこの時、「乾いた声高な風は何という不可思議な言葉を／私の耳に突き刺していた（did… / Blow through）だろう」（同：349–50）と書かれるのも、

《自然》が助けてくれているという感覚と、《自然》は恐ろしいものという気持を同時に表し、その両義性が象徴性を生みだす。しばしば論じられるボート盗みと、その際湖の向こうからぬっと現れた巨大な岩への恐怖（同：372–426）についても、その巨岩の描写に関する限り、抽象性を伴わずに《自然》の巨大と畏怖すべき性格についての象徴となっている。

原発事故のあとで

ワーズワスの時代には原発やその恐怖は存在しなかった。しかし《自然》が、一方で人間に生きる知恵と力を与えながら、他方、人間の接しようによっては、巨大な、恐怖すべき力を見せつけるという両極性を今日の私たち、特に日本人はここから感じとるべきである。『序曲』はこのあと、描写を離れて、抽象的な総括に入る。それは、筆者が昔読んだときには、描写のみごとさを蝕むもののように感じられたのだが、今日、原発事故のあとでは、新たな意味あいを持って心に迫ってくる——

宇宙の叡智と精神よ、あなたは
思考の永遠性である魂（soul that art the eternity of thought）、
自然物の姿かたちと形象に、息づかいを与え
永久の動きを与えるもの。
（I. 427–30）

——これは確かに判りにくい四行である。後ろの二行は、宇宙の何らかの力によって自然物は生命と動きを与えられていることを意味している。だが「思考の永遠性である魂」と表現する場合、《思考》とは何か？ と一瞬考えさせられるのは事実だが、私たちは宇宙が自ら意志するという近代思想は一八〇五年には哲学界に現れていなかったのだから、思考は人間のそれに違いないと考えるに至る。人間の思考を具現するのも自然力の一つであることは、現代医学によっても明らかである。私たちが考えることができるのも宇宙のお蔭——この思想は単純だが重要であり、高度な物質文化の中で私たちが見失った考え方である。

湖上のスケート

筆者は湖上のスケート・シーンを何度も何度も学生に読ませた教師だった。だがそれに先立つ次の詩行——

一一月の日々に
転がるように谷を下ってくる霧が、寂しい情景を
さらに寂しくするとき、そして真昼どきの
森にいたとき、また夏の夜ごとの静寂の中にいたとき、

水面《みなも》が震える湖を縁どっている道を通って
黒々とした丘の下を家へと歩んでいると
人気《ひとけ》絶えた中で《自然》との交流が私のものとなった——
昼も夜も野面《のづら》の上で、また、夏が続くあいだ
ずっと湖のそばで、この交流は私のものとなった。

(I. 443–51)

——この部分を紹介しなかったのは悔いられる。一一月の霧、真昼にも暗い森、夏の夜の静寂、湖面の震え、黒々とした丘、人気《ひとけ》絶えた自然界などが美しい想像を喚起するだけではなく、これに続くスケートの場面がこの《交流》の具体例だからである。この場面でも、子供の遊びとはかけ離れた宇宙の巨大への子供らしい認識、人間の生命の限界の認識という思考を《自然》は促している。だがそれに先だって、狩猟ごっこの最中、湖の周りの「断崖たちは声あげて鳴った」(同：467) し、「はるかに遠い丘たちが／この喧噪の中へ、場違いな／憂愁の音を送り届け、これにも気づかないわけではなかった」(同：469–72) と歌われる——ここには何の余計な説明もなく、《自然》とその断崖、遠い丘、この前後に歌われている東空の明星、西空の消えがての夕焼けなどを、自分の友人のように感じている少年の心が示され、これが《交流》の具象化だと感じさせる。

宇宙の巨大、生命の限界の暗示

しかしこのあと語り手の少年は、他の子供とは離れて、押し寄せる堤の中でのスケートによる回転を止めて急に立ち止まる——

大声を上げて群れを成している仲間から逸れて、
氷の湖面にかすかに光る星の
姿をスケートで切ろうとしたのだ。そして何度も
自分のからだを風に預けてしまったとき
そして両側に聳える黒々とした堤の全てが
暗がりを突き抜けて一斉に迫ってきて、僕たちの急速な
回転の糸を紡ぎ出していたとき、そのとき直ちに
僕は、両の踵に体重を乗せてのけぞり、
急に立ち止まった——それでもまだ人気《ひとけ》のない断崖が
僕のそばで回っていた、まるでちょうど地球が
眼に見える動きで日周の回転を見せているようだった、
僕の後ろでは堤たちは厳かな列をなして続いていた、
列は次第に淡く弱く遠方に連なり、僕は立ちつくして
眺めると、ついに全てが夢のない眠りのように静まった。

(I. 476–89)

堤たちも仲間となって僕たちの回転の糸を紡ぎ出す。また引用三行目は、一八五〇年版では「……スケートで切ろうとした、すると星影は僕の前方に飛び、なお／鏡なす平原の上に光っていた」とあり、ここでも星は《僕》の遊びの友である。この引用では、こうした自然物との交歓のほかに、初歩的な科学知識を持っている《僕》が、地球の自転を肌で感じ、また、先の「憂愁の音を送り届け」てきた遠方の丘たちを受け継いで、「淡く弱く遠方に連な」る堤たちが視覚的に、また「夢のない眠り」のような静寂が聴覚的に、それとなく人間の生命の終焉を予感させる。よく知られているようにワーズワスは、自分が死ぬとはどうしても思えなかったと少年時代のことを回想している（ただし『序曲』執筆の時期までには死を意識するに至っている。後述の第四巻の引用参照。またこれは、『序曲』以前の『夕べの散歩』[1793] 四二二行からも明らか）。しかし死を認めたくないならばなお、死についての漠然とした不安が少年としての彼にはあったはずである。この詩行は、子供がこうした感覚を得る瞬間を、みごとに表現していると思われる。これは交感を超えた、《自然》との協働である。

自然物と《土地》の連携

第一巻の後半と第二巻の前半には、この《自然》との交感を抽象的な言葉で統括する部分が多い。それを要約すれば、いかに《自然》が「美に満ちた姿、また壮大な姿で私の心をいっぱいにし／それらを愛するように仕向け」（同：573–74）、「普通の領域の、目に見える自然物も私には大切なものになった」（II. 182–83）かということになろう。語り手は太陽を愛するようになり

> ……そして月も私には大切だった、というのも
> 私は自分の諸目的について考えるとき、月を眺めながら
> 立ちつくしていることがよくあったからだ。その間、
> 月は、丘と丘のあいだの中ほどの谷に懸かっていたが、
> 私の愛する谷よ、まるで君以外のどんな場所も月は
> 知らないかのようだった。そうだ、特別の権利によって
> 月は君と、君の上に建つ灰色壁の小住居だけの専有物で
> あるかのようだった。（II. 196–202）

この箇所は誰が読んでも美しいと感じられるであろう。ある特定の《土地》への、自然物を通じての愛着は、やがてワーズワス特有のものになる（またすでに述べたとおり、『抒情民謡集』の時期から、美しい川、青葉や岩に満ちた場所がまだ名づけられていないことを理由に、私的に妹や義妹等の名を冠し

た詩〔*Poems of the Naming of Places*〕を書いている）。これを裏返して言えば、土地なり場所なりは、本来は、まず第一に、その地の自然の姿から人の愛着を呼ぶものだということだ。日本でも地名の歴史を少し読んだだけでも、いかに多くの場所が日本人の自然愛から名づけられたかを知って驚く（この古来の日本人の心を蔑ろにする土地の命名、それも商魂たくましい命名が今日大流行《おおはやり》だ）。

外部自然に従う精神

第二巻ではまた、幼年時代の《自然》への感性の鋭さを語ったあと、少年時代が終わりに近づいてもなお、《自然》を友として歩んだ時に、宗教に似た感情を持ち続けたことを歌う（同：376–77）。

私はなおも
最初期の創造的感性を持ち続けていた、
世間が決まって示す行動様式によって
私の魂は制覇されてはいなかった。自ら造形する力が
私の中に住みついていた。また、時には世俗に反抗して
常道をはずれた動きをする、作り出す手も私のもの、
世間一般の傾向に挑みかかる、この力独自の
精神も私のもの。だがたいていの場合、
心を通わせあう外部自然には
厳密に従う精神だった。
（II. 378–87）

——このように《自然》との交流が、世俗と対立するさまを語ったあと、この精神のおかげで

補助的な光が私の精神から
射してきたのだ。この光が沈んでゆく太陽を
新たな素晴らしさで彩り、メロディ豊かな鳥、
優しいそよ風、自分たちの中でたいへんに甘く囁いて
流れ続ける泉の水など、同じ光の支配を
受け続け、真夜中の嵐は
私の目が存在するところでは、さらに漆黒となった。
（II. 387–93）

《自然》を友とすることによって得られた精神の光は、自然界の姿を、さらに美しく見せてくれたというのである。

自然界の始原的存在

《自然》へのこの感覚が日々を経てなお続くうちに、語り手は（そしてこのせりふが一七九八年に「廃屋」において与えられた行商人は）、自然界の奥に一つの《存在》を感じるに至

る――今やついに
《自然》から、また《自然》の溢れるほどの魂から
私はあまりに多くを与えられたので、考えの全てが
感情の奥深くに浸されてしまった。ただそんな時にこそ
言葉に言い尽くせない至福感に満足して、
動いている物全てと、静止しているかに見える全て――
この全ての上に拡げられている存在を感じとったのだ。
(II. 416–21)

一八五〇年版では「日々を経てなお」のあとに「年月を経てなお」の一句が「今やついに」の替わりに入れられていて、この感覚は生涯変わらなかったことを示唆する。また同版では「存在」は大文字で始められており、自然の奥の始原的存在を明確に示し、今引用した最終行の終わりにセミコロンを打ち、ここで一旦息継ぎすることを許している（後続部分によって、後年のワーズワスはこの《存在》をキリスト教の神の意にも取れるように示したのかもしれないが、《自然》の奥の奥に始原的動力を認めている点は変わらない）。

《一つの生命》

これに続く箇所は、まず一八〇五年版で見る必要がある――最初にこの《存在》が「飛び跳ね、走り、叫び、歌う」全て、また「波の下に泳ぐ全て、いや、波そのもの」、すなわち自然界全てにうち拡げられているのを感じたと述べて

私の恍惚状態が
そのようであったとしても驚かないで欲しい。なぜなら
私は万物の中に一つの生命を見、それが喜びだと
感じたからだ。万物は一つの歌を歌い、それは耳にも聞
こえた。
(II. 428–31)

一八三九年頃まで、この汎神論的詩行はこのままであったらしい。だが最終的にはワーズワスは手を加えて、自然界の万物との交感の際に、その万物それぞれは

崇敬の表情をして、
愛を讃えた眼をして、《創造されはしなかった一者》を
眺めていた。
(一八五〇年版：II. 412–14)

と歌い変えた（《一者》＝神）あと、「万物は一つの歌を歌い、それは耳にも聞こえた」の行を持ってきている。この詩行は前後関係に適切にはめ込まれているとはいえず、自然

物の《一つの歌》はなお聞こえ続け、しかも改訂のあともなお、次の引用に見るように、この《自然》への信仰が、非正統的《ヘテロドックス》だとして非難されることを意識している——それなのに、次の行を削除はしなかったのである。

汎神論的傾向への弁明

この《自然》への傾倒が似而非《えせ》宗教的で、当時、既成キリスト教からの批判の矢面に立たされていた汎神論を思わせることを意識してワーズワスは、

もしこれが誤りであり、別個の信仰が
敬虔な人びとにはより親しみやすいというのだとしても
もし私が、感謝に満ちた声で、あなた方のことを万が一、
語れないのなら、あなた方、山々よ、湖たちよ、
音高き滝たちよ、あなた方、霧よ、風たちよ、
私が生まれた丘たちのあいだに住むあなた方よ、
それなら、この地上世界をこれほど親愛なものにする
こんな人間的感情を全て私は粗野にも奪われるだろう。
(Ⅱ. 435–42)

——と書いた。そしてこの八行は、コンマを一つ加えただけで一八五〇年版(Ⅱ. 419–26)にもそのまま残っている。

前節で見たように、キリスト教的な神を示唆して保守化したと言われる後年の彼も、この点は譲らなかったわけだ。国教会信徒として、非難を免れる改訂を差しはさんでもなお、彼は生涯、自然詩人であり続けたといってよい。

自然の生命を見逃さず

第三巻でケンブリッジ大学での経験を描くとき、ニュートン像を寝室の窓から眺める描写(Ⅲ. 58–9)が出る。しかもワーズワスは一八五〇年版(Ⅲ. 62–3)で、この偉大な科学者の顔を「ただ一人、《思考》の不思議な海を永遠に/航行する精神を、大理石で示す 像《インデクス》」と表現している。これは詩人として彼が、自然科学に好意的であった証と見てよいであろう。田園を去って「崇高な自然の姿が初めて身のまわりから消えた」(Ⅲ. 102)状況でも、大学が提供した考え方にも助けられて

全ての自然の姿、岩、木に生《な》る果物、そして花に、
また大通りを覆っている石ころにさえも、私は
精神のある生命を見た—それらが物を感じるのを眼にし
あるいは、何らかの感情にそれらを結びつけた。
(Ⅲ. 124–27; *The Pedlar*: 332–35)

――これはおそらくエラズムス・ダーウィンを初めとするロマン派独特の、万物に意志と感情を認める物活論であろう。ここでも「廃屋」の行商人に与えられていた詩行が、今度は《私》の考え方として用いられている。また次の引用も、行商人の言葉を転用したものである――

私は一つの《眼》を持っていた（中略）
この《眼》は、一個の石ころ、樹木、枯葉から
広大な海原や、互いに縁の繋がる億万の星を輝かせる
蒼い天空に至るまでの――これらのどの表面一つとして
探索の力を休めて見逃すことのない《眼》だった。
《眼》は私の魂に、絶え間のない論理を語りかけた、
そして手加減しない作用を及ぼしつつ
私の感情と感情を、鎖で繋ぐように連携させた。
（Ⅲ. 156 ; 161–67 ; *The Pedlar* : 349–56 ＝最終行）

一七九八年の「廃屋」の詩人は、そのままここに息づいている。一八五〇年版も全てこのままの詩句を保っている。

《自然》と人間の必滅の影

第四巻で、大学の夏休みに湖畔に帰ったとき、語り手は農民や羊飼いの姿をこれまでになく愛すべきものと感じるようになり、それとともに《自然》への見方も、自分の楽しみだけのための美として味わう態度（Ⅳ. 226–27 ; 230）から、より人間との係わりで見るようになったことを歌う――

だが今や私にはそれとは異なった想いが開けてきた。
変化し、祝福し、悔いて惜しむという
新たに生まれた感情だった。この感情は遠くに及んだ、
木々、山々も、小川たちも、また今でも同じ処に見える
天の星々も、この感情を分かちもった。（中略）
これらの自然物にこれまで降りかかっていた
必滅の影（shadings of mortality）の全ては、今感じる
印象とは異なっていた――優しくはなかった、強烈で
深刻（deep）で、陰鬱、かつ過酷なものだった。（中略）
この全てが、今、青年後期には、熱烈な美と愛へ、
喜悦と楽しみへと道を譲っていた。
（Ⅳ. 231–35 ; 240–43 ; 244–46）

この後半がやや判りにくいと感じられたのか、一八五〇年版では次のように書き換えられている（次掲の一行目は同一）――この書き換えには何ら後期の保守性は見られない。

必滅の影（shadings of mortality）の全ては、
死の世界から輸送される意味合い（imports）の全ては、
これらの自然物からこれまでやって来た必滅の影全ては
その大部分が、今ほど優しくはなかった、強烈で……
（一八五〇年版：IV. 248–51）

死すべきもの、やがて消滅するものという想いが、恐怖の源から、人と自然への慈しみに変化したというのである。「ティンタン僧院」の中で自己の自然観の変化を「《自然》の中に、繰り返して／静まった悲しい人間の音楽を聞きとるからだ」と述べるワーズワスがここにも見える。

サンプロン峠

書物からの幸せを歌う第五巻にもまた、自然の中の自由な生活を、自己の幸せとして綴る詩句がちりばめられ、また、本書の第六章で触れた「一人の少年がいた」が中央部に再掲されているが、ここで第六巻を覗きたい。第六巻には、よく知られた、孤島で幾何学の本だけを持って生活した男の話や、永らく別れて育った妹との再会を喜ぶ詩行、コウルリッジに捧げた部分もあるが、本書の主題に深く関わるのは当然、アルプスへの旅を歌った箇所である。道案内だった一行にはぐれて、知らぬ間にアルプス越えをしてしまった箇所は興味深いけれども、むしろ、お定まりの観光旅行への諧謔のように読める。自然詩としての意味合いでは、この失敗のあとのサンプロン峠越えが卓抜だ——

……この陰気な峠では
小川と道路も　私たちと同じく、旅行く者だった。
小川と道路を道連れに、私たちはゆっくりと
幾時間も歩み続けた。枯れそうに見えながら、
しかし決して枯れはしない森、測り知れない高さの森、
静止したままのように見える、炸裂する滝の水、
狭い空ろな山の峡間《はざま》沿いのいたるところで
うろたえて寂しげに　ぶつかりあう風と風、
澄みきった青空から射出する激しい水流、
私たちの、ほんの耳許でつぶやいている岩と崖——
まるで中に声が潜んでいるように、道端で
つぶやき続ける　水の滴る黒い岩角。喚《わめ》くように
流れる小川の、悲しげな姿、危うげな眺め、
拘束を受けず、飛び散ってやまぬ雲と天空の領域、
騒音と平安、闇と光——
これらは皆、一つの精神の働き、同一の顔の
目鼻立ちに見え、一つの樹木に咲いた花、

大いなる「黙示録」をかたどるもの、
《永遠》の予兆《タイプ》、《永遠》を象徴化したもの、
あめつちの初めと終わり、その中間と《果てしなき連続》
の記号に見えた。（IV. 553–72）

「黙示録」の自然宗教への適用

この一節もほぼ同じ言葉で一八五〇年版にも現れている。「あめつちの」だけは本書筆者の独断的解釈だが、こう訳してまず間違いないであろう（もちろんこれは「ヨハネの黙示録」一章一八節「最初の者にして最後の者……」［＝新共同訳］のエコーで、聖書では、一度は死んでいながら「世々限りなく生き」［新共同訳］るキリストを指しているが）。これはワーズワスが書いた、具体性に溢れながら、多くの示唆に富む絶唱である。《一つの精神》、《同一の顔》、《一つの樹木》などは、コウルリッジ的な《一者》を当然想起させる。だがそれを具象として示している物が全て自然物と自然現象であるから、この一節全体は、キリスト教のイメジを用いながらも既成宗教を感じさせず、反撥を招く言葉かもしれないが、むしろ自然宗教的である。「黙示録」の、上記「初めと終わり」を語る次の節、第一九節では、「未来の出来事（「今後起ころうとしていること」＝新共同訳）」が言及され、「《永遠》の予兆《タイプ》」もまた「黙示録」を意識した言葉である。第一、タイプという言葉自体が、予《あらかじ》めその後の事象を象徴的に指し示す現在の事象という、極めてキリスト教的なニュアンスを持った言葉である。こうした、西欧キリスト教世界の読者なら連想の幅を大きく広げる用語を聖書から借用しつつ、この一節は《自然》の永遠性を語り尽くしているのである。

神殿での精神の向上

この一節のあとに「この壮大な地域を目の当たりにして／私と道連れが、まるで精神自体が金銭を施されたかのように／無となり、外部的な美観に圧倒されて／ひれ伏していたのではなかった」（同：666–69）と書き、このような《自然》の景観を神殿に譬え、結果としての精神的向上を伝えて、

私の心は
このような神殿《テンプル》の中では、それとは別種の崇敬を
当然捧げていたに違いない。最後には、私が見、聴き、
感じたものの全ては、一つの、同じ方向への流れの中に
流入する水流にほかならず、私を前方へと進ませる
疾風以外の何ものでもなかった。これが壮大感と
優しい想いへの手助けをしてくれたのだ。（IV. 670–76）

――単なる観光旅行者の、美観という給付を施されて喜ぶのとは別種の、礼拝に似た気持で語り手は景観に接した。《自然》の壮大を理解する精神を得たのだ。そして後日には人間への優しい心根を育てる源流となったと歌い継ぐ。この旅について妹ドロシーに宛てた手紙（「ティンタン僧院」の章で詳しく引用した手紙＝一七九〇年九月二八日消印）でワーズワスは「ひょっとしたらこの自然物の記憶から何かの幸せを引き出せないような日は、生涯に一日もないだろうと思うと大変に嬉しいのだ」と書いている。人の精神の安定と高貴化という観点から考えてみても、ワーズワスの《自然》崇拝はまさしく宗教的だが、キリスト教的ではない。

視力のない男に見た予兆《タイプ》

第七巻「ロンドンでの住まい」では《自然》の主題は一旦姿を消す。大都会の喧噪を示すありとあらゆる描写が続き、その中で語り手は、壁にもたれている一人の視力障害者を見かけ、その胸に自分の履歴と名を書き付けた紙片を掲げているのに気づき

私の心は、この情景を見て、まるで大波の力に
打たれたかのようにそちらを振り向き、この紙片の上に
私たちが人間と宇宙の双方について、知り得る限りの
最大の事柄が、その予兆《タイプ》として、また象徴として
書き記されているように感じた。そして私は
まるで別の世界から警告を受けたかのように
動きもやらぬこの男、微動も見せぬ顔、視力のない眼の
姿かたちを見やり続けた。
（Ⅶ. 616–23）

大宇宙の中に、このような気の毒な存在があるのを目にして、《自然》の愛が人間愛に繋がるプロセスが始まる。

都会での労働の虚しさ

同時に語り手は、大都会での労働の虚しさにも気づく。「意味もなく、終わりもないまま」（同：705）働かされる「低劣な仕事の、休みも与えられない奴隷たち」（同：701）の場面は、まるで《上からの目線》での描写と感じられるかもしれない。だがこれはブレイクの『エルサレム』の場面と同じ労働現場を呈示しているのだ。ブレイクでは

僅かなパンを買う銭を得るため、用途さえ知らされずに、
悲しい物作りの苦役に、本来知恵ある日々を費やす人々、
小さな物を見て、それを全体と考えるよう仕込まれて。
（*Jelusarem* Plate 65 : 25–7）

この描写では、アルビオン（英国）の若者たちが、機械に縛られて激しい労働に明け暮れる。ブレイクはこの場面を、当時の武器生産の労働として描いたことを知れば、ワーズワスの描写の裏にもこの無益性を見ることができる。

羊飼いたちの美しさ

第八巻「《自然》への愛が人間愛に連なるさま」は少年時代の回想である。多くを引用したいが紙幅が許さない。だが次の、語り手の幼い頃の具体描写――

狭い、底深い谷道を私は歩んでいた、
すると私の頭上高いところに
銀色の霞の中から現れ出たのだ、見るがいい、
一人の羊飼いと犬だった、昼の光の中へ。
彼も犬も、霧をからだに巻きつけていた……

（Ⅷ. 92–6）

この場面や、同じく幼時に目撃した、谷底で犬に声をかけて、岩肌の迷路を犬が通れるように訓練する羊飼いの描写（同：102–10）が、古来牧歌や演劇に登場した羊飼いではなく、現実の羊飼いを称賛する次の詩行を活性化している――

人間への私の初めての愛は
（中略）その仕事も、関心のある事どもも、
何よりも《自然》によって飾られ、
光彩を添えられた人びとへと傾いたものだった。
そして羊飼いこそ、私が最初に好意を持った人々だった。

（Ⅷ. 178–82）

古来のパストラルの常套から脱却する意図を明確に示すとともに、自由な、《自然》を朋友とした羊飼いが示される――これは「自由な人間、時間も場所も目的も選び取って／自己の発意で働く人間」（同：152–53）と総括される。

自由人羊飼いの仕事

これらのパッセージは、アン・タイソン（一七九六年に八三歳で亡くなった老婦人）から聞いた羊飼い親子の挿話――迷子になった羊を探しに行った少年が、川の濁流の中の小島に孤立していたその羊を見つけ、その小島に飛び移ったものの、今度は自分が濁流に呑まれそうになったところへ、老いた父が駆けつけ、牧羊杖で息子を救出する挿話――を、「マイクル」の中で、この前後関係なしに読む場合以上に

印象深く感じさせる（「マイクル」は一八〇〇年の作品）。羊飼いへの記述はなお長く続き、その職業の本質が写実的に示される。その一端だけを引用すれば

そんな人気のないところで、冬のあいだじゅう、
嵐に仕えるのが羊飼いの仕事。嵐の接近を鋭く悟り、
高地にいた羊たちを、風から護ってくれる山陰へ導き、
嵐がどんなに長く「引き籠もり」になっても（羊飼いは
こんな冗談めいた言葉を使う）、厳しい冬が続くあいだ
そこで羊に食事を与える――羊小屋から厄介な重荷を
ごつごつした岩山を担いで登り、
その食事を雪の上に撒いてやるのだ。　　（Ⅷ. 359–66）

――さらに春、夏における羊飼いの仕事が述べられ、彼が朝早く起き、一仕事のあと「犬と一緒に食事を取る」（同：379）様子、「重労働が／堂々と人を憚ることのない怠惰と入り混じる」（同：388–89）という自然人らしさなども描かれる。ハーディの公刊第四小節『遙か狂乱の群れを離れて』における羊飼いの描写に、これは疑いもなく影響を与えているだろう。このように自然の中の農民への愛着を大きな主題とした第八巻であったが、これは最後に次の詩句を掲げている――

私はこれまで《自然》に導かれていた、そして今では
《自然》の導きから独立して進んでいるように思った。
女神を忘れたかのようだった――だがそうでなかった、
私の同胞、人間たちは、まだ私には《自然》の女神より
はるかに重みのないものだった。　　（Ⅷ. 864–88）

第九巻の《自然》

第九巻はワーズワスの二度目の大陸旅行（一七九一年一一月以降）を語り、「フランスでの滞在」と題されている。二年半前に陥落したバスティーユ牢獄の跡に腰掛け、記念に石ころを一つ拾い（同：65）、ワーズワス自身が共和主義に賛同して革命支持者となり（Ⅸ. 124）、共和主義者ミシェル・ボーピュイと知り合い（同：294–543）、《自然》よりもフランス革命が語られる部分である。また、結婚前に妊娠したジューリアの長大な挿話でアンネット・ヴァロンとの関係が仄めかされる（同：556–934 ＝最終行）。この挿話の中に《自然》という言葉が次のように用いられる。ジューリアの交際相手には共感溢れる記述が多く、この青年は

恋人と、人に後ろ指を指されない結婚というかたちに
到達できる安全な港と自己とのあいだを隔てる
あまりにも多くの障害を見てとったので
自己のものとした確かな知識もないまま、
心の中ではこう覚悟していた――法律と慣習からは
逸脱して、全てが幸せなかたちに納まるように
自分を《自然》に委ねようと。
（IX. 598–604）

（最後の三行：Was inwardly prepared to turn aside / From law and custom and entrust himself / To Nature for a happy end of all.）

これだけ《自然》を主題に位置いてきたこの作品の中では、《自然》という語で訳さねばならないだろう。他人事として語られている文脈の中でも、「確かな知識もない」という批判めいた一句とともに、この《自然》はワーズワスの考え方の揺らぎを如実に示している。次項に書く政治上の《自然》概念の導入とともに、これは奇異である。

第一〇巻での《自然》の意味

第一〇巻も、当初ではさらにフランス革命の推移が話題の中心となり、語り手はロベスピエールが弾劾されているのを直に聞き（X. 86–7）、経済的理由でイギリスに帰国し、ピット政権の施策を批判し（同：276ff.）、フランスでの残虐行為と処刑の報に接し（IX. 330）、《自然》は三八二行目でようやく語られるけれども、それは第二の愛、つまり人間愛の難しさを語るついでに言及されるにすぎない。やがてロベスピエールが処刑されて驚喜し（同：467–72；536–41）、フランスでの政治の推移を見るうちに、青年がしばしば《自然》を拠り所にするとおり、

そのとおりに、《自然》へと
権力は復帰していた。習慣、慣習、法律などは
政治の空白期間の、がら空きの空間から逃げ去り
《自然》は何の拘束も受けずにその空間を闊歩した。
（X. 610–13）

と書かれるに至る。「何の拘束も受けずに……闊歩した」の原語は 'stir about in, uncontrolled' であり、「悪しき抑制を逃れて作動する」の意味でおそらくは使われていて、ここで語り手はなお《自然》を信頼し、これが新たな政治動向の師表となると考えていたらしい。だが、同じ第一〇巻での話の成り行きを読み継ぐと、この一句は「抑制が利かなくなってうごめき回る」の意味を発生させてしまう。

新たな無秩序としての《自然》

そしてこのとき、これまで『序曲』の中で描かれてきた《自然》と、この《自然》は何と異なって聞こえることか。ワーズワスは、ホッブズが洞察した《自然状態》の恐ろしさ（いやそれ以前にシェイクスピアは『テンペスト』においてこれを洞察していた。『リア王』のエドマンドの《自然》もこれに似る）を認識していたとは思われない。明らかにここでは、《自然》は、旧来、実定法への対立概念を打ち出すことのできる、人間の在るべき姿を規定する《自然法》的な《自然》のつもりで書かれている。だがワーズワスが夢想もしていなかったと思われるもう一つの《自然》、つまり秩序の崩壊、社会のカオスとしか連想されない《自然》――すなわち、ホッブズや後年のフロイトが示した政治思想上の《自然》がここに顔を出している（間もなく書かれるような、その後のフランスの混乱を考えれば、後者も当然連想されることになる）。いや仮にこの悪しき《自然状態》を、ワーズワスの文脈から排除しても、これまで『序曲』が扱ってきた《自然》とこの《自然》はまったく異質である。これまでの《自然》は、明らかに（日本的に言えば山川草木、花鳥風月と連想され、ワーズワスの場合は、日本人の場合以上に、その奥に人を純化・教化する力を有する《自然》を意味していた。ワーズワスが、《自然への愛》から《人間への愛》へ移行する自己を考えたとき、もしその《自然》が、その後のフランス政治の成り行きによって、この新たな混乱を招く《自然》を意識したのならば、あまりにもそれは当然である。しかし、同じ単語であるがゆえに政治上の、本来は良いものとワーズワスが思っていた《自然》から、《人間愛》へ移行したのだとすればこれは大きな思考上の混乱でしかない。だが本書の前の二つの章で見たとおり、ワーズワスは少なくとも一九世紀初頭では、『序曲』が従来重視してきた《自然》の意味へと復帰している。『序曲』ではそれを考えるときに、やがて第一三巻が極めて重要な意味を持つ。

人の愛により、良き《自然》に復帰

第一〇巻の七五八行目以下の叙述は、この種の《自然》への信頼が裏切られたことを如実に反映している。もちろんこの部分は、当初信じていた革命への期待が裏切られたことを示す部分ではある。しかし先の引用の「《自然》は何の拘束も受けずにその空間を闊歩した」という言葉の中に含まれていた楽観主義が敗北し、今やこの言葉の負の意味が皮肉にも感じられるようになったのである（ジューリア［そしてアンネット］を巡る《自

然》についても同断)。《自然》の成り行きに任されたフランスが、ナポレオンを讃える付和雷同型の人間性、すなわち西欧で言うところの《人間の自然》に促されて恐ろしい道へと突進したのである(ハーディは、フランス革命後におけるこの人間の弱点を『覇王たち』でみごとに示唆している。森松'12「解説」参照)。『序曲』では幸いなことに、右の政治的意味合いの《自然》はそれ以降は姿を消し、妹ドロシーとされる女性の導きによってもう一度語り手は従来の《自然》に復帰する――次の「人間の愛」には当然、ドロシーの(またコウルリッジの)愛も含まれるであろう。

人間の愛に助けられて、最後には《自然》自身が、
疲れ果てる迷路を巡り巡って
ふたたび私を開けた日の光の中に戻してくれた。
(X. 921–23)

このあと《自然》は「私の以前の感情を呼び戻し」、「もはや乱されることのない力と知識」を拡大してくれて、

この力は私を、我われ人間の堕落の諸々の段階を潜らせ、
この時代のあらゆる堕落を潜り抜けさせて、なおも私を
支え、大きな悲劇に到達した今日この日にも、
鼓舞してくれたのだ。
(X. 927–30)

と若年から愛してきた《自然》への信頼回復を述べる。「人間の堕落」には「我われの」という複数形が付いてはいるが、当然ワーズワス自身の、アンネットにまつわる罪の意識、政治上の認識の誤りへの悔悟が仄めかされていよう。これらは第七、八章で扱った「ティンタン僧院」と「永生の啓示オード」のそれぞれにおける、喪失感の源であろう。

変化した《自然》への熱情

第一一巻「想像力、それがいかに損なわれ、恢復されたか」に入ると、右記の二作品に対応する詩行が現れる――

《自然》(Her)へと私は復帰し、強く彼女を愛したので
以前と同じほど愛しているように思われたのだが――
だがこの熱情は、強烈であったとはいえ、
変化を蒙っていた。
(XI. 35–8)

――年月が流れ、その間の経験を考えれば当然だという。「私の仕事は不毛の大海でなされるのだった/私の為すべ

きことはこれまでと異なった岸に立つことだった」（同：55–6）と歌って、過去からの断絶を試みる（同：75ff.）が、《自然》への関心は断ち切ることができない（同：99ff.）。

おぉ《自然》の魂よ！　あなたが熱情と生命を
溢れさせているのに、何という弱い人間どもが
この地上を歩んでいることか、あなたが力の中に
あったときに、私は何と弱くあったことか！（XI. 146–49）

――自己への悔いは表現しながらも、《自然》の力は依然として存在し続けていることを認めるのである。

観光旅行的風景賛美を脱却

そして過去に風景美を多少なりとピクチャレスクの流行に影響されて眺めたことへの反省が、いくつかのパッセージに現れる――

この弱さは傲慢によるものだった、無意味な悦び方で
楽しまれた時でさえ、美術上の諸法則を、
全ての美術より優れた諸風景に転移させて、ここが好き、
ここは嫌いとしたのだ。だがそれ以上に――このため、
時代からの強い感染力は、あまり私の習慣になることは
決してなかったにもかかわらず――情景と情景との
比較なんかに身を委ねてしまい、
表面的な事柄にあまりにも心を傾け
色彩や自然物の配置などという些細な新奇さで
自分を満足させ、《自然》の醸す様ざまな雰囲気《ムード》や
土地が持つ霊気《スピリット》にも、今ほどには敏感では
なかったからだ。（XI. 152–63）

《自然》の諸風景は、人為による絵画の風景以上に価値あるものなのに、そんな模倣芸術の法則――山や川、樹木や岩の配置などを優先させたという反省である（オースティンの『ノーサンガー僧院』にもこの風潮を風刺する場面がある）。これが感覚器官の逸楽でしかなく、精神の高貴な悦びではなかったという一節もこのあと（同：185–98）に出ている。

再び《自然》の真ん前に立つ

このあと次のパッセージが現れる――

田園風景の穏やかな歌声を聞こえなくしてしまった自分の弱さ、自然界への感応力の衰えは一時的なものだった、そして《私》は

生涯のあまりに早い時期から、あまりに強力に

想像力の力の訪れを感じとっていたので
こんな衰えは長続きしなかった。私はこんな悪癖を
完全に、永久に振るい落としてしまった。そして再び
《自然》の存在の真ん前に立っている、今立つとおり、
感性豊かな、創造の力を持った魂として。　(XI. 251–56)

ところがワーズワスはこの引用の直後に、すでに一七九九年版第一巻（*The Two-Part Prelude*: 288ff.）で述べていた、後年まで記憶に残って人生を豊かにする自然風景として名高い《時の点《スポッツ・オヴ・タイム》》を再び持ち出している。

私たちの生涯の中には《時の点《スポッツ・オヴ・タイム》》が存在する。
これらはくっきりと目だったかたちで、人を再生させる
効能を有しているのだ。　(XI. 257–59)

《時の点》の具体例として挙げられる、絞首刑の跡地を見たあとの、風に吹かれて難渋する水さしを頭に乗せた少女の思い出（同：303ff.）、馬車を待っていたときの風、雨、霧と父の死（同：344ff.）なども一七九九年版に使われているが、この版では《時の点》が、大きな精神的衰えからの恢復の効用を持つものとしては扱われていない――フランス革命の推移、ジュリエッタが象徴するアンネット問題などがこのパッセージの前にまったく言及されていないからである。だからワーズワスは、一七九九年版の「実りをもたらす（fructifying）」を右の引用二行目の「再生させる（renovating）」に変えて用いたものと思われる。難渋する少女、風、雨、霧と父の死などの記憶が、やがて詩人の素材として「実りを産む」可能性は十分に考えられるが、こうした暗い思い出が、この第一一巻のテーマ「再生」に繋がるとは思えない。しかし《自然》の前で恢復して立ったという主張は繰り返されて（同：393）、第一一巻は終わっている。

《自然》への賛美

第一二巻の表題は第一一巻と同じとされている。ここは自己の成長した精神状態を誇る詩句に満ちている。そして冒頭から《自然》への賛歌が示される――

人の強い情感は《自然》からやってくる。また静寂の
心持ちも同様に《自然》の贈り物である。
これが《自然》の栄光なのだ――この二つの属性は
《自然》の強さを構成する、姉妹をなす角《つの》だ。
この二重の影響力は、《自然》の全恩恵の太陽と慈雨、
その双方とも、起源においても結果においても

同じように慈愛に満ちている。だからこそ
平静な心と激情との交替によって生きている人――
天才というものは、《自然》の中に、最善の、そして
最も純粋な友を見出すのだ。
（XII. 1－10）

天才（詩人）は《自然》という太陽に促された激情のとき、その慈雨というべき静穏のときに、最も強く想像力を働かせて、真理を求め、理解し、闘争し、願望することがこの次に語られている。だが『序曲』の前半に較べて、何と抽象的で理屈っぽいことか！　次の引用やソールズベリ平原での夢想は例外として、これから最後に至るまで、私たちが楽しんできた『序曲』の具体描写は少なくなる。

永遠へと導き入れる道路

語り手はついに、人間の優しさと《自然》の喜悦を求めて（同：125－26）田園にやってくる。この田園への呼びかけは「君たち小道よ、人気ない道よ（ye pathways and ye lonely roads）」（同：124）だったので、直後に語られる大きいと思われる公道の描写はやや唐突だが

私はある公道を愛している。これ以上に私を喜ばせる
景色はほとんどない――こんな道が子供時代の曙から
私の想像力にずっと力を及ぼしてきたのだ、
私の足が歩いたことのある地の果てよりさらに遠くの
樹木もない急坂を下りて、はるか彼方へと道の一線が
消え果てていくのが毎日見えたのだ。それは
永遠の中に導き入れるガイドのようだった、少なくとも
未知のもの、際限なきものへと案内するかのようだった。
（XII. 145－52）

――その先が見えないもの、しかし遠くまで見えるものに《永遠》への先触れを見る感覚は極めてロマン派的である。筆者の世代は遠くに消える鉄道の線路や、それを通って去りゆく（今より遅い速度の）列車に、似通った夢を託した。また人生半ばで世を去る病を背負ったままの指揮者フリッチャイが「モルダウ」のリハーサルをしている映像を見ると、これと同じく、モルダウ河が視界から「絹糸のように輝きつつ」（フリッチャイの指示）消える最後の最後に、フル・オーケストラで *fff* の音を響かせ、当時ソ連の圧政に苦しんでいた民族の永遠の希望を表現する。右の引用はこれらのことと同種のことを連想させるに足る好場面だ。

貧しい人びとの心と《自然》

やがて《自然》賛美に、庶民としての人

間の心の賛美が加わる。

彼らの内部において存在する姿の人間に敬意を捧げる、
外部から見た人の全てが、粗野に見えるときでも
いかにしばしば高度な礼拝が心の中で行われているか！
華麗さと金《きん》で豊かに飾られた神殿には似ていなくても
素朴な信徒たちを日光と雨から遮るだけの
素朴な山間の教会にこそ、その人は似ているのだ。
「こうした人びとのことを詩に歌おう」と私は言った。
（XII. 225－31）

また次のような確信を得たとも歌っている。

《自然》はあらゆる状況の中でも、――もし私たちが
見る眼さえ持っていれば――《自然》が創造したものの
外部を高貴なものに輝かせ、人間生活の中でまさに最も
身分の低いものとされている人の顔にも壮麗さを
吹き込む力を有しているとの確信を。
（XII. 282－86）

――この決心と確信は『抒情民謡集』で見事に実践されている。貧しい人びとの心を描いたワーズワスの作品は、この意味で彼の《自然》観の一部なのである。

《サラムの平原》

一七九三年夏にワーズワスは、古代石造遺物のあるソールズベリ平原を徒歩で放浪した。このとき、イギリスのフランスへの戦争開始（同年二月）によって、結婚するはずだったアンネットにも、前年末に生まれたわが子にも会えなくなった精神上の危機を迎えていた。この時の経験を素材にした詩は、最後には一八四二年の『罪と哀しみ（*Guilt and Sorrow*）』として発表されたが、その一部をなすこの平原（詩では『序曲』における同様「サラムの平原」）を行く旅人の部分は、もとは一七九三―四年の「ソールズベリ平原（'Salisbury Plain'）」であった。この原詩の《自然》への取り組みと、政治の犠牲者としての旅人の悲劇性は（いや、改訂を経て政治性を弱められた『罪と哀しみ』における彼の叙述でさえ）『序曲』のサラムの平原での描写より遥かに大きな抒情的衝撃を醸す――『序曲』では、この平原で語り手が幻想した古代の原始宗教の残虐だけが語られる。

私は冥想に陥り、過去をまぶたに見た。（中略）
不気味な炎によって、この荒野が見えたのだ、
それは犠牲を捧げる祭壇だった、犠牲とされるのは

生きたままの人間たち——呻きは何と深刻！　小枝で
編まれた巨人の形の籠の中で犠牲《いけにえ》たちの放つ声は
遠く、また近くの地域に響き渡り、死者を葬った塚の
至るところに染みいった。
(XII. 320 ; 330－35)

今日では誤解だったとされるが、古代ドルイド教では、人の形の籠に入れた犠牲《いけにえ》たちを祭壇上で燃やしたと考えられていた。その炎が見えたと語り手は幻想したのである。これは確かに荒野が象徴する、文明以前の人間と《自然》の関係を垣間見せてはくれる。しかし、これほど抽象的論議の多い『序曲』の後半であるにもかかわらず、古代人の不気味な《自然》観についての、洞察ある文章がこの周辺に何ら述べられていないのは残念である。いや、あるいはこの部分は、絶望に支配されていた、ソールズベリ平原での自己を、第一二巻で語られていた、穏やかでものに動じない妹ドロシーの叙述と対照しているのかもしれない——

妹の《自然》への対応と対照か

与えられたものを喜んで受け容れ、それ以上は求めず
彼女の眼にどんな情景が触れようとも、
それが彼女には最善で、慎ましく、謙虚な心で
その情景に自分を適応させるのだった。(中略)
彼女は《自然》の中に《自然》とともに住む人だった。
彼女が出遭う鳥たちも全ての花も、彼女を知ることが
できさえすれば、彼女を愛したことだろう。
(XI. 206 ; 213－15)

この対照を通じてソールズベリ平原当時の、ほとんど病的な精神状態を先の引用部分で示したのかもしれない。

「雀の巣」

この意味で、ワーズワスの《自然》への対応に大きな影響を与えた妹(詩の中ではエメライン)のことを歌った「雀の巣(‘The Sparrow’s Nest’)」を掲げておくのも意味のあることだろう——

見て！　木の葉の蔭に
きらきらしたあの青い卵が　並んでいる！
この僕の目に　偶然見つかったこの眺めは
まるで喜びの幻のように　光っていた。
僕はハッとのけぞる思いだった——この住み家
この雨風を避けた寝床を見いだして、
この雀の住まいを見いだして。これは

父の家の近くにあったので、降っても照っても
妹のエメラインと僕は
いつもこの巣を訪れた。（中略）
後年の僕の宝となったのは
僕が少年だったころ経験したこと――
妹が僕の目となり耳となってくれたこと、
謙虚な気配りと繊細な恐れを示してくれたこと、
麗しい涙の源泉たる心と
愛と、思索と、喜びを示してくれたこと。

そしてワーズワスは第一三巻の二二一行以下でも、妹ドロシーへの恩恵について感謝とともに語っている。

《自然》の魂＝万物の想像力？

その最終第一三巻では、友人と二人でスノードン山頂で朝日が昇るのを見ようと、山麓に住んでいた羊飼いに起きてもらって（当時の習慣だったと詩の中に書かれているが、驕りが見られよう）道案内を頼み、山腹を登って行くと「私の足もとが明るくなったように感じた」（XIII. 36）ので、辺りを見まわすと、見よ、

私の頭上、際限もなく高いところに、月が裸身のまま、
天空に懸かっていた。そして私は、岸辺にいた、つまり
私は巨大な霧の海の中にいたのだ。
霧の海は私の足もとに、温順に静かに安らいでいて
この静寂の海のあたりいっぱいに、一百の峰が
黒い山の背をもたげていた。（中略）
この間、月はこの光景を、ただ独り皓々と輝きながら、
眺め降ろしていた。（中略）
この蒸気のような霧の中に、蒼い割れ目ができていて
深く暗い大気の通い路となっていた。この裂け目から
数え切れない波の、瀑布の、そして流れの轟きが
一つの声となって立ちのぼってきた。（中略）
この暗く深い通い路にこそ、《自然》はその魂を、
万物の想像力を、宿らせていた。

（XIII. 41–6 ; 52–3 ; 56–9 ; 64–5）

（下二行の原文＝［in］That dark deep thoroughfare, had Nature lodged / The soul, the imagination of the whole.）

筆者は最終行の二つを、同格と理解している。久しぶりにワーズワスは鮮やかな情景を描いている。

《自然》の精神が可視化された

その夜、語り手は瞑想に耽り、次の

ような考えに至る――

無限を糧として生きる一者（one）の強力なる精神、
何か人の心底にあるものによって、神への意識、または
何であれそれ自体がおぼろあるいは巨大なものによって
――こうしたものによって高められる強力な精神の
完全な象徴《イメージ》を、とりわけそうした精神の一つの機能を
《自然》はあの場所から射出して見せてくれたのだと、
しかもこの上なく畏敬すべき崇高な状況で
射出することによって展示してくれたのだと
私には思われた。（XIII. 68–76）

（... it appeared to me / The perfect image of a mighty mind, / Of one that feeds upon infinity, / That is exalted by an under-presence, / The sense of God, or whatsoe'er is dim / Or vast in its own being—above all, / One function of such mind had Nature there / Exhibited by putting forth, and that / With circumstance most awful and sublime.）

――すなわち、あの《暗く深い通い路》から、《自然》の精神が可視化されて自分に与えられた、そう見えたのは、自己の心の奥にある神的なものを知覚する人間側の優れた想像力によるのだと語り手は考えたのである。ワーズワスは一八五〇年版では、判りにくいこの部分を完全に書き換えていて、最後のところは、次のように直している――

そのような精神の、とりわけ一つの機能を、《自然》は
あの場所で影のように見せてくれていた、
この上なく畏敬すべき崇高な状況で、射出することによ
って。（一八五〇年版：XIV. 78–80）

「影のように見せていた」の原文は 'Had...shadowed' である。これを読めばここでワーズワスが何を言っていたかが明快に判るであろう。

《精神》=人の《想像力》?

この《精神》は、引用全てにおいて、人間の《想像力》を意味するのだと今まで永らく解釈されてきたふしがある。だが 'a mighty mind, / Of one that feeds upon infinity' は明らかに人間の精神ではない。またこの部分は一八五〇年版で、「壮大な知力の象徴（the type / Of a majestic intellect）」と言い換えられているから、なおさら、その兆、象徴が具体物となって人間の感覚に認知される眼には見えないものの精神がここに示されていると見るべきである。

判りにくいのは 'an under-presence' という、今度は明らかに人間の心の奥を指す言葉のあとに出る《精神》である。これは受け取る側、人間の《精神》、すなわち想像力のことだと読みたくなる。だが 'The perfect image of a mighty mind' と 'One function of such mind' は文法上、並列されて 'had...Exhibited' の目的語となっていると判断すべきであろう。さきに「人間側の優れた想像力」と書いたのは、'an under-presence' から 'its own being' に至るまでの、超自然的なものを感じとる人間の能力がここに示されているからである。

《自然》と詩人の想像力

この瞑想はさらに続いて、
万物の外面的相貌に、つ

け加えたり、消し去ったりして行使する《自然》の《支配》は、最も鈍感な《精神》（今度は人間の精神）にも感知されずにはいない、と書かれる。そして

こうした人びとがこのように感動したときに
認めるに至る力、《自然》がこうして、人間の
五感に否応なく見せつける力は、より高度な精神《マインズ》が
人びとと共に共通のものとして担う栄光ある能力、
——可視化されたその能力の万全の姿においては——
この能力と全的に類似したもの、本物の相似物、
瓜二つの兄弟分なのだ。これこそが
こうした人びとが宇宙の全ての事物を扱うときの
精神《スピリット》そのものにほかならない。
彼らは生来の自己から自然物とよく似た変奏《トランスフォーメイション》を
世の中へ奏で出すことができ、自己の力で、自然物と
よく似た存在を創造することもでき、こうした類似物が
彼らのために創造された時には、本能でそれを捕捉する。
持久力あるものも、儚いものも、同じように彼らを
高めるのに役立つ。彼らは最小の素材から、最大の
事物を創りあげることができる。常に観察を怠らず、
喜んで働き掛け、喜んで働き掛けられもする。
（XIII. 84–100）

ここは明らかにワーズワスの想像力論、それも《自然》との協働による想像を語った部分である。引用三行目の「より高度な精神《マインズ》」は複数形であり、詩人たちを指していると読める。詩人が《自然》に感動して人びとに働きかける力は、《自然》が詩人および人びとに働きかける力の兄弟分である——つまり《自然》の影響力を、詩人は《自然》の代行者として読者に行使するわけである。西欧では文学が

《自然》を扱うとき、このような思弁的な記述が本物の自然描写であると伝統的に考えられてきた。この点で私たち日本人は、異なった審美観を有している。ワーズワス自身も「《自然》の第二の美点／これも《自然》のものであるあの外面的な絵姿《イラストレイション》」について、この作品の中で触れるのが少なかったことをやがて語るけれども、作品の中心主題はあくまで人間精神と《自然》との対応関係であり、それは最終巻中ほどの次の引用に要約されている。単純な愛とは次元の異なる、冥想によって得られる《愛》——

より知的な、このような《愛》も、想像力なしには
存在し得ない。この《想像力》は、真実のところ、
絶対的な力の別名であり、最も明晰な洞察力の、
また、大規模な精神の、別名に過ぎないからだ、
それは最も昂揚したときの、理性のことだからだ。
（XIII. 166–70）

そしてこの《想像力》は、先の長いほうの引用（八四行目以下）に詳細を尽くされた、「《自然》が人の五感に否応なく見せつける力」と双子の兄弟のような、詩人の想像力を指していると思われる。

第一〇章　初期コウルリッジの《自然》認識

コウルリッジに関する章の底本は
Coleridge, Samuel Taylor (ed. Ernest Hartley Coleridge). *The Complete Poetical Work of Samuel Taylor Coleridge : Including poems and versions of poems now published for the first time.* Oxford, 1912. Reissued : Oxford UP, 1979.

自然科学と文学の合流

コウルリッジの自然科学への興味と敬意は、ロマン派詩人たちの中でも群を抜いて強かった。科学者の一人、キリスト教の奇蹟や神秘的事項を徹底して否定しながら、キリスト教を堅く擁護したプリーストリ（Joseph Priestley, 1733–1804. 森松：'75参照）は、酸素の発見等の気体の研究を初め、ソーダ水の発明など、自然科学者としても歴史に残る人物だった。しかしその進歩思想（キリストの神性を否定し、彼を偉大な人間と見るユニテリアン派を指導）のゆえに、反ジャコバン過激派に居宅を焼かれ、ついにはアメリカへ移住を余儀なくされた。この科学者を讃えてコウルリッジは一七九四年、新聞『モーニング・クロニクル』に詩を発表した。「輝き」や「光」が盛んに言及されるのは、彼がバーミンガムの進歩的な非国教徒の集団「月光学会《ルーナ・ソサイアティ》」の会員だったからである（See Keach : 456n）。

法を無視する無礼な騒乱と、王から生まれた暴力が
我らのプリーストリを海原の逆巻く先へと追いやった。
《迷信》とそれに従う狼のような一団が、プリーストリの
穏やかな輝きに向かって、無力・獰猛に吠えたてるが、
彼はこの先、静かに、光に満ちた館に住むだろう！（中略）
そして《叡智》によって解放された穏和な《自然》は
暗がりの隠棲所から出て、ゆっくりとベールを脱ぎ捨て
彼女をうち眺める息子に愛情籠めて笑みかけるだろう！
(1–5 ; 12–4)

新しい国アメリカでは、ユニテリアン派は迫害されてはいなかったのである。また略した部分では、頑迷な既成宗教

が、プリーストリの影響で多少その形式主義を脱するさまが描かれている。少なくとも一七九四年にはコウルリッジは、特に自然科学の真理によって、既成宗教批判の側に立っていた。またコウルリッジはブロッケンの妖怪と呼ばれる自然現象を、一七八〇年二月一三日にジョン・ヘイガースが経験したこととして記している。背中から夕陽を浴びて輝く雲（霧）の前に立つと、彼の影法師のまわりに後光のような光の輪が見えた（*Notebooks*, vol. 1, 258）。これはキリストの《山上の変容》を連想させ、「妖怪」（日本では「御来迎」）と呼ばれるとおり、当時は、超自然現象と考えられがちであった。だが一七九六年のコウルリッジは、冷静この上なく、これについて神秘を語ることなく「全ての色が、虹が私たちの眼に見せると同じ順序と割合で現れていた」と引用している。ヘイガースともども、コウルリッジもいかに自然科学への傾倒が強かったかの、これは一つの例である。

自然美と自然科学の融合

コウルリッジは、様まざまな自然思想（哲学は言うに及ばず、聖書や神学の唱える自然像、またこれと対立する自然科学の解き明かした真理を含む）を統合しようとする意識が極めて強い詩人である――「コウルリッジは何事もそのまま受け取らず、折衷的に自己の考えに採り入れた」（Edwards : 134）といわれる。彼の語る《自然》は、最初期の詩群から、常に新たな《知識》と《叡智》の連想を有している。自然美を一方では讃えつつ、その美の奥つ方にある世界の実体への関心は、彼の生涯を通じて衰えることがなかった。身近に経験する自然界の様ざまな姿だけではなく、自然科学、哲学、宗教が説く世界の根源を彼は求めて止まなかった。「コウルリッジは、自然科学の中にも想像力的洞察の源を見出した」（Levere : 2）という指摘は説得力を持つ。一七九六年に書かれた詩作品「（同居を志す）若い友に与える」（'To a young Friend'）では、四八行に及ぶ丘の描写――そこに見られる糸杉、櫟《いちい》、苔むす岩、奔流など自然の形象を

おおそれから、風に根こそぎにされそうになった 梣《とねりこ》 の
雫《しずく》を垂らして輝いてる木の実《ベリー》たちを見、そうしながら
急流の瀬音に耳傾けるのは、愛らしくも嬉しい。　(20–2)

というふうに描写したあと、こうした自然界を《知識の丘》と呼んでいる――

私は《知識の丘》を跡づけようと試みてみたのだ、
休息をとるための場所に満ちた緑したたるあの丘、
多数の流れが瀬を為す丘を。流れは囀りつつ下って
　下流にある平原たちを喜ばせ、豊沃にする。
あの丘には秘められた泉や、踏まれていない地面、
空想の力をくれる神聖な草地などが多数あって
　そこでは《霊感》が、その、より神的な旋律を
小声で口ずさみつつ横たえている。
（50–7）

——この《丘》は自然界にある現実の丘であるとともに、アレゴリカルな《知識の丘》でもある。「下流にある平原たち（subject plains）」は、奔流の支配を受けて教化される同宿の二人を示唆してる。《自然》を愛して、《知識》の増幅を、若い友とともに願うのである。

《叡智》の源としての風景

　この姿勢は最初期の詩にすでに現れている。「人生（'Life,' 1789, 作者一七歳）」を読むなら

先ごろ、故郷のオッター川が細々と流れていた平原、
　そのはてしない平原を歩いていたとき、そして
私の思いが姉の病苦を思って憂いに満ちていたとき、
　栄光に満ちた光景がこの憂いから私を目覚ました。
歩を進めるたびに光景は私の眼に広がりを見せた——
　森、牧草地、緑の丘、荒涼たる絶壁が群れて、
次から次へと歓びの連なりとして現れて、
　やがて私の眼は全てを、一挙にうっとりと眺めた。
この光景が私の前途を生涯（私は叫んだ）彩ってくれ！
歩むごとに《叡智》の新たな景色が眼に見えますよう、
日々を経るごとに《知識》がひろがりますよう！
《死》が、今やあからさまとなった光を注ぐときにも、
　私の眼が無限のひろがりを貫いて見てとり
思考が《歓喜》の幸せ満ちる恍惚の中に漂いますよう。
（全編）

——「《死》が」で始まる一行は「未来に死を覚悟すべき時、つまり老年に至って死が眼に見えてくる時にも」の意味であろう。死の瞬間にも、姉の病苦さえ一時忘れさせた自然の美を通じて、死に抗して新たな知識を見る眼を持ちたいと読まれて当然であろう。

「秋の月へのソネット」

一七九六年に発表されながら八八年に書かれたとの推定もなされている（Keach : 429）「秋の月に寄せてのソネット」（'Sonnet : To the Autumnal Moon'）は、前半の自然描写、後半の抽象的論議という点で常套的で、また比喩として使われているのが、最終行で月から流星に変わる欠点がある。しかし基本的な自然詩の美しさは、持ちあわせている（最初の二行はもちろん月への呼びかけ）——

様々な衣裳を身につける《夜》の《穏やかな光輝》よ！
奔放に働く人の想いを産み出す《母君》よ！
あなたの滑りゆく姿を見るうち、光の液体を流しつつ
あなたの淡い眼は筋状のベールの中でちらちらと輝く。
またあなたがその蒼白い球体を、募り来る闇の彼方に
覆い隠して天空に見えなくする時にも、私は見ている。
またあなたが、風に破られた雲の間から、矢のように
静けさに満ちた稲妻を発して、夜空を目覚す時にも。
あぁ《希望》もまた同じだ。月《あなた》のように変化して美しい。
今は、愁いに満ちた光景に、幽かに現れ出るかと思えば
恐竜のような《絶望》の彼方に、今は隠れることもある。
だが間もなく、きらめきの力を見せつつ現れて
《希望》は《心配》の悲しみの雲を超えて
泳ぎ進む、飛びながら燃えている流星のように。（全編）

最終行では、《希望》は月の歩みを超えて、一気に流星のように、速やかに人を力づけると歌いたいのであろう。ここにも《自然》を愛して、今度は《希望》の増幅を求める若いコウルリッジの態度が顕わに見られる。同じく最初期（1877–80 : =Keach : 433）の恋愛詩「宵の明星に」（'To the Evening Star'）でも、前半では明星という《自然》による、精神の成長が歌われる——

おぉ、太陽が没する時の光輝に優しく付き添う明星よ、
美しい星よ、あなたの慎ましい光彩を歓迎します。
幾たびも私は、よそ見もせずにあなたを眺めます、
すると精神全てが、育ち行くように思われるのです。（1–4）

《慎ましい悦び》という乙女

「秋の夕暮れについての詩行」（'Lines on an Autumnal Evening'）は、一七九三年に別題名で地方週刊誌に発表された。これもまた、自己の詩作について語る作

品である。《空想《ファンシィ》》という魔女に《慎ましい悦び》という乙女が目覚めるように誘《いざな》ってくれと頼んで、語り手はこれが単なる幻想（Deceit）であることを意識しながら、この乙女《慎ましい悦び》が起きあがって、次のような瞬間に自分と行動を共にしてくれるのが見えると歌う――

一日の初めに雲雀が高く舞い上がりつつ喉を膨らませ、
疲れる私の目を姿見せずに侮《あなど》り、声高な歌を歌うとき、
私は歩き慣れた芝生にこの乙女の足跡を見出し、
早朝の光の中で乙女がきらりと目配せするのに気づく。
また夜の露の下で、うなだれた花が泣いているとき、
あるいは湖の上で、銀色の光沢が眠っているとき、
優しく悲しげな、蒼白い光輝の中で、月光の衣裳を着て、
この乙女は、私が一人歩む道に立ち現れる。(25–32)

すなわち、《自然》が最も爽やかに晴れたとき、そしてまた《自然》が憂愁の美しさを見せるとき、これら多彩な自然界と自分が共にあるときにこそ、《慎ましい悦び》(＝乙女)が自分に詩を書くよう促すというのである。

具体的な連想ある風景をこそ歌う

だがこの詩は発展して、詩の終末では、単なる「視界から溶け去る雲雀の姿」(93)や「物思いに沈ませる《愉楽》」(95)ではもはや満足できないことを歌い、この詩の中でそれまでに歌われていた古里の川――友情を初めとする美徳との連想、棘のない薔薇の冠を付けた恋や様ざまな思い出との連想に満ちた川――と結びついたときだけ、つまり具体的な状況が与えられたときにだけ、自然界が自己の詩の題材になると歌い継ぐ――

私がよく訪れた懐かしい景色たち(Dear native haunts)よ！
(中略。単なる姿見せぬ雲雀や憂愁の夜景はもはや不要だが)
だが空想の眼には、あなたがたの多様な情景こそ大切、
あなたがたの森、丘、谷、その間に火花と泡立つ小川！
だが空想の耳には、あなたがたの多様な谷に舞い上がる
鳥の囀る歌こそ、甘く麗しい。(87; 97–100)

特定の状況、詩人自身の心的状態とは無縁な、どんな人間状況においても一般性を持つ自然を歌うのが一八世紀自然詩の特徴であった。それに対抗するように、この詩が新たな方向を志していることに注目すべきであろう。

後年にも自然界を尊ぶ

この自然界への愛はやがて失われたといわれる。後年

（一八一一年以降＝Keach：583）確かに彼は人間と《自然》との関係について極めて悲観的な詩三編を書いた。「地獄の辺土」（'Limbo'）と「この先はない」（'Ne plus ultra'）、および断片「もぐら」（'Moles'）である。「辺土」では視力を失った老人が顔を星空に向けながら何も見てはいない（10–20）。「もぐら」では光から逃げ、自然界を見ないもぐらに見立てられる《自然の、唖者となった修道僧》(2)が登場する。「先はない」でも《光の嫌悪者》が描かれる。にもかかわらず同じ時期に「自殺者の議論」（'The Suicide's Argument'）も書き、ここでは《自然》が、お前には多くの恩恵を与えたのに、わたしに（自殺という）罪と絶望を返礼として寄越すのかと語る（7–9）。その上、彼は「《自然》に」（'To Nature', 1820?）で、最初期の「《自然》による精神の成長」に類似する考え方を示している——（詩中の《あなた》は《自然》）

これは実際勝手な空想かも知れない——もし私が
全て、創造された事物の中から、しっかりと睦み合う、
深い、心からの喜びを引き出そうと試みるのなら、
そして私の周りに生い茂る木の葉と花々の中に
愛と、この上なく真剣な敬虔の教訓を跡づけるのなら。
これが勝手な空想であらばあれ、もし広い世界が
この信念を声高に嘲笑うとしたところで、私には
それは恐怖も、悲しみも、虚しい困惑も、もたらさない。
だから私は野面に自己流の祭壇をうち建てる、
そして青空を、雷文に飾られた、祭壇の丸屋根にする、
野の花が生み出す甘い香りをこそ、私が《あなた》に、
唯一の《神》である《あなた》に捧げる
薫香にするつもりです！《あなた》はこんな私をさえ、
こんな貧しい犠牲を捧げる私をさえ軽蔑なさらないで
しょう。（全編）

すなわち、自然を尊ぶ傾向は、後年にもなお、少なくとも間歇的に、コウルリッジには見られる（See W. J. Bate：178–79）。これを念頭において以下を論じたい。

「チャタトンの死への哀悼詩」

再び初期の作品に戻れば、一七歳で自ら命を絶った詩人チャタトン（Thomas Chatterton, 1752–70）を悼む「チャタトンの死への哀悼詩」（'Monody on the Death of Chatterton'）には二つのヴァージョン（一七九〇年頃と一七九六年頃）があり、前者・後者ともに「エイボン川の流域からこの詩人はやって来た」という部分はほぼ同一だが、後者は大きく書き換えられ、自然描写が目だっている。

《希望》の甘美な《華》！　自由な《自然》の天才児！
あなたは早咲きの花をあれほど美しく咲かせてくれた、
広々とした空間に、豊かな香りを満たしてくれた、
あなたのために、天空の全ての眺めが虚しくも微笑んだ、
天の眺めが、過酷な世界から短い休息を得ただけだった。
（66–70）

チャタトンを《自然》と絡みあわせて歌ったあとで、

君たち森！　エイボンの岩の多い断崖の上に波打つ森！
《空想》の耳には君たちの葉のそよぎは甘く聞こえる！
《空想》は、ここで喪の糸杉で花輪を織り、次第に悲哀を
色濃くする愁いに満ちた夕景色を見るのを愛すからだ。
ここでこそ、人間界から遠く離れて、森の道無き道を
あの詩人は厳粛な想いを抱いて流浪したからだ、それは
ゆっくり流れる人里離れた川面に光を永く煌めかせて
枝伸ばす高所の樹の中から射す、星の輝きのようだった。
（114–21）

自然描写の詩人としてもコウルリッジは、早くから天分を示したといえる。チャタトン、オトウェイなど、不遇の詩人と、自己の境遇を重ね合わせてこの力を発揮したのだ。特定の人物と自然の景物をあしらった自己の感情表出の点でも、コウルリッジはこの時期からロマン派的だった。

「ナイチンゲール」二編　コウルリッジも他のロマン派詩人と同じく、自然の中に自己の感情を読み込む傾向は確かに持ってはいた。だがこの主観的傾向は、特に慣習と化した自然の見方について検証され、人間と自然との向き合いがどうであるべきかが、やがて問いなおされる。一七九六年の「ナイチンゲールに」（'To the Nightingale'）は一応この鳥を「月に添う歌人」（16）になぞらえ、従来の詩人がこの鳥を自己の憂愁の友としたことを認めつつも、貴婦人の奏でるハープより美しいこの鳥の歌声（19–22）も、妻である「わがセアラ」の声には劣るという非慣習的結末を見せる。また、自然への主観的な向き合いを代表するように思われている《会話詩》の中でさえ、慣習的主観はときどき批判の対象とされる。一七九八年の《会話詩》「ナイチンゲール」（'The Nightingale: A Conversation Poem, April, 1798'）は、ワーズワス兄妹とともに散歩しながら、この伝統的に《憂愁の鳥》とされてきたナイチンゲールを聴く歌である。

憂愁の鳥だって？　おぉ！　根拠のない考え方！
自然には愁いに満ちたものは何もないのだ、
ところが、夜歩きする人で、耐え難い仕打ちや
緩慢に進む宿痾《しゅくあ》、蔑まれた片思いなどの記憶に
心が苛まれている人（そんなわけで、気の毒な人よ！
全ての物に自分の心を読み込んで、優しい音色全てに
自分自身の悲しみの物語を語り返させた人）——
このような人、あるいは似た心情に悩む人が
この鳥の声音《こわね》を憂愁の歌と名づけ始めたのだ。　(14–22)

これはむしろ、主観的な詩想への批判であり、新しい眼で自然の万物を見ようと心がける作品である。

「失意落胆」とは矛盾せず

引用二行目の「自然には愁いに満ちたものは何もない」は、のちの「失意落胆——一つのオード」（'Dejection : An Ode', 1802）の嘆き、自然美から救いを求めることはできないという嘆きとは、矛盾するように見えて矛盾しない。この後年の作品での語り手は、月が美しいと知ってはいても美しいとは感じることができず、

外部自然の姿から熱情や生命力を得ようとするのは
無益な業、それらの根源は人の内部にあるのだから。
おぉ令嬢よ、人は自分が与えるものを受け取るだけだ、
自分の生の中だけに《自然》は生命を得るのだ。
('Dejection' : 45–8)

——《自然》の中に喜びはないと歌いながら、愁いがないと歌ったときと同じく、《自然》は人の主観的感情とは別個に存在しているという大前提に関する限り、認識は少しも変わっていないのだ。

自然界と一体となる

人とは「別個」なものとして《自然》を認識しても、コウルリッジは《自然》を人にとっての単なる他者《アザー》とはしない。それどころか彼は、ナイチンゲールを《憂愁の鳥》とするような既成概念を捨てて、自然界と一体となることを唱道する——《憂愁の鳥》を歌うより、

森の、苔むす谷間を流れる小川のそばに
手足を伸ばしていたほうがはるかによかったろうに。
太陽のそばで月光のそばで、自分の中への、自然のかたち、
音色、移ろい変わる天候の姿かたちの流入に

自己の精神の全てを委ね預けて、詩作も名声も忘れて
いたほうがよかったろうに。こうすれば詩人の名声は
《自然》（これは古びて神々しい！）の不滅性を
分かち与えられるであろうに。そうならば詩人の歌は
《自然》の全てをより美しくし、その歌自体も
《自然》と同様に愛されるであろうに！

（'Nightingale['98]': 25–34）

人と自然の理想的関係

これは一種の詩論であるとともに、人と自然との理想的関係の主張でもある。ワーズワスと同じように、慣習的な物の見方を拒絶する詩法（この詩ではワーズワス兄妹に呼びかけ、《憂愁の鳥》という観念の放棄に触れて「私たちはあんなふうに《自然》の美しい声たちを／冒涜しはしない、この声はつねに愛と喜びに／満ちているのだから」[41–3] と歌う）を唱えるとともに、「古びて神々しい」自然界の形象をあるがままに自己の精神の中へ流入させることを尊ぶのである。この点でこの詩は「アイオロスの竪琴」（'The Eolian Harp', 1795）の再説でもあるし、「独り居の中の不安」（'Fears in Solitude', 1798）で、羊歯やヒースの茂る丘に寝そべって、雲雀の声を聞く喜びにも通じる。

寝そべる間、歌う雲雀から（雲雀は姿も見せずに
独り聴くとき最も美しい吟遊の歌を歌ってくれる）、
また太陽から、そしてそよ吹く風から、
寝そべる身の上に甘美な影響力が震えたのだ。
すると、多くの感情と多くの思考とをもったこの男は
思索と綯い交ぜになった喜びを編み出し、《自然》の
様々な形象の中に宗教的な意味合いを見出したのだ！

（'Fears in Solitude': 18–24）

この男とは語り手その人であり、語り手は詩の冒頭から「これ以上に静かな場所の上空に／歌う雲雀は身を留めたことはなかった」(2–3) と語っていた。《独り居》は、自然美鑑賞の状況として当初は望ましいものとされた。

「独り居の中の不安」

そこでは自然美が「宗教的な意味合い」（既成宗教的ではなく、人間の精神の根源に連なる世界解釈を指す。この詩の六三～七二行は既成宗教批判である）へと人を導く。ロマン派詩人たちには、自然からの影響力を世界認識や人倫への思索に連ねた人びとが多い。コウルリッジはその典型である。だがこの作品では、この《独り居》の冥想は、自然界の静寂と平

安を破るに違いないナポレオンとの戦争を語り手に想起させ、さらには自国イギリスが、特に奴隷貿易を通じて行ってきた経済的収奪と極端に人倫に悖《もと》る黒人への虐待を思わせる――

大殺戮と呻吟が、我が国土の有り難き日輪の下《もと》で！
おぉ我が国の人びとよ！　私たちもまた罪を犯した、
嘆かわしいかたちで罪を犯してきたのだ、
それも暴虐な仕方で。東の国から西の国まで
非難の呻きが《天》を貫いて響いている。（中略）
そして私たちは奴隷制と苦役とを、さらに恐るべきは
私たちの悪徳を、遠国の種族にまで強いてきた。（中略）
食前の祈りみたいに素知らぬ顔で飲み干したのだ、
なみなみと注がれた富の杯から、汚染という酒を！
立派な規則の全てを侮蔑しつつ、素知らぬ顔でいて
自由と貧しい人の生活を、まるで市場での取引の如く
金貨と交換してきたのだ！

（'Fears in Solitude': 40–4; 50–1; 59–63）

――すなわち自然界が与えてくれる平安感が、戦争や残虐行為、その根源となっている経済的巨利への憎悪と並置される。自然美が人為の醜悪を浮き彫りにする。これはブレイクと同じ社会学的・環境論的美学である（六二行目の'yet'は五九行目の'demure'［素知らぬ顔で］と呼応する）。

戦争の愚と自然の相の並置

こうなると当然、反戦思想もこの自然への思いと結びつく。この詩の後半は戦争の愚を次々と歌い継ぐ。そこを飛び越して結末の部分をまずここに挙げれば、冒頭にも出たエニシダの花が再登場し

だが今は優しい夕露の時刻が、黄金色のエニシダの
果物にも似た香りを辺り一面に漂わす。（中略）
しばらくさよなら、おぉ優しく静かな丘と谷よ！
羊が踏みゆく緑の道を、ヒース茂る丘を登り曲って、
私は家路を辿る。（中略）……我が賤が屋には赤子と
赤子の母が平和の中に住んでいる！　私は足も軽やかに
歩調を早めてその方向へと道を辿るが、おぉ緑の、
そして静かな谷間よ、あなたのことは忘れないぞ！
感謝に満ちているからだ、自然の静けさと
独り居の物思いのお蔭で、私の心の全てが
優しく鎮まり、愛情に耽り、人類のために渇望する
そんな気持に相応しい姿にしてもらったからだ。

（'Fears in Solitude' : 203–4 ; 208–10 ; 225–32）

繰り返して言うなら、詩の当初と最後とに配されたこの自然界への感謝の念が、中に挟まれた人為の醜悪な行為をより醜いものとして示す効果を上げる。

生き地獄にさらに戦争を追加

もちろんコウルリッジがこの作品を書くまでに、人間の愚行についての弾劾は多くの先進的作家によって唱えられていた。ウルストンクラフトもその一人だった——彼女はイギリスに生き地獄を見ていたのである（以下はバークへの反論を含む）。

なぜ私たちの空想は、（あなた＝バークが唱えるような）墓の彼方にある《地獄》の恐ろしい光景に怯える必要があるのか？——《地獄》はこの国に闊歩しているではないか——奴隷の裸にされた皮膚の上に、むち打ちの音が響いている。休む暇のなかった労働による饐えたパンさえもはや稼ぐことのできない病者が、こっそりと身投げの淵に向かって長い「お休み」を世界に告げ、また外見だけ整った病院の中で、金持ちの付き添いが笑いこける傍で息を引き取っているではないか。（Wollstonecraft : 58）

これに戦争による人びとの苦しみを加えたのが、コウルリッジのこの作品の新しさである——「戦争による饑餓、疫病、戦闘の現実、包囲……」をイギリスが忘れたとは！

戦争讃美を批判

今日の日本の七〇歳以下の人びとには信じられないかもしれないが、日本においても、一九四二年頃までは、話が戦争に及ぶと、人びとは興奮して戦闘と勝利を讃美していたのである。ロマン派の時代にも予想されたナポレオンとの戦争について、人びとが過去の戦争による悲惨を忘れ、

我われは、国中をあげて、戦争と流血を求めて騒ぎ立てる。（中略）（天の神に誓いの言葉まで述べて）我われは何千、そして何万の兵士の確実な死のための命令を発するのだ！

（'Fears in Solitude' : 93–4 ; 102–4）

自国の民を死に駆り立てるのだから、これは同胞殺戮（fratricide）だ。しかも兵士の死さえ上品な言葉（dainty terms）で語られる——まるで兵士は苦悶することなく息絶えたかのように（同 : 113–9）。日本でも戦死を美化して《散《さん》華《げ》》と称したことを思い出しておきたい。

戦死者は天国行きとする世論

次にコウルリッジが語る直截な戦争批判は、既成宗教と世論による戦死者の扱い、すなわち戦場で殺傷を犯していても彼は天国に迎えられるとする考え方への強烈な揶揄をその中に含む。

血なまぐさい行為ののち
戦闘で斃れた気の毒な男は、殺されたのではなく
昇天を得たのだとして《天国》行きと称され、
まるで死を嘆く妻さえ居ず、彼の行為を裁く神さえ
居ないかのような扱い！
（'Fears in Solitude': 119–123）

「昇天」の部分の原文は 'translated' なので、神学用語としての「昇天された」の意味のほかに、言語上の勝手な言い換え（飜訳）の意味も示唆されている。

戦争讃美が罰される

もともとこの詩は、ナポレオンとの戦争を危惧する作品である。だが戦禍に巻き込まれるとしても、それはこれまでの戦争讃美が罰されるのだ——我がイギリスは、このような考え方をはびこらせてきたのだから、

だからこそ、災厄の日々が
我われを襲おうとしているのだ、我が国の人びとよ！
強い懲罰の力を有する《摂理》が、もし我われに
自分が発してきた言葉の意味を悟らせ、
自分が行ってきた残忍な行為が世に生ぜしめた
荒廃と苦悩とを自ら感じるように仕向け給う——もし
この事態になったなら？
（'Fears in Solitude': 123–9）

そしてコウルリッジは、戦争を招くに至った《愚劣な行為の実行者たち＝drudges, 168》は、もともと国民自身の暗愚と破廉恥な邪心によって権力の座に舞い上がったのだから、これらの政治家だけを非難する極左、より過激な言動を強いる極右には賛同せず、あくまで根源的な思考形態の改変を求める（同：160–175）。

《自然》が道徳性を涵養

このようにこの作品を読んでくると、コウルリッジが、《自然》を見ることは人間の道徳性を涵養することだと信じていた理由が次第に納得されてくる——「田園の美しさを見て感じる（単に感覚的な）歓びは、こうした歓びが及ぼしてくれる道徳的効果に較べれば、ほとんど物の数には入りません」（ジョージ・ダイヤー宛の一七九五年三月一〇日

付書簡)。コウルリッジが子育てに関してもこのような効果を重視していたことは、「深夜の霜」('Frost at Midnight', 1798)にも表れている――

かくも美しい私の赤子よ！　君をこうして見ていると
私の心は、優しい歓びで震えてくる。私は思うのだ、
君には親父とは違った知恵を学ばせよう、
遙かに異なった情景の中で！　なぜなら君の親父は
巨大都市の中で育ち、薄暗い大学の回廊に閉じこもり、
空と星以外には美しい景色は何一つ見なかったから。
だがお前、私の赤子！　君には湖のそば、砂地の浜、
古代からの山の岩々の下、雲たちの下で、風のように
歩ませてあげたい。

('Frost at Midnight', 48–56)

こうして自らの中に自然の万物を有している《神》の言語（自然界の形象）がこの子の教師となる（同：58–64）。

汎神論を容認

この時期のコウルリッジは汎神論的傾向が強く、この作品の終末である以下の詩句にも、この意識が横溢している――「君」はもちろん自分の幼子を指しており、既成宗教の《神》以上に、四季の自然がこの子の幸となると歌うのだ。

だから四季の全てが、君には甘く美しいものとなろう、
夏が大地全体に緑のころもを着せるときにも、
苔むした林檎の木の、葉が落ちた枝に、雪が積もり、
雪の房たちのあいだから、枝に留まる駒鳥が
歌うときにも、またその間、近くの藁屋根から
太陽に溶けて雪煙が立つときにも、軒の雨だれの音が
強い風の吹き止むあいだだけに聞こえるときにも、
また、もし寒気のひそやかな作用によって
押し黙った氷柱となって寒気が垂れ下がり、
静かな月に向かって静かにかがやくときがきても。

('Frost at Midnight', 65–74)

他の章にも書くとおり、汎神論はこの当時、正統派キリスト教から見て異端説として、非難の対象であった。だがこの時期のコウルリッジは、この傾向を敢然として打ち出したのだった。

T・ウォートンの川の歌

先人が与えてくれる恩恵を全て吸収しようとするコウルリッジの意欲は、科学、哲学だけではなく先行詩人の歌の中にも《知識》と《叡智》の源を見ていた。すなわち科学、哲学の目で《自然》を見るとともに、詩歌の中に

《自然》の美を歌う伝統もまた彼は受け継いでいた。実際彼が一八世紀詩歌に大きく影響を受けていることは早くから指摘されている。一例として挙げられるのが、川の美しさを自己の人生の歩みと対比する詩法、すなわちこの時代にあっては新しい感性である。特にある二つの時点における、自己と自然美の関係を歌うテーマ（ワーズワスも受け継ぐテーマ）がトマス・ウォートン（Thomas Warton, 1728–90. 森松：10 第一七章参照）によって示されたのを、コウルリッジはボウルズ（William Lisle Bowles, 1762–1850）を通じて受け継いだ。まずウォートンが、幼時を過ごしたベイジングストーク近辺の川を歌った「ソネット九・ロドン川に」（"To the River Lodon," 1777）の最初の一〇行を読みたい。

あぁ！　僕が初めて榛《はん》の木に覆われた君の堤を歩いて以来
何と侘びしい行路を僕の足は辿ってきたことか、
あの頃僕は自分の行く手全てが、君の上に輝く青空と
金色の日輪の下を巡る妖精の国の道筋だと思っていた。
そこでは僕の歌心が初めて拙い言葉を発し始めたものだ。
憂い多い記憶が、今日までの多様な生を満たしてきた。
日々の姿をさかのぼって眺めるならば、多くの喜び、
そしてそれ以上の悲しみが情景の中に目だって見える。
優しい故郷の川よ、あの頃穢れなかった君の空と日輪は
もはや僕の、夕刻を迎えた道を照らしに戻ってはくれない。

自然との接触を高く評価した新しさ

トマス・ウォートンは成人してオクスフォード大学詩学教授（在任 1756–66）の地位を得[この詩のあとではさらに桂冠詩人（1785）]、この詩の残り四行では詩人としての成功に救いを見いだす旨を歌っていながら、過去に愛した榛の木の堤のある川、その上に輝く青空と太陽こそが人生最大の幸せの基であったとするのは矛盾して聞こえる。だがこれは彼の一七歳のときの作品「《憂愁》の歓び」（*The Pleasures of Melancholy*, 1745 ; pub. 1747）の特性を考えるとき、私たちにも納得がゆく。この詩の冒頭に呼びかけられる「賢明なる女神《観　照》《コンテンプレイション》」は嵐の夜、高山で風雨と雹に聴き惚れ、また月夜には遠い潮の音を聞くことを好む。従来型の一八世紀詩における《観照》は、《自然》を見て、そこから神を求める精神活動を指すのに対して、ウォートンは宗教的冥想から離れて、従来の美とは異なる自然美を絶賛する。語り手は女神《観照》に懇願し、

物寂しい自然の相へと導けと歌うのである。

おぉ私を導いてくれ、崇高な女神よ、私の気性に合った
厳粛な暗がりへと。物寂しい木蔭へと……（17–8）

――一般の価値基準とは異なって、自然との触れあいこそが心の喜びの源泉だとした思いが後年にも持続したのだ。「色鮮やかな《春》の笑顔ばかりの光景は（中略）もはや魅力を与えてはくれない」（22；25）――美意識の抜本的変更は、榛の木のある鄙びた川への愛にも受け継がれ、この新たな美意識が、その後の詩人の出発点となるのである。

ボウルズの川の歌

さて前項にも触れたが、最初期のコウルリッジに対するボウルズの影響は、主としてこのようなウォートンから受け継がれた自然物への関心を通じてであった（野上憲男が詳説＝野上：13–26. なお後年コウルリッジは、一八〇二年／九月の書簡でボウルズが自然を見ては道徳を説くのを非難＝Coleridge, CL, II, 864）。ボウルズの『一四のソネット』（*Fourteen sonnets* 1789）はオクスフォードでの彼の指導教官であったウォートンから、憂愁と連想される自然美を受け継いだ。ここではボウルズの「ソネット四・ウェンベック川に」（"Sonnet IV. To the River Wenbeck"）を見る（ただし多くの評者は、「イッチン川に」をコウルリッジとの関連で挙げる）――ウォートンは現在の自己を過去の自己（＝旅人）と較べたが、ボウルズは未来の自己と較べる――

人に見棄てられたあなたの流れが、ウェンベック川よ！
　青苔をちりばめた岩岩の間をゆっくりと流れ、
空想の耳に、聳《そび》え立つ黒い森に向かって止むことなく
哀切なる歌を詠じ続けるとき、あぁ！　この暗黒の中で
好意ある何かの護り神に出会うように私には思われる、
そして風の中にも同情の声を私は聞きつけるのだ、
　不幸の墓の上に漏れる悲しみの溜息に似た声を。
あぁ川よ！　あなたの静かな情景は慰めの源――疲弊して
道を辿る旅人の涙に、あなたへの感謝を捧げさせよう、
旅人があなたに別れを告げるべく振り向くときに。
この先、彼は歓びのない旅路にさまようかもしれない、
だが沈思する記憶が、美しかった光で道中を飾ってくれた
あなたの景色を幾度《いくたび》もいくたびも目に浮かべるとき、
よく訪れた歓びの川よ、旅人はあなたを思い出すだろう。

コウルリッジの川の歌

「思い出すだろう」という予言を、具体的に実現している趣が、コウルリッジの「ソネット・オッター川に」(“To the River Otter”, ?1793) には感じられる。すなわち姉妹編のように二つの詩は連続しているのだ。人生の途上を意味するコウルリッジの‘on my way’はボウルズの「旅の途上」(‘on his way’)のエコーであり、ボウルズの「何という慰め」(‘Ah! Soothing’)はコウルリッジでは「慰めてくれた」(‘have… beguiled’)に言い換えられている。だがコウルリッジは、詩句の描写力で、ボウルズを凌ぐのである——(筆者は上島建吉訳［岩波文庫］を愛唱しているが、敢えて拙訳を掲げる)

懐かしい古里の小川！　西国に野生のまま流れる細流！
様々な運命をもたらした何と多くの年月が過ぎたか、
あなたの水面に薄い石を投げて、何回石が撥ねるか
数えたあの時、あの最後の時以来、何と多くの幸せな、
また憂鬱な時間が過ぎたか！　それなのに幼い時期の
楽しい情景があまりに深く心に刻まれたので、昼日中《ひるひなか》、
私が目を閉じてみればかならず、すぐさま瞼《まぶた》に浮かぶ、
景色の色合いまでまざまざと、あなたの流れのさまが。
あなたを渡る踏み板の橋、青灰色の柳が林立する川辺、
多様な色彩の、水脈を刻まれた川底の砂、透き通る水の
流れの奥に微かな光を放っている砂などが！　人生途上
に
幼年時代の幻影！　君たちは何度、大人の私の孤独な
憂いを慰めてくれたか、だが幻が醒めると愚かにも溜息、
あぁ苦労のない子供に、もう一度立ち返りたいもの
だ！

三行目から四行目と九行目から一一行目が、コウルリッジの新たな功績である。すなわち、川の印象が心に刻みこまれた時の水面の情景、板橋や柳、水脈と砂などが読者のまぶたにも浮かぶからである。そして私たちは初期のコウルリッジを自然詩人と呼んで差し支えないであろう。また、かつて眺めた美しい自然の景色が後年の人生を力づけるという、特にワーズワスに特徴的な自然美学(「ラッパ水仙」「ティンタン僧院」その他。本書七章参照)は、このコウルリッジの詩にも息づいている。ワーズワスもまたボウルズの詩を絶賛したが、この二人の詩人はボウルズの「ソネット七・スコットランドの村にて」(“At a Village in Scotland”)にも影響されたであろう。奔放に曲がりくねる川たちや白々とし

た山たちに別れを告げるにあたって、ボウルズは「私の行路をただ一人さまよい歩くときにも／飛び去った歓びの思いで私を元気づけるよう」（13–4）にとの願いをこめるのである。

自由闊達な自然描写の一例

コウルリッジはこうした初期における《自然》認識を経て、やがて自在に自然の景物を描く技法を身につけてゆく。その自由闊達ぶりを示す作品をここに一つ示しておきたい。それは自分が出向くことのできない野山の散歩を、想像によって美しく歌う詩「菩提樹の木蔭が僕の牢獄」（'This Lime-tree Bower my Prison'）である。これは、尋ねてきたワーズワス兄妹とラムが、火傷して歩けないコウルリッジを病床に残して、美しい景色を眺めに行く。その、友人達が道中で愉しむ自然美を想像し、それを自分の身の周りの景色と交えて歌った歌だ――

こんなちっぽけな
木蔭の牢獄に居残ってさえ、慰めとなる景色がたくさん
見えなかったわけではない。日射しが輝く下で透き透る
木の葉の群れが薄白く茂っている。また、私には見えた、
なにか幅広く陽を受けて光る木の葉も。見えて喜んだ、
この葉とその上の幹の影法師が、自分を照らす日光を
まだら模様に地面に映す美しさが！　あの胡桃《くるみ》の木は
豊かに彩色され、前方の楡の高みを奪って茂る
年数を経た木蔦《きづた》には、深みのある陽の光が
翳りもなく輝き、そして今はこの上なく黒い塊となっ
て、
暮れ方の微光を貫いて、黒々としているはずのその枝に
いつもより明るい色合いを与えている。今はこうもりが
音もなく旋回する。つばめは一羽も囀らないけれども
でもただ独り、丸鼻蜂が、豆畑の
花の中で歌っている！　今日から先は悟りを開くぞ、
《自然》は、賢明で純粋な人びとを決して見棄てない、
という悟りを。　（45–60）

友人が見る情景を身の回りの夕景色から想像するのだ。

第一一章　コウルリッジの反骨精神と《自然》の解釈

——特に『宗教的黙想集』について

「眼に見えないもの」

「古老の船乗り」（この訳語は上島建吉による。旧来の訳語は「老水夫行」）の冒頭に掲げられたトマス・バーネット（1635–1715）からの引用中に、世の中には「眼に見えないもの」のほうが見えるものより多いという言葉がある。ロマン派詩人の多くに見られる一傾向は、この「眼に見えないもの」を《重視》することであった。もちろんバーネットの神学的見地からの「眼に見えないもの」とは異なった、有形の自然物を物質的に眼で見る以外に、それを手がかりとしてより根源的な真理を把握しようとするのがこの《重視》の趣旨であった。したがってこの一句は、ロマン派のみならず、私たちが《自然》に立ち向かうときにも、重要な意味を持つ。私たちは現在見えているもの、常識化しているもの、それが言語化されたものに大きく左右される。それを超える認識法は、今日の環境論の中でも重視されなければならない。特に地球環境が大きく変化しつつある今、また自然の利用形態が、人間の欲望を利用して利益を上げようとする経済活動に、ますます大きく左右される今こそ、私たちの環境意識は常識的に「見えているもの」を超えて真実を洞察しなければならない。

宗教的理解の彼方に

「古老の船乗り」は、特にコウルリッジ自身が後年に追加した傍注に従った場合、明らかに一九世紀初頭のイギリスにおいて誰にでも見えていたもの、当時の常識的なキリスト教的理解の範囲でも解釈可能である。海蛇の美しさに心が愛に満たされたこの船乗りは、思わず知らず海蛇たちを祝福する（"I blessed them", 285）。すると傍注が「呪縛が溶け始める」（"The spell begins to break", 288）とふたたび宗教的な見解を示す。さらに第五部冒頭では「聖母の恩寵」（"grace of the holy Mother", 296）が傍注に記され、第六部に入ると「天使の力」（"the angelic power", 423）「天の使いの精霊」（"The angelic spirits", 482）によって船乗りが救われることになる。もちろん今日の日本で、このような解釈でこの作品を読む読者は少ないであろう。芸術作品全てについていえることだが、ロマン派の詩はとりわけ、多層的なテクスト、幾重にも読みとれる意味の集積から成り立っている。

幻想的象徴性に満つ

「古老の船乗り」の場合には、描写全体が実風景の活写ではなく、詩人の精神内部の出来事であるような、幻想的象徴性に満ちている。《眼に見えていたもの》としての物語は、「眼に見えないもの」を示唆して已まない。眼に見えていた信天翁《あほうどり》とその背後に見えた煙のような白い霧、皓々と照っていた月など（I. 77）は、のちのシャモニの谷で眼に見えた谷や川、森や樹木同様、人間世界に自然への畏敬の念を呼んで当然の景物であった。よく引用される信天翁の殺害と同じく、このとき《古老の船乗り》は、航海の単調さゆえに、この風景に愛着と敬意を抱かない精神に思わず取り憑かれる。二一世紀の私たちにもたびたびこの瞬間が訪れる。三月一一日は、単調な日常生活の中で、次第に忘れ去られてはいないだろうか？　作品の中で最も不気味な場面、ぼろ船の中の《死神》と《死中の生》のさいころによる賭（II. 195–98）は、今後日本人が、そして人類がかならず経験する重大な選択を意味し得る。特に日本人の場合、自然災害とその防備、エネルギー源をどこに求めるかの問題、原発廃棄ならそのあとの生活習慣改変の困難、核管理（廃炉および使用済み燃料棒管理を含む）の難問、近隣諸国を視野に入れた安全保障……いずれもこの不気味な賭が象徴しているように読めて仕方がない。また海蛇が見える直前の美しくも気味の悪い描写——

> 月の光は、蒸し暑さに満ちた海を嘲るほど涼しげだった、
> 四月になって訪れた霜が、拡がっているのに似ていた。
> だが我らの船が大きな影を落とすところでは
> 魔法をかけられた海水は、音もなく
> 恐ろしげな赤色に燃えて已まなかった。　（IV. 267–71）

間違った考え方、誤った政策という影の部分が巨大な船の許では、いっときは音もなく静かだとしても、未来を予言するような赤い火が実際には燃えている。海蛇以下については、もちろん生ある者への畏敬の念の重要性をこの詩は

強く印象づける。キリスト教的な倫理観と、今日で言う環境意識、当時のエラズムス・ダーウィンを筆頭とする全生物への敬意という思想が、この詩には統合されて現れる。この《統合》は、ロマン派の中でもコウルリッジにおいて特にみごとである。

人間精神に解釈された《自然》

一八世紀の自然詩人は、模倣すべき外部宇宙と文学モデルの双方に依存していたのに対して、ロマン主義では詩人自身の感情と考えによって外部世界の事実が詩歌に転換される、といわれる。「古老の船乗り」のごく僅かな例からだけでも、このことは看取されよう。そしてこの人間精神を通過して解釈された《自然》が、ロマン派自然詩の特徴だとされる（See Abrams : 21–2）。この見方はその後も大きな影響力を発揮している。後年の批評家は次のように、さらに判りやすくこれを言い換えている。

> 一八世紀には芸術家は自然の神的光の受容者、また自然は芸術家が源として頼る真理やイメジャリの貯蔵庫と考えられていた。一方ロマン主義では、自然は芸術家が自己の感情や観念を注ぎ込むことのできる受容器と見なされた。（Rookmaaker : 2）

ここで当然問題になるのは「人間精神」という言葉である。これは固定的なものではなく、各人各様に異なってもいるし、一個人の内部でも変化するからである。コウルリッジの場合「人間精神」は様ざまに変化した。なぜなら、コウルリッジは「全ての知識を調和させ」（Sept. 12, 1831 の彼自身の書き込み。See Levere : 223）ようと心がけていた詩人であり、多様多彩な自然思想（哲学はいうに及ばず、聖書や神学の唱える自然像、またこれと対立する自然科学の解き明かした真理を含む）を統合しようとする意識が極めて強い詩人だったからである。この意識が最も複雑に現れたのは、後述の『宗教的黙想集』であろうが、まず単純なかたちでのこの「統合」の例から見てゆきたい。

人間精神の象徴としての自然物

実際コウルリッジには自然物を象徴として人間の精神性を描く傾向が強い。最もよく知られているのは「アイオロスの竪琴」（"The Eolian Harp", 1795. のちに再論）の中に現れる花であろう。婚約者セアラ・フリッカーが詩人の腕に頬を乗せて座っている庭に繁茂する二種類の可憐な花——

> 何と慰めに満ちて幸せなことか、

二人で私たちの賤《しず》が家《や》の庭に座るのは。庭に生い茂るの
　は
白花のジャスミンと広い葉の銀梅花《ぎんばいか》、
（これらは《無垢》と《愛》とを良く表す象徴！）　（2–5）

――これら二つの白花は、よく茂った緑の葉にうずくまるように咲く慎ましやかな花々である。いうまでもなくこの花々が婚約者の精神を象徴する。「アイオロスの竪琴」では、このあとに続いて、同様に宵の明星が「静まりかえって輝かしい」さまが描かれ、「《叡智》もこのようであるべきだ」との、精神描出のコメントがつく。また、これ以前に書かれた「宵の明星に」（“To the Evening Star,” ? 1790）では、想念はさらに大きく展開されていた。

おぉ、星の合唱隊の中の最初に現れ、最も美しい明星よ、
　夜の娘たちの中の最も愛らしいものよ、
僕が愛する乙女も、おまえのように、純粋な歓びと
　静かな歓喜を僕に吹き込んでくれてはいけないの
　か？
（5–8）

自然詩「詩行」

セアラ・フリッカーといえば、まだ婚約中の彼女が最後に言及される自然詩「詩行」（‘Lines: Composed while Climbing the Left Ascent of Brockley Coomb, Somersetshire, May 1795’）も想起される――谷になった丘の斜面を登ると、自然のままの森から多くの鳥、殊に郭公の声が聞こえ、羊が絶壁の上で草をはむのが見え、

裸の岩が深く切れ込んだところから
櫟《いちい》の木が突出してる！　櫟の黒ずんだ緑の枝下には
（深緑の最中《まなか》に、白々とした小花を山査子《さんざし》が混ぜる）
幅広い滑らかな石が苔むす座席となって突き出ていて
そこに私は坐る――今は頂上を極めたわけだ。
あぁ！　眺めやれば何という贅沢な景色が見えること
　か！
誇り高い塔たち、私にはそれ以上に親愛な小家屋たち、
楡《にれ》が木蔭なす野面たち、そして目路を限る《海原》！
独り居る私の心は深い溜息――涙まで出てくる始末、
魅惑の眺望点なのに！　おぉセアラを連れてきていれ
　ば！
（‘Lines: Composed...,’ 7–16）

引用一行目の「深く切れ込んだ」(deep) は、九六年以降の版では「こじ開けられた」(forc'd) に書き換えられている。初期コウルリッジの自然描写は、何らの抽象観念にもとらわれない、この引用のような淡々とした味わいのものが多い。であるのに、岩の切れ込み、突き出ている自然の座席、深緑に象眼されたような白い小花の群れなど、人為の業とは無関係な自然の営為の巧み、長い年月の天然の成果が描かれる。そして権力を連想させる塔よりも親愛な小家屋が、眺望の中心となり、小家屋に住むことになる婚約者を、ここに連れてこなかったことが悔いられるほどに眺望は美しいのである。ここでも木蔭の彼方の賤《しず》が家《や》が慎ましい女の精神性を象徴する。

人と自然を常套的に連携はさせず

だが人間精神の象徴として自然物を用いるとは言っても、コウルリッジはすでに文学上の常套となっていた両者の連想を用いはしない。これは前章で二つのナイチンゲール詩について見たとおりで、「ナイチンゲールに」('To the Nightingale') では、美しいこの鳥の歌声 (19–22) も、妻である「わがセアラ」の声には劣るという、現代音楽でいう非慣習的偽終止《デセプティヴ・ケイデンス》を見せる。また「ナイチンゲール」('The Nightingale : A Conversation Poem, 1798') で、この鳥が陽気に啼きとよもす様子を歌う詩句——

まるでナイチンゲールは恐れているかのよう、四月の夜
　は
短すぎて、恋の歌声を吐露し尽くすことができず、
恋の想いに満ちる彼の魂の中から、その音楽の全てを
さらけ出すことができないと言わんばかりに。　(46–9)

——このにぎにぎしさには確かに美がある。これとは対照的に、プロクネの夫に舌を切られて鳥に変身させられた哀れな運命の鳥ナイチンゲールのイメジは「多くの詩人どもがこの奇想を谺《こだま》のように繰り返している」(23) の一行などで、完全に払拭されている。次いでまた、

もし目を閉じたならば、今が昼間ではないことを忘れて
しまいかねない!　見えてくる、夜露に濡れた新緑の葉
が
ほんの半ば開きかけた木々の、月に映える繁みの上で
ナイチンゲールたちが小枝に留まって、輝くその目が——
輝きまた輝くその目が——明るく円く開かれて光を放
ち、

その間に森蔭の中の蛍たちが群なして、女らしい
恋の灯を掲げるのが、見えてくるかも知れぬ。（63–9）

——森の中での、小動物の性の営みが、現実に即して華麗に描かれ、詩の最後では我が子が、このような自然の姿と交わりつつ生涯を過ごすように祈って、自然と人間精神のあるべきかたちという主題が、やはり入りこんでくる。

「深夜の霜」と人と自然の交流

この我が子への想いは、前章でも触れた「深夜の霜」（'Frost at Midnight,' 1798）の、特に終結部の主題でもあった。前章では引用しなかったが、我が子を「君」と呼んで、

だから四季の全てが、君には甘く美しいものとなろう、
夏が大地全体に緑のころもを着せるときにも、
苔むした林檎の木の、葉が落ちた枝に、雪が積もり、
雪の房たちのあいだから、枝に留まる駒鳥が
歌うときにも、またその間、近くの藁屋根から
太陽に溶けて雪煙が立つときにも、軒の雨だれの音が
強い風の吹き止むあいだだけに聞こえるときにも、
また、もし寒気のひそやかな作用によって
押し黙った氷柱となって寒気が垂れ下がり、
静かな月に向かって静かにかがやくときがきても。
（'Frost at Midnight,' 65–74）

——これは理想的な人と自然の交わりを歌っている。そして特に気づかずにいられないのは、あれほどに、プラトニズムを含む古来の哲学、神学、そしてニュートン後の自然科学に影響されながら、このような詩には、理論がまったく現れないことである。いや、言外に現れているとすれば、虚心坦懐に自然科学の目によって外界を観察していることである。

若きコウルリッジと自然科学

自然科学、特にニュートンのコウルリッジによる受容は、二〇世紀中に確立されてしまった彼の自然解釈についての通説によって、批評の中心的視野にはあまり入ってこないように思われる。この意味で、通説に異を唱えたワイリー（Ian Wylie）の批評は、十分に検討するに値する。前章でもコウルリッジが自然科学者プリーストリを尊敬し、詩を捧げていることを述べたが、プリーストリが示唆し、証明に失敗したことを土台として、フロギストン説を覆す燃焼理論や、諸気体の発見などの偉業を成し遂

げたラヴォアジエ（1743–94）が断頭台の露と消えたことをワイリーは語り、この偉人の先導者プリーストリへのコウルリッジの心酔に、新たな敬意を付与する（2）。そして権威ある『ザナドゥーへの道』（Lowes : *The Road to Xanadu*）での、コウルリッジが形而上学者であることから脱出した記述についてさえ、「この時期のコウルリッジの形而上学的没頭の対象は、ニュートン、ロック、バークリー、プリーストリであった」（5）とワイリーは指摘して、彼がこの時期（一七九六年頃）に決して自然科学から脱出していないとする。また『文学評伝《バイオグラフィア・リテラリア》』等でのコウルリッジ自身の、一七九五—九七年を軽視する記述に頼りすぎて、若いコウルリッジの科学への没入が軽視された経緯を述べる（7）。そして「コウルリッジが反自然科学であったとする見解は全くの誤謬である」（=Coburn. Quoted Wylie : 9）という見解も紹介しつつ、二〇世紀の英文学評論全体としては、自然の法則は詩歌とは無縁の存在とする動向が形成されたプロセスを辿る（3–10）。コウルリッジの思考過程の実情としては、彼が国家についてさえ生物学的モデルを採用したことを指摘する論評がある（Edwards : 135）。彼は一八〇〇年までに自然科学の業績と限界に次第に魅せられて行き、有機的・肉体的自然科学のプロセスは人文科学の歴史・社会についてのコウルリッジの考えに影響した。現代国家の構成の記述としてさえ、《有機体》という生物学的比喩を用いた（同）。古くから国家を人体に譬える例は多かったが、コウルリッジの場合は、自然界全体が複雑な国家構成の良きモデルを提供すると考えた（同 : 136）とされる。有機的・肉体的自然科学のプロセスは、人文科学の歴史・社会についての彼の考えにも影響したのである。

科学者への尊敬

後年、手紙の中で「一人のシェイクスピア、一人のミルトンを産み出すには、アイザック・ニュートン卿の魂五〇〇を要するだろう」（23 Mar, 1801. *CL* ii, 709）と彼が書いたのは事実であるが、少なくとも初期（一七九三年）のコウルリッジはニュートンを尊敬して、次のようにギリシャ語で歌った（これをサウジィが英訳した。See Wylie : 32–3）。

あそこにこそ、あなたは輝く、《自然》の《司祭》よ！
ニュートンよ！　聖なる諸王たちの中の王者よ。
　宇宙調和の穏やかな力によって
　　彼はその星の軌道に沿って
高空にある一つの麗しい星の回転軸を導き、あるいは……
(96–100)

評者ワイリーは、この時期にコウルリッジはまだ深くニュートンを理解してはいなかったと但し書きを付けてはいるが、この習作詩は、彼が自然科学にも相当の関心を寄せていた証左にはなると思われる。そして学位なしにケンブリッジを去り、アメリカに理想郷を建てようと図ったとき、彼は未来のイギリスの指導者に呼びかけるかたちの長詩『宗教的黙想集』(*Religious Musings*, 1794–96)を書いた。この詩には以下に詳しく触れるが、この詩の目的とするところは次のようであったとワイリーは述べている。

『宗教的黙想集』は、自国の未来の指導者になるとコウルリッジが信じていた若い急進主義者のために書かれた。この作品の中では、彼らは選ばれた集団として、すなわちベンジャミン・フランクリンの仕事を受け継ぐ哲学者・賢者として現れている。そして今や彼らは、ブリティンの革命と変貌の実行者となるべき人びとであった。(Wylie : 60)

プリーストリなど、当時の自然科学者とあい並んでいた科学者でもあったフランクリンへの言及が重要である。

とりとめのない詩か?

『宗教的黙想集』は副題として「一七九四年クリスマス・イヴに書かれたとりとめのない詩」を掲げている(公刊は一七九六年)。当初から作者自身が「とりとめのない詩(A desultory poem)」と言明し、(ラムやワーズワスには褒められたのに)一年も経たないうちに、難解にすぎるとの世評を受けて、コウルリッジは自らこの詩は「曖昧だ」と語ってしまい、後年には若い頃の形而上学と神学への耽溺の結果だったとしてこの作品を貶めた。これを受けて批評界も、その後ずっとそのようにしかこの詩を評価していない(See Wylie : 94)。だが大作には違いない。その一部を、ワイリーの解釈にはあまりとらわれずに、訳出してみたい。クリスマス・イヴの歌だから、当然、キリストが呼びかけの対象になる——

あなたの誕生の先触れとなった天使の光輝全てよりも
あなたはさらに輝かしい、あなた、悲しみの人よ!
嫌われたガリラヤ人よ!(7–9)

なるほど宗教詩らしいが、良く読むとキリストは、「迫害された善良なる人(the oppressed good man=12)」と、ユニテ

リアン派らしく、あくまで人間として描かれる。また当初の一七九六年版には、キリストの誕生を祝って

　星座を作りあげている《諸世界》の集団が
　喜んで舞い踊った。
　（12–3. The constellated company of Worlds / Danc'd jubilant. このテクストは E. H. Coleridge 編＝オクスフォード版、109頁所載）

——すなわち、複数の《諸世界》は、ニュートンに源を持つ天文学的な考え方である。「とりとめのない」詩ではなく、科学と宗教をコウルリッジらしく《統合》しているのだ。

ミルトンも複数の世界を認む

コウルリッジは、先の引用でも判るとおり、ミルトンに深い敬意を抱く詩人であった。そのミルトンは『失楽園』（その第七、八巻は自然論・宇宙論であるといって差し支えない。森松：'10参照）の第七巻で、天使ラファエルにこう語らせている——

　宇宙の広大さはほとんど無窮。数限りない星々が
　そこにあり、一つ一つの星が、おそらくは
　定められた者の住む世界であろう。（中略）
　……これら星々のあいだに人の座があるのだ。
　（Ⅶ. 620–3）

——ここでミルトンは、すでにガリレオ（ミルトンは幽閉されたガリレオを自ら見舞いに出かけている）のもたらした新天文学による、一般の星と地球との質的同一視、他の天体での生物の居住可能性を示唆していたわけである。コウルリッジが、これを意識して「星座を作りあげている《諸世界》の集団」を歌っていることは明らかであろう。

宗教詩と自然詩の混淆

先に「科学と宗教をコウルリッジらしく《統合》している」と書いたが、『宗教的黙想集』は、ミルトンの『失楽園』が宗教詩であるとともに壮大な自然詩であるのを受け継いで、宗教詩と自然詩の混淆を意図していると思われる。このあと、この点に力点を置いて『宗教的黙想集』を読むつもりだが、まず指摘しておきたいことがある。旧拙著で指摘したとおり、最近ではミルトンにおける《調和折衷主義＝Accommodation Theory》という観点が導入されている（Killeen：106ff.）。この《調和折衷》(Accommodation)という言葉は元々は神学上の概念として、実質を知り得な

い神について人間が知る行為を指していた。つまり絶対的な者と有限なる者との調和である。これを転じて、ミルトンに関しての上記の理論は、一七世紀後半において、聖書的・神学的論考に新たな科学の成果を調和折衷させて議論を成りたたせた思考法を指す。この時代の自然神学に分類される論考は、全てこの傾向を持つ。バーネット（Thomas Burnet, 1635–1715）の有名な『地球についての神聖な理論』（*Sacred Theory of the Earth*, 1681）を、『失楽園』とほぼ同時代の著作として見るならば、まさしくこの傾向が顕著で、ミルトンのこの作品にもその傾向が明らかだとするのが、調和折衷を語ったキリーンの論調である。バーネットもまた「神の摂理とともに、科学の諸法則がそれと平行してまた同時に働いているという確信」（Willey'39 : 28）を持っていたからである。

「福音書」に反する歌いぶり

さて『宗教的黙想集』に戻れば、ワイリーの指摘（Wylie : 97）のとおり、キリストの死の場面でのコウルリッジの描写は、『聖書』の記述のちょうど逆である。ワイリーはコウルリッジの詩句を示すだけだが、少し深入りしてみよう。「マタイによる福音書」では、キリストの死の直前には「地上の全面が暗くなって」（二七章四五節）、死の直後には「地震があり、岩が裂け／また墓が開け、眠っている多くの聖徒たちの死体が生き返った」（二七章五一、二節）とある。だがコウルリッジは

常にも増して神々しい光が《天》を忘我《エクスタシー》で満たした、
《天》の賛美歌は声をひそめた。《地獄》はその大口を
短い瞬間、閉じてしまった。（26–8）

考えてみれば、「福音書」では現実の地上に生じ得る様子と、地上では見られないはずの死体の蘇りを同一平面で述べている。これに対して、この時期のコウルリッジは、地上の光景はまったく述べず、キリストの死を悼む比喩として、《天》と《地獄》の様子を語っているにすぎない。つまり、プリーストリに倣って、キリスト教にまつわる《神秘》を事実として語りはせず、比喩の次元で歌ったと思われる。詩は、キリストの死を契機にした人類の発展を描きつつ、次第に世界史を語るかたちになる。

自然界の階梯を登る

コウルリッジにはまた、一八世紀の進歩的思想家の一人ハートリー（1705–57）からの影響も濃く、やがて世に理想的人物が生じ、自然界の階梯を次第に登って《父》の玉座

に達するさまを描く。今日から見ればハートリーの観念連合説は《自然》と何ら関係がないと思われるかもしれないが、ウィリーがかつて示したとおり（See Willey '40；森松：'75）、これは自然観の発達上、無視できない考え方であった。

　　　この肉の世界にありながら
《天》に選ばれた者として、人間どもの行為を
貫くような、強烈な視線を投げつけて、
変わることのない謙虚な眼差しで、《自然》の本質、精神、
活力である《彼》を見失わない人びとは幸せなるかな！
見つめつつ震えながら、自分の足下《あしもと》の、目に見える全て
の
事物――これら自然物の《父》の玉座まで導く事物――
を、
階段として踏みしめながら、我慢強く登る人びとは――。
でなければ《父》は讃えられも愛されもしないのだから。
（45–53）

自然界を《観照》し、次第により高次な物へと目を向ける人間を理想像として描く。それは羊飼いが、朝の暗がりの中を歩むうちに、朝日と、その光が見せてくれる万物に出遭うようなものだとコウルリッジは歌い継ぐ（94–104）。《神》が、《自然》の本質として語られている点に注目したい。

《一つの精神》に導かれ

コウルリッジがよく持ち出す《一つの精神》は、この作品にも言及される。これはここでは《神》と同じように感じられるが、良く読めばこれは《自然》と大きく関係していることが判る。

世には《一つの精神》、遍在する《一つの精神》、万物を
作りなす《精神》がある。その最も聖なる名は愛である。
これは人を高貴化する重要な真理！　この真理でもって
自分の魂を養い、充満させる人は、
自己の特殊な小さな軌道から、最善の出発を遂げて
飛び立つ人だ。《自分自身》から、かかる人は飛び去り、
太陽の射す中に立ち、何ら不公平な眼差しをもたずに
全ての被創造物を眺めるのだ。そして彼はその全てを愛
し、
そしてそれを祝福して、全てを非常によいと呼ぶ！
この生き方こそ最も《高き者》と共に生きることだ。
（105–14）

この部分は「人は自己の個人的興味を抑えて、《自然》の神的な力に導かれる心の用意ができたときに初めて、神的な《善》と《愛》と一体となれる」（Rookmaker : 47）と解釈されてよいであろう。だとすればコウルリッジは、「既成キリスト教的枠組みに留まろうとしながら、顕著なほど汎神論に近づいている」（同 : 48）ということになる。

万物を観照して根源に至る

そしてこの時期のコウルリッジは、《究極の現実》だけを求める姿勢を《迷妄《スーパースティション》》として退け、確かに汎神論的に、自然の万物を観照してこそ究極を知ることができるとした。

> 万物を、一つの全体となすのは、万物の中に
> 拡散して存在しておられる《神》なのだ。　（130–31）

この考え方はワイリーの指摘（Wylie : 102）を待つまでもなく、「アイオロスの竪琴」（前出。'The Eolian Harp,' 1795. 公表は1796）でコウルリッジが歌った、有名な詩句――

> こう考えたらどうか？　生気に満ちた自然界の全てが
> 多様に作りなされた有機的竪琴たちにほかならず、
> これら竪琴の上に、それぞれの事物の魂であるとともに
> 万物の《神》でもある一つの知力ある風、創造の力を持ち
> 巨大でもある風が吹いて、竪琴が思考を奏でるとしたなら。
> （'The Eolian Harp,' : 44–8）

――（上記の考え方は）この詩句の内容、そして「私たちの内部と外部にある全一的な魂」（'The Eolian Harp,' : 26）の主張を中核とするこの詩全体の趣旨と完全に一致している。自然界の個々の事物は音楽を奏でる竪琴であり、この竪琴の上に、万物の中に拡散して存在する《神》が風として吹き、究極原因ないしは《神》に至る人間の認識が生まれるというのである（*Religious Musings* : 130ff.）。

精神世界の凝集力の欠如と戦争

奴隷貿易を大きな《迷妄《スーパースティション》》として非難したのち、上記のような《神》を「精神世界の凝集力」（同 : 145）として語り（物理世界の凝集力は、ニュートンの発見した引力であることを匂わせる）、この欠如によって、「我われ人間は様ざまな精神の集合としてのアナキー」（146）となるという。そしてこのアナキーの状況によって生じたのが、この作品の執筆時にすでに勃発していた対フ

ランス戦争であり、戦争への非難は詩の主題からの「逸脱」としてコウルリッジ自身に扱われているが、この恐ろしい人間の行為の源を、彼は一種の原始信奉《プリミティヴィズム》的というべき考え方で語る。

> 原初の時代には、日付も付かない年月のあいだ、
> 羊飼いはぼんやりと、羊の群れを連れて放浪し、緑の草
> が
> 風に揺れている處ならどこにでも天幕を張った。
> (198–200)

しかし間もなく《想像力》が、様ざまな欲望を産み出したとしてこのコウルリッジ版世界史は語られてゆく。《想像力》の詩人コウルリッジが、この段階ではこのようにこの人間の能力を悪の根源として見ていたことには驚かされる。

現実主義的な認識

> しかも人間は《必要》に促され
> て次々に新たな考えを生みだし
> て行き、
> こうして《貪欲》から、また《贅沢》と《戦争》から
> 天国的な《学芸《サイエンス》》が、また《学芸》から《自由》が生
> まれ出た。
> (224–25)

——これは先ほどの原始信奉とはうって変わった現実主義的な認識である。人間の歴史上の発達は、残念ながらこのとおりであったろう。しかしこの作品では、この状態を正すために、社会の改革を目指す選良が必要とされる、と主張が補強されてゆく。貧者を放置する社会への非難が登場する——

> おぉ老いたる女性たちよ、一週ごとに、慈善が与える、
> 法律に縛られて施される僅かの食料にありつく貴女方《あなたがた》
> よ、
> ゆっくりと死ぬ貴女方よ、誰もこれを殺人とは呼ばぬ！
> 嫌われる哀願者よ、受け容れてさえもらえずに、心破れ
> て
> 満員の伝染病院の門から、よろよろと立ち去る
> 貴女方よ！　あるいは、じっと見つめたまま、絶望に
> 胸ふたがれて立ちつくす貴女方よ！
> (287–93)

実際にはこの作品は堕落した社会への抗議の詩編である。

宗教上の既成制度の没落を予言

だがコウルリッジは、なおフランス革命の成果と人類の進歩を信じていて

しばらくお待ちなさい、
《惨めさ》の子たちよ！ 《時》は近づいている、
見よ！ 高位の者《ザ・グレイト》、富める者、権力ある者、
王者たち、世界の主たる《司令官》どもは（中略）
不快な、踏みにじられる者として地に投げ出されるだろう、
ちょうど突然の嵐に無花果《いちじく》の木から振り落とされる
時ならぬ果物のように。今も今、嵐は吹き始めている。
（307–10 ; 313–15）

しかも後年コウルリッジ自身が、このあとの詩句（意識的に曖昧にされているのだが）は、「宗教上の既成制度《エスタブリッシュメント》の没落」を指しているのだと施注している（Keach : 477）。『宗教的黙想集』は、こうして現実の宗教の堕落を暗示している。

《千年王国》への期待

というのも、一七世紀の前半に輩出した多くの反体制宗派は全ての地上の汚濁が払拭される《千年王国》が間もなくやってくると期待していたが、この種の反体制的宗教観を有していたミルトンはロマン派詩人にもその影響を与えた。彼らはミルトンに文明改新の力を求めた。ロマン派時代の背景も、ミルトンのそれと同じく、《千年王国》を期待するかたちで社会への不満を述べ、ユートピアを希求するのが大衆文化の定番的な考え方になっていたとされる（Mee : 28 ; See 森松 : 10A）。フランス革命もその初期においては、この《千年王国》の実現ではないかと考えられた。

だからこそシェリーも、ブレイクと歩調を合わせるようにミルトンを、忘却状態に陥っているヨーロッパの《覚醒者》としたのだ。……彼らは、ミルトンが自己の時代に行ったことを、自分自身の時代に対して為したいと思った。
（Wittreich : 147）

シェリー、ブレイクだけではなく、ワーズワスも「ロンドン」（1802）で、「ミルトンよ、あなたはこの現代に居るべき人だ／イギリスは今、あなたを必要としている」と歌ったのに似て、このミルトンへの傾倒、《千年王国》への期待はコウルリッジにも当てはまる。『宗教的黙想集』の次の引用がこれを如実に示している。

ミルトンを自然科学者とともに

コウルリッジは「救世主がやってくる！」と詩の中で叫んだあと、「イザヤ書」三五章一節を引用するかのように「砂漠も叫ぶ！」として自然界をさえその穢れから一新させる《千年王国》の到来を告げ、

……ミルトンの吹き鳴らすラッパに応じて
一新された《大地》の、高所の森が
悦びの翎を顕わにする。うちに潜んで押し黙りながら
敬神の念深きニュートンが、常よりさらに晴朗な眼を
天に向ける。　(364–68)

また自分の子供にさえその名をつけたハートリーをも、自然科学者の一人として讃えたのち、ここでもまたプリーストリーを、当代の代表的な科学者として言及する——

見よ！　愛国者、聖者、賢者たるあのプリーストリーを、
血に汚れた政治家と偶像崇拝しか知らない聖職者たちが
暗黒の虚言によって無知な大衆を狂気に追い込み、
虚しい憎悪を抱かせて、何年にも亘って、愛する祖国から
追い出した彼を。冷静に、憐れみながら彼は国を去り、
約束された年月を期待しつつ思いを巡らせた。　(371–76)

ここに明らかなとおり、『宗教的黙想集』は既成宗教への反逆の詩であり、当時の政治への抗議であり、またニュートン、プリーストリーなどの自然科学者への敬意に満ちた作品である。ブレイクの場合もそうだが、コウルリッジのこの作品でも、《宗教》は、新たな革新的な思念を導き出す出発点なのだ。失敗作という汚名から救出されるべき極めて優れた詩である。

ミルトン等と似た活動

『宗教的黙想集』は「一七九四年クリスマス・イヴに書かれた」と副題にあるけれども、オリジナル版の出版は一七九六年である。このちょうど中間の一七九五年にコウルリッジは、ブリストルにおいて、ピット政権による二つの法案に反対する講演を行っている（See *CW* vol. 1, 257ff., especially 277ff.）。プリーストリーと似た活動である。コウルリッジ自身の、この講演での言葉を使えば、

これら二つの法案のうちの第一（反逆罪法 = Treason Bill）は、出版の自由を暗殺しようとする企てであり、

第二（集会禁止法＝Convention Bill）は、言論の自由を窒息させる企てである。（中略）陛下に対する暴行は、口実に過ぎない。

（*CW* vol. 1, 286. 訳文中の丸括弧内は森松による訳注）

一七九五年一〇月に、英国王ジョージⅢ世の馬車が襲撃を受けた。これを口実にこれらの法案が提出され、すでに実質上前者は国会を通過していた。この中でコウルリッジは奴隷制に反対し、反戦思想を丸出しにしている。この長い講演の中でもミルトンの言葉がなお我われ国民に語りかけている（*CW* vol. 1, 290）と彼は主張する。ミルトンの時代にも、一旦は検閲法が廃止されたのち、新たな権力者となった長老派が、新規の検閲法（一六四三年六月）を発布した。この言論弾圧への抗議が『アレオパジティカ』（*Areopagitica*, 1644）であり、これは無許可のまま出版された。コウルリッジがこれに倣って講演を行ったことは、先のミルトンへの言及からも明らかである。『宗教的黙想集』は、宗教的叙事詩兼自然論なのである。

自然美の中にこそ理想の生活

そしてこの詩を後戻りして読めば、コウルリッジが哲学者や詩人の夢想と現実を描いた箇所が、この作品の核心を示していたといえる――

あの日の輝かしい幻影よ！
彼らの眼前に漂うのは、夏の真昼に
弓なりになったロマンティックな岩の下に背をもたれて
潮風が若かった彼らの髪を吹き上げるのを感じたとき。
あるいは花咲く季節に、穏やかに晴れた夕刻、
とりとめもなく足を運びながら吸い込んだ
漂う花々の香り、羊の群れ、そして森、
様々な色合いの流れ、沈んでゆく夕陽、
夕陽を囲む豪華な彩りの雲の一団、恍惚として眺めた
その景色！ 幻影から目覚めて、彼らは家路に
向かいつつ、地上に目を向けた。心の中で沈思した、
なぜこれほど美しい世界の中にこんな窮乏があるのかと。

（248–259）

自然詩としての側面も、この詩は備えているのである。

「クブラ・カーン」

そしてこの章の最後に、「クブラ・カーン」（'Kubla Khan', 1797–8 ; 1816）を読んでみたい。あまりに有名で、多岐に亘って解釈されてる詩についてではあるが、描いけれども、自分の

読みを、全訳を添えて示したい。これも「眼に見える」描写よりも、その裏側の「眼に見えないもの」が重要な作品であることはいうまでもない。詩の冒頭では、《人には計り知れない》暗闇を抜けて、アルフ川が《太陽のない海》に向かって流れている。筆者もこの川を人生の象徴と解する。いかに豪華を極めても、クブラにはこの川の洞窟やその先の《太陽のない海》は窺知し難い。人生の困苦や死が示唆されていることはいうまでもない。

成都にてクブラ・カーンは
　堂々とした歓楽の宮殿を　造営させた。
そこでは聖なる川アルフが
　人には計り知れない洞窟を抜けて
　　太陽のない海に向かって　流れていた。
かくして　五マイルの二倍の豊沃な土地が
防壁と塔を　帯状に巡らせて　囲い込まれた。
あちらにはしなやかに曲がりくねる小川の輝く庭があり
ほとりには芳香を捧げ持つ幾多の樹木があった。
こちらには岡と同じく年古りた森が連なり
青葉が陽を受けて点々と光る姿を包み込んでいた。

――後半の六行は生の世界を自然美を連ねて描いている。次の部分では性的描写と思われる象徴性が目だつ。これもまた快美を極めた帝王の生活を暗示する。これも自然の形象の活かされた描写である。

生活の快美を極めた帝王

しかし　おお！　杉林を斜めに横切って
緑の岡を下る　あの深い、ロマンチックな峡谷よ！
荒涼たる峡《はざま》よ！　かつて欠けてゆく月の下で
悪魔の恋人を求めて泣き嘆く女が
度たび訪れた場所に似て聖く魔法のかかった割れ目よ！
この峡から、絶え間なくぶつぶつと泡立ちながら
まるで大地が　早く激しい息使いで呼吸しているように
力強い泉が絶えず刻々と吹き上げられていた。
その急速な半ば間欠的な吹き上げに混じって
巨大な断片が　跳ね飛ぶあられの粒のように、あるいは
枷の下のもみ殻混じりの穀粒のように　跳躍していた。
そしてこの踊っている岩石の間に　同時にそして常に
峡は刻々と　聖なる川を吹き上げていた。

――生命の躍動感、帝王の肉感的な生活ぶりが、ここでの

「眼に見えないもの」に相当する。だが、次には一転して、表面的に見える平和と、その下に

隠れて見えない危険

隠れて見えない危険とが示唆される――

迷路のような動きで五マイルのあいだ　曲がりくねり
森と谷間をくぐり抜けて　川は流れ、
それから　人には計り知れない洞窟に達し
轟きとともに　生命のない大洋に沈み落ちていった。
そしてこの轟きのなかにクブラは　遠い彼方から
戦争を予言する先祖の声を聞き取ったのだ！
　歓楽の宮殿の影法師は
　波間の半ばに　漂っていた。
　そこには聞こえてきていた、あの泉と洞窟との
　合い混ざった調べの音色が。
それは稀に見る奇跡的な巧みだった、
氷の洞窟のある　陽の当たる歓楽の宮殿は！

死の象徴《生命のない大洋》だけではなく、《戦争を予言する先祖の声》が聞こえ、《陽の当たる歓楽の宮殿》も、その下方はいつ溶解するかもしれない《氷の洞窟》に支えられている！　川（クブラの生）は洞窟に落下する！　これに引き替え、

詩人にとっての《歓楽の宮殿》

詩人にとっての最重要な《宮殿》は、美少女と、彼女の歌が象徴するもの――穢れのない美である。

　ダルシマーの琴を抱えた　ひとりの乙女を
　私はかつて　夢に見たことがある
　それはアビッシニアの少女で
　彼女はダルシマーをつまびきながら
　アボーラ山のことを歌っていた
　もしも私が　わが胸の中に、彼女の琴の音と
　彼女の歌を　再生させることができたなら
　それは私を深い喜びへと誘うあまり
　音高く　響きやまない楽の音とともに
　私は空中にあの歓楽の宮殿をうち建てるだろう。
　あの陽を受けて光るドームを！　あの氷の洞窟を！
　すると聞きつけた全ての者が　それらをそこに見て
　声を合わせて叫ぶだろう、「気を付けよ！　注意せよ！
　彼の火と燃える眼に、彼の打ちなびく髪に！

彼の回りに三重に輪を書け、
そして神への恐れをもって眼を閉じよ、
なぜなら彼は　神饌を食してしまったからだ、
楽園のミルクを飲んでしまったからだ」

俗界とは異なった、神の食事も同然の美に巡りあう詩人の《歓楽の宮殿》に、俗人は恐れて近づくこともできない。なぜなら詩人は、《火と燃える眼》で、本来なら《見えないもの》を見てしまったからである。

第一二章　「アイオロスの竪琴」、「シャムニの谷」、「失意の歌」など

――コウルリッジ《一つの精神》の諸発展

「アイオロスの竪琴」

『宗教的黙想集』より少しあとの一七九五年に書かれた「アイオロスの竪琴」にも、この『黙想集』と類似した《一つの精神》の考え方が現れることはすでに述べたとおりである。だがこの詩の主題は、これを言い換えた《自然》の根源である「人の内部と外部にある全一的な魂」の周囲に集中するから、改めて取り上げておきたい。自然描写の点では、これは『宗教的黙想集』の比ではない美しさを持っている。しかし遙かに日常的で、厳粛さには乏しい。前章の引用をさらにその先まで訳出すれば

　　何と慰めに満ちて幸せなことか、
二人で私たちの賤《しず》が家《や》の庭に座るのは。庭に生い茂るのは
白花のジャスミンと広い葉の銀梅花《ぎんばいか》、
（これらは《無垢》と《愛》とを良く表す象徴！）
そして雲を眺めるのは。雲は先ほどまでは豊かに光を
　浴びていたが、
今、ゆっくりと憂色を帯びてくる。また宵の明星が
静かにも輝かしく（叡智はこのようであるべきだ）、
雲の向かいに照り映える！　向こうの豆の畑から、風が
捉えてくる香りは何と香り高いか！　世界が何と静ま
　ることか――。
遠方の海原の、静やかな波の音だけが
私たちに静寂を教えてくれる。　（2–11）

詩はここから始まって、次の思索の部分に入り、のちにまた具体的な自然描写に至る。永らく、ロマン派の自然詩の構造として喧伝されてきたかたちを、ワーズワスの「ティ

ンタン僧院」などとともに、典型的に示す作品である。だがこの描写の部分では（「豆の畑からの香り」だけは、一八世紀自然詩の模倣だといわれても仕方がないが）暮れゆく雲との対照によって宵の明星が照り映えて見えてくる推移といい、いつもは聞こえない海の調べが聞こえて初めて意識される静寂といい、自然詩の醍醐味を味わわせてくれる。

婚約者、竪琴、風を一体化

アイオロスの竪琴が、恋人の愛撫を実際には誘うような、表面は拒絶の音色を奏でる次の部分は、この詩の、語り手、その婚約者、竪琴、竪琴を吹き鳴らす風などを一体と化して描写にまとめ込む。それがさらに大波の浮き沈みに譬えられて、《自然》と人間界の混淆という、コウルリッジらしい統一性がさらに高められる。

悪ふざけを続けて！　と誘うような！　すると今は竪琴
　の弦が
より大胆に愛撫されて、あとを追って続く長い音色は
快感に満ちた大波の浮きと沈みにも似て
夕刻の海の妖精が発するかのような、優しく、漂う音色、
魔法のような音色だ。（17–21）

上島建吉は「大胆な官能描写」（岩波：152n）の可能性を示唆しているが、まさしくその意図が読みとれるのである。婚約者が自分に寄りかかっている庭の雰囲気が彷彿とする。

受動的描写から能動的な自然愛へ

ここへ後年唱えられたロマン派詩の典型的構造をあらかじめ知っていたかのように、一八一七年に、有名な「全一的な生命」の一節が挿入される。「全一的な生命」の考えはコウルリッジのドイツ旅行のあとに生まれたとする（Rookmaaker : 34）のは、先に見た『宗教的黙想集』の引用から見ても間違いであろうが、竪琴のイメジと「全一的な生命」は両立しないという同じ評者の意見（同）は正しいであろう。なぜなら、竪琴のイメジは《自然》の力によって奏で出される、人間の側の受動的な感情を示すのに対して、「全一的な生命」のほうは、人間の側にもその魂があるわけであるから、人間から《自然》への働き掛けも示すことになるためである。「全一的な生命」の概念を導入するなら、人間の《自然》への影響力が、双方向的に、《自然》の人間への影響力と調和する意味になるのである。

おぉ！　私たちの内部と外部にある全一的な生命、
全ての動きに立ち向かい、その魂となる生命、
音の中の光となり、光の中の音のような力となり、
全ての思考の中のリズムに、全ての場所の喜びとなる生
　命。
――思うに、この生命が満ちる世界では
万物を愛さずにいることは不可能だったことであろう。
この世界では、そよ風も歌を歌い、黙って静かな空気さ
　え
やがて奏でる竪琴の上で眠っている《音楽》なのだから。
（26–33）

これは私たちの内部にもある生命であるから、愛するということが、能動的な人間の行為として示されている。

連動する後半の一節

そしてこの挿入された一節は、
前章でも引用した次の一節と密接に連動している――連動はするが、人間精神は遙かに受動的となり、それゆえに、遙かに自然界の一環として他の自然物と同一の調和性を示すことになる。

こう考えたらどうか？　生気に満ちた自然界の全てが
多様に作りなされた有機的竪琴たちにほかならず、
これら竪琴の上に、それぞれの事物の魂であるとともに
万物の《神》でもある一つの知力ある風、創造の力を持
　ち
巨大でもある風が吹いて、竪琴が思考を奏でるとしたな
　ら。
（44–8）

'What if'で始まるこの四行は、この書き始めが示すとおり、断定を避けてはいる。しかし引用四行目の「万物」には人間も含まれることは確実であり、この四行に先立つ、丘に寝そべっていた語り手の胸に沸き起こった冥想は、自ら考えたというのではなく、「一つの知力ある風」がいわば自然発生的に醸し出した思考ということになる。ここではふたたび、詩は「創造の力を持ち、巨大でもある風」ないしは《自然》の力に動かされて《自然》と一体化する人間を描いている。人間を自然の一部とし、その中で静かに「一つの知力ある風」に奏でられる自己の心という境地を、この四行のほうが、挿入部分よりも、よく示しているのではなかろうか？　なお周知のように、この詩の結末は婚約者が正統派キリスト教の持ち主であることから、それまでの汎神論に傾く考え方を否定するかたちで終わっているが、そ

れがかえって、この詩独自の自然観を読者に印象づけているといえるように思われる。正統派キリスト教の詩句は慣習的終止を導き、それ以前が本音なのだ。

さて次の作品を見る前に、コウルリッジとワーズワス兄妹のドイツ旅行に触れねばならない。コウルリッジは妻と子供をイギリスに残したまま、一七九八年九月一六日ヤーマスから出て一九日にハンブルグに到着している。そこではカント学者たちに出会って影響を受けた。やがて翌年、ワーズワス兄妹とは別個に、ゲティンゲンではブリュメンバッハの自然科学の講義を聴いた。自らも自然科学を勉強し、多くの哲学書を得てゲティンゲンを去り、その後地質学も学んだ（Levere : 19）。ブラウンシュヴァイクでワーズワス兄妹と合流したのち、ツィンマーマン教授からスピノザの重要性を聞き、同じブラウンシュヴァイクではヴィーデマン教授から解剖学、化学、鉱物学を教えられている。この年七月末に帰国するまでに、多くの想念が新たにコウルリッジに流入したわけだ。さらに一八〇二年の一月、イギリスの化学者デイヴィー（Sir Humphry Davy）による講義に魅せられ、朝方の講義全てに出席した。その結果、コウルリッジはむしろ、化学合成と想像力の合成力とを同一視した（Levere : 29）といわれる。精神の創造力と形態、およびそれと相似関係にある自然の力と形態には、調和と類同性が存在すると考えたわけである。ライプニッツにも触れ、感覚による経験より、精神の創造を重んじるようになった（See Rookmaaker : 106）。彼の詩には、これらの勉学の影響が微妙に作用しているはずだが、自然科学の示す驚異と、自然の景観の驚異とのあいだの類似性に、それを支配する全能者を見てとったとすれば、次の作品への理解は、より容易になるだろう。

「シャムニの谷にて」

ここで、先の「全一的な生命」概念を用いた、ドイツ旅行以降の作品「日の出前の賛美歌――シャムニの谷にて（'Hymn Before Sunrise, in the Vale of Chamouni', 1802）」に目を移したい。この八五行の作品は二〇行の他者の詩を基に拡大したものである（*TLS*, 28 September 1951. See Keach : 562）とされたためか、あまり重要視されていない。しかし音楽における「……の主題による変奏曲」以上に、実際にこの地を訪れたコウルリッジ自身の想念が染みこんでいるのだから、当然ここに取り上げてよいと思う。作者注（See Keach : 562）によれば、シャムニはサヴォイ・アルプス中の高山で、恐ろしいばかりに野生的な《自然》の姿を示し、同時にこの上なく優しい景色も持ちあわせるという。氷河の水が溶けて、牢獄から驚喜して飛び出してくるような巨人を思わせる水流を放ち、幾筋もの激流となって流れてゆくという。そこを見、その音を聴いて無感覚ではいられない、と述懐したのち「この驚異に満ちた谷に居て、いったい誰が無神論者となるだろうか、無神論者で居ることができようか」と結論づける。これはこの六三年前にグレイが手紙で報告したアルプスでの印象に極めてよく似ている。グレイは——一七三九年一一月初頭、友人ウォールポール（Horace Walepole, 1717–97）とともにモンスニに登り、アルプス越えをした。峻しい高山の風景に心を打たれ、「断崖の巨大さ、川の轟く音色、その川に注ぐ激流の轟音、氷と雪に覆われた巨大な絶壁、自分の足下と周囲にたなびく雲、これらは実際に見なくては心に思い描くことのできない風物です」(Letter to his Mother, Nov. 7, 1739; Crofts : 78–9 ; Toynbee I, 126) と述べたあと、グランド・シャルトルーズ（大カルトゥジオ修道院）に向かう山道で見た自然の姿が、到着したトリノの王宮の豪華さを凌いで自分を感激させたとも告白している——

　トリノの王宮ほど壮大で簡素な《人為》の作物には出逢ったことがありません（中略）。ですが、《自然》の作物は、表現を絶して私を驚かせたのです。グランド・シャルトルーズへの小旅行のあいだ、驚きの叫びを発しないでは一〇歩と歩けず、抑制さえできませんでした。一つの絶壁、一つの奔流、一つの崖さえ、宗教と詩歌に充ち満ちていないものはありませんでした。それを眼にする以外の議論は無用、ただただ畏怖の念が無神論者を信者に変えそうな景色の数々です。昼日中《ひなか》に、そこに精たちを見るのに、あまり突飛な想像力を要しはしないのです。眼前に《死》の姿が絶え間なく見えるのです、心を怯えさせずに落ち着かせるぎりぎりの距離に、《死》の姿は遠ざけられてはいましたが。

(Letter to Mr. West, Nov. 16, 1739 ; Crofts : 80 ; Toynbee I, 128)

引用中の傍点は本書筆者によるものだが、グレイの手紙のこの部分とコウルリッジの感想が酷似するのである。「アイオロスの竪琴」の最後の部分と同様に、コウルリッジの《神》についての観念が影響を受けた証左かもしれない。詩を読んでみよう。

「日の出前——シャムニ」を読む

詩行に入る前に、次のような前置

きがある（先のコウルリッジ自身の註釈にも語られていたのだが、重複するので解説から省いた）。

アルヴおよびアルヴァイロン両川のそばで。両川はモンブラン山の麓に水源を持つ、すなわちこの山の斜面からは五本の、はっきり見える滝がほとばしり落ちている。そして氷河から数歩離れたところに、大花リンドウが、この上なく愛らしい青色をした花を咲かせて、数限りなく生えている。（前置き）

そして詩が始まって間もなく、《眼に見えないもの》への祈りと敬虔の念が語られることに注目したい――《眼に見えないもの》が宗教的意味を帯びているのだ。

おぉ至高のモンブランよ、君は明けの明星を
嶮しい登攀の途中に留めおく魔力を持っているのか？
明星はかくも長い間、君の恐ろしげな禿頭に休んで見える。
君の底部には、アルヴとアルヴァイロンの両川が
絶え間なくさんざめく。だが甚だ恐ろしげな姿の君よ！
君は静まった海のような松林を、何とまた静かに
掲げていることか！　君の周りと上方では、
空気は濃密で暗く、実質に満ちて黒く、
黒檀の塊を為す。君はどうやら、くさびを用いるように
空気を劈《つんざ》いているのだ！　だがもう一度見れば、
この空気は君の静謐な家、君の水晶の神殿、
太古からの、ほかならぬ君の住処！
おぉ恐ろしくも静まった《山》よ！　君を凝視するうちに
君は、私の肉体の眼にはなおも映じていながら、
思考の中から消えてしまった。祈りに我を忘れて
私は《眼に見えないもの》だけを仰ぎ崇めたのだ。
（1－16）

次の箇所では、美しい音楽のように思えたこの美しい景色が、思考と混じり合い、次第に語り手の宗教的感情が高まる。

《天》まで膨らんだ《魂》

だが時間を紛らすメロディのように、
聴いていることを忘れるほどに麗しいメロディのように、

君はその間に私の《思考》と混じりあっていたのだ、
そうだ、私の命と、命の隠れた歓びと、混じりあったのだ、
ついには、膨張した《魂》が恍惚として、眼前を過ぎ行く
強大な幻影の中に吸い込まれ——《魂》本来の姿のように
ほら、《天》まで、巨大なかたちで膨らんだのだ！
(17–23)

次に語り手は、自己の覚醒を促し、自然物にも神に捧げる自己の《賛美歌》に和するように呼びかける——

目覚めよ、我が《魂》よ！　お前はただ受動的称賛を
語るだけでは済まぬぞ！　湧き出す涙や押し黙った感謝、
胸に秘めた恍惚の念だけでは不十分！　目覚めよ、
美しい歌声よ！　目覚めよ、我が《心》よ！　目覚めよ！
緑の谷よ、凍てついた岩々よ、私の賛美歌に和したまえ。
(24–8)

さらに次の二〇行は、最初は自然物の賛美に見えながら、実質は神への賛美となる。

自然物の存在はどなたのお蔭か

君、この谷の原初で主《ぬし》たる、唯一の君主モンブランよ！
夜中、暗闇と格闘を続けた君、
夜っぴて隊列を組む星々のおとないを迎えていた君、
星々が登るとき、沈むときに挨拶を贈られていた君、
暁には明けの明星の輩《ともがら》であった君、自身が
《大地》の薔薇色の星であり、明星とともに暁の先触れである君、目覚めよ、おぉ目覚めよ、賛美を唱えたまえ！
どなたが君の日も射さぬ岩柱を《大地》深く沈めたのか？
どなたが君の顔《かんばせ》に、薔薇色の光を満たしたのか？
どなたが君を、永遠に流れる本流の親に仕立てたのか？
そしてお前たち、激しく喜ぶ五本の奔放な滝たちよ！
どなたが君たちを、夜陰と全き死から呼び醒ましたのか？
暗黒と氷の洞窟から君たちを呼び寄せて、この崖なす岩、
黒々と、凹凸激しき岩たちに永久に打ち砕かれつつ、

永久に同じ姿で、流れ下るようにさせたのか？
どなたが君たちに不死身の生命力を与え、
君たちの力、速度、激しさ、喜びを、
君たちの雷の轟き、永遠の泡立ちを与えたのか？
そしてどなたが命令したのか（命令とともに静寂が訪れた）
ここで大波が固まり、休息を得るようにと？　(29–48)

《一つの精神》という概念から出発したコウルリッジの自然観が、《自己—自然物—その両者への生命の付与者》という三者からなる構造へと微妙に変化し、第三のものが人間自体の内部にも宿っているという観念は曖昧化される。

「神だ」と叫ぶ自然物の谺

さらに、落下の姿の氷、おそらくは氷河の斜面と思われるものに対して、また激しく落ちる途中で凍てついた瀑布に対して、「神だ」と谺するようにと歌う——

君たち氷瀑よ！　君たち、崖の縁から
巨大な峡谷の数々を、激しく崩落しているものよ——
強大な声を聞きとって、この上なく狂おしい落下の
真っ最中に突如として落下を止めたと思われる君たち
よ！
動きのない激流よ！　鳴り響かない瀑布たちよ！
どなたが君たちを、冴えわたる満月の下で、
《天国への門》のように燦然と輝かせるのか？　どなたが
君たちに虹の衣を着せるのか？　どなたが君たちの足許
に
最大に愛らしい青色をした花々の輪をうち広げるのか？
神だ！　激流たちに、諸国民の叫びのように、答えさせ
よ！
そしてこの氷の平原たちに「神だ」と谺させよ！
「神だ！」と君たち草地の小川よ、喜びの声で歌え！
君たち松林よ、優しい、魂の声のような音色で歌え！
すれば彼方の雪の大建物たちもまた声をあげて、
危険な落下の際に雷と轟くだろう、「神だ！」と。
(49–63)

ここでは《どなた》は《神》へと具体化されて、人間の内部のみならず、自然物の中に宿る《一つの精神》という概念から、人間や自然物の外部から全てを統べる絶対者の存在という概念への変化が見られる。だが人、自然、絶対者が連なっているという点で、これは《一つの精神》の発展した考え方であるといえよう。

百千の声で神を讃える大地

この神への賛美はこのあとも最後まで続く。標題の「賛美歌」は、比喩ではなく、真正なる神への奉納歌を意味していたことが明らかとなる。

君たち、永遠の氷結を縁取っている生きた花たちよ！
鷲の巣のまわりで戯れている野生の山羊たちよ！
君たち鷲の群れ、山の嵐の遊び友達よ！
君たち雷光、雲が放つ恐ろしい矢たちよ！
《神》と叫びたまえ、そして丘々を讃美の声で満たしたまえ！

真白い山、君もまた！　峰々が天空を指し示し、
しばしばその基底部から、音もなく、雪崩が
純なる静寂に煌めきつつ、君の胸部にベールをかける
雲の深みにまで煌めきを投げつつ落下している——
ふたたび呼ぼう、驚嘆すべき山よ、君もまた！
私が、しばらく崇敬のお辞儀をしていた頭部をもたげて
君の基底から上方へと向け、涙で潤み霞んでしまった目で
ゆっくりと君のすがたを眺め見るときには
まるで私の前に立ち昇ってきた蒸気多き雲のように、君は
厳かに見えるのだ——君も立て、おぉ恒《つね》に立ちてあれ、
《大地》から登りゆく、雲なす香の如く立ち昇りたまえ！
連なる丘の中に王座を得た高山、王者のような精よ、
《大地》から《天空》に向かう畏敬すべき大使よ、
偉大な高僧のような山よ！　静まった空に語り聞かせよ、
星々に語り聞かせよ、いま昇り来る朝日に語り聞かせよ、
《大地》は、その百千の声で《神》を讃えていることを。
(64–85)

自然描写そのものは依然として美しい。しかし繰り返していうなら、この一八〇二年作の「賛美歌」では、《一者＝One》とか《一つの生命》という表現は姿を消し、実際には神を示す《どなた＝Who》は六回、《神》という言葉自体が五回使われて、最終行の最後の単語も「神」である。コウルリッジはこの段階で、自然宗教的、汎神論的自然観から距離を置き始めたと見るべきではないだろうか？

「深夜の霜」の中の神

《神》という言葉は直ちに、「深夜の霜」(1798) の中の有名な一節を思い出させる。父親と違って自然の中で生きるこ

とになる我が子（周知のように、この子は出生当時コウルリッジが尊敬していたデイヴィッド・ハートリーの名をつけられた）の未来を寿ぐ一節である。自然形象が神に優先している。

ところがお前は、私の赤子よ、お前はそよ風のように
湖たち、砂浜たちのそば、また大昔からある岩と崖の下
を
また、雲たち、すなわち大きな姿で、湖や砂浜、岩と崖
の
形をみせてくれる雲たちの下を歩くのだ。だからお前は
あの永遠の言葉の愛らしい形、意味を伝える音を
見聞きできるだろう。その言葉は、
《神》の発せられるお言葉、
《神》は永遠の昔から、万物の中で《神》自身を
お示しになり、また御自身の中に万物を示されるのだ。
偉大なる普遍遍在の教師！《神》はお前の精神を
お造りになり、精神を与えてお前に《神》を求めさせる。
（'Frost at Midnight', 54–64）

ここではなお自然宗教的な《神》が語られる。これと比較すれば、コウルリッジの考え方の変化発展が見えよう。

「失意の歌」

さて先の「日の出前の賛美歌——シャムニの谷にて」（一八〇二、九月発表）と同じ年の「失意の歌」（'Dejection: An Ode', 一八〇二、一〇月四日発表）をここで見ておきたい。前者と異なって、有名な作品であるから全詩行の訳出はしないが、これも《自然》に関連する詩である。一般には「——への手紙」（「——」は片恋の相手セアラ・ハッチソン）と題される三四〇行の詩から一三九行を抜き出したものとされる。しかし逆に独立したこの一三九行の詩を基に膨らませたのが「——への手紙」だという説（Dekker: 15ff.）もあり、こちらにも信憑性がある。少なくとも作品の首尾一貫性という意味では、抜粋としてではなく、《自然》を正面から問題にした「失意の歌」であると読んでよいだろう。自然美を感じられなくなったという主題にもかかわらず、冒頭から美しい自然描写——それも異様に不気味な描写が相次ぐ。今夜吹きそうな大風はアイオロスの竪琴を鳴らしてくれないほうがいい、と歌ったあと、三日月を描く——

なぜなら、見よ！　新たな月が冬らしく冴えわたり、
亡霊じみた光が月面を覆っている、
（涙が溢れたような、亡霊じみた光が覆ってはいる、

だが銀の糸が月らしく縁取り、円形に仕上げている)。
新たな月が古い月を抱いているのが見えるから、まもなく
雨と疾風が近づいてくることを予言しているのだろう。
そしておぉ！　今すでに烈風が高まっていればいいのに、
夜の横殴りの雨が声高に猛烈に吹きつければいいのに！
(9–16)

この詩の巻頭銘句《エピグラフ》として、三日月の左にうっすらと円形が見えるのを、風雨の前兆として歌う民謡が掲げられており、この銘句がここで見事に活かされて、語り手の心の中にすでに吹き荒れている嵐を読者に感じさせる。事実、詩は、嵐が「この胸の鈍痛を驚かして、苦痛を生きて動かせて欲しいのに」(18) と歌い継がれる (この胸の痛みは、セアラ・ハッチソンの姉がワーズワスとこの一〇月四日に結婚したこと、自己の七回目の、不幸な結婚の記念日に当たったことから生じたとされる)。

この詩の中心主題　第二連にはこの詩の中心主題が現れる。ここは優れた女よ (O Lady!) と呼びかけた相手に向けて語られている。雲が動いているのに、星が動くように見えるという夜空の魅力、青い天空に固定されて生え育った月の冴えなどが絶品！

こんなに芳しく静かな、長い夕べのあいだ、
私はずっと、西空を眺め続けていたのです、
西空の黄色がかった、独特の色を眺めていたのです。
今も眺めています——だが何という虚ろな眼で！
上空の薄い雲は、切れ切れに、また筋となって
自分の動きを星々に譲り渡しているかのよう。
雲たちの向こう、あるいはその隙間に滑る星々は
煌《きら》めくかと思えばおぼろになるが、常に見えています。
あそこの三日月は雲のない、星もない青い海に
生えているかのように身動きもしません。
私には全て、あんなに麗しい姿で見えますが、
見えますけれど、どんなに美しいかが感じられません！
(9–16)

注目すべきは、この一節には二つの眼があり、一方は字面どおり、自然美を感じなくなった自己の心を見つめ、他方は美しい夕空と三日月を描写している。つまり一つには、次男 (生まれた翌年に亡くなった) をバークリーと名づけた

ほど影響を受けた哲学者バークリー（George Berkeley, 1685–1753 ; See Levere : 16）の、人間の心あって初めて事物は存在するという観念の影響が見られる。その一方でこれほどにも美しい夜景の描写は、この詩には欠かせない。自然美を読者が味わってこそ、それを受け容れられなくなった詩人の嘆きが伝わるからである。

《自然》の美醜は我々の心の反映

第三連の最後では、「感情と生命の源は心にこそある」と歌って、第二連の嘆きを補説する。第四連冒頭では、また同じ女性に呼びかけて、我われは自分の心が自然に与えて初めて自然の美という恩恵を受けとるのだという想いを語り、そのあと、

《自然》は私たちの生命の中だけに棲むのです。
《自然》の花嫁衣装も、死の装束も私たちの心に過ぎぬ！
　気の毒な、愛のない、常に世事に気を揉む群衆に
与えられる、あの生命のない冷たい世界より高度な価値
　を
もし私たちが、何であれ《自然》の中に見たいのであれ
　ば
あぁ！　我々の魂自体から、《大地》を包み込むよう
　な
　光が、栄光が、また美しく輝く雲が
《自然》に向けて発されなければならないのです。
（48–55）

今日私たちはバークリー哲学には賛同しないだろう。だがこの一節には真理を感じるに違いない。自然美の受容力はまさしく私たちの心次第である――コウルリッジはここで鬱屈した現在の自分には自然美は無意味となったと語っているが、やがてキーツが歌い上げるとおり、憂愁の時にこそ自然は多くを与えてくれることもある。コウルリッジは期せずして、私たちの自然への向き合い方を示唆しているのだ。しかし人の中、個々の自然物の中、宇宙全体――この三者に遍在する《一つの生命》概念は、大きく変貌している。

《悦び》の定義を試みる

第五連は最も難解である。心清らかなあなたは「この美しい、美を産み出す力」（63）が何であるか、どこに存在するかを問う必要がないでしょうと語り始め、心清らかな者にしか与えられない《悦び》を定義しようとする。引用のあと（72）では、「我々は自己の内部で悦ぶ」とされて

おり、《悦び》は神秘ではなく人の心の状態である。

《悦び》は、優れた女よ！　新たな大地と新たな天界を
　持参金として持たせて、《自然》を私たちに嫁がせる
　精神であり力でもあるのです。この《悦び》は、
　感覚のみに頼る輩《やから》や、驕り高ぶる輩が夢想だにできぬ
　　もの。
(67–70)

この自己の内部の《悦び》あってこそ、全ての外界が意味のある美しさを見せつつ存在することができると歌う——「この《悦び》からこそ、耳、あるいは視力を魅了する全てが流出するのです」(73)。「新たな大地と新たな天界」、すなわち美しいと実感される自然界が存在する前提として、自己の内部に、「純粋な一時にのみ」(65) 外部から与えられる《悦び》が無くてはならない——これがこの第五連の要諦である。

《悦び》の基たる想像力の枯渇

第六連では「この内部の《悦び》」(77) が苦悩を翻弄（dally）したことがあった、と昔の良き状態を歌う。だから昔は幸せを夢想できたし、希望もその成果も私のものだった。ところが——

　ところが今は、おぉ！　艱難が訪れる毎に、艱難は
自然が私の誕生時に与えてくれたあの能力、
　事物の姿を形づくる《想像の力》を停止させるのです。
(84–6)

この能力なしには希望もその成果も得られず、逃げ道として

ひょっとして、難解な研究によって私自身の自然な姿から
　自然的な人間全てを取り除くことができはしないかと——
　こう考えたのが私の唯一の方策、唯一の計画でした。
私の一部分にだけ適切だったこの方策が、全人格を汚染し、
今ではほとんど、私の魂の習性になってしまいました。
(89–93)

——昔、《悦び》を与えてくれた外部の力とは何であったのかは、ここでも明らかにされない。おそらくは人—自然

—絶対者が構成していた《一つの生命》概念は、この詩では体系的に用いられていないと思われる。

《私》という竪琴の祈り

第七連に登場する「この竪琴」（that lute, 99）は、自分の詩作能力を指しているであろう。語り手は蝮に似た「難解な思考」に去れと命じ（94）、振り向いて、今荒れている風を思う。

疾風のことには永らく気づかずにいた。何という苦悩の
悲鳴を、激痛によって長く引き延ばされて
この竪琴は発していたことか！　（97–99）

こんな私の竪琴より、風よ、枯木や裸岩を楽器としていたほうがよかったろうに。「荒れ狂う竪琴弾きよ！」（Mad Lutanist : 104）と風に呼びかけ、同じ風を言い換えて

お前、俳優よ、悲劇的な音の全てを完全に語れるお前よ、
力ある《詩人》よ、狂気に近いほど大胆な《詩人》よ、
今、お前の歌う主題は何か？　（108–10）

——このように嵐に吹かれて、語り手（この竪琴）はなお苦悶の歌しか歌えないことを嘆くが、この連の終わりに状況が変わり、今までほど恐ろしくはない話題、「自宅の近くで」（123）道に迷って母を呼ぶ幼い娘の歌を《この竪琴》は歌おうとする。そして最終第七連では、この全七連を捧げる相手である「優れた女」が、星々や風にさえ護られて安らかな生を送るようにと祈る（126–39）。嫌悪された「難解な思考」には、従来の《一つの生命》概念が含まれないことは明らかと思われる。後者が復活して、語り手、《優れた女》、自然界、宇宙の根源などに共通して息づくさまは、どう読んでも現れてこない。《自然》への向かい合いが、個々人の心構えによって大きく意味を変えるという、今後の人類に良き示唆を与え得る優れた詩ではあるが、コウルリッジの自然観には不変の構造がないこともまた、よく示している。

理想的事物への憧れ

変化しない構造があるのは、後年に歌われた《理想的事物への憧れ》である。この《想い》だけは、自然界の無常を知り、死を意識してもなおコウルリッジの胸に宿り続けた——一八二五年の作と推定されている「理想的事物への忠

誠」（'Constancy to an Ideal Object'）の一部を掲げる。

《自然》の領域にあって動きまわる全てのものが、変化し
あるいは消え去るのだから、憧れに満ちた想いよ、なぜ
君だけが、変化して已まぬ世界の中で、唯一恒常的で
あり続けるのか？　想いは頭脳の中だけに生きるのに！
未来の日の妖精的人物のような《時間たち》、
遠方で戯れる《時間たち》に呼びかけるなんて——
愚かな《想い》よ！　あの輝く自然の群れ全ての中で
命を燃えたたせる吐息を君に贈るものは一つもないのだ、
やがて嵐から避難してきた見知らぬ者同士のように
希望と絶望が《死》の玄関口で出会うまでそうなのだ！
なのになお汝《想い》は私に纏い付く。　（1–11）

この点ではコウルリッジは、思念の一貫性を示している。すなわち、心こそが全て美的なものの源泉であり、人の内部の心が変わらずにいるのに、外界の「《自然》の領域にある全て」は変化し、あるいは消え去ってゆく。この詩人の「青春と老年」（'Youth and Age', 1834）における、次に引用する絶唱とともに、彼の自然詩の終着点であるといえよう。

生命とは思考に過ぎぬ。だから老いた私は思うことにする、
《青春》と《私》とは、今なお同宿の輩《ともがら》であると。
だが露の珠は、夜明けには数々の宝石、
しかし嘆きに満ちた夕べには、涙の珠！　（37–40）

——この章ではコウルリッジの《一つの生命》概念の変遷を見た。これは決してこの詩人の変貌を非難しているのではない。いや、誠実に、その自然観が変化し、老年の嘆きに至るその過程にこそ、人生そのものを感じさせる彼の詩の本領があると筆者はいいたいのである。「哲学者が犯す誤謬そのものが、哲学者の値打ちの大きな部分であることが多い」（Richards : 10）という言葉は、哲学者を詩人に置き換えて、コウルリッジにはまさに当てはまるのである。

第一三章『クイーン・マブ』に見る《自然》・《必然》

シェリーに関する諸章の底本は

Shelley, Percy Bysshe (eds. Roger Ingpen & Walter E. Peck). （S全集）: *The Complete Works of Percy Bysshe Shelley, in Ten Volumes.* New York, Gordian Press & London, Ernest Benn Limited, 1965.

——(eds. Geoffrey Matthews & Kelvin Everest) *The Poems of Shelley.* (*SI*) Vol. I & (*SII*) II, Longman, 1989, 2000.

『クイーン・マブ』の革新性

P・B・シェリーは『クイーン・マブ』（*Queen Mab ; A Philosophical Poem*, 1813）を書いていた一八一二年、執筆と同時に自由思想家に対する共感やアイルランド問題についての革新的な考えなどを実行動で示し続けた。その最たるものは同年二―三月のアイルランド行きだ。アイルランドがイギリスに搾取されている実態を「貧しい人びとに知って貰うため」、一五〇〇部の『アイルランドの人びとに告ぐ』（*An Address to the Irish People*）を一ヶ月足らずで配布し終わり、今度は知的階層に宛てた『組織結成の提案』（*Proposal for an Association*）を書いて「連合法（the Act of Union, 1800）」の廃止とカトリック教徒への差別撤廃、共和制、平等社会を訴え、演説も行った。これらを躁病患者の過激行動とする説もあろうが、シェリーが本国の国会議員の子息であったことを考えれば、かならずしも現実遊離の暴挙とはいえないだろう(See Cameron, '73 : 141ff.)。T・S・エリオットを初めとする、『クイーン・マブ』への酷評にもかかわらず、この作品には新たな考え方が多数示され、それらは真の意味での革新性に満ちている。自然観もこうした考え方の一環である。

シェリーはこの長詩の巻頭題辞《エピグラフ》として、ヴォルテールの「不埒なるものは踏み潰せ」、ルクレティウスの「吾先ず偉大なる事柄をば説き、／宗教の有害なる束縛より人心をば解き放たんと努む」、アルキメデスの「吾に足場を給わらば、世界を動かして御覧に入れましょう」（いずれも高橋：15. 一部省略・改変）を挙げている。まずフランス革命の当初の理想、次いで古典古代から連綿として受け継がれてきた詩人による真実の追究と宗教の欺瞞の暴露、さらに新たな世界観の構築を目指す作品を書こうとしていることがこの題辞からも窺える。詩文本体も以下に見るとおり反体制的だが、シェリーはその巻末に詳細な「注解」を一七編掲げて、反宗教、我欲による産業活動（Commerce）への批判、貧者への同情、結婚制度の不条理と自由恋愛の唱道、女権論、神に替わる根本原理《必然＝Necessity》の呈示などを論じたてた。この言論活動の実行動版の一つが、フランスの唯物論者ドルバック（Paul-Henri Dietrich d'Holbach, 1723–89. 上記「注解」にその長大な引用あり。森松：1975 参照）に大きな讃辞を捧げたイートン（Daniel Isaac Eaton）への支援である。このイートンは同年、キリスト教の虚偽を論じたとして一八ヶ月間投獄された。シェリーはこの不合理を告発し、その裁判長を指弾する文書『エレンバラ卿への書簡』（*A Letter to Lord Ellenborough*, 1812）を書いたのである。

マドックスへの支援

それだけではなく、革新的な国会議員だったマドックス（William Alexander Madocks）の、ウェールズで試みた干拓事業（堤防＝'Tremadock embankment' の建設）が同年（一八一二年）、強風と浸水によって難航したことを知ると、その再興のために一〇〇ポンドを寄付した。この事業が失敗すると、シェリーは借金のため一時逮捕されたにもかかわらず、事業再興のための寄付集めにロンドンへ出向いた。だが辺境ウェールズでの堤防建設は誰からも見向きもされず、シェリーは妻ハリエットを伴い、同年一一月、ふたたびウェールズに向かう。「ウェールズに向けてロンドンを去るに際し」（'On Leaving London for Wales', 1812）はこの時に書かれた。

都会を去り自然美を求む

この詩は、このような反体制的活動を背景にしている。しかし同時に、明らかにここにはワーズワス的な自然を求めて大都会を去る心（ワーズワスの『序曲』冒頭に何と似ていることか）と、ロンドンを貧困と悪政の町と見るロマン派的心情が綯《な》いまぜにされている——

君よ、不愉快な都会よ！　そこでは暗鬱とした貧困が
　暴君の高慢と混ざりあっているではないか、そこでは
《美徳》が悲しみに拉《ひし》がれて、墓に身をかがめている、
　自由への期待と真実の大きな勇気が死して伏す墓に。
流れと谷、山々がこの私を遠く隔ててくれますように、
　都よ、君の惨めな壁が囲い込む全ての穢れから遠く。
（1–6 ; See Matthews *SI*, 258）

またウェールズの最高峰に水源を持つ川を示唆して「スノードンの、つねに神聖な泉から飲む一口の清水」を想像の中で飲んだだけでも世俗が勧める邪悪な助言を消すことができる（25–7; Matthews, 259）と歌う。このような自然界からの《清水》は、霊力を持つものとしてシェリー最後の大作（未完）『生の凱旋行進』に至る多くの詩に現れる。

自然の形象が彩る革新性

いや、《清水》だけではなく、政治的主張をこのように自然の形象が彩るのは、その後の主要な詩作品全てに共通する。自然詩人シェリー像は、政治革命詩とされる『クイーン・マブ』の冒頭から現れている。

眠りは、月とおなじく薔薇色。その月は
　大海原の波の上に玉座を得て佇む月、
世界を照らすべく頬赤らめて笑みを見せる。（I. 4–6）

——このような《眠り》に包まれていたのが、妖精女王に世界の実態を示されるヒロイン・アイアンシーである。彼女の美しい首筋にたわむれる金髪は「大理石の円柱に絡みつく／蔦の巻きひげ」（I. 43–4）という自然描写で示され、このあと、妖精女王マブが現れる時の音と輝きは

西風の溜息よりも優しげな物音、
だがそよ風の精たちが　そっと撫でる
弦を張ったあの不思議な竪琴の
リズムさえ無き音色よりは、奔放なる物音。
　虹の輝きに似た　あの光の線たちは
どこかの大聖堂の窓を経てふりそそぐ
月の光にこそ　似通っている。（I. 50–6）

アイオロスの竪琴が奏でる音楽は、人為的なリズムを持たない自然的音色である（この音楽は夕方、潮の音が響く浜辺で熱狂者[enthusiast]が耳にする旋律に似ているとされる[I. 49]。《熱狂者》は、これを長詩の題名として使ったジョウゼフ・ウォートン[1722–1800]以来、自然を熱愛する人を意味するようになっていた）。妖精女王とその乗物が放つ光輝も、超自然的ではなく自然界の最上の光とされる。

月より美しい女王

だが女王の身体も乗物も、超自然的に光を透すのである。

大きな、黄色の月は
完全無欠な均整に満ちた女王の姿を

幽かに通り抜けて輝いていた。
真珠色で透明なその車も
　月光の進路を妨げはしなかった。　（I. 79–83）

実際には月光の美によって女王の美を描くのが、自然詩人の腕である。この光景を見た者は「月を見もせず……夜風が渉る音も聞かなかった」（同：85–9）――こう書いて月光と、風にそよぐ黒々とした木々の美を読者に感じさせる。女王は月より美しいと述べつつ、自然界の美を彼女の美を具体化させるために援用する。「石山の石より白し秋の風」（芭蕉）と詠って風の《白さ》を描くのに似ている（石川県那谷寺の岩の白さと冷涼を視覚的に感じればこそ、風にも色彩を見とることができる）。

筋雲より薄い女王の姿

同じように、女王の《艶にあえか＝slight》な姿を描くにも、消え去る筋雲の薄さよりなお薄いと表現する――自然描写が、女王の姿を具象化する――

　　かなたに筋なす雲、
夕方の、目を凝らしてみても見取るのも難しい
この上なくうっすらとした色彩だけを映す雲、
東空の薄暮のなかに消え去ってゆく雲でさえ
女王の姿ほどには　か細くあえかにはまず見えまい。　（I. 94–8）

女王から発せられる光も、最も美しい明けの明星を凌いで輝くとされるが、ここでも美しい自然界の映像が、それ以上に美しいものを描くために用いられている――

　　　　《朝》の頭上の
宝冠の宝石となる麗しい明星でさえも、
妖精女王の姿から勢いよく流れ出る光ほどには
滑らかで力強い光を放ちはしないのだ、辺りの景色に
紫色の後光をうち拡げる女王の光ほどには。　（I. 98–102）

宇宙空間からの眺望

今日、地球の大気圏外であれば、宇宙規模から見れば地球の外延でしかない場所を宇宙空間と呼んでいる。そうなら、妖精女王が《壮麗な車＝chariot》に乗せてアイアンシーの魂を連れて登ってゆく空間は宇宙空間であり、シェリーは衛星写真に先駆けて宇宙空間から見た地球の光景を私たちに描写して見せてくれる。

魔法の車は天空を進んだ、
その夜は晴れていて、数限りない星々が
大空の暗く蒼い丸屋根に、飾り鋲のように点在し――
　東方の波浪の上に、ほんの僅かに、
暁の最初の幽かな微笑みが覗いていた――（中略）
今度は車が、大地の、最果ての高所に位置する
　一つの岩山の上空、遙かに高い空間を飛んだ、
その岩山はアンデス山脈のライバルで、その黒い頂は
　銀色の海を見、顔をしかめていた。（I. 207–10; 218–21）

この女王が通る澄みきった宇宙の姿は、シェリーにあっては、権力と欺瞞に穢されていない空間の象徴である。同じ頃の作品「欺瞞と悪徳」（'Falsehood and Vice: A Dialogue', 1812）では、《悪徳》が戦場での大虐殺によって太陽を血煙で曇らせる（64–5）。明澄な太陽、月、星々が世の悪徳に対置されるのは、ブレイクの場合と同じである。

『失楽園』を受けた技法

さてアイアンシーの魂は
　目覚めて女王とともに天
界に昇り、抜け殻の肉体のみが地上に残る。

美麗な馬車の進路から遥か、遥か下方に
眠る嬰児のように静かに
　巨大な海原が横たわっていた。
大海の静けさの鏡は　色薄き星々、
　いま消えなんとする星々を映し、
この馬車の、火のような通路を映し、
また、暁に丸天井を描き与える雲を、
あの羊の毛のような朝雲を、五色に彩る
　朝の仄かな光を映し出していた。（I. 222–30）

このように遥か上空から地上と人間界を見る――これはミルトンの『失楽園』を受けた技法である。ここから地上の人間界批判が展開される。

地球を離れた天空からの眺め

さらに宇宙空間から見た天空の様子も、今日の人工衛星から見る情景に似ている。

遠い《地球》の球体は、天空の中に
明滅している光体の中で、最小の光に見えた。
一方、《壮麗な車》の通り道のまわりには
　数え切れない天体系（systems）が回転を続け、
数限りない球体（spheres）が、変化してやまぬ

栄光の輝きを放散していた。
これは驚嘆を呼ぶ光景――いくつかの球体は
三日月のように二つの角をもっていた……
またいくつかは炎の尾を曳いて斜めに突進した。
（I. 250–57; 260）

この光景もまた「欺瞞と悪徳」で、悪疫が舌なめずりしつつ（expectant）損壊した太陽の下の人間を怖い顔つきで天上から見下ろす情景（91–2）と好対照をなしている。

《自然の霊》に相応しい神殿　こうした地球像・宇宙像を、ミルトンの先例以上に鮮明に描きだしたあとで、自然本体への呼びかけが始まる。引用中の「諸世界」とは他の天体系（今日でいえば銀河系）または惑星を伴う星々を指し、これはミルトンの時代から想定されていたもの――

《自然の霊＝Spirit of Nature》よ！　ここにこそ！
この果てしない諸世界の荒野（wilderness of worlds）、
その広大無辺は、天がける空想でさえ
思い見てたじろぐほどに大きい　この荒野にこそ、
あなたに相応しい神殿はここにこそ、建っている。
吹きすぎるそよ風にさえ打ち震える木の葉、
この上なく軽い木の葉一葉でさえ、軽いからといって
あなたを身に満たされていないということはない。
（「あなた」は《自然の霊》を指す。I. 264–71）

やがて『イスラムの反乱《レイオンとシスナ》』で、第一の語り手が、船に乗せてくれた神秘的な女とともに辿り着く神殿もまた、こうした世界の根源的存在の居場所とされる。ここでの《自然の霊》の神殿も、シェリーの宇宙感覚をよく示す。

宇宙感覚は権力への対抗力　そしてこのような宇宙感覚を有していること自体が、政治・経済などの為政者が企む欺瞞を見抜く力になるとシェリー自身が傍注で述べるのである。

宇宙の果てしも知らぬ巨大さ……その神秘と壮大を正しく感じ取る者は、宗教諸制度の欺瞞からの誘惑、あるいは宇宙原理の神格化の誘惑に惹かれる危険から免れている。
（Matthews *SI* 360）

――シェリーはこう述べたあと、この果てしない宇宙に跋扈する精霊がマリアに子を授けたとか、悪魔、エヴァ、神

と人間との仲介者（キリスト）などという「惨めなお話」は星々についての知識と相容れないこと、恒星が地球より考えられないほどの遠方にあり、星と星との距離もまた遠大であることを述べている（これは『マブの女王』第一部252–53行に対するシェリー自身の施注である）。やがてシェリーは自然への深遠な知識と洞察が、既成宗教だけではなく、権力の全ての欺瞞に対抗する力となることを歌ってゆく。原発が現在、そして遠い未来に向けて抱えている恐ろしさ、異常気象続発の根源である環境破壊とその未来像等を深く知れば知るほど、利益と利便のみを優先させる人間社会の極端な悪弊が、ここに早ばやと警告されている感がある。

第Ⅱ巻の宇宙感覚

さて『クイーン・マブ』第Ⅱ巻では、天界の宮殿に到着した妖精女王がアイアンシーの《魂》に対して、女王宮殿の豪華さに見惚れるだけが美徳の報酬ではないと説き、「他者を幸福にする術を学べ」（II. 64）、そのために私はお前のために過去を再現し、現在を直視させ、未来の秘密を教えると告げる（II. 65–7）。これは『クイーン・マブ』の主題を作者自らが宣言したに等しい。またこれはシェリーが、のちに『詩の擁護』の終結部で詩人の使命——過去の考え方や制度を変革し、現状に甘んじる事なき新たな人間観を模索し、未来を映す鏡として現状では認知されていない世界の立法者を志すという考え方の、すでに色づき始めた萌芽である。だがここにも宇宙感覚に溢れる詩句が書き連ねられている——

（女王と《魂》の）眼下に広がっていたのだ、宇宙が！
そこでは、想像力が天翔《あまがけ》る限界となる
最も遠い一線というべき遥かなかなたに
　数限りない、果てしなく続く球体が
迷路のような動きを見せつつ、混じり合い、
しかしなお、永遠の自然法則を
　変えることなく遵守していた（fulfilled）。
　頭上にも、足下にも、周り一面にも
　回転する天体系（systems）が、
調和に満ちた天の荒野（wilderness）を作っていた。
（II. 70–9）

ちっぽけな地球人

この宇宙光景のさ中に、ちっぽけな地球が見える——

霞のかかったような遠方に

またたいて見える小さな光があった。

魂の眼でなくては、いかなるものも、あの
回転する球体を見分けることはできぬはず。
(II. 83–6)

だがアイアンシーの《魂》はこれを見ることができる——群れをなす何千何万もの個体が、ふと見る限りでは蟻塚に棲む蟻たちのように見えた。

何と驚くべきこと！——この最も卑小な存在を
支配し揺り動かす情熱類、偏見類、興味の数々さえ、
また、この上なく細い神経を動かす
ほんの軽微な刺激でさえ、
そして一人の人間の頭脳の中で
ほんの幽かな思考を生みだす刺激でさえ、あの自然の
大いなる連鎖の一環をなしているとは。
(II. 100–8)

——もちろん《存在の大いなる連鎖》の考えは、イギリス文学の伝統に深く根ざしているけれども、シェリーは直接にはポウプから、そして同時にその革新的変形である、より近代的なドルバックの宇宙論から影響を受けた。

宇宙規模の眼で見直す

しかし重要なのは《存在の大いなる連鎖》の観念そのものではなくて、地球とその住人を宇宙規模の眼で見直したことにある。かつてキリスト教的自然観の一翼を担っていた《廃墟》(Duffy : 37)——神の与える至福に較べて地上の栄華がなんと虚しいかを示す象徴——をアイアンシーの魂に指し示しつつ、妖精は王者・征服者の非人道的暴虐の証拠として《廃墟》やピラミッドを指し示す——

見よ！　人間の威厳が渋面で威嚇したところを、
見よ！　人間の快楽がほくそえんだところを。
今その威厳や快楽の跡として何が残るか？——ただ
愚行と破廉恥行為の記憶だけではないか——(中略)
廃墟の位置にいた君主たち、征服者たちが
ひれ伏す幾百万の民を傲慢にも踏みしだいたのだ。
(II. 111–4 ; 121–2)

王と奴隷と戦禍

そしてエルサレムの宮殿跡を見せながら、ソロモン王が奴隷に石材を運ばせて建設したエルサレムの神殿は、建設に際して人

民を苦しめただけではなく、その後、さらにローマ皇帝ウェスパシアヌスによって強奪され、再び人びとを戦禍に巻き込んだことを示唆する。

おぉ！　未亡人とされた大勢の女と孤児たちが
その神殿の建設を呪った。多数の父親たちが
労役と隷属に疲れ果てて、貧者の《神》に懇願した——
こんな神殿を地上から無くし給え、自分の子供たちが
石材に石材を積む、父と同じ苦役に駆立てられぬように、
老いぼれたソロモン王の虚栄心を慰めるために
子供の人生の最も楽しい時期を毒することのないようにし給えと。
(II. 141–8)

そして宇宙から見ればそこは今は「不毛の地（sterile spot）」（II. 134）でしかない。またソクラテスが権力に敗れて死んだ場所では、今はトルコの暴君が死をばらまいている（II. 176）。一万年と経たないうちに大きく変化した場所を次々と示しつつ、「人間への呪いである《富》が／この地の繁栄を枯死させた」（II. 204–5）と歌う。この時間感覚もまた、シェリーの自然観の構成要素であるというべきだろう。

地球の原子全ては人間の一部

またコウルリッジに劣らず当代の自然科学に関心の深かったシェリーは、地球を構成する全ての部分が、原子の交替を考慮に入れれば、かつては人間を構成していたことを《女王》に強調させる——

かなたに見えるあの大地の、たった一つの原子も
かつては生きた人間でなかったものはない。
この上なく仄かな雲の中に垂れ下がっている
この上なく小さな雨粒でさえも、かつて
人間の静脈を流れていなかったものはない。
(II. 211–5)

これは文学の中で原子の交替を説く極めて斬新な自然観であるだけではなく、人間と《無生物》とされている自然界との深い関わりを感じさせるものである。放射性沃素が幼児の体組織の一端を形成し、ストロンチウム90が人骨の一部となる危険をさえ、これは予感させる。

現代エコロジーの先駆

一方、厳格な菜食主義者だったシェリーは、人間以

外の生き物への同情も示す（これは一八世紀自然詩にも不徹底ながら見られる＝森松 '10参照）。次の一節は、少なくとも現代エコロジーのある部分を先取りしている。生き物は全て、人と同様に愛情と嫌悪を抱いており、また

生き物の体躯全体に、最小の、最微の動きを
促進する、極微でしかない鼓動さえ、
あちらに見える回転する天体たちを支配する
壮大なる諸法則と揆《き》を一《いつ》にして
固定され、必要不可欠なものとされています。
（終わり三行：Is fixed and indispensable
As the majestic laws
That rule yon rolling orbs.）　（II. 238–43）

（右に見える 'As' を「として」の意味に解する場合には、単数を示す動詞のあとに 'laws' という複数の補語が来るのが不自然なので、以上のように訳した。しかし生物の最小の活動も、壮大な自然法則の一部をなすという意味は十分に汲み取ったつもりだ）。

そしてこの第二歌の締めくくりは「頭上には最果てのない宇宙の／深淵がひろがり、周りには一面に／《自然》の変化することのない協和（harmony）が見えていた」だ。宇宙的感覚は、全編を通じて失われることがない。

《自然》が推進する改革

第二歌で過去の人類の愚行を語った《妖精》は、第三歌ではアイアンシーが求める「未来のための警告」（III. 8）を発する。この《妖精》は、《自然の法》が人間を通じてその効力を発揮して、人間界から悪を取り除くと予言しており、この考え方に基づいて一〇〇年後に成立した共産主義社会が、新たな暴政と化したことを考えれば、甘美な楽観主義だったとして退けられるかもしれない。しかし本書筆者のこれまでの七七年の生涯だけを見ても、日本の軍国主義は一掃され、アメリカの人種差別はなくなり、イギリスを筆頭とした列強の植民地支配はほぼ過去のものとなり、男女の差別もあらかたなくなろうとしている。これらは人間を通じての《自然の法》の作用であったと（つまり、こうした成り行きを求めるのが《人間の自然》であったと）考えられる。王者を貶める《妖精》の言葉、

過ちを犯す人びとを罰するための頑迷な支配者が考えた
地獄なんか必要ではないのです。地球それ自体が
悪と、悪を治癒する方法の両者を備えています。
全ての能力を持つ《自然》は、《自然の法》を犯す輩《やから》を

懲らしめることができるのです――自然の女神だけが
その罪に相応しい罰を、罪に応じた大きさに
定める術《すべ》を知っているのです。　（Ⅲ. 79−85）

――この言葉には九割かた正しい真理が含まれている。

自然美も《自然の法》の担い手

《自然》が示唆している世の不合理が見えるのに権力に盲従する人間の下劣さが、この示唆を無にしているのだという主張では、《自然》は《歴史の必然》を指し示している。にもかかわらず、シェリーの心では、この《自然》も自然美と強く連想される――

金色の収穫物が実り、運行を怠らない太陽は
光と生命をふりまく。果物、花々、木々などが
次々に来るべき時に現れてくる。全ての自然物が
平和と調和、それに愛を語っている。宇宙も、
《自然》の物言わぬ雄弁を用いて、万物が
愛と歓びの仕事を全うしていることを宣言している――
ただ（《自然》からの）追放者・人間は別。人間は捏造する、
自己の平和を刺し殺す剣を。（丸括弧内は森松。Ⅲ. 193−200）

――自然界の姿から、人は「平和と調和、それに愛」を読みとって、それに従うべきだという主張である。こう読めば、社会の動向を示す《自然の法》と自然物が示す平和や愛とが密接に関連しあって詩句を作りあげていることが判る。ワーズワスの章でも述べたが、自然美を破壊して侵入する鉄道は平和を害するものの象徴となり得たのである（一一八頁参照）。

人は無意識に《自然》に従う

第三歌の結末では「全ての人の心の中にも《自然》の精髄《エッセンス》が／純粋な形で拡散され、息づいている」（Ⅲ. 215−6）として、巨大な天体や極微の生物と人を同一視し、人と《自然》の協和の可能性が歌われる。

《自然の霊》よ！
無尽蔵に多数存在するものたちの生命であるあなた、
　その不変の軌道が《天空》の深い静寂を貫いている
あの力も強く大いなる天体たちの魂であるあなた、
　その生命の宿が、一本のかすかな
　四月の太陽の光線でしかない
あの極微の生物の魂でもあるあなたよ、
　人間もまた、これら受動的な存在と同様に

無意識のうちに、あなたの意志を成就するでしょう。
（Ⅲ. 226−34）

そして《自然の霊》の感化によって、人間世界も完全なものとなるだろうという楽観論を展開する。

反戦詩第四歌と《自然》

さて終始、戦争への憎悪と、戦争の大本である「王たち、聖職者・政治屋たち」（Ⅳ. 80 : 104）への弾劾から成り立っている第四歌にも《自然》への言及と呼びかけが繰り返される。《自然》は人間だけに戦禍・悪徳・奴隷制などを押しつけたのかと問い、やがてそうではないことが歌われる一節では、《自然の霊》はこう定義される――

この世界をこれほど美しく形作り、大地のひざに
豊かな実りをうち拡げ、生命の最小の弦を爪弾いてさえ
変わることのない合奏《ユニゾン》に調和させ、鳥たちの幸せのため
に
森の中の住まいを与えてきた《自然の霊》、
深い水の中を泳ぎまわる生き物たちには
計り知れない深海の愛らしい静寂を授け、
最も卑小な、塵の中を這う虫にも
精神と思いと愛を満たした《自然の霊》。
（Ⅳ. 90−7）

こう歌ったあとで、人間界の醜悪は《自然》のせいではなく、

《自然》のせいだと！　とんでもない！
王たち、聖職者・政治屋たちが人間という花を枯らした、
柔らかな芽のうちにさえ枯らしたのだ。彼らの影響力は
険悪な毒液のように血の気の失せた静脈を駆け抜け、
荒涼たる社会をもたらすのだ。
（Ⅳ. 104−7）

「商売《コマース》」の悪徳

第五歌では、利潤・権益にまつわる人間の欲望は、'Commerce'（「商業」ではあるが、今日日本語でいう商業を非難するのではない）という名で表され、これまた諸悪の原因として非難される（私たちはこの一年半、原発の推進を巡って、いかに金まみれ、権力まみれに事業《コマース》が進んできたのかを嫌というほど見聞きした。次の'Commerce'への非難は現代日本にも当てはまる）。

'Commerce'よ！　お前の毒を含んだ呼気が漂う木陰では
孤独な一個の美徳さえ　あえて芽を出すことができない。
《貧困》と《富》とは、もの皆をうち枯らす呪いを

協働してばら撒き、両者は人をやせ衰えさせる《飢餓》と
肥え太らせられた《病気》——この両者に通じるドアたち、
若年の死・非業の死に通じるドアたちを開くのだ。

(V. 44–9)

——利潤・権益が《貧困》と《富》の格差を拡大するのだ。これに先立って‘Commerce’が《自然》を冒瀆《ぼうとく》するさまを描き、その定義は、

「商売《コマース》」の定義

人間の技能、あるいは《自然》が
産みだしたものを、金銭づくで取引することだ。これらの
産物は富者が買うべきではなく、困窮者にこそ必要なのに、
産物は《自然》の情けが、その限りなく豊かな愛の泉から
急ぎ足で汲み取ってくれるものなのに。だがこの泉さえ
今は‘Commerce’に抑えられ収奪され汚染されてしまった。

(the venal interchange
Of all that human art or nature yield;
Which wealth should purchase not, but want demand,
And natural kindness hasten to supply
From the full fountain of its boundless love,
Forever stifled, drained, and tainted now.)

(V. 38–43)

——すなわちカネが全てを支配する文明を批判するのである。

ロマン派の夢

第五歌の終結部は、利潤・権益を我が物にした自己中心主義が白髪となり、死滅も近いとして、明るい未来を遠望する——

今より明るい朝が、人類の《毎日》を待ち受けている、
その時には大地が生みだす《自然》の贈物の交易は全て
良き言葉と良き仕事による《商業《コマース》》となるだろう。
この時には《貧困》と《富》の格差、名声への渇望、
市民権喪失（infamy）への恐れ、病と悲哀、
百万人の恐怖を産む戦争、過酷な地獄絵などは皆、

《時》の記憶の中にだけ生きているだろう。（V. 251–7）

――残念ながらこれは今日、ロマン派の甘き夢だったとしかいいようがない（第六歌での人間と《自然》の協働による明るい未来［39–67］も同様）。なるほど社会民主主義はある程度この理想を実現しはした。だが「明るい朝」を目指したはずの共産主義は、いずこにおいても一種の軍国主義的暴政へと堕落し、市民権剥奪を日常的に行ったばかりか、言論や集会の弾圧を、流刑のみならず一〇〇万人単位の死刑によって実行した。人間の《自然》への悲観的観点が欠落していたのである（ただし『イスラムの叛乱』（*The Revolt of Islam*, 1817–18 =『レイオンとシスナ』）では、一部の権力者のみから悪が発するという考え方に修正を加え、人間そのものの中に潜む悪の傾向にもシェリーは目を向ける）。

既成宗教に替わる《必然》　第六歌で注目すべきなのは、宗教の発達史である。のちにアーノルドが「エトナ山頂のエンペドクレス」で行い、さらにハーディが様ざまな短詩で受け継ぎ、フロイトも『ある幻想の未来』で詳述した、人間の不安を取り除く必要から人間自身が拵えた《神という概念》が、早くもここに出現する。この中で自然物が最初は素朴に、だが次第に宗教にとって好都合なかたちで利用されていった過程が歌われるのである（VI. 74–103）。しかしシェリーの妖精は、この宗教の餌食とされた欺瞞としての《自然》を退けて、

互いに光を混ぜあうこれら無限に続く天体の全てに亘って
かなたに見える地球もその例外ではなく、活動力と命のある《霊》《スピリット》が広範に存在している。この《霊》は
存在期限、終止、衰退とは全く無縁で……（中略）
激しいつむじ風を導き、大嵐の中で叫び、
日の照るあいだは陽気な姿に、香りよい森では風となる。
（VI. 146–9; 157–8）

という姿の、新たな認識による《自然》を歌ったあと「生命と死の永遠の源泉である《宇宙の魂》」（VI. 90–1）を示す。

《自然の霊》よ！　全能である（all-sufficing）《力》よ！
《必然》（Necessity）よ！　世界の母であるあなたよ！
人間が誤って作り出した《神》とは違って、あなたには
祈りも讃えも必要ではない。人の弱き意志のきまぐれは

もはやあなたのものではない、それはちょうど人の胸の
移ろいやすい情動が、あなたの変わることなき調和の
持ち物ではないのと同じことだ。
(VI. 197–203)

ご覧のとおり、《宇宙の魂》、《自然の霊》、《全能の力》、《必然》は同じものを指している。世界の根源として、ここに《必然》が言及されていることに注目すべきである。またこれは、呼びかけとは別個に語られる、光の「極微分子」をも導く《宇宙の精神》(VI. 177)とも同じであろう。そして《必然》は、シェリーが感嘆して『マブの女王』への自注に記したとおり、フランス百科全書派の哲人ドルバック(前出。d'Holbach, 1723–89)が示した宇宙の原理である(森松 '75, 第九章)。

《必然》は自然科学の法則

シェリーは「世界の母たる《必然》」について長い自注を付している。これを読めば、この《必然》は自然科学の法則とほぼ同義であると考えられる。

《必然》の教義を主張する者が意味するところは、精神的・物質的宇宙を構成する出来事を熟考するとき、ただ見えてくるのは原因と結果の、巨大で途切れ目のない連鎖であって、そのどの一つも現に占めている以外の場所を占めることができず、現に行為している場所以外の場所で行為できないということである。《必然》の観念が得られるのは、私たちの次のような経験を通じてである——すなわち、《事物、自然の諸作用の不変性、同種の出来事の恒なる同時発生》と《その結果としての、一つの出来事からのもう一つの出来事の推測》のあいだに存する関連性という経験を通じてである。
(シェリーの自注＝Matthews *SI*: 375)

《必然》は、この自注の他の箇所にシェリーが記すとおり、また本頁上段にも書いたとおり、フランス啓蒙思想が示した宇宙の根本原理である。また宗教を排除してF・ベイコンの創始した真理の探究法＝帰納法も、この引用の中にも大きく息づいている。様ざまな現象の原因と結果にも《必然》の働きを見ている。

感覚を持たぬ《必然》

この《必然》には人間的な感情や感覚がない。世紀末端のハーディの嘆き(「欠落した感覚」[詩番号80]では《自然》の感覚欠落を、「《宿命》とその妻《自然》」[詩番号82]では《自然》の夫《宿命》の「悲しみ」という概念欠落を、嘆く)が、ここ

では公平無私な《必然》の性質として称揚される。

あなたは愛も憎悪も胸に抱きはしない。復讐も依怙贔屓
も
そして名声欲という最悪の欲念さえ
あなたは知らない。この広い世界が含み持つ万物は
あなたの、受け身の道具に過ぎない。それにあなたは
この万物を公平無私な目で眺めている。これらの事物の
歓びも苦痛も、あなたの本質は感じることができない、
　あなたには人間の感覚がないからだ、
　あなたは人間の精神ではないからだ。　（Ⅵ. 212–19）

そして自然界全体が時流の嵐（戦争など）にも破壊され得ない《必然》の神殿であると歌う（Ⅵ. 226ff.）。

神不在の宣言　第七歌には、広く知られた“There is no God!”の一句（Ⅶ. 13）が出る。

《神》は存在しない。《自然》は無神論者の
（火刑に処された）死に際の呻きが確証した信念を追認し
ます。
……（中略）落ちてくる全ての木の種・草の種に
言葉のない雄弁でもって、内部に蓄えた論証を
示してもらいましょう。種の内部の無限性と、その外部
の
無限性が、神による創造とは虚言《えそらごと》であることを示しま
す。
種の内部に含まれる、根絶できない精神こそが
自然界の唯一の《神》なのです。　（Ⅶ. 13–4 ; 19–24）

（最後の二行は“The exterminable spirit it contains / Is nature's only God”だが、exterminable を inexterminable とする解釈［See Matthews *SI* : 331］に従った。また it は次行の nature ではなく先行する seed を指すと思う）

ここには改めて、《神》は人間の創作物だという、その後に引き継がれる現代的解釈が示される（“Himself［=God］the creature of his worshippers”=Ⅶ. 28）。第七歌のその後の宗教否定論には過激性を感じるとしても、この解釈は重要である。

未来に向けての楽観論　第八歌と第九歌の、未来についての楽観論は、二一世紀の世界の現況やこの先予想される地球上の混乱を思えば、ロマン派的発想の限界も感じさせてしまうかもしれな

い。しかし第九歌中程の、アイアンシーへ向けての妖精の言葉は、「西風の歌」の結末に似て、人間の未来を願いをこめて歌う真摯さによって私たちの胸を打つ——

……おぉアイアンシーの魂よ、恐れずに前へ進め、
嵐どもが茎の上に咲く桜草をへし折ることがあるとしても
霜と寒気がその花の新鮮な美をうち枯らすとしても、
なお春の目覚めた吐息が大地に愛の誘いをかけるだろう、
この上なく優しい露で、お気に入りの花を育てるだろう、
花は苔むす堤たちの上、ほの暗い谷間たちの上に咲き乱れ
緑の森を、花が持つ陽光のような笑顔で明るませるだろう。
(IX. 165–70)

もちろんこれは「西風の歌」と同じように象徴を用いていて、暴政や金銭欲《コマース》、戦争や有害な宗教の嵐と霜を乗り越えて、やがて春の花がかがやくことを予言する。シェリーは自分の播く一編の詩歌の種が春の花となると信じていたであろう。

「西風の歌」に似た種子の伝播

今だ世間に認知されない考え方が、西風によって、新たなものを生む種子として伝播されるという考え方は、詩作の初期からシェリーが繰り返し用いるものである。「《知識》を載せた気球に寄せて」（*'To a balloon, laden with Knowledge,'* 1812）と題された初期のソネットの中でシェリーは、彼が実際に試みた革新的知識の紙切れを詰めた壜（彼はこれをいくつも海に流した。Reiman : 12; Camerone '73 : 174）と同じ働きをする気球を想像し、気球が破れ萎んだあとも気球が運び届けた知識の火が「圧政に苦しむ貧者への炎として／……（中略）暴君の金色のドームを突き破る火花として／……（中略）なお《欺瞞》が支配していた大地に《真理》のごとく」（9; 11; 14）飛び行くだろうと歌った。「革命的哲学詩」の副題を持つ『マブの女王』にも同じ願いが籠められていたに違いない。その自然観もまた「新たなもの」の一つとして意識されていたことは疑いのないことである。

第一四章　自然詩としての「アラスター」

——シェリーの宇宙の根源探索

多層的矛盾《アンビヴァレンス》に満ちた作品像

長詩「アラスター」（'Alastor ; or, The Spirit of Solitude', wrtn. 1815）は難解とされてきた作品である。この詩を書き直した作品といわれる（Sperry : 26）キーツの『エンディミオン』の首尾一貫性とちょうど相対立する「異常なばかりの心理的複雑さと多層的矛盾《アンビヴァレンス》」（同：22）を含んだ作品であることは確かだ。シェリーがフランスのドルバックなどから学んだ一元論と、書簡類にも見える彼の願望による霊魂不滅説（Wasserman '71 ; 4）は矛盾するのも事実である。自然美を讃美しつつその根源を知り得ない自然愛好者シェリーの心中では「《自然》に拒絶される愛」という断絶が生じる。徹底した理想追求への称賛と、その実行者《詩人》を早々と死なせる構成——これも二律背反だとされてきた。これを地上的価値（《自然》との交感を含む）のみに身を捧げる《語り手》とこの価値を超越して理想を求める《詩人》の対立と理解する試み（Wasserman : 29–46）も私たちは知っている（筆者はのちにこれに反論）。本書ではこのようなテーマの輻輳に触れたあと、この作品を自然詩として読んでみたい。当作は執筆年上、すでに前章に扱った『マブの女王』と、このあとに書かれた「知的美に寄せて」と「モンブラン」の中間に位置しており、これら三作品にも共通する《自然》の本質を探索する詩であると読んでこそ、筆者は納得するからだ。

諸要素が協働する詩文

《語り手》と《詩人》の対立を上記のように論じたワッサマンは、これに先立って書かれたシェリーの『理神論を論破』（*Refutation of Deism*, 1814）を詳細に分析し、ここには無神論者は登場せず、クリスチャンと理神論者のみが討論を交わし、理神論者を論破するクリスチャンの言葉が無神論の正当性を炙り出すさまを示して、「アラスター」にも両論並立の《懐疑主義》が見られるのだという（Wasserman '71 : 12–5）。その上、この詩には、《現象世界の自己》と《精神世界・死の世界の自己》というドッペルゲンガー的主題もあるとされる（同 : 28–33）。この《懐疑主義》は、ワッサマンが避けている言葉で言えば弁証法である。この用語が避けられている理由は、シェリーが対立する両要素から明確なジンテーゼを呈示しないからである。「アラスター」の場合には現況と理想という定立《テーゼ》・反定立《アンチテーゼ》以外の多数の要素——宇宙の本質（絶対者の有無）、《自然》の美と実質、この美を受容する詩人の想像力の正当性と虚無性なども衝突し合う。これらの詩的主題が人間の日常（妻と子を置き去りにしてメアリと駆け落ちした「人間の情欲」See Sperry : 23; 40）から乖離することへの自省もこれらに協働するとする説もある。協働は魅力的であるとともに、結論的解釈を困難にする。その上、《詩人》の《自然》探求の旅が死で終わるところから、これはワーズワス批判にほかならないという説も多くの論者から吹き出ている。確かにシェリーはこの時期に、ワーズワスの『逍遙編』に、批判的に接している。

『逍遙編』第六巻冒頭

この問題から扱うなら、詩集『アラスター』（1816）は「アラスター」のほかに一一編の詩（うち二編は飜訳詩）を含んでいた。一四行詩「ワーズワスに」（'To Wordsworth', wrtn. 1815?）もその一つである。後妻メアリの日記によればシェリーは、一八一四年九月一四日、すなわちメアリとの大陸への駆け落ちからロンドンに帰った翌日に、ワーズワスの『逍遙編』（*The Excursion, Being a Portion of The Recluse, a Poem*, 1814）を持ち帰り、その一部をメアリとともに読み、失望したという（M. Shelley : I. 25）。なるほど『逍遙編』第六巻の冒頭は次のように始まっている——

称賛されよ、《自由》によって作られた王冠は、
イングランドの君主の額を護る王冠は！　そして君主が
坐る王座もまた！　王座の深い基盤は、尊敬の中に、
人民の愛の中に築かれているのだから、その踏み段は
公正であり、その座席は法であるから。
——称賛されよ、イングランドの国よ！　またこれに
国の《教会》の精神的《構造》に捧げられた
同じほど畏敬に満ちた挨拶を結合せよ。
この《構造》は真理に基づき、殉教の血に固められ、

叡智の手によって、《神聖》の美の中に
うち建てられたものだから。
(BkⅥ. 1–11)

——これはイングランドの王室と国教会への讃美にほかならない。

「ワーズワスに」　おそらくこうした部分を読んで書かれたのが、上記の「ワーズワスに」であると思われる。詩の一二行目まではワーズワスへの敬意に満ちた言葉に満ちている——

あなたは、冬の真夜中の騒ぎに揉まれるか弱い小舟の
上に輝き、光を投げる　ただ一つの星のようだった、
あなたは、見る眼もなく戦いに明け暮れる波の上に
岩に囲まれて立つ避難所のように立っておられた、
名誉ある貧困の中に、あなたの声は確かに織りなした、
真理と自由に捧げる　数多き歌の織物を——　(7–12)

そして最後の二行（13–14）で失望を語るのである——

あなたはこれらを見捨て、私を悲しみに置き去りにする、
称賛すべき人だった方が、今はその存在を止めるとは。

この作品と同じ詩集に収められた「アラスター」の《詩人》が、ワーズワスへの風刺と受け取られたのは無理もない。

「序文」最後のワーズワスの詩句　ごく最近でさえこの作品は「ワーズワスへの批判的パロディ」(Hogle : 152) とされている。《詩人》を『逍遙編』の《孤独の人》批判として読む批評を排除したダッフィー (Duffy : 73) でさえ、《詩人》の《ベールを着けた乙姫》への希求を、独我的な自然の崇高への反応だ、《隠者》《recluse》の《自己中心的崇高》《エゴティスティカル》追求だ、として批判している (Duffy : 81)。しかしはたしてそのように即断してよいのだろうか？　というのは、シェリー自身によるこの詩の「序文」は『逍遙編』からの次の引用で終わっているからである——「良きものが最初に死ぬ／心が、夏の塵のように乾ききったものは／燭台の根本まで燃え尽きるのだ（＝劣等な人間は長生きだ＝森松）」(i, 500–02)。この三行の引用とこの詩の「序文」のあいだに矛盾や諧謔を見る従来の論評は、筆者には不適切だと思える。「序文」の論旨は、次の引用が見事に要約している——

世界に光明をもたらす偉人たちを、《力》の諸影響力についてのあまりにも絶妙な認識（too exquisite a

perception）へと覚醒させることによって、彼らを突然の暗黒と消滅へと打ち据える《力》は、（他方また）この《力》の支配をあえて信じようとしない劣等な精神の持ち主たちを、緩慢な有毒な衰微へと運命づけている。

（「序文」後半。丸括弧内は本書筆者）

――引用前半の「世界に光明をもたらす人」は、ワーズワスに見える「良きもの」（前頁下段参照）に対応し、「劣等な精神の持ち主」は「心が乾ききったもの」に対応すると読まれて当然であろう。シェリーはワーズワスを貶めるために『逍遙編』の三行を用いたのではなく、自己の論旨を効果的に締めくくるために用いたのである。また詩の終結でも（七一二行目）「涙するにはあまりに深い」というワーズワスの一句（「永生の啓示オード」、最終行）を用いている。

シェリー自身による作品の要約

しかも「《力》の諸影響力についてのあまりにも絶妙な認識」という一句は重要である。なぜなら、この作品の主題の中心に《力》が据えられていることをシェリーが「序文」で述べているからだ。「序文」に記された作者自身による「アラスター」の要約の中でも、死んだ詩人は宇宙の実質を探求しようとした男、堕落とは無縁の男だったことが語られている――

この詩編は、火と燃えて純化された想像力によって、他に立ち勝って堂々としたもの全てとの親しい交わりを経て宇宙の観照にまで導かれる、堕落を知らない感情と冒険的才能を有する若い人物を表現するものである。

（「序文前半」）

彼は、最も崇高な自然物をよく知るに至り、驚嘆すべき美の全てを自己の想像力の中で統合する。だがこのような認識を促してくれる《原動力》――「自己の精神と相通じる知的霊魂（an intelligence）」（同）との精神的交流を求め続けて得られず、詩人は絶望して死に至る」のだとこの「序文」は語っている。

キーツとの類似・相違

この作品との関連で書かれたと思われる「夢幻の姿たちを追い、それらを追うのに最も大切な時間を費やしたあと、目覚めて自己の誤謬に気づき、死がかくも身近にあることを残念がらない者がいようか?」（S全集Ⅸ：116；親友のホッグ＝Thomas Jefferson Hogg宛の手紙）というシェリーの言葉は、美にあこがれてそれに接近しようとし、美との永久的合体が得られないまま、うら枯れた現実に立ち戻るキーツの語り手たち（「つれなき美女」、「ナイティンゲールへの歌」）を想起させる（キーツはもともと「アラスター」を手本として『エンディミオン』を書いたが、そこでは美との永久的合体が得られるとはいえ、その最終場面に至るまでは超現実的至福は導入されない）。キーツの詩群が、自然美をこの究極の理想を表す媒体として用いるように、シェリーもまた自然美を通じてこの《原動力》に達しようとする。だが異なる点は、キーツが《美》そのものを追い求めるのに対して、シェリーは美を発する大本である《原動力》との対話を求める点である。彼の言う《原動力》とは何か？

「序文」に見る《力》

ここでこの作品に対する彼自身の「序文」を（再度の引用をお許しいただいて）見直す必要がある。そこでは《力》が重要な意味を持って示されている――「世界に光明をもたらす偉人たちを、《力》の諸影響力についてのあまりにも絶妙な認識へと覚醒させることによって、突然の暗黒と消滅へと打ち据える《力》」。――ハロルド・ブルームはこの《力》を《想像力》であると言い切り（Bloom '61 : 278）、「アラスター」が歌っているのはこのような想像力の持ち主についてであるとした（同）。ブルームによれば、《力》の諸影響力を絶妙に認識している者にあってさえ、想像の歓びに捕らわれている間は、ブレイクの《流出》（Emanations. 多くの場合、流出源の良き部分で、想像力や女性的感性を指すことが多い。流出源は《流出》と相協働《コラボ》した場合に十全なものとなる）と同様に、想像の世界は意味を持つが、この世界が流出源から遊離して他者となれば、これはブレイクのスペクターのようにその流出源、すなわち想像力の持ち主の敵となるという（Bloom '61 : 280）。この解釈では先のワッサマンの説とは正反対に、「アラスター」中の《詩人》はこの想像力と分離してしまった者として、批判（または自己批判＝ブルームは《詩人》をシェリー自身としている）されることになる。その上、想像力が過剰な人物が、想像力という《力》を求めて長旅をする必要がどこから生じるというのか？

詩集『アラスター』の別の詩

ブルームはまた「アラスター」がワーズワスに関連するだけではなく、コウルリッジ批判でもあるとする（同：278–9）。なぜなら詩集『アラスター』には「――に与える」（'To—', 1816）という短詩が含まれており、シェリー夫人メアリによれば、これはコウルリッジ（作中の《あなた》）を歌ったものとされるからである。ブルームのこの作品分析は有名だが、ここでは原詩の一部を訳しておきたい。第一連では人から離れて《自然》へと向かう《あなた》を示し（こう読めば《あなた》はワーズワスでもあり得る）、第二連では《自然》が彼の愛に報いないさまを歌う——

あなたは確かにあい交わっていた、山を吹く風と
　泡立っている泉や、月光に輝く海と。
これらは、説明のつかない事物たちの
　声であるから。そしてあなたは喜んでいた、
これらがあなたに答えたときには。だがこれらは
　あなたの愛を、迷惑な恩恵として、投げ棄てた。

(7–12)

第三連ではこのありさまを、両思いとなってくれない異性になおあこがれる未練がましい恋人の姿（コウルリッジは人妻に横恋慕）を比喩として描くことによってシェリーは、コウルリッジだとされる《あなた》を揶揄している、ということになる。

上の詩の別解釈

しかしコウルリッジに不毛に終わった貴婦人への恋があるのと同じに、シェリーもハリエット・グローヴに失恋したし、前妻ハリエットを家に残してボアンヴィーユ夫人（Mrs. Boinville）宅に寄宿したときにも、夫人に心惹かれ、その娘で美人のコーネリア（Cornelia＝既婚）にもイタリア語を習いつつ恋をし、その夫に嫌われた経験がある（Cameron '74 : 3ff.）。夫人メアリが、この詩をシェリの自画像としなかったのは、女性の心理として理解できるが、実際にはこの詩はシェリーの、自然をテーマにした独白ではないのか？　実際にはシェリーは、自己の失恋を、単に自然の冷淡を示す比喩として用いているだけではないのか？　むしろ「説明のつかない事物」としての自然物が、その根源について答えるのを拒否し、それゆえの苦悩を《あなた》＝シェリー自身に与えたとしてこれを読むほうが、詩集中の主編「アラスター」への傍注として意味を増すであろう。この短詩の《あなた》もまた、「アラスター」の《詩人》と同様に、答を迫られた自然物によって「迷惑な恩恵として投げ棄て」られるからである。

《自然》の無能力

ブルームはまた「シェリーはワーズワスと反対の立場を取るように、ブレイクと同じ立場を取る」（Bloom '61 : 279）と述べている。これはブレイクが反自然の詩人だとする断定に基づく言葉である（筆者はブレイクが親自然の詩人だとして反論を書いた＝See Morimatsu '10B : Chap. 21）。だがこの言葉に先立

つブルームの見解には、筆者も賛意を表したい。

> 《自然》は自分を愛する人間の心を、つねに裏切るだろうし、裏切る必然性を有する。なぜなら《自然》は、《自然》の諸情景の中であれ人間の微笑みの中であれ、人間の想像力によって《自然》に寄せられる諸要求に応じるだけの能力を持ちあわせないからである。 (Bloom '61: 279)

だがこの《自然》の人間への無関心という考え方は、二〇世紀の人間が持ち得た認識であって、この認識に至るまでには、まずシェリーに発し、一八三〇年代の初期テニスンとブラウニング（See 森松 '07）のためらいがちな諸作品を経て、アーノルド、クラフ、スウィンバーンが本格化し、ハーディがとどめを刺した《自然》の残虐な一面を歌い上げる詩的努力が介在したのである。この主題はシェリーにあっては、「モン・ブラン」の中でより露わになる。だが「アラスター」の中で、この主題が芽を吹いていると見るのは正しい（本章末尾でこれにはもう一度触れる）。

ワッサマンの語り手と詩人識別論

次に筆者はワッサマンの論じた「アラスター」内の《語り手》と《詩人》の極端な対立について私見を述べずにはいられない。一般には、この両者が別人であるとワッサマンが述べたというふうにのみ言及されるのだが、これは、こんな自明のことを述べた単純な論議ではない。彼は《語り手》を「《母なる大地》からの吐息に対して受動的に従い」（Wasserman '71 : 35）そこに安住する人として扱っている。すなわち《語り手》は大地、大海、空気と愛情を交わし合う凡俗的存在である。これに対して、《詩人》（ワッサマンは常に彼を《幻視者》= Visionary の名で呼ぶ）は、自己の精神に対して空気が耳を傾けず、大地は目をつぶり、天は「私の考えに谺を返さない」（'Alastor': 289–90）ことを認識している存在とされる（Wasserman '71 : 35）。彼は「自己の魂の中に輝く／光輝」（'Alastor': 492–3）に従順に導かれるかたちで旅を続けるが、

> しかしこの光輝は彼自身の精神が抱く幻視でしかない。精神が見たものを、（自然的）世界は提供することができないのである。だからこの光輝によって静穏な生活に導かれるどころか、彼は探索の旅の途上、墓の彼方まで追いやられるのである。より小型の内部の光輝に満足している《語り手》の、狭隘な、世俗的な（limited,

worldly）眼から見れば、《幻視者》は偉大に見えなくもないが、しかしむしろ彼は……栄光ある、自己破壊的な美徳の過剰に苦しむことになる。したがって彼は「世界に光明をもたらす偉人たち」の一人ということになる。

（Wasserman '71 : 35–6）

——引用の結論は非論理的に聞こえる。「序文」を念頭におけばある種の納得は得られるが、しかし少なくとも皮肉に響く。またこの論調からすれば、《語り手》は「劣等な精神の持ち主」の一人に分類されることになる。実際ワッサマンは《語り手》を貶めている——

《語り手》は世俗的？

大地、大海、空気の、この兄弟分（=《語り手》）は、人間の精神と、自然界を超絶する不変の精神とを同化させる（identify）にほど遠い。彼は、人生の性格を、ただ食べて寝るだけの（vegetative）ものと考えているに過ぎない。（同：37）……また彼は、《自然》の共同体に属していると自分では確信しているにもかかわらず、実際には単に《世界の母》の子であるに過ぎず、《幻視者》と同じほど孤独なのである。

（同：38）

すなわち現実の自然界を讃美する《語り手》も、超絶的《不変の精神》を追求する《幻視者》も、ともに悪霊（アラストルは孤独の悪霊を意味する）の餌食となることになる。

イオラスの琴は死の象徴？

ワッサマンからの引用後半の論理は、《語り手》が「アラスター」の初めの部分で《偉大な母》に祈ったときのイオラスの竪琴（次の引用参照）を、詩集『アラスター』所収の別の詩「可変性（Mutability）」に見える「忘れられたイオラスの竪琴」と同一視して、「アラスター」の琴を「意味のない死の形象《イメジ》」と見なす解釈から生じている（同）。シェリーはこう書いた——

（《母》の存在についての）十分な手応えが私の内部で輝いたので、今は心静かに動きもやらず、神秘的な、人に忘れられた教会の、寂しげな丸屋根に吊された、永らく忘れられたイオラスの竪琴のように貴女（《母》）からの一吹きを待っています。

（*Alastor*: 41–5. 丸括弧内は本書筆者）

一方確かに「可変性」のイオラスの琴は、儚い人生の象徴ではある。消え去る雲と鳴りやむ琴が並置される——

私たちは真夜中の月にベールをかける雲のような存在、
雲は何とせわしなく走り、輝き、打ち震えることか、
暗闇にきらきらと筋をつける雲たち！　だが束の間に
夜陰が周りを取り囲み、雲は永久に失われる。//
あるいは忘れられたイオラスの竪琴、耳障りな弦が
変化してやまぬ風に応えて様々な音たてる存在……
可変性だけが存続し、それ以外は何物も永続しない。
("Mutability": 1–6 ; 16)

しかしこれに反して「アラスター」の竪琴は、この琴と較べて明らかに希望と期待に満ちた音を奏でている。またシェリーは後年、「西風に寄せて」の中で、よく知られているように（「私を竪琴と化してくれ」）、イオラスの竪琴を預言的メッセージの発信源として（生き生きとした思想の発言者として）用いている。同じイメジがそれぞれの詩において異なる意味を持つことを認めるべきであろう。

自己内部だけを見たのか？

筆者はここまで、定説となった権威ある見解に敢えて異を唱えてきた。また妻メアリが「アラスター」執筆の際のシェリーの肉体的・精神的衰弱を強調したことから、この詩がいわば短調で書かれた作品とされてきたことは理解できる。だがこの詩を先行作品群や後続の「知的美に寄せて」や「モン・ブラン」に見られる世界の実像追跡の詩風とは無関係な、自己の内面のみを歌った詩と見ることに筆者は大きな疑問を感じる。メアリは夫が名医によって結核と診断され、死が近いとされたことに触れて

「アラスター」は個人的興味だけしか含んでいない。……肉体的苦悩がシェリーの眼を自己内部に向け直すのに相当大きな影響を及ぼした。これは彼に、外部に目をやって、『マブの女王』におけるように全宇宙を歌の客体・主題とするよりはむしろ、自己自身の魂がもつ思考たち・感情たちに、くよくよと思いを馳せる傾向を生ぜしめた。　(S全集I : 198)

と書いた。この状況は無視できないだろう。しかし死が忍び寄っているという宣告は、逆に世界の根源を問う詩魂を刺激したとさえ考えられるのである。そこで、この章を独立してお読みいただく場合を考え、シェリーのこれまでの歩みを、世界の根源への問いかけの面から要約する。

当初は無神論者ではなかった

確かにシェリーは既成キリスト教を嫌悪していた。しかし彼が無条件に無神論者であったとするのは誤りである。オクスフォード在学中には、親友のホッグ（Thomas Jefferson Hogg）への手紙（一八一〇年一二月二六日付）に、君は自己の感懐を全て語ってくれるが、僕は自己の感懐を自己に対してさえ打ち明けられないと語るコンテキストの中で、「偉大な慈悲心を有する神に対してさえ」（even to God, whose mercy is great）それは打ち明けられないと書いた（S全集Ⅷ：30）。この「感懐」（feelings）はホッグが常に書き送ってきた神の問題を含むであろうし、「慈悲心を有する神」にも打ち明けられないという言葉は、神への疑念を表明してさえ許してくれる神の存在を認めるという大きな矛盾を含んだ一句であり、一足飛びに彼が無神論者となったのではないことを示している。

理神論への傾倒

シェリーは在学中、ヒューム（David Hume）、ヴォルテール（Voltaire）、ルソー（Rousseau）、スミス（Adam Smith）などを理神論者（deists）として崇拝していた（Cameron '73 : 72）。またスピノザ（Spinoza）への傾倒は、生涯続いた（同：274。そして《自然》と《神》を同一視するスピノザの言葉は『マブの女王』Ⅶ：13 "There is no God!" への自注にも現れる）。ホッグが何度も神は居ないと書いてきたのに対して、彼は一八一一年（『無神論の必然性』= *The Necessity of Atheism* の公表二ヶ月前）の一月三日に、理神論もしくは汎神論の立場から反論している（『無神論の必然性』においてさえ、無神論を強く主張したのはホッグのほうだった）。シェリーはこう書いた——

> 《神》とは次のことを意味しないだろうか？——「宇宙の霊魂、知に満ち、その必然として慈愛に満ちた、事物始動の原理（actuating principle）」。この原理を信じないでいることは不可能である。僕は証拠を挙げることはできないかもしれない。だが思うに、一本の樹木の葉、人間が踏みつける最も低級な虫などさえ、それら自体、何か巨大な知力（intellect）が《無限》（infinity）に生命を吹き込んでいるということの論証だ。提示できるいかなるもの以上に、これらはその決定的な論証である。（S全集Ⅷ：33）

そしてポウプの詩行「世界の全ては一個の途方もなく巨大なものの部分に過ぎない」（『人間論』Ⅰ. 267）を挙げて、これは詩歌以上の内容を持つと続けている。

汎神論への接近か？

上の引用の半年近く後（一八一一年六月一一日）にヒッチナー（Elizabeth Hitchener）宛に書いた手紙は、シェリーが理神論の段階を終えて無神論者となった証として引用されることがある（Cameron '73 : 118）が、その中でも彼は《未知の原因》、あるいは《全存在の起源》という超絶的事物を《神》として認めていることに私たちは注目すべきである（上記論証の著者自身が、この見解とスピノザとの類似、シェリーのスピノザ崇拝に言及している＝Cameron '73 : 119）——

では《神》とは何でしょうか？　それは未知の原因（the unknown cause）、全ての存在の想像上の起源（the suppositious origin）のことです。（S全集Ⅷ : 102）

——かりにこれを理神論からの脱皮と見るにしても、彼のスピノザ、つまり汎神論への近づきとして読むべきであろう。なお同じ頃に書かれたと推定されるフィリップス（Janetta Philipps）宛の手紙の最後には「確かに僕は、かつては熱心な理神論者でしたが、決してキリスト者ではありませんでした」（S全集Ⅷ : 89。ただしこの手紙は、天国の魅力や地獄の怖れがなくても他者への愛というモラルは成り立つことに力点を置いたものである）と彼は書いている。

アウグスティヌスの言葉を異化

さて「アラスター」に戻れば、この作品のエピグラフと書き始めの部分（四九行目までで、結局は "Mother of this unfathomable world" への請願《インヴォケイション》）は、このことを敷衍して歌うのである。エピグラフはアウグスティヌスからの引用である——「私はまだ愛したことがなく、愛することを愛した。愛することを愛していたので、愛することのできる対象を求めてきた」。これはアウグスティヌスがなおキリスト教に帰依できないでいた精神状態を指し示している。だが、すでに上記のようにキリスト教離れをたびたび明言していたシェリーであるから、この引用を新たな意味に用いていることは明らかである。熱愛すべき、新たな宇宙原理を探求しようとするこの作品のエピグラフとして、これは理解されなければならない。アウグスティヌスの言葉を異化しているのである。そして書き始めに呼びかけ《インヴォケイション》がなされる対象は詩神ではなく、語り手が追い求める新たな宇宙原理を指し示してくれるはずの「偉大なる母（our great Mother）」である。

詩の書き始め

詩の第一行は、目の前に見える世界、すなわち「大地、大海、大気、最愛の同胞」への呼びかけであるが、二行目ではこの「偉大なる母」への言及が現れる（一八行目では、「母」への直接の呼びかけに変わる）。これは、これまたシェリーの愛読書だった古代唯物論者ルクレティウス（Lucretius）の『物の本質について』第二部五八一行以下に見える言葉の英語版である。そして少なくとも作品の冒頭では、ワーズワスは否定されていない。「最愛の同胞」は、人間を指すとともに、それ以上に地球に棲む全生物を指すであろう（一五行目の「私の親戚」は明らかに諸生物、一六行目の「最愛の兄妹たち」は大地、大海、大気［一行目］および人間を含めた諸生物を指すと感じられる）。すなわち現象として物質的に現れている自然物全てに呼びかける――

もし私たちの偉大なる母が、私の魂に、あなた方の愛を
感じとるに十分な　自然への敬虔の念を吹き込み、
私の愛に恩恵をもって応えてくださるのなら、
もし露多き朝、香り豊かな昼、沈みゆく太陽と
豪華な彩りに満ちた夕方が、そしてまた
厳かな真夜中の、鈴を鳴らすような静寂が、
そして秋の、枯れた森林の空ろな響きが、
また純白の雪と星々のような氷の冠で、灰色の草と
裸の大枝たちを衣服のように飾る冬が、
そして、吹き始めた甘い接吻のような風で
官能をくすぐる喘ぎをつぶやく春の訪れが
私にとって大切なものであったのなら、
もし私が、鳥や昆虫、やさしいけものを
意識して傷つけたことがなく、これら私の親戚を
つねに大切にしてきたのなら、それなら許し給え、
最愛の兄妹たちよ、この私の自慢を。そして日ごろから
私に与えてくれた恩義を、全て与え続け給え。　（2–17）

《母》への呼びかけ

ここまでは現象としての自然物への呼びかけだが、一八行目からはその大本、《母》への呼びかけが始まる。《語り手》はこの《母》のみを愛し続け、その影、すなわち様ざまな自然物を熟視し続けてきた――なぜかといえば

貴女《あなた》の使者である孤独な精霊を動かして、私たちが一体
何であるかの話を語らせることによって、貴女と
貴女のものたちについての、これら執拗な問いかけを
鎮めようとの願いからだ。　（26–9）

「鎮めよう」、すなわちその解答を探り出したいというのである。その結果、間もなく答を得られそうな気持になったと語る――

……そして、貴女はまだ一度たりと
最も奥深い貴女の聖所からベールを脱ぎはしなかったが
他には伝えられない夢の中から、薄闇の頃の幻から、
深い真昼の物思いの中から、十分な手応えが
私の内部で輝いたので、 (37–41)

風もないまま忘れられたイオラスの琴のように

私は貴女からの一吹きを待っています、この私の歌が
空気のそよぎと調子が合うように、また森や林、
海などの動きと、また生きてあるものたちの
声や、夜と昼が織りなしてゆく讃美の歌や、人間の
深い心根とも調子が合うようにと心がけつつ。 (45–9)

ここで最初の呼びかけ《インヴォケイション》は終わる。

《母》探索の旅を《詩人》に託す

呼びかけが終わってもなお、《偉大なる母》の実態も、私たちが一体何であるかの答も得られないままである。しかし一つ前の引用に見える「夢(incommunicable dream)」、「幻(twilight phantasms)」、「物思い(deep noonday thought)」はこの作品の理解にとって重要である。なぜなら、これらは詩作にあたっての、日夜うち続く《語り手》の想像と思索とを示しているからでもあり、この後に登場する《詩人》についての語りが、これらの想像と思索の結果として生じたことを示唆しているからでもある。すなわち前章で見たようなプロセスを経て、シェリーはすでにキリスト教の《神》も、理神論的な《神》の概念も放棄して、新たな自然界の大本、宇宙の原理を探索しようとする。その探索を《詩人》に託して、長大な旅に出発させると見るべきであろう。

《母》は《宇宙魂》、《必然》と同じ

そしてこの《母》は『マブの女王』第六巻で何度も呼びかけられる《宇宙の魂》(*Mab* VI. 190)、《自然の精神》や《必然》を言い換えたものと思われる。またこれは、呼びかけとは別個に語られる、光の「極微分子」をも導く《宇宙の精神》(*Mab* VI. 177)とも同じであろう。

《自然の精神》よ！　全ての技を持つ（all-sufficing）力、
《必然》よ！　世界の母であるあなたよ！
人が誤って考え出した《神》とは違って、あなたは
祈りや讃美を要求しない。人の弱き意志の気まぐれは
もはやあなたのものではない、それはちょうど人の胸の
移ろいやすい情動が、あなたの変わることなき調和の
持ち物ではないのと同じことだ。（*Mab* VI. 197–203）

《必然》（Necessity）は、（二五七頁にも書いたが）シェリーが『マブの女王』への自注に記したとおり、フランス百科全書派の哲人ドルバックが示した宇宙の原理である。従来の考え方なら崇拝や祈りを要求する神的存在となるのだが、右の引用に見るとおり、《必然》は人の空想の産物ではない。

《詩人》の登場

次の五〇行目からは《詩人》が登場し、これはこれまでの語り手とは別人とするワッサマンに始まる通説を（《語り手》を世俗の人、《詩人》を偉大な人とする点を、筆者は上に反論）筆者は全面否定はしない。しかし、これから展開する《詩人》の遍歴は、語り手がこれまで示してきた《偉大なる母》の探求とあまりにもよく似ている。しかもその真の姿が捉えられないという点でも、これ以降の詩の本体は、語り手が述べたインヴォケイションの敷衍・詳説である。そして、これから語り手が述べる話は、リアリティを離れて夢幻的である。一つ前の項で具体的に示したとおり、この部分を、語り手による夢想的探索であるとして読むほうが、より理に叶っているというべきである。そしてまず、孤独の中で歌って死んだ《詩人》の墓が描写され、次いで彼の伝記めいた遍歴が語られる。過去の、「神聖な哲学」を飢えた者のように吸い込んだ彼は、視覚・聴覚を通じて《自然》にはぐくまれたことが、こう語られる——

……巨大な大地と、取り巻く大気が発する、
ありとあらゆる光景と音色が、彼の心に
選りすぐりの衝撃力を送り届けた。（中略）
……未発見の諸国に在る、不可思議な真実を求めて
幾多の広大な枯れ野、枝の縺れあう荒野を
恐れを知らぬ彼は、魅惑されて踏破し（中略）
……この上なくひそかな《自然》の歩みを
《自然》の影法師のように追い続け、赤い火山が
燃えたつ煙で　雪の野、氷の断崖を、天蓋のように
覆うところは全て訪ねた。（68–70; 77–9; 81–4）

身近な自然風景も

こうした、一九世紀初頭には驚異であった珍しい《自然》の諸相だけではなく、身近な自然風景をも彼は愛したことが歌われる——

> また、宝玉や金銀以上に豊かな壮麗に満ちたあの情景、
> すなわち、変化してやまないあの天空の屋根や
> 緑の大地も心の中で愛され、彼はそれらが驚嘆を呼ぶ
> 権利を捨てはしなかった。ひとけのない谷間に
> 彼は長々ととどまり、荒れ野を自己の住処として
> ついには野鳩や栗鼠《りす》が、血を流さずに彼が得た餌を
> 危害を加えぬ彼の手からついばんだ。　（95–101）

シェリーは一八一三年に、菜食主義を奨める『自然的食事の正当性』（*A Vindication of Natural Diet*）を著している。この引用に続くけものたちとの共生を歌う詩行とともに、この《詩人》の良き性質として、二一世紀の環境論に現れてもおかしくない自然環境への愛と協働を表明する。

ワーズワス批判には程遠い

先に述べたとおり二一世紀に入ってもこの作品をワーズワス批判とする批評は有力だ。だが実際には《詩人》についての叙述には、シェリー自身の日頃の主張が、上の引用を初めとして、たびたび現れるのである。これに続く描写もその一環といえる——

> 茂みの中の枯葉がかさこそと鳴るときにはいつも
> 飛び退いてゆく野生の羚羊でさえ、彼の顔つきが示す
> 優しげな心組みに惹かれて、そのおずおずとした
> 足どりを留めて、自分自身よりさらに優美な
> 人間の姿を眺めようとするのだった。　（102–06）

その上シェリーは、ワーズワスがヴィジョンの光輝喪失を "Whither is fled"（'Intimations Ode'）として嘆いたのを受け継いで、天の色彩喪失を "Whither have fled"（196）と歌う。『逍遙編』批判でないことは先にも述べたが、ワーズワスの他の詩に関しても、シェリーは好意的に接している。

《詩人》像に断絶はない

だがこの描写を最後に、この《詩人》は「高貴な想いに忠実に従って／古代の畏怖すべき遺跡を訪れた（has visited）ことがあった」（107–08）と語られる。原文の完了形を示したとおり、一〇六行目までに描かれた《詩人》が突如方針を変えたのではない——自己変革を遂げて遺跡を

訪なうのではなく、称賛されてきた《詩人》がすでにこのような経験も経てきたとされるのである。そしてこのあと《詩人》の死に至るまでの経験の全てが、上記の、語り手によって肯定される詩人像に合致するものとして描かれていることに注目する必要がある。さらに一二九行目以下の、優しいインドの乙女に気づかない《詩人》、理想とする夢の美女（a veiled maid=151）を求めて峻厳度を増すアジアの自然界を経巡る《詩人》と、一〇六行目までの《詩人》のあいだにも断絶はない。彼は常に語り手が自分の理想実現を託した人物であり続けている。

時間の誕生の秘密に辿り着く

《詩人》は「世界の青年時代の／記念物たちに思いを馳せながら留まっていた」（121–22）のだが、廃れて黙り込む壁に死者たちが声なき想いを吊していることれらの遺跡と化した殿堂の

神秘的な広間に、月が、
漂うように移りゆく光と影を満たしたときにも
初期の世界を思い見ることを止めず、さらにうち眺め、
うち眺めるうちに、呆然とした彼の心に
強烈な霊感のように一つの意味がひらめき、彼は見た、
時間の誕生の、スリリングな秘密たちを。（123–28）

この「時間の誕生の秘密（secrets of the birth of time）」という一句は、私たちにも強烈な霊感のように響く。このとき私たちは序詞の中で語り手が求めていた自然界の大本、宇宙の原理を想起せずにはいない。この原理の一端を、《詩人》は垣間見た。彼は語り手の委託に半ば応えた。

だがベールを脱がぬ《母》

《詩人》は「時間の誕生の秘密」を見た。時間の誕生の秘密とは、ヴォルネイ（Constantin François Volney, 1757–1820）が『廃墟』の中でたびたび述べる、文明の生起を指すであろう——誕生の対語である死、すなわち文明の消滅（Volney : 7）こそがヴォルネイの主題であるけれども。《時間》という、概念さえ定かでない一種の神秘については、栄華を極めた殿堂とその廃墟に射す月影によって《詩人》は知った（日本人が「荒城の月」の一句「天上影は変わらねど、栄枯は移る世の姿」に感じる時間感覚に類似する）。だが彼はまだ、語り手と同様に、《母》に関して、「貴女はまだ一度たりと／最も奥深い貴女の聖所からベールを脱ぎはしなかった」（37–8）と言い続けるしかないのである。しかも《母》というのは《自然》の女神が《母》と呼ばれているからこ

の名称で登場するのであり、ベールを脱ぎさえすれば、彼女はこの世の根源そのものを具象化した美女として意識されていることがやがて判る。

《母》への揺るぎのない関心

「詩人」は《母》の実態の探求に心を奪われるあまり、現世的な女性の愛情に気づくことさえしない。この人間的愛の欠如が彼を《孤独 = solitude》に追い込み、彼の死の原因となるというキャメロン（Cameron '74 : 223ff.）の解釈（他の評者たちもこれを採用）は首尾一貫しているが、筆者は次に引用する「アラブの乙女 = an Arab maiden, 129」の部分は、《詩人》の《母》への揺るぎのない関心と愛を描くものと取りたい――なぜなら《アラブの乙女》の場面のすぐあとに、この《母》は「ベールを着けた乙姫 = a veild maid, 151」として彼の夢に現れるからである。

> このあいだじゅう、アラブの乙女が彼の食べ物、
> 日々の糧を、父親のテントから持ち運んできた。（中略）
> 乙女は恋心を抱きながら、深い憧れのために、その愛を
> 告白する勇気を持てなかった――彼の夜ごとの眠りを
> 見守り続けた、自身は眠りもせずに。　（129 – 30 ; 33 – 35）

作品の主題が論理的一貫性を持つと見る限り、彼はこれほどの愛にも気づかず《母》という名の真実の愛の対象に忠誠を尽くした、とこの場面を解するべきである。これは「まだ実現されていない彼の旅の目的への無意識な献身（commitment）」（Sperry : 28）と言うべきだ。またこの乙姫によって、《詩人》の追跡は恋を比喩として描かれるけれども、乙姫はあくまで宇宙の理想的根源の象徴なのである。

ベールの乙姫の登場は自然美の中

次いで詩人は、ペルシャやカルマニアを経て、インダス川、アムダリア川の水源である高山に「愉悦と歓喜を感じつつ」（144）登り、カシミールの谷間に達する。

> やがてカシミールの、この上なく寂しい渓谷の奥にある
> 谷間、薫り高い植物たちが、中空の岩々の下で
> 互いに絡みあって自然の四阿《あずまや》をつくっているところ、
> 光の粒を蒔き続けて流れる小川のそばで、《詩人》は
> 疲れた手足を横たえた。　（145 – 49）

――自然の形象が、この重要な場面に先立って描かれ続け

ている。そして「光の粒を蒔き続ける小川」のそばに身を横たえたとき、つまり最も美しい自然の形象に包まれていたとき、その「ベールを着けた乙姫」が夢に現れる（151）。それは彼が、それまで頬を赤らめることのなかったたぐいの希望を、彼に与える姿であった（150–51）。「彼女の声は、静かに考えに耽るときの／彼自身の魂の声に似ていた」（153–54）――彼が心底から希求しているものを語る声なのである。その上、声は「水の流れとそよ風が撚り合わされた」音楽（《自然》の音楽）を有していた（154–55）。声の語る話題は「知識と真理、それに美徳／また高貴な自由＝divine liberty」（158–59）だった。この乙姫は「知的・人道的大志だけでなく、《自然》への愛、秘められた知識への願望など、以前からの願いを包摂して」（Sperry : 29）いる。

自然の様相は変わった

夢での乙姫との出会いに先立って自然界が描写されたように、眠りから目覚めた直後にも長い自然描写がある。その最初の部分――

朝の冷たく白い光、西空に低く垂れた
青黒い月、くっきり見えながらけばけばしい連丘、
飾られたような谷、空虚な森などが
彼の立っているまわりに広がっていた。（193–96）

――これはこの詩の「最も美しい箇所」（Sperry : 30）とされることがある。だが明らかに自然の様相は冷たい、空虚なものに変わったのだ。

どこへ逃げ去ったのか？
昨夜の彼の木蔭を天蓋のように覆っていた　天空の
さまざまな色合いは？　眠りを慰めてくれた音曲は、
また《大地》の神秘と荘厳は、
楽しみと歓喜は？　彼の青ざめた両眼は、ちょうど
海原に映った月が、天空の月を見上げるのと同様に
腑抜けたさまで、虚ろになった情景を見つめる。
（196–202）

これまで自然美だとされていた色合い、自然の神秘と荘厳だといわれてきた情景が異なって見えたのである。

難解な？三行

この引用の次に、これまで批評家が難解としてきた三行が出る。

甘美な人間的愛の霊が送り届けてくれたのだ（has sent）、

僕（him）の眠りに、一つの幻《ヴィジョン》を、
この霊が選りすぐってくれた贈り物（gifts）を。
なのに僕はこれをなおざりにした（spurned）。　（203–05）

（ここを描出話法と受け取らなくては、数行あとの"Alas! Alas!"や"Lost, lost for ever lost"という内部独白へ続かなくなるであろう。）この三行は、《詩人》が《アラブの乙女》の献身をなおざりにしたことへの、外部からの《詩人》への咎めだて（上記引用を語り手による地の文として受け取り、"him"を第三者として読む場合）、ないしは彼自身の後悔である、と多数の評者が解釈した部分である。しかしまず、《贈り物》が複数であることに気づく必要がある。これが《アラブの乙女》を指すなら、単数であって当然である。この複数の贈り物は、直前までに語られた《ベールを着けた乙姫》の身ぶり、叫び、両腕などを指すのではないのか？　その上、上のように悔悟したというのなら、どうして《詩人》は《アラブの乙女》を探しに戻らないのか？　少なくともその後の村娘たちの愛（266–71）に応えて当然ではないか？　その後も《ベールの乙姫》――当初からの彼の探索の対象の具体像――を追う詩行、この引用直後から長々と続く詩行の中へ、どうして《アラブの乙女》への悔いが割り込むというのか？　しかもこれは夢の中の話である。

この読みの決定的傍証

上の引用の原文――"has sent / A vision to the sleep of him who *spurned* / Her choicest gifts"（斜体化は森松）を見れば、現在完了形のあとに過去形が出てきている。このために"spurned"は直前の行為ではなく、過去の行為を指すのだと読まれた理由はよく判る。しかし《ベールの乙姫》を自ら強く抱きしめなかった《詩人》の内部独白としては、直前の未遂行為が過去形で語られるのは奇異ではない。それに一旦現在完了を用いたあと、論理的にはまた現在完了を使うべきところを過去形で代用することは古くからの慣用法である。また"who"の前にコンマが在るが如く、「それなのにこの僕は」と理解するのが詩の読みかただ。だがこの、筆者の読みの決定的傍証は、次の三行である――

あぁ悔いが残る！　悔いが残る！（Alas! Alas!）
（女の）両腕（limbs）、吐息、生身（being）がこのように、
（男が）裏切るふうに縺れ合わされたことがあろうか？
（207–09．丸括弧内の邦文は森松）

《アラブの乙女》については「手足、吐息、生身」は

示唆されてもいない。《ベールの乙姫》は、ただ両腕を広げただけの《詩人》にあい向かい、腕をはだけ胸を喘がせ（生身）、息弾ませた叫びをあげ（吐息）、自分の両腕で彼を包み込んだのだった（177; 184–87）。なのに彼はそれをしかと受け止めず、「愛の過剰ゆえに心も沈み、たじろぎ（sickened）」（181）彼女の愛をなおざりにしている一瞬のうちに、夢から目覚めたのだった。《贈り物》は明らかに《ベールの乙姫》からなされた「手足、吐息、生身」などを指す。

探索の旅の広がり

だからこのなおざりを挽回しようと、「熱を籠めて彼は／夢の領域の彼方まで、あの束の間の霊（fleeting shade）を追跡する」（205–06）のである。いっそのこと死んでしまえばあの「眠りの神秘な楽園に行き着くのか」と彼は思い（211–12）、これを絶望とあい混じった希望として探索を続ける（220–22）。《「アラスター」は帝国についての深刻な当惑を示す冥想である》（Makdisi '98 : 138）などと、帝国主義的言説の一環としてこの作品を論じた最近の諸論者の過激性は、アルヴィによってみごとに論破された（Alvey : 16）。しかしその言説の途中には示唆的な観察もまた含まれている。すなわち「アラスター」の《詩人》は、イギリス・ヨーロッパ文化の、当時の慣習的《自然観》には飽き足りず、より根源的なものを求めてアジアの峻厳な自然界に旅する——「彼は自国内のワーズワス的《自然》の示す静穏な情景から飛び退いて、異国の、明白に非ヨーロッパ的（バイロン的・サウジィ的）領域に向かう」（Makdisi '98 : 138）のである。中央アジアの様ざまな地が、新たな認識を提供すると《詩人》は期待したのであった（211–12）。

理想の世界は眠り＝死の中

筆者は《詩人》の求める究極の理想が、《ベールの乙姫》の場面のあと変貌を遂げたことを示唆したつもりである。自然の姿が従来とは異なって見えるようになり、人間にとっての意味を持たない単なる自然の形象はその美を失い、異性に対する愛情が心の中に創り出すのと同種の完全性を備えた《自然》のみが意味を持ち始める。つまり自然という名の異性的他者、理想化された完全体だけが探求の対象となったのである。しかしこれはあくまで、夢の中で得られた原型の探求であり、言葉を換えれば想像力の産物である。シェリーを初めロマン派の詩人たちは、感覚が知覚する日常的世界と、想像力による理想の世界の両方をともに実在物と感じることが多い。ブレイクはその典型であり、キーツにもその傾向が強い。だがシェリーの場合には、理想の世界が想像の領域だけではなく、死の領域にも属しているという感覚が強い。その探求は《詩人》を憔悴させ、異様な風貌へと追いやる（256–66）。

死に対する意識の顕在化

表面は美しい自然の相、従来は《母》を知る手がかりと信じていたものを追い求めても、自然の根源にある死に行き着くだけで、人の救いとなる究極の《力》は見いだせないのではないか？　これを《詩人》の言葉で語るなら——

虹を含む雲たちの輝くアーチ、
静かな湖の中に逆さに垂れ下がる山々、これらはただ、
黒々とした水だらけの死に通じるだけか？　（213–15）

この比喩は、美しい《自然》に死もまた含まれることを示す。同じ頃の作「夏の夕べの教会墓地」（'A Summer-Evening Churchyard'；次項参照）に見るように、シェリーは死後の霊魂不滅を信じたい希求に常に駆られていた。そして《ベールの乙姫》の場面の直後から、死は意識され始める。

死の暗い門をくぐれば、おぉ《眠り》よ、
お前の神秘に満ちた楽園に通じているというのか？（中略）
おぉ《眠り》よ、死の青黒い墓所（vault）は（中略）
お前の歓びに満ちた国々に通じているというのか？
（'Alastor'：211–12；216；219）

谺を返さない天地《あめつち》

この思いは彼に希望を与えるが、希望は（死を経なくてはならないから）「絶望のように彼の頭脳を痛ませる」（221–22）。やがて彼は孤独げな白鳥を見、白鳥には家と妻があることを思い、自己の孤独な探索への疑問を感じるに至る——

お前の臨終の歌よりはるかに麗しい声をしている私、
お前より巨大な精神を持ち、美に対してもはるかに
調和した姿をした私が、優れた力の数々を浪費しながら
ここにぐずぐずとしているなんて、私は一体何者か、
耳を貸さない大気、見る力もない大地、私の想いたちに
谺を返さない天に向かって、力を浪費しているとは？
（285–90）

この思いが「夏の夕べの教会墓地」の最終連に歌われた死後の眠りに生じる楽しい夢という考えに連動する——

このように（墓場では）厳粛化と優美化を被って、死は
静寂極まる今夕のように、穏やかで恐怖を感じさせない、
ここなら望めなくもなかろう——墓石の上で遊びながら
尋ねる子供のように、死は、甘美な秘密を人の眼から
隠しているのではないかと——呼吸絶えた眠りのそばで
絶妙に美しい夢が永遠に見張っているのではないかと。
（'A Summer-Evening Churchyard' [1815] : 25–30）

なお《力ある霊》を探索

「アラスター」におけるこの想念は、死への願望というよりも、地上の自然美を求め続ける旅が、何ら究極の《力》とその認識へ行き着かないのではないかという疑念に結びつく。この疑念を抱きつつ、なお《詩人》は、これまで経験したことのない国々、誰も遡ったことのない川の水源などに行き着けば、そこに見いだせる自然の諸相が、宇宙究極の作動因を見せてくれるのではないかという期待を持ち続ける。打ち棄てられた小舟に乗って荒海に乗り出すときにも、荒れ狂う大海と死に直面してこそ、《大いなる力》との遭遇が実現可能となると期待する——

休むことを知らない衝動に駆られて彼は荒舟に乗りこみ
寂しい海の荒野でただ一人《死》と出遭うことにした、
なぜなら彼は熟知していたからだ、力ある《霊》は
溺死者で満ちる泥砂の洞窟を好むということを。
（'Alastor' : 304–08）

海底に死して下って《力ある霊》に出遭おうとするのだ。《ベールの乙姫》がここでは《霊》とされていることは明らかであり、《乙姫》との夢での出遭いが彼の探索対象を宇宙原理から性的満足に変えたとするのは誤りである。

荒れ狂う波・嵐・渦が案内者

このあとに続く暴風と荒海の描写（320–45）は、《自然》の荒々しい側面を意識的に表現する意図からなされていると見るべきであろう（絵画においても、サルバトル・ローザ［1615–73］の描いた荒れ狂う自然は、クロード・ロラン［1600–82］の静謐な自然と対照をなす新たな創案だった）。彼はびくともせずに舟に座り続ける。

波・嵐・渦の守護霊は、彼をあの乙姫の眼の愛らしい
光へ案内するために任命された代行者であるぞ——
まるでそうであるかのように思いなして《詩人》は座り、
しっかりと操舵を続けた。
（330–33）

今度は《力ある霊》が《眼》に置き換わってはいる。しかしご覧のとおり、《詩人》は一時も自己の旅の目的を忘れてはいない。しかもこの記述のあとに、大海における自然の描写が、ながながと続く。美しかろうと、荒れ狂う姿であろうと、自然の相から《力》を窺知する《詩人》の意図は、まったく揺らぐことはないのである。

嵐の描写が続く

この暴風は雨を伴っていない。次の美しい描写もまた嵐の描写だ。

夕方がやってきた。
荒野と化した深海を渡る彼の行路の上、天蓋さながらに
丸屋根をなす波飛沫《しぶき》が、白布の如くはためき、姿を変え、
その中に高く夕陽の光線が、虹なす彩《いろど》りを吊していた。
ゆっくりと東の方から薄暮嬢が立ちのぼり、嬢の髪を
編みなして、《昼》の真白い額と輝く眼たちの上に
薄黒い花輪としてからませた。
星々の衣裳に身を包んだ夜がそれに続き、四方八方で
以前に増して恐ろしげな波濤——大海の山なす荒野の
数限りない波の流れが、暗闇の中、雷に似た轟きを
響かせながら互いの戦争へと突進していく——それは
まるで、光を鏤《ちりば》めた静かな空をあざ笑うような轟き。
(333–44)

嵐は、ジェイムズ・トムソンの『四季』各巻に、その中心的な描写として配されているが、海上の嵐の描写はシェリー（とバイロン）の新機軸である。自然の異常な様相から《根源》を探るという《詩人》の探求が続いているのである。

常ならぬ自然の相

やがて《詩人》は真夜中に、コーカサスの高く聳える断崖が凍てつき、星々の中で太陽のように輝く風景を見る（351–54）。小舟は人間の力を超えた速さで波間を進むうちに、洞窟が大口を開けているところに至り、嵐に勢いを得た潮はその洞窟の中へ突入する（361–65）。

小舟は速度を緩めることなく
飛ぶように進んだ。——「幻にして愛なる人よ！」
《詩人》は声に出して叫んだ「君が立ち去っていった
その道筋を今、見てしまったぞ。眠りにも死にも
私たち二人を長く隔てさせはしないぞ！」
(365–69)

——押し寄せた水が、コーカサスの山麓に落ちる前に、山が、水底をも天空に晒している静かな湖を形成するところ

にまで小舟は到達する（369－86）。いかに嵐が強くとも、この高地にまで舟を押し上げるのは非現実的だが、詩が表現しているのは常ならぬ自然の相である。小舟が深淵へ落下しそうになったとき、西風が帆を膨らませて、舟を滑らかな流れに載せ（394－408）、黄色の花が水晶のような水を眺め続けている土手へと送り届ける。

使命を果たすまでは

この土手に黄色い花を見(406)、その花で髪を飾りたいという衝動に駆られたときにも、《詩人》に孤独の感が戻ってきて、彼はその願望を抑制する。その理由は

彼の赤らんだ頬、
伏せられた両の眼、影法師さながらの身に隠された
あの強い衝動が、まだ使命を果たしていなかったからだ。
（415－17）

いうまでもなく彼は、自己の希求によって夢に見た、美女のような自然像を求めているのであるから、この《使命》はなおも果たされはしない。だが異国の内陸部へ、それも奥へ奥へと入ってゆけば——と希望を捨てない。

触れ合う大枝、絡みあう木の葉たちが、《詩人》の
歩み行く道に夕べのような明かりを織りなしていた、
彼が愛、夢、または神、或いはより強力な死に導かれて、
《自然》が最愛のものとして訪れる場所に、何かの堤、
《自然》の揺りかご、彼自身の墓を求めたときに。
闇はさらに暗く、より暗く凝集した。樫の木は
巨大な、こぶの多い腕をひろげて……
（424－33）

この樫の木を筆頭に、木々と木の葉、花々と青苔、薫り高い薬草などの描写が続き（433－51）、「《自然》の霊が最愛のものとして訪れる場所」を呈示する作者の意図が見える。

精巧な自然描写

いや実際、次の引用に見るとおり、シェリーの詩全ての中でも最も精巧な自然描写がここには配置されている。

この上なく暗い一つの渓谷が
ジャスミンと絡みあった麝香薔薇《じゃこうばら》の茂みから
魂をとろかせるような香りを送り届け、さらに愛らしい
何かの神秘へと誘っていた。ここ、この谷間じゅうに
双子の姉妹である静寂と寂光が、昼の見張りを続け、
半ばしか姿の見えない蒸気のように

木蔭の中を浮動していた。その彼方では一つの泉、
暗く、微光を放ち、優れて透明な水を湛えた泉が
上方の、織りなされた大枝たち全てを映し出し、
大枝に縋る木の葉たち、木の葉の間を突き抜けてくる
紺碧色の空のちぎれちぎれの姿も映していた。
この液体の鏡の画像を洗いにくるものは、ただ一つ
木の葉の茂みの格子の隙間から
皓《しろ》く瞬きながら覗いてくる　何か、明滅してやまぬ星。
或いは月の下で眠る色鮮やかな鳥、
動きもせずに水面《みなも》に漂う華麗な昆虫——
昆虫は、その羽根が真昼の光に見つめられて
栄えある姿を拡げる前には、昼を意識してもいない。
（451–68）

「ここへ《詩人》はやって来た」と次の段落が続いている。

霊に出遭った感覚

泉の、姿の見えない源たちから聞こえてくる心地よい響きの中で、彼は未知の存在を感じ取って震える（476–79）。

一つの《霊＝Spirit》が
自分のそばに立っているように思われた——その衣裳は
優美、威厳、神秘などを感じさせる、目に見える世界の
いかなるものからであれ、そこから借りた鈍色《にびいろ》の銀や
神聖感を呼ぶような光を誇る輝く衣裳ではなかった——
風に波打つ森、静まりかえった泉水、
さざ波立てる小川、今は暗い木蔭の深みを増す
夕刻の闇などを、自分の言葉であるとみなす霊、
そのように彼と心を交わす霊であった。
（479–87）

そして《詩人》は自分と《霊》だけがこの世に存在する全てであるように感じる。物思いから目を上げてみると

二つの眼、
二つの星のような眼が、物思いの暗闇の中に懸かり、
静かな、紺碧色の笑みを浮かべて、彼を
差し招いているように思われた。
（488–91）

二つの引用にはともに「思われた」という言葉が現れる。

自己の思いの不可思議

「思われた」、すなわちこれは《詩人》の想像の中の出来事なのである。引用のすぐあとに「自分の魂内部に輝いた／この光に忠実に従って」（492–93）——すなわち自己の

想像を事実と考えて、彼は行方も知らぬ小川の行路を追うさまが描かれる。そして彼は思う——

おぉ、小川よ！
君の源は、近寄りがたく奥深いが、
君の神秘に満ちた水路はどこに向かってゆくのかね？
君は僕の人生を映している。君の、神秘で暗い静けさ、
まばゆい波たち、音高く虚ろに響く深淵、
探り当てさえできない水源、目に見えない水路などは
それぞれ僕の中に類型を有している。広い空や
計り知れなく大きな海に、どんな泥砂の洞窟や、どんな
飛びゆく雲が君の水を含んでいるかを答えさせるほうが
まだ早い、宇宙に向かって、どこに僕の思いが在るのか
答えさせるよりは！ 君の岸に咲く花々に身を横たえ、
僕の生気の失せた躯が吹く風の中で朽ちてゆくときに。
（502–13）

《霊》を追う自己の思いの不可思議、その実現の不可能性を《詩人》は実感し始めるのだ。

醜くなる自然の形象

《詩人》は今や川を下り始める。すると人が歳をとって醜くなるように、自然の形象が美しさを失ってゆく（532–39）。岩々が、黒々とした、樹木一本すらない姿で夕空を突き刺す（543–46）。峨々たる断崖が

崩れそうな石の間に暗い割れ目と大口開け《yawning》た洞たちを
見せていた。洞のうねりは轟音立てる流れに一万もの
さまざまな言葉を喋らせる。見よ！ 水路が大石の並ぶ
峡谷の入り口《jaws》を拡げるところでは、突如山が見えてきて
積み集めてきた岩のかたまりとともに、
世界を睥睨《へいげい》しているように見える。なぜなら
蒼白い星々と落ちゆく月の下、島嶼の多い湖たち、
青黒い山々、強力な流れ、おぼろに見える広大な土地が
大きく広がっているのだ。——これらは鉛色の夕明かり、
或いは闇の衣裳に包まれ、遠方の地平線の際《きわ》では、
火を噴く小山どもが、その炎を
夕闇に混ぜ合わせている。
（548–59）

——これは明らかに、慣習的に自然美と呼ばれていたものとは異なった自然のイメジである。

人生と個人の象徴

その次には極めて象徴的な手法による一節が続く——

彼の身に近い場所の景色は
草木の少ない厳しげな（naked and severe）簡素さで
宇宙の多彩と対照をなしていた。岩の中に根を下ろした
一本の松が、他には何もない空白へと
揺れ動く大枝たちを伸ばし、気紛れな突風が吹くたびに
一度だけそれに応じて揺れ、突風が過ぎると、そのつど
大いに聞き慣れた抑揚で、休むことを知らない流れの
叫び、轟音、瀬音に、自分の枝を渡る微風の
荘厳な歌を混ぜ合わせていた。一方幅広くなった川は
大岩が屹立する流路に泡立ち、急ぎ足に進み、
吹き過ぎる風たちに飛沫をまき散らしながら
あの、深さもしれぬ割れ目（void）へと落下した。
(559–70)

――《一本の松》は苦境に耐える（Reiman & Powers : 83n）一人の人間を、また突風・微風、流れ続ける川は人生を、深さのしれない空虚な割れ目への落下は死を象徴するであろう。この松はまた、人と《自然》との関係を、この当時としてまったく新しい眼で表現している。人と《自然》は（「聞き慣れた抑揚」で歌いつつ）調和している場合も多いが、時として突風に襲われるし、人生は「大岩が屹立する流路に泡立ち、急ぎ足に進」まねばならないのである。

秋の悟りの境地

次いで描写される「恐怖の膝に抱かれながら／微笑んでいるような静寂の場所」（577–78）――すなわち峻厳な崖と激しい急流とは対照的な、永久に緑葉と木の実《berries》に恵まれた盆地もまた、平静な悟りの境地に至った特殊な個性の、人生の秋を意味するであろう。そこでは

秋のつむじ風が、いたずらっぽく遊ばせながら
運んでゆく子供たち――これら光り輝く木の葉は、
赤、黄、或いは霊妙にも淡い、その朽ちてゆく葉は、
夏の驕りと競合できるのだ。
(583–86)

そしてこの盆地に足を踏み入れて声を発したのはただ一人、つまりこの《詩人》であることが示唆される（588–601）。

《自然》の実態と《詩人》の心

しかし彼のこの境地が、あくまで主観的なものであり、彼の周囲に展開される、月の様ざまな描写による自然美の呈示も、《自然》そのものの実態を変

化させはしない——つまり、死んでゆく《詩人》が、以下のように地平線に最後に残る三日月の角、三日月の二つの端を、彼が追い求めた理想の女（存在するはずだと彼が信じる《自然》の究極原因）の両眼であると思いなすのは、あくまで彼の心の中の現象にすぎないことが示唆される。月光のために黄色に染め上げられた霧が

どこまでも続く大気を満たしていた。霧は皓《しろ》い月光を
飽満するまで吸い込んでいた。星一つ光らず、
音一つ聞こえなかった。《危険》の恐ろしげな遊びの友、
あのさまざまな風さえも、その断崖の上では
《危険》の抱擁の中に眠っていた。　(605–09)

——《詩人》の心が見た月光に美しく輝く霧と、いつまた崖を襲うかもしれない《危険》な暴風とが対にして語られる。これは明らかにハーディが『テス』の中で、庶民のダンス・パーティから酒気を帯びて帰りの道を辿る農民たちの周囲に描かれる《美しい》月の描写の生みの親である（その直後に、《危険》な森とテスの凌辱シーンが続く）。

死と対照される美しい自然

いかに世界・自然界が美しかろうと、《死》が「このひ弱な世界の王者」(614) である。《巨大な骸骨》として《死》は、戦場や病院だけではなく、殉教的愛国者、無辜の民、刑死者、王者に呼び寄せられる (609–18)。《荒廃＝Ruin》は《死》の弟分として世界中から見事な餌食を兄に提供し、「人間どもは／花々や、這い回っていた虫のように、墓に入ってゆく」(621–22)——自然界の生きた姿と《死》とが対照される。次いで《詩人》にも《死》が迫っている描写となる。そして彼の臨終にはふたたび《美しい》自然の姿が登場する——

彼が最後に眼にしたのは
大きな姿をした月であった。月は広大な世界の、西方の
地平線の上空に力強い角を吊り下げ、月の赤みがかった
光線に、世に織り込まれてゆく暗闇が混じりあうように
思われた。今や凹凸の激しい丘たちの真上に
月は懸かり、この大きな発光体が、峰々に千切られて
沈みゆくときにもなお、《詩人》の血流——かつては
自然の潮の満ち干に、神秘的に共鳴して
打ち続けていた脈動——は、さらに弱まっていった。
(645–53)

《詩人》の希求によって《美しい》とされた想像上の自然像が、彼に無関心に風景を展開する自然の実像と対照されるのである（「自然の潮の満ち干」とは、いうまでもなく、自然界の様ざまな変化を指す。彼はその変化を美として味わったのだったが、今は《自然》の必然によって死に直面）。

《自然》の残虐な面

そして最後に、またしても四九行からなる《語り手》の言葉が記される。そこでは「魔術師の夢」、すなわち不老不死の妙薬が「これほどに美しいこの世界の／真実の法則であればいいのに！」（681–86）という《語り手》の虚しい願いをこめた一種の祈願文が、現実には自然界が残酷であることを語っている。そして《語り手》は、その残酷さを想定せずにいた《詩人》、人間の愛の対象となる《自然》の究極原因、ベールをつけた乙姫を求め続けた《詩人》を讃え、その死を悼み続ける——

あぁ！　君は飛び去ってしまった！
勇敢で、優しく、美しさそのものであった君、
優美と才能の愛し子であった君は。この世の中では
心なき事柄が為され、語られているし、多数の蛆虫、
けだもの、人間どもが生き続け、強大なる《大地》は、
海と山、都会と荒野などから
低音の晩祷、あるいは歓びに満ちた祈りのように
今なお荘厳な声音を上げている——だが君は去った。（688–95）

また作品の最後は、こう締めくくられている——

それは「涙するにはあまりに深い」悲しみである、
全てが一時《いちどき》に奪い去られる場合には。また周りの世界を
光で飾り立てていた　何か超絶的な《精神》が、
あとに残った者たちに、啜り泣きや呻きを残すのでなく
諦めきれない希望の、情熱籠めた騒乱を残すのでもなく、
青ざめた絶望と冷たい静穏と、元の姿とうって変わった
《自然》の巨大な枠組みと、人間的事物の網の目と、
出生と墓場とをだけを　残してゆく場合には。（713–20）

——実態は判らないが、世界を「光で飾り立てていた……超絶的な《精神》」、すなわち仮想された《自然》の根源は、世界の全てを、人の想像が望んだ姿ではなく、望みとはうって変わった姿を見せてこの詩は終わる。

現代的自然像を呈示して終わる詩

《語り手》が概括する「何

か超絶的な《精神》」の姿形《すがたかたち》は、慈悲と美だけをふんだんにふり撒く《自然》の究極原因ではなく、やがて「モン・ブラン」の中でさらに明らかにされ、ヴィクトリア朝詩人（初期のブラウニング・テニソン、アーノルド、クラフ等々）に受け継がれてゆく残忍・無関心な面をも併せ持った、現代的な《自然》の姿なのである。これはシェリーの打ち出した新たな認識であろう。しかし人が希求する恵みのみを与える《自然》と、人が直面する、暴力を秘めた《自然》との対立は、すでにブレイクが『エルサレム』の中で大きな主題として扱っていた。『エルサレム』の最終場面に至るまでは、エルサレムという名の女性が、美しい《自然》、恵みある《自然》を表し、これに対立して、ヴェイラという女性は、物理的《自然》、武器すら開発する《自然》なのであった。望ましく美しい《自然》と、科学の研究対象である《自然》の合体という、一種の大団円が『エルサレム』の終局では実現する（See Morimatsu '10B : Chap. 22）。だがシェリーの「アラスター」では、《美しい自然》の根源を探求した詩人は、死を代償にしてその根源を見たと思って世を去る。だが《語り手》は、彼の死のあとに現代的な自然像のみが残ったと、この詩を総括するのである。もちろんこれはワーズワスの自然観には対立する。だがシェリーの扱いは、先輩詩人ワーズワスへの反論意識も、皮肉も揶揄も感じさせない真摯な言葉に満ちている。

第一五章　「理想美に捧げる頌歌」ほかのシェリー抒情詩
――「アトラスの仙女」も詳しく読む

新たな審美観

シェリーがプラトニストであるかないかについては、二〇世紀批評界に長い論争の経緯がある（詳細はPulos : 31–2）。だがシェリーが、当時のキリスト教への懐疑からプラトンに近づき「プラトン自身を一種の懐疑論者として――少なくとも懐疑主義の先駆者として描いた」（同 : 32）とする新たな見方に説得力を感じて当然であろう。既成観念に対して《懐疑》は常に創造的な力を生むからである。そして確かに、本章では便宜上《理想美》（上田和夫も理想美としておられる）と訳すことにするIntellectual Beauty は、新たな眼で改変した美――人びとの日常の眼に映じる自然界や人間界の平俗な美に対置される美、あるいは一八世紀までの慣習的キリスト教文化が常識と化していた審美観や、当時盛んになってきた新たな観光旅行で慣習化した、他者によって規定された美意識を、新たな眼で見直した美を指すと思われる。このことを本章では明らかにし、その基盤に立って歌われた有名なシェリーの短詩類の美しさを同時に扱ってみたい。

眼に見えない超絶的美

「理想美に捧げる頌歌」（'Hymn to Intellectual Beauty', 1816）は一種の自然詩である。だがそれは一八世紀自然詩、たとえばジェイムズ・トムソンのそれと、何と異なっていることか。自然の形象とその美しさは、一種超絶的存在と思われる《理想美》、すなわち「見えない（unseen）」という形容が繰り返される《知的美》の姿を垣間見せるために用いられる。そしてこの 'Intellectual Beauty' という言葉自体が、ウルストンクラフト（Mary Wollstonecraft, 1759–97）の *Vindication of the Rights of Woman* に起源を持ち、ゴッドウィンがこれをさらに発展させた（*Memoirs of the Author of a*

Vindication of the Rights of Woman=1798. See Duffy : 99）ものであった。ウルストンクラフトはこの《美》を単なる外形の美と対置されるべき理想的な美とした。ここから風景を革命精神と結びつける議論もなされている（同）。しかし起源がウルストンクラフトとゴッドウィンだから、《理想美》即革命精神というわけにはゆかない。風景と革命精神を安易に結びつけすぎるのは避けるべきであろう。しかもこの《理想美》が、人間存在を意味あらしめるために必須のものとされるのであるから、人間こそがこの詩の中心主題となる。だがこの詩の美しさの印象が、自然美に発していることもまた否定できないであろう（なお、以下に一部分拙訳を示しつつ、自然詩としてのこの作品について述べる。拙訳にはいわゆるB版［Matthews & Everest : 528ff.］を用いるけれども、A版（同：525ff.）も参照する）。

第一連を読む　全編を示したいところであるが、最重要な第一連、第二連だけを全訳し、あとは部分訳で臨みたい。第一連の「眼に見えない《力》」こそがこの理想美を指すことはいうまでもないであろう。だがこの詩に新たに現れた《力》が、シェリー初期の《必然》に替わる世界の根本原理だとする説は、今日否定されたといえるであろう。なぜなら、次章で見る「モン・ブラン」を初め、このあとのシェリー作品では《必然》ないしは自然科学的法則が、依然として高度に尊重されるからである。だが《理想美》を《必然》と同一視する議論にも賛同できない。これはシェリーの抒情詩に明らかに《必然》とは異なった美しさを与えているからである。第一連で明らかなように、それは「眼には見えぬが」、花から花へ渡る風、松山の彼方の月光、夕方の彩なす色、星月夜の雲、奏で終わった音楽の記憶などと連想され、相似するものだからだ。眼には見えないものを、眼に見えるかたちで呈示するのがこの章で扱うシェリーの抒情詩の大きな特徴となって行く。第一連の全体は——

1

何か眼に見えない《力》の畏怖すべき影が、我々の間を
眼には見えぬが漂っている——変幻自在なこの世界へ
風や月光のように気紛れな羽根を広げて漂いくる——
花から花へ這うように吹く夏の風のように、またどこか
松に覆われた山の彼方に降りそそぐ月光のように。
《影》は気紛れな眼をはせて、訪れてくるのだ、
　おのおのの人の心と顔つきへと。
訪れは夕方の彩なす色と調和ある姿たちに似ている——

星月夜にひろびろと漂う雲たちのように
逃げ去った音楽の、記憶のように
優美な姿ゆえに大切な、だがその神秘ゆえに
さらに大切なもの全てのように。

地上的現象の大本にある美の根源という意味では、プラトニズムの影響があることは事実であろう。だがシェリーが全的にプラトニズムに依拠しているのなら、イデアの世界への、せめて仄めかしくらいは出てこないとおかしい。彼は独自の美学によって、心ある人間だけが知覚できる、高度な美を呈示しようとしていると思われる。

第二連を読む

第二連に進むと、詩の調子はがらりと変わって、《理想美》の言い換えに違いない《美の精》が、「我々の現状」、すなわちこの世という「大いなる涙の谷」から姿を消したのかという、大きな問題提起がなされる――

2

《美の精》よ、人の思いや姿など、あなたがご自分の
さまざまな色合いで照らし出す全てを、まさしく
清めるあなたは、どこへ立ち去ってしまったのか？
なぜあなたは姿を消し、我々の現状を、この薄暗い
大いなる涙の谷を、虚ろな荒涼たるものになさるのか？
向こうの山川のうえに、なぜ陽の光がいつまでも
虹また虹を織りなさないのか、問わせてください、
なぜいっときは示されたものが潰え、色あせるのか、
この地上の昼の光の上に、なぜ
恐怖と夢、死と誕生が、このような暗黒を
投げかけるのか――人はなぜ、愛と憎しみ、
落胆と希望を、このように交互に感じるのか？

――「山川のうえに、なぜ陽の光がいつまでも／虹また虹を織りなさないのか」という詩句は、美しい象徴性を持っている。虹は美しい、しかし儚いものという事実は万人に知られている。つまりこれは誰もが知るこの世界の現状の象徴なのだ。この、世界についてまわる望ましくない状況の比喩を、現実に即して言い換えるのが、そのあとの「恐怖」、「死」、「憎しみ」、「落胆」などである。これらの抽象的で醜い言葉を、受け容れやすくしているのが虹の消滅についての言及である。これらの醜いものたちを人間に近づけず、恒常的にその反対物、すなわち美しい《夢》、《誕生》、《愛》、《希望》などを人間界にあらしめること、これ

が《美の精》が果たすべき役割である。シェリーの抒情詩では、具体性を持って描けないものを、周辺から、別の事物によって、このように呈示する。

世界のこの不条理への答は、いまだ
　誰も与えてくれない。《神》や《霊》、

《天国》さえ、不条理を取り除くことができない。第三連はこう歌ったのち

第三連と第四連

あなたの光だけが―山々の上に吹き寄せられる霧、
　何か静かな楽器の弦がかき鳴らされて
　夜風に吹かれて聞こえてくる音楽、
　あるいは真夜中の流れに映る月光、などと同じく、
人の生の不安な夢に優美と真実を与えるのだ。　(32–6)

ここでも眼には見えぬ《理想美》、《美の精》は、霧、音楽、月光など、人が感知できるものによって表される。第四連でも、留まるべきもの――《愛》、《希望》、《自尊の念》などは、生じたり消えたりする雲に譬えられる。第四連の最後では、人間の想念が「消えそうな炎」に譬えられ、その炎を引き立てるものとして「暗闇」が言及され、この「暗闇」のようにやってきて「人間の想念」を意味ある光とするものとして《理想美》、《美の精》が存在を続けるようにと懇願される。この眼に見えない美は、何重にも入れ子細工のようになった比喩の理解によって、そのかたちが示されていると言える。

第五連～第七連

第五連、第六連で、《理想美》、《美の精》が少年時代に影として認識されたこと、この《美》の存在こそが、この世を奴隷状態から解放してくれると歌い継ぎ、最終の第七連で、昼過ぎに荘重、静寂となる秋の景色を、夏にはその姿さえ想像できなかった美しさだとして讃え、この眼に見える秋の午後（またしても現実に静かな自然界の情景）を比喩として、あたかも有り得ないもののように、

有った例しも無かったもののように、
私の受動的だった若年に、自然の真理のように
落ちてきたとおりに、私の今後の人生行路に
その静けさを恵み給え―あなたを崇拝する私に。　(77–81)

と祈って終わる。感知できる情景によって抽象美を描きだす。（今日の世界にもこの美が再生されますように！）

「西風の歌」

「西風の歌」（'Ode to the West Wind'）は、『プロメシュース解縛』と同じ一八一九年、すなわちシェリーの思考が、なお人類の解放、自由の獲得に大きな比重を捧げていた時期の作品である。『レイオンとシスナ』についての章で述べるとおり、二年前のこの長編詩にすでに「西風の歌」の予兆が見られる。つまり、今、自分の思想が世に認められないとしても、やがて死後においてそれは影響力を得るだろうという信念が両作品に見られるのである。ただ、作品の完成度においては、広大な砂漠に取り残された廃墟のような王者の像を描いた「オジマンディアス」（'Ozymandias', 1817）と並んで、非の打ち所のない均整感を漂わせている（五連からなるのだから、なおさらそれは驚嘆に値する）。第一連では、シェリー得意の、深遠な真理を語るときの「かたちのないもの」（the deep truth is imageless. *Prometheus Unbound*, II. iv: 115）であるはずの西風が、それに吹かれる病葉《わくらば》によって視覚化される。その病葉は明らかに腐敗した考え方とそれを用いて世界を支配する権力層を指している。春風は新たな時代のラッパに譬えられるが、その春風が

（美しい花の蕾を、空中で草をはむ羊の群として追い）
活き活きとした色と香りで平野と丘を覆う。　（11–2）

これは白い羊の群が次第に丘の上まで登って行くのと同様に、白い蕾や新芽が、麓から次々に丘を登るさまを思わせる。自然描写としても見事で、それでいて世界の変革という象徴としても機能する一節である。

自然詩と政治性の合体

第二連で天空の流れに、病葉が流れるようにちぎれ雲が浮かぶさま、死に行く一年の悲歌としての西風にとって、「この閉じて行く夜」、つまり夜空が、権力者の巨大な墳墓を覆う丸屋根となるさま——これらも政治性と美しい自然描写の両機能を備え、それが雨、雷光、雹の突発を示す最後の行の、同様の両機能とみごとに連動する。第三連では地中海が陸上の大建築物を映して安逸をむさぼるように眠っていた（陸の景色は地中海の夢となる）のが、西風の一吹きでその海面の映像がかき消される。ここにも同様な機能が（欧州の安閑としていた既得権が改革思想によって一掃される）ある。第四連、第五連はこれを受けて、西風がしていると同じことを自分も行いたいと歌うわけで、

今はまだ生命のない私の思想を宇宙全体に広めて行け、

病葉を追い散らして、新たな生命を産み出すように。

(64−5)

の二行に至って、自然詩と強い政治性が合体する。

自然描写の頂点としての「雲」

「雲」（'The Cloud', 1820）となるとその自然詩としての美しさに筆者は圧倒されてしまう。木の葉には蔭を与え、雪山を枕に風にあやされて眠る雲。月の通り道の床となり、星々の窓となる雲。太陽には燃える帯を提供し、月には真珠色の腰帯を巻く。第四連の終わりまで、各連各行が、巧みに雲の美しさを描き尽くす。これだけの美を自然観察から抽出できるのは、イギリス・ロマン派の中ではキーツとシェリー（ブレイクは別個の美を醸し出す）だけであり、この点ではワーズワス、コウルリッジは物の数ではない。そして第五連に至ると、「私（＝雲）は変化こそすれ、死ぬことは有り得ない」といい、最終連で

私は声を出さずに嗤《わら》うのだ、自分の空白の墓碑を見て。
　そして、子が子宮から、幽霊が墓から、出るように
私は雨の洞窟の中からお出ましになる、
　そして立ち上がると、ふたたびその墓碑を打ち砕く。

(81−4)

と歌い終わるけれども、いつの間にか、人間には及び難い広大な雲の活動範囲と再生能力によって、詩人の羨望が語られていることになる。キーツが自然美そのものを追い求め、そこから愛に至る人倫にまで到達したのに対して、シェリーは自然物を借りて自己の理想像と願望の実現を歌いあげる点でキーツと大きく異なっている。

詩人の理想像としての雲雀

このことは「雲雀に寄せて」（'To a Sky-Lark', 1820）についてもいえる。

真っ昼間の光の中では、お前は
見えはしないのに——かん高い悦びの声は聞こえる。

(19−20)

すでにここには、人を遙かに超越した雲雀の能力が羨まれている。俗界に姿を見せず、言論だけは声高に世に広まる詩人の姿という寓意を感じずにはいられない。この印象は第八連の、雲雀と詩人の類似を語る詩行が補強する——

命じられることなく賛美の歌を歌い、
そのうち世界が、かつては気にもかけなかった
希望と恐怖とに共感するようになる。　(38–40)

この作品はまさしく、詩人のあこがれを具現してくれる存在としての雲雀を描いて、詩人と雲雀の対比をうたう詩である（この点では「西風」とよく似ている）。詩の後半ではこの主題はますます鮮明になるが、その抽象性を和らげ、これを超一流の自然詩としているのは、作品の半ばに見える次の美しい五行である――

露に満ちた谷間の中の
金色の螢のように
視界から己《おのれ》を遮っている花々や
草葉の中にあって
人に知られもせず、その空気のような光を撒いている。　(46–50)

雲雀は常に「……のように」と譬えられ、その譬えが全て適切であるので、詩の美しさが不動のものとなる。

「含羞草」の自然描写

「含羞草《おじぎそう》」（‘The Sensitive Plant’, 1820）は、抒情詩の中では長詩に属するためか、詞華集に収録されることが少なく、あまり知られていない作品である。シェリーの他の抒情詩と同じく、象徴性を含みながら、自然描写としても優れた一編である。第一部は花のオンパレードだが、花々は羅列されるだけではなく美麗に描写される。

そして水の妖精《ナーイアス》に似たドイツ鈴蘭《すずらん》、
若さゆえにあまりに皓《しろ》く、情熱ゆえにそんなに淡いので
柔らかなその緑の天蓋《テント》の隙間から
震えて止まぬ鈴花の光が射してくる鈴蘭。　(l. 21–4)
（終わり二行：That the light of its tremulous bells is seen
Through their pavilions of tender green.）

鐘の形をしたヒアシンスは、香りという鐘の音を撒く。

そして紫の、白の、青色のヒアシンス、
その鐘花から、あまりに繊細で柔らか、かつ強烈な
甘い鐘の音をうち鳴らしたので、人の感覚がそれを
香りのように感じてしまったヒアシンス。　(l. 25–8)

含羞草の象徴するもの

緑の葉が覆う中から震えつつ光のように白い姿を見せる鈴蘭、明らかに鐘の音をうち鳴らしているように見える花から良い香りを漂わせるヒアシンスなど、この花園を美しいと感じつつ読むことのできる読者には、これらの花々に混じる感性《センシティブ・プラント》の花、これらの花々のように美しくありたいと願いながら、小さな花しか付けられない含羞草《おじぎそう》が、自然界にとりまかれてその美に圧倒されている詩人を象徴していると思われてこよう。

なぜなら含羞草は輝く花を持ってはいないから。
きらめきや良い香りは、含羞草が与えられない美質。
含羞草は《愛その人》のように愛し、胸深く愛に満ち、
自身の持たないもの――《美なるもの》を欲している。
(I. 70–3)

この限界を持ちながら含羞草は葉先から根っこまで全身全霊、ここに描かれる自然美――花のみならず、水草、風、雲、霞、星灯りなど全てを愛している。含羞草は、詩人ジョウゼフ・ウォートンが自己の定義として描いた《熱狂者》(森松：'10第一七章参照）のような自然の愛好者である。

自然美を維持する淑女

第二部ではこの花園を愛し、世話焼きを怠らない女性が描かれる。女性は当初、シェリーの初期の作品にしばしば用いられたPowerという名で現れ、次いでエデン園の原初的エヴァ、辺りを支配する恩寵（Grace）、星界を維持する神に譬えられる（II. 1–4）。その素材となった女性を名指しする評論もあるが、作品に現れた彼女は「人の類《たぐい》の中には友を持たなかった」（II. 13）とされ、天界からの《精》が彼女の周りに姿を見せずに随行している（17–20）かのような風情であるから、自然の美しさを維持する抽象的な《力》を示すと感じられて当然である。万人の心に内在すべき自然美への感応力だと感じても許されるであろう。だが夏が終わると彼女は世を去る――

この上なく美麗なこの女性は、春の最初の最初から
《夏の時候》の甘美な季節の全てに
力ぞえを果たしつつ庭園を立ち回ったが、
最初の木の葉が茶色に見える前に――死んでしまった！
(II. 56–60)

自然美への感受性を失った二一世紀世界の予兆だ！

淑女の死が意味するもの

この死は、文学史上の、ロマン派的な自然美の受容力の消滅を意味するだろうか？　いや、より広い世界での、自然美よりも物質的利得・権益を優先する風潮によって引き起こされた死であろうか？　また同様に、終わってしまう《夏》は、文学上のロマン派的な感性の時代を指すのか、あるいはさらに広い文明上の、精神性を尊ぶ時代を指すのだろうか（その可能性が最も強い）？　庭園の花たちは喪に服すように青ざめ、うなだれるのである。

薔薇の花びらは、朱色の雪片さながらに
根元の芝生と青苔に舗装を施し、
百合の花たちは、うなだれ、白くまた蒼く、
死にゆく人の顔と肌のようだった。　（Ⅲ. 26–9）

さらに次に来る詩句を読み継げば、世に価値在りとされるものの交替が生じたことは確かである。

風と雪の時間のあいだに
いとも嫌悪すべき雑草が生え始めた……（中略）
名を出すだけで詩歌が嫌悪を催すような植物が
庭園を埋め尽くし、奇怪な下生えも現れた。
棘だらけ、浮腫だらけ、水ぶくれだらけで青ざめ、
鉛色の植物は、ぞっとさせる色の露を光らせていた。
（Ⅲ. 50–1 ; 58–61）

しかも含羞草は、冬が終わって春がふたたび訪れても、元気を失って「葉のない残骸」（Ⅲ. 111）となる。

「アトラスの仙女」

さて長編叙情詩「アトラスの仙女」（'The Witch of Atlas,' 1820）については、強く惹きつけられながらその解釈については迷うところがある。だが現時点における筆者の解釈を詳細に掲げ、若い方々の反論の対象を提供するのは意味があると思われる。またこれは《自然》のイメジが多量に用いられているから、本書には欠かせない。人間的興味を含んでいないからとこの詩を認めない妻メアリに対して、「この程度の詩で満足したまえ」と歌う序詩の中でも、そのための説得は《自然》のイメジを用いてなされる。シェリーのこの詩は命短い羽虫に譬えられる——

絹の翼をつけた羽虫を、変わりやすい《四月》の
愛し子のなかでも一番若い絹の羽虫を、

澄みきった空――白鳥が歌い、太陽の領土である空へ
　昇れないからとて打ち潰す手がどこにあろう？
(What hand would crush the silken-winged fly, / The youngest of inconstant April's minions, / Because it cannot climb the purest sky, / Where the swan sings, amid the sun's dominions? 9–12)

そして、妻よ、君の手がこの羽虫のような幻想詩を、打ち潰すことはしないだろう、どのみち羽虫は夕暮れの翼の下に隠され（て死ぬ）るのだから と再び自然形象を用いる。

その第一歌　《変化》は《時》の子（おそらくは娘）である。この娘が父《変化》と近親相姦して生まれた双子が《誤謬》と《真実》であるとシェリーは第一歌で歌う。ここには明らかにミルトン『失楽園』第二巻からの影響が見られる。父セイタンが神への陰謀で炎と燃えさかった時に美女が父の頭から生まれた（『失楽園』第二巻：754–58）。『失楽園』ではこの父と娘の近親相姦によって生まれたのが息子《死》である。だからこの娘は父に「あなたの娘であり恋人であるわたし」（同：870）と名乗る。美女は父とともに天界から墜落して、地上では《罪》となり、セイタンとの近親相姦によって《死》が誕生する。さらにこの母《罪》と息子《死》も頻繁に近親相姦を重ね、毎時間母は懐胎し、毎時間子が生まれる（同：790–97）。ブレイクも後期叙事詩においてこの出生の超自然的・超時間的様態を用いているが、シェリーも小規模ながらこのイメジを使っているわけである。さてこの双子《誤謬》と《真実》が地上から、輝かしい性質を持ったもの（natures）全てを追い出す前に、アトラスの山中の、人知らぬ泉のそばの洞窟に貴婦人的魔女（lady-witch）が住んでいた（7–8）。魔女というよりは、超自然的能力を持った美女、ないしは仙女というべきであろう。《誤謬》と《真実》は、ミルトンの《罪》や《死》のような出生の穢れを身に帯びた存在であり、ともに単純論理の産物である。前者は権力者の悪法による社会悪を、後者は慣習が真理であると定めた、人間にとって有害な観念を指すと思われる。これらが支配を始めてからは、この仙女は、少なくともアトラスの山中の洞窟にはいなくなったのである。

第二歌～第四歌　彼女の母は巨人神アトラースの七人の娘（Pleiades）の一人で、全てを見ている太陽さえ見たことのない美女だった。太陽にキスされて、この母親は悦び、溶けてしまい（14–6）、蒸気、雲、流星または大気現象（= meteor 虹など）、地球と火星間の小惑星になったと歌われる（17–24）。したがってこの母

親を「《自然》の象徴」とし、また仙女の父を「太陽だ」(Cameron 2 : 273–4) とするのには、抵抗が少ないと思われる。しかしこの仙女自身は何ものなのか、それが判らない――シェリー自身にも判っていないだろうが、この謎からこの詩の魅力の一端が生まれてくる。その出生のさまは、ヴィーナスの誕生に似ている――一二月《つき》(Months) の母が大波たちに、海に見棄てられた砂浜(干潮時の浜)に刻みを付けよと百回命じ、その結果、

海辺の洞窟の中で、隠されていた一個の露の光輝が
形と動きを身につけた。こうして肉体を得た《力》の
生きた形によって、洞窟が暖かくなった。(31–2)

――ヴィーナスの誕生を思わせるから、この仙女もまたエロス的な美の象徴でもあり、また、露の光輝が肉体を得るのであるから、自然美の象徴でもあると思われる。

第五歌～第七歌

第一点について補強するなら、第五歌の冒頭では

一人の愛らしい貴婦人が、自分自身の美しさから
射してくる光を衣裳として立っていた。その両眼は
《宮殿》の毀れた屋根の二つの割れ目から
底知れない夜を覗き見たように、奥深かった。(33–6)

すなわち彼女は裸体であり、自己の光だけを衣服としている。これが美術上のヴィーナスを彷彿とさせる。また第二点について言えば、

彼女の優しい微笑みは遠くまで輝き渡り、
その低い声は、愛のように響き、この新たな驚異へと
全ての生き物を惹きつけた。(38–40)

実際、第六歌では、象、蛇なども優しい顔にされて仙女のもとへ来る。動物たちは皆、仙女の優しさと力を見て喜ぶ。仙女は生物を飼い慣らすとともに生かしめる、賢母・慈母でもある。第七歌では、猛獣たちが自分の子供の獰猛さを取り除いてもらおうと彼女の許にやってくる。

第八歌～第一一歌

第八歌では、神話上、《自然》の神とされているシレヌス、ファウヌスが、真昼の露に酔ってやってくる。第九歌では、誰にもその姿は見えないが、牧羊神パーンがやってきて、玉座の上にこの仙女を見いだす。第一〇歌では、《自然》の

神秘の担い手たちも――
河川のニンフ、枝広げる樹木のニンフたちも皆、
　また青緑の波の上を白い波たちを追っている
《海原》の羊（＝白波）を養う羊飼いたちも皆、（中略）
　揃ってやって来た――いかにして岩々が妊娠して
こんな美しい女を産むに至ったのかと訝りつつ。
（73–5；78–9）

さらに第一一歌では、集まってくる者たちに、半神やピグミーなど、人間のいわば代表を加える――

　牧人たち、山の乙女たちもやって来た、
　　パストラルが歌う南極人《ガラマント》の素朴な王たちも……
（81–2）

――彼らは皆、彼女の美しさに惹かれて集まったのだ。

第一三歌～第一五歌

第一三歌は、それ自体が美しい自然詩である。彼女は素顔を曝さない工夫をする――だがその材料は、あくまで《自然》の中の美ばかりである。

このことに仙女が気づいたとき、紡錘《つむ》を手に取った。
　そして筋をなす霧を三本の糸として、三本の光と
撚り合わせて、面紗《ベール》を縫い上げた。その光は、暁が
　雲や波、山々を輝かせるときのあかりに似た光。
また彼女は、同じほど多くの星の光も巧みに織った、
　星の灯がまだ、遅い月の出によって薄らぐ前に。
（97–102）

また仙女の薫り高い住処には宝物が一杯ある。全ての精霊を動かす力がある空気の音たちなどだ（第一四歌）。第一五歌に歌われる彼女の住処では、まるでさなぎのように、さやに収まった甘美で風変わりなヴィジョンもまた置かれている。ここまで読むと、仙女は、美と《自然》のほかに、詩歌の源を象徴してもいるという感じが生まれてくる。

第一六歌～第二〇歌

第一六歌では、常に花咲くエデン園の中に種々の香りもまたあったことが歌われる。香りは月がまだ眠っているあいだに、恋に悩む《妖精》が織ったネットに留めてあった。解き放たれれば、運命を背負った者の心に甘美な思いを生じさせた。第一七歌の示す彼女の洞窟には、病んだ心を癒

す力を持った酒もまたあった。永遠の死を光ある夢に変える酒もあり、また小瓶には涙を驚異と喜びに変える薬もいれてあった。第一八、一九歌には、「不思議な工夫の凝らされた巻物」(137)がそこに収蔵されていることが歌われる。巻物が示す知恵は「人には手に負えないもの、閉じこめられないもの」(145)を叡智の命に従わせる術が語られている。そして時間、大地、火、大海、風など世界の根源や、愛の秘密を明かす巻物もそこにはある——ますますこの仙女が詩歌の源を象徴している感が強まってくる。第二〇歌は、仙女の父がその魔法によって原石から作った工芸品——ランプや杯、内部の光によって輝く小瓶などもあると歌い、

　　その一つ一つが花のよう、
その花の奥から、星一つない夜に糸杉の下で
螢が自分の光を打ち振っているように見えた。(158–60)

——これらの工芸品は、過去の優れた詩歌を象徴していると感じられる。

詩人としての仙女、自然の短命性

第二一歌では、最初仙女が一人で住んでいて、彼女の想いそのものが彼女の召使いとなり、これら召使いは

海の波の泡であろうと、風であろうと、あるいは
火の早さであろうと、それらを自分の衣裳として
身につけた上、仙女の胸に生じたどんなことでも
実現させた。(163–66)

仙女自身が詩人の象徴であるという側面がここでは出現する。シェリーは「モン・ブラン」でも詩歌を《仙女》と呼んでいる(四四行目。拙訳[次章]では四二行目)ことが想起される。第二二歌が歌うとおり、様ざまの妖精が、海、地の中、岩の中、木の根の下で仙女の命ずるとおりにしたのであった。だが第二三歌ではこんな安閑とした世界がこのまま続くわけがない、と仙女は考える——泉は干上がり、樫の木は枯れ、大海も露のように消え、地の中心もばらばらになるだろう。これは複数の意味を持つ。人間世界の汚濁によって自然が破壊されてゆくという予見と同時に、詩歌の主題が《自然》にのみ限定されるべきではないという意味も含まれると思われる(この作品の「序詩」の中でシェリーはワーズワス批判を行っている)。

第二四歌～第二七歌

第二四歌以下では、自己の思いどおりに動いてくれた妖精たちとの別れとその後が歌われる。《自然》の退嬰とともに君たち妖精も滅びるだろう。君たちは滅びるが、わたしは永らえねばならない。だからさよならだ！――これが第二四歌である。第二五歌では、こう言って泣く仙女の涙が落ちた泉の煌めきが描かれたあと、去りゆく妖精たちからの啜り泣きが魔女の耳に聞こえる――

　この啜り泣きが弔鐘のように
これら去りゆく《姿》たちから、彼女の耳へ
真っ白な流れと緑なす森の静けさを
かすめるようにして聞こえてきた。
(197–200)

第二六歌で仙女は、ひねもす、あの巻物を丹念に読み、絵入りの詩歌物語を刺繍して過ごす。第二七歌は、彼女の周りに燃える美しい火を描きながら、最後の二行では

仙女はこの火を見なかった、なぜなら彼女の手には
燃えている薪を翳《かす》ませてしまう織物を持っていたから。
(263–64)

「美しい火」が何を象徴しているのかは判らない。しかし彼女自身が織った巻物による織物（古典古代の悲劇に範を採った『プロメシュース解縛』などの物語詩を指すであろう）のほうがその火を凌ぐほど美しいとされていることから、独創的ではない常套的な恋愛詩を指している可能性がある。

第二八歌～第三〇歌

第二八歌では、仙女が決して眠らず、泉の湧く洞窟内で恍惚状態で過ごし、

　深い泉水のエメラルド色の輝きの中で
仙女は見た、星座たちがゆれ動き、踊りつつ、
螢のように回るのを――そうしながら、静かな冥想を
一続き、休むことなく続けていた。
(268–71)

《自然》の妖精とは別れたが、天体が示唆する自然科学的見地は放棄しないのである。第二九歌でも、厳寒の丘から旋風が降ろすとき、魔女は洞窟を出て、杉と松の森、あふれ出す火の泉のそばで露の降りる頃を過ごした、と書かれる。《自然》の冷厳な実態を示唆する箇所である。第三〇歌ではさらに、

そして風もないのに、雪が秋の木の葉より繁く
舞い落ちる時にも、仙女は、水平に燃える炎のような
泉の波の上で、雪が消えるのを眺めていた。
(286–88)

――「水平に燃える炎のような泉の波」の原語は'level flame'であり、この比喩のみごとさは、自然詩の醍醐味である(文字どおりに訳しては、現在の日本では隠喩として通じない)。なおここでも冷酷な季節を描き、「モン・ブラン」のような、《自然》の畏怖すべき面を強調したシェリー自身の詩を思わせる。仙女は次第にシェリーの分身に見えてくる。

第三一歌～第三七歌

第三一歌には、仙女が所有する舟――ヴァルカンが妻ヴィーナスのために作ったという噂の、星を載せる舟――を持っていたことが語られる。他の言い伝えではこれは《愛》の神キューピッドが生まれてまだ三時間目に、揺りかごから飛び出して、不思議な種を盗み、それを蒔いて育てた樹から作られた舟だという(第三二歌)。この植物が育ってひょうたんのような実が成り、それを用いたのだという(第三三歌)。この舟を仙女は泉に舫《もや》い、速さの魂を吹き込んだ。舟は期待し、喜びつつ待っていた(第三四歌)。魔法によって仙女は、火と雪を混ぜて、その手から美しい姿の《存在》(Image)が生まれた(第三五歌)。この《存在》はセックスレスで、男の弱点、女の弱点は持たず、両性の美点だけを持っている(第三六歌)。これには二枚の翼があり、宇宙の果てまで旅するのに適していた。仙女はこれを舟に乗せた。仙女も乗り込んだ(第三七歌)。そしてここからシェリー特有の、とてつもない遠隔地への旅が始まる。

第三八歌～第四四歌

第三八歌では、この舟が豹の多数棲む森のそばを通り、暗い森が放つ快美な香りを抜け、

紫色の空を切り裂いている氷の岩が
星々に囲まれた多数のピラミッドを作るそばを通り、
深さも知れぬ洞窟類が大口を空けているそばを通った。
(350–52)

――熱帯の南国とも北(南)極圏とも知れぬ航海を続ける。その後も第四七歌まで小舟は進む。まず谷間へ――そこには大地が夜のマントを着るとき、閉じた百合の花の中に蛍が住むかのような月光が射しこむ(第三九歌)。人間の舟が入れない浅瀬にも素早く入っていった(第四一歌)。舟は大

地を揺るがす瀑布、地の割れ目の、河の地下水源などへも入っていった（第四二歌）。その間、

　　霧の中に出る、半円形の虹たちが
　　水の飛沫で灰白色に見える断崖を下る舟を支え、
　　ランプ一つない航路の先の先まで照らしてくれた。
　　　　　　　　　　　　　　　　　　（382－84）

落下だけではなく、この舟は登攀も行う。谷の曲がりくねった迷路を昇るとき、魔女は「お願い、男女合体者《ハーマフロダイタス》！」と呼びかけた（第四三歌）。するとあの《存在》（Image）が天の色の翼を広げる（第四四歌）。この場面は「アラスター」におけると同様に、世界の全て、《自然》の全てを経験するという意味を持つと思われる。

第四五歌～第四八歌

第四五歌ではこれまで夢を見ていた《存在》（Image）が、その翼で仙女の周りを常に包んでいる《楽園》的な空気を煽った。そして

　　《存在》は、仙女のそばへ急いだ、そのさまは
　　夜の闇が激流のように落ちる中を登って行く星のよう。
　　　　　　　　　　　　　　　　　　（403－04）

この《存在》の魔法の翼で進む舟は、上方の泉へと水を割いて進む。第四六歌では、水が、真昼に天に向かう流星のように舳先に光る。舟の下では、荒波が虚しく叫んでいる。第四七歌で仙女は、流星の飛び交う中を航行しつつ、《存在》に、嵐に優る翼を広げるように命じ、サハラ砂漠の南、マリに位置する《サモンドカナ》（現名ティンブクトゥ）を越えてゆく。第四八歌は美しい歌である——そこに歌われる《サモンドカナ》では

　　カノプス星とその仲間の星々——これら南極の星座が、
　　湖面を覆うように、南国の湖に映っていた。
　　　　　　　　　　　　　　　　　　（427－28）

そして仙女は、嵐の霊たちが雷をなして通るときに、動いてゆく塔たちとなる雲を用いて、嵐に襲われない港を築く。これも「アラスター」が探求する《見知らぬ国の不可思議な真実》——つまり世界地理的な新事実を描く場面だ。

第四九歌～第五三歌

第四九歌では、この碇泊所の透明な床の下、つまり港の海面に映る星を描く——

震える星たちが深淵の中で火花を放ち、
その周りに灰白色に個体化した蒸気が、
　水の平原を基盤として、空に向かって
恐ろしげな岩を浮かべていた。
　それは冬の山々の並ぶ海岸さながら。
(434–38)

「個体化した蒸気」は雲を指し、「恐ろしげな岩」もまた雲の形容である。「西風の歌」にとてもよく似ている。そして第五〇歌の描写は美しい――全体を読むなら、

港の外にある湖が風の鞭打つ殻竿の下で
　傷ついた者のように泡立ち、
絶え間なく降る雹が、石のような衝撃で湖水を
　耕すときにも、また雷光のひらめきの中で
目を覚ました黒い鵜の垂れ下がった翼が
　雷による墨のような煙の、風に彷徨う断片に
見紛うばかりに思われたときにも――この港は
　天の姿を彫刻した宝石のように見えた。
(441–48)

天地の動き如何にかかわらず、別世界のように泰然としているさまは、コウルリッジの「クブラ・カーン」における宮殿を思わせる。「クブラ・カーン」の最終部分が、詩人の想像力という別世界はこの宮殿以上に豪華で高貴であることを歌うのと同じく、仙女の港は想像力の活動場所を指すと読めよう。そして第五一～三歌には、仙女がこの港で様ざまな悪ふざけをするさまが描かれる。雲の塔から使いの霊を呼び出す、すると霊は何百万となくやって来る（第五二歌）。また彼らは、仙女のためにいろいろなものを作った。霞からなる天幕や、昇ってくる月の色をした霧のタピストリーなどである（第五三歌）。これも想像力の自由自在を示唆する（実際この詩自体が美しい悪ふざけである）。

第五四歌～第五九歌

第五四～九歌には、仙女の好む様ざまな行動が羅列される。星灯りの上塗りをした玉座に魔女は座して、使いの霊たちがもたらした大地と月のあいだに起こった全ての事項を聞く。そして泣き、また笑う（第五四歌）。また仙女はしばしば嶮しい梯子を登って、崇高な雲の先端へ出、火の玉が背後に轟くのを笑って鑑賞する（第五五歌）。彼女は地球を日々回転させる上空の空気の流れまで昇って、そこに住む霊たちの合唱に自分を加えさせた。こんな日には人間には、静寂と幸せが感じられた、とシェリーは歌う（第五六歌）。妖精と訣別しながら今度は霊を用いるのは矛盾であ

る。だが想像力の奔放さを描いていると考えれば納得できる。また仙女の一番好きな遊びは、夜、ナイル川を滑り降りること（第五七歌）。しかも裸の少年たちが鰐を戦車のように操るナイル川を滑り降りるのである（第五八歌）。

仙女はまた好んだ、どんな場所であれ、
　人間が墳墓や塔類、聖堂など、自己の作りあげた
建造物で、静寂を極める空を突き刺している場所で
　夜の暗がりをそぞろに歩きまわることを。
（第五九歌：517–20）

そしてこの詩行の前には、川面の上に、巨大な宮殿類が、雲一つで死滅させることができるものとして震えながら映っている描写（513–14）がある。これはシェリー自身の「西風の歌」とともに、コウルリッジの「クブラ・カーン」も想起させる――シェリーは詩人の描き得る事項を、意図的に示しているのかもしれない。

第六〇歌〜第六六歌

ここまでの仙女はわがまま勝手であった。だが第六〇歌以下では、仙女は人間への共感を多少なりと示し始める。彼女は人間界を彷徨い始め、死すべき人間が、（それとも知らず）眠りこけているのを見ながら通り過ぎるのを目撃する（第六〇歌）。次には赤子、夢で泣く孤独な青年、交合する恋人、白髪の老人を見る（第六一歌）。最初はこれらの姿を見るのは彼女の楽しみだったのである。

しかしこれとは異なる苦しみの眠りの形も仙女は見た、
　聖歌には歌われていない他の苦しみを――
超自然的な畏敬の感情が歪曲されている形態を、
　幻想でしかない悪事への青ざめた想像を、
老若全ての顔の上に刻み込まれた
　慣習となった非道な法の、あらゆる規則類を。
「これこそは」と魔力を持った女は言った、「人間の
如何ようにも変えられる生活の水面を乱す諍《あらそ》いの種だ」
（第六二歌：537–44）

ブレイクの「ロンドン」に似た人間光景である。この情景にあまり心乱されなかった仙女（第六三歌）も、王侯が宝石の座にあるのを見、神官が特権的な場所に眠るのも見た。小屋の貧農、船乗り、墓の中の死者も見た（第六四歌）。これらは透明なベール越しのように仙女にはよく見えた（第六五歌）のである。彼女の目には美しい魂が裸のまま（貧

しげな衣裳とは無関係に）見えてしまう。不作法な擬態（貧民の外見）の裏に隠された美しい心の内部も見える。こうした良き精神を、仙女は自己の精神に交えた（第六六歌）。

第六七歌～第七一歌

第六七歌で、ティソーナスに永遠の生命を与えて若さは与えなかったオーロラ、アドニスに、年の半分だけ地上でヴィーナスと過ごし、残りは冥土で自分と過ごすように命じたプロセルピナなど、人間性を無視した超自然的存在を皮肉ったあと、第六八歌では、これとは違う自由な精神の持ち主である仙女は、のちには恋を知ったと言われるけれども、この時点では、処女性の女神月姫シンシアがエンディミオンにキスするほどに身を墜とす前以上に、この仙女は貞節だった――性なき蜂そのものだったと歌う。この純粋な精神によって、仙女が最も美しいと思った者たちには、万能薬を与えた。

美しいとされた者は、深い夢の中で甘い波《くすり》を服《の》んだ。
　服んだ者は、それ以降、生命より力ある支配力が
自分の中に生じたかのように生きるのだった。
　彼らの墓は、死が疲れた魂を押さえ込んだときにも
数多くの、星のような花の宝石に飾られた
　緑なす、そしてアーチなす、四阿《あずまや》さながらであった。

（第六九歌：595－600）

――これは詩歌のいわば効用を歌ったものと思われる。彼女はこうした美しいと思った者たちの埋葬地から棺桶を取って、軽蔑をもってそれを溝に投げ棄てた（第七〇歌）。するとその遺体は暖かく、朽ちることなく、緑の隠居所に眠るかのようだった、と歌われる（第七一歌）。詩歌によって《美しいもの》としての永遠性を与えられたことの象徴的表現であろう。

第七二歌～最終第七八歌

第七二歌以下では、仙女が、それほど美しいと思わなかった人びとの頭脳に、奇妙な夢を書き込んだ（第七二歌）ことが歌われる。神官（第七三歌）、王者（第七四歌）、兵士たち、刑務官たちなど（第七五歌）が、その書き込まれた夢によって善人となるさまが描かれ、第七六歌では

それまで、互いに貞淑すぎて臆病だった恋人たち――
　愛しているのかいないのか判らなかった恋人たちは
眠りから覚めて起きあがり、甘い悦びを得たのだった。

（649－51）

――これも文学の効果を描くつもりらしい。それに加えて仙女は、恋人たちが難儀に遭わないようにし、幸せな結婚をさせ、一度は引き裂かれた愛情を元どおりにさせる（第七七歌）。そしてシェリーは、最終第七八歌で、これらが人間の町で仙女が行う遊びだ、霊や神に仙女が行う事柄は、また冬にお話ししよう、と語ってこの抒情詩を閉じている。自然詩としての側面と同時に、シェリーの詩論を美と綯い合わせた作品、また彼の想像力論の一環として、この作品はもっと珍重されて当然ではないだろうか？

第一六章　シェリーの「モン・ブラン」と《自然》

原初以来の自然

筆者がこの「モン・ブラン」論を書いている最中に、アルヴィ・宮本なほ子氏から英文による好著（See Alvey '09）を寄贈された。中には長大な「モン・ブラン」論（同：83–108）が含まれており、その精査と該博な知識に裏打ちされた主張に圧倒された。その上、筆者が示そうと試みつつあったこの作品の本質について、多少なりと合致する見方がそこには展開されており、拙論は似通っているとはいえ、文字どおりに稚拙であることを痛感した。だが本書の趣旨からして、この作品を扱わずに済ませることはできない。アルヴィ氏の著書の主張を、感謝しながらまずここに少し紹介し、拙論は拙論として、やはり収録することにした。アルヴィ氏の「モン・ブラン」論は、シェリーの「地球の原初以来存在し続けてきた永久的に凍てついた自然の世界との葛藤」（同：87）を跡づける点でユニークである。また

> モン・ブランは生きていて、絶え間なく動き、冷たい氷河を脈動的に排出して（pulsing out）いるものとして見られている。（中略）『プロメシュース解縛』の《大地》とは違って、モン・ブランは無感動に見え、シェリーはこの山の巨大な諸力を、人間とのどんな直接的関係へも結びつけられないでいる。（同：90）

と論じて、そのあと、モン・ブランに接した彼以前の人びととの相違を詳細に検討するのである。筆者の論調もこれと共通するところがあるけれども、本書のワーズワス論やコウルリッジ論（またその中のグレイからの引用）に見られる他の詩人のモン・ブランやシャム（モ）ニの谷への態度と、

シェリーとを読み較べていただきたい。

この高山を見た感慨

　シェリーの「モン・ブラン」（'Mont Blanc, Lines Written in the Vale of Chamouni', 1816）は、一八一七年に発刊された『六週間の旅行記』（'*History of a Six Week's Tour*'）の末尾におかれた詩である。シャムニの渓谷近辺からこの高山を見たときの感慨は、一八一六年七月二二日付のピーコック宛の手紙に、詳しく記されている。その途中では

　モン・ブランは眼前にあった。高所には数限りない氷河を備えたアルプス連山が取り巻いて、単一の谷間の複雑なうねりを閉じこめている。谷間は表現しようもなく美しい――だがその美は雄大である（中略）。モン・ブランは眼前にあったが、雲に覆われていた。その基底部が、恐ろしげな亀裂たちで皺だっているのが見えただけだ。耐え難いほど輝きに満ちた雪の尖塔が、モン・ブランから繋がる鎖の一部として、高所のところどころに光っていた。私は山々とはどんなものか、以前には知りもせず、想像もしていなかった。これら空中高く聳える峰々の巨大さが突然視界に現れたときには、狂気と無縁とはいえない恍惚とした驚嘆の念を呼び起こした。

（全集Ⅸ：183–84）

と、この山に接した感慨を素直に述べている。

自然詩ではない？

　キャメロンがこの詩の自然描写を反宗教性を隠蔽するためとした（Cameron '74 : 244）論調には耳を傾けたい。確かに作品はキリスト教の神とは別個の《力》を《神》に置き換えるように（Ⅱの第五行＝16；Ⅴの第一、二行＝127–28）歌っているからである。しかし同じ評者が「この詩は本質的に哲学にかかわっていて、自然にはかかわっていない」（同）とする意見には賛同できない。キャメロンの紹介に従って第一連についていうなら、「永遠にうち続く」のは人間精神だとする説と、事物の万象であるとする説とがあるとされる。やがて言及される「弱々しい響きしかたてない小川」（feeble brook）が二つの解釈を呼ぶからである――人間精神の象徴とする解釈と、事物の万象とする解釈とに分かれるからだというのである。この議論は馬鹿げており、当然この一句は、事物の万象、広大な宇宙の音楽の半量しか人間の耳には届かないことを意味している。なぜなら、さきに引用したピーコック宛の手紙の続きでは

これらの山の、空中に突出する峰々は、突然視界に現れたとき、狂気にほど遠くないほどの恍惚とした驚愕を喚起した……また、巨大な松の木々に覆われ、その深さのために黒々としたこの渓谷――渓谷をうねり流れる奔放不羈なアルヴ川の哮《たけ》りさえ上までは聞こえてこないほど深い渓谷――が私たちの足どりのまさに真横にあった。私たち自身の精神をこの時満たしたのと同様に他の人びとの心に生じた印象が、まるで私たちの創造物であるかのように、全ての驚愕が私たちのものとなった。《自然》というものが、そのハーモニーによって、最も神懸かり的な詩人以上に私たちの精神を夢中にさせる詩人であった。（全集Ⅸ：184）

しかも同じ手紙の中で、このあと雷のような轟きとともに向かい側の山から雪崩が何度もアルヴ川に落ちこむさまを、また二日後には「空を突き刺す」氷山のさま（同：185）を報告している。シェリーがこの旅の中で、シャムニ渓谷とモンブラン山に魅せられ、過去の「他の人びと」、たとえばグレイやワーズワスと類似の崇高美を、まず当初には体験したことをこれらの報告は明らかにしている。これを考えるとき、「モン・ブラン」を哲学詩または想像力論として受け取り、自然詩としては読まない傾向には反論したくなるのである。

詩の第一連

この立場から、この詩をどのように読んだかを示す義務があるように思われる。そのために、全編の拙訳を掲げながら、一連ごとに筆者の解釈を示していきたい。なお拙訳には一八一七年の、いわゆるB版（Matthews & Everest (*SI*): 542ff.）を用いるけれども、A版（同：538ff.）を参照しつつそうする。ノートン（Norton）版はB版だが、これも参照している。

モン・ブラン
シャムニの渓谷で詠んだ詩行

I

永遠にうち続く　事物の万象（universe of things）が
人間精神を貫流し、急流なすその波また波をうねらせる。
暗いかと思えば――今は輝き――今はまた闇黒《あんこく》を反映させ、
今は光輝を添える。この精神の中に《人の思考の源》が
いずことも知れぬ泉から万象の支流を届けてくれる。

——しかしそれは、その源の半量の水音しか立てない。
ちょうどこれは　野生のままの森、人住まぬ山々の中で
弱々しい響きしかたてない小川がしばしば見せる姿だ、
周りの森と山では滝が已むことなく跳び撥ねているが、
またそこでは森の木々と風とが競いあい、巨大な河が
岩の上を絶えまもなく裂けて砕け、轟き散っているのに。
（1–11）

第一連への私見

人間精神の中に受け容れられる自然界の姿は、「万象の支流」（its tribute... / Of waters＝5–6. its は universe＝万象）でしかなく、人の思考の源となってくれる「いずことも知れぬ泉」（secret springs＝4）は支流を人に貢いでくれはするものの、それは「その源の半量の水音しか立てない」（with a sound half its own＝6）。その巨大に対比される人の心の矮小は、「野生のままの森、人住まぬ山々」をひっそり流れる小川に譬えられる（アルヴィも「人間精神の《弱々しい小川》の矮小さ」に言及している＝Alvey : 93）。最後の三行は、万象＝宇宙の壮大な活動を表し、小川（人の心）と対照されるという意味では象徴なのだが、同時に次の連で現れる《アルヴの峡谷》と《アルヴの川》の描写としても機能している。次の連の川は、「氷の淵深い絶壁」に囲まれて存在する《力》の象徴である。

第二連の前半

次の連で呼びかけられる《お前》は《アルヴの峡谷》である。語り手は「永劫の昔」に思いを馳せ、自然界の永続性、《時》の永遠性に思い至る——

Ⅱ　（その前半）

このように、お前《アルヴの峡谷》よ—黒々と深い谷よ、
多様な色合いと多様な声をもった渓谷よ、
お前の松たちの上を、お前の岩たち、洞窟たちの上を
速やかな雲の影と日の光が航行する。畏敬すべき光景よ、
ここでは《力》がアルヴ川の姿を借りて、その《力》の
密かな玉座を囲む氷の淵深い絶壁から舞い降りてくる、
まるで大嵐をものともせぬ雷光の炎さながら、これらの
黒々とした山々を貫くように奔流として来る—お前は
年老いた《時》の子らである巨木となった松たちに
囲まれ縋られて横たわる。松への深い愛を示すように
鎖を知らぬ風たちが、松の香りを飲むために、また
松たちが力強く身を揺する音を聴くために、今も訪れ、

常に訪れていた―この音は永劫の昔からの荘厳な和声。
お前が地上に架ける虹たちは　天上的な滝が
落下する姿を横切って拡がり、滝が迸《ほとばし》らせるベールは
人の彫りものではない肖像の衣をなす。この荒地の声が
静まり返るとき　不可思議な眠りが　万象全てを
それ自体の深い永遠性のなかに包み込む――お前の
洞窟たちはアルヴ川の立ち騒ぐ水音を反響させるが
それは他のどんな音も消すことのできぬ唯一の大音声《おんじょう》、
お前は絶え間のないアルヴの瀬の騒ぎに満ち満ちていて
休みを知らぬあの音の　通り道として存在する――

（12－33）

「年老いた《時》の子」、「鎖を知らぬ風たち」、「休みを知らぬアルヴの瀬の騒ぎ」などは全て永劫を連想させ、人間の瞬時性とは対立する《時》の性格を示唆する。実際この渓谷の描写は「地球の太古の時代を思わせる神秘的な雰囲気」（Alvey : 94）を醸し出している。

第二連の後半　次の部分では、物質的存在に違いないこの《峡谷》と、それに対する人間の感覚から生じた「荒々しい想念」とのあいだに、交流があるとともに、自己と他者という分離もまた意識されることを歌う――

Ⅱ（その後半）

眩暈《めまい》を呼ぶ《峡谷》よ！　私がお前をうち眺める時には
崇高かつ不可思議な恍惚のなかに居るときのように
私自身の、他から独立した空想に耽る思いがする、
私自身の、人としての精神を思うのだ、この精神は今、
お前からの速やかな影響を自ずと返礼のように返し、又、
受けるが儘に受けて、周りに広がる清澄な事物の宇宙と
一時も絶えることのない交流をつづけている思いなのだ。
荒々しい想念の一軍団が胸に湧き、その翼が飛翔し、今、
お前の暗い淵に漂うかと思えば、今は魔女《詩歌》の
住処たる静かな洞窟のなかに安らう。そこはけっして
私の想念とお前が、招かれざる客ではありえないところ。
想念は過ぎ去ってゆく影たちのなかに求める―現に在る
万物の霊を、お前の何らかの影を、何かの　幻《まぼろし》を、何か
微かな姿を―求める。すると想念の飛び立ち出た胸が
それらを呼び戻すまで、お前はなお そこに存在する！

（34－48）

ノートン版の注90は、拙訳とはまったく異なった解釈を示している――霊が飛び立ち出た胸を川面とし、川面が影を呼び戻すとするのである。筆者としては、この従来の解釈を間違いとしたい。まず《峡谷》を見てとる語り手の感覚があり、感覚を受容した胸から「想念たち」が飛び立って、魔女《詩歌》のもとに一旦は安らぎ、しかし我に返る（想念を呼び戻す）と、依然として他者である《峡谷》がそこに存在する！――この驚きを語っている。

第三連の前半

第三連の前半では、《峡谷》からモン・ブランへと語り手の眼は移動する。この山のあまりの巨大さに、語り手の想念は、まず自分は死という別世界の風景を見ているのかと自問する。「未知の全能者」が生と死を隔てていたベールを開いて見せてくれたのか、というわけである。次には眠りまたは夢の世界にいるのかと考える。だがこれらの想念は打ち消されるともなく打ち消され、現実に戻れば、雪を被ったモン・ブランと、この世ならぬ奇怪な姿をした支配下の山々が眼に映じる。これは第二連で、我に返ったときに依然として驚異の《峡谷》が眼前にあったのと同じ構図である。この驚嘆すべき山の風景の中に、今度は語り手が「深さも知れぬ氷の深淵」、すなわち、シェリーの解釈によればかつての洪水が凍ったと思われる氷河の姿が見えてくる――この新たな光景がさらに語り手の心を揺り動かす。それは蒼い天空が垂れてきたように感じられる。

Ⅲ（その前半）

ある者は言う、ある遠い別世界の微かな輝きが
睡眠中の魂を訪れるのだと――死は眠りであり
その形は、目覚め生きている者達のせわしない思考より
多彩であると。――そこで私は高きを眺める、
何か未知の全能者が　閉じられていた生と死のベールを
打ち開いて見せてくれたか？　或《ある》いは私は夢を見ていて
より強力な《眠りの世界》が遠い周囲一面に、近づきも
できないかたちで　自らの軌道の環を拡げているのか？
なぜなら、我が精神そのものが無力となるからだ、
それは、定住できぬ雲が断崖から断崖へと駆り立てられ、
眼に見えぬ疾風のなかに消えてしまうさまに似ている！
遥か、遥かの高みに無窮の天空を劈《つんざ》いてモン・ブランは
現れている――静止し、雪を被り、静まり返って。
その周り、支配下の山々は　この世ならぬ奇怪な姿を
積み重ねる、その氷と岩を。山間には凍てついた洪水の

幅広い谷間また谷間。垂れこめる天空のように蒼い、
深さも知れぬ氷の深淵。この深淵が 積み重なる絶壁の
あいだを縫って拡がり、かつうねっている。　（49–66）

――ここでも語り手の主観とはまったく別個に、自然界の驚異が眼前に厳として展開するさまが描写され、モン・ブランとその周辺の山並みは、語り手の想念を超えた存在――いわば完全なる他者として語り手の感覚を襲ってくる。

第三連の後半

第三連の後半では、もはや語り手の想念は眼前の景物から遠く離れてさまよい出ることはできず、次第にいわば、生物学、地震学、地質学的な眼で荒地の形を眺め、現状に密着した解釈を次々に試みる――

Ⅲ　（その後半）

嵐たちしか棲むものもなき荒涼の地、ただ時として
鷲が、誰か狩人の骨をくわえてきたり、その鷲を、狼が
追い詰めたりするだけ―何と恐ろしげにこの荒地の形は
周りに集まっているか！　荒涼で、むき出しで　丈高く、
死のように青ざめ、傷つき、引き裂かれ―これが現場か、
古《いにしえ》の《地震》の魔物が我が子たちに破壊の術を教えた
現場か？　これらは子らの玩具だったのか？　或いは
海原なす炎が　かつてこの静寂の雪を包み込んだのか？
誰にも答えられない――全てが今は永劫のさまを示す。
この荒蕪地は神秘の言葉を有していて、恐るべき疑念、
或いは、極めて穏やかで、荘厳で、静穏に満ちた信念を
我らに教え込むので、その信念あってはじめて　人は
《自然》と調和することができるのではないか。
お前は声を有している、巨大な山よ、虚偽と悲哀の源で
あり続けた大々的規則体系を廃棄させる声を。全てが
理解できるとは言えぬが、賢明な、偉大な者、善良な者が
解釈し、他者にも感じさせ、自らも深く感じとる声を。
（67–83）

「恐るべき疑念」が「荘厳で静穏に満ちた信念」へと一瞬にして転じる詩行の推移に驚く読者もいるかもしれない。だが「恐るべき（つまり、畏敬すべき）疑念」とこの「信念」は、同一であることは、“awful doubt, or faith so mild...” という原文から明らかである。「恐るべき疑念」は、明らかに自然科学、特に地質学や地震学が明らかにしつつあった地球の実態という、宗教の立場から見ればまさに「恐るべき」

疑惑を指し、それを静穏に満ちた心で、荘厳な真実として、すなわち揺るがぬ信念として受け容れてはじめて「人は／《自然》と調和することができる」という結論が出る。「巨大な山」が教えてくれる真理が、誤った宗教や暴政が支配の具としてきた「虚偽と悲哀の源で／あり続けた大々的規則体系を廃棄させる」力を持つというのである。地質学上の発見が宗教の教説を覆し、宗教を圧政の具とした政治を変革していったのは歴史の教えるところである。

第四連の具体描写

第四連は具体的な自然描写となり、余計な論評は不要と思われる。

Ⅳ

野面たち、湖たち、森たち、河川たち、
海原、そして巧みに作られた大地に棲息する全ての
生きてある者たち。雷光、そして雨、
地震、火を噴く溶岩流、またハリケーン、
隠された芽と蕾に僅かばかりの夢が訪れる　一年の
昏睡の時期、また夢さえ無い眠りが　未来の葉と花の
全てを捉えて離さぬ昏睡の時期――この忌まわしい
失神から　芽と蕾、葉と花が飛び出してくるその跳躍。
人間の営為と生き方、人間の死と生、そして、やがて
自らのものとなるかも知れぬ彼自身と万物の死と生。
辛苦し音立てて動いて呼吸するこれら万象は
生まれかつ死ぬる。循環し、治まり静まりまた怒張する。
だが《力》は、遠く離れ微動だにせず、他を寄せつけず
自らの静謐の中に　別個のものとして棲む。
そして私が今見惚れているこの眺め、このむき出しの
大地の表情、これら原始そのままの山々でさえも
注意力ある精神を教化する。氷河たちは　蛇が獲物を
狙うときのように這い進み、遠くの源流から
ゆっくりとのたうって来る。氷河の上には寒気と太陽が
人間の力を嘲笑うように　多数の絶壁を
積み上げた。ドームやピラミッド、尖塔などの形の断崖、
光り輝く氷も侵入できない　数多の塔や壁面たちに
飾られて佇む　死の都会だ。
だが都会ではない。ここにあるのは　荒廃物の洪水、
大空の遠き極みと果てから　永遠の流れを
転がしてくる洪水だ。松の巨木たちが　運命として
あてがわれた道に転がり、或いは原形も留めぬ床となり
枝も無く打ち砕かれて横たわる。あの最果ての荒野から

引き下ろされた岩屑たちは、死と生の支配する世界との
境界を転覆させてしまっていて、この氷河は二度と再び
棲息可能な土地とされることはない。昆虫たち、獣たち、
また鳥たちの住処は氷河の戦利品となってしまった。
彼らの食物、彼らのねぐらは永久に消え失せ、
生命と喜びが　大量に失われたのだ。人間という種族も
懼れて遠くに飛び退き、人間の営為も住居も
大嵐の疾風の前の煙のように　消えてなくなり、人間の
活動の痕跡も分からぬ。その下方では巨大な洞窟たちが
奔流が光りつつ絶え間なく突き進む中で、輝いている。
奔流は人には知れぬ割れ目から轟音とともに湧き出でて
渓谷で合流し、遠い地の息吹きとなり血液となるものが
いまは一個の壮麗なる《大河》となって、永久に
音高きその水嵩をうねらせて、海の波たちに向けて走り、
矢と飛ぶ飛沫《しぶき》を、渦巻く大気に呼気のように吹きつける。

(84–124)

——「この氷河は二度と再び／棲息可能な土地とされることはない」という二行が、ワーズワス的な恩恵を与える《自然》を否定し、他の詩行とあいまって、《自然》の畏怖すべき側面を顕わにしている。

第五連に見える自然法則

最終第五連は、「法則として働く《力》」という一句が示すように、モン・ブランとその氷河の中に、物質としての《自然》を支配する法則を《力》という言葉で表したのだ。《力》という表現なら、《神》を連想させるがゆえに、世の非難は受けにくいのである。こうして《自然》が、人間には制御できない面を有しているという真理を語っている点が、この詩の、ロマン派自然詩の中でも群を抜いた新しさである。

V

なおモン・ブランは高く煌めく——そこには《力》が在る、
多くの光景、多くの音響、生と死の多くを秘めた《力》、
静かな、そして荘厳な《力》が。
月のない夜の静まった暗闇のなかに、また日中の
ぎらぎらした光のなかに、雪たちが舞い降りてくる、
あの《山》の上に。何人《なんびと》もそこに雪を見ることはない、
また沈み行く夕日のなかに雪片が燃えるときにも
雪片を星の光線が貫くときにも　誰にもそれは見えぬ——
そこでは風が言葉もなく争い、素早く強い吐息で雪を

積もらせてゆく――音もなく！　声をあげもしない雷光が
これら静寂のなかで　自己の住処を罪なく守り、
蒸気のように積雪の上に佇む。人間の思考を支配する、
目に見えぬ事物の《力》、そして無限無窮の
天の丸屋根に対して、いわば法則として働く《力》が
お前モン・ブランのなかに棲みついている！
そしてもし人間精神の想像機能にとって、音なき荒野が
空虚だというのなら、お前モン・ブランは、また大地は、
星たちは、また海原はいったい何だというのだ？
(127–144)

最後の「音なき荒野（音の絶無、人住まぬ形）」、広大な「大地」、超遠方の「星」、危険でもある「海原」などは、氷河を近づけてくるモン・ブランとともに、人間精神の想像機能にとって、この《力》を認識する点で極めて重要だという意味である。もちろん《力》は、今日では原子力をも意味する。シェリーがこの作品で、人間と、他者としての物理的《自然》との対峙のあり方を探ろうとしたことは疑い得ないであろう。この詩は、二一世紀の世界、特に、原発事故を起こし、半世紀のうちにはふたたび起こしそうな日本において、心して読まれるべき名篇と言えよう。

第一七章　『レイオンとシスナ』（『イスラムの反乱』）と『プロメシュース解縛』

『レイオンとシスナ』

『イスラムの反乱』（*The Revolt of Islam*, 1817）は日本ではまだ十分に知られていない。当初の題名を『レイオンとシスナ』（*Laon and Cythna*）とされていたこの作品は、「流産に終わった寓意叙事詩」（Bloom '69 : 8）などとして長らく無視されてきたのが実情である（Duffy : 125）。登場人物である兄レイオンと妹シスナの近親相姦が問題となった作品完成当時の悪評が尾を曳いているのかもしれない。またこの作品の反体制的思考形態は、キリスト教文化に大きく依拠していた二〇世紀前半の批評界の反感を買ったのかもしれない。そこで初めに、簡単にこの作品でのシェリーの意図を辿っておく。シェリーはこの作品の「序文」（一八一七年）の冒頭に、「啓発され、洗練された人びとのあいだでは、道徳的・政治的社会の、今より幸せな状況への渇望が、我われの生きる時代を激動させた大嵐を経ても、どんなに力強く生き延びているかを」（*S II* : 32）示そうとしてこの作品を書くと述べている。「何か良き状況への希望」を読者の胸に点火し（同）、「公衆の希望を呼び覚まし、人類を啓発し、改善し」（同 : 33）たいというのだ。背景としては、前期ロマン派が希望を託したフランス革命の変質、革命の中から生まれたロベスピエールの残虐、同じ革命の産物である戦争屋ナポレオンによる世界的災厄、彼の没落とウィーン会議（一八一四年）による旧体制の復活、これらによる進歩派の落胆と希望の喪失がある。シェリーはこの落胆の中に埋没することをせずに、「道徳的威厳と自由の真の意識」と、服従と無気力の基である「宗教の欺瞞」（同）の仮面を剥ぐためにこの詩を書くというのであった。

『レイオンとシスナ』の自然

だがこの作品が単なる社会風刺詩で、シェリーの自然観とは無関係であると考えるとすれば、それはとんでもない間違いとなる。確かにこの長編詩執筆までにシェリーは、『マブの女王』のとき以上に、個人的にも自己の進歩思想・脱慣習傾向への攻撃を受け、戦禍によるイギリスの不況に苦しむ民衆に我が身で接し、フランス革命失敗後のフランスの惨状を直接見聞きしていた。政治・経済や既成宗教への批判に、従来にはなかった具体性が加わったことは事実である。だが、しばしば短期間の殴り書きとして批判されるその詩文の中には、よく読めば自然美への言及がたびたび現れ、しかも自然描写の質はシェリーならではの高貴さと比喩の適切性に満ちたものである。四八一八行に及ぶ詩文全体の脚韻も、ポウプやバイロンのそれにも劣らず、これが描写の美感に寄与している。すでに第一歌からして《自然》の姿を繰り返して描く。一例を挙げれば崖の上で、静寂が訪れた空を見ている語り手の目に「雲の横糸(woof)を突き抜ける青い光」(165–6)が見え、押韻もクラシックに美しく、

　　空の行程を
　　蒼白い月の半円が(The pallid semicircle of the moon)
　　　ゆっくりと進む威厳を見せつつ動いていった。
　　月の上方の角《つの》は霧に飾られ、その霧はやがて(soon)
　　ゆっくりと消えた、真昼の光線を浴びた露のように。
　　(...slowly fled, like dew beneath the beams of noon)(I. 167–71)

以下、『レイオンとシスナ』については、知られていないから詳しく、『プロメシュース解縛』は邦訳も二種類あるから簡潔に、その自然観について書いてゆく。

自然界と一体をなす美女

このあと語り手は鷲と蛇が空中で闘うのを目撃する。鷲が勝利し、蛇は海に墜ちる。語り手が海岸に降りてみると、そこに「氷の荒野を飾る/ひともとの花のように麗しい」(I. 264–5)美女が、荒海を前に一人いるのを目にする。やがて(I. 344ff.)鷲は人間社会の《悪》を、蛇は《善》を意味し、蛇は当初は明星の姿だったのに、体制側から忌み嫌われるために蛇とされたにすぎないことが判ってくる。この蛇を連れて語り手と美女は船旅に出る。美女は自然界との一体感を持つ人間として自己紹介する——。

　　私は自由で幸せな孤児(orphan child)、

海辺に住み、山間《やまあい》の深い谷間に住み、
歩いたのは荒波のそば、自然林の中（forests wild）
嵐にも暗がりにも調和していました（reconciled）。
なぜなら大嵐が天を揺すっても私は心静かでした。
（I. 443–7）

この女は、若くして世を去った詩人のくれた書物を宝にして、フランスが「地上の諸国を苦しみの中に縛っていた鎖」（I. 472）を断ち切ろうとしたときに歓びを感じる。

自然が鼓舞する社会正義の意識

だが社会意識に目覚めたのちも、女はこの新たな啓発を《明星》として感じ続ける。夢に見た翼のある男は彼女に「あなたの真価をどう証明するのか」（I. 506）と尋ねるが、この男もまた額に《明星》の小冠を帯びている。戦乱の巷で竜の巣窟に紛れ込んだ天使のように冷静に、戦争で死にそうな人、死んだ人を目撃し、さらに社会意識を高めた女は「自由と真実を求めて、死にも敢然と立ち向かった」（I. 519）すえに、世の残酷に悲しみを募らせはしたが、翼のある男（次の引用の《精》）の励ましを《自然》の姿の中に聞きとるのである。

他の人のようには冷たく死んだようにならなかった、
わたしの愛した《精》が、孤独の中で
自己の愛子《まなご》を支えたのです。嵐に揺すられる森、
波や泉、そして真夜中の静寂《しじま》——これらが
彼の声でした……
ひとけない渓谷の中、河川のとどろきの中、
暗い夜に月の出ていない時にも、わたしは感じた、
言葉では言えない歓びを。
（I. 525–9; 532–4）

北極圏の自然描写

語り手は彼女と航海を続け、途中で意識朦朧となるが、

荒々しい音楽が私を目覚ました。すでに私たちは北極を
取り巻く海原を通過し《自然》の最も遠い地域に居た。
（I. 552–3）

当時北極を旅する夢は、《自然》の神秘を究めることだった。この《自然》の奥の奥には、人の手によるものではない神殿が見え、《自然》の司が棲む場所が示唆される。

そこは《天》にこそ似ていた、西の森の上から

日中の紅の光がまだ消え失せず、まだ登らぬ月の
微かな光が雲の中に集まって来るときの《天》、——
　群れをなす星座たちが、幾多の金色の光線とともに
一斉に現れてくる時の《天》にこそ似ていた。

（I. 562–6）

この引用部分は、この宮殿が、天界の主の住処であることを仄めかすための描写であることはいうまでもない。

第一部第五〇連を読む

これに続く九行（第五〇連）は語法的に難解であり、筆者が文そのものを読みとっていない怖れがあるので、原文とともに示す（その冒頭は、前の連の 'Twas' から続き、「その神殿は……似てはいた」の意だと筆者は解している）。

Like what may be conceived of this vast dome,
　When from the depths which thought can seldom
　　pierce
Genius beholds it rise, his native home,
　Girt by the deserts of the Universe;
　Yet, nor in painting's light, or mightier verse,
Or sculpture's marble language, can invest
　That shape to mortal sense —such glooms immerse
That incommunicable sight, and rest
Upon the labouring brain and overburdened breast.

（I. 568–76）

この巨大な丸屋根、天才の生来の住処である神殿が、
　《宇宙》の砂漠群に囲まれて、人の思考が滅多に
思い描くことのできない深みから現れ出るのを
　天才が見るときに、心に描く姿に似てはいた。
　だが天才も、絵画の光や、力ある詩句の中でも、
彫刻の大理石の言語の中でも、人間の感覚相手に
　その姿の風格を捉えられない——それ程の暗黒が
その言葉で言えない光景を浸し、理解に努める脳と
過重な負担に悩む胸の上にのしかかっている。

これは、人には表現できない、宇宙の奥に存在する《一種の絶対者》の居場所を描写したものと読んで当然である。すなわちシェリーは、この長編詩においても、宇宙の根源と《自然》の本質を主題の中心に絡ませているのである。

一つの《宇宙の根源》

だが右に《一種の絶対者》と書いた存在は、宇宙全体を司っているのかどうかは、曖昧にしか描かれていない。こ

の神殿の玉座に座するのは、蛇の目のような二つの光が合体した惑星の下の、雲の割れ目からやがて現れる存在（a Form）であり、威厳はあるが慈愛に満ちている（624–39）。再び蛇が言及されること、穏やかで優しいことから、この《存在》は、先に鷲と闘って破れた蛇、すなわちこの世の《善》であると感じさせずにはいない。また「《悪》が司るもう一つの《宇宙の根源》」が言外に想定されていると感じられる。この良き《存在》の辺りから声が発せられる——

「汝は聴き手でいなくてはならない、
今日のところは——二柱の強大な精が今戻ってくる、
凪のときの鳥のように、世界の荒海から戻るのだ、
二精は《希望》の不滅の水瓶から新鮮な光を注ぐ、
人間の力の話だ——絶望するではない、聴いて学べ！」
（I. 644–8）

こうして当初の語り手の前に、次の二人の語り手、美しい男と、さらに美しい女が現れて第二部に引き継がれる。これからは人間界の邪悪と闘う二精（二人の語り手）の述懐となり、こうして自然観が、人間界の有りようと密接に綯《な》い合わされているのがこの詩の特徴となる。

自然美が育んだ主人公

第二部の冒頭では、男の精（やがてレイオンと判る）が、幼年期に自分を育んだ美しいものを列挙する。母の美しい乳房に交えて、自然界の美も語られる——

休むことのない小川たちのさざめき、
縺れあう葡萄蔓の木蔭が頭上で揺れて
私の周りに降りそそいだ緑の光、
海辺の砂の上の貝殻、野生の花々……
これらの姿と音色が、まだ蕾のままの私の知力を育てた。
（II. 669–72; 675）

次いで過去の人間界に現れた悪の様態が語られ、暴君どもだけではなく、その奴隷のようにされた人民も悪に染まり、「人類の行路の上に、両者が混ぜ合わせた毒を撒いた」（II. 702）。結果としての憂うべき状況が次に歌われる。

自然美を忘れた人びと

この世界の本来の美しさが鑑賞されないことが、まず何よりも人びとの不幸とされるのである。

私たちの故郷である大地、大地の山々、滝と川、

大地の緑の広がりの上に吊り下げられている
天空の球体たち、太陽と大洋から生まれた美しい娘たち、
すなわち雲たち、初めてうち拡げられて若い地球を
あやして以来、空気の色合いをさまざまに
彩ってきた雲たち――これらを誰一人として
進み出て見たり感じたりしなかった。万人の心に
だから暗黒が訪れた。(II. 703–10)

その結果――ブレイクの自然観によく似て――世界が牢獄と化した、と男の精は嘆く。

この生き生きとした世界、幸せな精神たちの故郷が
このうら枯れた我ら人類には、監獄同然となった。(II. 712–13)

自然美さえ損なう暴政　この語り手が生まれたギリシアは、当時トルコ帝国の一部として、専制政治のなすがままになっていた (Cameron '74 : 321)。トルコはバイロンの『海賊』においてそうであるように、専制政治の代名詞として用いられたものである。直接イギリスを批判するのを避ける場合に、遠隔地トルコを用いたと考えてよいであろう。シェリーと語り手はこの頃までに、フランスのみならず母国イギリスの人びとも戦争で苦しむさまを聞き知った……

聞き知ったのは……饑餓で青ざめた群衆の呻きから、
汚染の犠牲となった我が子への悲惨な母の慟哭から、
大地に流された無辜《むこ》の民の血液から……(II. 742–4)

語り手のさまよう海辺に美しいはずの月が昇るが……

人気《ひとけ》のなくなった海岸のそば遠くに、その時ちょうど
静まりかえった海の上、凹凸なす小島たちの上に
昇りくる月の光が矢のように射しこんだ……（中略）
私の周りには、損壊された墓石、裂け折れた円柱が
薄暮の中に巨大な姿に見えた。これを悲しむ風が
これら灰色の廃墟の中に、永続する呻きを目覚ました。(II. 749–51 ; 754–6)

専制政治が自然の姿さえ醜悪なものに変えたのである。

レイオンとシスナ　第二部以降のこの語り手レイオンの育った家には、孤児だった

女児が同居していた（このシスナという少女は、シェリーの初稿［この長編詩の題名も初稿段階は、先に触れたとおり『レイオンとシスナ』だった］ではレイオンの妹とされていたのに、やがて二人が恋人となるので、近親相姦を避け、露骨な宗教攻撃を省くために、出版前に出版社の要求を受けて全編が書き換えられたことはよく知られている）。シスナもレイオンと同様に腐敗した社会に闘いを挑む。特に女性の解放を志すのである――「シスナの中に私たちはイギリス文学最初の知的で革命的なヒロインを得る」(Cameron '74 : 322)――シスナ自身が語っている、「……わたしは驕慢（Pride）の金色の宮殿を踏みにじり、／貧窮の屋根なき小屋と汚い部屋を通って行きます／（中略）女性が奴隷のままで、男性が自由であり得ましょうか？」（II. 1036–7 : 1045）。そして二人の協力を話し合う場は、美しい自然の中だったとされる（「私」はレイオンを指す）――

シスナが私と足並みを揃えて、進んで足を
伸ばしたところは、大地と海原が出会うところ、
聳える山々のかなた、休むことなく大波が裂け散る
山々の巨大な洞窟（vast cells）、それらを越えて
広い古さびた森林、草の生えそろった谷間、谷間の
薫り高い木の枝が、エメラルド色の泉に垂れるところ。
（II. 886–91）

そしてシスナを「この上なく美しい容姿の中に／暗黒の世間の毒雲に汚されることのない／女性の精神が、聖なる宿を見出した」（II. 973–75）と、自然形象を用いて描く。

第三部最終連　第三部では、《自然》の中のシスナが神聖に見え、レイオンは彼女に愛を感じて苦しむが、地の中から多数の凶悪な者が現れて、シスナを拉致してゆく。レイオンも傷つけられ拉致されて、円塔の上方で、肉に食い込む鎖で縛られる。だが立派な老人に救出され、看護されて、船に乗せられ、ついに天人花《テンニンカ》の香の匂う陸地に到着する。

すると岸辺から流れてくる夜風が
海を横切って、麻痺させるほどに甘い香りを届けてきた。
（中略）やがて木の葉の溜息が聞こえ、天人花の花々が
幽かに見える森の中に星々のように見えてきた、
砂利の多い浜辺を越えて私たちの船が、静かな入り江へ
横向きの舷側を、逃れるように入港したときのことだ、
岸では黒檀色の松林が星灯りの下で影を織っていた。

（Ⅲ. 1405–6 ; 1409–13）

レイオンはシスナが殺されたのではないかと恐れているが、詩人はこの自然描写によって読者に希望を与える。

第四部の展開

第四部では、この老人（隠者）の部屋の中の、草と樫の葉で編んだ寝床に寝かされる（ワーズワスの『逍遙』第二～第五巻の《孤独者》周辺の描写に類似している）。レイオンの心に希望がともり、年老いても精神が劣化していないこの隠者に自分の考えを話す。いつか七年が過ぎている。隠者は人間の力の教義を世に説いて廻り、それは聞き入れられたと話す。「暴君や嘘つき政治家は震えている」（Ⅳ. 1531）との隠者の言葉にレイオンは次第に活力に目覚め、レイオンの名は群衆への星だと隠者に励まされる。隠者はさらに「血を流す必要はない。言論の力は強い。なぜなら一人の女性が真実と自由の法を女性たちに聴かせている」（Ⅳ. 1570ff.）とシスナの生存を仄めかす言葉を発する（ここにはフランス革命の成り行きを経験したイギリス・ロマン派第二世代らしい、平和革命論が見られる）。さらに「女性たちがこの人の周りに結集している。暴君どもは彼女の影響を抑えようと軍を出動させているが。彼女は平等の法と正義を説いている。若い処女も、赤子を抱いた女も堂々と群れている。家なき孤児も、貧者たちも彼女の周りに住んでいる。国は革命前夜だ、だが暴君どもも力を結集している。市外の平原に一万人が結集している」（Ⅳ. 1576ff.）と教えられる。隠者の許を去る時、シスナが死者とともに眠っているかもしれないことについて

雲は、その裳裾を金色に照らしていた光線が去ったとき
潰えたと言えるだろうか？　その雲は、未知の夜の
小道を通って、雲独自の風の、広げられた翼に乗って
黒く孤独な姿とはなっても、
地上に慈雨を降らすではないか？　冷たい月も
海の波の下で、その銀の角を研ぎ澄ますときに
広大な夜を荒涼たる感じから救うではないか？

（Ⅳ. 1686–92）

——これは人間の生存中の良き活動が、死後にさえ、好ましい影響を及ぼすことを自然形象を用いて描いたものだ。

第五部の融和の精神

第五部で《私》（レイオン）はコンスタンチノープルの町が月光に照らされて地上の（sublunar）空のように光で輝くほうへ、雪の急坂を下りてゆく。すると一万人の市民が、眠っ

ているうちに殺されていたことが知れた。レイオンは槍の前へ自ら進み出て、暴力を制止し、

おぉ、なぜ悪から悪が永久に流れ出なければならぬのか、
苦痛が、より大きな苦痛を生み出さねばならぬのか?
我々は皆同胞ではないか（中略）非行に対して非行者に
報復することは、悲惨を生みだすだけだ！（中略）
汝、畏怖すべき《自然》よ、汝はなされたこと全てに、
生きて動くもの、生あるもの全てに、そしてあなたを
傷つけたものにさえ、存在権を与え、許してきている。

（V. 1810–14 ; 1816–18）

ここでシェリーは《自然》概念を万物の生存権のために用いる。さらにこの場面は「君たち、手を結び、心を合わせたまえ、そして過去を／悪しき思いに向けて死者たちを呼び起こすことのない／墓場のようにしようではないか」（同：1819–21）という寛大な、融和の精神を説く。幼女へのレイオンの優しさが描かれたあと、群衆のどよめき――「殺人者が今ここに！」と群衆は報復を叫ぶ。だがレイオンは王の血を流すことに反対する――「この気の毒な孤独な男を恐れるのを止めよ」（同：2011–12）、また「正義とは愛の光だ、報復、恐怖、悪意ではない！」と群衆に説く。すると群衆は和んだ。一人の女の子が王の頭を抱えていた。多くの者がレイオンの脚にキスをする。彼を槍で刺した男は目に涙を溜めていた――皆は兄弟。こうしてこの日和解が生じた。そしてレイオンはシスナと再会する。

シスナのオード

新たな法の施行者としてのシスナの歌う第一オードは、

汝はあそこの夕陽のように静かです！　美しく若い鷲、
目も眩む朝の光の中に浮かぶように飛んでいる
その鷲のように動きも速く、力も強い。
汝の足もとに、信仰、暗愚、慣習、地獄、
そして人間の憂鬱がもだえています。――
聴け！《大地》は崇高で神聖な汝の声による
力強い警告を聴こうとしています！

（V. 2182–88）

「汝」とは叡智（Wisdom）のことだとやがて判る。そして第二歌では「夜や天と同じく巨大で深い、おぉ精神よ！」と、《自然》を雛形として叡智を讃え、第三歌では人間の平等に呼びかけ、「全ての香りを混ぜ合わせる《春》のよ

うにやってくる《平等》よ！」と、これまた《自然》を比喩として用いる。第四歌では「兄弟よ、私たちは自由だ！野も山も、海岸も森も泉も、この上なく幸せな住民が出入りできる場所となった」、第五歌では草食主義者シェリーらしく「鳥や獣の血が人間の饗応のために流されることはないだろう」――このように《自然》が言及される。レイオンとシスナが主催する饗宴も「遙か彼方のオリオン座が波の上に没するまで」（同：2328ff.）続く。

反革命の帰趨

第六歌では反革命が描かれ、戦闘は最も恐ろしいものとなり、あの隠者も斃れ、逃れたレイオンとシスナは、秋の風が木の葉のベッドを作ってくれていた場所で、「普遍的生命の大海の音が高まり、愛を囁き」（Ⅵ. 2594ff.）「純粋なものには全てが純粋！……金色の星々の下で二人は座っていた」（同：2596；2604）と描かれる。第七歌ではシスナが拉致されたときのことをレイオンに語る。「聖なる《自然》の力に捉えられた」（Ⅶ. 2867）暴君の肉欲の奴隷とされるシスナ、その発狂、レイオンそっくりの幼女の誕生と狂気の終焉。しかし地下からしか入れない牢に入れられ、子が生まれた。この子は皇帝に連れ去られる。地震によってシスナは地下牢から脱出、船に救われた、と語る。第八歌ではシスナはその船の上で、奴隷とされていた船員にシスナが話しかけ、「他者の苦しみに同情しますか？」と問うと、船員たちが自由を求めると誓ったことが語られる。この誓いの叫びに、

> 人一人いない岸辺も、百千の谺を返しました、
> 夜のただ中にです。まるで海も天も、また大地も、
> 新たに産まれた自由に喜んだような谺を返したのです。
> （Ⅷ. 3444–46）

シェリーはここでは伝統的なパストラルの表現法を用いて、万人の連帯の必要を語っている。なおこの第八歌とハーディの『覇王たち』の関連が深いのに気づいたが、これはまた別の機会に書くことにする。

「西風の歌」に似て

第九歌でもシスナの懐旧談が続き、自由となって森に囲まれた湾に投錨したことを喜ぶ船員が描写され、自由となった女たちが森から花咲く枝を採ってきて舟を飾ったことが歌われる（Ⅸ. 3469–83）。暴君は、自分が力を失ったことを知ったが、背信、慣習、カネ、祈りなどで反撃に出た。町には金銭がばらまかれた（原発設置の場合を予言する場面である）。聖職者は凋落を知った。教会に集まるものは次第に少な

く、ついに聖職者だけとなった（聖職者を官僚、政治家と言い換えてみれば、近未来の予言となろう）。懐旧談が終わった第二一歌以下は、シェリー自身の「西風の歌」によく似ている――

秋の疾風が地上に羽根ある種を蒔くでしょう、
――次には、雪、雨、霜が来るでしょう。（中略）
でも見よ！ 春がまた、世界一面を覆って来るのです！
春はその空気の翼から、優しい露を降らせるのです。
（IX. 3649–51 ; 3653–54）

次の引用もまた「西風の歌」を補っているとさえいえる。

私たちの精神の旋風は、死とは無縁の《真理》の種子を
送り届けなかったでしょうか、最遠方の思想の洞窟に？
(Has not the whirlwind of our spirit driven
Truth's deathless germs to thought's remotest caves?)
（IX. 3669–70）

未来を見るシスナの眼

そしてシスナは、「見よ、《冬》はやって来ます。種子が眠るあいだに、暴君は地下牢に犠牲者を投げ込み、処刑し、聖職者は勝ち誇るでしょう。この《冬》の中で私たちの個体は死ぬ。でも見よ！ 春が来ます、私たちの預言どおりに！ 《冬》にもあなたの心の中を見て！ そこには新鮮な春の花が見えるでしょう！ 後継者が過去と未来を繋ぎます」（IX. 3671ff.）と語り、《新鮮な春の花》で未来の、思想上の後継者を指す。また「過去の偉大な思想家、詩人など死んでも影響力を発揮しているではないか！ 私たちもそうなのです。……私たちの多くの思想と行動は、不死のまま後世に残るでしょう。……王座と聖職者の周りでは罵詈讒謗が蛆虫のように私たちを食い荒らすでしょう。だが私たちの記録は残るでしょう」と語り継ぐ。そして

《必然》は、視力こそなけれ、その力は永遠に
悪と悪を、善と善を、撚《よ》り合わさずにはいないのです、
しっかり絆で撚り合わせ、どんな力も解きほぐせません。
善と悪は、自己と同じものを又産み出し、決して分裂は
致しません！ （Necessity, whose sightless strength forever / Evil with evil, good with good must wind / in bands of union, which no power may sever: / They must bring forth their kind, and be divided never!)
（IX. 3708–10）

《必然》が、この作品にもなお主張されていることを私たちは忘れるべきではない。

ナポレオン戦役批判

第一〇歌はナポレオン戦役とそのあとの様子を描いている。

「遠い国から、玉座に就いた裏切り者に呼び寄せられた隊列なす奴隷がやってきていた。大陸は震え、海も海軍の音に震えた」(X. 3820–22 の要約)。実際、ナポレオンに呼び寄せられるようにして、イギリスの軍資金によるオーストリアとロシアの傭兵がやってきたのだ。「しかし暴君は軍を平原に放つ。六日目には町を血が流れ、七日目には血がこわばり、新たな平和ができあがった」(X. 3884–91 の要約)。だが「荒廃とずたずたの死者の中の平和とは！ 暴君の王宮の中での戦傷祝いの歌という平和とは！」(X. 3892–3900 の要約)――これらも、のちのハーディ『覇王たち』に受け継がれ、彼の短詩にも詠われた情景である(森松'12「解説」参照)。「太陽は死で汚された土地の上をめぐった。埋葬されない遺体からの臭気が蒸気となって立ちのぼった」(X. 3901–09 の要約)――そして最初には《欠乏》、次には《疫病》がやってきたのであり、シェリーの反戦歌は最高潮に達する。戦乱の結果、

> 魚は流れの中で毒を食らった。鳥は
> 緑の森の中で滅びた。昆虫類は
> 干からびた。 (X. 3919–21)

もっと長く引用したい部分であり、動物たちの死の中に、人間の単純な残虐だけではなく、人間の大地への裏切りという、二一世紀人が真剣に考えるべき大問題がここに示されている。いや動物だけではない――「《饑餓》が、異国からの兵士の大軍にやってきた。《饑餓》は、《信仰》、《疫病》、《殺戮》が眠るあいだ、何千人もを食い尽くした」(X. 3939–45 の要約)。《饑餓》に人が食われるのである。

戦後の田園・人びとの荒廃

この第一〇歌には、まるで、その一部が日本の原発被災地を描いているような、戦後の描写がある。

> 食料はなかった。麦は踏み倒された、
> 羊も牛も滅び果てた。そして岸辺には
> 死んだ魚が腐って、いつまでも投げ出されていた。
> 深海にも食物はなく、風が吹いても、もはや
> 鳥たちの重みで音をたてることがなかった。だが以前と
> 同じように羽根ある者たちは飛んだが、木蔭はなかった。

《秋》の黄金の貯蔵庫、葡萄園も果樹園も
埋められた。
（X. 3946–53）

次には《疫病》。もはや戦死、地震や津波による死のほうがまだましとされる。死者の山の上に坐る人びとの描写さえある——「何千という人びとが……想像もできない狂気に襲われて、まだ新鮮な死者の山の上に坐った。身の毛がよだつ多数者の風景」（X. 3969 ; 3971–72）。さらに今度は《飢《かつ》え＝thirst》。井戸が死体で埋まったからだ。人びとの苦しむ様が描かれる（X. 3973–3980 の要約）。

王者、聖職者たちの恐怖

さらに今度は《狂気》！「全能の神が地獄を地上に解き放たれた」との叫び（X. 3982–3990 の要約）。生きている者が死者の陰に隠れ、死体の山の中から助けを求める声がした。死体の中には、彫刻のような、静かに眠るようなものもあった（X. 3991–3999 の要約）。他方うって変わって、《饑餓》は王宮だけは訪れなかった。だが《疫病》は差別しなかった。

王者、聖職者たちは恐怖に青ざめておののいた。
人類を統治するのに利用した、あの怪物のような信仰は
弓を射る人物が誤って放った矢のように、自分の胸に
落ちたのだ。避難所を求めても見つからぬ。（中略）
自分自身の偶像に、祈りを捧げても無駄だったのだ。
（X. 018–21 ; 4026）

既成宗教批判は『マブの女王』に引けを取らない激しさである。この第一〇歌の第二七〜二九歌《オード》に彼等の祈りの内容が示されている。「我われはあなた（神）の敵を殺したではないか。慈悲を垂れたまえ！」（同：4041）というのもあれば、「我われはあなた（神）を軽んじるものをやっつけます。慈悲を垂れたまえ！」（同：4050–53 の要約）という王や聖職者もあったが、それらは無益で、《疫病》の矢は彼らの中に落ちた（同：4059）。

第一一、一二歌

渋々第一一、一二歌に移ることにする。それほどこの反戦歌（第一〇歌）は読むに値するのである。第一一歌では愛らしいシスナの描写のあと、暴君の王座の前の描写に移る。ここに隠者の服装の男がいて、暴君たちに向かって「未来を怖れず、過去を嘆かないで！　朱、金、鋼を捨てなさい。《欠乏》、《疫病》、《恐怖》は奴隷状態から生まれています。人類は自由です。自由の名の中に、王権と信仰の恥は消え失せます」

(XI. 4378–86の要約)と説く。王たちが「レイオンはどこだ、彼を連れてこい。さすれば君の願いを叶えよう」というので、隠者の服装の男は「神に誓いますか?」という。すると王たちは「誓う、誓う」と応じると、隠者の服装の男が衣裳を脱ぎ捨て、「見よ！　私が彼だ！」――レイオンはこうして敵の手中に落ちたことが示唆される。第一二歌ではレイオンが火炎の棺台へ登って行くのが描かれる(XII. 4991–92)。皆が黙る中、王に付き添う美しい少女一人がレイオンの助命を乞うが空しい(XII. 4998ff.)。棺台へ松明が落とされる。そのとき馬のひずめの音がする(シスナがやって来たことがあとで判る)。信仰を持ちつつも多くの群衆の目に「春の初めての木の芽を育む／この上なく優しい露のような」(同：4568–9)涙が浮かんだ。火が立ちのぼり、暴君に付き添う美しい少女は目に見えない感情のために玉座の前に生命も動きもなく倒れ伏した(同：4592–93)。

死後の世界の美しい自然界

暖かいシスナの手が《私》レイオンを目覚めさせた(同：4603–04)。見たこともない緑の木々が頭上に。木々の、月に似た花々、輝く果実が水の上に影を落としていた(XII. 4603–11の要約)。シェリーは死後の世界にも、美しい《自然》の形象を描き続ける。

そして周りには、たくさんの芝生状の山が傾斜し、
そこには薫り高い花と実を捧げ持つ森、また大きな
泉に寄り添うような、大理石の輝きを持った洞窟。
(XII. 4612–14)

そして、音楽のような風に動かされた船に、翼の生えた美しい少女がやってきた。水の上に美しい少女の影は星々の影のように映っていた(XII. 4621–29の要約)。船の舳先と艫は、三日月――松林が黒々とする薄暮の山の上で、日没の光の海の上に漂っている三日月――のようだった、と描かれる(同：4630ff.)。死後の世界を描くに際してさえ、美しい《自然》を比喩とするのである。また船の進行による泡立ち、飛沫は、日の照るその川の上に星々のように光った(同：4752–53)。少女はレイオンの愛嬢と思われ、そして「この栄光ある地球の周りに速度を上げて巡る月のように／魅力に満ちた、少女の船は近づいてきて、そこに安らぎの地を見出した」(同：4817–18)という最後の二行で、レイオン、シスナ、そしてレイオンそっくりの美少女が、安らぎの家族となってこの作品は終わる。人類の状況の改善にはまず知的改革が必要、市民の意識の向上が肝要という、今日の日本に最も当てはまるシェリーの主張は、こうして全うさ

れる。これが失敗作であろうか?

『プロメシュース解縛』へ

とはいえ、『レイオンとシスナ』においては、人民の反乱は結局暴君によって抑え込まれ、ナポレオン戦争終結後のヨーロッパ反動体制を象徴するように、改革を志したレイオンは火炎に包まれ、シスナも、またこの二人の子と推定される美少女も、死後の世界でのみ幸せを得るにすぎない。美少女の設定が、女の子を失って嘆き悲しむシェリーの妻メアリへの慰めであったとの示唆(たとえばSperry '88 : 57ff.)は説得力を持つものの、死の世界での栄光はとどのつまり、現実における敗北でしかない——『レイオンとシスナ』はこの点で現実描写的でさえあり、人類の理想実現は常に夢想の域を出ないという主張をこの作品から受け取るのならば、これは優秀な洞察を示す悲観論的叙事詩ということになろう。だがシェリーは、本質的に、より良きものの現実化を目指すロマン派であった。叙事詩劇『プロメシュース解縛』(*Prometheus Unbound*, 1820)は、なお理想を作品から撤退させない詩人シェリーを表す作品であり、知的読者を対象にした複雑な象徴性を通じて、未来への希望を表明する。人の世ではほとんど常に、悲観論的作品は悪評を免れず、逆に《明るい未来》を示唆するものは、稚拙・素朴なものから複雑化・高貴化されたものに至るまで、温かい評価を得る。『プロメシュース解縛』の好評は、その象徴手法の洗練とあいまって、こうして得られたものであろう。

圧制者は《自然》を破壊

第一幕では人類発祥の地とされていたインドのコーカサス地方が舞台で、プロメシュースは人類に天界から火を盗み与えた《罪》によって、ジュピターにより、岩に鎖で縛りつけられている。プロメシュースはもちろん、圧政に苦しむ民を導く叡智だけではなく、民そのものの象徴でもあり、ジュピターは暴政の象徴である。この作品でも《自然》はプロメシュースと良き関係にあり、一方ジュピターは《自然》の破壊者として描かれる。プロメシュースの母である《大地=地球》は彼の誕生を、彼女と一心同体の自然界の末端までが嬉しく感じた——

凍てつく空気の中で薄い葉を震わせていた
この上なく丈高い木の上の、末端の繊維に至るまで
私《わたし》の石の多い静脈の中に、生き物の中の血液のように
悦びが流れたのです。
(I. 153–56)

と歌い、一方彼がジュピターに鎖で縛られたときには

その時、私たちの周りに燃えながら回転する諸世界、
百万の世界を見よ。そこでの住民たちは目撃しました、
私の円い光が広い天空で弱まる姿を。海原も
奇妙な大嵐に持ち上げられ、輝く雪の山々も、地震で
引き裂かれ、そこから吹き出てきた新たな火炎は
眉をひそめる《天》の下で、不吉な髪を振ったのです。
稲妻と洪水が、平原を打ち崩しました。　　　(I. 163–68)

宇宙内の全住民が、地球が破壊されるのを見たのである。またジュピターの幻影の現れる直前には、パンシャ（プロメシュースの恋人エイシャの妹にあたる妖精）が、地震と噴火、引き裂かれる山々の音（同：232）を聞いている。

権力者とそれに対抗する力

ギリシア神話ではプロメシュースの内臓が鷲についばまれ続けるのに対して、シェリーでは、鷲のほかに醜い《復讐三女神》（Furies）が彼を苛む。ジュピターと彼が派遣する《復讐三女神》が、フランス革命後の権力者たちの象徴であることは、次のプロメシュースの科白——

諸国の人びとが《自然》のスローガンの周りに集まり、
異口同音に、真理、自由、愛を声にして唱えたのだ。
すると突然、天から獰猛な混乱が降ってきて、人びとに
襲いかかった。闘争と欺瞞と恐怖が横行した。
暴君たちが駆け込んできて、略奪品を山分けした。
(I. 650–55)

——この科白から明らかであろう。だがプロメシュースは《復讐三女神》を退ける。そして逆に《精霊たち》（Spirits）に、彼が破壊を乗り越え、叡智、正義、愛と平和の新秩序を作ると預言される。この天から降る災害に対して、人類の味方である《精霊たち》が現れる時には、その姿は、パンシャの妹アイオーニの言葉では

凪たちが黙り込んだときに、幾筋もの線を描いて
渓谷沿いに、泉から立ち昇る蒸気のようです、
それに、聞こえるでしょう、松の木たちの音楽かしら？
湖の歌かしら？　滝の流れる音かしら？　　　(I. 667–70)

——このように権力者とそれに対抗する力は、常に自然の形象を用いて表される。

変化の力を持つ自然の必然

このときすでに叡智を身につけて、ジュピターに対してさえ寛容の心を持つことができるようになったプロメシュースが、《破滅》に対して勝利することをこの《精霊たち》は予言する。なぜそう予言できるかとのプロメシュースの問いに対しては、

> ちょうど、雪嵐が逃げ去るときに蕾が紅く膨らむように
> （中略）そして野を歩む牛飼いたちが、やがてまもなく
> 白い山査子《さんざし》の花が咲くだろうと判るように
> （I. 791; 793–94）

――つまり《自然》の成り行きの必然によって、叡智、正義、愛、平和があなたの中に実現すると予言する。また第一幕の終わりでは、やがてプロメシュース救出に大役を演じる彼の恋人エイシャが追放されているインドの谷が

> （妹パンシャの台詞）かつては凹凸だらけの岩で
> ここの渓谷のように、荒涼と凍てついていましたが、
> 今は、美しい花々と薬草類が生い育っています。
> 姉エイシャの、変化の力を持った存在が発する霊気から
> 森や川、湖などのあいだに流れ出る、甘い空気と音に
> 訪《おとな》われています。
> （I. 827–32）

――叡智、正義、愛を抱く心から、自然界に花が咲くのと同様に、人間界に改善がもたらされるとパンシャが語ってこの幕は終わる。

第二幕、第三幕の簡単な粗筋

第二幕ではプロメシュースの味方である妖精パンシアが、プロメシュースの恋人であり自分の姉である妖精エイシアを訪れ、谺たちの声に導かれて洞窟を通り、森を抜け、さらに地下に降りてデモゴーゴンの許へゆく。デモゴーゴンは、ジュピターの子でありながら、ジュピターに替わって世を治めると予言されている神秘的存在で、この地下神と二台の馬車に分乗して、姉妹は天界へ行く。第三幕ではデモゴーゴンがジュピターを地下の暗黒の中に連れ込んで支配の座から追放する。ヘラクレスがプロメシュースの鎖を解き、《時間の精》が巻き貝の笛を与えられ、プロメシュースに促されて（Ⅲ,iii. 64–82）、人類に、希望の音楽を吹き鳴らす。幕の最後に新たな秩序が世界に樹立されたことを《時間の精》が報告する――空気や太陽の輝きさえ変化した（Ⅲ,iv. 100–01）というのである。

特に美しい自然描写

第二幕、第三幕にも、第一幕と同じように《自然》の形象はふんだんに使われるが、特に美しい自然描写だけに触れたい。第二幕一場で登場する谺たちは、シェイクスピアの『テンペスト』におけるエイリアルに似た声を漂わせて、エイシャとパンシャを導く——

ついておいで、ついておいで、
あなたが追いかけているこの歌が漂うとおりに
がらんとした洞窟、また洞窟を潜り抜けて。
野生の蜂さえも決して飛ぶことのない洞窟、
真昼の暗闇が深々とたれ込めている洞窟を通って、
淡い色の夜の花々が、香りを呼吸しながら眠るそばを、
そして泉のきらめきにだけ照らされた洞に波立つ
流れのそばを通って。　(II, i. 177–84)

神秘的な力を持つデモゴーゴンの許へ赴く二人の旅が、幻想風に示されるとともに、洞窟の連続は、地上にはない叡智の存在する空間への接近を象徴する。さらに第二幕二場で、エイシャとパンシャが通って行く鬱蒼とした森の描写は、さらに美しく、やがて大きな叡智の露が彼女たちに与えられることを予示する——

陽の光も月光も、風も雨も
木々の縺れあった枝蔭を通り抜けることはできぬ、
何ものも通れぬ。ただ一つの例外は、地上を這う
微風によって漂ってくる、雲状の露珠が
古びた木々の幹を巡ってやってきて、緑の月桂樹の
咲き初めた、色も淡い花々の中に、
それぞれ真珠を置いてゆくだけ。
そして一輪の、か弱い、美しいアネモネの花を
うなだれさせて、静かに消えてゆくだけ。　(II, ii. 5–13)

——これはこの善意の妖精姉妹が、期待に満ちて道を辿る心理描写としても伝わってくる。第二幕二場はこうした描写の宝庫である。これは第二幕四場でエイシャがデモゴーゴンに訴えるジュピターの暴政、すなわち「人類の上に／まず饑餓を、次いで苦役を、さらに病気を／争い、怪我、そして以前にはなかったぞっとする死（戦死）」（II, iv. 49–51）をもたらした暴政の姿とは正反対のイメジである。

霧、そして氷河の溶融

地下へ降りてゆく直前には、草原や谷を見下ろすとのできる高山の上に立って、エイシャが妹パンシャに向かって、「波のように寄せる霧」（II,iii. 19）についてこう語る。

この霧を見て！　霧は、自分を寒さで固まらせる風の下でうねり続け、今私たちが立っているこの峰を海の孤島のようにしています。（II,iii. 22–4）

――霧で高貴にも特殊化された峰の姿を象徴風に描いたあと、空を切り裂くように屹立する高山の峰が、遙か遠方から、朝の光を二人に投げかけて来るさま（これも、今後に生じる精神上の夜明けを象徴）を歌い、次は氷河が溶けて流れる滝の描写が、「モン・ブラン」における畏怖の側面も残しながら、巨大なものの溶融を明快に示唆する――

この谷は山々の壁に取り囲まれています。そして
氷河が溶けた峡谷から落ちてくる滝の轟音は
まるで沈黙のように隙間もなく巨大で、聞き耳たてる
風を満足させます。聞いて！　今度は雪の崩落の音！
太陽に目覚めさせられた雪崩の音です！　この雪の塊は
何度も嵐に吹き寄せられて、雪片また雪片が一つずつ
天に反抗する精神で、あそこに集まっていたのです。
ちょうど思想また思想が一つずつ集まり、ついに偉大な
真実が解き放たれ、国々が一斉に反響し、根元まで
揺すられる様《さま》に似ています、今山々が見せてくれた通り。（II,iii. 33–42）

――これは、それまでにも自然描写が象徴として用いられていたことを証拠立てる一節である。またこの描写は、有名な第二幕五場のエイシャの歌、「わたしの魂は、魔法の懸かった小舟／小舟は眠っている白鳥さながらに／精の皆さんが歌う中、銀の波の上を漂います」という部分に、美しさの点でも匹敵する。またこの作品がこうした自然美をふんだんに盛り込んでいる一例でもある。

デモゴーゴンへの訴え

エイシャとパンシャがデモゴーゴンに会って、エイシャがジュピターの圧政とプロメシュースの善意を語るときにも《自然》のイメジが用いられる――ジュピターは、砂漠化した人びとの心に、恐ろしい《窮乏》を送りつけ

狂おしい不安と、現実化できない《善》の、たわいない
影法師を送りつけ、これが人びと互いの戦争を惹起し、
これらが荒れ狂った住処を廃墟と化しました。これを
プロメシュースが見、隊列組んだ希望を覚醒させた——
希望たちは、褪せることのない忘苦草《ネーペンテース》、魔法草《モーリュ》、不凋花《アマランス》
——これら極楽《エリュシオン》の花が閉じている中に眠るのが常、
薄っぺらな、儚い虹の翼で、《死》の姿を隠すためです。
でもプロメシュースは、愛を——命の葡萄酒、人の心を
果実として吊す葡萄蔓の、ばらばらだった巻きひげを
一つに結び合わせる愛を送ったのです。（II, iv. 55–65）

実効性のない単なるセンティメントとしての《希望》、幻想の花の中だけに隠れていた《希望》を、愛の力で実現するように方向づけした、というのである。シェリーがブレイクを読んだとは思わないが、葡萄蔓の用い方はまさにブレイクに酷似している。第三幕三場ではプロメシュースがエイシャと永遠に結ばれることを語る。そのときにも自然の形象が象徴的に用いられる（洞窟はプロメシュースの心を指し、彼が権力によるのではなく、精神によって人類の新たな指導者になることの象徴。田中・古我：204n 参照）。

本来の姿に戻る自然界

また第三幕三場の《大地＝地球》が語る科白は、人びとを戦争に駆り立てたときの大地の息吹とは違って、暴君が失墜した今は全ての自然界が本来の姿に戻ると語って、《自然》と人倫との関係を明らかにする——シェリーは、《自然》のイメジを、人間界の美徳と常に関係づけて歌う詩人である——かつての大地の吐息は

過てる諸国民を
巡り巡って、互いの戦争へと誘い、ジュピターが
あなたとともに守った信義のない信仰へと導きました。
その私・大地の吐息が、今では、背の高い草の中の
菫の花の呼吸のように立ちのぼって、以前よりも
静けさに満ちた光と、くれない色の空気、
強烈だが優しい空気で、周りの岩や森を満たしています。
（III, iii. 128–34）

そして第三幕の最後に、《時間の精》が、暴政がどのように人間を苦しめたかを、『マブの女王』の再現のように歌ってジュピターの没落の幕を終えている。

新時代を歌う宇宙的な歌

第四幕は、新世界の実現に対する人類の悦びを、あとで触れる《大地》と《月》の長い会話を中心に、美しく表現する。実は第四幕となると、ここもまた自然描写の貯蔵庫の感が深く、簡潔なまとめに苦労する。影のような精が「私たちは亡霊です／死んだ《時間》の亡霊です／私たちは《時間》を永遠にその墓場へと運ぶのです」(Ⅳ. 12–4) と、過去からの断絶を歌うと、新たな《時間の精》が現れ、過去を葬った精たちとともに、新時代の悦びを歌う——

我われ精は、新たな住処を
見出そうとして、星月夜の星の眼を
通り過ぎて、厳かな天空の海の中へと突き進む。
《死神》、《混沌》、そして《夜》は
大嵐の力から逃げる霧のように
我われが飛ぶ音の近くから、逃げ出すに違いない。
(Ⅳ. 141–46)

——ここには地上を超越した、宇宙的自然描写を志す精神が見える。宇宙の全空間をプロメシュースに提供しようという精たちの意志を歌っているのである。

地球と月の対話

そして《大地＝地球》とその妹《月》の対話は、新しい時代の希望を語り続ける。その一端だけを覗けば

月：　溶けない霜と眠りの、へばりつく死の衣裳、
　　青ざめた死の影は、ついに今、
わたしの空の道から姿を消してしまいました。
わたしの新たな四阿の中を通って
幸せな恋人たちがそぞろに歩いて行きます。(中略)
地球：　おぉ優しい月よ、お前の喜びの声は
永久に静かな島々のあいだを、夏の夜に
船で運ばれる水夫を慰める澄みきって優しい
光のように、わたしには聞こえるのです。
(Ⅳ. 424–28; 495–98)

するとデモゴーゴンが、地球と月の双方を祝福する——

お前、地球よ、幸せな魂の静かな領域よ、
この上なく神々しい姿と調和を満載した天の珠《たま》よ、
美しい天体よ！　お前は回転するたびに

お前の空の道を舗装してくれる愛を集める。（中略）
お前、月よ、地球がお前を眺めるのと同様に
夜な夜な、驚きをもって地球を眺めるお前よ、
その間にも、お前と地球はそれぞれ、人と獣に、また
早く生まれる鳥に、美と愛、静寂と調和なのだ。
（IV. 519−22；524−27）

この讃辞を聞いて月は「あなたに震えさせられた木の葉のようです、わたしは」（同：528）と答える。デモゴーゴンはさらに獣、鳥、虫、魚、木の葉と芽など自然物全てを祝福し（同：543−46）、最後に、人間の徳性の全て、愛、叡智、忍耐の重要性を演説して作品を終える。しかしこれまで見たとおり、《自然》のイメジが驚くべく活用された擬似演劇となったのである。

第一八章　バイロンにおける《自然》
——とりわけ彼が描いた海

バイロンに関する章の底本は
Byron, George Gordon. *The Works of Lord Byron.* 6Vols. London, John Murray, 1922.

次の章でも触れるが、初期の自然詩「《自然》への祈り」（'The Prayer of Nature,' 1806.）でもうすでに、バイロンは人間が拵えた宗教に救いを求める心は持ち合わさず、《自然》こそが《神殿》に祭られるべき存在で、自然物、自然現象が《創造者《メーカー》》の《神殿》に相当すると歌っている——

《自然》にこそ《神殿》を！
人は自己の《創造者》の支配を、ゴシック風の贋玉殿《にせぎょくでん》、
腐りかけた石でできた教会に限るべきではないのだ、
いや、この日中の《自然》の顔《かんばせ》こそあなたの《神殿》、
大地、大海、天空こそがあなたの渺茫《びょうぼう》たる玉座なのだ。
（17–20）

同じく初期の「ニューステッド僧院への哀歌」（'Elegy on Newstead Abbey,' 1806.）では、その墓地の「暗く思いに沈む蔭が、お前の廃墟の周りに漂う」（4）と歌って、廃墟となっていればこそ生じる魅力を語る（廃墟とその周辺の自然物、それらが嘲笑う過去の権力の栄光は、その後バイロンの大きな主題をなす）。そこでは今や「雑草が陰気な露を発し」（29）、「蝙蝠が震える翼を打ち振っている」（33）と自然物による、過去の宗教大建築物の支配を描く（同時に、トマス・ア・ベケット殺害後にこれを建てたヘンリー二世王と、あとを継いだ歴代のヘンリー王が揶揄される）。この僧院を舞台に繰り広げられた血なまぐさい政争を列挙したあと、クロムウェル（引用中では「簒奪者」）の当僧院墓所への埋葬にあたって大嵐が生じたことを

激越な簒奪者が、彼の生地である地獄に向かったとき、
この暴君の死とともに《自然》が勝利したのだ。
（103–04）

と歌っている（クロムウェルは政権奪取後は、スコットランド、アイルランド侵略など暴政を極めた）。詩人としての当初から、バイロンは人間界の愚劣さを《自然》の潔白と対比していた。

ボウルズとの論争

人間と《自然》の関係はこれだけではなかった。バイロンは自分が詩作の師として仰いでいた一八世紀の詩人ポウプ（1688–1744）について、その全集を刊行（一八〇六年）したボウルズ（前出。William Lisle Bowles）が、ポウプその人について悪口を書き、その上、他人の著作によって三〇〇ポンドの収入を得たことを風刺的長詩『イギリスの詩人とスコットランドの批評家』（*English Bards and Scotch Reviewers*, 1809）の中で（361ff.）痛烈に皮肉った。一〇年後（一八一九年）ボウルズは『英国詩人の適例』（*Specimens of the British Poets*, 7vols）に「イギリス詩についてのエッセイ」を書き、誤解・誤読を含んでいたバイロンの長詩への反論とした。しかしここでまた両者のあいだに論争が始まり、ボウルズがキャンベル（Thomas Campbell, 1777–1844）を貶めた発言にバイロンは食ってかかった。ボウルズはキャンベルが詩の技法を用いず、全て水や風等の《自然》の中から詩想を得ていると書いたのである。バイロンは反論として、水や風が、確実に詩的であると主張した上で

もし海の波が、その表面に泡だけしか浮かべていなかったなら、もし潮風が海草を岸辺に運ぶだけなら、もし太陽がピラミッドの上や船団の上、砦の上などを照らしていなかったなら、（中略）それらは、そうでない場合と同じほど詩的であろうか？　私はそうは思わない。詩歌は少なくとも（人間と《自然》との）相互依存である。
（Byron '22 : Vol. 4 : 544）

と書いた。キャンベルの詩にこの相互依存があるという意味である。また同じことを今度は、

ボウルズ氏は海に見入ったことがあったのだろうか？　私が思うに、少なくとも海景画は見たことがあるだろう。画家の中で誰か、船舶、小舟、難船などを添えることなしに、海だけを描いた者がいただろうか？　巨大

な、見る者を疲れさせる単調さを打ち破る船舶が描かれているにせよ、無きにせよ、海そのものだけのほうが（人との関係がある場合よりも）より魅力的で、より倫理的で、より詩的な事物であるだろうか？　嵐も、船なしで、より詩的であるだろうか？　（同）

と述べている。ただし華美を尽くしたトルコの船の夜景はピクチャレスクだけれども人為的にすぎるとしている（同：545）。

だが芸術品《アート》独自の価値も主張

また世俗や悪しき慣習として分類されるべき《人為《アート》》を退ける反面、たとえば美しい若者の典型と言うべきアンティノウス（Antinous, c. 110–130）の胸像のような芸術品《アート》は、《自然》とは無関係に評価する。

アンティノウスの胸像！　自然界には、ヴィーナス像を除いて、この大理石像ほどのものがあるか？　この驚嘆すべき、完璧なる美におけるほどに、詩が存在へと集められることがありうるだろうか？　にもかかわらずこの胸像はどんな点でも自然界から、あるいは倫理的連想から、引き出されてはいない。なぜなら、ハドリアヌス帝の男性の寵児（アンティノウス）と倫理的性格とのあいだに何の共通性があるのか？　この芸術品の制作は自然的ではない――超自然的なのだ、いやむしろ超人為的なのだ、なぜなら《自然》はこれほどの傑作を作りだしたことはないから。

だから《自然》についての貴殿のたわごと、「不可避的な詩の諸原理」は撤回されたい！　（同：557）

結局はバイロンの時代のポウプに対する《陶片追放《オストラキスモス》＝ostracism, 同：559》に対する反対論を展開するための言葉であるから、ここでは《自然》は《芸術》の下に置かれる。しかしバイロンの自然観は常に人間との関連で考えられていたことは、ここからも見えてくるといえる。

最初期の「エマに」

実際バイロンは、湖や樹木を描いても、若い頃から実際には人の感情を示す。最初期の「エマに」（'To Emma'）では、彼女がこの谷間を去ってゆくのを嘆いて

今も見える、文学があなたを乗せて湖の上に
　漕ぎ渡った、色鮮やかな小舟が。
今も見える、高く枝を振るのが、園の上に、

あなたゆえに僕がよじ登った楡の木が。

(25–8)

——このように《自然》の姿に人の姿を重ね合わせる。そしてまた、他の詩で海そのものを描いて、何ら人間と関係のない描写のように見えるときでも、そこには必ず海で死ぬ人間、あるいは海に慰められる人間、遙かに海より矮小なものとされる人間などが強烈に意識されている。だが、彼が海原について書くときは、この水の大平原は常にくだらない《人為》の上に置かれる。そして確かにバイロンは、特に海や水への愛着を通じて、一種の《自然宗教》を奉じてはいたが、だが賛美に終始する宗教の徒ではなく、《自然》の有為転変、時間との協働によるその脅威を常に意識している。

《自然》の危険を描き出す詩句

マーヴェルの「はにかむ恋人に」に似た、《今を愉しめ》の主題を用いて恋人に誘いをかける最初期の「キャロラインに」('To Caroline,' When I hear ...) でさえ、《自然》の脅威を示す詩句に満ちている——「恋も、木の葉と同じく、干からび枯れるのを／ただ侘びるばかり」(5–6) とした上で、《自然》が老朽と病を育てるさまを次のように歌う——

《時》が必ず訪れるのを侘びるのです、その鳶色、
艶を失って、我らの薄くなった髪が風に靡く《時》が。
僅かに残った髪束の中の幾筋かは、すでに銀色、
《自然》は老朽と病との餌《えさ》だと示すのです、《時》が。

(9–12)

また『ドン・ジュアン』の、ジュアンが奴隷として売られる直前には、陸地から眺めるボスポラス海峡の大波のうねりは、壮観としか言いようがないとしながら、この描写の際にも、海の脅威はしたたかに意識されている。

この逆巻く海が、ボスポラス海峡のあいだを進むのを
陸地で眺めるのは楽しいが、波たちは
ヨーロッパとアジアの両の岸辺を洗うのだ、
船の客が、これほど吐き気を催す海は他にはない、
この黒海《エウクセイノス》ほど、危険な大白波を巻き起こす海はない。

(*Don Juan*, V, V 1–4)

繰り返すようだが、海原は美と壮大という一面と、また

危険と人間への無関心という側面との二重の観点で描かれる。

危険な海を恐れぬ人

　そして数あるロマン派の詩の中でも、海に関してはバイロンの作品ばかりがまず胸に浮かぶ。当時は、今日における以上に、いや遥かに、海は危険な自然物と考えられていた。だがバイロンは、一八一〇年にヘレーンスポントス海峡を泳ぎ渡ったことで知られる海を恐れぬ人でもあった。『ドン・ジュアン』第二巻一〇五歌の末尾では、一緒に泳いだ友人イークンヘッド、ギリシア神話上のレアンドロス（恋人ヘーローに会うためにここを泳ぎ渡った）と併記して、この快挙を自慢している。また『マンフレッド』の章にも引用するとおり、「（若年の頃の）私の悦びは（中略）海原の中の／とどろに寄せる、できたばかりの波の／足早な渦巻きの中に転《まろ》びゆくことであった」（*Manfred*, II, II : 62 ; 66–8）と語られている。『貴公子ハロルドの巡礼』（標題訳語は笠原）で、船旅を恐れるお小姓を慰めてハロルドは

　　君は大波の哮《たけ》りを恐れているかね？
　　　それとも疾風に震えているかね？
　　君の眼から涙を拭い給え、
　　　我々の船は速く、頑丈だと思い給え。
（Canto I, XIII, 3の3–6）

と慰めている。

恐怖すべき大海

　しかし彼にとっても海は広大きわまりないものであり、美景を提供するとともに、人を呑み込んでゆく《自然》の恐ろしさの象徴でもあった。『マンフレッド』の中で呼び出された風の精は、人の作った大船を冷ややかに嘲笑う——

　　私は貴殿のところに急ぐために、海岸と海を越えて
　　　突風に乗って飛んできたのはわかるだろう。
　　私が出遭った船団は、見事に航行していたが——だが
　　　今夜が過ぎぬうちに沈んでしまうだろう。
（*Manfred*, I, I, 104–07）

「船団」の原語は'fleet'であり、バイロンが少年時代の後期には、多数の'fleets'、すなわちトラファルガル岬沖などで戦って、文字どおり海の藻屑と消えた多数の軍用大型船舶があった。これをバイロンが知らなかったはずはない。

海への憧れも

だが恐ろしさと同時に海へのあこがれも同じほどに抱いていた。初期作品の「心煩いのない子供ならいいのに」では「暗く青い波の上を飛び歩く子供」(4) に戻る願いを歌ったあと

……自由に生まれついた魂、
ささくれだった山肌を愛し
大波がうねり逆巻く岩を愛する魂。(中略)
大海原のまたとなく荒れた雄叫びをこだまする
私の愛する海辺の岩に帰らせてくれ。 (6–8 ; 13–4)

また有名な詩句だが (岩波文庫にも収録され、名訳 [笠原 : 57–8] が付されているが)、あえて拙訳を掲げれば

小道もない森にこそ喜びがある、
深い海のそば、だれ一人闖入してこない處、
この人影もない海岸に、恍惚がある。
この海辺こそ心の通う場所、砕ける波が音楽となる處。
(*Childe Harold*, Ⅳ 178, 1–4)

このあとにさらに有名な「人を愛さぬというのではない、《自然》をより愛するからだ (I love not Man the less, but Nature more)」が出るのである。これらの詩句から見えてくるのは、人間界の煩わしい慣習や虚飾を逃れる場所として海があこがれの対象となっていることである。

海の広大と永遠性

だが、海の広大、人とは無縁の永遠性についても、畏怖と愛の入り混じった感情を歌う。次の引用は、右記の引用の次の連である (何とか独自性を醸そうとして、原文どおりに《押韻》したが、所詮は滑稽な遊びにすぎまい)。

波動したまえ、深く、青く黒い大海よ、波動したまえ、
一万の軍艦がお前の上を滑るとしても、跡も残せない。
人は地上に廃墟の跡を残す――これだけが人の腕前、
人の支配は海岸まで、水の原には何一つ書き起こせない、
難破船は全てお前の仕業、人は破壊行為の名も遺せない、
そのかけらさえ残せない、残すのはただ自分への破壊、
その痕跡も、一瞬だけ。一つの雨粒跡の域を越せない、
人はお前の深い底へ、泡を立て、呻きながら他界、
墓もなく、弔鐘も棺もなく、人に知られることなく崩壊。
(*Childe Harold*, Ⅳ 179, 1–8)

人間の矮小さ・瞬時性と、海の広大・永劫性との対比によって、この一連は今後も永らく人の記憶に残るだろう。

僅か半世紀に何という海の汚染！　また、これに続く連は、海を利用して五〇発の原発を作った日本人との関連で読むなら、前の連にも増して深い感慨を筆者に与える。

> 人の足跡はお前の上にはない――お前の水の平原は
> 人の利権《スポイル》の対象ではない――気づけばお前は目覚める、
> 人をお前から振り落とす。人が発揮する悪の威厳は
> 地球の破壊として、皆お前は軽蔑の胸に納める。（中略）
> 人を再び地へ叩きつけるだろう――人を地に横たえよう。
> （*Childe Harold*, Ⅳ 180, 1–4 ; 8）

「地球の破壊」（笠原：61を変形）の原語は 'earth's destruction' だが、原発とその放射能汚染水だけではなく、海水を臆面もなく化学物質で汚し続けるこの半世紀の傾向がこのまま続くならば、最終行に歌われるとおり、海は人間を大地へと叩き戻し、そこで（つまり墓の中に）人類を横たえることになりかねない。しかも半世紀などという時間は、地球の最果てと言わないまでも、人類が地上になお棲息し続けるはずの何万（何千？）年というスパンから見れば僅かな年月だ。この短期間にこれだけの汚染を平気でやらかして、環境論者を無視する政治・経済の担当者は、新たな時間感覚を持つべきだ。

海への愛着の再確認　しかもバイロンは、この長編巡歴詩をほぼ終えるにあたって、海への愛着を印象深く歌うのである。

> これまでもお前を愛してきたぞ、海よ！　少年期の
> 私の楽しみはお前の胸に抱かれること、そしてお前が
> 浮かべる波の泡のように、先まで運ばれることだった、
> 子供の頃から私はお前の大白波と戯れた――大白波が
> 喜びだった。お前が活気づいて、大白波を
> 恐怖へと変えたとしても――それは喜ばしい怖れ、
> なぜなら私はお前の子供だったからだ、
> 遠くであれ近くであれ、お前の大波を信頼して、
> お前の波頭《たてがみ》を掴んでいた――今もそうしているように。
> （*Childe Harold*, Ⅳ 184, 1–8）

なお、『貴公子ハロルドの巡礼』第三巻では、《自然》が大きな主題になっている。これについては主題をまさに《自

然》に搾った好論（東中：83ff.）があり、注釈書（田吹：xxff.）でも《自然》には適切に触れられているので、時間と紙幅の無くなった筆者としてはそちらをお読み下さるようお願いする。

海賊を好んで描く

同時にまた、バイロンは海賊に対して、ロマンティックなあこがれを抱いていたようである。人間界の不合理な慣習・法律に妨げられない《自由な》種族だからである（このバイロン作品を素材にしてストーリーを完全に変更したバレエ『海賊』のキーロフ一九八九年版は、メドーラが海賊島に到着する直前の集団的キャラクターダンスで、適切にこの種の《自由》を表現している）。この点でバイロンの自然観はアナーキズム、少なくとも原始信奉《プリミティヴィズム》に近づく。たとえば『ドン・ジュアン』のハイディの父は「海賊の頭であるが」、とバイロンは冗談交じりに、海賊を悪く言うなとこう書いた。

彼・海賊の、カネのかき集めをカネ狂いやと考えんでくれ、
確かに全ての国の民から、船の旗を奪ったのだが、
彼の肩書きを仮にちょっぴり、《総理大臣》に変えてくれ、
さすりゃ彼の資金調達法は総理とそう変わらんのだが。

(*Don Juan* III, XIV 1–4)

いうまでもなく、税金を値上げして全ての国民からカネを巻き上げるのは歴代総理大臣が（日本でも「政治生命をかけて」）果たしたことであり、バイロン当時でも同様だった（重課税で進歩派の憤慨を呼んだ首相小ピットが亡くなった［一八〇六年］のはバイロンがすでに一七歳を過ぎたときだった）。

《運命女神》に翻弄される船

また次章で扱う『マンフレッド』において、最初は声だけで現れる第二の《運命女神》は

《船》は航行しおった、《船》はすいすいと航行しおった、
だが私は帆の布一枚、マスト一本、容赦しなかった。
船体や甲板の厚板一枚、難を逃れはしなかった、
《船》の難破を嘆く哀れな奴一人、居残りはしなかった。
例外は一人、泳いでいるときに、髪を掴んで引き揚げた。
此奴《こやつ》は私が、眼をかけてやる値打ちがあると押し上げた、
陸地では謀反者、だが海原では海賊の一人。

(*Manfred*, II, III : 70–5)

ここでも海賊は特別扱いである。もちろんこれは皮肉たっぷりに語られていて、俗世間で権力を得て威張り散らしている輩よりは、法の支配のない世界の住人として海賊を持ち上げてみせるわけである。一九世紀初頭には、文明社会から法なき社会に入ろうとして挫折する男たち――プーシキンの『アレコ』やメリメの『カルメン』などが書かれるが、バイロンではまだ、この種の社会が一種の理想像になっている。世俗の法に反逆するバイロンが、女性を性的奴隷として後宮に収容している王者めいた好色漢を敵として略奪行為を試みる海賊の首領に、自分の恋人には忠実という倫理性を与えた作品『海賊』を描いたのは必然であったといえよう。

『海　賊』

『海賊』（*The Corsair*, 1814）においてバイロンは海賊の首領自身に自分を「無法者＝outlaw」（*The Corsair* III, 284［Stanza VIII, 15］）と呼ばせ、彼らを表向き罪深き者として定義しながら、《現代》の罪深き主流文明から隔絶された存在として海賊を位置づけている。これはちょうど『ドン・ジュアン』のブーン将軍（アメリカ西部の開拓者）が文明から孤立して、「愛する木々」の中に住んだことを讃えるのに似ている（彼は「老齢に至ってもなお、《自然》の子だった」［*Don Juan*, VIII LXIII, 7–8］とされている）。これと同じく『海賊』の書き始めを見れば、彼らもこの種の《自然の子》として描かれているのが明らかとなる――

青く黒ずむ波また波がうち続く、この悦びの海流、
我らの思いも海の如く果てしなく、魂も海の如く自由。
心と魂は、風が吹き行く最果てまで我が国として眺める、
また大波が泡立つ先の先まで、我が家として見定める！
（*The Corsair*, I, 1–4）

また彼らは死に立ち向かう際でさえ、俗世間の偽善と醜悪の世界からまったく隔たっていることが強調される――

俗界の人が喘ぎ、口籠もりつつ口から小出しする命の魂、
我らの魂は一個の苦痛、一飛びで支配を脱して美々しい。
俗人のむくろが誇るのは、その骨壺と狭狭《せばせば》しい墓廟《ぼびょう》、
彼が生きていることを嫌っていた輩が金《きん》に塗る墓標。
我らの墓標は、数こそ少ないとはいえ、真実の涙、
大海原が死者の死衣となり墓となった時の紅の涙。
（*The Corsair*, I, 31–6）

海賊の側には、せせこましい墓穴ではなく、《自然》の中でも巨大な存在である大海原が死衣となってくれて、墓そのものにもなってくれる。彼らには偽善は存在せず、「真実の涙」が金色に塗りたくられた墓標の代役を務める。

海賊の「真実の涙」

この「真実の涙」を恋人（結婚制度を認めていない海賊仲間だが、制度上の結婚を遂げた者以上の真実の愛を捧げている実質上の妻）の生前に、海賊の首領コンラッドは知ってしまう。彼が危険な冒険に出発する直前に漏れ聞いた、この恋人メドーラの歌（メドーラは、彼が無事に帰還できない怖れと、彼の不在中に自分が死ぬ怖れとを抱いている）がそれ自体「真実の涙」である――

1

私《わたし》の魂の奥深く、あの優しい秘密が宿っています、
私の心があなたの心に　あい応じて膨らんで
そして震えて前のとおり沈黙の中へと消えるときを除いて
永遠に、寂しく、光に触れることもなく。

2

その魂の中心に　墓所の暗いランプが　永久に、しかし
人に見られもせず、ゆっくりとした炎を燃やしています。
この炎は　その光線がかつてないほど虚しいときでも
絶望の暗闇さえ　弱めることのできないものです。

3

私を忘れないで――おぉ墓に横たわる骸《むくろ》の持ち主のことを
一度も考えることなく私の墓をとおり過ぎないで下さい、
私の胸が立ち向かうことのできないただ一つの苦しみは
あなたの胸の中に忘却を見いだすこと以外にはありません。

4

私の已むにやまれぬ愛の、弱々しい最後の歌を聴いて！
美徳でさえも死者への哀しみを非難はできないでしょう、
死の時には私が求めた全てを与えて下さい、一粒の涙を、
この強い愛の、最初で最後の唯一の報酬、一粒の涙を！

（*The Corsair*, I, 347–62）

この願いに海賊首領は忠実

地下墓所の暗いランプに譬えられる彼女の慎ましい愛情は、彼の死という「絶望の暗闇」のときでも弱まることはない、そしてまた自分の死後、あなたが生還な

さったときには、ぜひ死者に一粒の涙を献じて欲しい――これはこの作品の中の絶唱である。それとともに、この歌での彼女の「最後の」願いを、誠実に実行するコンラッドの姿を作品の末尾に描くことによって、俗世間の偽善への大きな皮肉を提供する。しかもコンラッドは、自己の命の恩人であり、自己に愛情を注いでくれる絶世の美女グルナーレの誘いにも応じずに、この歌の願いに従っている。これが、海原――《大自然》の象徴であるとともに、世俗のアンティテーゼでもある海原――が示す真実として描かれているわけである。歌の次には次の四行が続いている。

コンラッドは戸口の門を過ぎ、廊下を横切り、
メドーラの歌が終わったとき　彼女の部屋に達した。
「俺自身のメドーラ！　確かにおまえの歌は悲しい――」
「あなたのお留守に、私の歌が楽しいものであっても良いのですか?」
(*The Corsair*, I, 363–66)

荒れる大波への恐れ

そしてこれに続くメドーラの言葉は、海の危険を恐れる気持の適切な表現である。

私の唄に聞き入るあなたのお耳が近くにないときでも
常に私の歌は私の魂を顕わにせずにはいられません。
常に各々の動作は、私の胸にあい応じるものになるのです。
私の唇が黙り込んでも　私の心は歌い続けているのです！
おお、幾夜も幾夜もこの独り寝のベッドに横たわり、
嵐を恐れる私の夢想は　風に翼を与えて
あなたの船の帆をかすかに煽った微風をさえ
より荒くれる強風の　ざわめく前触れと考えました。
穏やかな風でも　荒々しい大波の上に漂うあなたの
死を嘆く歌を予言する低音の哀歌のように聞こえました。
(I, 367–76)

朝になって岸から海を見てもコンラッドの船の舳先は見えず、やってくる船は次々と通り過ぎる。

知ってのとおり、私の恐れるのは自分の危険ではなく、
あなたがここに居ないことを恐れて身震いするのです。
(I, 392–93)

これも、愛する人が海上にあるとき、今も家族が恐れる海の暴威を表現したものとして読める。

恋を吹き飛ばす荒海と強風

『ドン・ジュアン』（*Don Juan*, 1818–24, 未完）では、荒海と強風の力が、恋の想いなど吹き飛ばすさまがコミカルに描かれる。母国スペインを去る船の中で、ジュアンは、母に仲を引き裂かれた年上の恋人（彼の家庭教師）ジュリアに、恋の誓いを口ずさむ。

「おぉ美しい人、あなたの姿を僕が忘れるより前に、
　この青い海原が溶け去って空気となるだろう、
あなた以外のことを、何か僕が考えようとする前に、
　あの大地が溶けて流れて海原と化するだろう、
今の僕は、どんな薬も治療できはせぬ心迷い」
　（だが船がぐらり傾き、彼が陥ったのは酷い船酔い）

(II, XIX 3–8)

実際この時、海原は空気と混じり合い、大地も浸食されて海に流れ込むさまが想像される。次の第二〇歌でも、彼が誓うたびに船が大きく揺れ、彼は吐き気に悩まされ、第二一歌では

疑いなく彼は語るはずだった、もっと哀切極まる恋情を、
　しかし海原のお薬が彼に催させた、吐き気という異常を。

(II, XXI 7–8)

ここでも《自然》の危険な力が強調されている。以下、第二七歌から計七〇歌にわたって延々と海難の現場が描かれ、これはドラクロワの絵にも描かれることになる。その間の船内の様子は、しかし諧謔混じりに描かれる。それらの中からいくつかを拾い上げてみよう。

海での《自然》の暴威

大海原で暴風に遭い、船が沈没したあとの自然との戦いは、最後には生者三人と遺体四体だけになる救命艇でなされる（このうちジュアンだけが生還）。しかしそれまでは人びとは何とか生きようと必死だった。

寒い発作で震えつつ、彼らが埋め尽くすのは小さなボート、
身にまとっているのはただ一つ、大空という大きなコート。

(II, LXIII 7–8)

――バイロンらしく、生真面目に《自然》との戦いを描くのではなく、大嵐や波濤、食料と水分の不足の前での人間の醜態を呈示する。また靴の皮まで食べる、食欲には勝てない人間の自然的性質を描いて、船を操ることもできないさまは、

　だが彼らの手許にはオール一本、それも、もろく弱い。
　賢明に食料を倹約しなかったのが、何よりのわざわい。
（Ⅱ, LXIX 7–8）

ジュアンがせっかく船に投げ入れて助けた犬もまた、生き延びたいという人の自然と、荒海での食糧難の犠牲になる。

　だからジュアンの懇願虚しくスパニエルは殺された、
　当面の食いぶちにと、三〇人分にと切りおろされた。
（Ⅱ, LXX 7–8）

食べ物だけではなく飲み物の欠乏にも困り果てていたのだが、幸い大雨が降ってきた。すると

　一同は雨に向かって、地の割れ目のように口をあんぐり、
（中略）水の有難みを知らぬほど悪かった従来《これまで》の血の巡り。
（Ⅱ, LXXIV 2; 4）

というふうに諧謔的に描かれる。しかしシェリーとはまったく別個のコミカルな書き方ではあるが、《自然》の暴威・物質性を受け止めている点はシェリーと変わりがない。

人為とは無縁の二人の世界

やがて海賊島にようやく辿り着いたジュアンを介抱して助けた少女ハイディと彼との恋の場面は全て海辺の洞窟におかれている。海の情景がそれとなく入り混じるこの場面には、ブレイクの描いた原初の穢れなき世界に似た、人為の入りこまない清浄さが描かれる――

　ハイディとジュアンは、死者のことを考えはしなかった。
　天も地も、大気も自分たちのために作られたと思えた。
　《時》にも、飛び去ること以外には、不満はなかった、
　互いに相手の中に、非難すべきものはないと覚えた。
（Ⅳ, XIII 1–4）

二人の言葉は「鳥の言葉に似て」、愛する者にのみ通じる。

これは真の恋を知らない者への皮肉で、二人が口にするのは

甘い戯れの言葉、こんな言葉を聞かなくなった連中、
聞いたことのない連中には滑稽に聞こえる無我夢中。
(Ⅳ, XIV 7–8)

このあとに続く一連は、エデンの園や黄金時代を意識した、従来型のパストラルを思わせる。

こんな言葉全てが二人のものだった、二人はなお子供、
そして二人は永久に子供でいるべきだったけれども。
(中略)彼らは小川から生まれた二個の生き物、
妖精《ニンフ》とその恋人、人の眼には全く見えなき者、
泉の流れと花々の中でこそ生涯を過ごすべき存在、
人間界の重荷とは、全的に無縁であるべき逸材。
(Ⅳ, XV 1–2; 5–8)

海辺での孤独には意味あり

やがてジュアンはハイディの父に恋の現場を見とがめられ、父の配下によって重傷を負わされたあげく、奴隷として売られる(奴隷売買も『海賊』など、多くのバイロン詩で非難される。なおハイディは発狂、のちには拒食症となって、お腹の中の子とともに死ぬる)。女装させられたあと、ガルベヤース王妃《サルタン》(サルタナ)に奴隷として買い上げられることになるが、その巨大な王宮の部屋の大きさが孤独を痛切に感じさせることについて語るとき、海辺では孤独の良さをたっぷりと味わうことができるとして

砂漠、森林、群衆の中、あるいは海辺等の箇所は
我々も知るように、《孤独》が十分に背伸びする空間、
未来永劫に《孤独》の領土だから、これらの場所は。
(Ⅴ, LⅧ 2–4)

ここに「群衆」が混入しているのはバイロンらしい皮肉である。こうした《孤独》は彼の愛するものであった。皮肉といえば、穏やかさに満ちた風景のような女を褒める際に

嵐の吹き荒れる海も、嵐の吹き荒れる女も私は熟知する、
船乗りたちを憐れむよりさらに一層、恋の男に同情する。
(Ⅵ, LⅢ 7–8)

——浜辺や海を、随所にイメジの基として用いるのもバイロンの技法の一つである（なおハイディを愛するジュアンは、ガルベヤース王妃の欲情に満ちた誘いには乗らない。ただしロシアに行き、女帝には《愛されて》しまうけれども＝第九歌）。

イギリスへの皮肉

哲学者を皮肉るときにも、（常ではないが）海の比喩が用いられる。

思考という海に浮かんでいるだけなら、それは楽しい航海
というものだ。だが
思索という深海まで潜って泳ぐというのは
とかく疲れるものである。岸辺に十分に近い浜辺、
静かで水も浅い波打ち際、腰をかがめて、何か美しい
貝殻なんぞ集めるのが、穏健な海水浴として最善。
（IX, XVIII 5–8）

そしてついにジュアンはイギリスに行き着く。同じ船に乗り合わせた乗客は、折からの強風に青ざめたが、ジュアンは経験豊かに、この海風に動じなかった（X, LXIV）。そのあとイギリスの哲学者がやり玉に挙げられる。

バークリー主教が「物質というものは存在せぬ」と宣《のたも》うて
それを証明なさった時、それに物質的根拠はなかった。
(When Bishop Berkeley said 'there was no matter,'
And proved it —— it was no matter what he said)（中略）
何という崇高な発見だったろう、《宇宙《ユニバース》》を普遍的《ユニバーサル》な
自己中心物と規定なさったとは！
それは全ての人の理想だ——万物が我々自体だなんて。
（XI, I 1–2 ; II 1–3）

これはバイロンが本質的には物質主義者《マテリアリスト》であることを示している（これは皮肉ではない。筆者自身が物質主義者である）。この時代に物質主義者《マテリアリスト》であることを明言するのはタブーに近かったことを考えると、バイロンは極めて率直だった。

第一九章　自然詩としての『マンフレッド』
――「《自然》への祈り」と併せ読む

「《自然》への祈り」

若年（一九歳）の作品「《自然》への祈り」（前出。'The Prayer of Nature', 1806）は、『マンフレッド』（*Manfred*, 1817）を読むにあたってまず知っておくべき詩であると思われる。この詩では、まずバイロンは、

光の父よ、偉大なる《天の神（God of Heaven）》よ！
あなたには、絶望の声が聞こえるのか？　(1–2)

と語り手は罪深い自己を嘆きつつ《天の神》に問いかけるが、これが既成宗教の神ではないことは明らかだ――

偽善者（bigots）には、陰気な教会を建てさせるがよい、
迷信には大聖堂（the pile）に歓呼させるがよい、
坊主（priests）には、彼らの暗黒の支配を拡げるために
神秘がかった儀式の話で人を欺かせるがよい。　(13–6)

バイロンの《天の神》は、自然界にこそ神殿を有する――

あなたの《神殿》は、この日中の《自然》の顔《かんばせ》、
大地、大海、天空こそがあなたの渺茫たる玉座なのだ。
Thy Temple is the face of day;
Earth, ocean, heaven thy boundless throne.　(19–20)

したがって罪ある自分も既成教会に救いを求めない――

《天の父》よ！　預言者の法を私は求めはしない――
あなたの法は《自然》の作品の中に示されている――

Father! no prophet's laws I seek, ——
Thy laws in Nature's works appear ; —— .

(37–8)

自分は堕落した弱い人間であるけれども、なお《あなた》に呼びかける、あなたは聴いてくれるからだ。(39–40)

おぉ！　私がこの土でできた球体を歩むあいだ、
あなたの幅広い守護を私にもお与え下さい、
我が神よ、あなたにこそ私は呼びかける！

(47–9)

自然物を神の法のありかとして空、海、大地を愛でる——これが少なくとも初期バイロン独自の宗教だといえる。

死生観にも自然宗教が

この作品の終結部では、彼の死生観にさえ、この自然宗教が彩りを添えている——

土でできた私がまた土に返ったとき、もし
私の魂が空気のような翼で空中を飛ぶのなら
愛してやまないあなたの輝く御名は、どんなにか
魂の　か細い声に歌う力を吹き込むことだろうか！
しかし、もしこの儚い霊が、墓の中の永劫のベッドを
土塊《つちくれ》とともにしければならないとしても、
生気がなお脈打つあいだ、私はあなたに祈りを捧げる、
死者たちのあいだからもはや立ち去れないとしても。
あなたにこそ我が歌草を歌い捧げるつもりだ、
あなたから過去に恵まれた全てに、感謝するため、
最果てにはこの過ち多き生涯は飛び向かってゆくだろう
私の希望、私の神であるあなたの許へと、ふたたび。

(53–64)

——この《神》の玉座はあくまで「大地、大海、天空」(20)、すなわち自然界そのものであり、既成宗教の教会ではない。これが理神論・汎神論そのものであるかどうかは断定できないにしても、バイロンは明らかに自然宗教の徒である。若くして《自然》へのこの感覚を有していたバイロンが、のちに触れるようなスキャンダルを逃れるようにしてイギリスを去ったあと、ゲーテの『ファウスト』にも似た『マンフレッド』(1817) を書くに至っても、この感覚は失っていないと思われる。次にはこのバイロンの代表作の一つを見たい。「《自然》への祈り」との類似がはっきりと見えてくるはずである。『マンフレッド』をこの両作品の間に起こった近親相姦への罪悪感だけで理解しようとするのが

誤りであり、バイロンが若い頃から右に見たような人間本来の罪深さを意識し、それを救うものとして《自然》が意識されていたのが見えてくるだろう。

知識探求者の挫折

『マンフレッド』の冒頭で主人公マンフレッドは

哲学と学問《サイエンス》、《驚異》の源泉たち、
《世界》の叡智などを、俺は
試みた。（I, I, 13–5.「哲学」には自然科学も含まれる）

と語っている。《驚異》の源泉とは、天空、天体、地球、海洋などの自然物を指すと思われる（以下に見るとおり、《宇宙》という言葉がいくつも用いられる）。バイロン自身の化身と思われるマンフレッドは、こうした宇宙的な真理の探究によって、自然物を己に従える力を獲得した（バイロンもコウルリッジ、シェリー等と同じく、自然科学を習得）が、それが救いにはならない（they avail not. 同：17）。なぜなら、

《悲しみ》こそ《知識》である。最も多くを知るものは
この破滅的な真実を誰より深く嘆かねばならない、
《知識の樹》は《生命の樹》ではない。（I, I, 10–2）

という。ここには『マンフレッド』に先だって世に出たシェリーの「アラスター」（1816）の《詩人》が遭遇した、宇宙と自然についての知識の探求とその挫折に共通する想念が見られる。「アラスター」の《語り手》もまた、こうした知識の探求者であったことも思い起こしておきたい。ファウスト伝説の変奏曲である側面も見えよう。

自然物が癒せないもの

その上矛盾したことに、マンフレッドは「お前たち、最果てのない宇宙（the unbounded Universe. 同：29）の精たち」を呼び出す（同：29）。「矛盾」と言ったのは、彼はなお、真理と霊力の源泉であるはずの宇宙の精が、自分に救いをもたらすと信じているからである。彼は声としてのみ現れた七精に通常の姿で現れ出るように命令する。だが精たちは、彼ら自体の姿は持たず、こう語る――

我われには姿形《すがたかたち》はない。あるのはただ、我われがその
精神と原理である自然物（elements）だけだ。
（I, I, 182–83）

七精は雲（空）、山、海、大地、風、闇、星という自然物の精であり、七精が語るとおり（同：139；166）、精は人の

求めに応じて物を与えることはできるが、人の精神から何かを奪うことはできない。マンフレッドの罪の記憶は消えない（人は自然界から物質を初め、精神的な慰めも与えられるが、自己が犯した過誤を自然物によって消すことはできない。過去における人の行為は、常にその人の《現在》である。ここにはのちのハーディの時間感覚の先駆がある。《自然》の精に「私たちには過去は／未来と同様、現在です」＝同：150–51と語らせ、ハーディも同じ時間感覚を示す＝ハーディ、詩番号722参照）。彼の罪とは、バイロン自身がイギリスから立ち去らざるを得なくなった状況、すなわち、最愛の腹違いの姉オーガスタとの婚外愛（婚外愛であるとともに近親相姦）、結婚後も妻とオーガスタとの三者での生活、娘の誕生とその直後の妻アナベラからの離別の宣言、これらが世に知られてイギリス中の大騒動になったこと——これらを反映したものであろう。しかし《罪》とされながらオーガスタへの愛はバイロンにとっては真実であった。また大きな敵意の対象となった正妻アナベラに対しても罪の意識があったとされる。一方、イギリス・マス・メディアへの憎悪も激しく、憎悪が罪悪感と闘争をする。この複雑な自己の心は、《自然》が癒せないものだとバイロンは歌っているわけである。

七精が描写する自然

それでいて、『マンフレッド』開幕の場の魅力は、七精が語るこれら自然物についての描写にほかならない。雲は「黄昏《たそがれ》の吐息がうち建てるもの／《夏》の日没が金に染めるもの」（同：52–3）とされ、地の底は「《地震》がまどろんでいるところ／火を枕に横たわるところ」（同：88–9）と描かれ、闇の精は夜《ナイト》と光《ライト》で脚韻を踏み、山の精は

モン・ブランは山々の王、
　とうの昔にこの山は
岩の玉座の上で戴冠し、雲のころもを身につけ、
　雪の《頭環《ダイアデム》》を頂いている。
腰には森林の帯を締め、
　手には雪崩を持っている。（中略）
《氷河》の冷たく、動きを止めぬ塊は
　日ごと日ごとに前進する。
（I, I, 60–5; 68–9）

ここにもシェリーの「モン・ブラン」（1816）が描いた氷河の破壊性が仄めかされ、「感情のない他者としての宇宙」（McConnell: 126n）が顔を出す。これは《自然の物質性》を核に据えた、新たな《崇高》感情であるといえる。しかし

この斬新な崇高感もまた、ロマン派美学の一環なのだ。

矛盾に満ちた自然美の表出

それでいて自然美は、この作品の大きな魅力をなしている。これはちょうど、マンフレッドが罪の記憶を忘れたいと懊悩するように見えながら、自己の精神、心の輝かしさ、プロメシュース的な革新の意志、自己存在の雷光のような勢い（同：154–5）などを誇らしげに宣言する自己矛盾と同じく、バイロン的な矛盾を孕む。だからこそこの作品は自然詩として意味を持つ。海の精が語る海底の描写は

青々とした海原の底のここへは
　大波も何の諍《あらが》いも示さないここへは
風が訪れることのないこの水底《みなそこ》へは
　海蛇が息づいているこの海の底へは（中略）
海面に吹き荒れる嵐のように
　お前の呪文が聞こえてきたのだ。（I, I, 76–9 ; 82–3）

——このように海底の静寂を描いているし、また地の精が語る地の底の様子は、前頁の引用を変化させて書けば

月が波濤の上に懸かり
　螢が草葉の中にある　逢魔時《おうまどき》、
隕石が墓の上にひかり
眠っている《地震》が
　炎を枕にして横たわっているところ、
マグマの湖がいくつも
　沸騰するように高みを目指しているところ
（I, I, 88–91）

と表現される。美ではないとしても崇高を描出している。

呪いの言葉にも自然美

姿かたちを持たない霊たちに、形を採って現れよとマンフレッドが命じると、星の精はマンフレッドが愛した女の姿で現れて見せ、彼が抱擁しようとするとかき消える。マンフレッドは気絶し、そのあとに詞華集によく現れる次の歌がある——これは実際には「眠ることもできぬ、死ぬことも適わぬ／これがお前の運命となろう」（同：254–55）と予言し、「お前自身がお前に相応しい／地獄となるようにさせるぞ」（同：250–51）と呪う恐ろしい声の一部なのだが、ここは厳格に押韻されていて

鬼火が沼にある　かわたれ時《どき》、
流れ星が空にほとばしり、
梟が呼び交わして口走り、
木の葉が、音もなく静まる時、
そして丘のかげで押し黙る時、
余の魂が、お前の魂を損なうだろう、
力と兆《きざし》をもってお前をおとなうだろう。（I, I, 192–201）

(When the Moon is on the wave,
　And the glow-worm in the grass,
And the meteor on the grave,
　And the wisp on the morass ;
When the falling stars are shooting,
And the answer'd owls are hooting,
And the silent leaves are still
In the shadow of the hill,
Shall my soul be upon thine,
With a power and with a sign.)

原文は疑いもなく不吉・憂鬱な一種の美を醸している。

自死の科白にも自然美

　自死を図ろうとするマンフレッドの科白にも自然美が籠められている——これは実際、「文学の中で最も有名な、華麗な風景の一つ」（Lupak : 149）と言われておかしくないであろう。

私の《母》である《自然》よ！
すがすがしく明けゆく《朝》よ、そしてお前たち《山々》、
なぜこんなに美しい？　だが私はお前たちを愛せぬ、
それにお前、宇宙の輝かしい《まなこ》、
万物の上に射してきて、万物にとって
喜びであるお前も——私の心に輝きはしない。
そしてお前たち岩よ、その断崖の先の先に私は立って
見下ろせば谷川の激流の縁ぎわに
丈高い松の木たちが、遠くに目も眩むように
低木の群れのように小さく見える。（I, II, 7–16）

またマンフレッドは飛び去る鷲を見て、鷲が見る景色を

眼に見えるこの世界全ては何と美しいことか！
その動きもそれ自体も、何と輝きに満ちていることか！
（中略）聞け！　笛の音だ。
［遠方の、羊飼いの笛の音が聞こえる］

山地に自生した葦の、自然的な音楽だ――
なぜならこの山中では、家父長時代の日々は、今なお
牧歌的物語に成り下がってはいないのだ――歩む羊の
鈴の音と、葦笛は自由な大気の中で混じりあっている。
私の魂に、この葦笛の谺《こだま》を飲み干させたいものだ。

（I, II, 47–52）

この描写が、マンフレッドの心の中との対照を醸し出す手段であることは事実だが、これを書いているバイロン自身に、過去に美しいと思って眺めた風景や葦笛が、このとき思い浮かんでいることは疑いもない。

雪崩を描き出す

崖から身を翻そうとする直前に、マンフレッドの眼前には、山そのものが落ちるような大きな雪崩が発生する。

山々が崩落した、
雲と雲のあいだに空が見えるようになった。この衝撃で
アルプスの兄弟山たちを震撼させた。そして
《破壊》めの破片で、豊かな緑の谷間を埋め尽くし
突然の一撃で何本もの川を堰き止めてしまい
川の水を粉々に砕いて霧と化し、川の源だった泉には
これまでとは別の流路を作らせてしまった――かくて、
あのローゼンベルク山は、老いて、あの大雪崩を
起こしたのだな。なぜ俺は雪崩の下にいなかったのか?

（I, II, 92–100）

この間、あとで間一髪マンフレッドを抱き留めて助ける羊飼いが、近寄ってきている。物語の進行上「なぜ俺は雪崩の下に」の科白を彼に与えるには、単に雪崩が起きたというト書きで十分だったのだ。だからこの眼に見えるような描写は、意図的に鮮烈になされているといえる。すなわち、バイロンはシェリーのモン・ブラン氷河に匹敵する《自然》の物質的驚異を描いたわけである。

瀑布の飛沫の中の虹

またそのあと、川の急流へと落下する瀑布の飛沫の中に発生する虹（太陽の位置によって、真昼に至る前にだけ生じる）を眺めるマンフレッドの科白――

まだ真昼には至らぬ――いまだ虹の光線は
天界から持ってきた多彩な色で急流に弓を架けている。
（中略）今、俺の眼以外のどんな眼も
この愛らしい眺めを満喫してはいないのだ、

この甘美な人気《ひとけ》のなさの中にいるただ一人の人間として
これら滝と急流が示してくれるこの敬意を、この場所の
《女霊》と分かちあうべきだ――この妖精を呼び出そう。
(II, II, 1–2; 8–12)

ある場所の《霊》は、ロマン派の主題の周辺に現れ続けた魅力ある幻想である――幻想とはいいながら、《霊》は、今日の私たちも美しい景色を持った名所に実在するように感じる優れた比喩である。マンフレッドの口を借りて、バイロンがその効果を活用しているのは明らかで、この作品が自然詩だとする理由の一つである。

霊の顔に見える《自然の魂》

《女霊》は「アルプスの魔女」の名で登場している。魔女との対話の中でマンフレッドは、この山脈のいわば精髄の美しさを讃えて、今しがた美の極致として歌った虹をさらに凌ぐ美を歌う――

《夏》の黄昏《たそがれ》の光が、高く聳える氷河の処女雪の上に
名残として残してゆく薔薇の色あい、また
大地が、愛する《天空》と抱擁してはにかむ紅色、
これらが貴女《あなた》の地上のものならぬ姿を彩り、貴女の上に
弓なりになっている虹の美しさをさえ凡庸に見せる。
美しい《霊》よ、貴女の静かな汚れない顔の中に、
《魂》の静穏が映し出されているその顔の中に、
(《魂》はそれ自体で不死不滅を示すものだが)
私は読みとる、貴女は《大地の息子》でしかない私にも
(中略)貴女にこのように呼びかけ、
しばし貴女を眺めることを許す雅量を読みとるのです。
(II, II, 20–28; 31–2)

――ここには《自然》の《魂》と理解されるべきものが言及されている。コウルリッジ、ワーズワス、シェリー等と同様に、バイロンもまた、自然現象の奥の奥に万物の根源を想定してると見るべきであろう。「《自然》への祈り」の六四行目に述べられた《私の希望、私の神》は、これと同じ宇宙の根源を指していたと思われる。貴女を呼び出したのは貴女の美しさを眺めるためだけだ、とマンフレッドは告げる(同:38)。霊は《自然》の源泉を映すからだ。

若年の頃から人間界を回避

バイロンの分身であるマンフレッドも、自己の若年を振り返って、次のように述べている。引用一行目の「人の手の加わらないもの」の原語は ‘wilderness’ であ

るから、これは「荒野」のイメジと重なり合う。

私の悦びは人の手の加わらないものの中にあった――
つまり、鳥さえも巣作りを諦める氷に覆われた山の頂、
草もない花崗岩に昆虫も飛ばない山の頂の
呼吸も困難な空気を吸うこと。また激流に跳び込んで
流れ逆巻く川の水の中、あるいは海原の中の
とどろに寄せる、できたばかりの波の
足早な渦巻きの中に転《まろ》びゆくことであった。

(II, II, 62–8)

これが若い頃の自分だったという註釈めいた一行のあと、

一晩中、空を進む月を追い、
星々とその天界をうち眺めること、あるいは、視力が
かすむほどにまで、眼も眩む稲妻の数々を見据えること、
あるいは、《秋》の風が夕べの歌を合唱するとき
聞き耳を立てながら落ちてゆく木の葉を見ること、
これらが、そして独り居ることが、私の娯楽だった。

(II, II, 70–5)

と歌い継いでいる。

自分そっくりな女を愛した

自分とそっくりな女アスターティ（素材は言うまでもなく異母姉オーガスタ）を愛したことで世間から譴責を受けるのは不合理だ、とマンフレッドはついに自分の悩みの核心を魔女に明かす。

その女性の顔立ちは私そっくり――その眼
その髪――目鼻――全てが、その声の
音色そのものまで私そっくりだと皆が言い立てた。
（中略）私と同じ孤独な思考、独りだけの放浪を好み、
隠された知識の探求、《宇宙》を理解しようという精神、
これらも同じだった。

(II, II, 105–07 ; 09–11)

異性愛は自己と異質なものへのあこがれを基盤とすることもあれば、同質なものを求める場合もある。マンフレッドのアスターティへの愛は後者の極端なケースである（女性も、男性を「わたし以上にわたしらしい人」と言って褒めることがある）。精神的なもの、知性にかかわる点まで自己と類似している女を愛したことが何で罪悪とされるのか！　というのがマンフレッドの主張であり、なるほど人類はいつ

の日かこうした近親愛を是認するかもしれない（旧約聖書が父と娘の相姦を描いていることは世に知られるとおりである）。すなわちバイロンは、世の既成法全てに背を向けるのであり、逆に顔を向けるのは《自然》だということになる。

《自然の暴威》の描出

だがバイロンは《自然》の恐るべき力を（すでに示唆したとおり）同時に描くのである。《自然の源泉》を、先に見たとおりに畏敬の念をもって描いたその正反対の見地から、二幕四場では、《自然の暴威》を明らかに表していると思われるアリマニーズが、火の玉の上に坐して、霊たちに賛美の歌を捧げられている――

我らの主に万歳を！　大地と空気の君主たる貴様！
　雲と波の上を歩む主君よ、その手には
元素《エレメント》たちの笏《しゃく》が握られている。元素たちは、彼の
　最高の指揮権のもとでは、砕かれて混沌と化する！
彼が呼吸する――すると大嵐が海原を揺るがす、
　彼が喋る――すると雲が、雷のかたちで返事をする。
彼が見つめる――すると日光が彼の視線から逃げ出す、
　彼が身を揺する――すると地震が世界を引き裂く、
彼の歩むところに、火山が立ちのぼる、
　彼の影が映るところは悪疫となる。　（II, IV, 1–10）

《自然》のこの側面、根源的にはこのような者であることについての認識は、人類にとって極めて重要である。このことは、あの三月一一日以来、私たちの多くが認識し直したとおりである（この認識をいとも簡単に退けて、安易に経済を優先した政治家たちが現れたのは日本の恥だ）。

既成宗教は救いとならず

だが《自然》の、この悪しき力に屈服しないマンフレッドは、悪霊たちに頼んでアスターティの亡霊（ここで初めて我われはアスターティがすでに死んだことを知る。なおオーガスタは死んではいなかった）を呼び出させる。黙りこくっていたアスターティの亡霊は、一言、「マンフレッドよ、明日という日が貴殿の地上の苦しみ（ills）を終わらせるはず」（同：151）という、実は善意の言葉を残して消えてゆく。マンフレッドはそのあと大修道院長から、悔い改めるよう説得を受けるが、私たちが先の「《自然》への祈り」で読んだとおり、

　偽善者には、陰気な教会を建てさせるがよい、
迷信には大聖堂に歓呼させるがよい、

坊主には、彼らの暗黒の支配を拡げるために
　神秘がかった儀式の話で人を欺かせるがよい。
　　　　　　('The Prayer of Nature': 13–6)

という、既成宗教への疑問はこの作品でも変わることなく、彼は、修道院長の善意を認めながらも、説得を受けつけない。彼は自分の来歴を

あの孤独な砂嵐、《砂漠の熱風《サイムーン》》のように
砂漠にのみ棲んで、吹き飛ばそうにも草木一本生えない
不毛の砂地の上をただ吹き荒れ、砂だけでできた波の上、
　荒れ果て、乾ききった波の上で馬鹿騒ぎする存在……
　　　　　　(Ⅲ, Ⅰ, 128–31)

だったと規定する。結局彼は、自然界の霊的存在の誘いにも、人間世界の常識的説法にも自己を揺るがすことなく、自己の道を突き進む。これを「自我意識」(笠原：'09：340) と呼ぶこともできようし、ミルトンの『失楽園』のセイタンの頑強な意志の変奏(イギリス・ロマン派の多くが、ミルトンが神の敵として描いた彼に感嘆した。バイロンも同じだった。See Wittreich : 522 ; McGann '02 : 21; 29)、あるいはアダムが最後に楽園を出て行く自己の責任感と呼ぶこともできよう(『失楽園』の最後にアダムが語った「世界は全て私の前にある」という一句は、バイロンが好んで使った言葉。二つあとの節参照)。

自然界への惜別の辞

それでもなお、臨終に近いマンフレッドがしみじみと語るのは、自然界からは去り難いという感懐である。太陽の素晴らしさを言葉を極めて讃え「私が最初に眺め／愛し、驚嘆したのはあなた太陽だから／私の最後の視線を受け取ってくれ」(Ⅲ, Ⅱ, 25–7) と別れを告げ、一場《シーン》あとには自然界の全てに惜別の言葉を贈る——

星々は姿を見せた。雪で輝く山々の頂の
上にまで月は昇っている。——美しい！　私はなお
《自然》の許でぐずぐずしている、なぜなら《夜》は
私には、人間の顔よりもなじみ深い顔だったからだ。
(中略) このような夜に、私はかつて
ローマの大演技場《コロセウム》の壁の内側にいたことがあった。
(中略) 何人もの皇帝がかつて住んでいたところ、
今は、歌とは言えない声の鳥たちが棲んでいるところ、
倒れた砦《とりで》のあいだから、生え出た森のただ中、
その森が昔の皇帝の厨房に根を巻きつけているところに

蔦の蔓が、月桂樹の育っていた場所を簒奪している……

（Ⅲ, Ⅳ, 1–4 ; 9–10 ; 22–6）

人間界の栄枯盛衰の中での《自然》には、なお永遠性を認めるがゆえに、別れ難いのである。

「オーガスタへの手紙」と《自然》

『マンフレッド』出版より一年前に書かれた「オーガスタへの書簡」（'Epistle to Augusta'，世に知られたのは1835）は、前者がアスターティ、すなわちオーガスタの化身への想いを劇化したものであるから当然、前者への傍注のように読める。「書簡」ではこの異母姉への思慕を書き綴ったあと、ミルトンの言葉（二つ前の節、末尾参照）を、アルプスの美しい景色が目の前に見えるという意味に転用して、こう歌う——

世界は全て僕の前にある——僕は《自然》からただ一つ
《自然》が求めに応じてくれるものだけを求める、
それはほんの《夏》の陽射しを身に浴びること一つ、
　そして空の静けさと溶けあうことだけにとどめる。
（中略）《自然》は僕の幼い時の友——そして今では
僕の姉君としたい——あなたに再び会える日までは。

（'Epistle to Augusta' : XI, 1–4 ; 7–8）

——まだ死には至らない生身のバイロンも、苦しみの中の唯一の慰めを《自然》の情景と、《自然》が与える光だけだとしている。

《自然》のみを友として死ぬ

『マンフレッド』に戻れば、修道院長の科白（Ⅲ, Ⅳ, 92）によって悪魔的な存在と知れる霊たちの誘いをマンフレッドは決然と拒否する——

お前は私を誘惑したことにはならん、誘惑できぬのだ、
私はお前の手先になったことがない、餌食にもならぬ、
私は自分自身の破壊者だった、この先も自身の破壊者、
——帰れ、お前ら力をくじかれた悪霊たちよ！

こうして悪霊たちの誘いにも応じることなく、また修道院長の再度の説得にも耳を貸すことなく、マンフレッドは自己の思いどおりに、しかし自殺ではなく自然に、死んで行く。この死に先立つローマの場面、特に月の描写がはたして「慰めと安らぎを与え、生気を復活させる記憶を彼に与えている」（Raws : 127）かどうか、また大演技場《コロセウム》という場

が一種の、場所による「宗教」になっている（Cheeke : 87）かどうかは議論のあるところだろうが、《自然》に関する限りでは、皇帝の栄華に優る慰めの基として意識されていることだけは確かであろう。

《自然》に関する一種の懐疑

このように『マンフレッド』を終始一貫して《自然》を扱う作品と為し、雲（空）、山、海、大地、風、闇、星という自然界の《七精》を登場させ、そのあとでも《自然》と連想される精霊を多数用いながら、バイロンは作品のどこにも体系としての《自然》像を示していない。これは意図的な選択であろう。自然界の美しさは、主人公の折々の感情には無関係に詩の主要部に示されるが、《自然の恩恵》とか、《宇宙の本質》だとか、ロマン派の多くに見られた形而上的な考え方は持ち出されていない。いや、これまでの、ギリシアを源とし、キリスト教が新たに追加した整然たる宇宙像に距離を置き、そうした、自分の詩を高貴なものに見せるための考え方の借用は、頑として拒否している印象をこの作品は私たちに与える。ここには《自然》に関する一種の懐疑があるように思われる。「通常は哲学的な諸システムと連想されるたぐいの、知的閉鎖空間（intellectual closure）を回避した」（Hoagwood '93 : 16）という、バイロンの詩全般について発せられた評言は、この作品にも当てはまるであろう。そして前にも述べたように、懐疑論は、時として新たな考え方を促し、生産的となることがある。バイロンの場合には、《自然》の美しさとともに、その恐怖すべき物質性への認識が強かった。これは一九世紀後半に向けての脱ロマン派的な自然観の先取りとなる要素を含んでいたといえよう。

第二〇章　キーツの自然美学

キーツに関する章の底本は（ed. Miriam Allott). *The Poems of Keats*. Longman, 1970.

批評家のキーツ自然詩軽視

ジョウゼフ・ウォレン・ビーチは、浩瀚かつ尊敬すべき自然詩論を展開する中で、キーツについてはほとんど紙幅を割くことなく、キーツほど多様な自然の花束を「手の一握りのうちに」押し込んだ者はいないと皮肉混じりに語る。「花、鳥、川、風、月光に冴える谷」——こうした、誰にでも可能な自然界の描写に「美学的」という威厳ある言葉を捧げることはできないという（Beach : 32–3）。しかし自然への情趣を花鳥風月、山川草木で表してきた日本人には、このビーチの自然観は当然偏向したものに感じられる。またビーチに限らず、イギリス・ロマン派に関する内外の論文を読むと、何らかの作品がプラトンに起源を持つとか、新プラトン主義であるとか、バークリーから、カントから、その想像力説を得ているとか、過去の何らかの思想の影響として論じられることが多すぎるように思われる。そうでなくとも詩人自身の自然観を一体系として示すことによって、むしろ思想家としての詩人論へと傾くことが多い。キーツという詩人には特に、この方法は当てはまらない。実際、皮肉ではなく、キーツの本領の一つは「多様な自然の花束」を読者に捧げ見せることにある。またキーツの自然美学は、誰にでも書けるような非美学的なものではない。まずこのことから書くために、本章でも『エンディミオン』から始めてみたい。

インドの乙女の悲しみに寄せる歌

『エンディミオン』（*Endymion*, 1817 ; 出版 1818）第四部における《インドの乙女》の《悲しみ》に寄せる歌を引き合いに出そう。その直前にこの《乙女》は、自然現象の一つ一つが、人間的なもの、人間的な愛あって初めて意味あるものとなることを歌っていた――
お前たち、聞く耳も持たず感覚もない日々の分秒よ、
また古き森よ、今私が話すことを真実と考えなさい――
愛の眼の中以外では　雷光も、本物の露も
存在しないのです。どんなにメロディ豊かな音でも
愛の声がそうするほど、天と地を一つに融合して
あれほどの恍惚状態へと至らせることは
できないのです。また、吐息は一つとして
牧草地の空気と優しく混じり合うことはできません――
吐息があたりを喘ぎまわって、人の心から
熱意ある情《なさけ》を、しかと我がものにするまでは。
(*Endymion*, Ⅳ, 74–85)

――ナラティヴの次元では、これは、愛されることを求める《インドの乙女》の女としての心情を語っている。しかし同時にこれは、人に対して愛が作用すると同じに、自然物への人の愛が、初めてその自然物を美なるものとして意味づけることをも語っている点に注目したいのである。

《悲しみ》の意味ある行為

これに続く《インドの乙女》のいわば「悲しみに寄せて」と題すべき歌は、各連の後半を《悲しみ》の意味ある行為として読んで初めて意味をなす――各連の前半三行が、世間の常識どおりの《悲しみ》の行為を歌い、この常識を後半が覆すのである。この歌においても、後続連にも出る「恋人」ないしは「愛を心にもつ者（lover）」が言及される。これは単純な「恋する者」の意味ではない。

おぉ《悲しみ》よ、
どうしてお前は借りてゆくのか、（Why dost borrow...?）
深紅の唇の中から、自然な健康な色合いを？――
白薔薇の茂みに乙女の恥じらいに似た
紅を添えるためでしょう？
雛菊の先端に紅を添えるのもお前の手なのでしょう？

おぉ《悲しみ》よ、
どうしてお前は借りてゆくのか、
鷹のような恋人（lover）の目から、情熱の輝きを？――
蛍に光を与えるためでしょう？
それとも、月のない夜に、サイレンが歌う海辺で
塩辛い波しぶきに、光と輝きを与えるため？
(*Endymion*, Ⅳ, 146–57)

《悲しみ》は確かに、美しい女性からも深紅の色合いを奪うことがあるし、失恋の男、あるいは愛を心に持ちながら俗界から裏切られる者から目の輝きを奪うだろう。

非日常が与えてくれる美への認識

だが《悲しみ》という一種の女神は、奪った朱色や輝きを、他の美しいものに添えてくれる――つまり人は悲しいときに、常日頃は、世俗的な眼しか持たないために認識できなかった自然界の美しさに気づくことがあり得るというのだ。これを念頭におけば、次の一連は《悲しみ》の心をもって初めてしみじみ味わうことのできるナイティンゲールの声を、美しいものとして歌っていることが判る――

おぉ《悲しみ》よ、
どうしてお前は借りてゆくのか、
誰かの死を弔う人から、甘い小唄の調べを？――
色青ざめた夕刻に
ナイティンゲールに歌を与えるためでしょう？
冷たい夜露の中で、お前がその歌を聴くためでしょう？
（*Endymion*, IV, 158–63）

次の二連の解釈

このあとに続く二連には解釈を示すのがやや難しい。まず訳文を並べよう。

おぉ《悲しみ》よ、
どうしてお前は借りてゆくのか、
五月の楽しみのなかから、心の軽やかさを？――
愛を心にもつ者（lover）は
夕刻から東雲《しののめ》の時刻まで踊り明かしても
黄花の九厘桜の花の先を、踏みしだくことはありません、
――またどこで楽しみ、遊んだとしても
あなたの四阿《あずまや》にとって神聖だとされる
顔うなだれる花を、一本も踏みしだくことはありません。

《悲しみ》に対して、
わたしはさよならを告げました、
遙か彼方の私《わたし》の背後に置き去りにしようと思いました、
でも《悲しみ》はいそいそと、いそいそと
わたしに従《つ》いて来て、心の底から愛してくれました、
《悲しみ》はわたしにこれほどに忠実で、優しいのです、
わたしは彼女をたぶらかし、そして

置き去りにするつもりだったのに。だがあぁ！
彼女はわたしにこれほどに忠実で、優しいのです」

（*Endymion*, Ⅳ, 164–81）

と続く。前の連の「愛を心にもつ者」は、当然、《悲しみ》に心の軽やかさを貸し与える人であろう。《悲しみ》を知ることができる心だけが、九厘桜の花を踏みしだくことがないのである。また次の連では、やがてこのあとバッカスのらんちき騒ぎに参加して直ちに失望する《インドの乙女》らしく、悲しむべき時に悲しみ、無意味な歓楽には背を向ける心の美点を主張しているのである。

「憂鬱についてのオード」

先のほうの連に何度か出た 'borrow' は通常、「奪う」の意に解されている。だが「憂鬱についてのオード」（'Ode on Melancholy', 1819）におけると同様、人の心の成り立ちの重要部分としての《悲しみ》や《憂鬱》は、美（特に自然美）を感受するための積極的役割を帯びている、とこの歌は歌うのだ。《悲しみ》は残虐に「奪う」のではなく、他の良き目的のために「借りてゆく」のである。ここで「憂鬱についてのオード」を見るならば、第一連では、憂鬱に捕らわれたときにも自死を考えたり沈み込んだりするなと歌う――櫟は墓地の樹、梟は不吉な鳴き声で知られる。

いけません、黄泉《よみ》の《忘れの河》に行っては駄目、
しっかり根を張る鳥兜《とりかぶと》を搾って毒酒を求めては駄目、
（中略）櫟《いちい》の木の実でロザリオの数珠を作るのも駄目、
（中略）梟を君の悲しみの謎を分かつ友としても駄目。

（'Ode on Melancholy': 1–2; 5; 8）

憂鬱をこのように扱うのではなく、憂鬱が人生に対して持っている有意義な側面を意識せよと第二連は歌う。

でも憂鬱の発作が、泣き始める雲のように、突如、
空から降ってくる時には、
泣く雲は、うなだれた花々全てを育てるのですから、
緑の丘を四月の薄衣《うすぬの》（shroud）の中に隠すのですから、
その時には、あなたの悲哀に朝の薔薇を十分に味わわせ、
塩辛い砂波の上の虹をじっくりと味わわせ、
群れて咲く円くされた芍薬《しゃくやく》の花を味わわせなさい。

（'Ode on Melancholy': 11–17）

ここには屍衣のイメジは希薄だと思われる。なぜなら霧雨

のとばり（shroud）にかすむ春の山は、美の極致だからである。普段、活動的であるときには気づかない、このような春の山を初め、うなだれた花、海岸の小さな虹、誰がかくも円く形づくったのかと驚嘆を呼ぶ芍薬《しゃくやく》の花の美しさに目を向けよと歌うのである。

《美》、《悦び》と同居する憂鬱

第三連の出だしは、かつて、極めて優秀だった東京芸大美術学部芸術学科の学生諸君を感激させた詩句である。

《憂鬱》は美と同居している—死なねばならぬ《美》と。
　また常に手を唇に当て、別れを告げようとしている
　　《悦び》とも同居。
（'Ode on Melancholy': 21–3）

人生の悦び、そこに見いだされる美——これらはいずれも短命だが、その命短さを知る心、すなわち《憂鬱》をも時として経験する感性豊かな心こそが、悦びと美を満喫できると歌うのだ。この歌いぶりが「不健康なロマン派的な悲しみの悦び方」だとする伝統的な批評を批判する（Jugurtha: 181）のは極めて正しいと思われる。当然ながら

そうです、《悦び》の宮殿そのものに、ベールを付けた
《憂鬱》が、至高の聖堂を得ているのです。
　それが見えるのはただ、力に満ちるその舌が、
優れた口蓋に当てて、《悦び》の葡萄を潰せる者だけ。
（'Ode on Melancholy': 25–28）

念のために書いておくが、この詩を味わい、『エンディミオン』も読んでくれたその学生諸君は優秀の徒であったが憂愁の徒ではなかった。何ら偏った精神的傾向を有していなくても、キーツの詩は私たちの美を知る心の、幅を広げてくれるのである。

キーツの現実認識と《悲しみ》

さて次章にも似たことを書くだろうが、『エンディミオン』に戻れば、《悲しみ》は人の心にまつわりついて離れず、だから人に「忠実で」ある。上の歌のあと、《インドの乙女》はバッカスの率いる一群に誘われながら、群れを離れて「いとも甘美な」《悲しみ》の許へと彼女は帰り着く（193–290）。人生の真実を見ず、刹那的快楽にのみ向かうバッカスの一群は《インドの乙女》によって否定され、彼女は《悲しみ》を最愛のものとして歌を締めくくる。エンディミオンはこの歌に強く惹かれる。

このような精神内容を持った《インドの乙女》が、実際にはエンディミオンが求めていたシンシアであったことを思えば、彼が求めるのが単純な快楽の正反対、いわば対蹠点にあるものであることが理解されよう。エンディミオンは彼女の「悲しみの従者」(thy sad servant, 301) となるのだ。この挿話の根底には、キーツの現実認識がある。そこから《悲しみ》は生じるのだ。人の置かれている現実基盤をよく認識してこそ、《悲しみ》を知る心は人間的なものとなり、それゆえに美を享受する主体ともなる。このことをさらによく示すのが、「ナイティンゲールに寄せて」(‘Ode to a Nightingale,’ 1819) である。

「ナイティンゲール」

「ナイティンゲールに寄せて」に見られる現実認識は、第一連、三連、最終八連に現れる。恍惚の境地でこの鳥の美しさを味わう詩行と、これらは強い緊張関係をもたらす。だがいうまでもなくこの作品はこの《恍惚の境地》のゆえに絶賛されてきた。フランス詩歌が、イギリスの詩歌より優るとされた前世紀中葉には、この詩の終結に現実意識を認めたくない論評が多かった――この傾向を指摘している次の言葉を読んでおきたい。

> 「芸術のための芸術」という教義を特殊なかたちで受け継いだ評者たちは、ロマン派詩歌の幻視的側面を強調し、自己意識と現実意識という、抑制的な臨場感覚から解放された自律的諸世界の創造を愛でた。しかし「ナイティンゲールに寄せて」ほどこのような主張を意図的に粉砕する作品はない。この作品は、他の諸特徴の中でもとりわけ、臨場的な経験と徹底的な自己意識がロマン派の詩作品のなかにも割って入ってきて、いかに神話化の方向に挑戦しこの傾向を変更させるかを物語る作品なのだ。(Dickstein : 217–18)

――この現実意識ないしは臨場感覚が、上記《インドの乙女》の《悲しみ》に近似するのだ。上の引用の「抑制的な臨場感覚(inhibiting immediacies)」とは、詩や芸術作品一般が想像上の美的・理想的世界を呈示するのを妨げる直接的な現実世界との触れあいを意味する。だが「ナイティンゲール」は、《現実世界との触れあい》を痛ましいばかりに強調し、その制限的な枠の中に、恍惚境を一時成り立たせてみせる。それは確かに《恍惚境》ではあるが、現実世界意識を忘れてはいない読者にも参入可能な美的世界として呈示される。

鳥の住む世界との対比

この詩の第一連冒頭から「私の心は痛む」と歌って、肉体的な心臓と胸の痛みまで連想させ、「軽やかな翼持つ森の精」と名づけられるナイティンゲールの棲む世界とは対極に位置する生物的・物理的人間世界がすでに仄めかされる。すなわちこの詩においては、自然界に存在する永遠の相を具えた美が、地上界を超える存在として中心に据えられる。そしてもう一度第一連冒頭を見れば、その書き出しには、「あたかも」という構文の中に仮定法過去完了が使われている。あたかも鎮静剤としての「毒人参」や「阿片」を服んだかのように、忘却の境地に達したと歌うのだが、仮定法過去完了はすでに語り手がナイティンゲールの声を聞いてしまっていることを示している。鎮静剤は病苦と、この世の現実を忘れるためのものであった。だがナイティンゲールの声もまた、今度は負の方向にではなく積極的な方向へ向けて、これらを忘れさせる存在である。そしてこの鳥は、喉を痛めていたキーツとは正反対に「喉一杯ののびやかさで（in full-throated ease, 10）」夏を歌う。語り手自身も初夏のブナの樹木と緑、そして木蔭を歌いたいのに、それが叶わぬ。第一連に、すでに鳥の住む世界と詩人を囲む現実界の対比がこのように明確に歌われている。

美への接触による忘却

「毒人参」や「阿片」の用語は、詩の冒頭の語り手がすでに経験した鳥の声への喜びを、毒物や幻覚剤を用いた耽溺と同一視しているかのような印象を与えるかもしれない。多くの評論が、喜悦の過剰が苦痛となると指摘してきた。だがそれは、毒物や幻覚剤による喜悦や眠気・麻痺状態などを、ナイティンゲールによる喜びと質的に同一のものとする前提のもとで語られていたのである。だが「あたかも」の一語によって、この二種類の喜悦の、天と地ほどの相違が明確に区別されていることに読者はまず気づかなくてはならない。繰り返すようだが「毒人参」（キーツは医学を学んでいたから、これが鎮静剤となることを熟知）と「阿片」（コウルリッジがこれを用いたのも鎮痛剤としてであった）は、苦痛への対処という意味での《無意味な忘却》への導き手である。無意味な忘却と、美への接触がもたらす喜悦に満ちた忘却の対比が、冒頭から強烈に意識されているのである。この意識が第四連の「バッカス」の手を借りない、「詩歌」によるナイティンゲールへの接近へと連なる。したがって第一連で「（語り手が）他者が求めているらしい要求に、自己を失ってしまっている」（Ende : Bloom '87 : 65）という窮境を読みとってゆくのは間違いであろう。この他者こそが自然界からの使いであり、この世の凄惨と対立する世界への導き手である。

知的複雑性を有する自然美学

この世の凄惨は第三連の「君」、すなわちナイティンゲールの世界と、人間界との対比によって鮮明となる——

木の葉の間にいる君が一度も味わったことのない事——
　人間どもが腰を下ろして、互いが呻吟するのを聞く
この人間世界の倦怠、高熱、苛立ちなどを忘れるため、
　遙か遠くへ姿を消し、身も溶かしてしまうため。
（'Ode to a Nightingale': 21–4）

——このあと病理的麻痺（中風）、老衰、若者の（結核による）衰弱死、「少しでも考えこめば、それは悲しみに襲われること／鉛色の目で睨む絶望に出逢うこと」、美の短命、恋の儚さなどが列挙される。この現実の認識が、これとは対蹠点にあるナイティンゲールの世界への愛を育てる。ある種の人間は、自己の病・不幸を実感したときに自然界の美を再認識する。キーツはこの種の人間である。現実と理想世界との容赦のない対比が、理想世界の美を得難く高貴なものとしてゆく。だがこの種の人間となるためには、日頃から、現実世界の苛酷を経験するのと平行して自然美を感受する眼と心を養い続けていなければならない。キーツの場合は、詩人としての出発点から、この眼と心が多彩に増幅されてきていた。これは『エンディミオン』第四巻で、無限の境から地上へ降り立ったあとのエンディミオンの台詞からも窺い知ることができる―「この大地の境界を／超えたところに棲んでいるものには、悲哀はおぼろげなもの、／悲しみは影のようなものに過ぎない。だが今僕には見える、／地上の草が。僕の足は実質ある土地を感じている」（*Endymion*, IV, 619–22）―実体ある人間生活あってこそ意味を持つ自然界なのである。『エンディミオン』における《幸福論》は、次章に詳述するように、精緻を極めた思考を経た考えである。キーツの自然美学はこのように知的複雑性を有するのだ。

「スペンサーに倣いて」

発展を遂げる彼の自然美学の軌跡を辿ってみよう。キーツは一八歳のときスペンサーの『妖精女王』を読み、その影響下に本格的詩人として出発した。そして最初期の作品「スペンサーに倣いて」（'Imitation of Spenser', 1814）は、確かにスペンサー、その影響下のミルトンやJ・トムソン

などの模倣詩であるにもかかわらず、「緑なす丘」から流れ出す小川の

汚れなき迸《ほとばし》りを銀色に染め、（中略）
素朴な花々の寝床たちをくぐり抜け
数多くの細流によって小さな湖となり
湖はその岸辺に枝織りなす茂みを映し、その中央には
決して曇りの来ない空を映していた。(4 ; 6–9)

――このように自己の感覚によって川と湖の形成を描き出す。しかし何よりもキーツらしいのは――

あぁ！　もし私が美を極めたその湖に
浮かべられた島の驚異を語ることができれば
ダイドーの悲しみさえ慰め、年老いたリア王の
苦悩さえ和らげることができように。(19–22)

という表現によって、自然界の美の呈示が人の心に与える良き効果を歌い、その効果を発揮できる詩人になる希求を歌っている点である。

最初期作品

自然を中心的テーマにしてはいない最初期作品においてさえ、この傾向は強い。ナポレオン戦争の終結を寿ぐキーツ最初期のソネット「《平和》に寄せて」('On Peace', 1814) でも、彼が特に平和と連想するのは山野の美が味わえる喜びである――「僕の第一の願いを叶えてくれ／すなわち麗しい山のニンフをお前の良き友としてくれ」。また愛する祖母の死を歌う場合 (1814, "As from the darkening gloom a silver dove....", 1814) にも、祖母の魂を、暗闇を抜けて朝日の中へ突進する銀色の鳩に譬える。「バイロン卿に」('To Lord Byron', 1814) でもこの詩人が《悲しみ》にも輝く後光の着衣を付与するさまを称えて

暗雲が、金色の月にベールをかけても、雲の端たちが、
きらめく後光に彩られるのに、さも似る。(9–10)

と歌っている。詩作の当初から、キーツの詩心は自然の映像と密着していた。さらに、キーツが初めて公刊した詩「おぉ《孤独》よ」('O Solitude', 1815) において、もし独り居を余儀なくされた場合には、都会を離れ「《自然》の展望台」へと《孤独》を友として崖を登って行き、そこから渓谷、花咲く山肌、澄み切った川のふくらみを見ること

を願う。一八一六年の「いかに多くの詩人たちが」（‘How many bards...’）で、先輩詩人の自己への影響を歌うときにも、その影響の楽しい和音は

夕べが自分のものとして持つ、数限りない物音、
すなわち鳥の歌、木の葉のそよぎ、
流れの瀬音　(9–11)

など、自然界の音色に譬えられる。また「薔薇をくれた友人へ」（‘To a Friend who sent me some Roses’, 1816）は「青々としたクローバの隠れ家に潜んでいた／露玉を、雲雀が揺るがせるとき」（2–3）という句を含み、野の麝香薔薇が、妖精女王が手に持つ杖のように優美に咲いているさまを歌ったのであった。

感覚による観察

『一八一七年詩集』に目を移せば、これは自然描写の宝庫である。アロットのキーツ解釈――「（キーツの自然の見方のなかでは）感覚による観察に比べれば空想力は重要ではない」（Allott : 85）――詩集の冒頭を飾る「小高い丘の上に」（‘I stood tip-toe upon a littele hill’, 1816 完成）の一一五行までについての、アロットのこのキーツ解釈は重要である。キーツの場合、観念の集積や抽象的な想像力論に依拠しない自然美学が可能だったのである。別の章にも同趣旨のことを別の表現で書いたが、中世以降の西欧あるいはイギリス文学に「自然」の姿を見るならば、それは常に大きな観念大系の一環として捉えられていた。理性による理解を伴わない感覚のみによって自然の美を見てとるのは、むしろ罪悪に近かった。ラヴジョイ（Lovejoy）が明らかにした《存在の鎖》に連綿と連なる自然物、天使の九階級を低いところから逆に辿って、究極的には神に行き着く自然の構造が、西欧の自然観を支配した。

「小高い丘の上に」

多くの場合にこのようなキリスト教的自然観に変更を加えたロマン派といえども、また一八世紀末に《存在の鎖》論は力を失ったとされるけれども、これに似た一大体系として自然を捉えようとする傾向はなお強かった。この傾向は、確かにより深みを感じさせる自然哲学を生みはした。しかしキーツの自然描写は、この傾向とはまったく別種の、古今東西、万古不易な、万人の人間的感覚による自然の美を捉えるのである。確かに一八世紀自然詩人も、観念から解放された感覚による自然描写を為し初めてはいた。しかしキーツは、おそらくはこれら先輩を受け継いで、凡人には

弾《つまび》き出せない精緻な奏で方で、自然界には確かに存在しながら読者が気づかなかった様相を現出してみせる。このことを具体的に「小高い丘の上に」の中で見たい。これはアロットのいう一一五行目までをさらに越えてキーツが見せる技である。詩は冒頭から自然描写の連続であり、丘の静寂の描写――

　そのときには木の葉のあいだに
音とも言えない小さな音が這うように流れていた、
それはまさしく　沈黙が漏らす溜息から生まれた音、
そう言えるのは、草地の上に斜めに伸びる影すべてに
ほんの微かな動きも見えなかったからだ。　(10–14)

――このように、地上の影法師から視覚的に無風を感じとり、それでいて木の葉のさやぎを聴覚が感じとる。存在するはずの微風の表現、「沈黙が漏らす溜息」が力を持つ理由である。

泉を見つけた少年

また「忍冬《すいかずら》の繁みは、静やかな風を／自ら造りなす夏の玉座の上に迎え入れる」(36–37) は、忍冬の頂点に群れる花が多彩に装飾された玉座を連想させること、初夏の風が自然の(女)王のように感じられることを一瞬にして読者に伝える。この忍冬だけではなく、榛、野薔薇、金盞花、スイートピーなど、これら植物の様態をよく知る者には極めて適切と感じられる特徴の描出とともに示される (35–60)。この間に歳古りた大木の根元の地衣類を養うだけではなく、ブルーベルを活かす泉の清冽を、苔と花の清らな色によって印象づける――

この根と青苔の周りに、清水が湧き出る泉の源が聞こえ
泉が自ら産み出した愛らしい娘たち、すなわち
四囲に拡がる釣鐘草《ブルーベル》を歌に詠いつつ流れていた。　(41–43)

――これは読者に、泉を見つけた少年少女時代のすがすがしさを思い出させる。

小川と月の美しさが彷彿

次いで「《自然》の優しい行い (Nature's gentle doings, 63)」とキーツが自ら名づける小川の描写――

湾曲部なのに、あそこでは何と流れは静かなことか！
川面に垂れる川柳の枝たちに、この上なく微かな

囁きさえ送らずに流れ、浮かんでいる草の葉たちも
川面の上の、明暗多彩な影の上をゆっくりと過ぎゆく。
(65–68)

そして人影に驚いて逃げる小魚、生き生きと茂る水草、川で水を浴びる鳥などを次々に描き、最大の自然美として月を歌う――

おぉ甘美なる詩人の創造者――この美しい世界と
世界の優しい居住者が大切な喜びとするお前、
雲の光《スパンコール》を輝かせる者、水晶のような河川に後光を架
ける者、
木の葉・露・転びゆく流れと相交わるお前、
愛らしい夢を見るために愛らしい人の目を閉じる者、
孤独と彷徨を愛しているお前、
見上げる目と優しい物思いを愛してくれるお前！
(116–22)

――こうした《月》の言い換えの中からも、川向こうに懸かる月、木の葉のあいだを漏れ来る月光、露や流れの波頭を光らせる月の美しさが彷彿とする。

「眠りと詩歌」

ここでほぼ同じ時期の「眠りと詩歌（‘Sleep and Poetry,’ 1817; 1816に完成か）」を見たい。眠りが静寂と慰め、健康と秘めやかさをもたらしてくれることを歌うにあたって、この眠りに次いでこれらの歓びをもたらすのは、自然界の最高度の美であるとキーツは歌う――

緑の孤島に人全てに知られることなく咲き出ずる
麝香《じゃこう》薔薇《ばら》ほどに静寂なるものは　何であろうか？
谷間たちの繁茂する木の葉ほどに健康なるものは　何？
ナイティンゲールの巣ほどに秘めやかなるものは　何？
(5–8)

――これらの自然物を凌ぐものとして示される《眠り》が、これら自然の姿の長所を具備するものとして扱われていることはいうまでもない。眠りの与える安らぎを一つの《美》として詩に定着させるために、もう一つの《美》の体系、すなわち自然界を登場させるのだ。人の眠る姿の美化には「雛罌粟《ひなげし》のつぼみを輪と閉じ、涙する柳を編みなす眠りよ！」（14：前者は人のまぶたの描写、後者は人が目をつぶってうなだれる描写）の一行を宛てる。

《詩》の高貴さと《自然》

次いで《詩》は、これらの美と連想される眠り以上に高貴なものとされる。その際にも

山の木に生《な》る漿果よりも新鮮なるもの、白鳥たちの
翼、鳩たちの翼、幽かに見える鷲たちの翼に増して
不可思議で　美に満ち、なだらかで、王者によく似たも
のは　何？　(20–22)

と同種の自然への依拠を示している。《詩》を書く人間としては、他者の詩を読み、想像する間にも（すなわち先輩詩人の自然美の扱いによって自己の美的感覚を増強しつつ）、

畏怖に満ちた木陰のある場所、
魔法のかかった洞窟、花々が織りなす市松模様の
ドレスを一面に着ている緑の丘などを見つけたなら
その美しさに恐れおののきながらも
許される限りのものを、また人間の諸感覚に
適切なものを全て、このメモ帳に書き留める。　(75–80)

と書く。

一〇年の歳月がほしい

実際キーツはスペンサー、シェイクスピア、ミルトンを初めとする多くの先輩に傾倒しただけでなく、その美術愛好の強さも尋常ではなく、たとえばティツィアーノの絵画「バッカスとアリアドネ」における画家の激しい凝縮力（intensity）に学んださまが詳細に指摘され（O'Rourke : 18）、同種の'intensity'を『リア王』からも学んでいる（同 : 19）。自然を描く際に円熟期のキーツが見せる凝縮されたイメジ類は、これら先輩の凝縮力にも負うところが大きい。このように先輩芸術家を学ぶ際にも、

足を止めて考えよ。人生は僅かの一日、
樹木の梢から、危険な道筋をたどる途上の
壊れやすい露の玉だ。…（中略）
人生はまだ咲き始めていない薔薇が抱く希望だ。（中略）
あぁ、詩の中に自分自身を圧倒することができるように
一〇年の歳月がほしい。　(85–87 ; 90 ; 96–97)

と歌って（この歌いぶりの中にさえ、自然を観察し、それを比喩とするキーツらしさが滲む）、人間に長い命を与えない世の現実をすでに出発点に据えている。「私が死ぬる前に、これ

らの歓びが実りますように」(269)と願うときにも、その《歓び》とは、象徴として用いられる天人花の美や素朴な花(248–268)――一八世紀詩歌と訣別した自然美を詩の題材とする歓びなのである。自己の埋葬場所としてもポプラの木陰という自然の憩いの場を挙げる(277–79)。自身の詩人としての出発を歌う締めくくりも、自然が主題の中心だと歌う――

藺草《いぐさ》の茂りのなかに
人には見えずに、ちらちらと輝く白鳥のうなじ、
繁みのあたりなら、どこからでも飛び立つ紅鶸《べにひわ》、
二つの金色の翼を、広々と分かち拡げる蝶、
薔薇の花をねぐらにして、大きすぎる歓びに
まるで傷ついたかのように、震えて止まない蝶。

(340–45)

「リー・ハント様へ」

ところでキーツは一八一七年詩集の最終ゲラの届いた日、献呈詩を書いてもよいと出版社から言われて、「リー・ハント様へ」(‘To Leigh Hunt, Esq.’, 1817)を書いた。妖精や牧神の美のなくなった今日にも、詩を書いて、ハントのような人物に喜んでもらえる幸せを語っている――

栄光と美しきものは過ぎ去ってしまった、
なぜなら……(中略)妖精の群れは……(中略)
小麦の穂、薔薇、石竹、菫を
もはや手編みの籠に入れて持ってきてはくれない。

(1–7, 途中略)

この引用は最初の詩集に、過ぎ去ってしまった詩の世界の栄光を歌っている点でユニークである。ここに「過ぎ去ってしまった栄光」に匹敵するものを復活させる決意を読みとってこそ、この献呈詩は意味を成す(See Ende : 33)。詩の後半では実際「これらに劣らず高貴な喜びが私には残されている」と歌うのである。しかし同時に、キーツが神話的人物を多用して美の世界を構築するという方法で、美の復活を謀った事実も否めない。

「キリギリスと蟋蟀《こおろぎ》」等

また時間を決めてリー・ハントとの競争で作った「キリギリスと蟋蟀《こおろぎ》」(‘On the Grasshopper and Cricket’, 1817; 1816完成)でさえ、象徴的な意味を感じさせる。夏の暑さにひるむ鳥たちの歌、それを引き継ぐキリギリスの声。そして

冬にも炉端から美声を発する蟋蟀《こおろぎ》が、今は聞こえないキリギリスの歌を彷彿とさせる。自然界の歌の連続を、人の詩歌が絶えることのないようにとの祈願へと高めるのである。また、暗い霧が晴れたあとの春らしい一日を歌った一四行詩（'After dark vapours have oppressed our plains', 1817）では、その清涼の感覚を

まぶたは、吹き過ぎる涼風と戯れている、
夏の雨のしずくと戯れる薔薇の葉のように。（7–8）

と歌う。まぶたには、精神の重圧を象徴する涙があったと読むべきであろう。また、雨はあがっていて、濡れた薔薇の葉のみずみずしさと涼感が、この一日への称賛の源となっている。しかも、このときに心に去来する「この上なく静かな思い」として、一七歳で自殺した詩人チャタトンや眠る幼子の吐息などとともに「芽を吹く木の葉、静寂のなかで熟れてゆく果物、束ねられて静かに佇む麦の穂に微笑む秋の太陽」（9–11）が挙げられている。確かに異質なものの羅列によって《融合化》が達成されていない初期の詩（Sperry : 77）だが、自然の形象が奏でる美はキーツ独特だ。

「バーンズの墓を訪ねて」

さて後年の作品になるが、キーツが、底辺の生まれと社会の敵意に抗したことで愛していた（Sperry : 139）バーンズ（Robert Burns, 1759–96）を歌った詩は二つある。そのうち一八一八年七月一日、墓前で（Sperry : 139）、あるいはその夜（Motion : 273）書いたとされる「バーンズの墓を訪ねて」（'On Visiting the Tomb of Burns'）にはここで触れる必要がある。この詩では、スコットランドの夏が「冬の悪寒から、一時間の微光を求めてやっと得られた」「短命で青ざめた」ものであったと歌われ、墓前で「美の真実」を味わいたかった自分、「病んだ想像と病的高慢が投げかける青白い色合いから解放されたい」自分には、苦痛はつきないと歌う。この部分の原文は 'All is cold Beauty ; pain is never done / For who has mind to relish, Minos-wise, / The real of Beauty, free from that dead hue / Fickle imagination and sick pride / Cast wan upon it!'（Motion : 273–74）と読むのが正しいと思う。古典的な読みはマリー（Murry : 62）の、引用二行目の 'For who' を疑問文として、誰が強い精神を有して「病んだ想像と病的高慢が投げかける青白い色合いから解放されて」「美の真実」を味わいたいと思うであろうか、の意味に解して、人の弱さを認める発言と

するものである（Sperry＝140もまたこれを疑問文とする）。しかし上記モーションの読みのとおり、これを感嘆文として理解して初めてこの作品はキーツの詩の発展に整合する。すなわちこのとき、現実の中に美を見いだしたい、というキーツが見えるからである。現実に直面してみると、その中には美を見いだし難いと嘆いているのである。モーションは「芸術に捧げられた生活は、《美》についての十全な表現をなすためには、苦しみについての現実の全容をいかようにして受容しなければならないかという、キーツの思考の中の一種の危機感を……この墓地はもたらす」(Motion：273）と書いている。

「空　想」　ここで「空想」（'Fancy', 1818–19）を覗く——現実世界では消える《愉しみ》を空想は存続させることを歌うのである。

甘美な《愉しみ》は、一触れしただけで、
雨が激しく降る時のあぶくのように、溶けて消える。
なら、翼をもった《空想》を飛びまわらせよう。　（3–6）

実生活での悦びは多寡《たか》の知れたものだ。翼をもった《空想》こそが真の楽しみをもたらしてくれる——

夏の喜びは、慣れによって汚され
春の愉楽は、春の花ばなと同じに
色褪せ、しぼんでしまう。
秋の朱の唇した果物たちは
霧と露とに覆われながら赤らみ
味わわれて飽きられる。　（10–15）

——こうして《愉しみ》の短命と、それを補う《空想》の役割をまず呈示し、それだからこそ《空想》を呼び出して、冬場に送り込め！　と続く——

夜が　暗い共謀を企て
《正午》と密会して
《夕方》を空から追放する時　（22–4）

この時こそ、翼を持った《空想》の出番である。——つまり《夕方》が来ないうちに夜になるイギリスの冬にこそ、空想は地上にない美をもたらしてくれる。

《空想》が連れてくる五月　《空想》は一種の高貴な美女として考えられており、その命を受けて、人間の頭脳が働くとされる——

《空想》には、自分に仕える従者たちがいる、
彼女は、寒い霜に怯みもせずに
大地が失った様ざまな美を連れてきてくれよう。(28–30)

――この《空想》が、五月の蕾と釣鐘花の全て、秋の収穫祭の歌声、収穫された麦が風に鳴る音、秋にも聞こえる春の鳥たち、雛菊、金盞花《きんせんか》を連れてくるのであり、そして

白い羽根を広げた百合の花、初めて咲いた
生垣のなかに隠れる桜草、またいつの世にも
五月半ばの、サファイア色の女王である
木陰に身を寄せるヒアシンスに (49–52)

このヒアシンスに《空想》は目を向ける。しかも《空想》は、これら全ての美しいものたちを美酒として調合し、飲ませてくれる(37–9)。また五三行以下にも小動物の姿も交えて、自然界の情景が陸続と歌われる。女の美にも触れたあとの詩行(89–92)は「《空想》を繋いでいる絹紐の/網の目を断ち切れ、/すばやく《空想》を捉えている糸を切れ、/さすれば彼女はこれらの愉楽をもたらすだろう。」――鳥籠に幽閉された《空想》を広い世界に放つのだ(だが他方では「ナイティンゲール」では、キーツは《空想》の地上的限界も歌っている)。

「ハイペリオン」の自然描写

「ハイペリオン」('Hyperion : A Fragment', 1818–19) は未完のまま放棄された叙事詩だが、後年アーノルドやD・G・ロセッティに絶賛されるこの作品には《自然》の形が生き生きと用いられている。巻頭での、没落した巨神族の主神サートゥルヌス(英語ではサターン＝Saturn)が登場する背景からして、自然描写としての力に満ちている。

谷間特有の　影に満ちた悲しみの中に
朝の健康な吐息も吹き寄せない　遙かな深みに
火と燃える真昼、夕べに見え初める一つの星とも無縁に
白髪のサターンは、石のように静かに腰を下ろしていた。
その静けさは彼のねぐらあたりの沈黙と同じだった。
彼の頭上には、ちょうど雲の上に雲が重なるに似て、
森が森の上に重なって聳《そび》え、空気のそよぎもなかった、
生気も潰《つい》え果て、それは夏の日に綿毛を付ける野草から
軽い種一つも奪いもせず、枯れ葉が落ちてきたとき
落ちたその場所に留まって動かぬさまと同じであった。

川も音立てずに流れさり……　（I. 1–11）

静けさという《自然》の一要素が最高度の描写を得ている。

女神テアの去ってゆく姿

サターンを慰めに現れる彼の妻・女神テアの言葉が、その寂滅の中に消えるさまは——

そのさまはちょうど、意識を忘れさせる夏の夜に
強大な森の緑の葉を纏った元老たち——すなわち丈高い
樫の木たちが熱を帯びて見つめる星に枝ごと魅せられて
夢を見、身動きもせずに一夜じゅう夢を見続け、
一吹き限りの穏やかな、孤独な陣風も、
この静寂の上にやってきて、消え果ててゆくのに似てい
た。　（I. 72–77）

女神テアがサターンを誘ってこの場を去る場面も

女神は先に立って導くべく
年古りた大枝をこじ開けて進んだ、これら大きな枝は
巣から飛び立つ鷲たちが切り裂く靄も同然に、道を譲っ
た。　（I. 155–57）

と描かれる。巨神族の嘆きの巣窟では彼らの呻き声は聞きとれない、なぜなら「どこからとも知れず、常時大量に落下する／雷のような瀑布と、荒々しい声たてる奔流」にかき消されるからである（II. 8–9 ; 11）。叙事詩の合間を縫って、叙情が自然の形象を伴って現れるのである（こうした自然描写は、『ハイペリオンの没落』［*The Fall of Hyperion : A Dream*, 1819］にも改めて用いられる）。

海の神の演説

のちの海の神の説得力ある演説——巨神族の没落は嘆きの種とすべきではなく「我らは《自然の法》が必然として辿る道筋によって凋落するのだ」（II. 181）という演説には、先に『エンディミオン』の《乙女》が歌った悲しみの歌と同様、深い現実認識の上に立った世界受容の精神が見える。いうまでもなく神話的叙事詩のかたちを借りて、キーツは死を含めた人間界の悲しみの源を《自然の法》の筋道に求め、そこから生まれる諦観を、美の認識の基盤としようとする。原初の混沌を巨神族が征服したことが悲劇でないのと同じように、

我々も今回のことによって征服されたとは言えぬ。
（中略）　たとえば

愚鈍な土は、自分が育てた誇り高い森と口論に走るだろうか？（中略）
また森の樹木は、鳩が美声で啼き、雪のような
翼を持つからといって、鳩を妬むだろうか？…
（II. 215 ; 217–18 ; 220–21）

海の神オシアナスの言葉は、このあと男女二人の巨神によって否定されはする。しかしキーツの作品全体に対する整合性―たとえば「ナイティンゲールに寄せて」の終結二連や、「秋に寄せて」第三連に漂う、現実界の過酷と可変性の認識と、この海神の説得との整合性は無視できないのである。これを意識して初めて、「ハイペリオン」第三部のアポロの苦しみ、すなわち海神と同様に《自然の法》を受け容れ、かつ征服者の立場に立たねばならない新たな神の苦悶が理解できる。このアポロは「詩人と神の両資格を希求」（Sperry : 319）しているのであり、それには世界の真実についての理解が必須だったのである。

『ハイペリオンの没落』

『ハイペリオンの没落』（*The Fall of Hyperion*, 1819）における冒頭（I. 18–ff）の《庭》の描写は、多くの指摘があるとおりミルトンの『失楽園』における楽園を念頭において書かれている。しかしこの《庭》が自然美に満ちたものであったのに、楽園的な食物と飲み物を口にして眠ったあと、（のちに判るように）真の詩人としてめざめたとき、「美しい木々はなかった／苔むす築山も四阿も消えていた」（I. 59–60）というのは、キーツが詩の主題としての《自然》と絶縁したという意味だろうか。結論からいえば、これは《否》である。この変化は確かに「《花の女神》と老いたる《牧神》の世界から《人間の心の／諸苦悩とあらがい》への関心への移行」（Sperry : 321）に違いない。だがその移行をもたらしたのは《庭》の飲食物であった――自然美への関心が、人間の実生活と関連づけられて初めて詩となるという、一八一九年のオード類が示したキーツの確信の再確認であると見るべきであろう。「食事の残り物」（I. 30）の一句が示すように、花の楽園では「すでに他者が食べ散らしている」（Dickstein : 244）、つまり自然美をそれだけ取り出して歌うのは先輩詩人がやり遂げたことであって、目覚めた主人公は人間の苦悩を熟慮した上で、美を歌う道に進もうとした、と考えられる。これら二作品は未完に終わったが、巨神たちの苦悩を人間一般の苦悩の相似物として描こうとしたキーツの意図は明らかであると思われる。この意味からも海神オシアナスの現実認識の要を説く言葉は示

唆に富む。二作品執筆の前年に、キーツは「『リア王』再読のために腰を下ろして」('On Sitting Down to Read King Lear Once Again,' 1818) を書き、遠方に棲む女王にすぎないロマンスに訣別を告げ、この峻厳な森、すなわち『リア王』が示す人間界の真実に触れた詩人に「新たな不死鳥の翼」を与えよと希求している。また執筆年代は不明ながら、キーツの没後一八二一年に発表された短詩「詩人」('The Poet') では「詩人は魔法の札を持って、花、樹木、荒野、泉などから／世に知られていない精たちを呼び出す。彼の視線を受けると／《自然》の事物を閉じこめていた殻が、すっかり芯に至るまで／割れて開けて、そこにある秘めやかな本質のすべてが／善なるもの、美なるものの諸相を顕わにしてくれる」(3–7) と歌っている。《自然》の深奥から美とともに《善なるもの》を取り出す――これがキーツの自然美学の中枢を為すといえるのではないか?

生と死の狭間の《自然》の美

『オットー大帝』(*Otho the Great*, 1819) の中にさえ、キーツ自身の「心のままに書かれた」(Motion : 420) 最終第五幕には、生と死の狭間に立たされた人間による《自然》の美への愛着が鮮烈に現れている。これを、すでに病に冒されていたキーツ自身の思いの投影として、オウド類のテーマに重ねて見てよいだろう。すでに絶望の淵に立つ王子ルドルフは現世を超える美の存在を語る (V. v. 31–39)。また次の引用も、人間の究極の希求を描いていると見るべきであろう――

この二つのまぶたを閉じれば、これらシャンデリアより
遙かに強烈な輝きが見えてくる――えもいわれぬ輝きの
月また月で満ち、流れ星が現れて止まぬ空、
地から噴出する大気の輝き、ダイヤモンドそのままの天
の火、
深み豊かな輝きに、震えて止まない、喘ぐような光の泉
水!
(V. v. 44–47)

――これが現実界と対比されるのである。

『レイミア』と冷たい哲学

また『レイミア』(*Lamia*, 1819 ; 出版 1820) の、解釈の分かれる一節を見ておくなら―

冷たい哲学が一触りしただけで
全て魅力あるものは逃げ去ってはしまわないだろうか?
かつては天空に、畏敬を禁じ得ない虹がかかったものだ。

今わたしたちは、虹なる織物の材料と構造を知っている、
するとき虹姫は、ごく平凡な事物の、
何のおもしろみもない目録のなかに数えられる。
哲学は天使の翼を切り落とし、定規と線引きで
神秘のすべてを征服し尽くし、妖精の住んでいた大気、
地の霊のいた高山からそれらを追い出し、
虹という織物の糸をほぐしてしまう。
（II. 229–37）

――もちろん哲学は自然科学を指す。ダン、ミルトン、クーパー、ブレイクに続くように、キーツも科学に対して懐疑的である。そして上の引用に続けて、こう歌われる――「ちょうど昔、哲学が／優しくも人間とされていたレイミアを溶かして影としたように」。（同：237–38）

レイミアは《空想》のアレゴリー

このコンテキストから見る限り、レイミアは明らかに詩における《空想》のアレゴリーである。《空想》はここでは良きものである。このアレゴリーが、《哲学者》アポロニアスから自分を隠しておいてほしいとリシアスに懇願していた（II. 100–01）。だがリシアスはこれを聞きつけなかった。そしてアポロニアスは、瞬きもせず、目を丸くさえせず、彼女を見据える（II. 245–47）。魔術のように音楽は鳴りやみ、天人花が枯れる（同：263–64）――今日、これをテンニンカと書かされるのと同じ効果である。そしてレイミア自身が美しさを失い、死んだように青ざめる（同：276）。彼女は蛇とされたのであった。

哲学の現実認識は破壊的

これを《ロマンスを捨てて真実へ》という、批評家が唱えるキーツの詩人歴の発展の中で見れば、アポロニアスを《真実》のアレゴリと見なす説が出てくるのも当然かもしれない。だがアポロニアスは、何と無慈悲な、何と無感覚な男として描かれていることか！　詩の、研究者ならぬ読者としては、彼は許し難い男である。キーツがロマンスから脱出したのは、『リア王』に見るような人間界の現実を経巡って見るためであった。人間的な善き資質と無関係な冷酷な判決を下すためではなかった。現実認識に優位を与えるとはいっても、『レイミア』は、アポロニアスのような現実認識は破壊的でしかないことを例証する作品のように思われる。ヘルメスと《妖精》に可能であった恋なるものが、人間界の過酷によって暴力的に壊されることへのこれは嘆きであり、「ナイティンゲール」の終結部に見られるのと同種の、現実に対する慨嘆を、筆者はここに感じる。音楽には鳴り続けてほしい、虹と天人花が代表す

る自然の美は消滅しないでほしい――これがキーツの本音でなくて何であろうか?

「サイキ」、「ギリシアの古壺」　　「サイキに寄せる歌」('Ode to Psyche', 1819)では、《心暖かく恋する女》(the warm Love, 67)であるサイキ(プシューケー)、キーツの婚約者ファニィが隣家で夜も窓の明かりを消さなかったように、窓を開け放ってキューピッドを待ったサイキに、想像できる限りの多様な花々で飾られた「薔薇色の神殿」(59)を献納したいと歌う。最大の報償は花なのだ。「ギリシアの古壺についての歌」('Ode on a Grecian Urn', 1819)では、古壺は「森の出来事を語るもの」(Silvan historian)と呼ばれ、同時にそれは「花の物語」(A flowery tale)を顕すものともされる。古壺側面の画像が静止して、永遠性を感じさせる中でも、木々の不変性は四季が移ろう現実世界との対比を鮮明に打ち出す――「あぁ幸せな、幸せな大枝たちよ、君たちが葉を枯れ散らす/ことはありえない、また君たちは春に別れを告げることもない」(21–22)。裏面からは現実世界の春と、春夏の木の葉の美しさが彷彿と現れる。同時にそれらが去り、枯死する現実の峻厳もまた表現される。これらの画像について「その美は生命なき故にこそ、死を免れている」(Brooks '47 : 157)、「男たち、乙女たちは凍らされ、固定され、他者に捕捉されている」(同:163)という古典的な指摘は、この詩がパラドックスの上に成り立っていることを巧みに表現したものだった。現実世界の可変性への強い慨嘆あってこそ成り立つ芸術美の世界なのである。上の短い引用に見える森、花、枝は、不変なるもう一つの《自然》として、これに取り巻かれ固定されて、これらの自然形象と同じく一種の永遠性を得ている音楽師と音楽、恋の成就の一瞬手前の、考え得る最善の恍惚状態にある男女とともに特殊な美を創り出す――一方ではこれはキーツに、自己の作品内での新たな美の固定を促すとともに、他方ではこの美は、現実世界の必然への絶望も低音部として奏でている。だがこの低音部あってこそ、主旋律の美は倍加する。

「怠惰についての歌」　　また「怠惰についての歌」('Ode on Indolence', prob. 1819)では、次第に認知される姿で何度も自己の心を訪れる恋、野心、詩歌の三つの《影》に、一時は心惹かれ、それらを追う気持を抱きながら、最終スタンザで詩人はこれらの《影》に告別の辞を送る――なぜなら、恋、野心、詩歌の三者は「花多き草地に冷やされて枕する僕の頭を/もたげさせることはできないからだ」と断ずる。特に、称賛を得るための軽薄な喜劇役者を演じるつもりはないというのである。すなわち俗界と迎合するかたちでの《恋、野心、詩歌》に別れを告げ、直接、花々の中に《怠惰＝indolence》といわれる状態で横たえられた頭脳から自ずと流出する真の詩心を大切にしようとする。「この詩における《詩歌》への告別は、詩歌についての慣習的観念への告別である」（Bloom '61 : 411）という半世紀前の評言は今なお味わうべきだ。そして慣習への告別のあとを支えとして重視されるのが「花多き草地」なのである。

短命性への意識

先に触れた「憂愁についての歌」（'Ode on Melancholy', 1819）をもう一度眺めれば、《悲しみ》を忘却や意識の消滅より上位に置く――様ざまな忘却のための薬物、死への誘惑を退けた理由をキーツはこう歌う――「なぜなら、闇がまた闇の上に、あまりの眠気とともにやってくるから、／そして魂の、目覚めたままの苦悩を溺れさせてしまうから」（9–10）。次の言葉はこの二行をよく解説している――「貴重とされるのは《目覚めていること》、すなわち仮にそれが《醒めた苦悩》を含んではいても……《高度に悲しい》……心を味わう能力なのである」（W.J. Bate '87 : 26）。《悲しみ》に襲われた眼には自然の美がよく見えるというのである。先にも引用した最終連の「憂愁は美とともに棲む――死なねばならない美とともに」、また「手をつねに口に当ててさよならを告げている／愉しみとともに棲む」――これらの詩句はキーツの絶唱である。《憂愁》の女神は、先の引用にあったとおり、まさしく《喜び》の宮殿に、面紗で姿を隠して鎮座まします。ここでも次の解説が適切である――「私たち自身の短命性と、私たちが永続させたいものの短命性の双方を意識することが……大切とされるこの儚いプロセスに合致した高度な自覚を育てるのである」（W.J. Bate '87 : 27）。

「秋　に」

「秋に」（'To Autumn', 1819）はキーツの全詩の中で、形式上最も純粋な自然詩である。だがその底流として、思索的自然詩の伝統――一八世紀のコリンズが「夕べに寄せる歌」（'Ode to Evening'）で見せた、自然観察を行う主体の心の変化を表現してゆく伝統が流れている。この心の流れを、日輪の西への移動（westering）だと譬えた評者があるが（Hartman : 48ff.）、事実この詩は晴れ晴れと始まり、次第に薄闇を増しつつ終焉を迎える（ただしこの評者の、第一『ハイペリオン』のアポロへの移行や「秋に」の最終連への推移を歴史上の《啓蒙》の発展と同一視する《進歩》論には同意しない）。この詩は、すでに指摘されているように（Roe : 258ff.）、スペンサーの「可変性キャントウズ」

（'Mutabilitie Cantos'）に影響されたと思われる。スペンサーでは終末論との連想で憂愁の源となっていた世の《可変性》について、季節あってこその美の発生、変化あってこその再生への期待が主題となる。キーツにおいても最終連を、やがて来たる明年への期待を籠めた表現として読む傾向が生じるのも理解できる。しかしここにもまた、他のオウド類と同じく、美の認識の内側に潜む現実世界の可変性を嘆く意識もまた見逃せない。最終連の歌い始めからして、この意識に裏打ちされている。

可変性を嘆く

第二連までの馥郁《ふくいく》とした秋の美しさに読者も酔いしれた瞬間に唐突にこれは打ち出される——

> 春の　様々な歌は今どこに？　そうだ、今はどこに？
> 　春の歌を思うな、秋よ、君は君自身の歌をもっているの
> 　　だから。　(23–4)

——引用の一行目は、春の歌が今はどこにも聞こえないことを意味し、二行目は秋の歌もまたやがて消え果てることを示唆する。その意識の消えないうちに私たちが読む《秋の歌》とそれを取り巻く風景の、何と儚げなことか！

> 静かに息絶えてゆくこの日に、筋状の雲が花の彩りを与
> 　えるとき
> そして切り株だけの畑に　薔薇色の華やぎを　つと添
> 　えるとき
> 嘆きの合唱隊となって、小さな羽虫が息絶えるものへの
> 　悲しみを歌う、
> 羽虫の群れは川柳のあいだで、静やかな風が生まれ、
> 　死ぬるにつれて、
> 高く舞い上がり、また低く沈み込む。　(25–9)

——いかに死のイメジが活かされていることか。この夕方の美しさは息絶えるものだ。納棺時に花を添える習慣が示唆され、畑も切り株だけとなって華やぐのは夕焼けの一瞬だけ。この秋の美に満ちた一日もまた過ぎ去り、《羽虫》（ぶよ）の合唱隊の歌は、聞きとれないほどの弱音であるばかりでなく、ほんのしばらくのちには「秋の歌は今どこに？」と尋ねられる運命にある。そして秋風もまた、生まれたと思うと死ぬのである。さらに最後の三行——

> 成長をし遂げた子羊たちが、丘の果てから大きく啼《な》く。
> 生垣の蟋蟀《こおろぎ》が歌う。そして今度は優しげなソプラノで

赤い胸の駒鳥が庭の畑から口笛を吹く。
そして空では、集まってくる燕《つばくろ》がさえずっている。

《成長をし遂げた子羊》はもう子羊ではない――だから可愛い子羊の声に代表される《春の歌》がもう消えたことが改めて示唆される。炉端の蟋蟀は冬にも歌うが、生垣の蟋蟀はやがて聞こえなくなるだろう。駒鳥が寒気に打ちのめされて路上に転がるのは、イギリスの冬にはよく見られる光景である。また燕は、立ち去るために集まってくる――すべての歌が終わりに近いのである――この《可変性》の意識、死と別れへの現実認識が、秋の美への惜別の情をかき立てて已まない。これは全ての美しいものに対する惜別の歌でもあるのだ。

ベイリー宛の手紙

ここで一八一八年三月一三日のベンジャミン・ベイリー宛の手紙の一節を覗いてみる――

……おそらく、精神上の追求の全ては、追求者の熱意からその現実性と価値とを得るのです――精神上の追求それ自体は一つの《無》だからである。エーテルめいて触知できない事物も、少なくともこのようなわけで、三つの項目に分けてリアルである――すなわち、リアルな事物、半ばリアルな事物、そして《無たち》。言い換えれば太陽、月、星々などの諸存在、シェイクスピアの諸章句などのリアルな事物――全的に存在させるには《精神》の働きかけが必要な、愛や雲たちのような半ばリアルな事物、そして熱心な追求によってこそ《偉大》で威厳あるものとなる《無たち》である。この種の追求は、《私たちの精神が覗きこむ全てを聖化する》ことができるかぎりにおいて、やがて私たちの精神の酒瓶にバーガンディ・マークを捺印するのです。ここにある程度これに付随した性格を持つソネットを書きます、ですから無関係な脱線と思わないでください。

(*Letters*, 100)

こう書いて「四つの季節が　一年の枡を満たしている／四つの季節は　人の心にもある」で始まるソネットを付する。その中には「人は秋の港、休息の寄港地をもつ、それは彼の疲れた翼が／折りたたまれて　怠惰の霧をうち眺めることに、／そして美なるものたちを、家の脇を流れる小川のように／流れ去るがままにすることに、満足感を得るとき」という見逃せない一節が含まれている。

湖水地方を訪れた感激

湖水地方を訪れた一八一八年六月二七日の日記では、山々に囲まれて矢のように落ちる滝、扇状に広がる滝、突進して霧となる滝などを描写したあと、流れや底石、そこに付着する藻類などにも触れつつ「何にも増して僕を驚かすのは……こんな言い方をして良いなら、こうした場所の知性と表情である。山々や瀑布たちの占める空間・巨大さなどは、実際に見る前から充分想像できる。だが上述の表情ないしは知的情調は、あらゆる想像を凌駕し、記憶を絶するものと言わねばならない。僕はここから詩を学び取るだろう。これら壮大な詩材から収穫される、あの美の巨塊に、精一杯の一灯を付け加えられるよう努力したい……」（*Letters*, 132–34）。そしてこうした情景を見て自己の矮小を感じるというハズリットとは異なって、キーツは「我が目でこそ、我は生きる」（同：134）と言い、「我が想像が凌駕されて休心するのみ」（同）と感じている。自分より巨大なものに遭遇し、それを自己の目で見て、目によって生きる自分が、そうすることによって生きる意味を付与されたと感じるのがキーツの自然観照の一大特徴なのである。

第二一章　キーツの『エンディミオン』

読者との自然美の共有

キーツの物語詩『エンディミオン』(*Endymion*, 1817; 出版1818) については、今日でもその作者と人物を「恍惚として夢見る人たち」(Swan : 20) として現実との接点がないかのように見る解釈が行われる。これは作品の一面を捉えてはいるが、夢見る外見の内側に、冷静で複雑な想念、現実を象徴的に示す詩句が作品構成の柱としてあることも認めたい。筆者の場合、「美なるものは永遠の喜びである」で始まる『エンディミオン』の書き出し三三行には、何度読んでも心を打たれる。ニコルソン女史が山に対する感性について書いたように、人間は他から教えられたとおりにものを見る(山は怖いものとされていた時代には、山岳美は鑑賞されなかった)。同様にキーツの美の描写に親しめば、私たちもまた自然界の美しさを見る目を与えられる。この世にはありとあらゆる汚れ、苦しみの種があるけれども

そうとも、こんな嫌なことがあっても
何らかの美の形象が、私たちの暗い精神から
黒い帳《とばり》を取りのけてくれる。太陽、月はそのようなもの、
歳古りた樹、若い樹、無垢な羊に木陰の恵みを与える樹、
またラッパ水仙もそのようなものの一つだ、緑の世界に
住んでいるから。澄みきった小川もまたそのようなもの、
酷暑の季節にあらがうように、自分自身のために
涼しい隠れ家を作る小川も。森の奥の藪もまた、
麗しい麝香薔薇《じゃこうばら》をちりばめて豊かな藪もまた。
(*Endymion*, I, 11–19)

酷暑の季節に小川沿いに歩いて、大きな木の蔭に小川がさ

ざ波を立てるとき、そこが別世界のように澄みきって涼しいと感じることを、読者はこの詩句から感じとる。木立の暗がりの中に隠れて咲く花の美しさも、この詩句が思い出させる。読者はキーツの自然への見方を、この読書体験によって、いつのまにか詩人と分かち持つことになる。

生涯に亘る美を知る心

また人間はこうした美の本質を短い一時《いっとき》味わうだけではない、とキーツは歌う――

> 一時だけではない、ちょうど
> 神殿の周りでさんざめく木々が、やがてまもなく
> 神殿本体と同じほど意味ある存在となるように、月や、
> 情熱の詩歌、無限の栄光などは、私たちを訪れ続け、
> やがては私たちの魂を照らす光、元気の光源となり、
> 私たちはそれとしっかり結び合うので、そこに輝きが
> あるときにも、暗黒が覆っているときにも、これらは
> 常に私たちとともに在らねばならない、なくなれば私
> たちの命は果てる。（I, 26–33）

この種の美の中心は自然の形象である。神殿本体は私たち人間自体に擬《なぞら》えられ、木々は私たちの命に必須な、美を知る心とされる。この比喩の見事さを感じることがキーツを読むことにほかならない。

詩の進捗も自然美と連携

次にこの詩の執筆について、完成までの希望が述べられる。これがまた自然の形象と絡み合わされる――今はまだ胸の中にしかない詩の情景は、谷間の緑のように我が眼前に展開しているから

> だから書き始めよう、
> 都会の騒音が聞こえない今のうちにこそ、
> 早く芽を吹く草木が、ほんのまだ初々しい今こそ、
> 草木が古い森の周りに、この上なく若々しい色を見せて
> 迷路をなして走りとりまく今こそ。柳がその繊細な
> 琥珀色を風に靡かせ、乳搾り娘の手桶が
> いや増すミルクを持ち帰る今。（中略）
> 深紅に縁取られて純白な雛菊が、深々と
> 葉の中に隠れて咲く頃までに、多数の詩行を
> 書くことができるように。まだ蜜蜂が、クローバーや
> スイートピーの花の珠《たま》に羽根を鳴らさないうちに
> この物語の半ばまで近づかねばならない。（中略）秋が
> 落ち着いた金色の色合いを、私の辺り一面に

繰り広げるまでに、書き終えてしまいたいものだ。
（I, 39–45 ; 49–53 ; 55–7）

自分の作品の執筆もまた、自然界の美しさと組み合わされて歌われている。作品の原動力は、自然の美だ。

物語と自然描写との一体化

作品が本題に入ってからも、物語の推移に自然描写が伴って離れない。ラトモス山周辺の森の奥には空き地があり、見上げれば梢が絡み合うあいだに青空が見える――

人にしていったい誰が
黒々とした木の梢に縁取られた空の拡がりの清涼さを
言葉で語ることができようか？　この青い拡がりの中、
白い鳩が、翼を羽ばたいて過ぎる。またしばしば
小さな雲が、空の青さを横切ってゆく。
（I, 84–88）

物語の発端、牧羊神パーンに捧げる儀式を描き始める描写は、かつて東京芸大美術学部芸術学科の諸君を喜ばせた――

朝だったからだ。アポロが吹き上げる炎（朝日）は
東の雲を銀色の積み薪（a silvery pyre）と化し、
あまりに汚れなく輝いたので、その光輝に見入れば
憂鬱に捕らわれた精神も、忘却を勝ちとることが
できるほど。その精神は、繊細な憂鬱の精髄を
風に溶かしてしまうのだ。雨に香りを増した野薔薇は
慎ましく愛を求める太陽に、穏やかな甘えを捧げる。
雲雀は日の光の中に消えて見えなくなり、冷たい泉が
草の中で、水源からの最も冷たい泡を暖めきっていた。
（I, 95–103）

この描写は、朝日の栄光（同 : 107）を読者に実感させる。

司祭も村の自然を描写

パーンへの儀式を司る聖職者が羊飼いたちに呼びかける言葉にも、この山あいの村の自然の美が織り交ぜられる――彼らは皆、緑の中から来ている。

お前たちが、山々の頂上にある岩々の下から
ここまで降りたのであろうと、牧童の笛が鳴りやまぬ
谷間から登ったのであろうと、甘い香りの風が、青い
釣鐘花《イトシャジン》を軽く吹くなだらかな丘、棘のある針エニシダが
贅沢な黄金《こがね》の蕾をつけるところ、また大切な羊たちが

海原のまさに波打ち際で草をはむところから来たのであろうと。

(I, 198–204)

そういえば、この素朴な人びとの王エンディミオンが初めて登場するときにも、人びとはその愁いに沈んだ様子を見て不吉なものばかり思い出した——ところがそれらは皆、自然の形象から成り立つ歌いぶりだった。

人びとは溜息を吐いて思い出した、
黄色くなった木の葉を、仔梟の叫び声を、
厳かに摘まれてゆく荼毘《だび》の薪を。

(I, 181–83)

すなわち、この作品の言語全体が自然のイメジから成り立っているといっていいほどである。

妹ピオナが兄を見まもる小島

さてこのあと小島で妹ピオナが、その愁いを案じつつ、音も立てずに兄エンディミオンの眠りを見守る様子は

柳の枝が
うねり曲がってそばを流れる小川を
忍耐強く見守り続けるように、物静かな乙女は
自分の落ち着きを乱さなかった。だから草の葉の囁き、
羽音で呻く羽虫、ブルーベルの花に潜って蜜蜂が
たてる羽音、枯れてきた木の葉と小枝の中で鷦鷯《みそさざい》が
軽やかにたてる音などが、聴き取れてもよかったほど。

(I, 446–52)

このように、静寂を描くと同時に、ピオナが愛するこの小さな島の自然が活写される。また陰鬱な兄を気遣うピオナの優しさを兄が讃える詩行——

君の優しい眼から
煌めきながら流れ出る、輝き勝る水滴ほどには
この上なく真珠に似た朝露も、五月の野面から
こんなさわやかな香りをもたらしはしないぞ。

(I, 467–72)

——兄妹愛を彩るのもまた、自然界の美である。

月姫を初めて見る場面

エンディミオンが月姫(Cynthia)を初めて見る場面は夢の中であるが、その夢を妹に語る言葉でも、自然の形

象が重要な役割を担っている。

熱心に見る僕の目の前で
星々が滑行し初め、次第に薄れていった。
僕は、追うことができなかったことに溜息を吐いて、
視線を落として、地平線の縁を眺めた。
すると何と！　隙間を空ける雲のあいだから、
この上なく愛らしい月が現れるのを見たのだ。

（I, 587–92）

エンディミオンの恋の対象である女性・月姫と、自然界で最も美しい月とが合体している。これを性的（エロティック）ファンタジーと見る酷評もあるが、自然美の中から真実を得ようとする詩心が、異性という、すでに読者が理解し、それゆえに読者に訴えやすい美を媒介として、ここに表現されていると見るべきだ。月姫の足を描いてキーツは「海から生まれるそのときのヴィーナスの足より／さらに優しげで、さらに白く甘い足」（同：625–26）と書く。これは明らかに絵画に依存した比喩である。画像を借りて、自然物《月》を描写している。

自然界の暗転

ここまで詩の進捗に歩調を合わせて、自然界の美しさばかりが示されてきた。そして私たち読者は、自然の形象はキーツの最終的な目標、すなわち究極の美の探求への糸口として用いられていることを、作品の冒頭からすでに意識している。だから、妹ピオナに語り聞かせた長い詩行の最後に、「夢の中の夢」（同：633）での月姫との出会いから二重の目覚めを経た後、《自然》が美しく見えなくなったという次の数行が出ても、物語の次元で当然納得できるだけでなく、主題のさらなる発展を期待しはすれ、矛盾を感じないはずである――

僕の甘い夢（＝夢の中の夢）は
無に陥った――愚鈍な眠りに陥ったのだ。（中略）
僕は驚いて（愚鈍な眠りからも）目覚めた。
（中略）すると、見よ！
芥子《けし》は露に濡れて茎にぶら下がり、黒歌鳥は悲しげに
小唄を歌い、不機嫌な日中が、鉛色の顔つきで
日中の魁《さきがけ》となってくれた明けの明星を追放していた。
（丸括弧内解説は森松。I, 677–78 ; 681 ; 682–86）

文字どおりの「夢のまた夢」から、つまりまったく手の届

かない究極の美から、二重に目覚めて現実に立ち返ったのである。

「つれなき美女」の状況

右の引用のあと、なお現実の自然の相が示される――

僕はその場を立ち去った。天と地の、麗しい色彩は
全て褪せはせていた。最も深い蔭は
最も深い地下牢だった。荒蕪地も、陽の照る森の空地も
毒々しい光で満ちていた。僕たちの村の汚れない小川が
煤で汚れたように見え、川面には死にかかった魚たちが
鰓《えら》を上に向けて拡がっていた。紅い薔薇が
恐ろしい緋色になって咲いていて、薔薇の棘が
アロエのように大きくなっていた。もし無邪気な小鳥が
心ない僕の足どりの前で動き、少し飛び退いたなら、
僕は鳥の中に変装した悪魔を見ただろう。（I, 691–701）

これは「つれなき美女」で騎士が美女の洞窟を去って、荒涼とした湖畔を歩んでいる情景そっくりである。自己の求める最も美しいもの、優れたものへの接近を阻まれた人、詩人キーツの明らかな分身の嘆きそのものである。

校正段階で加えた五行

のちに（一八一八年一月）キーツは、この作品の校正段階で、第I部七七行以下の五行（ただし末尾の、脚韻のための‘Fold’は以下に訳出せず）を付け加えた（See Motion : 176–79)。

人の幸せはどこにあるのか？　それは私たちの、受容力
　ある精神を
神聖なものとの交感へと導くものの中にある、すなわち、
本質（essence）との交感だ。そうすれば私たちは輝き
　始め
錬金術のような変貌を遂げ、空間の制約から解放される。
見給え、天空の澄みきった宗教を！　（I, 777–81）

いうまでもなく、引用中の「神聖なもの」、「本質」は、前節で筆者が「最も美しいもの、優れたもの」と書いたものと同一であろう。

《快楽の温度計》論

これを出版者としてのテイラーに送るに際してキーツは手紙を書き、上掲引用を序として挿入する。作品の中でこのあと八四二行目にまで至る長大な幸福論については、この手紙

で、自分はこれを「《想像力》が《真実》に向かう規則的諸段階」として書いたと述べ、さらにこの議論は「一種の《快楽の温度計》のように《幸福》の等級を即時的に示してくれる」と述べている。もちろんこの《議論》とは、詩の中のこの幸福論を指す。人物エンディミオンが、この幸福論に先立って語る「下劣なもの、／単に眠りを誘う幻影」（同：771）に屈服するかたちで、自分の航海のために用意した帆を降ろすことはできないと歌っている詩行（同：771–72）は、明らかにキーツ自身のその作品における姿勢を語っている。すなわち、当初から書くつもりのある主題があり、それをあくまで優先させて、「下劣なもの」には妥協しないというのである。

第一段階としての自然描写

だがこれは何と深遠な幸福論であろうか！

批評家こそこの部分に注目して、様ざまに論じたてるけれども、これは『エンディミオン』の他の部分に較べて、一般読者には読み飛ばされる可能性の高い議論である。物語詩として読まれている場合にはなおさらであろう。けれども、詩のこの部分をどう読むかを示すことは、この詩を論じるものの義務であると思われる。まず詩の中で語られている《本質》と、手紙の中で述べられている《真実》とは、近似したものを指すと見てよいだろう。この《本質》を感じさせるものは自然物だけではなく、やがて段階的に音楽・芸術、人間の異性愛と友情などがこれに加わる。だがそれは第一段階である「天空の澄みきった宗教」の示す月や星々の穢れのない神秘感や、作品の七八二行目に出る、指に巻き付ける「薔薇の花びら」——直接肌に触れる自然の美とは切り離すことのできないものである。この出発点・第一段階が、《真実》に向かうための必須条件として意識されていて、それゆえに『エンディミオン』では繰り返し、自然美が描かれるのである。

これに次ぐ段階

指に巻き付けた「薔薇の花びら」で唇を撫でる（同：783）—これは《自然》との交合・合体を示唆する。この状態ならば、空気が「音楽の接吻で」風を妊娠させ、風の子宮からイオラスの竪琴の音を産み出させるのを聞くことが可能になる（同：783–86）。このような《自然》の音楽を聞くことのできる者には（その因果関係は読者が想像するしかないが）死滅したはずの歌曲類、神話に登場する予言的音楽や神話の人物のための子守歌などに象徴される、過去の人間文化が表現しようとした美と善も聞こえるようになる（同：787–94）。そして最も難解な詩行——

私たちはこれらを感じるだろうか――いや、感じた瞬
　間にこそ、私たちは
一種の《一者的状態》(a sort of oneness) の中へ踏み昇
　り、私たちの状態は
浮遊する霊気のようになる。だがこれよりさらに豊かな
《絡まった状態》(entanglements)、遙かに自己滅却的
　な《隷属状態》(enthralments) ―これらが存在し、
これらが《主要なる熱度》(the chief intensity) へ
徐々に私たちを導く。これらの頂点は
愛と友情から成り立っている、そしてその王冠は
人間性の額に高々と頂《いただ》かれている。 (I, 795–802)

――コウルリッジの《一者》、コウルリッジが影響を受けたハートリの連想心理学のエコーともいえる、一種の神秘思想である。キーツのこの一節は神との合一を語りはしないが、発想元としてはキリスト教、ネオ・プラトニズムもまた考えられる。しかし結果としてキーツは、彼独自の神話を志している。

《絡まった状態》から《主要なる熱度》へ

自然美の受容から→(聞こえない音楽を聞くような) 想像力の高揚に至り、そこから→美と善との一体化という《踏み昇り》は、比較的容易に理解できる。しかしそのあと、《絡まった状態》(entanglements, 798) はさらに豊かな美と善の体内への受容を、また次の《隷属状態》(enthralments, 798) は、人間の我欲を脱した (「自己滅却的な」) 詩人の忘我状態を、それぞれ指すと思われる。だが最も難解に見えるのが《主要なる熱度》(the chief intensity, 800) である。この 'intensity' という語は蒸留や固体化学物質の昇華を行う際の熱の強度を表すことは、スペリィ等によって明らかにされている (Sperry : 44–49 ; 高橋 : 32–34)。もはや下劣なものに浸食されない純粋な詩人的熱情 (想像力という、不純物を除去する蒸留時の火の強度) なのである。

想像力による抽出

この一節を判りやすく簡潔に言うならば「肉体的快の次元から、音楽と詩、友情の快の次元への登攀」(Motion : 179) と表現することもできるし、一見快美であるだけの恋物語を、美なるもの――第一巻冒頭の言葉どおり、この作品でキーツが最も大切にしている主題――から出発して、さらに友愛や愛へと登攀させる試みということもできる。月姫を初めて見る場面を、幼げな異性へのあこがれの域から脱出させる試みである。しかしスペリィの説く蒸留時の火の強度、

つまり想像力の力の高まりによって、想像力が抽出して見せてくれるものの質が次第に高まってゆくさまを、この《幸福論》の基調として読むことが肝要であろう。

自然の形象は高度な認識への入口

このあとに続くエンディミオンの台詞の中で、ふたたび彼は月姫の姿に接したことが語られる。この度の遭遇は、泉の水面に現れた彼女の姿によるる。このときにも、その直前に泉には雲の姿が映っていた。また月姫を見たとき、自然の美があたりに降り注いだ。

僕が眠りのなかで見惚れたのと同じ、輝く姿だった、
澄みきった泉のなかで微笑んでいたのは。僕の心は跳ね
　上がり
冷たい泉の深みをかいくぐった——すると月姫は逃げ去
　るように動いた——
驚いて立ち上がると、見よ！　我が心を洗うように
露の曲玉《まがたま》、露を乗せた蕾、木の葉、花々——これらが
僕の顔の上に豊かな驟雨のように降りかかってきて、
それらのみを見る僕の目から他の全てを包み隠した、
こうして僕の精神は新たな喜びにひたされた。
（I, 895–902）

このとき月姫の姿は消えてしまう。だがこれらの自然の形象への歓び（同：903）が、姫の消失によって生じた死への希求からエンディミオンを救う（同：903–05）。感覚的に捉えられた自然は、《快楽の温度計》によって下位にのみ置かれているという解釈には筆者は同意できない。幾段階かに《快》は分類されるけれども、自然物から直接に感受される《快》は高度な物への入口であり、切り離されることも訣別されることも許されない、必須の基底部である。

至高の状況に導く自然の美

第二巻に進めば、ふたたび自然の美しさが前面に出てくる——

野生の薔薇の木が花咲き誇らせて、テントのように
エンディミオンの頭上を覆っている、そして彼の想いを
誘う一つの花芽が彼の目に留まる。見よ！　だが彼は
それを摘み取り、その茎を水に浸す——どんなにそれが
ふくらみ蕾となり、彼が見ている間に花を開くことか！
そしてその花の中に、静かに一羽、金色の蝶が
留まっている。
（II, 55–61）

エンディミオンはこの蝶に導かれて彷徨を続ける。蝶が泉の湧き水に触れたとき、蝶の姿はかき消え、代わりに妖精が現れて、「百合の／花々のなかに立った」（同：99–100）。湧き水の澄み具合、草に隠れた花々を揺すっての蝶の探索、泉の砂利まじりの縁際に咲く百合――これらは皆、自然の美に囲まれたエンディミオンの姿を示す描写である。至高の状況にやがて達するまでに、いかに自然の美がそこに通じる入り口として登場することか！

遠くまで彷徨せよ

水の精となった蝶は、自己の無力を告白し、エンディミオンの理想の達成には「遠くまで彷徨しなければなりません」（同：123）と告げる――これは自然の美は端緒であり、さらに奥深い探求が、詩の完成には必要だと説いたものと読める。やがてエンディミオンは洞の奥から声を聞く。声は

降りてゆけ！
……小道に続く小道が曲がって達する
輝く鉱物に満ちた世界の洞窟の中へ降りてゆけ！
（II, 202–04）

という。「大地の中の、物言わぬ神秘」（同：214）を経巡って降りよというのである。エンディミオンはこの時には恐怖から、澄みきった月、樹木から頭を隠し、狂気を免れようとする。これは詩人キーツの、さらに奥深い意味を持った作品制作への、不安を示すと同時に、そのあとの話の展開によって、その不安の克服を予告する部分として理解できよう。

詩人が再起するメタファー

地下では女神ダイアンの姿を拝んだり、ダイヤモンドの燦然たる輝きを見たりするエンディミオンではあるが、「孤独という死ぬような想い」（同：274）にさいなまれ、ふたたび女神ダイアンの前に出て救いを求めようとする。だが女神の居場所は判らない。このときエンディミオンは「どんな黒々とした木のあいだから／あなたの三日月は輝くのですか？」（同：308–09）と問うている。こうした細部にも、木の枝のあいだに覗く細い月という、印象的な自然美が用いられる。救いを求める言葉も「私の故郷の木陰（bowers）を見させてください」（同：331）――これも自然の形象である。この孤独感から彼を救うのもまた自然美――川端に生える柳や様ざまな花なのである――

むかしのとおりの流路に向かう小川、川端の柳に迫る

小川の水――だがこれよりも美しかったのは
彼が目にした木の葉たち、花々……。

(II, 340–47)

これらに生気を吹き込まれて彼は旅を続ける――美の探求に挫折感を味わった詩人が、憂鬱にさいなまれながら再起する姿のメタファーである。

草花と鉱石での自然の神秘

エンディミオンが美少年アドニスが眠る場所に来たとき、彼の美しさは頭上に生い茂る草花の美によって描かれている。彼の口元はダマスクローズに譬えられるだけではない――

それはまるで、南からの朝風が、露を花びらに乗せた
薔薇の花を開くかのようだった。彼の頭上には
四本の百合の茎が、その白い勲章を互いに娶《めと》らせて
花の冠を作っていた。そして彼の周りには
ありとあらゆる緑の蔓、全ての華と色合いが
ともに縺れあい、重なりあって鮮やかだった。

(II, 406–14)

その上、「ビロードの葉と神々しいラッパ型の花を持った／忍冬《すいかずら》」(同：413–14) のほか、昼顔を初め、多くの草花が言及される。ヴィーナスその人の長い台詞を聞いたあとでは、今度は金、水晶、トルコ石、黒玉、ダイヤモンドなど、鉱石の美で自然の神秘を表す (同：594–97)。

並んで流れる二つの川

また第二巻には、ニンフ・アレシューザに恋する小川アルフィーアスの挿話が見える。本筋には関係がないけれども、アルフィーアスから逃れるために川に変身させてもらったアレシューザが、小川であるアルフィーアスと並んで流れる描写は、自然物を表象として、人間の営為を描写した優れた例であるといいたい。エンディミオンが耳を傾けて聞きとったのは

彼の両側に、霧のような飛沫を巻き上げながら
二つの泉が豊かな水を噴出させていた。双方の流れは
早く、狂おしく、あてどもなく、岩々の周りを突き進み
丈高い洞窟の巻貝や二枚貝のような形に突き当たり、
したたる雫を洞窟に残した。

(II, 918–22)

人間界の恋の激しさ、その周囲への影響などが、二本の川の流れとして美麗に表現されている。そして最後には

アレシューザの声を最後に、突然落下したのだ、
この二本の、悲しみの川は、恐ろしげな谷の下へ落ちた。
(II, 1008–09)

エンディミオンはこれを見て、二人の恋が成就するように祈る。彼自身の恋が実らないときに、他者に対してこのような祈りを捧げるエンディミオンの心根を示している（もちろんキーツ自身の心をも表している）。

政治性の中にも自然の形象

第三巻初めの、政治性が強すぎるとして当時批判されたという部分においてさえ、人の上に立って威張る上位の者たちを「人間の牧野から／心地よい緑や、みずみずしい干し草を／食べ散らしてしまう輩」(III, 3–5) という、自然界からの比喩で語る。また「王位の全ては金メッキされた仮面か?」(同：22) と問いかけて、例外とされる王位、女王位の中に月の女神のそれを挙げたあとの、月の描写（エンディミオンではなく語り手による称賛）は、特に自然界の美としてのこの天体の力——人間に美を感じさせる力——を歌っている。

あぁ月よ！　最も古い木々の間の、最も古い木蔭でさえ
貴女が覗き込むときには喜びで震える (feel palpitation)。
あぁ月よ！　古い大枝たちは、あなたが空気を通って
示す友情に、常にも増して厳かな騒ぎを口にする。
あなたは全ての場所で祝福を与え、その銀色の接吻で
命失せたものたちに命を与えるのだ。
(III, 52–57)

筆者には、キーツを読むということは、こうした行によって樹間に漏れる月光を美しいと感じることだと思われる（「ナイティンゲールに」において、暗黒の中、揺れる木の枝から風に吹かれてやってくる月光についても同断）。そしてエンディミオンは詩人の分身であり、シンシアはここで讃えられる自然美の極致であるから、エンディミオンとシンシアのやがて実現する合体は、詩人が、成就を（つまり詩による表現を）目指した自然美を獲得する姿の寓意であると思われる。つまりこの一節での月への賛美が主人公の恋愛の次元とは別個に為されていることが、この寓意を醸すのである。

月光として海底に赴いたシンシア

第三巻の七二行目からは、語り手が、月姫シンシアはエンディミオンと相思相愛であ

るとして詩は語られている――「シンシアよ！ ……あなたは、同じ想いに悲しむ男のために／嘆き悲しんでいる」（同：74–75）。だから一〇〇行以下の、恋の神キューピッドが「月の光を／深い、深い水の世界に送り込んだ」という部分は、《愛》の力は強いから、シンシアは月の光として海底に赴いたという意味に解してよいだろう。したがって一〇四行の「哀れなシンシア」という判りにくい一句は、生身ではなく単なる光線として物も言わずに海底に到達したシンシアという意味であろう。だからエンディミオンは、この場面でシンシアと対面したとは感じないのである――彼は「優しい月を味わおうと」（Ⅲ, 110）海草を枕に横臥するだけである。

月あってこその美

そして一四二行目からは、今度は語り手ではなくエンディミオン自身による月への賛歌が始まる。子供の頃から彼は月を実妹のように感じ（同：145）、月あっての自分だった。月によって完熟の域に実らされた林檎でなければ、自分は収穫しようとしなかったと歌って（147–48）、自然からの恩恵にもまた月の力が大きく及んでいることを示し、また月を「君」と呼びかけて

転がる川の水も、僕の眼が君の眼とともに
水面に踊るのでなければ、ロマンスを語りはしなかった。
君がすてきなまぶたを持ち上げないかぎり、どんな森も
十分な緑ではなく、どんな木陰も神聖ではなかった。
（Ⅲ, 149–52）

――いうまでもなく、川面に月影がひらめいて初めて、また森に月が姿を見せて初めて、それらの自然物が十全な美を付与されたと歌っているのだ。また彼が長じてからも、女性の魅力を持つ月あってこそ、全ての事物の美を感受できたという（同：169–74）。そしてその影響力は現在にまで続き、今は新たな「君の力」を感じる、と歌う（同：178–81）。

グローカスの海

この直後にエンディミオンはグローカス老に出逢う。『エンディミオン』を書く前にキーツは、ワイト島の海に魅せられ「海に」（'On the Sea'）を書き、「海の広大」と「古代から続く洞」に魅せられるさまを描いている。この経験がグローカスの海の場面に活かされていることはいうまでもない。この老人の身を包むマントには

海原の全ての姿が
黒々と鮮明に織り込まれていた。嵐、静穏、
波の囁き、恐ろしげな波濤の叫び、
流砂、渦巻、人の見棄てた海岸、
これらが皆、布地に、象徴風に記されていた。
(Ⅲ, 199–203)

これはグローカスが海を相手に、千年のあいだ(同:326)に経験したことを語る一種の絵巻である(彼の口ずからの語りは338–711に長々と記されている)。海は、バイロンの章で見たとおり、今日における以上に恐ろしいものであった。神話上の(また338–711に彼自らが描写する)グローカスは、魔女キルケーの恋慕を拒否したために苦難を浴びせられた人物である。この老人の海の表象を通じて、キーツは広大で永久性を持ち、時には苦難の源となる《自然》を表現している。

《死》もまた《自然》の一側面

グローカスを救出する運命にあると悟ったエンディミオンは、グローカスの恋人スキラを蘇生させ、また海での死者全てを生き返らせる(同:780–90)。彼らは海神ネプチューンに挨拶に出かけ、海神の右に「翼ある《愛の神》」(キューピッド)、左に「美の原型」(ヴィーナス)が立っているのを見る。ヴィーナスはエンディミオンに

何だと? 未だにお前は
つまらぬ人間界の過酷な網から逃れられないでいるの?
あと少しの我慢よ、この若者! 長い時間ではないわ。
(Ⅲ, 906–08)

と告げるのだが、これは作品の結末の幸せの成就を予言するとともに、詩人キーツの人間界での存在が短いことも予言している——つまりキーツが自己の存在が「長い時間ではない」ことを意識している一節だと思われる。だがこの「網からの脱出」は、究極の美を表現したのちに実現するという想いも、キーツには強かったと思われる。「秋に」における同様に、《死》の存在もまた《自然》の一側面であることをキーツは常に強く意識していた。この場面の死者の蘇生は、《自然》のこの側面への抗議であろう。

《インドの乙女》の心

さて『エンディミオン』の第四巻の、《インドの乙女》の《悲しみ》に寄せる歌については第二〇章の冒頭部をお読みい

ただきたい。この歌のあと、《インドの乙女》はバッカスの率いる一団の馬鹿騒ぎに一時加わってみるが、

心も病み果て、倦怠に襲われ――私はきまぐれにも
この寂しい森の中に迷い込んできたのです、
ただ一人、連れ一人なく。（IV, 269–71）

これより前に《インドの乙女》は、エンディミオンにこう話していた――

あなたが話されるような寂しいことが、どうして
起こらずにはいられないの？　人里遠いこの緑の森は
全て、なぜ不幸とは無縁ではないの？　小川たちは
恐ろしい声を立てますか？　あの鶫《つぐみ》、羽根も揃わぬ
我が子たちに、露に濡れた森の中をどう飛ぶのかを
教えている鶫は、悪口なんか言いますか？（IV, 126–31）

この二つの引用は、《インドの乙女》の心をよく表している。彼女の心の美は《自然》の美しさと連動している。

月が現れて乙女は……

エンディミオンがこの《インドの乙女》を伴って、翼のある二頭の駿馬を空に舞い上がらせたとき、《夕方》の頬の朱色は「良き夜を《グッド・ナイト》！」と語るかのように消えてゆくが、その時雲の端から月の尖った先が現れる。

二人の素早い飛翔が向かう真ん前に、漆黒の雲の筋から
月が、小さなダイヤモンドのような尖んがりを現した。
人の眼に見えないほどの星のような小ささ、
あるいは妖精が使う三日月刀の、ちっぽけな刃先のよう。
天空の中へ、月が、おずおずと頭部をうつむかせる時の
優美なしぐさを示す前に、銀色の彼女のサンダルの紐を
結び直そうと、ただ身を屈めたような光輝に満ちた現れ。
飛び去ってしまいたいというように月はゆっくりと昇り
その間、エンディミオンは優しい乙女のほうを振り返り
彼女の黒い眼が月の誕生のこの美しさを捉えたかどうか
確かめようとしたのだが――絶望だ！　絶望だ！
乙女の身体《からだ》が痩せ細り薄らいでゆくのを眼にしたのだ、
冷たい月光の中で。すぐさま彼は彼女の手首を掴んだ、
だが握りしめる中で手首は溶けた。それにキスした、
すると恐ろしや、自分の手にキスしたのだ――彼は一人
きりとなっていた。（IV, 496–510）

——月が現れると乙女は消える。これが物語の上では、この両者が同一であることを示す伏線なのだが、ここにも月の現れかたを示す絶妙に美しい描写が見られる。

最終場面での月姫の言葉

よく知られているように、このように一時の別離を経たのち、やがてエンディミオンが再会した《インドの乙女》は実は月姫シンシアの地上での姿であったことが判り、二人は結ばれて遠くへ消え去る（同：1002）——だがシンシアはピオナに語っていた——

> ピオナさん、私たちはこれらの森のあたりを訪れます、
> 森は、わたしの揺りかごも同然に、あなたに安全です。
> ピオナさん、私たちに会うために、何度も何度も
> これらの森に逃げてきてくださいね。　（IV, 993–96）

詩人の美の探索、そして美そのものとの出会いと結合が、決して人間界との接触を断つものでないこと、しかし人間界の醜さとは絶縁したところでその美は成り立つことを、ともにこの科白は示している。

詩神への恋《ロマンス》を表現

ここでこの長編の締めくくりに、優れた先人の言葉を掲げよう——

> エンディミオンのシンシアへの愛は、キーツの、自己の詩神への恋《ロマンス》を表現したものである。それは、性的（carnal）知識の比喩を通じて、自己の芸術の生命がその上に依存している霊感の隠れた源泉と自己との関係を、この詩人が探求する必要性を表している。（Sperry : 103）

官能的な恋物語の表層と相伴うかたちで、この「詩神への恋《ロマンス》の表現」があると読まなくては、『エンディミオン』を読んだことにはならないであろう。そしてエンディミオンとシンシアは、ピオナに見送られてともに飛び立ってゆくが、これは究極の美を求めることを生涯の目標に掲げたキーツが、その実現を願って書き上げた結末であると思われる（確かに精神分析学で言う《願望充足》ではある）。しかし私たちが感激するのは、ヴィーナスの先ほどの予言どおり、この若者キーツが「人間界の過酷な網から逃れ」るのには「長い時間」がかからなかったけれども、『エンディミオン』の最終場面が象徴していた詩人と美との合体は、彼のまことに短かった生涯の中で、多くの作品において見事に達成されていることである。

後書き

本書の第一四章は「中央大学人文研紀要」に掲載した英文によるエッセイ（"P. B. Shelley's 'Alastor' and Hardy's Poems"）と内容の上で一部重複、また第二〇章は同紀要に掲載した「キーツの自然美学」の転載、第二一章は同エッセイに加筆したもの。他の一八章はこの数年の書き下ろしだがごく一部既発表の文章と重複する。本書のタイトルは気障だが、旧拙著の『近世イギリス文学と《自然》』と紛らわしくなることを避けて「緑の詩歌」という言葉をあえて用いた。もちろん本書はこの旧著の姉妹編である。

本来は第二二章にジョン・クレアを扱うはずだった（また以前に『英語青年』に載せた小論を軸に、七割かた書き進んでいた）。だが強力に私の体調管理に尽くしてくれていた家族の一員が、一時寝込んでしまった。この家族がある出版社に提出した、重厚五百頁の準学術書で難解な評伝の飜訳が、原訳者の許諾なく大幅に改竄され、書き換えた若者が監修（監訳？）者を名乗るという、考えられない侮辱的違約に遭遇したからである。原訳者の名を表紙等に残すことを条件に、彼らの思い通りにさせ、この出版社との接触を断つことによって、家族も、また憤激のあまり血圧の異常上昇に苦しんだ私も、何とか健康を回復したものの、第二二章は省かざるを得なくなった。また第一八章など他の章にも、十分に加筆できなかったのが心残りである。

しかし中央大学出版部の小島啓二編集長は、拙稿の全面的な内校の際に、実に心の籠もった示唆を百何十箇所、いやそれ以上に、施してくださった。鉛筆書きの遠慮がちな書き込みから知性と愛が伝わってきた。家中が鬱々としていた時期だっただけに、これは地獄で仏に救われた感じだった。印刷所の方々を含め、心からの謝意を記したい。

ところで二一世紀に、《自然》を扱う者の責任は十分に感じていた。各所に環境保護、卒原発の言葉を挟んだのはそのためである。我が国の疲弊した文化に老人の小さな声を投じて、世相を少しでも良い方向に向けたかった。

この先、私はロマン派以降一九世紀を通じての詩歌の動向を扱いたい。二〇〇七年の「イギリス・ロマン派学会」のシンポジアムに、この学会の外から参加して下さった富士川義之氏から、シンポ終了後、当日私も論じた「ロマン派とヴィクトリア朝」について書くようにとの勧奨を頂いた。その実現に向かって私は進み始めているのだが……。

二〇一二年一二月　　　　森松健介

著者略歴

森松健介（もりまつ　けんすけ）

金沢大学法文学部卒。東京大学大学院英語英米文学修士課程修了。

神戸市外大講師を経て中央大講師、助教授、教授。現・名誉教授。

中央・法政（含大学院）・成蹊大各英文学科及び東京芸大元兼任講師。

日本英文学会機関誌元編集委員、イギリス・ロマン派学会元理事。

単　著：『十九世紀英詩人とハーディ』2003、中央大学学術図書（55）。

『テクストたちの交響詩：ハーディ 14 の長篇小説』2006、中央大学出版部。

『抹香臭いか、英国詩』2007、中央大学人文研ブックレット。

『近世イギリス文学と《自然》』2010、中央大学学術図書（76）。

共　著：『テーマ別英語読本第４巻　人間と自然』1974、研究社。

『英国十八世紀の詩人と文化』1987、中央大学出版部。

『新和英中辞典』4、5 版（編集、執筆）1996、2000、研究社。

『伝統と変革』（Blake 論）2010、中央大学出版部、他 16 点。

単訳書：『トマス・ハーディ全詩集Ⅰ、Ⅱ』1995、中央大学出版部：（第 33 回日本翻訳文化賞）／「アン・ブロンテ（全）詩集」1996、みすず書房ブロンテ全集第 10 巻『詩集』／大阪教育図書ハーディ全集 15-2 巻『詩集２』2010、14-1 巻『覇王たちⅠ』2012。

共訳書：ブロノフスキー著『人間とは何か』1969、みすず書房。

ウイリー著『一八世紀の自然思想』1975、みすず書房。

大阪教育図書ハーディ全集第 15-1 巻『詩集１』2011、他。

イギリス・ロマン派と《緑》の詩歌

2013 年 2 月 27 日　初版第 1 刷発行

著　者　森　松　健　介
発行者　遠　山　　暁

郵便番号 192-0393
東京都八王子市東中野 742-1
発行所　中　央　大　学　出　版　部
電話 042(674)2351　FAX 042(674)2354
http://www2.chuo-u.ac.jp/up/

印刷・ニシキ印刷／製本・三栄社

ISBN 978-4-8057-5175-6

人名・作品名索引

必要最小限に原題を記した。現代批評家の生没年は原則として省略。
氏名や頁数を丸括弧で囲んだものは、本文に氏名や題名のない言及。

ア　行

アウグスティヌス（Aurelius Augustinus, 354–430）　*270.*
青山富士夫　*5.*
アディソン（Joseph Addison, 1672–1719）　*4, 8, 9.*
アナベラ→バイロン（妻）
アーノルド（Matthew Arnold, 1822–88）　*256, 266, 289, 386.*
「エトナ山頂のエンペドクレス」　*256.*
アリソン（Archibald Alison, 1757–1839）　*9.*
『趣味の本質と諸原理について』　*10.*
アルヴィ（Alvey 宮本なほ子）　*279, 310, 313.*
「モンブラン」論　*310.*
アルキメデス（Archimedes, c.287BC–212BC）　*243.*
アロット（Miriam Allott）　*379–80.*
アンティノウス（Antinous, c. 110–130）　*344.*
アンネット（Annette Vallon）　*138, 150, 164, 179, 181–82, 184, 186.*
イェイツ（W. B. Yeats, 1865–1939）　*109.*
イエス（Jesus Christ）→キリスト．
イーグルトン（Terry Eagleton）　*150.*
『詩の読み方』　*(150).*
イークンヘッド（Mr Ekenhead）　*346.*
石幡直樹　*135.*
イーデン（Frederic Eden, 1766–1809）　*66.*
『貧民の状況』　*66.*
イートン（Daniel Isaac Eaton）　*244.*
ヴァロン→アンネット．
ヴィーデマン（Professor Christian Wiedemann）　*231.*
ウィムザット（W. K. Wi m satt, Jr., 1907–75）　*166–67.*
ウィリー（Basil Willey, 1897–1978）　*164–65, 219.*
『十八世紀の自然思想』　*164,* (*219*).
ウィリアムズ（Helen Maria Williams, 1762–1827）　*49.*
ウェスパシアヌス（Vespasian, 9–79）　*251.*
上田和夫　*290.*
ウェルギリウス（Publius Vergilius Maro, 70–19BC）　*16, 44, 59, 133.*
『牧歌（エクローグズ）』　*16, 59.*
ウェルディ（Giuseppe Verdi, 1813–1901）　*136.*
『マクベス』　*136.*
ウォートン，J.（Joseph Warton, 1722–1800）　*2, 15, 245, 297.*
「熱狂者」　*245, 297.*
ウォートン，T.（Thomas Warton, 1728–90）　*2, 8, 204–6.*
「ソネット九．ロドン川に」　*205.*
「《憂愁》の歓び」　*8, 205–6.*
ヴォルテール（Voltaire, 1694–1778）　*41, 243, 269.*
ヴォルネイ（Constantin François Volney, 1757–1820）　*275.*
『廃墟』　*275.*
ウォルポール（Horace Walpole, 1717–97）　*232.*
ヴォーン（Henry Vaugham, 1622–95）　*141, 153.*
「遠ざかり」（'The Retreat'）　*141. 153,* (*154*).
ウルストンクラフト（Mary Wollstonecraft Godwin, 1759–97）　*66, 97, 202, 290–1.*
『女性の権利の擁護』　*290–1.*
『人間の権利の擁護』　*66, 97.*
エイキン（John Aikin, , 1713–80）　*55.*
エイキン（John Aikin, 1747–1822）　*57.*
エイブラムズ（Abrams, M. H., 1912– ）　*166,* (*211*).
エドワード一世（Edward Ⅰ, 1239–1307）　*7.*

スペリィ（Stuart M Sperry）　*403–4*,
（*411* その他）.
スペンサー（Edmund Spenser, c.1552–99）
146, *377*, *382*, *392–3*.
「可変性キャントウズ」　*392–3*,
スミス（Adam Smith, 1723–90）　*269*.
スミス（Augusta Smith, 1775–95. 次項の次女）　*48*.
スミス（Charlotte Smith, 1749–1806）　*2*,
7, *29*, *31*, ***47–55***, *56*, *58*, *69*, *139*.
「アルン川に寄せて」　*50*.
『エレージー的ソネット集』　*47–55*.
「ソネット 21」　*48–9*.
「ソネット 22」　*49*.
「ソネット 23」　*49–50*.
「ソネット 30」　*50–1*.
「ソネット 31」　*52–3*.
「ソネット 32」　*51*.
「ソネット 33」　*51–2*.
「ソネット 36」　*53–4*.
「ソネット 39」　*54*.
「ソネット 44」　*7*.
「ソネット 45」　*52*.
「ソネット 53」　*54*.
「ソネット 59」　*54–5*.
「死去した物乞い」　*69*.
『ビーチィ岬』　*47*.
「森の少年」　*29*.
スミス（Horace Smith, 1779–1849）　*61*.
セリンコート→ドゥ・セリンコート .
セルウィウス（Maurus Servius Honoratus, 四世紀末）　*16*.
ソクラテス（Socrates, c.470BC–399BC）
251.
ソロモン王（Solomon, c.）961BC–922BC）
62, *250–1*.

タ　行

タイソン（Ann Tyson, ?–1796）　*178*.
ダイヤー（George Dyer, 1755–1841）
68, *71*, *203*.
ダーウィン , エラズムス（Erasmus Darwin, 1731–1802）　*58*, *174*, *211*.
『《自然》の殿堂』　*58*.
ダック , スティーヴン（Stephen Duck, 1705?–1756）　***44–6***.
『脱穀者の労働』　***44–6***.
ダッフィー（Cian Duffy）　*262*.
ダービシャー（Helen Darbishire, 1881–1961）　*142*.
ダン（John Donne, 1572–1631）　*3*, *390*.
チャイコフスキー（Pëtr Il'ich Tchaikovsky, 1840–1893）　（*90*）
チャタトン（Thomas Chatterton, 1752–70）　*197–98*, *384*.
チョーサー（Geoffrey Chaucer, c.1343–1400）　*103*.
ツィンマーマン（Professor Zimmermann）
231.
デイヴィー（Sir Humphry Davy, 1778–1829）　*231*.
ティツィアーノ（Titian, 1490–1576）
382.
「バッカスとアリアドネ」　*382*.
テイラー（Taylor,『エンディミオン』の出版者）　*401*
デナム , ジョン（John Denham, 1615–69）
109.
デニス（John Dennis, 1657–1734）　*9*.
テニスン（Alfred Tennyson, 1809–92）
266, *289*.
デラム（William Derham, 1657–1735）　*4*,
『自然神学』　*4*.
（土井晩翠）　*275*.
「荒城の月」　*275*.
ドゥ・セリンコート（E. de Selincourt, 1870–1943）　*142*.
トマス・ア・ベケット（Thomas á Becket, c.1118–70）　*342*.
トムソン（James Thomson, 1700–48）　*2*,
3, *6*, *15*, *55*, *61*, *110*, *282*, *290*, *377*.
『四季』　*6*, *61*, *282*.
ドルバック（Paul-Henri Dietrich d'Holbach, 1723–89）　*244*, *250*, *257*,
260, *273*.

ナ　行

ナポレオン（Napoléon Bonaparte, 1769–1821）　*58*, *182*, *201–03*, *320*, *331*.
ニコルソン（Marjorie Nicolson, 1894–1981）　*396*.
ニュー（Peter New）　*42*.
ニュートン（Isaac Newton, 1642–1727）
10, *101*, *103*, *173*, *214–7*, *220*, *223*.
野上憲男　*206*.

ハ　行

バイロン（妻アナベラ = Annabella Milbanke, 1792-1860） *360.*
バイロン（Augusta Maria Byron, 1783-1851） *360, 365-66, 368.*
バイロン（George Gordon Byron, 1788-1824） *4, 81, 138, 279, 282, 321, 325,* **342-69,** *409.*
　『イギリスの詩人とスコットランドの批評家』 *343.*
　「エマに」 *344.*
　『海賊』 *325,* **349-53.**
　「オーガスタへの書簡」 *368.*
　『貴公子ハロルドの巡礼』 **346-9.**
　「キャロラインに」（'To Caroline', When I hear ...） *345.*
　「心煩いのない子供ならいいのに」 *347.*
　「《自然》への祈り」 *342,* **357-8,** *364, 366-7.*
　『ドン・ジュアン』 *345-6, 349-50,* **353-56.**
　「ニューステッド僧院への哀歌」 *342.*
　『マンフレッド』 *346, 349,* **357-69.**
パウエル（A. E. Powell） *166.*
バーカー（Juliet Barker） *164-65.*
バーク（Edmund Burke, 1729-97） *4, 9, 10, 12, 202.*
ハクスリー（Aldous Leonard Huxley, 1894-1963） *4, 110, 117.*
　『これら反古となった書籍類』（These Barren Leaves） *117.*
バークリー（George Barkeley, 1685-1753） *215, 239, 356, 370.*
（芭蕉, 1644-94） *246.*
　「石山の石より白し秋の風」 *246.*
ハズリット（William Hazlitt, 1778-1830） *394.*
パタソン, アナベル（Annabel Patterson） *17, 137.*
　『パストラルとイデオロギー』 *17, (137).*
ハッチ（Ronald B. Hatch） *41. 42.*
ハッチソン（Sarah Huchison） *237-8.*
ハーディ（Thomas Hardy, 1840-1928） *21, 25, 35, 59-60, 149, 179, 182, 256-7, 266, 287, 329, 331, 360.*
　『エセルバータの手』 *25.*
　『テス』 *287.*
　『覇王たち』 *59-60, 182, 329, 331.*
　『遙か狂乱の群れを離れて』 *179.*
　「貧しい農民の告白」 *59.*
ハートリー（David Hartley, 1705-57） *218-19, 223, 237, 403.*
ハドリアヌス帝（Hadrian, 76-138） *344.*
バーネット（Thomas Burnet, 1635-1715） *4, 9. 209, 218.*
　『地球についての神聖な理論』 *4, 9, 218.*
バビット（Irving Babbitt, 1865-1933） *4, 110, 117.*
バーボールド（Anna Laetitia Barbauld, 1743-1825） *47,* **55-62.**
　『一七九二年詩集』 *55.*
　「春の到来の遅れについて、一七七一年」 *55-6.*
　「春へのオード」 **56-8.**
　『一八一一年』 **58-62.**
原田俊孝 *150.*
ハンウェイ（Jonas Hanway, 1712-86） *70, 71.*
バーンズ（Robert Burns, 1759-96） *5, 384.*
ハント（Leigh Hunt, 1784-1859） *138, 383.*
樋口一葉（1872-96） *136.*
ピーコック（Thomas Love Peacock, 1785-1866） *311.*
ビーチ（Joseph Warren Beach, 1880-1957） *370.*
ヒッチナー（Elizabeth Hitchener） *270.*
ピット（小ピット。William Pitt, 1759-1806） *60, 180. 223, 349.*
ピム, バーバラ（Barbara Pym, 1913-80） *136.*
ヒューム（David Hume, 1711-76） *269.*
ヒューム（T. E. Hulme, 1883-1917） *117.*
ファニィ（キーツの婚約者 Fanny Brawne, 1800-65） *391.*
フィリップス（Janetta Philips） *270.*
フェアファックス将軍（Thomas Fairfax, 1612-70） *12, 120-21.*

フェンウィック（Isabella Fenwick）　*126, 128, 149.*
フォントネル（Bernard Le Bovier de Fontenelle, 1657–1757）　*28.*
プサーン（Nicolas Poussin, 1594–1665）　*115.*
プーシキン（Aleksandr Sergeyevich Pushkin, 1799–1837）　*350.*
　『アレコ』　*129, 350.*
フライ（Northrop Frye, 1912–91）　*89, 90, 91.*
ブラウニング（Robert Browning, 1812–89）*266, 289.*
プラット（Samuel Jackson Pratt, 筆名 Courtney Melmouth）　*13.*
プラトン（Plato, 427–347B.C.）　*141, 153, 290, 370.*
フランクリン（Benjamin Franklin, 1706–90）　*216.*
プリーストリー（Joseph Priestley, 1733–1804）　*4, 55, 192–3, 214, 216, 218, 223.*
フリッカー（Sara Fricker, 1770–1845）　*211–3.*
フリッチャイ（Ferenc Fricsay, 1914–63）　*185.*
ブリテン（Benjamin Britten, 1913–76）　*41.*
　『ピーター・グライムズ』　*41.*
ブリュメンバッハ（Johann Friedrich Blumenbach, 1752–1840）　*231.*
ブルクス（Cleanth Brooks, 1906–94）　*125–26.*
フルフォード（Tim Fulford）　*44.*
ブルーム（Harold Bloom, 1930– ）　*264–6.*
ブレイク（William Blake, 1757–1827）　*2, 3–4, 6, 9, 22, 29, 35, 40, 41, 43, 50, 58,* ***63–107****, 138, 177–78, 201, 222, 264, 279, 289, 295, 299, 307, 325, 339, 390.*
　『アメリカ』　*4.*
　『エルサレム』　*63, 68, 73, 82, 88, 90, 93, 95, 103, 177, 289.*
　　（『エルサレム』の）「扉絵」　*87.*
　　（『エルサレム』の）第七七図版「キリスト教徒へ」　*93.*
　『経験の歌』　*64, 68, 70,* ***87–107****.*
　　「あぁ、向日葵よ！」　*102–03.*
　　「愛の楽園」　*92, 95.*
　　「煙突掃除の子」　*95–7, 103.*
　　「古代吟唱詩人の声」　*64–5, 93.*
　　「序詩」　*88–90, 93.*
　　「聖木曜日」　*75, 104–05.*
　　「《大地》の返答」　*88–93.*
　　タイトル・ページ　*88.*
　　「土くれと石ころ」　*92, 94–5.*
　　（『経験の歌』の）「扉絵」　*87.*
　　「乳児の悲しみ」99.
　　「人間の姿をした抽象観念」（'The Human Abstract'）　*105–06.*
　　「蠅」　*100–01.*
　　「百合の花」　*99–100.*
　　「ロンドン」　*98–100, 106, 307.*
　『詩的スケッチ』　*106.*
　　「夕べの星に」　*106.*
　『月の中の島』　*64, 76.*
　『手帳からの詩編』　*98, 106.*
　　「古い諺」（'An ancient Proverb'）　*106.*
　トラスター博士への手紙　*87.*
　『ピカリング稿本』　*85.*
　　「無垢の兆たち」（'Auguries of Innocence'）　*85–6.*
　『ミルトン』　*63, 73, 82, 90, 96.*
　『無垢の歌』　***63–86****, 88, 92, 105.*
　　「煙突掃除の子」　*82–3, 96.*
　　「神の姿」（'The Divine Image'）　*81. 105.*
　　「古代吟唱詩人の声」　*64–5, 93.*
　　「谺する緑地」　*77–9.*
　　「小学生」　*64.*
　　「序の歌」　*64, 92.*
　　「聖木曜日」　*75.*
　　「他者の悲しみを見て」　*84–5.*
　　「乳児の悦び」　*74, 100.*
　　「肌の黒い幼い少年」（'The Little Black Boy'）　*84.*
　　「花」　*79.*
　　「春」　*79–80.*
　　「保育士の歌」　*76–7.*
　　「揺りかごの歌」　*76.*
　　「夜」　*80–1.*
　　「笑いの歌」　*76.*
　『無垢と経験の歌』　***63–107****.*
　『ヨーロッパ』　*4.*
ブレイク（Catherine Blake, 1762–1831）　*70.*
フロイト（Sigmund Freud, 1856–1939）　*130, 181, 256.*
　『ある幻想の未来』　*256.*

ブーン将軍（Daniel Boone［バイロンはBoonと表記］, 1734−1820）　350.
ヘイガース（John Haygarth, 1740−1827）　193.
ベイコン，フランシス（Francis Bacon, 1561−1626）　103, 257.
ペイター（Walter Pater, 1839−94）　111.
ベイト（Jonathan Bate, 1958）　108, 135, 138.
　『ロマン派のエコロジー：ワーズワスと環境保護の伝統』　108, 135,（138）.
ベイト（Walter Jackson Bate, 1918−99）　5.
　『古典主義からロマン主義へ』　5.
ヘイリー（William Hayley, 1745−1820）　50, 52.
ペイリー（William Paley, 1743−1805）　13, 14.
ペイン（Thomas Paine, 1737−1809）　98.
　『人間の権利』　98.
ベケット→トマス・ア・ベケット．
ペトラルカ（Francesco Petrarca, 1304−74）　16, 17.
　『牧歌』　（16）.
ヘンリー二世（Henry Ⅱ, 1133−89）　342.
ボアロー（Nicolas Boileau−Déspreaux, 1636−1711）　8.
ボアンヴィーユ夫人（Mrs. Boinville）　265.
ポウプ（Alexander Pope, 1688−1744）　2, 3, 12, 28, 109, 250, 269, 321, 343−4.
『人間論』　269.
『牧歌論』　28,
ボウルズ（William Lisle Bowles, 1762−1850）　144, 205−8, 343.
　『英国詩人の適例』（Specimens of the British Poets）　343.
　　「イギリス詩についてのエッセイ」　343.
　『一四のソネット』　206.
　　「ソネット四．ウェンベック川に」　206.
　　「ソネット七．スコットランドの村にて」　207−8.
　　「ソネット八．イッチン川に」　144−45, 206.
ホーガース（William Hogarth, 1697−1764）　84, 105.
ホッグ（James Hogg, 1770−1835）　5.
ホッグ（Thomas Jefferson Hogg, 1792−1862）　263, 269.
ホッブズ（Thomas Hobbes, 1588−1679）　129, 181.
ボーピュイ（Michel-Armand Bacharetie Beaupuy, 1755−?）　164, 179.

マ　行

マーヴェル，アンドルー（Andrew Marvell, 1621−78）　3, 12, 120−21, 345.
　「アップルトン屋敷」　12, 120.
　「はにかむ恋人に」　345,
マガン（Jerome J. McGann, 1937−）　135, 137.
『枕草子』　136.
マーシャル（Dorothy Marshall）　66−7.
マドックス（William Alexander Madocks, 1773−1828）　244.
マラー（Jean-Paul Marat, 1743−93）　136.
マリー（John Middleton. Murry, 1889−1957）　384.
マリア（《聖母》Mary）　248.
『万葉集』　110.
ミルトン（John Milton, 1608−74）　2, 3, 5, 9, 15, 17, 48, 51, 63, 65, 91, 103, 138, 146, 163, 215, 217−8, 222−4, 247−8, 299, 367−8, 377, 382, 388, 390.
　『アレオパジティカ』　224.
　『キリスト教教義論』　166, 174−7. 183, 184.
　『失楽園』　9, 217−8, 247, 299, 367, 388.
　「沈思の人」　48.
ムア（Thomas Moore, 1779−1852）　5.
（紫式部）　136.
　『源氏物語』　136.
室生犀星（1889−1962）　141.
　「犀川」　141.
　「寂しき春」　141.
メアリ→シェリー（後妻．Mary Shelley）.
メリメ（Prosper Merimée, 1803−70）　350.
　『カルメン』　129, 350.
モーション（Andrew Motion, 1952）　384−5.
森松健介　3.
　『近世イギリス文学と《自然》』　3, 5,

17, 114, 120.
（訳）『覇王たち』　*182.*
『抹香臭いか、英国詩』　*146.*
モンテーニュ（Michel de Montaigne, 1533–92）　*130.*
「食人種について」　*130*

ヤ　行

山内久明　*149, 154.*
横川雄二　*115.*
（黙示録の）ヨハネ（Saint John）　*176.*
「黙示録」　*176.*

ラ　行

ライプニッツ（Gottfried Wilhelm von Leibnitz, 1646–1716）　*231.*
ラヴォアジェ（Antoine Laurent Lavoisier, 1749–94）　*215.*
ラヴジョイ（Arthur O Lovejoy, 1873–1962）　*379.*
ラパン（René Rapin, 1621–67）　*28.*
ラム（Charles Lamb, 1775–1834）　*120, 208, 216.*
リーヴィス（Frank Raymond Leavis, 1895–1978）　*89, 90, 126.*
リーダー（Zachary Leader）　*89.*
リード（Thomas Reid, 1710–96）　*10.*
『人間精神の探求』　*10.*
ルイ一六世（Louis XIV, 1754–93）　*164.*
ルクレティウス（Titus Lucretius Carus, c.96–c.55B.C.）　*243, 271.*
『物の本質について』　*271.*
ルソー（Jean Jacques Rousseau, 1712–78）　*130, 269.*
レヴィンソン（Marjorie Levinson）　*135, 138.*
レノルズ（Joshua Reynolds, 1723–92）　*12.*
ロウ（Nicolas Roe）　*146.*
ロウズ（John Livingston Lowes, 1867–1945）　*215.*
『ザナドゥーへの道』　*215.*
ローザ（Salvator Rosa, 1615–73）　*281.*
ロセッティ（Dante Gabriel Rossetti, 1830–94）　*386.*
ロック（John Locke, 1632–1704）　*103, 215.*
ロビンソン（Mary Robinson, 1758–1800）　*57, 62.*
『サッポーとパオーン』　*62.*
ロベスピエール（Maximillian Robespierre, 1758–94）　*180. 320.*
ロムニー（George Romney, 1734–1802）　*50.*
ローラン（Claude Lorrain, 1600–82）　*258, 281.*
ロンギノス（Dionysius Longinus, 1 世紀初め）　*8.*
『崇高について』　（*8*）.

ワ　行

ワイリー（Ian Wylie）　*214–6, 218, 220.*
ワーズワス（Dorothy Wordsworth, 妹 . 1771–1855）　*12, 59, 128, 132, 139, 143, 146, 147–8, 150, 175, 177, 182, 187–8, 198, 200, 208, 231, 302.*
ワーズワス（John Wordsworth, 実弟 . ?–1805）　*151.*
ワーズワス（Mary Wordsworth, 妻 . 1770–1859）　*133, 150,* （*238*）.
ワーズワス（William Wordsworth, 1770–1850）　*2–5, 6, 10, 12, 18, 21, 23, 29, 33, 35, 40, 47, 49, 52, 59, 67, 101,* ***108–91***, *175, 198, 200, 198, 205, 207–8, 216, 222, 228, 231, 244, 253, 261–5, 274, 289, 295, 302, 312, 318, 327, 364.*
アルプスの美に打たれた手紙　*143–34, 177.*
『隠者』　*111.*
『逍遙』　*111, 116–18, 261–3, 274, 327.*
「序詩」　*116–17*
「エアリー滝の谷間」（'Airey-Force Valley'）　*118.*
「永生の（啓示）オード」　*141, 143,* ***149–62***, *182, 263,* （*274*）.
「義務に捧げるオード」　*112–13.*
『行商人』（*The Pedlar*）　*118–20.*
『序曲』　*121–22, 133–34, 139–43,* ***163–91***, *244.*
『二部・序曲』（'The Two-Part Prelude'）　*164, 184.*
『抒情民謡集』　*108, 116–17,* ***122–33***,

Works Consulted (Chiefly Cited)

Abrams, M. H. *The Mirror and the Lamp*. Oxford UP, 1953. Woodstock Books, 1991.

Addison & Steele (ed. Gregory Smith). *The Spectator*. 4 vols. Everyman Library. Reset Version, 1963.

Aikin, John. *Essay on the Application of Natural History to Poetry*. Warrington, 1777.

Alison, Archibald. *Essays on the Nature and Principles of Taste*, 1790. Vol. 1, reissued in Edinburgh, 1825. (Nabu Public Domain Reprint)

Allott, Miriam. *The Poems of Keats*. Longman, 1970.

Alvey (アルヴィ宮本なほ子). *Strange Truth in Undiscovered Lands*. Toronto UP, 2009.

阿見明子, 「シャーロット・スミス『ビーチー岬』」, 2004. →笠原, 下掲.

Ashfield, Andrew & Peter de Bolla. *The sublime: a reader in British 18th century aesthetic theory*. Cambridge UP, 1996.

Babbitt, Irving. *Rousseau and Romanticism*. 1919. (AMS Press Reprint, 1979)

Barbauld, Anna Laetitia (ed. Jonathan Wordsworth). *Eighteen hundred and eleven 1812*. Woodstock Books, 1995.

Barrell, John. *The Dark Sides of the Landscape: The rural poor in English painting 1730–1840*. Cambridge UP, 1980.

Bate, Jonathan. *Romantic Ecology: Wordsworth and the Environmental Tradition*. Routledge, 1991.
(同書邦訳:『ロマン派のエコロジー:ワーズワスと環境保護の伝統』. 小田友弥, 石幡直樹共訳, 松柏社, 2000)

Bate, Walter Jackson. *From Classic to Romantic: Premises of Taste in Eighteenth Century England*. Originally published by Harvard UP, 1946; Harper Torchbook Edition, 1961.
(同書邦訳:『古典主義からロマン主義へ』, 青山富士夫訳, 北星堂, 1986)

———. *Coleridge*. Weidenfeld and Nicolson, 1968.

———. 'The "Ode on Melancholy"', in Bloom (ed.) 1987, below.

Bateson, F. W. *Wordsworth: A Re-Interpretation*. Longmans, 1956.

Beach, Joseph Warren. *The Concept of Nature in Nineteenth-Century English Poetry*. 1936; Reissued: Russell & Russell, 1966.

Bishop, Jonathan. "Wordsworth and the 'Spots of Time'", in Harvey & Gravil below.

Black, William. 'Life of Goldsmith' in *The Poems of Oliver Goldsmith, M. B.* New York, A.L. Burt Company, 出版年不詳.

Blake, William. (ed. Erdman). *Blake: Prophet against Empire*. Princeton UP, Third Ed., 1977.

———. (ed. Erdman). *The Complete Poetry and Prose of William Blake*. Newly Revised Ed. California UP, 1982.

———. (ed. Keynes). *Blake: Complete Writings, with Variant Readings*. Oxford UP, 1966.

Bloom, Harold. *The Visionary Company: A Reading of English Romantic Poetry*. Doubleday & Company, 1961.

———. *Blake's Apocalypse*. Originally pub.1963; Anchor Books edition, 1965.

———. *Shelley's Mythmaking*. Ithaca, Cornell UP, 1969.

———. (ed.). *The Odes of Keats*. Chelsea House Publishers, 1987.

——— "Introduction" to Bloom below.

———. (ed.). *Modern Critical Views: Percy Bysshe Shelley*. Chelsea House Publishes, 1985.

——— . (ed.). *William Blake's Songs of Innocence and Experience*. Yale UP, 1987.
Bone, Drummond (ed.). *The Cambridge Companion to Byron*. Cambridge UP, 2004.
Boulger, James D. *Coleridge as Religious Thinker*. Yale UP, 1961.
Bowles, William Lisle (ed. Jonathan Wordsworth). *Fourteen sonnets 1789*. Oxford, Woodstock Books, 1991. (Original title: *Fourteen Sonnets, Elegiac and Descriptive. Written During a Tour*).
Brett, R. L. & Jones, A. R. (eds.) *Wordsworth & Coleridge*: Lyrical Ballads. Methuen, 1963.
Brisman, Leslie. 'Keats and a New Birth: The "Ode on Melancholy",' in Bloom (ed., 1987) above.
Brooks, Cleanth. *The Well Wrought Urn: Studies in the Structures of Poetry*. Harvest Books, 1947.
——— . *A Shaping Joy: Studies in the Writer's Craft*. Methuen, 1971.
Burke, Edmund (ed. Adam Philips). *A Philosophical Enquiry into the Origin of Our Ideas of the Sublime and the Beautiful*. Oxford UP, 1990.
Byron, George Gordon. *The Works of Lord Byron*. 6 Vols. London, John Murray, 1922.
——— . (ed. Jerome J. McGann). *Lord Byron: The Complete Poetical Works*. 5 vols, Oxford, 1980.
——— . (笠原順路編)『対訳バイロン詩集』岩波文庫 赤 216-4, 2009.
Cameron, Kenneth Neill. *The Young Shelley: Genesis of a Radical*. Octagon Books, 1973 (Originally 1950).
——— . *Shelley, The Golden Years*. Harvard UP, 1974.
Campbell, Patric. *Wordsworth and Coleridge*: Lyrical Ballads. Macmillan, 1991.
Chayes, Irene H. 'Little Girls Lost: Problems of a Romantic Archetype' (1963), in Frye below.
Cheeke, Stephen. *Byron and Place: History, Tradition, Nostalgia*. Palgrave Macmillan, 2003.
CL → Coleridge, (*CL*) below.
Clubbe, John & Ernest J. Lovell, Jr. *English Romanticism: The Ground of Belief*. Northern Illinois UP, 1983.
Coleridge, Samuel Taylor (ed. Ernest Hartley Coleridge). *The Complete Poetical Work of Samuel Taylor Coleridge: Including poems and versions of poems now published for the first time*. Oxford, 1912. Reissued: Oxford UP, 1979.
——— . (*CW*) (eds. Kathleen Coburn; Vol 1 = Lewis Patton & Peter Mann). *The Collected Works of Samuel Taylor Coleridge*, Vol 1, Routledge & Kegan Paul; Princeton UP, 1971.
——— . (*CL*) (ed. Earl L. Griggs) *Collected Letters of of Samuel Taylor Coleridge*. 6 vols, Oxford, 1956-71.
——— . (ed. William Keach). *The Complete Poems*. Penguin Books, 1997.
——— . *Lyrical Ballads* (first Series). = 上島建吉(解説註釈)『リリカル・バラッズ(I)―詩と自然―』, 研究社小英文叢書 302, 研究社, 1995.
——— . (ed. Kathleen Coburn). *The Notebooks of Samuel Taylor Coleridge*, Volume 1, 1794-1804. Princeton UP, 1957; Second Printing 1980.
——— . (上島建吉編)『対訳 コウルリッジ詩集』, 岩波文庫 32-221-3, 2002.
——— . *Coleridge & Wordsworth: Lyrical Ballads and Related Writings* (eds. William Richey and Daniel Robinson). Boston. Houghton Mifflin Company, 2002.
Cooper, Helen. *Pastoral: Mediaeval into Renaissance*. D. S. Brewer, 1977.
Crabbe, George (ed. Adolphus William Ward). *Poems*. Cambridge English Classics,

3 vols. Cambridge UP, 1905.
———. (ed. A. J. & R. M. Carlyle). *The Poetical Works of George Crabbe*. Oxford UP, 1932.
Crehan, Stewart. *Blake in Context*. Humanities Press, 1984.
Crofts, J. (ed.). *Gray: Poetry and Prose, with Essays by Johnson, Goldsmith and Others*. Oxford UP, 1926. (Rept. 1935 ; 1971)
Darwin, Erasmus. *The Temple of Nature* (1802), Middlesex, Echo Library, 2008.
Dean, Dennis R. '"Through Science to Despair": Geology and the Victorians' in Paradis & Postlewait (eds.) below.
出口保夫,『キーツ全詩集』全四巻, 白鳳社, 1974.
Dekker, George. *Coleridge and the Literature of Sensibility*. London, Vision, 1978.
Dickstein, Morris. *Keats and His Poetry: A Study in Development*. Chicago UP, 1971.
Dobson, Austin. *Life of Oliver Goldsmith*. New York, Lemma Publishing Corporation, 1972 (Originally 1888).
———. (ed. with an Introduction and detailed notes) *The Poetical Works of Oliver Goldsmith*. Oxford UP, 1927.
Duffy, Cian. *Shelley and the Revolutionary Sublime*. Cambridge UP, 2005.
Durrant, Geoffrey. *William Wordsworth*. Cambridge UP, 1969.
Dyer, George. *The complaints of the poor people of England 1793* (Revolution and Romanticism, 1789 – 1834) Facsimile Reprints chosen and introduced by Jonathan Wordsworth, Woodstock Books, 1990.
Edwards, Pamela. *The Statesman's Science: History, Nature, and Law in the Political Thought of Samuel Taylor Coleridge*. Columbia UP, 2004.
Empson, William. *Some Versions of Pastoral*. Chatto & Windus, 1935; 2nd ed. 1950.
Ende, Stuart A. *Keats and the Sublime*. Yale UP, 1976.
Erdman, David V. *The Illuminated Blake*. Anchor, 1974.
———. *Blake: Prophet against Empire*. Princeton UP, 1954; Third Ed., 1977.
———. (ed.). *The Complete Poetry and Prose of William Blake*. Newly Revised Ed. California UP, 1982.
———. 'Blake's Vision of Slavery', in Erdman '77 above (p. 226ff.) & in Frye below.
Esterhammer, Angela (ed.). *Northrop Frye on Milton and Blake*. Toronto UP, 2005.
Fairer, David & Christine Gerrard (eds.). *Eighteenth Century Poetry: An Annotated Anthology*. Blackwell, 1999.
Ferguson, James. "Prefaces to *Jerusalem*", in *Interpreting Blake: Essays Selected and Edited by Michael Phillips*. Cambridge UP, 1978.
Fletcher, Loraine. *Charlotte Smith: A Critical Biography*. Macmillan, 1998.
Friedman → Goldsmith.
Fry, Carrol L. *Charlotte Smith*. Twayne Publishers, 1996.
Frye, Northrop (ed.). *Blake: A Collection of Critical Essays*. Prentice-Hall, 1966.
———. (1966) 'Blake's Introduction to Experience', in Frye above.
———. (ed. Angela Esterhammer) *Northrop Frye on Milton and Blake*. Toronto UP, 2005.
Fulford, Tim. '"Nature" poetry', in Sitter below.
Gardner, Stanley. *Blale's Innocence and Experience Retraced*. The Athlone Pr., 1986.
———. *The Tyger, The Lamb and The Terrible Desart*. London. Cygnus Arts, 1998.
George, M (ary) Dorothy. *London Life in the XVIII Century*. KeganPaul, Trench, Trubner, 1930.
Glen, Heather. *Vision and Disenchantment: Blake's Songs and Wordsworth's Lyrical*

Ballads. Cambridge UP, 1983.
———. 'Blake's Criticism of Moral Thinking' in Phillips below.
Goldsmith, Oliver (ed. Austin Dobson). *The Poetical Works of Oliver Goldsmith*. Oxford UP, 1927.
——— (ed. Arthur Friedman). *Collected Works of Oliver Goldsmith*, 3vols. Oxford, 1966.
——— (ed. Lonsdale, Roger). *The Poems of Gray, Collins and Goldsmith*. Longman, 1969.
———. → Black, above.
Goslee, Nancy Moore. *Shelley's Visual Imasgination*. Cambridge UP, 2011.
Greckner, Robert F. 'The Strange Odyssey of Blake's "The Voice of the Ancient Bard", in Bloom above.
Greenwood, James. *The Seven Curses of London: Scenes from the Victorian Underworld*. First Published 1869; Basil Blackwell, 1981.
Grosart, Alexander B. *The Prose Works of William Wordsworth*. 3 vols. Edword Moxon, 1876; AMS, 1967.
Haddakin, Lilian. *The Poetry of George Crabbe*. Chatto & Windus, 1955.
Hall, Jean. *The Transforming Image: A Study of Shelley 's Major Poetry*. Illinois UP, 1980.
Hartman, Geoffrey. 'Poem and Ideology: A Study of Keats's "To Autumn",' in Bloom (ed.) 1987. above.
Harvey, W. J. & Richard Gravil (eds.) *Wordsworth*: The Prelude. A Casebook. Macmillan, 1972.
橋本登代子，「近代化の過程の『寒村』」，日本ジョンソン協会（編）『十八世紀イギリス文学研究』第二号，開拓社，2002.
原田俊孝，『ワーズワスの自然神秘思想』，南雲堂，1997.
原田博（口頭発表），'Ozymandias'. イギリス・ロマン派講座，2012年6月2日.
幡谷正雄（訳），『ワアヅワス詩集』，新潮社，1927.
Hatch, Ronald B. *Crabbe's Arabesque: Social Drama in the Poetry of George Crabbe*. McGill- Queen's UP, 1976.
東中稜代，『多彩なる詩人バイロン』，近代文芸社，2010.
Hoagwood, Terence Allan. *Prophecy and the Philosophy of Mind: Traditions of Blake and Shelley*. Alabama UP, 1985.
———. *Byron's Dialectic: Skepticism and the Critique of Culture*. Bucknell UP (Associated UP), 1993.
Hogle, Jerrold E. "Language and Form", in Timothy Morton (2006) below.
Hulme, T. E. *Speculations*. New York, Harcourt, 1924.
石川重俊（訳），『縛を解かれたプロミーシュース』，岩波書店，1957.
石幡直樹，「想像の風景―ロマン主義の想像力論の系譜」，2004. →笠原，下掲.
Jackson, Noel. *Science and Sensation in Romantic Poetry*. Cambridge UP, 2008.
Jackson, Wallace. *The Probable and the Marvelous. Blake, Wordsworth, and the Eighteenth-Century Critical Tradition*. Georgia UP, 1978.
Jugurtha, Lillie. *Keats and Nature*. New York, Peter Lang, 1985.
上島建吉，『虚空の開拓：イギリス・ロマン主義の軌跡』，研究社，1974.
———.（解説註釈）『リリカル・バラッズ（Ⅰ）―詩と自然―』，研究社小英文叢書302，研究社，1995. 同『（Ⅲ）―人と社会―』，1993.
———.『対訳 コウルリッジ詩集』，岩波文庫 32-221-3，2002.
笠原順路（編著）.『地誌から叙情へ―イギリス・ロマン主義の源流を辿る』，明星大学出版部，2004.
片山麻美子，「トマス・グレイ「田舎の墓地で詠んだ挽歌」」，2004. →笠原，上掲.

Keach, William. → Coleridge '97, above.

Keats, John. (ed. Scott, Grant F.) *Selected Letters of John Keats*. Harvard UP, 2002.

——— (ed. Miriam Allott). *The Poems of Keats*. Longman, 1970.

Keith, William J. 'The Complexities of Blake's "Sunflower": An Archetypal Speculation', in Frye above.

Keynes, Geoffrey. *William Blake's Engravings*. New York, Cooper Square Publishers, 1972.

——— (ed). Blake: *Complete Writings, with Variant Readings*. Oxford UP, 1966.

——— (ed). *The Letters of William Blake*. London, Rupert Hart-Davis, 1968.

Killeen, Kevin. '"A Nice and Philosophical account of the origin of all things": Accommodation in Burnet's *Sacred Theory* (1681) and *Paradise Lost*', in *Milton Studies 46*, Pittsburgh UP, 2007.

King, Steven & Alannah Tomkins (eds.). *The Poor in England 1700–1850*. Manchester UP, 2003.

窪田般彌・新倉俊一編, 『世界の詩論』, 青土社, 1994.

栗山稔, 『ワーズワス『序曲』の研究』, 風間書房, 1981.

Lacey, Norman. *Wordsworth's View of Nature: And its Ethical Consequence*. Cambridge UP, 1948.

Lamb, Charles and Mary (ed. E.V. Lucas). *The Works of Charles and Mary Lamb*. Vol. II. Methuen. 1903.

Lane, Penelope, Neil Raven & K.D.M. Snell (eds.). *Women, Work and Wages—In England, 1600–1850*. Woodbridge, The Boydell Press, 2004.

Leader, Zachary. *Reading Blake's Songs*. Routledge, 1981.

Leavis, F. R. *Revaluation*. W. W. Norton, 1963.

Levere, Trevor H. *Poetry realized in nature. Samuel Taylor Coleridge and early nineteenth-century science*. Cambridge UP, 1981.

Levinson, Marjorie. *Wordsworth's great period poems: Four essays*. Cambridge UP, 1986.

Lincoln, Andrew. *Innocence and Experience / William Blake*. William Blake Trust, 1991.

Lonsdale, Roger (ed.) *The Poems of Gray, Collins and Goldsmith*. Longman, 1969.

Lord, George deF (ed.). *Andrew Marvell: A Collection of Critical Essays*. Prentice-Hall, 1968.

Lowes, J. Livingston. *The Road to Xanadu: a Study in the Ways of the Imagination*. Vintage Books, 1959.

Lupak, Mario John. *Byron as a Poet of Nature: The Search for Paradise*. Ontario, The Edwin Mellen Press, 1999.

LW & D = (ed. De Selincourt; rev. Chester L. Shaver) *The Letters of William and Dorothy Wordsworth, 1787–1805*. Oxford, 1967.

Makdisi, Saree. *Romantic Imperiarism: Universal Empire and the Culture of Modernity*. Cambridge UP, 1998.

———. *William Blake and the Impossible History of the 1790s*. Chicago UP, 2003.

Marshall, Dorothy. *Dr. Johnson's London*. John Wiley & Sons, 1968.

———. *Industrial England 1776—1851*. Routledge, 1973.

Matthews, G & Everest, K (eds.). (*S I*) *The Poems of Shelley, Vol. I, 1804–1817*. Longman, 1989.

———. (*S II*) *Vol. II, 1818–*. Longman, 2000.

McConnell, Frank D. (ed.) *Byron's Poetry*. A Norton Critical Edition. Norton, 1978.

McGann, Jerome J. *The Romantic Ideology: A Critical Investigation*. Chicago UP, 1983.

———. *Byron and Romanticism*. Cambridge UP, 2002.
McLane, Maureen N. *Balladeering, Minstrelsy, and the Making of British Romantic Poetry*. Cambridge UP, 2008.
Mee, Jon. *Dangerous Enthusiam: William Blake and the Culture of Radicalism in the 1790s*. Clarendon Press, Oxford, 1992.
宮下忠二（訳），『ワーズワス・コールリッジ：抒情民謡集』，大修館書店，1984.
Moorman, Mary. *Wordsworth: Early Years 1770–1803*. Oxford, 1957.
森松健介，（三田博雄，松本啓と共訳）バジル・ウィリー『十八世紀の自然思想』，みすず書房，1975.
———「『反古と化したる書籍類』をめぐって」（森松 '87），『イギリスの風刺小説』，東海大学出版会，1987.
———（森松 '06）『テクストたちの交響詩―トマス・ハーディ 14 の長編小説』中央大学出版部，2006.
———『抹香臭いか，英国詩』（森松 '07），中央大学人文科学研究所，2007.
———（森松 '10A）「ミルトンから『ミルトン』へ」（ブレイクの『ミルトン』論），『伝統と変革』中央大学出版部，2010.
———（森松 '10B）（文中の「旧拙著」;森松 '10）『近世イギリス文学と《自然》―シェイクスピアからブレイクまで』中央大学出版部，2010.
———（訳と解説）（森松 '12A）トマス・ハーディ『覇王たち第一部』，大阪教育図書，2012.
———（森松 '12B）「トマス・ハーディと幽霊」.『亡霊のイギリス文学』国文社，2012.
Morley, John. → Wordsworth (1928) below.
Morton, Tomothy and Nigel Smith (eds.) *Radicalism in British Literary Culture, 1650–1830*. Cambridge UP, 2002.
Morton, Timothy (ed.) *The Cambridge Companion to Shelley*. Cambridge UP, 2006.
Motion, Andrew. *Keats*. Chicago UP, 1999.
Murry, Middleton. *Studies in Keats*. 1930. Reprint: Haskell House, 1972.
New, Peter. "'Peter Grimes—The Humane Representation of a Barely Human" (1976), in Watson below.
Newey, Vincent. 'Goldsmith's "Pensive Plain": Re-viewing *The Deserted Village*,' in Woodman below, 1998.
西山清（訳），『エンディミオン―物語詩』，鳳書房，2003.
Nicolson, Marjorie Hope. *Newton Demands the Muse: Newton's* Opticks *and the Eighteenth Century Poets*. Archon Books, 1963.
新見肇子，『シャーロット・スミスの詩の世界―ミューズへの不満』，国文社，2010.
野上憲男，『若き日のコールリッジ——詩人としての成長を追って』，旺史社，1992.
Nurmi, Martin K. 'Fact and Symbol in "the Chimney Sweeper" of Blake's Songs of Innocence' (1964), in Frye '66 above.
小田友弥，「エイブラムズとイギリス・ロマン派の抒情詩の系譜」，2004. →笠原，上掲.
Oerlemans, Onno. *Romanticism and the Materiality of Nature*. Tronto UP, 2002.
岡三郎（訳），『ワーズワス・序曲』，新装版，国文社，1983.
O'Neill, Michael & Charles Mahoney (eds.). *Romantic Poetry: An Annotated Anthology*. Blackwell, 2008.
大友義勝，『イギリスロマン派詩論集―ワーズワスとS・T・コウルリッジ』，英宝社，2002.
O'Rourke, James. *Keats's Odes and Contemporary Criticism*. Florida UP, 1998.
Ovid (transl. Frank Justus Miller). *Metamorphoses*. Two vols. The Loeb Classical Library. 1916; repr. 1958.

Paradis & Postlewait (eds.). *Victorian Science and Victorian Values*. New Brunswick, Rutgers U. P, 1985.
Pater, Walter. *Appreciations: with an Essay on Style*. Macmillan, 1922.
Patterson, Annabel. *Pastoral and Ideology: Virgil to Valery*. California UP, 1987.
Phillips, Michael (ed). *Interpreting Blake*. Cambridge UP, 1978.
Pinion, F. B. *A Wordsworth Chronology*. Macmillan, 1988.
Pitman, James Hall. *Goldsmith's Animated Nature: A Study of Goldsmith*. Archon Books, 1972 (Originally 1924).
Potts, Abbie Findlay. *Wordsworth's Prelude: A Study of its Literary Form*. New York, Octagon Books, 1966.
Powell, A. E. *The Romantic Theory of Poetry*. London, Edward Arnold, 1926.
Pulos, C. E. 'Scepticism and Platonism' in *Modern Critical Views: Percy Bysshe Shelley* (ed. Harold Bloom) above.
Quintana, Ricardo. *Oliver Goldsmith: A Georgian Study*. Weidenfeld and Nicolson, 1969.
Rawes, Alan. '1816–1817: *Childe Harold III* and *Manfred*', in Bone above, 2004.
Reed, Amy Louise. *The Background of Gray's Elegy: A Study of the Taste for Melancholy Poetry 1700–1751*. Columbia UP, 1924
Reid, Thomas (ed. Derek R. Brookes). *An Inquiry into the Human Mind* (1785), Pennsylvania State UP, 1997.
Reiman, Donald H. & Powers, Sharon B. (eds.) *Shelley's Poetry and Prose*. A Norton Critical Ed., Norton, 1977.
Richards, I. A. *Coleridge on Imagination*. Kegan Paul, 1934.
Richard, Jeffrey. 'Introduction' to Greenwood above.
Roe. Nicholas. *John Keats and the Culture of Dissent*. Clarendon Pr., Oxford, 1997.
———. *The Politics of Nature: Wordsworth and Some Contemporaries*. Second Edition. Palgrave, 2002.
Rookmaaker Jr., H. R. *Towards a Romantic Conception of Nature: Coleridge's Poetry Up to 1803*. Amsterdam / Philadelphia, John Benjamins, 1984.
Rudé, George. *Hanoverian London, 1714–1808*. London, Secker & Warburg, 1971.
Sales, Roger. *English Literature in History, 1780–1830: Pastoral and Politics*. Hutchinson. 1983.
Salvesen, Christopher. *The Landscape of Memory: A Study of Wordsworth's Poetry*. London, Edward Arnold, 1965.
佐藤芳子，浦壁寿子（訳），『アラスター，または孤独の霊―イギリス・ロマン派詩魂の精髄』，創元社，1986.
澤村寅二郎（解説註釈），『ワーズワス詩選』，研究社小英文学叢書 92，研究社，1929.
Sells, A. Lytton. *Oliver Goldsmith & His Life and Works*. George Allen & Unwin, 1974.
Shaw, Philip. *The Sublime*. Routledge, 2006.
Shelley, Mary (eds. Paula R. Feldman & Diana Scott-Kilvert). *The Journals of Mary Shelley*, 1814–1844, 2 vols. Oxford, 1987.
Shelley, Percy Bysshe (eds. Roger Ingpen & Walter E. Peck). (S 全集)：*The Complete Works of Percy Bysshe Shelley, in Ten Volumes*. New York, Gordian Press & London, Ernest Benn Limited, 1965.
———. (eds. Geoffrey Matthews & Kelvin Everest). The Poems of Shelley. (*S I*) Vol. I & (*S II*) II, Longman, 1989, 2000.
Siskin, Clifford. *The Historicity of Romantic Discourse*. Oxford UP, 1988.
Sitter, John (ed.). *The Cambridge Companion to Eighteenth Century Poetry*. Cambridge

UP, 2001.
Smith, Charlotte. *Elegiac Sonnets, 1789*. Woodstock Books, 1992.
———. (ed. Stuart Curran) *The Poems of Charlotte Smith*. Oxford UP, 1993.
Southey, Robert. *Poetical Works*. (A Facsimile version: 10 volumes in 5). Hildesheim. New York, 1977.
———. *Poems of Robert Southey*. London: Henry Frowde, Oxford UP, 1909.
Sperry, Stuart M. *Keats the Poet*. Princeton UP, 1973.
———. *Shelley's Major Verse: The Narrative and Dramatic Poetry*. Harvard UP, 1988.
Stevenson, W. H. (ed.). *The Poems of William Blake*. Longman, 1971.
Summers, Joseph H. 'Marvell's "Nature"', in Lord above (1968).
鈴木瑠璃子（訳），ジョナサン・ワーズワス著『ヴィジョンの境界―ワーズワスの世界』，松柏社，1992.
Swan, Karen. "Endymion's beautiful dreamers", in Wolfson below.
高橋規矩（訳），『クイーン・マッブ』，文化評論出版社，1972.
———．『シェリー詩集』，広島，溪水社，1992.
高橋雄四郎，『ジョン・キーツ：想像力の光と闇』，南雲堂，1989.
田中秀央，前田敬作（共訳），オウィディウス『転身物語』，人文書院，1966.
田中宏（訳），ワーズワス『逍遙』．成美堂，1989.
田中宏・古我正和（共訳），『解き放たれたプロミーシュース』，大阪教育図書，2000.
Thompson, E. P. '"London"', in Phillips above.
Tomkins, Alannah. 'Pawnbroking and the survival strategies of the urban poor in 1770s York', in King above.
Toynbee, Paget & Whibley, Leonard (eds.). *Correspondence of Thomas Gray*. 3vols. Oxford, 1935. Revised Ed., 1971.
Volney, Constantin François (trans. James Marshall). *The Ruins: or A Survey of the Revolutions of Empires*, 1811. (= Les ruins: ou méditations sur les révolutions des empires. First published in 1791) Woodstock Books. Otway, 2000.
———. 'The Law of Nature, or Principles of Morality, Deduced from the Physical Constitution of Mankind and the Universe', in the above (*The Ruins*). Woodstock Books. Otway, 2000.
Wasserman, Earl R. *The Finer Tone: Keats' Major Poems*. Jones Hopkins Press, 1953.
———. *The Subtler Language: Critical Readings of Neoclassic and Romantic Poems*. Johns Hopkins Press, 1959.
———. *Shelley: A Critical Reading*. The Jones Hopkins Pr., 1971.
Watson, J. R. (ed.). *Pre-Romanticism in English Poetry of the Eighteenth Century*. Macmillan, 1989.
Wilcher, Robert. (ed.). *Andrew Marvell: Selected Poetry and Prose*. Methuen, 1986.
Willey, Basil. *The Seventeenth Century Background*. Chatto & Windus, 1934.
———. *The Eighteenth Century Background*. Chatto & Windus, 1940, 7th Impression: 1961.（同邦訳 → 森松 '75）
Williams, Helen Maria (ed. Jonathan Wordsworth). *Poems 1786*. Woodstock Books, 1994.
Williams, Samantha. "Caring for the sick poor: poor law nurses in Bedfordshire", in Lane above.
Wimsatt, W. K. Jr. *The Verbal Icon: Studies in the Meaning of Poetry*. Kentucky UP, 1954; Methuen, 1970.
Witke, Joanne. *William Blake's Epic: Imagination Unbound*. London & Sydney, Croom Helm, 1986.

Wittreich, Joseph Anthony, Jr. *The Romantics on Milton*. Case Western Reserve UP, 1970.
Wolfson, Susan J. (ed.). *The Cambridge Companion to Keats*. Cambridge UP, 2001.
Wollstonecraft, Mary (eds. Janet Todd & Marilyn Butler). *The Works of Mary Wollstonecraft*, vol. 5 (which includes *A Vindication of the Rights of Men and A Vindication of the Rights of Women*). London. William Pickering, 1989.
Woodman, Thomas (ed.). *Early Romantics: Perspectives in British Poetry from Pope to Wordsworth*. Macmillan, 1998.
Wordsworth & Coleridge. *Lyrical Ballads* (first Series). ＝上島建吉（解説註釈），『リリカル・バラッズ（Ⅰ）―詩と自然―』，同（Ⅲ）―人と社会―，研究社小英文叢書 302，300，研究社，1995，1993.
———. *Wordsworth & Coleridge: Lyrical Ballads and Related Writings* (eds. William Richey and Daniel Robinson). Boston. Houghton Mifflin Company, 2002.
Wordsworth, Jonathan. *The Borders of Vision*. Oxford UP, 1982. 邦訳 → 鈴木瑠璃子
———. (ed.). *The Pedlar, Tintern Abbey, The Two-Part* Prelude. Cambridge UP, 1985.
———. 1995. → Barbauld.
Wordsworth, William. (Introduction by John Morley) *The Complete Poetical Works of William Wordsworth*. Macmillan, 1928.
———. (ed. E. de Selincourt and Helen Darbishire). *Poetical Works*. 5 vols. Oxford, 1940–9.
———. (ed. William Knight). *The Poetical Works of William Wordsworth*. 8 vols. Macmillan, 1896.
———. (ed. Alexander B. Grosart) *The Prose Works of William Wordsworth*, vol. Ⅱ. AMS, 1967.
———. Letters → *LW & D* above.
———. *The Prelude or Growth of a Poet's Mind* (ed. Ernest de Selincourt; Second ed., revised Helen Darbishire). Oxford, 1959.
———. *The Prelude: 1799, 1805, 1850*. Norton, 1979.
———. (ed. Jonathan Wordsworth). *The Pedlar, Tntern Abbey, The Two-Part Prelude*. Cambridge UP, 1985.
———. 澤村寅二郎（解説註釈），『ワーズワス詩選』，研究社小英文叢書 92，研究社，1929.
———. 山内久明（編・訳），『ワーズワス詩集』．岩波文庫赤 218–2, 1998.
Wu, Duncan (ed.). *Romantic Women Poets: An Anthology*. Blackwell, 1997.
———. (ed.). *Romanticism: An Anthology*. Second Ed. Blackwell, 1998.
Wyatt, John. *Wordsworth and the Geologists*. Cambridge UP, 1995.
Wylie, Ian. *Young Coleridge and the Philosophers of Nature*. Oxford, 1989.
横川雄二，「*The Prelude* ―記憶の風景と遠近法―」，→ 吉野，下掲.
吉川朗子（口頭発表），「Localised Romance…ワーズワス，土地の力，文学旅行」，日本英文学会第八四回大会シンポジアム，2012.
吉野昌昭（編著），『ワーズワスと『序曲』』，南雲堂，1994.